凤冠出世

汪忖芝　著

群众出版社
·北京·

图书在版编目（CIP）数据

凤冠出世 / 汪忖芝著 . -- 北京：群众出版社，2020.4

ISBN 978-7-5014-6072-4

Ⅰ . ①凤… Ⅱ . ①汪… Ⅲ . ①长篇小说 – 中国 – 当代 Ⅳ . ①I247.5

中国版本图书馆 CIP 数据核字（2020）第 056818 号

凤 冠 出 世

汪忖芝 著

出版发行：群众出版社

地　　址：北京市丰台区方庄芳星园三区 15 号楼

邮政编码：100078

经　　销：新华书店

印　　刷：三河市荣展印务有限公司

版　　次：2020 年 12 月第 1 版

印　　次：2020 年 12 月第 1 次

印　　张：27.25

开　　本：787 毫米 × 1092 毫米　1/16

字　　数：510 千字

书　　号：ISBN 978-7-5014-6072-4

定　　价：68.00 元

网　　址：www.qzcbs.com

电子邮箱：qzcbs@sohu.com

营销中心电话：010-83903991

读者服务部电话（门市）：010-83903257

警官读者俱乐部电话（网购、邮购）：010-83901775

综合分社电话：010-83901870

一顶凤冠，带出了一方植根于乡村的文化与乡愁；

一次交易，牵动了几个重情、爱财、能干的人；

几起命案，揭开了一个来自于古墓的惊天故事；

一番苦争，反映出人性的贪婪和人生的虚妄。

农耕与文化，草根与精英，梦与命，情与法，信仰与结果，通过正在巨变的乡村展开。

本故事纯属虚构，请勿对号入座。

——作者

目录

引　子

一辆铃木女式摩托车在一条泛着青黑亮光的柏油公路上狂奔，骑车者是戴着头盔的魏晓云。她的身旁，不时掠过田地、庄舍、厂房、果林、桃园等路边景物，在此陪衬下，魏晓云像只蹿行在村庄的兔子，时隐时现地闪在人们的视线中。

在一块路边矗立着的"洼子村"的路牌下，出现了一个岔口，魏晓云向北一拐，从村间公路进了黑蛇一般的村间小道。很快，在一座左右都有邻家的庄子前，魏晓云停了下来，她取下头盔，支起摩托，推开大门，走了进去。

这是个具有西北特色的四合院，北面盖了五间上房，东面三间砖箍窑，西面靠墙角有个简易的敞口棚子，其他地方基本空着，整个房子看上去有点陈旧。母亲牛彩琴一边吃着夹着菜的馒头，一边守在洗衣机旁洗着衣服。因水龙头在南墙，牛彩琴平时洗衣服时，就把洗衣机拉在水龙头旁，洗了之后又将洗衣机推进房内。虽然麻烦，但排水方便，且能顺势将衣服晾在绳子上，比前些年到机井上拉水洗衣服方便多了。

魏晓云见妈手里还拿着馒头，就说你吃了再忙嘛，咋算吃算洗呢？

牛彩琴解释说这几天贪图给人套苹果袋子，攒了不少脏衣服，今天天气好，乘午休洗一下。魏晓云问忙完了没？牛彩琴说还得几天。说起这个话题，牛彩琴有点絮絮叨叨，说这两天她给矮化果树套袋子，感觉没有乔木果树好套，猴兮兮的，套不了多少就得挪动。感叹现在人爱跟风，时兴个啥，就爱跟个啥。把果树弄得三年就能挂果，五六年就能到丰果期。虽然挂果早，收入高，可果树寿命短啊，比起乔木果树，起码少活二三十年。

魏晓云说：那有什么，只要经济效益跟得上，先抓个现成，赚了钱再说，死的早，更新快嘛。

牛彩琴抬头看了看女儿：你回来才几天嘛，咋又回来了？

魏晓云在凤城市内的一家酒行当售货员，搞酒类推销工作。不太坐班，经常跑一些酒店和饭馆等，工作比较自由。底薪加提成，虽然收入不太稳定，但因在这个行业干了几年了，多少积累了一些客户，说起来还不错，经常有客户主动打电话跟她要酒，她就骑着摩托车在城市的大街小巷地到处送酒，想去哪儿就去哪儿，说回家就回家，很自由。

我回来给你说个事。

啥事？

咱们乡派出所又调来了一个所长，姓黄，叫黄睿。

牛彩琴一愣：又来了个？

就是的。

牛彩琴的眼里顿时有了亮光：你的意思，咱们去找一下这个新所长？

嗯，你不是嘴上还一直念叨着我爸吗？以前的那个所长你再不好意思找了，现在来了新的。人都说新官上任三把火。不论咱们找的结果咋样，起码让他知道他所管辖的地盘上，有个人失踪了。

牛彩琴一声叹息：就是让新所长知道一下又能咋？说实话，这些年派出所也给咱们把心尽了，该跑的路也跑了。虽说来了新领导，可人家的手下都是老人手啊。别说人家看见咱们烦，咱也不好意思再进那个门了。算了吧，你爸丢了都快二十一年了。这些年，为找你爸，我头都找白了，还没音信，估计你爸早都不在人世了，死心吧，不管新的旧的，不去找了。

魏晓云沉思了一下说道：你不找，我找。现在国家在打黑除恶呢，找一下这个新所长，把我爸的事给说说，说不定哪个案子上，还能牵连出我爸的事儿。

牛彩琴忙劝阻道：你刚订了婚，就思谋你以后的日子吧，这个事就此打住。

魏晓云有点生气地说道：我以前念书的时候，你经常念叨我爸，一提起就哭，害得我连大学都没考上。现在我能立住事了，你却不找了，是不是觉得现在日子好了点，找我爸无用了？

　　牛彩琴也生气了：你……你咋这么糊涂呢？劝你别找，还不是为了你好。如果能找到，派出所早都找到了，会拖到现在吗？这些年，咱们一次次地去打探情况，找得人家看见咱们都烦了，咋好意思再去问呢？

　　魏晓云说：有啥不好意思的？派出所就是保一方平安的，现在咱们的人丢了，不找他们，找谁？

　　你咋这么犟呢？

　　我就回来给你说一下，以后找我爸的事由我来，你别管了。说罢，转身就走。

　　牛彩琴忙问：你真的去找黄所长？

　　魏晓云没理，驾车扬长而去。

第一章

五百万借款

　　陈丽带了几个学员正在路上练车时，接到好友徐毛毛的电话，说她姑妈看见贾三回家了，让她火速回来。

　　陈丽在双凯驾校当教练员。双凯驾校离凤城市大约十多里路，位于凤城市的西南角。凤城市是黄土高原的一个地级城市，从空中看，像山峦环绕之中卧了一只凤凰，因而叫凤城。凤凰的身子是平原腹地，头、翅膀和腿则属于山区或半山区地带，故此形成了山塬相接、群山起伏的地貌特征。这里四季分明，土地肥沃，透过重重叠叠的山、塬、峁、川和气势恢宏的蓝色大型现代化养殖棚及鳞次栉比的果林与庄舍，可见一条条油黑的公路直插远方，或跨塬、或钻山，在高耸的油井塔和机场路标的点缀下，构成了一幅斑斓生动的现代化农村景象。

　　自然，凤城市的政治经济文化中心就在平原上。这座人口不到五十万的城市表面看起来比较平凡，毕竟是司空见惯的农村地带，实际上很不平凡，除过不断出土的仰韶文化、齐家文化遗产表明凤城市是个古代文明交融地之外，石油和天然气也是这里的一大地域特色。据国土资源局评估：凤城市的油

4

气总储量有 40 亿吨左右。脚下有这么多的资源，凤城市的人自然不是平地卧的兔子，尤其这儿年更不得了，红、黑、绿、黄、白五大产业同时在开发，撩拨得多数人神经兮兮的，平时大街上行色匆匆，面带焦虑，眼神飘忽不定，好像人人都在寻找商机，人人都想狠捞一把。

陈丽就是其中之一。尽管她在双凯驾校当教练，资历深、技术好，工资也不低，男人在派出所工作，大小还是个领导，她只有一个孩子，按理说，日子应该不错，但是，这几年她过得相当狼狈。因为一个叫贾三的人借了她五百万，两年多了，至今未还。

贾三是陈丽的同学，起初搞加工白瓜子、黄花菜等农副产品，从小作坊做起，一路做到了拥有办公楼和几千平方米加工车间的大公司，由于带动了当地农产业的发展，曾得到省市领导的接见。后来，他介入工程行业，主要以修路为主，间接地也给开发商盖盖楼，做些辅助性的工程。2013 年，贾三走了狗屎运，正月，与好友去澳门葡京赌钱时，赢了一千二百万。凤城市那些好赌的人有个习惯，赢了钱，不是请人吃饭唱歌，就是夜半放鞭炮。放炮的目的，是祭天祭地，感谢神灵保佑。当然，到了鞭炮这个地步，肯定是赢大了，一般小打小闹之人，不会夜半去放炮的。贾三发了横财，自然要"庆贺"一番。但仅靠放炮是不尽兴的。因为他是个企业家，一般成为企业家的人，或多或少都有点情怀。所以，从澳门回来之后，贾三给他的五服之内的每家每户赏了钱，情况不好的，五万；情况好的，三万，贾家的老人、父辈、兄弟、侄子和孙子都不同程度地得到了赏赐，花出去了四五十万。农历三月三，村上的老庙过庙会，方圆几十里的群众从四面八方赶来，自行车、摩托车、农用车、轿车掺杂其中。搞得派出所在庙会期间调动警力，配合工商管理部门分流路线，管理车辆，维护秩序。尽管车辆到不了庙会中心，但通往戏台的沿路两旁，花里胡哨地摆满了数不清的百货摊、吃食摊和杂耍娱乐摊，远远看去，有三四里之长。夹在道路中间的群众，像滚珠似的往前滚动，稍有不慎，就一个碰上了一个的胳膊，或一个搗上了一个的胸脯。群众们且看且走，忍不住时，就买个小玩意；憋不住时，就拐进了吃食摊。躲在摊位后面的空中风车，高晃晃地立在空中，带着动感节奏的音乐，疯张疯势地勾引着娃娃的好奇心。推销汽车的商家，站在贴着标签的廉价的汽车旁，高喉咙大嗓门地吆喝着。总之，从乡村庙会上，可看出一片繁荣盛世之象。

庙会的功能是祈福求祥。围绕在老戏台周围的大小佛堂庙宇里，钟声振荡，人头攒动，香烟缭绕。贾三跟着拜佛的人，挪动到财神像前，恭敬地呈香、叩头、作揖。之后，得知老庙将要修缮，正在搞募捐，贾三手一挥，告诉老会长，他给庙上捐二十万。因为到农历三月底，他的两千多万的筑路工程就要开工了。他烧香捐钱的目的自然是希望工程顺利，希望政府拨钱拨得干脆一点。因为这些年，他干了工程，老是拿不到钱，非得要十趟八趟地跑。有的工程从跑起到零干，得三四年光景。没有哪个工程来个一勺倒一碗，让他痛痛快快地支付工钱，打发民工，玩个潇洒。所以，鉴于老天让他在澳门得了一笔钱，他就要花个美，花个痛快。他知道给家族人赏钱，是分享财富，是积福；给庙上捐钱，也是积福。

贾三的壮举确实得到了回报，人很得劲，天也很给力，在路上大战的几个月，雨水较少，进展较快，几乎没有费工、施工的事儿。这处工程结束后，尽管政府还拖欠了一部分，但比往年好了一些，起码够支付在这个路段上所有的开支了，贾三认为自己今年的运气本身就好，加上佛恩笼罩，所以才有了一整年的顺溜儿。到了年底，对于搞工程的人来说，是吃喝玩乐、你来我往的日子。他们有充足的钱，充足的时间。贾三自正月在澳门经历了那次辉煌之后，心里动辄就出现了那个辉煌的过程，像影子一样，有时候就悄然无息地溜进了他的心里。特别是有人提到关于麻将、赌博的话题时，那个过程就出现了，感觉特刺激，特难忘。

人的心瘾基本都是由"刺激"带来的。贾三把这种刺激感装在心里憋了一年，终于憋不住了，年底又去了澳门。他想借助今年的好运气和自己的善举带来的福报，再赢个一两千万。因为横财往往花起来不太受实，尤其是赌博得来的钱，别人的眼里来钱容易，自己花起来也不心疼。加上工程上垫资大，正月赢的那一千二百万元，扔在他的盘子里，就像水里投石，很快就被淹没了。

但是，这次却事与愿违，拿着一百万的筹码，以"凤城市大老板"的头衔，以葡京赌场"贵宾"的身份，扬眉吐气地上场了，没想到一投注，就挂了。享惯了顺溜儿的人一旦遇到挫折，心里总不太服气，尤其对于玩赌的人来说。而且，这一年他做了这么多的好事，不会没有回报吧？贾三坚信自己会得到回报的。所以，他继续投，输上一百万，再投一百万。贾三信心不逆，越投越想投。就这样，他在澳门待了一个礼拜，不仅把那一千二百万又吐给了澳门，还输了六七百万。

进入2015年后，由于种种原因，贾三的资金开始有点吃紧，后来有些捉襟见肘，再后来，资金链条纯粹断了。在这期间，他拆了东墙补西墙，凡是能借的能融的能骗的，他都搞。亲戚朋友，同学熟人，谁有钱，他就在谁跟前张口。譬如他的高中同学陈丽，男人黄睿在驿林镇派出所工作，驿林镇是凤城市四门乡镇之一，是个靠土地和企业发展起来的都市化乡镇，黄睿好歹还是个副所长，应该手里多少有点钱；陈丽又是双凯驾校唯一的女教练员，这些年在形形色色民办学校中，最能发财的学校就是驾校。因为考驾照的人，私下代考的人也不少。因而，在他的心中，凡是驾校教练，多少都有些灰色收入。因此，他给陈丽抛出了3.5分的高利息，让陈丽给他帮忙筹措一千万。说他在南郊买了一块地，准备开发楼盘，资金有点紧张，所以才在同学跟前开口。

陈丽知道那块地，也知道将来在那块地上建什么功能的小区，听到给三分多利息，她动心了，回去委婉地向黄睿提起了贾三的项目，话还没说完，黄睿就说道：你干你的事，手别伸长了，有的是银行，干吗让你帮忙呢？

陈丽知道她男人脾气比较直，不知为什么，对她这个同学总不太看好，贾三曾试图与他走近一点，但黄睿几次都拒绝了贾三的饭局，搞得她也不自在。见他这么说，陈丽没再吭声。

可是，贾三好像知道陈丽过不了她男人这一关，就提示她自己筹措，别让她男人知道，能筹措多少是多少。说他同样给人出利息，让自己人挣点利息，总比给别人强。说他觉得陈丽在同学中最厚道，人品最好，所以也想让她挣点钱，将来买个好房子，好车。

陈丽被贾三说得心里发热，决定瞒过男人，帮贾三一把。于是，她在亲戚朋友手里你一点我一点，多则几十万，少则十来万，以一分二分不等的利息给贾三集资了五百万。陈丽算了个账，从集资来的这些利息不等的资金中，平均下来每月至少能赚一万多元的利息。

但贾三把这五百万拿到手之后，只支付了五个月的利息，就以这样那样的理由不按时给了。后来，索性不清息，也不还本，还不接电话，跟陈丽玩起了猫捉老鼠的游戏。

陈丽终于明白了她男人不想跟贾三交往的原因，感到贾三给她挖了个坑，她从坑里掉下去了，一个多月时间，她掉了几斤肉。但由于她的身后有一串儿债主，她吃人家的利息，不论压力如何大，她都不能声张，她要求自己必须把这个事捂住。为了稳住他们，她只能采用拆东墙补西墙的方式给亲戚朋友支付利息。

但是，钱一旦生起利息，就像抽人的血，一个企业都经不住抽血，别说人了。没有多久，陈丽就感到自己要被抽干了，再也捂不住了，怀着沉重的心情，有气无力地向她的男人摊开了这个事情。

黄睿一听，哼地冷笑一声说道：五百万算什么，我要是你这么信任他，五千万都能给他弄到。你看吧，这个家你要也行，不要也行，你想咋整就咋整！既然把我不当人，何必告诉我！说罢，他拿起衣帽，准备出门。在出门的这一瞬间，他突然从上衣口袋里掏出一张卡，狠狠地扔到地板上说道：我统共就这六万多，你都可以给姓贾的。之后，把门拉得咣的一声响，出去了。

陈丽感觉自己像被扇了耳光，愣在那里，半天不动。在这一刻，她心里明白，贾三像拴狗似的把她拴住了，一种凄风苦雨的生活已经很严酷地来临了。

她只能自个儿面对这种生活了。为了跟贾三讨账，她到处打听，布眼线，希望能逮到贾三，没有多的，总有少的吧？没有钱，总有句话吧？你跑了和尚，能跑了庙吗？你越跑，我越气，越想找到你！

这不，有人就给陈丽提供了贾三回城的线索。

提供线索的人叫徐毛毛，农民，在凤城市东城区开了一家皮鞋店，名叫"红袖鞋店"。徐毛毛与陈丽是在一个饭局上认识的，由于红袖鞋店临街，离陈丽家比较近，陈丽有空了就在她的店里坐坐，聊聊天，望一望街上的行人，消磨消磨时间。人见面的次数多了，关系就密切了。以前陈丽有辆别克轿车，徐毛毛很巴结陈丽，动辄用她的车。后来徐毛毛买了车，陈丽的车却被债主扣去了，这个时候陈丽却黏起了徐毛毛。感觉几天不见，心里发憋，总想向徐毛毛倾诉。

徐毛毛就是在陈丽的倾诉中，得知了贾三躲着不还钱的情况。因贾三住在她姑妈家的对面，徐毛毛就自然而然地给陈丽当起了地下侦查员，一旦发现贾三的踪迹，就像间谍似的给陈丽通风报信。

接到徐毛毛的电话后，陈丽遂把手头工作交给同事，自己打了个顺风车进城，很快就进了红袖鞋店。听了徐毛毛说的情况后，陈丽当即要求徐毛毛陪她去看看。

贾三的家在凤城区某巷，是个清一色的别墅区，一条马路像穿线似的穿在中间，两边是一溜儿两层高的独院子，统一设计，统一户型，大小也很统一，面积少说也在 500 平方米以上。只是有的人给房顶上架了亭台阁楼，高门雕栏，和其他院子比起来，显得格外豪华。贾三家就是如此，他家的大门盖的气势宏伟，侧房顶上有个仿古凉亭，凉亭下面有雕栏、木椅和象棋台，平时谁在凉亭下下棋、喝茶，左邻右舍都能看见。

徐毛毛的远房姑妈家就在贾三家的对面，若站在二楼窗前眺望对面的院子，贾三回没回家，望一望就清楚了。有这个便利条件，徐毛毛自然就成了侦查贾三动态的朋友之一。

陈丽两人来到了徐毛毛姑妈家，寒暄了几句，就借口喝茶，上到二楼的西房里，像侦探似的盯着对面紧闭的大门和静悄悄的院子。

运气还算好，不一会儿，陈丽发现一辆外地牌照的黑色路虎轻轻地停在了别墅大门口，就在这时，正面的一楼里走出了她眼睛都能盼绿的人——贾三，他提着一只小型皮箱穿过院子，准备出大门。

原来这个贼种就躲在家里呢。陈丽嘴里骂着，一把夺过徐毛毛手中的车钥匙，飞速跑下楼，闪出大门，发现那辆路虎马上要驶出马路的尽头了，无疑，贾三已经坐上了车。因徐毛毛的灰色别克就在大门外停着，陈丽跑到车跟前，一边开车门，一边盯着路的尽头，刚一启动，就发现黑色路虎向右一拐，不见了。

陈丽一脚油门，飞速追去，幸亏这条马路上车辆少，陈丽凭着教练员的技能，追到正街上时，很快就瞧见了那辆路虎。由于人来车往的街道上车辆多，红灯限制，贾三的车在陈丽的眼前忽而出现，忽而又消失，她只能按交通规则瞅机会，抢时间，拐来拐去地钻空子，跟踪贾三。她一口气跟了两条街道，其间超了不少车，刚拐过一条辅路，借人行道准备超车时，突然发现车前有个骑自行车的人，她忙刹车，只觉得眼前一晃，眼前的人和自行车倒在了地上。

陈丽眼前一黑，心里想：完了……

第二章

失　踪　案

陈丽下车一看，发现被她碰倒的是个二十多岁的姑娘，趴在地上，共享自行车歪在一边。她是魏晓云。

魏晓云坐了起来，表情痛苦地揉着右腿。

陈丽扑通一下蹲在她面前，低声告饶道：妹子，对不起，我刚才为了追赶老赖，没看到你，你别叫交警啊，我是借别人的车，叫来交警就不得了了，你哪里疼，姐带你去看。

魏晓云发现这个女司机喘着气，两眼惊恐地看着自己，从她的说话声中，都能听到剧烈的心跳声，在这一瞬间，她似乎动了恻隐之心，看了看陈丽，挣扎着要站起来，陈丽忙扶住了她。魏晓云尽管站了起来，但感觉腿很疼，迈步比较艰难，就猫腰提起裤子一看，发现腿上蹭破了皮，看上去血滋滋的。

陈丽忙问：是不是骨折了？

魏晓云低声道：不知道……

陈丽说：我带你去医院。说着，就搀扶着魏晓云，往车跟前走。魏晓云回头看了看歪在地上的自行车，迟疑地不上车，陈丽这才发现车头上挂着一个皮包，就取下皮包，将共享自行车推到路边，然后扶她上车，往医院赶。

途中，陈丽为了安定姑娘的情绪，说刚才把我吓得眼前冒黑坨坨，我感觉你从车轱辘下面进去了，看来你是好人，有老天保佑你。之后，就主动问她叫啥名字？家在哪里？姑娘说她叫魏晓云，家在鹞子乡。陈丽顺便说我的男人就在鹞子乡派出所工作。魏晓云问姓啥？陈丽说姓黄。魏晓云说：是不是黄所长黄睿？

陈丽一愣：你认识？

魏晓云说：我找过他两次，都没见上人。

陈丽问：找他有事吗？

魏晓云犹豫了一下，发现车已经到了市医院急救中心楼前，就没接她的话茬。看着陈丽停好车，下车走过去打开车门，伸出两手，做出了准备扶她下车的动作，魏晓云这时却慢慢腾腾地说：我感觉不太严重，就不看了。

那怎么行呢？我看你行走都困难，起码要检查一下，是不是伤了骨头。

魏晓云见陈丽这么说，就没吭声。

两人到了一个有专家坐诊的大药房，大夫查看了伤情，开了一些消炎之类的药，回到车上之后，陈丽想一般人遇到这事，巴不得来个全身检查，要不够治疗和误工等费用不罢休。而她却主动放弃进医院检查，肯定是听到自己是黄所长的妻子后，才做出了这个让步。于是，就主动问她在鹞子乡哪个村？你说你两次找过我老汉，是因为啥事？

魏晓云这才说了她找黄睿的目的。

原来，在魏晓云5岁那年，她的父亲魏平就失踪了，现在都过去二十年了，还没消息。现在，她已经找到对象，就要结婚了。在结婚之前，想再寻找寻找父亲的下落。

陈丽一听时间长了，就故意说我老汉到你们乡派出所才两个来月，如果是打架受伤或者是邻里间纠纷的事儿，找他还顶点事，你家人失踪这么多年了，估计不好办……

魏晓云却神情淡定地说道：不管结果咋样，我想把这个事给所长汇报一下，让他知道。咱俩既然在这种情况下认识，请你成全一下，让我见一见你男人。

陈丽心里想到自己把人家撞了，别说受到惊吓，腿都受伤了，人家一没哭叫，二没叫交警，顺情顺意地上了自己的车，就凭她刚开始体现出的这个大度，陈丽觉得自己应该帮这个忙，因此就微笑道：行行行，让你见一下可以。我老汉几天都没回家了，估计今下午要回来，回来了我给他说，你把你的电话留下来。

魏晓云说：既然他今天回来，那我去你家等他，当面给他说。

陈丽有点为难，说你的家不是在鹞子乡吗？这个时候了，我得送你回家。魏晓云说她在城里打工，搞白酒推销，有地方住。陈丽不好再推脱了，只好带魏晓云回家。

陈丽的家在向阳小区 2 单元 12 楼。陈丽带着魏晓云刚出电梯，就发现家门前站着一位老人。那是陈丽的娘家姑父。陈丽给贾三集资时，曾从她姑父手里拿了 20 万，现在还不上，姑父就上门要。可能在门口等得时间长了，见到陈丽，很生气，又骂又说，唠叨了大半天。说儿媳威胁他如果要不回来钱，就跟儿子离婚。

陈丽在姑父的数落下开了门，因为有魏晓云在，她没敢吭声，默默地给他沏了茶，待姑父唠叨完之后，她才开口，像是告诉姑父，又像告诉魏晓云，说她的一个叫贾三的同学搞工程，资金周转困难，让她帮忙集资一些周转金，她就在亲戚朋友手里凑了 500 万，给了贾三，结果贾三现在资金链断了，没钱还，还躲着不见她，如今把她挂在二梁上，脑子天天为要账还债着想。这不，她今天好不容易看见了贾三，跟踪他时偏偏却碰到人，差点闹出人命。贾三那货，又在我的眼皮底下溜了。

魏晓云从陈丽的话中听出了事情的大概，就故意配合陈丽说道：你看你，冒失的，差点把我的腿碰断了，要不是我的自行车挡了我一下，你的车轱辘就从我腿上过去了。

姑父听此，拿眼睛注意地看了看魏晓云，就在这时，陈丽的男人黄睿回来了。他进门就看见了姑父，就礼节性地叫了一声姑父，和姑父打罢招呼，瞧见了一个陌生女子，以为又是个新冒出的债主。因为有好几个债主都是从半路中冒了出来的。两年多来，这种现象一个接一个。每冒出一个人，黄睿在看到的瞬间心就像针扎一般。所以，惯常的痛苦使他的脸色立马变了，动作凶猛地脱掉外衣，口气硬生生地冲姑父问道：你是不是来要钱？

姑父说：就是啊，好娃哩，火烧不到脚靶根，姑父不来啊。

姑父的话音刚落，黄睿就眉头一皱，骂起了陈丽，说她是个瞎怂，败家子，把他不当人，当初让她别跟贾三那个畜生交往，偏不听，还瞒过他给放钱。如今弄了这么大的窟窿，让他来填补。为了还债，啥法子都想尽了，拿啥还呢？刚去了新单位，又是这事那事的，还让他活不活？

黄睿骂着，魏晓云盯着他看着，发现他个子挺高，就是有点瘦，可能因为生气，脸色有点发青，神色看上去有点憔悴。骂到最后，竟抓起茶几上的杯子，打向陈丽。玻璃杯子哐的砸在了地上，玻璃碴乱飞，魏晓云吓得打了个寒战。姑父也坐不住了，骂黄睿好歹还是个警察，事归事，像吃了炸药似的，打媳妇不是打他脸吗？给人帮了忙，倒遭这罪，岂不是老鼠舔猫屁股，自己找罪受。狠狠地将黄睿数落了几句，让他尽快想法子，然后将门一甩，走了。

魏晓云发现，不论是黄睿骂媳妇，还是老人骂黄睿，自始至终，陈丽大气没敢出一口。黄睿将水杯扔在地上，吓得她都哆嗦了一下，陈丽倒很平静，二话不说就猫腰去捡玻璃碴儿，这么一看，这两口子男人像猫，女人像老鼠，猫一发威，老鼠就不敢动。魏晓云心里这么想着，但见黄睿坐到沙发上抽起了烟，情绪似乎平静了。陈丽收拾了玻璃碴儿，拿来拖把，身子一歪一歪地拖起了地上的水，也不说话。魏晓云本来想与黄睿搭话，但见他脾气大的像个炸药罐子，这个时候如果再说自己的事儿，没准儿他又爆炸了。见他俩都在沉默，也就跟着沉默了起来。在沉默之中，她打量起了这个家，这是个三室一厅的房子，做了简约的装修，看上去非常洁净整齐，白瓷砖地板，浅黄色带原木布艺沙发，电视柜和茶几的颜色都很统一，南北墙角，一人多高的发财树和幸福树绿油油地立在那里，感觉挺精神。电视背景墙上是南海风景，辽阔的海面、高悬的红日、翱翔的海鸥和立在岸边的椰子树组合在一起，让人看起来心旷神怡。魏晓云看不出这个背景墙是布的，还是塑料的，两眼盯着，心里在琢磨着。

你来啥事？黄睿突然问道。

魏晓云吓了一跳，忙转过头，心里一紧张，不知怎么开口。陈丽赶紧介绍道：这是小魏……

话没说完，黄睿就没好气地冲媳妇问道：是不是你又欠了人家的钱？

魏晓云忙说：不是的，是嫂子的车把我撞了。

黄睿立即警觉地问道：撞到哪里了？

魏晓云说：腿上。

黄睿立即看向陈丽：你把人撞了，不带去医院，带到家里干吗？

魏晓云忙说：你别急，嫂子本来想带我去医院，是我不看。

为什么不看？

我想求……求你办个案子。

黄睿又一愣：什么案子？

魏晓云向黄睿说了她父亲魏平失踪的事儿。

说起案子，黄睿好像有个职业习惯，语气立刻变得温和了起来，问：啥时候发生的？

魏晓云说：1997 年。

当时报案没有？

报了，我妈报的。当时，派出所把案件上报到了刑警队，刑警队人找了好长时间，没找到。

你的意思，让派出所接着找？

魏晓云低下了头：没有结果，我们总不甘心……

你没算算这个事过去多少年了？

我算过了，快二十一年了。你们派出所总共换了四个所长了，你是第四个。

黄睿看了一眼魏晓云，没说话。

魏晓云躲开黄睿的眼睛，说道：黄所长，我知道你心里是咋想的。虽然过去这么多年了，但我总不死心。听说你在精准扶贫上报的我们村，最近在村里到处走访，对那个光棍赵大娃比较关心，村里人说你是个干实事的人，所以我才来求你。我妈本来把我结婚的日期定在了后季十月份，我听到你来的消息后，想在你身上赌一把，因此就劝我妈把婚期推到了明年三月。

黄睿这时注意地看了看魏晓云，有点不以为然地说道：如果你赌输了呢？

魏晓云说：如果输了，我就死心了，再也不找了。

黄睿沉默了起来。

魏晓云见黄睿不吭声了，就说道：小时候我对我爸的失踪没有啥印象，在我 13 岁那年，我妈妈得了一场病，说她有可能活不成了，就把我爸失踪的事儿告诉了我。我妈总认为我爸消失得有点蹊跷，一直央求派出所找人，叮咛我如果她万一不在人世了，让我继续找。从那一年起，我就每年陪我妈到派出所打听我爸的消息，18 岁那年，我高中毕业就出去打工，边打工边找我爸，西安、兰州、河南、山西、北京、深圳，凡是有老乡的地方，我都去了，都没消息。现在我 27 岁了，已经订了婚，我总想在结婚之前，把我爸的事儿再跑跑，了了心愿。两个月前，听说你来了，我找了你两次，你都不在单位，没想到今天碰到了嫂子，虽然我的腿被嫂子的车碰伤了，可我不进医院，不给你们添麻烦，只求大哥帮忙再查一查。给你说实话，我爸的事儿没个结果，我连婚都不想结。

陈丽见男人认真地听着魏晓云的讲述，就插话道：你看这个姑娘多有孝心，多执着，既然碰到你手里了，就尽尽心吧。

黄睿立即瞪了陈丽一眼说道：你站着说话不嫌腰疼！去，把人带去医院看伤，其他的事儿你少皮干！然后对魏晓云说道：既然当年派出所和刑警队立案侦查过，至今没有线索，而且又是这么多年了，肯定成了悬案了，别抱希望了，就是我们复查，也不会有什么结果的。耐心等吧，虽然成了悬案，但案底在，说不定你们等到本人，或者有其他案件牵出你爸爸的下落。现在再启动复查程序，比较难，除非有啥特殊情况。

魏晓云见黄睿发出了逐客令，顿时泪水簌簌落下，声音颤抖地说道：大哥，我爸失踪时才 35 岁，我们的左邻右舍和亲戚朋友都说，我爸那时候年轻力壮，连个感冒都不得，不可能随便就死了。就说他变了心，在外地成了家，这么多年了，他不可能不和老家人联系啊。所以，我和我妈都怀疑，我爸是被人害了。

陈丽听到这里，忍不住又插话道：既然你认为被人害了，那都过去这么多年了，还能查个啥结果？

魏晓云说，虽然他被人害了，可和他共过事的人现在还活着啊。

陈丽见魏晓云这么说，立即话题一转说道：对呀，就是出了车祸，过路人还看见几滴血呢，你爸咋走得无踪无影呢？

魏晓云继续说道：尽管派出所都查过了，尽力了，但我总觉得没有查到点子上，所以我想请求黄所长再复查一遍。

陈丽说：就是，肯定是哪里没查到。

黄睿立刻瞪了一眼陈丽，骂道：叫你少管，你又憋不住了？你屁股上都冒烟了，还狗咬汽车多管闲事！

陈丽忙讨好地说道：就这一次，开个绿灯，以后牵扯你工作上的事，我绝对不管。你俩说话啊，我做饭。说罢，给男人和魏晓云泡了茶，就做饭去了。

第三章

一泡尿浇到了警车上

　　黄睿是二十世纪八十年代末的警校本科毕业生，先后在县公安局、凤城市凤城区南街派出所工作，五年前，调到了驿林镇派出所当副所长。

　　驿林镇在凤城西边，紧靠城市，是凤城市四门乡镇之一。这些年，随着城镇化建设的推进，驿林镇建起了以"幸福小镇"为首的几个大型住宅小区，同时建了医院、学校等企事业单位。现在这个村与其他乡镇比起来，是个比较富庶的村镇，村民基本靠出让土地、企业分红和房租吃饭，衣食无忧，生活比较稳定。一个地方的经济稳定了，社会治安相对好一些。除征地拆迁引发了点事儿外，刑事案件发生的概率比较低。

　　黄睿在驿林镇派出所工作了五年，两个月前，又调到了鹬子乡派出所，任一把手。

　　鹬子乡位于凤城北边，离凤城五十多里路。

　　刚到鹬子乡时，黄睿召开了全体职工大会。在会上，杨恒副所长将鹬子乡的情况大致做了汇报：鹬子乡共辖 21 个行政村，155 个村民小组，9691 户，47506 人，土地面积 216 平方公里。地貌基本是半山半塬地带。啥叫半山半塬地呢？就是有的村子在平原上，道路和田地比较平展；有的则钻在半山腰或蜗居沟底。从自然环境上说，虽然这几年在"村村通"政策下，山村公路基本都修了，可路还是不太好走，这边上那边下，山多，弯子多，地形复杂，不熟悉地形的人，几个弯子就绕晕了；从人文环境上讲，给你说实话，所长，这个地方社会风气不太好，铰人毛的事儿比较多……

话音一落，即惹得众人哄的笑了起来。

杨副所长微笑道：真的，我在这个单位时间长了，啥事都经过了，几次差点让人把我的毛铰了。社会上不是有个顺口溜嘛，东乡赞，南乡慢，西乡轿车到处转，北乡贼娃子满街窜。

黄睿听到这个顺口溜，注意地看了看杨恒。

杨副所长说道：啥意思呢？意思就是一个乡一个风气。譬如这个乡如果有个养羊大户，那养羊的人就多；那个乡当保姆的人多，那整个村子的女人都出去当保姆了。当然，如果一个村上偷鸡摸狗的事儿多一点，那这个村子的犯罪率绝对高。总的一句话，咱们这个乡就属于贼娃子乱窜之地——风气不太好。

黄睿立即插话道：这个情况我知道。论社会风气和经济状况，与我以前所在的驿林镇就差距很大了。俗话说，贫贱夫妻百事哀。夫妻关系再好，如果家里日子过不起来，总会影响夫妻感情。一个村庄贫困了，负面的事儿就多一些，这个是常态。

一个叫王小可的民警听到这里，立即在笔记本上记录了起来。这个细节，黄睿很快就看在了眼里。他继续说道：但是，家风不好，我们要努力改变家风。村里落后，我们要争取打破这种落后的局面。现在，中央对脱贫工作抓得很紧，2020年彻底脱贫，为以后的乡村振兴打好基础。市委市政府也下了死命令，咱们凤城市不脱贫，绝不收工！为了保障精准扶贫政策的推进，中央开展了扫黑除恶专项斗争。咱们派出所作为基层执法单位，要响应党中央的号召，在精准扶贫和扫黑除恶上同时抓，以扶贫为主导，以扫黑除恶为震慑，一定要务实、扎实地推进这两项工作，让我们所服务的这个乡镇彻底脱贫！让鹞子乡的不良风气和贫困面貌彻底改变！

黄睿是从贫困家庭走出来的，当年上大学时，老父亲为了给他凑点学费，翻几座山到亲戚跟前去借钱。在西安上警校时，每到假期，他就到处打工，或在食堂端饭，或到西安服装批发市场的服装店折叠衣服，当销售员，暑期在密集的人流中拉货送货，热得汗流浃背。从大学第二年起，他基本是靠假期打工，维持大学的费用。黄睿对贫困有着深刻的感受，因而对国家提倡的精准扶贫理念，从心底里赞同。所以，对于扶贫工作，他看得比较重，认为这是一场伟大的行动，作为一个乡镇片区的所长，必须带头做好这个工作。为了配合扶贫攻坚行动，在单位召开的纪律作风集中整顿专题会上，他提出了四点要求：

一是地毯式地走访，哪个村子穷困户多，就将哪个村作为扶贫重点。

二是在贫困户里面挑贫困户，抓最穷的、扶最弱的，对那些要赌致贫、犯罪致贫、懒惰致贫的人一律不扶。

三是每个科室要在每周指派一个职工下乡巡查，了解治安情况，对那些在乡村道路建设、或在草畜养殖中出现卡、拿、要、赖的人要严肃处理，最大限度地保障和服务精准扶贫工作的开展和农村各项事业的发展。

四是对选中的困难户要放下架子，拉下面子，心连心地交流，充分了解困难户能力和特长，对症下药，制订出脱贫计划，跟踪服务，手把手地带领他们脱贫！

黄睿不仅号召所里民警按这四点要求去做，自己也以身作则，有空就带着民警王小可下乡。自参加工作以来，他或多或少地参与了一些慈善活动，或单位发起，或民间组织募捐。曾有一年，他经过一家民间慈善机构的介绍，开始资助一个贫困生。每年到了开学时间，他将钱准时打给学校开设的账户上，每学期500元，一年下来也就是1000元。有一年，他到那个贫困学生的村子去办案子时，顺道想去看看他资助的学生，虽然捐助两年了，除了在资料上看到过该学生的照片，还没见过本人。他想见一见，如果自己条件允许，他打算从初中资助到高中甚至大学。

黄睿在村上的一个小卖部问路时，正好问到这个贫困学生的妈妈跟前，她正在商店隔壁的小房子打麻将。之后他通过左邻右舍了解到，这个家庭并不怎么穷，她的孩子之所以能得到资助，是因为这位母亲见一拨一拨的人来到他们村上搞助学活动，就去找了孩子所在的学校，学校就向慈善组织提供了资料，黄睿从资料上得知其家庭情况后，这才有了资助的意愿。

黄睿无意中了解到这个学生的实情后，感觉心里像吃了苍蝇，自然没有信心去看望这名学生了。到了第二年，他也没再给汇钱。没想到这个学生的妈妈打来了电话，向他要钱。黄睿直言相告：给你女儿的资助就到此为止。那个婆娘问为啥？黄睿说：你男人在砖厂当技工，工资比我高。你手头有钱打麻将，比我潇洒。所以，我只能资助你两年。比你家庭条件差的学生还多着呢。这婆娘说：你们是公家人，我老汉是打砖的，打砖的工资再高，能高过你们端公家饭碗的人吗？黄睿听到这里，没说话就挂了电话。

鉴于自己有过这样的经历，所以这次在选择帮扶对象时，他要求一定要眼见为实，不走捷径，要提起锅盖就能看见锅底。为了熟悉鹞子乡各个村上的情况，譬如人口、路况、村落位置、贫困户、服刑人员、治安现象和村建概况等，他带着王小可，像探情报似的一个村一个队的摸排了起来。通过走访，黄睿对全乡的人口情况、贫富状态和治安状况基本有了把握。只是初次踏上这块土地时，多少有点出师不利。

那天，黄睿一连走了三个村子，最后在洼子村向一位老奶奶了解贫困人口时，这位老奶奶提到了一个叫赵大娃的贫困户。说赵大娃的女人出去打工跟人走了，撂下两个女娃娃。赵大娃为了照顾女儿，既当爹又当妈，种地、做饭、喂猪，天天围着家里转，平时靠给村里人打零工赚点小钱。住的又是窑洞，家里很困难。由于赵大娃的脾气不太好，不太合群，吃了两年低保就给取消了。黄睿本来转了一天了，准备回家，听到老奶奶这么一说后，遂掉过车头，去了赵大娃家。

当时已临近黄昏，赵大娃家是个坐落在路边的地坑院，里面有三孔面朝路的窑洞。

黄睿将车停在路边，穿过门前小道，走到大门跟前，敲门。很快，门开了，一个小女孩出现在门口。

黄睿说道：我是警察，你爸爸在家吗？女孩目光怯怯地看了看黄睿，说他爸爸还没回来哩。黄睿主动进门，说那叔叔等一下。女孩问找爸爸啥事？黄睿说没有啥事，过路顺便进来看看。女孩问你认识我爸爸吗？黄睿微笑地看了看女孩，问多大啦？女孩说8岁，我姐姐在里面。说着，朝一间门开着的窑洞走进去。

黄睿跟了进去，一个十二三岁的女孩正趴在破旧的桌子上写着作业。桌子对面，是个土炕，炕上的床单不太干净，但被子折叠得比较整齐。除了这个三斗桌，窑洞里还摆放了一个红色老式五斗柜，与其对应的是个红色老式条桌，窑洞里的陈设虽然简单，但看上去比较干净。

虽然有电灯，但在黄睿的眼里，这个灯泡像个草丛里的地灯，只勉强的照亮了这个三斗桌，往周围一看，窑洞里的光线暗乎乎的。黄睿凑上去一看，女孩在写作文，标题是"我的爸爸"。

黄睿犹豫了一下，遂拿起作文本，看了起来。

我的爸爸个头不高，爱干活，不知道累，天天干得不停。爸爸说，人要勤劳一点，勤劳了，不缺吃，不缺穿，爸爸是个勤劳的人。爸爸除过干活，饭还做的挺好，有时候，还给我们做臊子面吃。汤红汪汪的，味道香喷喷的。因为爸爸能做饭，妈妈出去打工了。妈妈在外面干了几年后，回来还跟爸爸离婚了。想到人家的爸爸回到家里有人做饭，我的爸爸干活回来还要给我们做饭。有时候，吃着爸爸做的饭，我不由得心里发酸，眼泪不由自主地流了出来……

黄睿看到这里，心里陡然有点难受。问她爸爸去了哪里？女孩说干活去了，马上就回来了。

没有一会儿，赵大娃回来了，进门就叫"玲玲"，大女孩赶紧跑了出去，说家里来人了。这时正好黄睿从窑洞里出来，赵大娃一看，遂啪的扇了玲玲一个巴掌，厉声责骂说让你别随便给陌生人开门，你咋把生人放进来了？玲玲捂着脸说是妹妹放进去的。赵大娃举手又欲打老二，妹妹吓得赶紧躲在了黄睿的身后。黄睿一把按住了赵大娃，说你脾气不小啊，怎么不问青红皂白就打人？你没看见门口停的是警车吗？赵大娃顿时瓮声瓮气地说道：你把警车开到我家门口，难道是来抓我不成？我婆娘虽然跟人跑了，但我没杀人没涉黑，找我干啥？不打招呼就进了我家，谁知道你们是真警察还是假警察？

黄睿发现这个人脾气不好，心眼还多，就耐着性子向他解释：我确实有点冒失，提前没打电话，这个我欠考虑。听说你情况不太好，我想了解一下。赵大娃不太信，说现在人眼睛都朝上翻着呢，谁有背景了，谁就能吃上低保。人穷了，连法官都看不起，三言两句就把一个婚姻给断开了，谁还能看见我的可怜？再说，你若是个真警察，就是专门抓犯人的，对我这个穷人，你能帮个啥忙？

黄睿听出赵大娃的怨气比较多，抱怨村委会，抱怨法庭，对社会现状不太满意。凭他多年与犯罪分子打交道的经验，这种人最容易做出极端的事情。因此，他觉得自己有必要和他谈谈心，于是就主动给赵大娃点烟，做出了友好的举动。赵大娃虽接了黄睿的烟，但说他还要做饭，问他来有啥事？黄睿发现赵大娃有赶他走的意思，就说：没啥事，就想跟你聊聊，你做啥饭，我帮你做。

一句话说得赵大娃的态度变了，说：怎么能让你做呢？你快坐下，如果不嫌弃，跟我说说话。

赵大娃说着，就进了隔壁的窑洞，拉开了灯。农村人把做饭的窑洞叫家。黄睿发现他家里也有炕，对面有个方桌，方桌上放着一台电视机。从乱兮兮的摆设看，这个窑洞既是赵大娃做饭的家，也是他睡觉的地方。

为了简便，赵大娃打算熬点稀饭，热点馒头。当他揭开蒸笼时，黄睿发现馒头又白又大，问这馒头是你蒸的？赵大娃说：我不蒸，谁蒸呢？光这挖锅底，我都挖了几年了。

黄睿看到这么好的馒头，心里顿时肃然起敬，说只要你以后脾气放好一点，有啥困难，尽管说。赵大娃问：听你的意思，你们派出所也搞精准扶贫？黄睿说：搞，我就是下来了解情况的。赵大娃问：了解了想干啥？黄睿说：谁困难，帮谁。赵大娃说：那我在这个窑洞钻了几十年了，吃水干啥都不方便。想盖个房子，庄基批复都下来两年了，没钱盖，你帮不？黄睿说：帮。赵大娃问：咋帮？黄睿说：我给你争取5万元的贴息贷款。赵大娃问：你说的是真的？黄睿说：你不相信我，应该相信国家政策吧？赵大娃说：政策再好，有人执行不好，还不是黄羊甩蹄。黄睿说：不见得吧，听说你也受村委会的关照，吃过低保。赵大娃说：是吃了两年，可人家吃得剩下骨头了，才扔给我。狗骨头啃得多了，牙疼得都叫唤哩，别说人。

黄睿一听，噗的笑了一下，说道：你真有意思。是不是村委会扣了你们的低保？赵大娃说：这话我不说，说了就是是非。你是警察，你调查去吧。

黄睿说：我觉得你看待问题还是有点狭隘。这样吧，把你的情况写个材料，从村委会往上报，我帮你申请贷款资金。赵大娃问：多少？黄睿说：不是给你说5万嘛。虽然是贴息，但贷款还是要还的。赵大娃问：几年还？黄睿说：三年。赵大娃说：能行，将来万一还不起，我大女子今年都十三了，将来给找个婆家，卖了礼钱就能还贷款。

黄睿一听，觉得有点哭笑不得，看着赵大娃拿了一个土豆，用菜刀一下一下地削起了皮，就围绕他的生活状况，问这问那，聊了起来，直到从赵大娃家里出来，已经是晚上八点多了。

这个时候城里灯火斑斓，而乡村却黑黝黝、静悄悄的，由于山峰、树木和房屋的遮掩，散落在村里的灯光稀疏而诡异，有的明亮，有的昏暗，有的贼兮兮地钻在树缝里，有的则错落有致地聚集在一起。无疑，灯光多的地方，人户比较密集。而马路上偶尔戳来两道亮光，瞬间又扫上走了。王小可开着车与黄睿聊着，在漆黑的夜幕下不紧不慢地走着，话题自然离不开赵大娃。说赵大娃那个人看起来邋里邋遢的，饭还做得不错，馒头蒸得又白又胀，萝卜丝切得细的，比我强许多，我不会做饭。

黄睿说：是啊，一个人拉扯两个孩子，真不容易。王小可说：这个人需要帮扶。黄睿说：就是，你看他居住的这个窑洞，已经很旧了。现在政府有平废庄政策，应该让他早点住上新房，把那个旧庄子平掉。

正说着话，王小可突然喊道：哎哟。

黄睿忙问：怎么了？

王小可说：我最近几天肚子不太好，吃点饭，肚子就痛。

黄睿即朝左右看看：那找个地方吧。这里有人家，肯定有厕所。

王小可就将车停在了路边，下车小跑着离去。

由于没有熄火，黄睿嫌车有响声，伸手熄了火，然后将头仰在椅子上，貌似闭目养起了神，其实脑子里在回味赵大娃说过的话，做的饭。就在这时，他听见了两个人的对话，这人说：哟，是个警车。另一个人说：是不是又来抓谁了？这人说：这驴日的，像鬼子扫荡似的，有事没事就到村里扫荡一圈，扫得要咋哩？把那些招赌摇骰子的人赶得光光的，有时候咱想弄点小钱，死巴巴的都没处弄。这个时候了，还把他先人这头开到这里招摇……

说话间，这人好像把车蹬了一脚，车明显颤动了一下。

那人说：你现在嘴头硬得很，在人家面前，乖得像猫。

猫锤子呢，咱是怕钱，你以为是怕人。

不知谁今晚招祸了，警车在这里等着。

不管抓的是谁，咱们先给车上尿一泡尿，把这个车臊一下，让这辆车在途中爆了胎，失了灵，从沟里开下去把这些瞎怂摔死！

黄睿听到这人又是踢车，又是骂人，本来心里就有些生气了，这时听见这几句恶毒的话和刷刷的撒尿声，顿时火冒三丈，一把推开车门，跳下车，问你骂谁呢？扑上去就抓人。撒尿的人见车上有人，裤子一提拔腿就跑，黄睿紧追不放，那人连跳带奔，一个拐弯朝路边的一户人家奔去。这家大门紧闭着，他可能惊吓过度，加上跑得快，一头撞在了门上，遂妈的大叫一声，脑袋一歪，倒在了门口。

黄睿把这个人扭起来时，发现昏迷了，一股难闻的酒味扑鼻而来。原来，他喝了酒。最糟糕的是，醉汉就是这家的人，他撞在了自家大门上，把自己撞晕了。

老主人听到响声，出来一看，儿子额头碰破了，不省人事，遂问是咋回事？醉汉的同伴故意挑拨说我俩喝了点酒，你娃没注意尿到警车轱辘上了，他就下来抓人。老人凑到黄睿跟前瞧了瞧，问咋没见过你？这时，王小可上完厕所来了，见状，忙插话道：这是我们所长，是新来的。老人说：看来，新的比旧的还冒失！我问你，你抓我娃，我娃是干了啥犯法的事了吗？

黄睿和王小可将醉汉抬上车，说道：没有，是你娃尿到我车上了。

老人问：给警车上尿尿，犯法吗？

黄睿说：不犯法。

老人喊道：那你为啥抓他？

黄睿说：算我错了行不行？其他别说，先给他救治！说罢，哐的关住车门，准备上车。

老人说：所长，我一个娃死在煤矿，就剩下这一个娃了，心脏还不好。如果有个三长两短，你把我抬埋了。

黄睿一听，感到脑子嗡的一下，一把扯住了醉汉的同伙。

醉汉同伙尖叫：抓我干啥呢？

黄睿将他像拎鸡似的拎进了车里，然后上了车。

警车打着警报灯，在路上疾驶。

黄睿心里有点紧张，目不转睛地看着前方的路，心里突然想到杨所长说这个乡，铰人毛的事儿比较多。看来，这话是真的，自己刚来没几天，就被铰了毛。想到这里，黄睿眨了眨眼睛，恨不得一下飞到镇医院。

到了医院，黄睿和王小可看着医生给醉汉头上缝了五针，由于是急性酒精中毒，医生说一般有 12 小时就苏醒了，最长不超过 24 小时。关键是他心脏不太好，黄睿感到压力很大。那一夜，黄睿和王小可守在醉汉床边，感到白发在噌噌地往出长。好不容易熬到清晨六点多，醉汉总算苏醒过来了，见他没有生命之忧，黄睿的心这才落了地。

为了不让事态扩大，黄睿给老人道歉，做病人的安抚工作，住院费、检查费和治疗费等花了一万多，总算平息了这个事。

黄睿的家里因为有巨额债务，每月的工资一下来，出溜一下就没有几个了。这一万多的治疗费，还是王小可等同事帮忙凑的。因为这个事，他心里本来就窝着火，回到家又遇到姑父上门讨债，自然就爆发了。他"打"了媳妇，气走了讨债的姑父，现在听到魏晓云说的事，感到心里很烦，自然态度就不好。

魏晓云见黄睿阴着脸，对自己说的这个事儿有点抵触，就一拐一晃地走到他面前，语气恳切地说道：黄所长，今天就是不碰到嫂子，我还是要找你的。既然碰到了，就是天意，说不定，还能找到我爸爸的音信呢，我求求你，把我爸爸这个事再查一下吧，求你了，黄所长，求你了！魏晓云说着，朝黄睿深深地鞠了个躬，然后，头也不回地出去了。

黄睿看着魏晓云的背影，朝伙房里的陈丽看了一眼，想发作，又忍了下来。

第四章

因 债 发 疯

尽管黄睿在魏晓云面前没有明确表态，但第二天上班后，他在治安科民警王小可跟前提起了此案。王小可说魏平失踪的信息在全国公安系统网站都发布过，这些年，派出所也一直留意那些失踪人口的相关信息。他本人也接待过失踪的人的家属。有的家属经常来派出所寻访，其中就有魏平的这个婆娘，自从他调到这里，就来过多次了。头儿，给你说实话，看见魏家母女，我们都感到有点烦。

黄睿说：有啥烦的，咱们干的就是这个事嘛。人丢了，不找咱们，找谁呢？你抽空把魏平失踪的档案找出来，让我看看。

很快，王小可找出档案，刚送到黄睿办公室，一个女民警进来告诉黄睿，派出所门口坐着一个中年女人，提着馒头和水壶，抱着被子，扬言说黄所长不给她还钱，打算这几天就睡在派出所门口。

王小可知道黄睿家的情况，醉汉踢车的事儿也刚刚结束，知道黄睿现在无力应付债主，就一马当先，主动说道：你别出去了，我去应付。黄睿想了一下，点头说行。在王小可出门时，黄睿叫住了他，提醒道：这个女人身体不好，血压高，曾跟我媳妇要账时，昏倒过一次，你和她说话时要注意方法。

王小可来到大门外，首先看到了放在地上的铺盖，再看看这个讨账的女人，身体胖，眼睛肿胀，就态度温和地问道：大婶，听说你要找我们黄所长？

讨账女人说：就是的。

王小可故意问道：啥事嘛，摆这个架势干吗？

讨账女人说：黄所长的媳妇陈丽借了我30万，遗屎巴尿地给了我15万，现在还有15万。我前前后后跟她要了二十多次了，她不还钱……

王小可"哦"了一声。讨账女人乘机诉起了苦，说所长媳妇还不上钱，还不让我告诉她男人。我装了一年多了，实在装不住了，那天给她男人打电话，结果那男人一听我要账，蹦蹬一下把电话压了……别以为他是个当官的，我就怕他！只要我横下心，他走到老鼠窟窿我都能找到。这不，他偏偏还调到了鹞子乡，正好在我娘家的家门上，现在，我跟他要账更方便了。

王小可说：谁跟你借的钱，你不跟谁要，干吗找我们所长要呢？

讨账女人立马抬高了声音：所长是她男人啊，一家之主，不跟他要，跟谁要？

那我问你，如果你女子杀了人，你去给抵命行不行？

讨账女人愣住了。

王小可手一挥说道：走吧，赶紧把摊场收拾了，这是派出所，随时出警，别影响公务！

讨账女人硬了起来：见不到所长，我不走！

王小可有点生气地说道：赶紧离开！若再把铺盖摆在这里，小心把你拉去关了。

讨账女人立即蹦了起来：关我可以，让我走，门都没有！除非他们两口子给我把钱还来！

王小可见这个讨债人撑得很硬，根本没有商量的余地，就把这个情况告诉了黄睿。黄睿按住额头发起了呆，看样子很为难。王小可说：要不，我出去给拘了，她躺在那里，要是让有些人捅到网上，还以为是咱们派出所办错了案件，出了冤情。

黄睿给他摆摆手，意思不能这样做。之后，他离开了桌子，出了门，走到讨账女人跟前，口气平和地说道：大嫂，我刚到新单位，这事那事的，确实没有精力处理你这个事。给你说实话，我媳妇在你跟前拿钱去放贷，当时我并不知道。

知道后她已经给我把摊子弄大了，现在欠人五百多万。

人在单位门口臊搅，别说黄睿，王小可都感到心里像吃了苍蝇。见黄睿出了门，他也就跟了出来。现在听到所长媳妇欠人五百万，心里不禁大为吃惊：拿工资的人，怎么能经得起这么多的债务呢？但听黄睿说道：有五百万的欠账，说明跟我们要账的不是你一个……

讨账女人立即打断黄睿的话：我不管你欠人多少，我就要我的钱！不给，我就不走！你那个同事扬言要抓了我，抓就抓，我现在一身病，六月的狐子，皮和毛都不顾了！

黄睿从这个女人的作派上看，要不来钱是不走人的，考虑她是本地人，处理不好她会天天来臊搅他，只好说道：三天，给我三天时间行不行？

行啊，但三天时间你必须把钱拿来！君子口里没戏言！你是所长，身上带法，必须要说到做到！如果三天时间拿不到钱，我就……

王小可立即说道：找我！说罢，一脚将女人的铺盖卷子踢开，黄睿忙按了一下他的肩膀，然后示意讨账女人赶紧走开。

回到房间，黄睿给弟弟黄平拨过去了电话，问土地的事儿跑得咋样了？黄平说村委会正在协调呢，说听起来有的人想种地了，想往出承包，但当有人包地时，又扯了起来。眼下，有几块地还没商量下来呢。黄睿说：那你就看着办吧。

挂了电话，黄睿决定动用弟弟的公款。

黄睿有个同学叫刘希来，在北京做石油器材生意，成了大老板。今年正月，刘希来看望黄睿母亲时，见到了黄睿的弟弟黄平经营的果园。这个果园有二十多亩大，但是个具有三十多年历史的老园子，加上常年施化肥，果树已经严重老化了。黄平说他想流转一些土地，栽上新品种矮化果树，配上大型喷灌等设施，往有机苹果方向发展。因为黄土高原日照强，气温适宜，苹果本身肉质密度厚，糖分比较高，只要给苹果施上有机肥料，那口感绝对比上化肥的好，将来进大城市的超市，或上阿里巴巴，绝对能卖个好价钱。但黄平心里盘算得再好，巧妇难做无米之炊。没钱投资，再美好的心愿也只能挂在空中。其间，他想放弃果园，又觉得自己与苹果打了几十年交道，把果树的性能都挖熟挖透了，如果放弃，从心底里还舍不得。因此，这些年他一直寻寻觅觅地找合适的股东，和他共同搞这个项目，哪怕他占个小股，只要把这个现代化的果园建起来就行。

刘希来听出了黄平的意思，认为农业是个刚性需求，最近几年，国家提出了乡村振兴战略，在政策上对农业项目支持的力度也大。不少大企业都往农村发展。前几年他想买几座山，栽些树木，将来退休了可归隐山林，有个靠头。但由于这投资那投资的，晃来晃去，买山的事儿还没落实下来。现在听了黄平这个打算，他看了黄平村上的一些土地及周边条件，觉得这个事情还行。就和黄平前前后后商量了多次，最后谈成了合作意向，准备流转 1000 亩土地，成立个"有机果业合作社"，他作为大股东控股，让黄平牵头搞。

不久，刘希来回来就和黄平达成合作协议，接下来就登记注册"合作社"，算是正式与黄平合作了。

由于流转土地需要一个过程，刘希来在回北京时，给了黄睿一个 30 万元的卡，说是合作社的前期费用。在财务没建起来之前，想让黄睿先替自己监管这笔资金，等合作社手续下来了，土地大致有着落了，他再指派专业的财务人员。因为流转土地，要从农民手里一点一点地拿，拿一块地，给一点钱，是流水形式的，所以必须随时提供现金。让弟弟负责流转地，让哥哥管现金，这是刘希来为了管控这笔资金采取的手段。因为黄睿毕竟是他当年要好的同学，相互了解，黄睿又是公职人员，叫他替自己管钱比叫其他人更可靠一些。

现在，听弟弟说拿地的事进展比较慢，他心里突然有了动这笔款的想法。因为在这个女人要账之前，由于他的一个同学是这个乡信用社主任，黄睿打算借同学的情面贷点款，给那些家庭困难的人先还一部分，剩下的等跟贾三要来了再还过去。这个事跟他的同学说了之后，他同学考虑到他名下有贷款，而且在信用黑名单内，就出主意让黄睿在鹞子乡当地找个熟人，在熟人名下贷，当然，将来的还款人肯定是黄睿。

现在，替黄睿贷款的人已经找下了，只是他有事外出了，回来了就能办理。有贷款这个后备资金，他才有了挪用弟弟公款的想法。他打算先用这笔钱把这个女人打发了，后面的贷款出来了，给补过去。反正，地是一块一块拿的，平均一家下来，也就是个几千元，一次性用钱不是很多。

有了这个打算后，黄睿就给刘希来打电话。刘希来说他刚上了飞机，马上要起飞，到了杭州后再联系。黄睿就给发了个信息，把自己挪用钱的事告诉了刘希来。之后，从他监管的这 30 万公款中，拿出了 15 万，在王小可的见证下，给那个女人还了过去。

可动了这笔资金还没过几天，弟弟黄平从一个种植药材的人手里一下转包了 600 亩地，连流转费带坟墓、树木等附属物下来，得 22 万多。

黄睿一听，愣了，说你不是说地不好拿吗？黄平说他这些天一连跑了三个乡镇，都不理想，不是价格太高，就是地块不行，连不成片。因为现在好多人在农村拿地，尤其一些大型农牧企业，一拿地就是上千过万亩，把低价格搞上去了。前几天李支书说范家塬一个合作社有 600 亩地，原先种过药材。经营不善情况不好，要把这些地往出转让。由于地价有点高，还有两座坟墓、树木等附属物，原先我不考虑，现在看，只有这块地比较理想，而且在附近还能延伸几百亩地。除过这块，眼下要找这么一整块地，比较难。为此，昨晚打电话和刘希来商量了一下，他同意拿，让我赶紧签合同，预防别人撬去。

黄睿一听，愁苦地闭住了眼睛，犹豫了一下，才说道：现在只剩下 15 万了。

黄平正在兴头上，听此，懵了：刘总不是给了你 30 万吗？那 15 万呢？

黄睿有点尴尬地说道：有个债主来单位闹得没办法，我给了。

黄平想到昨晚和刘希来在说范家塬这 600 亩地时，媳妇琴娃过后对他说道：刘希来和你合作，不把钱交给你，而交给哥，我心里总有点不舒服。

黄平当时说道：人家毕竟跟哥熟嘛，而且还是哥促成了这事，就是哥不管钱，刘希来找肯定别人管嘛，人家不可能把钱和业务都交给我。这个我都能理解，你有啥不舒服的？只要把地包来，把果树栽到地里，谁管钱都无所谓。

琴娃说：你不理解我的意思。嫂子弄下的事情你不是不知道，现在弄得八头都冒气呢。哥是个直性子人，我害怕有些人要账要得急了，哥心一软，把你们的公款挪用了。万一拿去还了债，不是把你日踏了吗？

黄平当时还劝媳妇不要多想，现在，媳妇的担心实实在在的应验了，他不禁鼓起了眼睛，失声说道：哥，你这不是日踏我的事吗？

黄睿说：谁知你一下拿了这么多的地呢？你别急，我想办法。

黄平顿时脸色通红：我能不急吗？倒这，有个人还背着现金在那里缠着呢。

是啊，为了拿到理想的果园用地，黄平跑了快一个多月了，这村出那家进，有的价格合适，地不好；有的地好，价格太高。就这么磕磕绊绊，反反复复，他跑了不少路，费了不少周折，现在好不容易遇到了性价比合适的土地，钱上却出问题了。他怎能不生气呢？他不是一般的生气，而是气得连一句完整的话都说不出了，他"你你你"的一连说了几个"你"，就转身出去了。他知道在当哥的面前，骂不是个骂，打不是个打，况且还在人家的办公室。黄平感到一肚子气没处发泄，就进了镇子上的饭馆要了一瓶酒，一个人闷头喝了起来。

约莫一个多小时后，黄平在半醒半醉的状态下骑摩托车回家，打算把这个事儿告诉老母亲。但在途中，肚内的酒精加野外的风，像两条坏兮兮的动物，轮流攻击起了他，最终，他不堪受欺，心里翻江倒海中摩托车失控了，一头扎在了路边的地埂下，下面有一米多深，掉下去之后，摩托车压在了他的右腿上，导致小腿骨折了。

黄睿听说弟弟住进了医院，知道事情不妙，赶紧给陈丽打电话，让她一同去医院。

半个多小时后，黄睿和媳妇在医院碰面了，他俩一同进了弟弟的病房，见老母亲已经来了，守在儿子病床跟前，无疑，是弟媳从她娘家来医院时，过路顺便带来了老人。黄睿看到老人在场，心里有点生气，认为这个事不应该告诉老人，不能让小的受罪，老人再跟上受煎熬。又想到弟媳是和老二吵架离开的，现在把老人牵来，多少有些拿他出气的意思。已经这样了，忍吧。

进了门，见弟弟脸色蜡黄地躺在病床上输着液，看见自己，生气地背过了头。弟媳提着水壶进来，眼睛一扫，脸立马沉了下去，放下水壶就扭身出去了。老母亲大约知道了事情的来龙去脉，一脸愁苦，看着大儿子，想说什么，欲言又止。

这时陈丽讨好地问道：妈，你咋来了？你最近身体不好啊。

婆婆再也憋住不住了，冷冷地说道：腿腕子都骨折了，我能不来吗？幸亏在平路上，如果到了山坡上，不是从沟里摔滚下了？明明知道我身体不好，硬生生把我往死里锥哩。

一说起来，老人好像被气推着，一发不可收拾，就冠冕堂皇地骂了起来，嫌陈丽把一些亲戚的钱拿来放给了别人，把自个儿弄得屁股上冒烟，害得她这把年纪了，家里日子还不得安稳。早知把日子过成这样，当初就不应该让黄睿去上大学，不应该又是卖牛又是倒粮的，帮着给黄睿在城里买房子！当个农民多好，不会有这么多的烂账……

老人越骂越伤心，最后就泣不成声了。陈丽忙扶住了她，连连叫着妈，说我已经闹下这麻达了，天塌下来我顶着，您老人家别生气，小心气坏了身子，您是我们的主心骨，您如果倒下去了，我们当儿当媳妇的，就没奔头了。

在媳妇的连连安慰下，老人缓过了一口气，声音蔫兮兮地说道：医生说明早给平儿接骨，看得给接好。唉，人见伤筋动骨，可得卧床一百天哪。

黄睿知道弟弟喝酒闯祸的原因，更理解母亲的心情，就主动安慰道：我已经和刘希来商量好了，那600亩地继续拿，也和李支书说好了，让他先把那块地稳住。刘总明天就从北京飞回来了，后面的事我和刘总说。平平，你安心治病，妈，你也别太操心了，等会让陈丽把您送回去。

黄睿安慰了弟弟，送走了母亲，从医院回到单位，准备把单位的事儿料理一下，然后去赵大娃家。他看了赵大娃家的情况后，已经帮赵大娃申请了5万元的精准扶贫贴息贷款。不知这笔款到他手里没有？他不是要建房子吗？打算什么时候动工？他要去当面跟赵大娃交流，要帮他把这笔资金落到实处，让他尽快脱贫。

但回到单位没一会儿，他的二舅妈拿着一份病情报告来了，说二舅查出了胃癌，需要住院动手术，急需要钱。由于借给陈丽的二十万是二舅几十年来在街上收破烂打短工积攒的，当初陈丽取走时，两个儿子是知道的，现在老头病了，两个儿子不管。舅妈说到悲情处，哽咽着哭了起来……

黄睿由于刚给高血压女人还了钱，弟弟又住了院，眼下弟弟合作社的事儿还得进行，现在要让他再还债，肯定没有能力。但听到老人得了胃癌，他心里很痛苦，就把王小可叫来，向他诉了一顿苦，然后叮咛他带老人去医院找陈丽，说陈丽弄下这麻烦，他实在没有精力应付这些事情，让她看着办。

王小可就开车拉着陈丽的舅妈到了医院门前，叫出了陈丽。陈丽听说二舅患了癌症，愣在那里半天不吭声。二舅妈泪声泪气地问道：咋办呀，丽丽？住院得要押金呀，家里现在一分钱都没有……

陈丽愣了一会儿，突然一把扯过王小可说道：小王，你给嫂子帮个忙。

王小可有点为难：我……我刚买了房子，也没钱啊……

陈丽说：不是跟你借钱，这个医院有你熟悉的医生吗？你去和医生联系一下，看哪里需要肾，我卖上一个肾。

王小可一听要卖肾，突然间觉得鼻子尖刺刺地发酸，眼泪几乎要夺眶而出。他头一歪说道：胡说啥呢，贩卖人体器官，可是犯法的事，亏你想得出来。骂骂咧咧地说着，转身离开了陈丽，上了车，掏出手机，给一个名叫"顾盈盈"的人打电话，说表姐，你在公司吗？我有个事要来给你说说。电话那边的人说在，你来吧。

第五章

名起 "巴黎梦"

顾盈盈四十多岁，高个子，常年留着一头蓬松的短发，走路昂头挺胸，给人感觉眼睛总是在向前看。她喜欢穿长衣长裙，喜欢拎大品牌的皮包，譬如蔻驰和爱马仕等，自然，座驾的档次就不用说了，自她进入凤城市的公众视线以来，开始是"大众"，后来是"奥迪"，现在是"宝马"，还有辆"奔驰"越野。因为她是凤城市"盛盈实业发展责任有限公司"董事长，旗下有六千多平方米八层高的盛盈宾馆、注册资金2000万元的"凤翔小额贷款公司"、占地面积260多平方米的"凤凰书院"。在经营管理宾馆、信贷公司和凤凰书院的同时，还挂靠别人的资质，兼搞一些盖楼、铺路等工程。所以，她有两个办公室，一个位于"盛盈宾馆"三楼的总统套间，里面有接待室、办公室和卧室；另一个在"凤凰书院"。

"凤凰书院"位于盛盈宾馆楼下，黑色门牌上由京城名家题写了"凤凰书院"四个草书大字，里面装修得很亮堂，有开放式的接待台，接待台左右的墙壁上，分别装了红色博古架，上面摆放了瓷器、陶器、玉器、石头和少许铜器等古董，博古架的下面，还有个精致的玻璃柜，里面陈列了银元、砚台、玉把件、翡翠、玛瑙、琉璃、砗磲等饰品和把玩的东西。除古董之外，还有油画、山水画、写意画、人物画和草书、行书、楷书等书法作品，由于书院的面积比较大，除宽敞的主厅之外，里面还有会客室、棋牌室、办公室、精品字画陈列室等大小房间，每个房间都摆放了风格不同但质地相近的高档红木家具，墙上都悬挂了装裱好的来自全国各地的书画艺术家的作品。综观整个书院的布局，每个角落、每个空间都点缀了艺术品，疏朗有致，装得相当精致，人往进一走，就有一种空灵、愉悦的艺术享受。

从凤凰书院的规模和品质看，创办人应该是个具有一定的文化修养和艺术修养的人，抑或是在文博行业受过家族影响的传承人。其实，顾盈盈是个农民，曾经是个乡间裁缝。1995 年，23 岁的顾盈盈为了躲避一个男人的纠缠，关了裁缝铺，丢下刚过百天的女儿，只身去了深圳。当时，比她大一岁的表姐齐珍珍在深圳打工，顾盈盈到了深圳，被齐珍珍接到住处，发现她住在福田区的一家私人宾馆里，除双人床、沙发和梳妆台等几件简单的摆设之外，其他地方被衣服、皮箱、包包和五花八门的化妆品塞满了，储存柜里还放有电饭锅等几件做饭用的东西。顾盈盈见状，有点诧异，说你不是在一家电子厂工作吗？咋住在宾馆里？齐珍珍诡异地一笑说，这年头，稍有姿色的女孩谁还去工厂当工人？岂不是浪费资源。顾盈盈问：那你在干吗？齐珍珍说：坐台呗。

顾盈盈一听，大吃一惊，两眼怔怔地看着她，好像不知怎么说了，齐珍珍说：别两眼睁得像灯笼似的，在咱们那里，这是个大逆不道的事情，但在深圳这里，很正常。

顾盈盈说：我听你的同学私下议论，说你在深圳当坐台小姐，这是真的？

齐珍珍说：坐台小姐怎么啦？有的人想当，还不够条件呢。不过，你知道就行了，别声张。现在，全国不少人像鸟儿似的往深圳飞，盖楼的、开工厂的、做衣服的、捡酒瓶子的、理发美容的、当保姆的、傍大款的，干啥的都有。在深圳这个地方，有奶就是娘，有姿色就是钱，其他别说，就说干我这一行的，不信你去调查一下，大大小小的 KTV、卡拉 OK、夜总会，甚至理发店、美容院都有小姐，长得漂亮的，每天收入一两千元不成问题。

顾盈盈说：那你……还说你在一个服装厂打工。齐珍珍说：我骗家里人呢，总不能说我当小姐吧？你问一下舅妈，看家里盖起的这个四合院，是谁出的钱？靠我打工，能盖这么一处地方吗？

顾盈盈说：舅妈还说你是服装厂高管，工资高，所以我才来找你。

齐珍珍说：我给你道实情的意思是，咱俩从小就玩得好，是想让你挣点钱，如果是其他人，包括我的同学，求得再好，我都不会让他们靠近我的。你看吧，如果你觉得当小姐丢人，可以进大工厂，深圳的中外合资企业多的是。

顾盈盈虽然难以接受齐珍珍的行为，但齐珍珍带她进饭店，逛商厦，让她见识了海市蜃楼般的高楼大厦和梦幻般的娱乐场所，吃到了有生以来没吃过的山珍海味，看到了各种皮肤的人和各种香艳名车。还给了她500元钱，让她零花。当时的500元，不是小数，她在集市上开缝纫铺，有时候一个月连500元也挣不下，而这点钱对表姐来说，像一粒饭渣。至于她挣钱的方式，顾盈盈看得明白，她的白天基本是从中午开始，每天下午五点左右，她就打扮得花枝招展地去夜总会上班了，与成群的同行美女抽烟，调侃，打电话，招待客人。直到夜里两三点，才带着浓浓的香味回来。当然，如果出台，就是一个通宵，早上五六点才进门。然后就是洗澡。之后才窸窸窣窣地上床睡觉，通常一觉睡到上午十一点多，才懒洋洋地起床。午饭之后，不是看电视，就是逛街购物。

通过相处，顾盈盈发现表姐特喜欢买衣服和化妆品，只要看上，不管多贵都买下来。有一次逛商厦时，看到一瓶标着英文的香水，标价是12000多元，表姐拿起来闻了闻，然后二话不说就买了下来。顾盈盈这才发现，难怪表姐身上有种奇妙的香味，原来她用的是好香水。不免有点感叹，建议她花钱节省一点，给自己攒点钱，说农村家庭，有的连电视机都没见过。表姐说：亏谁，都不能亏自己，能挣就要能花。钱花到点子上了，就能生钱。譬如你把自己打扮得美一些，品位高一点，就能吸引男人。女人只要有男人抬举，就有钱花。

表姐的花钱程度，动辄让顾盈盈瞠目结舌。别说其他消费，单是用过的公用电话卡，在抽屉里撂了厚厚的三沓子，大致有几百张。倒这，她还有当时在南方很流行的大哥大，腰里还插着用于呼叫的传呼机。顾盈盈大致看了下这些电话卡的金额，不是50元的，就是100元的。顾盈盈面对这些电话卡，有点不相信自己的眼睛，说你有手机，还用了这么多的公用电话卡。齐珍珍说：这些卡算个啥，我是三个月一扔，放不下就扔了。

顾盈盈从通信消费中可以看出，表姐的交往很广，出台率很高，难怪她在生活上挥金如土，她来钱容易，收入好。

人是经不住诱惑的，顾盈盈在表姐好吃、好穿、好收入的生活状态下，心里不由得有点蠢蠢欲动，就试探地问道：当小姐难不难？我感觉比较丢人！

齐珍珍说：要走这条路，首先要做到三点：一是心里只想钱，别想脸皮和人格，把自己当作挣钱的工具就行了；二把所有的男人当作你的老公，来者不拒，认真对待，别挑三拣四，要闭着眼睛接纳人；三要学会逢场作戏，遇到啥人说啥话，让他喜欢你，愿意给你花钱。你做到这几点了，就不觉得难了。

顾盈盈想着，不吭声。

齐珍珍：万事开头难。开始做这个事，谁都感到有点难，慢慢就习惯了。

顾盈盈说：让我想想。

过了几天，齐珍珍见顾盈盈还在磨蹭，就说道：你干不干，起码到我们的场子去看看，跟我的姐妹认识认识嘛。在你来之前，我都给她们说了，老板也知道我有个漂亮的表妹，昨晚还问我怎么不把表妹带来让大家一饱眼福？开玩笑地说我金屋藏娇，只听楼梯响，不见人下来呢。你迟迟不肯露面，让她们觉得我不是说了大话吗？走，别躲在屋里了，今晚跟我出去见见世面。

顾盈盈说：那这样表姐，我跟你去看看都行，但暂时不做那事。

齐珍珍说：行，先带你去玩玩，你啥时候想通了再说。

说好之后，齐珍珍就把顾盈盈从头到脚地打扮了起来，给买衣服做头发，直到晚上进了夜总会，顾盈盈从一个扎着马尾巴的淳朴媳妇摇身成了一个披着长发、穿着短裙的时髦女郎。夜总会的夜色光怪陆离，齐珍珍的姐妹个个红唇白脸，花枝招展。她一进去，莺声燕语响起，笑容带着香气扑来。顾盈盈尽管微笑着与她们打着招呼，但感到她们的笑容有点油腻，神态有点娇作。很快，她被一个姐儿带到了一个坐台上，插在了几个操着广东话的男人中间，那姐好像与这几个顾客很熟，学着广东人的语调，不停的啊啦着，说着顾盈盈听得似懂不懂的谄媚话，喝着红酒。因初到这种声色犬马的场合，顾盈盈有点生涩，舞池里的音乐像鞭子似的抽着，抽的蹦迪者个个像得了痉挛病。加上不停晃动的五色灯光，让她视线迷离，眼花缭乱。在静默中，她发现一个人的眼睛不停地瞄着自己，尽管她不动，不语，也不会喝酒，但只要人家把酒杯递到面前，她就得喝。

一个多小时后，她感到有点醉意，先是脑子迷迷糊糊，接着就什么也不知道了，醒来之后，已经是早上了，这才发现她在一个宾馆的床上躺着。房内无人，床头柜上放着一沓钱和一张纸条，纸条上写着一行字：小姐，谢谢你啦，改日再会。

在这一瞬间，顾盈盈明白了，她被表姐卖了，卖到了"小姐"之流。她很生气，回到家里后，进门就质问表姐：为啥不听我的建议，硬把我往火坑里推？

齐珍珍恼了，说既然是火坑，那我明天就送你回家！

但顾盈盈还是没有回家。与表姐冷了一天，第二天晚上，还是身不由己地跟她出了门。她貌似有了破罐子破摔的思想准备。但每当面对一个客人时，她就感到心里有点别扭，因而很沉默，很被动。越是这样，客人好像越喜欢她，巴结似的将一沓钱塞到了她的手里。顾盈盈看着自己的手，想到它曾拿过剪刀，曾做出许多款式各异的新衣服。现在这只手接触的不是各种各样的布匹，而是男人的肉体。因此，开始那个阶段，顾盈盈总感到心里像横了个棍子，极其别扭，因而也感到怎么也快乐不起来，时不时地就走神，抑郁，担心，总怕自己干的事，被家里人知道了。

顾盈盈的母亲是个比较能干的人，茶饭好，针线好，割麦子碾场等农活都干得比别人利索，还在曾村里当过妇女主任，在村里是个众人皆知的强婆娘。母亲的心性强了，自然对子女的教育就比较严格一些。在顾盈盈的记忆中，他们姊妹几个，没有不怕母亲的。母亲总是爱给他们唠叨一些做人的道理，譬如"种菜要种得样样行行，做人要做得气气刚刚""人再穷，心不能穷；宁愿当个叮当人，不做个烂干人，丁当是一辈子，烂干也是一辈子""人过留名，雁过留声。留个好名，总比留个坏名强些"，等等，顾盈盈就是在母亲的唠叨中，明白了许多事理。所以，尽管她没念成书，但她在省城的裁剪班学会了裁剪，年纪轻轻的她很快在村里脱颖而出，以时尚的理念和娴熟的裁剪方法，得到了村里人的认可，尤其是年轻人，很喜欢在她的缝纫铺做衣服。顾盈盈在未出嫁之前，是个能剪会做的巧女子，嫁人之后，在村里是个被人称作"师傅"的强媳妇。

现在，她这个巧女子、强媳妇却在异地他乡，干着见不得人的事情。尽管她一层一层地往脸上扑着香粉，在客人跟前支着笑容，但总感到心里有条无形的鞭子，在不停地抽打着自己，使她心里动辄就有种别扭的感觉。

脏脏的生活，别扭的感觉，本来让她心里就放不开，偏偏作息时间又跟自己对立，平常她在家里是早起早睡，现在是白天睡觉晚上熬夜，这样一来，她整天脑子恍恍惚惚的，感觉自己的生物钟与环境严重脱节。因此，她一直感到没精神。但看到表姐经常坐在镜子前，给脸上一层一层地涂着化妆品，一遍又一遍的描着眉，没完没了地端详着她的脸孔，就有点讽刺地说道：看来，你适应干这个职业。

齐珍珍说：为了钱，就得适应啊。这年头，有奶就是娘。只要有钱可挣，有啥适应不了的？你穷了，再正经，没人看得起你。

顾盈盈哼了一声，不以为然地说道：那不一定。

齐珍珍说：既然你心里放不开，那你把握吧，如果实在不想干，那你就地刹住，我可不想落个逼良为娼的话柄。

顾盈盈见表姐这么说，又沉默了。尽管心里放不开，但由于收入好，加上老板对她这个新人比较器重，在表姐的影响和金钱的引诱下，顾盈盈还是半推半就地往前走着。

顾盈盈在浑浑噩噩中强迫自己适应这个职业时，身体却出现问题了，她没干多长时间，妇科就发病了，比较严重的炎症带来高烧，使她混沌的脑子更加混沌。在住院治疗期间，她动辄做噩梦，梦见了村里的集市，以及自己曾经开在集市上的那个缝纫部，梦见自己在缝纫部里和人胡搞时被人发现了，许多人在围观她，唾骂她，使她惊恐万状，羞愧万分……

每次从噩梦中惊醒，顾盈盈的脑海中就要回想一遍，想想自己从事的职业，她心里又是一阵被人剥了皮般的难受，往往这个时候，她心里就产生不想干的念头。

人的心气一旦与环境不搭，很容易做出叛逆的事情。正当顾盈盈的心在这个职业上徘徊不定时，老板把一个非洲客人介绍到她的面前。顾盈盈对人的面相比较挑剔，觉得哪个人不顺眼了，看都不想看。现在，面对这个黑乎乎的人，感觉那白的瘆人的牙齿往开一裂，像个血盆大口的怪兽，加上那怪异的腥气味儿，一下让顾盈盈的火气蹿了上来。她一把推开了他，她决定悬崖勒马，不干了。她告诉齐珍珍，她不是卖弄风情的料，她天生是个吃苦的坯子！她想堂堂正正地做个人，不想干有损尊严和违法的事情。她让齐珍珍给她找个服装公司，她继续做服装，或者找个服装店，她当店员。

坐台小姐一般都好穿。齐珍珍是深圳几家品牌服装店的常客，自然有几个熟人。很快，她就将顾盈盈介绍到了一个叫"巴黎梦"的服装店。

这个服装店专门经营欧式个性服装，背后有服装加工厂，因而店面大，品种多，店员不少，当然生意也不错。顾盈盈虽然是裁缝出身，但触类旁通，加上她身材好，还能修改衣服，在这个店里如鱼得水，很快就脱颖而出，从生涩的营销员变成了店里的主要骨干。虽然她的工资收入与当小姐的收入千差万别，但是底薪加提成，使她能够租起房子，能够给她女儿挤出一点生活费，邮寄给她娘家妈。最重要的是，她的心能够在这个行业静下来，并且感到内心很充实。这就是她要过的生活！顾盈盈很庆幸自己有较高的情商，有一定的自救能力，要不是悬崖勒马，她会像她的表姐一样，在那个皮肉和金钱包裹的行业里，越陷越深，不能自拔。

顾盈盈在"巴黎梦"干了不到半年，深圳服装行业举办了全市模特大赛。这个主打欧美风情的"巴黎梦"也参加了，从员工中抽选模特时，顾盈盈被选上了。经过三个多月的专业训练，顾盈盈成了参赛人员之一。在正式比赛那一天，她一袭长裙黑衣，高雅而飘逸地站在了灯火辉煌的 T 型台上，冷装红唇，两眼炯炯有神，随着动感音乐，她的一招一式还真有点范儿。

以后每每想起这一幕，顾盈盈就有一种意犹未尽的感觉——当年她在灯火辉煌的 T 台上，看着黑压压的观众，一份自信感油然而生，感觉这时候的自己铿锵有力，超凡脱俗，感觉有种神圣的东西在向自己招手！在这一刻，她发誓这辈子要做个让众人仰视自己的人！她要洗掉身上的污秽，要洗白她的身份！可以说，在那个夜晚，她知道自己今后的人生路该怎么走了。

在深圳打工两年后，她决定借助"巴黎梦"这个平台，自己开了个店，在服装行业踏出一条路。为此，她动员表姐齐珍珍投资，说只要把店开起来，她负责经营，让表姐控股。

齐珍珍知道自己从事的那个职业不长久，迟早要转身干个正经的事儿，曾经也有投资饭馆或者服装店的想法，只是觉得在深圳，找个让自己信任、能与自己合作的人比较难，所以心里这么想着，走着。现在见顾盈盈有这个想法，也好，正合她意。钱拿在手里，像流水一样花了，投资个店，将来自己不愿过灯红酒绿的生活了，也有个去处，而且两路挣钱，更有把握性。但她觉得自己现在在这个行当里混得比较顺，还想再坚持两年，为此就告诉顾盈盈：投资可以，但把服装店办起后，我不坐班，你给咱们经管。

顾盈盈本来就希望表姐别参与经营管理，现在见表姐也是这个意思，就痛快地答应了。

于是，齐珍珍拿出了 60 万，顾盈盈凑了不到 10 万，两人在当年的深圳关内的一个区——罗湖区繁华地段租了两间房子，开了一家混合了三种品牌的服装店。考虑到顾盈盈懂服装经营，与自己又是亲戚关系，齐珍珍没有按投资金额进行分股，而是给顾盈盈借了 30 万，两人以 55∶45 的股份比例开起了店。顾盈盈承诺：每月的利润按时给齐珍珍分红，自己每月所得的利润抽出来给齐珍珍还借款。

当年的深圳特区，永远不缺打工者。很快，顾盈盈从"巴黎梦"的营销队伍中，拉去了几个姊妹，在她的带领下，依照自己在"巴黎梦"得到的从业经验、行销模式和进货渠道，很快就搞得风生水起。

顾盈盈与齐珍珍很默契地合作了一年后，2000年10月底，按照平时，齐珍珍应该来店里和她搞决算。但是，齐珍珍没来，也没有打电话，顾盈盈以为她出去旅游了，就没放在心上。到了11月5日，顾盈盈发现表姐的电话还打不通，心里想她即使出去旅游，也应该和自己联系啊。平时她每天至少一个电话，过不了三天都要到店里来一下，最近是怎么了？为此，她给舅妈打去了电话，以问候为由，顺便问一问齐珍珍的去处。但她还没提到表姐，舅妈就主动问起了齐珍珍，问她们最近在干啥？为啥珍珍的电话打不通？顾盈盈这才发现，表姐最近没有和家里人联系。

就在顾盈盈给老家打了电话的第二天，三个警察来到了顾盈盈的店里，向她了解齐珍珍的情况。原来，齐珍珍被人杀害了，警方先是在深圳的大梅沙海滩发现一条女人的腿，后来又在广州通往西安的火车座椅下一个遗弃的背包里，发现了人头。经过DNA对比，深圳海滩的女人腿和火车上的人头系一个人。又经过走访排查，最终确定了齐珍珍的身份。

顾盈盈既为表姐的遭遇感到悲痛，又庆幸自己走对了路。小时候她听老年人说，人世间本来有正道和鬼道两条路，会走的人走正道，不会走的人走鬼道。走了正道，即使跌了跤也有个样子；走了鬼道，跌了跤就爬不起来了。表姐落了个被人杀害分尸的下场，还不是与她走鬼道有关。据她了解，在深圳，杀害小姐的事件并不少见，有的成了悬案。

齐珍珍的遇害并没有影响顾盈盈的生意，反而使她有了更大的信心。三年后，由于顾盈盈开店的街道要拆迁改造，顾盈盈服装店从街面搬到了高端商厦，到2003年，顾盈盈就已经有500多万元的存款了。这时候，听说老家的凤城市四门乡镇都在出让土地，顾盈盈紧钱打豆腐，用这些存款买了50亩地。2006年，凤城市的土地节节上涨，顾盈盈折达了深圳的服装店，带了一笔资金回到了凤城，成立了公司，建起了"盛盈宾馆"。

顾盈盈一浮出水面，就引起了凤城市政商阶层人士的关注，回家投资的第二年，就被吸收为市政协委员。随后，她又开发了凤城市比较有名气的"幸福小镇"，现在成了资产过亿的女企业家，名副其实的女名人。

缘于她有名有钱，王小可才找到了她跟前。王小可虽然与她是远房姨娘亲，但平时都有走动，关系较好。王小可知道顾盈盈曾与陈丽的债务人贾三合作过，肯定了解此人，因此想通过她摸一摸贾三的情况。为此，他三言两句就提到了贾三，说贾三欠了所长几百万，导致所长现在家庭处境非常艰难，几乎天天都有讨账的上门骚扰，逼得所长的媳妇想卖了肾给人还钱呢。我知道你和贾三合作过，比较熟悉，这个人的情况到底咋样？他拿了所长媳妇的钱，咋不给人家还呢？听所长媳妇说，当初是为了帮他，那些钱都是她从亲戚朋友跟前一点一点借的。那些人的家庭情况基本都一般，有些人的钱，根本耽搁不住啊。

说起贾三，顾盈盈慢条斯理地说道：贾三现在欠人两个亿吧。

王小可一惊：两个亿？怪不得他到处躲藏。

顾盈盈说：幸亏我撤股撤得早，再迟上三个月，我的1000万就抽不回来了。我们五个人的股份，现在三个人都陷在里面了，都烂得跟狗屎一样。

王小可说：哦，贾三曾经可是很有钱啊，听说老家建了大的别墅，单老婆就两个，一个在城里，一个在乡下。

顾盈盈说：曾经确实有钱，有的人看他事情干得好，还主动给他钱呢，想在他跟前赚个利息。

王小可说：不对呀，听所长媳妇说，是贾三跟她借的，不是她主动给的。

这个我就不清楚了，反正我在饭桌上亲眼见有人主动给贾三放钱。

王小可叹息一声说：前几年，我发现咱们全凤城人都在放贷，真正把人放疯了。现在你看，问题都出来了。以前我不知道所长的日子是咋过的，来了我们单位也就几个月，这事那事的，我都看不下去了，要是我，都崩溃了。既然贾三是这个情况，那……跟贾三要钱，暂时没戏？

顾盈盈说：听说最近法院把贾三的财产保全了，给贾三限了三个月时间让他去找钱还债，如果拿不来钱，就要抓人。可能别人不太了解，我最了解。贾三最终是要坐牢了，别说两个亿，我分析他的资产全部折起来，连一个亿都凑不够。

王小可沉默了，端起精致的汝窑小茶杯，呷了两口说道：表姐，你看这样行不行？把你的钱给我们所长借上一点吧，黄所长媳妇的二舅患了胃癌，住院没钱，所以她媳妇的想法很荒唐，让我跟医院联系，卖一个肾。你想，肾能卖吗？那不是犯法吗？可反过来说，是把人逼得没办法了，才想了这个招儿。你们好歹还认识，就看在人民警察的份儿上，帮一帮他吧，等贾三的事情处理下来之后，我帮忙给你把钱扣回来。

顾盈盈想起她在城西驿林镇北岭村建"盛盈宾馆"时遭遇过几个拆迁户的干扰。当时，三台挖掘机和十辆拉土车上挽着红布，一字排开，严阵以待。机械对面，搭建了一个由横幅和广告牌组成的仪式台。参加开工仪式的领导成员中有北岭村的沈支书。身着西装裙的顾盈盈站在一边，看着主管城建的副区长宣读开工典礼致词。"盛盈宾馆基建工程正式开工"的话音刚落，鞭炮就噼噼啪啪地炸响了起来，接着机械喇叭像牛叫似的齐声轰鸣，三台挖土机即伸出鹰爪一般的"手"，从地上抓起一撮黄土，捏了捏，又刷的倒了下去。

顾盈盈看到自己的工程按时按点如期动土，感觉像经历了一番长跑，终于达到了新的起点了，她回到办公室，往沙发上一躺，心里已经放松了许多。但是，麻烦很快就来了。她接到工地的电话，说工地上有人阻挡机械施工。顾盈盈一听就明白，闹事的是那几个拆迁户，因为还有部分拆迁补偿金滞留在当地政府，他们害怕后续资金到不了手，就搅起了她这个开发商的局。顾盈盈为此曾找过村委会，并当面锣对面鼓地交代过，拆迁户也基本接受了村委会负责落实款项的承诺。没想到在这个关头，拆迁户又来搅局了。而且架势不小，提了锅，带了简易床，好像要蹲守在工地上，不解决问题不罢休。

顾盈盈得知情况后，赶紧开车去了工地，发现有人还在一台挖掘机跟前支起了小帐篷。顾盈盈知道机械停一天有一天的费用，就赶紧给沈支书打了电话，告诉他工地上发生的事儿，让他马上来。

很快，沈支书就来了。顾盈盈半微笑半揶揄地说道：哎呀沈支书，你们当初不是给群众拍了胸脯的吗？怎么还没解决？咱们这个村好歹还是个文明示范村嘛，咋就发生了这种事儿呢？买地款，我可没少交一分呀，干吗总找我的麻烦呢？

沈支书被顾盈盈这么一说，脸上虽然赔着笑，但心里肯定不是滋味。二话不说就进了那个帐篷，见郑家人躺在小型折叠床上看着手机，对他不理，就有点生气地问道：老郑，你这是干吗？

老郑一骨碌坐起：你说我是干吗？沈支书说：为咱们村上这点糇秆子地，你带头都闹了多少次了，还没闹够？人家现在开工了，还在闹？

老郑也生气了，质问道：我为啥闹？为谁闹？难道你心里不清楚？有些事儿村上落实不了，乡上和区上总能落实吧？怎么就像灯泡一样挂在空中，不落实呢？

谁说不落实？不落实领导进村干吗？但凡事得要一个程序呀。这事能是村上独立解决的吗？大家都能等待，就你等不住？

老郑身子一歪，又躺了下去：我知道你会这样说，等，等！等到啥时候？阎

41

王爷招人，都有个时间。我知道政府我惹不起，可我总能躺得起吧？

此刻，随着顾盈盈和沈支书的到来，这里很快就聚集了不少村民。见老郑这么说，村民们趁机发牢骚，鸭子一嘴鹅一嘴地纷纷嚷叫开了。有人提出，既然嫌影响施工，就解决和落实问题。有人甚至认为地卖得有些便宜，早知上边是这么个规划，村上应该共同集资把这块地拿下来，盖个宾馆，何必请外来的财神呢？有人还直接指出这个姓顾的女老板能耐太大了，不仅在村上建宾馆，还搞商品房开发。前前后后拿了二百多亩地，没有上通天、下入地的本事，能把村子翻个底朝天？

沈支书听到这里，气得连笑两声说道：我说你们呀，真是站着说话不知腰痛。现在政府大力提倡招商引资，群众会上也有人建议招商引资。现在，村上引进了投资者，你们却眼红了？既然觉得卖的有点便宜，你们老早干啥着来？当初在讨论出让价格时，你们咋嘴包住不说？现在对这些政府公开挂牌拍出的土地，你们却乱拔毛，你们觉得这样有意思吗？

尽管村委会在出面调解，但这几个闹事的人依旧占着工地，导致工地开不了工。顾盈盈见沈支书和村民在磨扯，就乘机离开了工地，躲在办公室里，一支接一支的抽烟，等待沈支书的协商结果。就在这个时候，贾三来了，得知工地上的情况后，挑唆道：我比较了解那个村上的情况，沈支书在你这个事上，基本上是个和稀泥的，他不可能为了你，得罪本村的人，他把你的工程协助到开工这个份上，已经做到仁至义尽了。你若在这个事上再软弱下去，到了基建幸福小镇这个项目时，就更难动了，估计有更多的村民会顺杆子爬了。

顾盈盈苦笑一声：那你说怎么办？

贾三说：把社会上的小伙子叫上一些，每人每天给发二百元，专门给站场子，谁来干涉机械阻挡工程，先劝，劝不退，就打。当然，打人要把握住度，不能打残打死。人身都是肉长的，谁不怕打呢？谁不知道打在身上痛，要给点震慑。不然，你今天把这个挡回去，明天那个又来了。把机械叫进来，窝一天工有一天的事啊。

顾盈盈抽着烟，没吭声。

贾三说：至于你想叫谁，只要你吭声，我帮你叫。我认识的这几个小伙儿硬棒得很，黑道白道都混得比较好，弄人做事能拿住度。一些难缠事，就要社会上人来处理呢。

顾盈盈想了一下说道：行，你把人联系好后，怎么做，我跟他们说。

在贾三的张罗下，工地上很快就来了八个身强力壮的小伙儿。他们以维护秩序为由，劝老郑等人离开工地，说有啥问题，找村上或者乡上去解决，别影响挖楼根子。老郑等人自然不服，三下五除二就打起了群架。几辆不能动弹的挖掘机司机见状，也助威似的按起了喇叭。眨眼间，老郑的嘴上流出了血。一个女人扑上去准备抓打人者的脸，被这个小伙一把推倒在地，接着提起一条腿，在地上倒拉得转起了圈儿。如此一来，群众愤怒了，纷纷骂了起来。有的人高调鼓动：就这么闹，往死里闹！钱要不来，不许开工！谁如果没有另心，就来帮忙，人越多越好！

鼓动之下，有人好像失去理智了，骂声，喊声，掺假着机械声，在整个工地上回荡，貌似把天能戳个窟窿。混乱之中，不知谁扔出一块砖头，朝一台挖掘机哐的砸了下去。司机急了，忙抽出铁棍，站在挖掘机上，双手高高地举着铁棍，喊着谁要再砸机械，他就砸谁，如此架势，一下唬住了闹事的人。

工地负责人见场面有点失控，赶紧拿出手机拍摄，然后扯着嗓子给顾盈盈打电话汇报情况。

没一会儿，就传来了警车的呼啸声，接着两辆警车颠簸着进了工地，车上迅速跳下了多个警察，其中就有黄睿。

群众见状，纷纷控告女老板顾盈盈雇凶打人，让警察为民做主，伸张正义。那个被拽了腿的女人乘机坐在地上哭了起来，说她的胯子被拽裂了，动不了。

黄睿见群众被打得爬的爬，躺的躺，一声令下：把打人的和参与的统统给我提了！

打人者一听，拔腿就跑，民警有的鸣枪示警，有的追赶。很快，贾三请来的这八个看场子的年轻人全部被抓上了警车，拉到了驿林镇派出所。民警给每人戴了手铐，让他们站成了一溜儿，然后，黄睿神情威严地训道：打人？你没看看，他们多大年纪了？是不是跟你爹跟你妈一般年龄？是不是觉得你们太年轻，没坐过牢，想坐牢了？你以为你们有人保护，进了号子，就有人会拿钱捞你们？别狗喝羊汤，想得太汪！寻衅滋事者，特别是惯犯，花多少钱都得受刑！先给我铐到车子棚下面，铐上一夜再说！

且说顾盈盈听到机械被砸的消息后，忙开车往工地赶。还没到跟前，就见警车呼啸着从她身边开过。顾盈盈赶紧和工地负责人联系，得知她的人被拉去了，就掉过车头，往派出所赶。

顾盈盈将她的黑色奥迪车停到派出所大门外，进了院子，老远就看见了被铐在车棚下的那几个年轻人。得知是副所长黄睿抓走了人，顾盈盈进了黄睿的办公室，主动表明她为这个事负责。接着就说了她自从在这个村上买了地以来，遇到的种种困难和挫折。说她实在是在不得已的情况下才请了这一帮年轻人来维护工地秩序。黄睿有点激动地说道：你无论如何也不应该叫社会上的人参与此事！不能伤害老百姓，你这样做是违法的！

顾盈盈问道：那老百姓干涉工程，算不算违法？

黄睿说道：老百姓毕竟是弱势群体！他们之所以找到你跟前，肯定有问题。你要从根本上去了解他们的问题，然后想方设法去解决、去落实问题，不能乱来！

顾盈盈顿时有点激动地说道：解决问题，落实问题，是领导的事啊，我是开发商，我按开发商的路子出钱，拿地，与百姓没有关系啊。

黄睿：怎么没有关系？你就是买块香皂，都得与营业员搞好关系呀，总不会用过激的手段去买香皂吧。况且，土地关系着一家人的生活，群众的工作做不好，你的项目能顺利吗？我们是执法单位，有时候都不能硬来，尤其牵扯群众的生计问题时，能硬来吗？

顾盈盈见黄睿阴着脸训斥起自己，愣了一下，突然泄气地说道：好了，我知道你们派出所和那些人是一个鼻孔出气，要关要罚，由你们吧。我是开发商，是女强人，我知道别人就是把屎拉到我门前，都怪我的地儿不干净。都怪我倒霉，选择了这个事儿和这个地方。为了这块地，我一次又一次进农户，一次又一次地参加村上的会，跑了多少路，费了多大的劲，现在，还闹得不行……

说到这里，顾盈盈鼻子一酸，一股泪水海浪般的直逼咽喉，她情绪有点失控地说道：到底让我怎么做？群众才满意？政府才满意？我不就是想搞点事业吗？为啥这么难，拿地难，求人难，现在，到了基建这个环节，照样难……我这是为什么呀？为什么要受这样的罪？我这不是没事找事吗？我……

顾盈盈感到发不出声了，眼泪夺眶而出。她眨了眨眼睛，控制了一下情绪，然后说道：好了，不说了，你们想怎么处理就怎么处理吧！说罢，转身出门。

黄睿见顾盈盈悻然而去，有点意外，朝门口看了一眼，没吭声。

第二天上午，顾盈盈刚进办公室，沈支书就打来电话，说黄所长叫她到派出所去一趟。顾盈盈又见到了黄睿。落坐之后，黄睿给她倒了茶水，开玩笑地问她今天不会哭鼻子吧？顾盈盈也开玩笑地说该哭时还得哭。黄睿直言不讳地说道：昨天，我话说得有点直，你别介意。

顾盈盈苦笑一声：心里太憋了，在你跟前释放了一下，让你见笑了。

有啥可笑的，在人生的路上，谁都有哭鼻子的时候。人生其实一半是苦，一半才是快乐。

说到苦，我觉得人生最大的苦，是沟通困难。尤其与一些农民沟通起来，感觉比我爬几座山都难。

黄睿说：我这些年一直在基层工作，怎能不理解农民呢？但人的五个指头伸出来都不一样，别说农民。他们多数人是面朝黄土背朝天，肯定有一定的局限性嘛。如果他们的思想观念和情商跟你一样，那都做大老板了。虽然咱们之前不认识，但你的情况我比较了解。那年，你的表姐在深圳被杀，是我的一个同事去办的案子。同样在深圳闯荡，你开了服装店，挣了钱，回来搞地产，做了大老板。你表姐好逸恶劳，做了小姐，把命丢在深圳。同是出行人，走的路不同，结果也不同。仅此，我从心里还是比较尊敬你的，也知道你把事业干到这个份上不容易，所以，才叫你来聊聊。

顾盈盈乘机说道：那你还不支持，把我的人抓的抓，关的关。你们派出所这么一来，不是给那些闹事的村民涨了势撑了腰吗？你看，今天到工地上看热闹的人越发多了。说着，将手机递给了黄睿，让他看来自工地上的视频。

黄睿看后，微微一笑：还是那句话，你叫社会上的人维护工地秩序，这个办法不可取。李所长把这事交给我，我就得要负责，不能按你们的意思来。

顾盈盈也微微一笑：那你认为怎么做，才可取？

黄睿说：这几天我专门抽出个时间，协助村上把你们这事捋一捋，和群众们座谈座谈。以后，若发生类似情况，一定别用社会青年了，现在是依法治国时代，要走法律程序。至于你眼下的事，我向所长汇报一下，给你们工地派几个协警，协助你们的工队正常施工。

顾盈盈立即感激地说道：好，这样太好了，真是帮了我的大忙了。

黄睿说到做到，当天下午就联合村委会开了群众座谈会。在几十人参加的大会上，黄睿说道：俗话说，靠山吃山，靠水吃水。你们住在城市边缘，就靠城市吃饭。别说这是城镇化建设的需要，单是有人来投资，推动城镇化建设，对你们来说，都是福气啊，农民变市民，土地变产业，农村变城市，多好啊，干嘛机遇来了，往出踢呢？

会场静悄悄的，没人说话。

而且宾馆建起，你们村上不可能没有在宾馆就业的机会吧？年长的婆娘，当不了服务员，总能在后堂洗洗涮涮吧？小区建起，男人再干不了啥，至少能穿个制服，当个保安吧？就是在院子里溜达一天，还有点工资，对吧？况且，集中到了小区，楼房花园，总比住在老地方强吧？这些山边人八辈子都遇不到的好事，你们怎么就不珍惜呢？工程八字还没见一撇，你们就扣住葫芦要籽，又是支锅，又是搭帐篷，闹得烟山土雾的，把一个女人家整治得跑到派出所哭鼻子，你们这些当男人的，难道没有一点怜香惜玉的情怀？

不知谁听到这里，噗嗤一下笑了，众人哄笑。

黄睿：至于需要解决的问题，可以找组织啊，把村委会建得这么好，桌子支在这里，是为了啥？就是为了解决问题嘛。村上解决不了，还有乡上区上和市上嘛，你们跟老板较劲，能较出个啥结果？

会场没人吭声。

黄睿：放好好的，要珍惜投资环境，别欺客。既然沈支书和顾总把大家召集到这里，乡上赵乡长也在，有啥诉求，就说吧。说啥都行，咋说都行，我只有一个要求，把事儿放在桌面上，别扔在工地里。该推进的工程，继续推进，该解决的问题，着力解决！

从那天起，再没有人到工地上闹事了，包括后来的"幸福小镇"基建工程，都进展得很顺利。也是从那个时候，顾盈盈发现黄睿是个很会做群众工作的人，在群众中影响比较好，威信比较高。鉴于这个人情，顾盈盈答应了，说她现在公司账面上没有多少现金，只能凑10万元。王小可说：10万元都行，起码够他二舅看病了。

顾盈盈就当着王小可的面，给出纳打电话，让她取上10万元现金。同时，让王小可把陈丽叫来。

王小可马上给陈丽打电话，让她赶紧打车到盛盈宾馆三楼董事长办公室来一下。陈丽问啥事？王小可说：你来了再说。不一会儿，陈丽来了。一进门，见王小可在茶几旁坐着，对面坐着一个皮肤靓白的短发女人。王小可介绍说这是我的表姐，叫顾盈盈，宾馆这一摊子就是她的。

陈丽只扫了一眼，就发现顾盈盈的办公室很大，书柜大，办公桌大，桌上放了电脑、资料等东西。办公桌对面，是一套七人组雕花红木沙发，沙发中间放着一个方形大茶几，大茶几上放了一个套台式小茶台，茶罐、茶具等一应俱全，整个办公室看起来很气派。对自己的到来，顾盈盈坐着没动，陈丽就主动绕过沙发，上前与顾盈盈握手，说我在电视上见过你，你是名人。顾盈盈说你男人黄所长我比较熟悉，你坐吧。

陈丽就在旁边的三人沙发上坐了下来，看着顾盈盈坐到茶几跟前的小茶墩上给自己沏茶，陈丽忙双手接过，说了声谢谢。王小可见陈丽在他表姐跟前有点拘束，就主动说道：我看债务把你逼得神经兮兮的，就来求我表姐给你帮帮忙，她答应了，借给你 10 万元。

这个事儿对陈丽来说，像是喜从天降，她有点不相信自己的耳朵，目光惊讶地看着顾盈盈。顾盈盈说：我已经让出纳给你取去了。

陈丽立即屁股一拧，从沙发上溜了下来，半跪着对顾盈盈说道：谢谢你，顾董事长！谢谢你，小王！

顾盈盈颇为吃惊，忙说：你这是干吗，快起来！

陈丽颤抖着声音说道：这年头，谁还轻易给人借钱呢？我们无亲无故，你就凭我老汉和你表弟是同事，一下借给我这么多，我真是做梦都没想到啊，你们真是个大好人，给我帮了大忙了……

王小可也拉陈丽，说感动是感动，但你好歹是个警嫂，怎么随便就给人下跪呢，你看你，钱没了，好像人都倒了，以后不能这样。

陈丽也发觉自己有点失态，就微微一笑说：我真是太激动了，没刹住闸。

不一会儿，出纳送来了 10 万元现金，顾盈盈将钱推到陈丽面前，让她带回去解燃眉之急。陈丽就给顾盈盈出具了借条，又重复了一些感谢的话，在王小可的陪伴下，离开了盛盈公司。

陈丽回到医院，二舅妈还在老二黄平的病房。陈丽就把二舅妈叫了出去，说她借到了 10 万元。二舅妈看到钱，眼睛湿润了，说把陈丽逼的，她也是没办法才来要钱的。陈丽怕老人带现金回去不方便，就打电话叫来了徐毛毛，让徐毛毛开车和她送二舅妈回去。

由于陈丽没车，只要她用车，徐毛毛绝不推辞。这不，打了电话没一会儿，徐毛毛就来了，拉上陈丽的二舅妈，往回走。在路上，陈丽在闲谈之中，把女企业家顾盈盈给自己借钱的事儿告诉了徐毛毛。徐毛毛说：顾盈盈这个人听说过，我的一个店员她嫂子与顾盈盈认识，说这个人本事大得很。我也在电视上见过，好像是市里开两会期间，她在会上发过言。你能得到名人帮助，真有福气啊。陈丽说：就是，我也感到自己有点福气。

陈丽一路聊着顾盈盈，不知不觉到了二十多里外的舅妈家，将二舅妈送了进去，然后就离开了。

第六章

风水大师现身

在黄平住院期间，由于动用了人家的果树款，陈丽发现弟媳琴娃见到自己，脸就拉下了。若自己在老人跟前了，她就好像有意出气，说起话来夹枪带棒的，老人装作不明白，她为了照顾老人的情绪，只能装作没听见。虽然心里很委屈，但也能理解，这事搁在谁的身上，都会生气的。

好歹刘希来知道情况后，专门从北京飞回来，在黄睿和黄平跟前表示该拿的地继续拿，钱不够他想办法。这对陈丽来说，刘希来不仅化解了黄睿弟兄之间的矛盾，也帮他家解决了一个难题。加上顾盈盈的鼎力相助，至少她能松口气了。不然，一看到讨债人，听到他们诉苦，就感到脑子一阵阵发胀，眼前像罩了一层纱布，看见天都是灰色的。她心里有压力，黄睿也不消说，经常靠吃安神补脑液来稳心助眠。至于其他人的账，慢慢还吧。除过贾三的借款有点指望之外，自己是驾校教练员，在工作日之外，如果加班还能挣点加班费。所以，只要自己不嫌累，尽心尽力地干，工资加班费，每月下来也有上万元的收入。除了生活费，零星也能打发点债主。这么一想，陈丽觉得自己可以安心的上几天

48

班了。

这天，陈丽正在驾校监督学员练车时，婆婆打来电话，让她抽个空回一趟老家。

陈丽想到男人动用了老二的钱，惹得老二伤了腿，现在家里乌云笼罩，自己要尽量做得让老人舒心。所以，老人一说，陈丽就赶紧抽了个空回家了。见面后，陈丽问啥事？

老人深深叹了口气，说道：你们债务缠身，老二摔成了拐子，还包了这么多的地，投资这么大……唉！一想起家里这个光景，真正愁死我了！

是啊，大儿被逼债，小儿受伤，加上小儿正在投资的果园项目，将来收益如何？当老人的，心里真是忧心忡忡。前几天，她在村里转悠时，发现油田上因为在村里勘探出了油井，个别村民为了给油井腾地要搬迁坟墓，请了阴阳正在摇铃子念经，老人临时起意，说她家有个祖坟，迷失了有七八十年了，不知具体地点，想请这位阴阳先生帮忙找一找。阴阳听了祖坟的埋葬年代，摇头说找不着，让她另请高人。就为这个事，她叫回了媳妇。

陈丽见婆婆愁眉苦脸的，说：妈，你都到这个年龄了，只要你有吃的穿的和住的就行了，别想那么多了，不管我们情况如何，你别放在心上了，你就管好自己的身体。

老人说道：能不操心吗？火没烧到你的脚靶根，你体会不到。

陈丽说：咋体会不到呢？我也为你孙子的学习和前途操心呢。不过，说起愁，我肯定比你还愁，既然有人担待了这个忧愁，你老人家就别愁了。

老人立刻恼了，骂道：愁愁愁，你不贪图那点小利，能这么愁吗？还想一口吃个胖子，靠利息发家，你们两口子真是枣木锤锤一对子，都害了个懒怂病！

陈丽说：你看你，已经弄下这事了，你骂顶啥用呢？

婆婆在唠唠叨叨之中，提到了家里风水上，由风水又提到了祖坟，说黄睿的太爷原先居住在山里，死后就埋在了山里。一九四九年后他们搬迁到了平原上，经过土地改革，从此就不知道他太爷的坟冢。几十年来，逢年过节烧纸时，就在十字路口烧一烧，老先人能不能收到，谁也不放在心上。说你公公去世前，曾给黄睿黄平弟兄俩叮咛，希望把你太爷的坟墓找一找，可这话就像吹了个风，兄弟两个至今都不问不理。说到这里，老人语气严肃地说道：你们年轻人都不懂，其实祖坟像大树的根，树根不好，后辈儿孙也过不好日子，你现在把日子过烂了，还不是祖坟影响了你们的运势。

陈丽一听，想到家庭目前的遭遇，就说道：既然有这个说法，那我请个阴阳先生，给咱们找一下祖坟。

婆婆说：要叫就叫个手艺高的，祖坟丢了年代长了，一般阴阳找不到。

人如果往那里想，就容易遇到那种事，这叫念力。陈丽正想找个风水高人时，就有这方面的信息了。原来，她的好友徐毛毛从家里来到店里时，见售货员小刘正在和两个顾客在争论，一个顾客三十多岁，中等个子，小脸，从穿着气质看，是个农民；一个大约五十出头，身材魁梧，梳着大背头，人看上去比较帅气，只是右眼似乎有些高度近视，看人有点费力。由于年轻顾客买了一双皮鞋，穿上走了一段路，觉得脚不舒服返回来要退换，店员嫌穿了，不给换，年老顾客帮忙求情，说他们是农村人，买双鞋还指望穿上两年，不合适的话就穿不了多久。徐毛毛得知情况后，二话没说就给换了。年长顾客因此夸起了徐毛毛，说徐毛毛这样做生意，就能笼络住人。如果不是店里的风水不太好，徐毛毛准能赚到钱。

徐毛毛即问风水怎么了？此人说：你这个店门朝东开，按照八卦上来说，正东为震方，在"辰巳"之位，象征紫气东来，旭日东升，能照耀宅门，添福进禄，本来是个做生意的好地方，可是店门前有棵槐树。这个槐字是"木"加一个"鬼"字，我们的行话叫鬼木，意思是木中有鬼，鬼在阴间，自然是阴木。你这个店的坐向属阳，槐树属阴，阴阳对冲，自然影响到了生意，所以导致你这个店的生意看起来能做，其实挣不了大钱，你说对不对？

徐毛毛和她的店员小刘听到这里，异口同声地说道：对呀，就是这个情况。

此人又说道：由于这种树的阴气太重，如果太阳在西南方向，阳气重，它就无妨，但你坐东，太阳一旦偏西，阳气渐弱，这棵槐树的阴气就来了，不仅影响你的生意，也影响你的身体，譬如你容易患妇科病痔疮啥的，是不是？

店员拍了一下徐毛毛的肩膀，徐毛毛忙说：就是的，就是的。我前几天正好做了妇科检查，抓了些药正吃着呢。你真神奇呀，那怎么办呢？槐树是政府栽的，我不能随便挖呀。

此人说：可以补救。你如果信我，就买个带刀的关公像，关公是财神，但有文财神和武财神之分。槐树鬼气重，就需要刀剑才能镇住，因此买个武财神。再买个葫芦，买个小玩具生肖瓷器，你属啥的，就买啥，譬如你属猪的，就买个猪瓷器；再买个五帝钱，五帝钱就是顺治、康熙、雍正、乾隆和嘉庆。把这四样东西备全，我给你开开光，写道符，禳治禳治，你的生意就会好起来的。

徐毛毛忙说：行行，我今天就去买。怕自己记不住，忙找笔把这几样东西写了出来。

店员小刘发现这个眼睛有些斜视的顾客把鞋店的生意和徐毛毛目前的病说得很准，很好奇，就问：你会算卦吗？此人微微一笑说：略懂一二。小刘立即推了一下徐毛毛，意思让她算一下。徐毛毛就说：那你给我算一下。此人问：你算啥呢？徐毛毛说：算个人，看这个人啥时候回来？此人说：那你写个字。

徐毛毛就写了个"墨"字。

此人仔细看了看这个字，说道：我认为这个人不是出差了，而是失去了自由，所以暂时回不来。徐毛毛一愣，看了一眼此人，又问道：你说的失去自由，意思是他坐牢了？此人说：我看有这个现象。

那你看因啥坐牢了？

由于下面有个土，可能与土建有关。说罢，又仔细瞧了瞧，又补充道：与原油或者煤炭有关。反正不论是原油还是煤炭，都是从土里出来的。

徐毛毛再次愣了愣，又问：你看能坐几年牢？

此人又用笔以六爻的形式拆开了这个字，说里面有四个点，加上两字的上下组合，再加上你占卜的时分，应该是六年或八年左右。

此人话音一落，店员小刘又拍了一下徐毛毛的肩膀，惊叹道：姐，算得真准！

此人问徐毛毛：他是你啥人？徐毛毛说：是我男人。因偷窃石油上的原油，被抓去判刑了。此人问：多少年？徐毛毛说：八年。此人说：能不能让我看看你的手纹？

徐毛毛将右手展开，此人仔细看了看说道：你命里至少有两次婚姻。徐毛毛即说：不可能，我和老公感情很好，虽然他坐了牢，但我要等他回来。此人说：到时候就不由你了，不信你走着瞧。

徐毛毛遂问他尊姓大名？此人说他叫李富贵，年轻人是他的徒弟，叫王年年。徐毛毛忙称呼起了李大师，问他平时都在哪里算卦？李富贵说他从来不摆摊，遇到有缘人了，就给算一算。说他祖上曾经靠这个手艺，吃得很开，"文革"中把这一行当看成牛鬼蛇神给打倒了，改革开放后很多被打倒的东西又复活了，所以他又捡起了老祖宗留下的手艺。平时擅长看风水，譬如修庄子选坟墓，家里店里的布局等，说他这些年光给人迁坟，就不知迁了多少了。说有的阴阳水平太低，给人看的墓不太合适，家里人不是患病就是出事，而他找过的墓几乎没有出过啥问题。说风水左右着人的运势，家居风水好，日子就兴旺；店里风水好，生意就兴隆。

李富贵连吹带描，听得徐毛毛一愣一愣的，随后她拿出手机，要李富贵的电话号码，问他家在哪里？说她今天就去置办这些东西，让李富贵帮她把店里的风水调整一下。李富贵说：你去买吧，东西置办齐了，给我打电话。

徐毛毛这时提到了费用，问禳治一下得多少钱？李富贵说你随心布施吧，有人几千上万也给哩，有人一半千元也给哩，给多给少我都无所谓。徐毛毛嘻嘻一笑说道：那我给你多少合适呢？给多了，我拿不出，少了，你肯定不愿意。王年年说：看你情况不好，给一千元吧。

徐毛毛忙说：行行！一千元我出呢。只要我生意好了，我还会给你介绍生意呢。

徐毛毛开车转了一圈，就买到了四样东西，当天晚上，李富贵在这个皮鞋店里又是烧香又是写符，给禳治了一番。

李富贵给徐毛毛禳治后的第三天，陈丽和往常一样又来徐毛毛的店里串门，见店门侧面的墙上挂了红木神龛，敬了关公，还有葫芦和黄符等东西，就问：你好像请人把店里收拾了一下，还请了财神？

徐毛毛这才把李富贵给她算卦和禳治地方的过程告诉了陈丽，说她这些年有事了，也经常去算卦，她发现这个李富贵比她认识的那些专门坐堂算卦的大师算得还准。这个人不仅会算卦，还会看风水，听他自己介绍，手艺还挺高呢。

听徐毛毛这么一介绍，陈丽立马说道：我正好想找个风水先生呢，我老汉太爷的坟冢找不到都好多年了，婆婆说我们家这事那事的，准是与这个坟有关，所以想请个风水先生找一下祖坟。

徐毛毛说：那就找这个人吧，他说选坟看墓是他的长项。

陈丽忙问：这人在哪里？你现在就帮我联系一下。

徐毛毛说：在城关乡李岭村。

当着陈丽的面，徐毛毛立即给李富贵打电话。李富贵说他大后天才有时间。陈丽忙说：大后天就大后天吧。到时我请个假，你也给我帮帮忙，把他拉回去。徐毛毛调侃道：没问题，只要你家能找到祖坟，我跑得比兔子都快！

第七章

寻 找 祖 坟

在徐毛毛的联系和安排下，陈丽八点就到了徐毛毛的皮鞋店，不一会儿，李富贵和王年年来了。经徐毛毛介绍后，陈丽主动与李富贵握了握手，给王年年打了个招呼，说你俩来得还挺早啊。李富贵说：听说你们老家比较远，去了找坟还得耽搁时间，所以我们天没亮就上路了。陈丽说：估计你俩还没吃早餐吧？我也没吃，走，咱们去吃羊肉，吃了再走。

徐毛毛就开车拉着他们，先去清汤羊肉馆吃了羊肉，然后按照陈丽的要求把车开到加油站，给车加上油，做好准备工作后，他们出了城，往陈丽的老家赶。

从城里到老家，有两条路可以走，一条是大路，一条是绕道小路。大路远一点，但路况好，也经过鹞子乡派出所和乡政府等；小路近一点，但要在村里绕行。陈丽想回去找祖坟时把她男人也叫上，因此就特意走了大路。下了高速路，进村子时，提前给黄睿打了电话，说她把找祖坟的阴阳先生请到了，正往家里走，马上到他单位附近了，问他回去不回去？黄睿说：来了再说。

　　黄睿帮赵大娃申请的 5 万元扶贫贷款很快就到了，为了让赵大娃尽快盖起房子，黄睿还给赵大娃联系了一家砖瓦厂，因为这几年建筑行业不太景气，倒闭了一大批。幸存下来的那些砖厂，有时候为了照顾大订单，对一些小农小用户不屑一顾，要么你就等，要么你就到别处去拉砖。因为盖房子要赶时间赶季节，黄睿从赵大娃口里得知情况后，亲自去了一趟砖厂，把砖的事儿给赵大娃搞定了。

　　黄睿的帮助，让赵大娃感觉心里背了一个很大的人情，但他嘴笨，不会口头表达，就抓了两只鸡，让黄睿提回去。黄睿表情严肃地说：这是干吗呢？别动这个心思，要动，就琢磨如何把房子盖好，如何脱贫！说罢，车一开就走了。

　　黄睿回到单位的第二天，也就是与媳妇通电话的十几分钟前，黄睿在办公室里看材料时，听见扑棱扑棱的声音。他一愣，遂拉开门，但见门口放着一个破兮兮的纤维袋子，袋子里面装着两只被绑了腿的土鸡。其中一只鸡脖子上挂着一个小纸牌，纸牌上写着"你是好人"几个字。

　　黄睿知道是赵大娃送来的，左右瞧了瞧，不见赵大娃的影子。正好媳妇电话来了，他就提着鸡出了单位大门。

　　坐在徐毛毛身边的陈丽老远就看见黄睿在路边站着，手里提着东西，到了跟前，她就下车，黄睿将袋子塞进车后备箱，跟徐毛毛打了个招呼。这时陈丽向他介绍李富贵，说他就是给咱们家去找祖坟的李大师。

　　黄睿发现这个阴阳先生一只眼睛几乎半闭，一只眼睛却贼亮贼亮，身边跟着的小伙歪着身子背着一个帆布包，看人有点傻兮兮，就神情冷漠地说道：前几年不是找过了吗？胡整哩，没事找点正事干。

　　李富贵得知陈丽男人在派出所当一把手，是个小领导，就在陈丽下车的那一瞬间也跟着下了车，本以为这个领导会和自己握个手，说几句客气的话，没想到他对自己不问不理，还冷淡，立马对徐毛毛说道：走，回去，不找了！

　　陈丽忙按住李富贵的胳膊说道：别别别，听我的。然后给黄睿挥挥手，说道：你进去吧，别帮倒忙了。然后给李富贵表态：这个事照我说，别跟他计较！

　　黄睿的家原先坐落在山畔，是个长方形的崖庄院。凤城市的崖庄院一般都坐落在山畔边。在靠山崖又避风的地方，先将崖面削齐，然后在崖壁上分别挖出几孔窑洞，然后整理出一片宽大的院子。为了预防野物进院子，多数家庭给院畔砌一溜儿两米多高的墙，中间安个大门，将院子和窑洞圈在里面，以"开门见山"的形式依山而居，这就是具有黄土窑特色的崖庄院。

　　由于崖庄院离承包地太远，九十年代中期，黄睿家从山畔搬到了承包地，在这里盖了个拥有七间房的房院，住到现在。

除这个坐落在山边的崖庄院外，黄睿的祖上还在山旮旯里居住过。那是个棱形的堡子。堡子上面有山田，下面有河道。顺山上可以通塬，顺山下可以钻沟。据说四九年以前村民都喜欢在山上住，一是山上土地多，可以占山为王；二是预防土匪，乱世年代可以防身，至今，那个堡子上都还有塌得呈簸箕状的窑洞口。七十年代，农业学大寨，那个堡子上被生产队挖了梯田，栽了树，黄睿太爷又把庄子修在了现在的这个山边。

陈丽先把李富贵二人带到了老家的房院里和婆婆见面，让婆婆讲一讲老庄子的情况。婆婆就将黄睿太爷在堡子山住过的地方和黄睿爷在山畔住过的崖庄院详细地说给了李富贵，李富贵听后，心里有谱了，让陈丽带上铁锹和镢头，换上平底鞋，跟他先去崖庄院看看。

这崖庄院由于多年不住人了，坡道坍塌，院内院外都长满了荒草，院墙塌得出现了几个豁口，崖面也是坑坑洼洼的，局部还长了野酸枣树。只是几孔窑洞尚未坍塌，旧兮兮的木门紧锁着。院子里，长了一人高的野草。一棵老得树干发黑的梨树倔强地挺立在院心，好像在坚守着最后的岁月。

李富贵站在院边举目翘望，但见眼前山峁成群，沟壑纵横，起起伏伏的一眼望不到边，天际边的白云像在地面上浮动，给人感觉隐隐约约，变化不定。群山上，有的树木成林，有的耕田环绕，有的秃脊荒凉，有的半绿半黄。群山以各种姿态，静静横卧在这个崖庄院的对面。

李富贵看了会儿，拿出罗镜，在老庄周围走动起来，走一段路，用罗镜朝不同的方向照一照。徐毛毛有点好奇，问他拿的是啥东西？李富贵说是罗镜。徐毛毛问罗镜是干啥的？李富贵说定方向，看风水的，哪个地方适合不适合埋人，通过罗镜就能看出来。埋了六七十年的老坟，找起来不容易，先用罗镜把大致方向框定下来，再慢慢找。

徐毛毛听此，笑嘻嘻地问道：那用罗镜能找古墓吗？

李富贵说：能。

徐毛毛开玩笑道：那你给咱们找个古墓挖一挖。我有个同学家里人开古玩店，挖出来的东西可以卖给他。

这个话题好像引起了李富贵的兴趣，问：你那个同学叫啥？

徐毛毛说：叫张文，他的店里有马车花轿，有瓷器古董，啥都有。

李富贵哦了一声，收回罗镜，说周围的山洼里都不适合埋人，要求去黄睿太爷曾经住过的地方看看。

话音刚落，一股山风吹来，李富贵身子微微哆嗦了一下，感到腹部隐隐疼了起来。他前几年肝不好，一直吃药，最近一年感觉好了一点，没再吃药，现在突然有了点反应，不由得用手捂住了腹部。王年年看见了，问他是不是心口痛？李富贵为了应付眼前的差事，说没事，说着动身就走。

陈丽因为婆婆年龄大了，让她在家准备饭，说她带大师去找。婆婆问那个堡子你知道吧？陈丽说她知道，黄睿曾带她去过。婆婆说那我回去准备下午饭，你们去找吧，上堡子时，一定要小心点。

叮咛之后，老人回去了，陈丽就带着李富贵、王年年和徐毛毛往堡子山走。由于此山离崖庄院比较远，需要绕过一条盘山路和两座山头，才能到达。他们走了大约半个小时，就看见了堡子山。

这座堡子山像个爬壁虎，身子下面有条长长的尾巴。山上是一条条梯田，山下是堡子梁。"文化大革命"期间，这座山经过修整，栽了树。现在，三十多年过去了，还是个荒山，即使零星长了些树木，但都扭扭歪歪的，不是太老，就是过小，整个堡子山看上去比较荒凉。李富贵站在山头上，又拿罗镜瞧了半天，指着下面的一块草洼说道：那个地方可以埋人，但不太理想，风水不是很好。如果水平一般的阴阳，会在那里选墓，咱们下去试试。

他们下了半山腰，李富贵在那个可以埋人的地方大致划了墓穴的范围，让王年年挖。果然是个墓穴，里面有块灰色的老砖。但砖上刻的是姓王的人。因为凤城市农村有个风俗，埋人时，一般都在墓坑内和坟茔上面各压一块砖，砖上刻故人的名字和生卒时间。近年来，有些讲究的人，给坟茔上立壁子，或砖墙壁，或大理石壁，当然，几十年前，给坟墓上立壁者较少。

王年年看着墓砖说道：这个人跟我一个姓。徐毛毛开玩笑地说道：总不是你的先人吧？小心把你的魂招去。王年年瞅着徐毛毛，嘿嘿一笑。陈丽拍了一下徐毛毛，说道：小王这么年轻，别说不吉利的话。

李富贵见是别人的墓砖，就让王年年给埋下去。然后，他的视线越过山下的堡子梁，最后落到了沟底的山台上。他拿罗镜朝那个山台上照了照，又反回来在堡子梁上照了照，最后说道：除过王家那座墓，这个堡子山和堡子梁上都没有合适的墓穴。就沟底那个靠东的山台上，我看风水比较好，那个地方靠山面水，适合埋人。

陈丽顺着李富贵的视线向前看去，发现要去那里，得要下堡子，沿着河道朝东南方向走一段路才能到，就问：你确定那个地方好？李富贵说：在我眼里，这周围风水最好的，就是那个地方了。

为了找到墓，他们只好继续下山。到了沟底，李富贵就走不动了，说他最近不知怎么了，老感到困乏，身体总不舒服。说他以前一口气翻几座山呢，现在走不了多远就感到很累。王年年给他找了干净的石块，让他坐下，说这几天腾个时间，带他去医院检查检查。

陈丽三人就坐到河道边的阴凉处休息。他们的身前身后都是重重叠叠的大山，且绵延数里，远远看去，他们三个就像蹲在河道边的小动物。面前的这条河道看上去有三四米宽，两边还有或高或低的发黑的岩石，其实只有尺把宽的一条流水像蛇似的往大山深处爬行，其余都是淤泥形成的河床。可能因为天气干旱的缘故，河床呈龟裂状，只有从岩石的那一道道印痕上，才能看出河水发威时的力量。

由于禁牧政策的普及，现在政府不允许在山里放羊，因而现在凤城市的山里几乎看不到羊群了。羊走了，人来了，一些风景独特的地方，都成了群众自发找到的旅游散心的景点，所以在河道两边，总能零星见到塑料袋和矿泉水瓶。

陈丽一到这里，有种似曾相识的感觉。她想起了，她和黄睿定亲那年，黄睿带她到大峡谷游玩过。于是就说道：这个地方好像离大峡谷不远了。

李富贵说：就是的。

陈丽有点惊讶：你也来过？

李富贵微微一笑说：咱们凤城市哪个地方我没跑过？凡是有点风水有点故事的地方，我都去过。只要去了的，我都记下来了。你说的那个大峡谷，就在这条河的东南方向。山里面有条青石古道，千年土门箭，有金蟾望月山峰，有百年古槐，还有天然温泉。冬天，还有冰挂奇景……

对呀，结婚的那年冬天，我老汉就带我来看冰了，那时候路不好走，现在好像路比以前好了一些，我还在那条古道上照过相呢。

徐毛毛插话道：谁没照过，凡是去过那个地方的人，都照过相。

说起古道，李富贵郑重其事地问道：你知道那个古道通的是哪里？

陈丽说：不知道啊，你讲讲。

李富贵讲道：这个古道古时候被通称为萧关古道，在这里叫小河湾古道，是古丝绸之路的一个连接点。在唐朝，丝绸之路从陕西玉祥门出发，穿过秦川平原，到了黄土高原的金城寺，从金城寺穿过北石窟寺马头坡，再经过这个萧关古道，翻过六盘山，一路向西，直达西域。你看那条古道上，马车轱辘把青石路都碾成了两道壕。一千多年了，那些马车辗过的壕壕道道现在还很清楚。

陈丽说：对呀，我当时看了既震惊又纳闷，那条古道是在山上，把路走成那个样子，证明古时候来来往往的马车很多。

既然你在那里照了相，那你肯定看到古道上的两处刻字了吧？一处是元代至正七年，一个叫李绶的将领，驻守小河湾时写的，可能是李绶把那条古道修了一下，修缮之后在路壁上题了字；另一处是清代末期，一个叫罗中的人题写的。他把这个萧关古道用两句诗概括了一下，"今往藏龙伏虎地，偶闻鹿鸣凤临声"。诗中的这个"虎"字，指的就是龙虎山，那条古道就是在龙虎山上。

陈丽感叹道：你的记性真好啊，我都忘得光光了。

我对古物感兴趣，走到哪里，都喜欢看古迹，有些东西，看一下就记住了。

陈丽咯咯一笑说：难怪你当风水大师哩，看来你在风水上是用心了。

是啊，当年为了学风水，凡是有古道和寺院的地方，我都走一遍。通过比较，我发现有寺院的地方，风水就是好。

徐毛毛眯起眼睛朝远处瞧了瞧：那这个龙虎山上应该有寺庙吧？

李富贵说：有啊，一般古道上都有寺院。只是龙虎山上这个寺庙由于塌得悬在了半山腰，人没法靠近，所以多数人不知道，我到那个寺庙附近都转着看了，环境确实很差，即使修缮一下，都修不成，只能作为遗址留在那里了。

聊了一会儿，他们站起来高一脚低一脚地继续往前走，走到认为风水好的地方，李富贵就用锣镜照一照，或打开包里携带的收缩型探杆，在地上探一探。一连找了几个地方，在陈丽感到有点筋疲力尽时，李富贵突然止步，瞧了瞧对面的一座小山，又用罗镜照了照，说道：别看那个地方不起眼，但风水极好！

于是，他们三人从山壕里翻过去，上到山坡上，这是一片草台地，李富贵反反复复看了地形，然后大致画出了个样子，让王年年挖开看看。王年年照其指点的方位挖开，果然发现了一块墓砖，砖上刻着黄睿太爷的名字。

迷失七八十年的祖坟找到了，陈丽长出一口气，立即用手机把这个消息告诉了婆婆，并拍了照，录了视频，然后就带李富贵上山了。

第八章

查 出 肝 癌

找到了祖坟，陈丽心里高兴，给黄睿打电话，把这个消息告诉了他，说李大师说了，明年清明节了，把祖坟搬回来。黄睿说找到就好，叮咛给李大师把费用给了，招呼好。陈丽说咱妈杀了一只鸡，我们从山里回来，妈已经把鸡肉做好了，刚吃了，还给娃带了点。因太阳已经快要落山了，陈丽问他回家不？如果回家，过去把他拉上。黄睿说晚上加班，不回去。陈丽几人就抄近路往城里赶。

此刻，夕阳像个调皮的孩童，半遮半掩地挂在天际边，几束红光像从一只巨型手掌里窜了出来，给天上、地上、房舍、树梢上都或深或浅地涂上了一道一道的红色。随着轿车的行驶，山峦、沟壑、平原、房舍、公路、油田井塔、机场路标、高楼、与庄稼毗邻的别墅和灯光渐起的城市，以流动的形式不停地变幻着角度，将沿途景致颇有层次地叠现了出来，给人一种繁华盛世的感觉。陈丽好像被眼前的美景所感染，心情愉快地说道：今天没有白跑，真是干了件大事。徐毛毛说：就是，虽然我知道李大师的手艺很高，但是心里还有点悬，毕竟你家的祖坟时间长了。如果找不到，我也没面子。李大师还真给咱们争气了。

陈丽和徐毛毛你一言我一句地夸赞着李富贵，但见李富贵坐在后面却一声不吭，她回头看着他说道：今天把李大师辛苦的，跑了不少路。

李富贵睁开眼睛，轻轻叹息一声说道：路倒走得不太多，就是感觉身体不舒服，到咱们上山时，我感到都坚持不下来了。也怪我，最近几个月有些大意，没吃药。陈丽问：你身体哪里不舒服？

李富贵告诉陈丽，他曾经肝脏不太好，后来治好了。平时老爱上火，有肝气郁结现象，有时候遇到着凉或者生气，感到胸腔发胀，吃点药就好一些。就是最近感觉很不舒服，尤其是今天，可能与劳累有关吧。

王年年一路跟着李富贵，给他提包包拿杆杆，在上山或下坡中遇到比较难走的路，他就挽一挽李富贵的胳膊，照顾得很周到，就是话比较少。见李富贵几次提到身体不舒服，就说道：咱们今晚不回去了，明天我陪你去医院检查一下。

几人说着，不觉到了凤城市驿林乡附近。陈丽告诉李富贵：我老汉先前就在驿林乡派出所工作，今年四月份才调到鹞子乡。

李富贵瞧了瞧，但见已到了城跟前，一条笔直而宽阔的马路向高楼密集的市区伸去，布于马路两边的高楼、低房、校区、宾馆、路边餐饮等商业门面和路中间的绿化带整齐有序，疏朗得当，既有乡土气息，又有城市特色，就有点惋惜地说道：干吗调走了？待在这个地方多好！

徐毛毛说：这个地方再好，他也不过是个二把手，鹞子乡虽然穷些，可是一把手啊，所以，地方好不如权力大嘛。

陈丽说：权力大又能咋的？他是断官司抓犯人的，不是抓项目的。况且，农村人经常为一些鸡毛蒜皮的事儿闹矛盾，你不是不知道，地方越穷，事儿越多。自从他到了鹞子乡，没有几天在家住。

徐毛毛开玩笑地说道：要是我，我晚上溜去他单位住。

陈丽瞪了徐毛毛一眼：谁像你这么猴精。

李富贵说：女人要猴一点哩，猴了，男人才喜欢。

这话一出口，惹得徐毛毛和陈丽哈哈大笑，王年年也呲着嘴，跟着笑了。

几人说笑着，不知不觉地路过"幸福小镇"。陈丽看着这个小区，想起了顾盈盈，故意问徐毛毛：你猜这个小区是谁开发的？

徐毛毛说：还用问？谁不知道幸福小镇是顾盈盈建的，人家给你借了10万元，你心里乐呵，逢人就夸顾盈盈。

真的，一想起她，我心里就暖暖的。

徐毛毛说：有机会了，把顾盈盈请出来吃个饭，人家帮了你这么大的忙，你应该感谢一下啊。

我也有这个意思。等手头事安排下了，我叫她。

到时候我作陪。

那是，还能少了你。

听到陈丽和徐毛毛的议论，李富贵感到有点意外，没想到这两个人也认识顾盈盈。提起这个女人，李富贵不由想起了一段往事——

1994 年的一天，李富贵逛集市时进了一家缝纫部，年轻的顾盈盈正在给人裁衣服。一个人带了布料来做衣服，顾盈盈只看了一眼，就说他的一个肩膀高一个肩膀低。此人惊叹顾盈盈是第一个指出他这个缺点的人，说他肩膀不太一致，是常年挑粪所致，因此夸赞起了顾盈盈。顾盈盈说什么东西从她眼里一过，就大致能看出个好与坏。

李富贵即开玩笑地问：你看我是个好人还是个坏人？顾盈盈瞟了瞟他，说从气质上看是个好人，从眼睛里看是个坏人。李富贵顿时哈哈大笑，眼睛盯着顾盈盈，感觉她很美，很特别……

因李富贵认识顾盈盈，且有一段刻骨铭心的经历，现在见她俩提起了这个女人，本来想跟上聊聊，但一想起往事，感觉身体更不舒服了，胸闷气短，腹部隐隐作痛，就闭着眼睛，啥话没说。

车穿过别墅区，进了城，由于天黑了，李富贵明天还想看病，就让陈丽把他俩拉到一个私人旅馆跟前，和王年年下了车，与陈丽、徐毛毛道别之后，就进了旅馆。

由于劳累了一天，加上身体不适，李富贵早早就入睡了。夜里，梦见他爷爷给他说话，意思是让他把家里啥收拾一下，跟他去，说山里有个神仙在叫他。

李富贵在 15 岁那年，他爷爷就去世了。几十年来，偶尔也梦见他，但从来没有做过这样的梦。夜里醒来，仔细琢磨这个梦，感觉好像包含了某种暗示，加上最近身体上的不适，使他有种不祥的预感，预感到自己要患大病了。为此，第二天早上起来，李富贵拿出 200 元，让王年年先回去。王年年有点诧异，说我陪你去医院看病啊。李富贵说：病我自己去看，你回去安顿家里，过几天还得跟我出去。王年年见师父不让自己陪，就离开了。

人的感觉有时候挺厉害的，李富贵感觉自己可能生了大病，结果还是从他的预料中来了——李富贵去医院做肝部检查后，医生指着CT图像单告诉他：他肝部有块阴影，疑似肝癌，建议他到西安或者省人民医院再去复查。

李富贵顿时脸色发白，站在那里半天不语，医生见他有些站立不稳，让他出去休息一下。李富贵瞬间感觉自己的腿脚都不太灵光了，步履蹒跚，身体摇晃，出门时本能地扶住了墙。医生见此，好像有点不忍心，说也不确定，别担心啊，走慢一点，去其他医院检查时，最好把你的家人带上。

李富贵貌似感激地朝医生微微笑了笑，步伐吃力地勉强挪到医院走廊的休息区，就一下子瘫在了长椅上。他仰起头，闭住了眼睛，想把这痉挛不定的心摁一摁，但是，却感到眼前冒起了一个又一个的黑坨，这些黑坨围着他疯狂旋转，好像告诉他：你这下完了，完了……

李富贵心里不禁自问：这些年都很在意自己的身体，怎么大病说来就来了呢？难道是我……他不敢回想往事，一触及过往，就感到心里很复杂，想法更多，更邪乎。他在医院的走廊里就这么呆坐着，坐了好大一会儿，才离开医院，乘坐公共汽车回家。

公共汽车在乡间道路上绕来拐去地行驶，他坐在车上一言不发，目光呆滞，心里翻江倒海，窗外的太阳瓷乎乎地晒着，田里的麦子已经收了，有的麦地被翻得晾在那里，吸收着炎热的地气。只有玉米等秋作物在疯长，加上果林、桃林、松树林等林地的陪衬，凤城市的乡村依旧绿茵遍地，生机勃勃。自然，车内的人，窗外的世界对李富贵心中巨大的痛苦浑然不知。

李富贵回到镇子上，正好有集。老婆邵粉玲又和往常一样，赶集在街道上摆地摊，卖些袜子、帽子和裤头等日用杂货。李富贵由于心情不好，碰见老婆像企鹅似的蹲在街道边，晒得脸干巴巴的红，不由得大发脾气，说叫你别干这玩意儿了，你就是不听，家里的果园，我的手艺还养不住你，你就看上这个小钱？真是个穷怂命！

邵粉玲比李富贵小了几岁，但皮肤有点黑，头发有点花白，紫红上衣蓝裤子，平底鞋，两手粗糙，打扮得比较土气，但身材均匀，长了一双大眼睛，脸看上去比较恬静。她见男人发火，就赶紧收摊子回家，给李富贵做饭。

很快，老婆做好了饭，是面条。本来伙房里就有饭厅，但她知道李富贵在上房里躺着，就用木盘子端上面碗、筷子、两盘小菜、盐盅、醋壶和红油辣酱盅，摆成个一横一竖一平的样子，来到上房里，放到茶几上，叫李富贵起来吃。

李富贵从炕上下来，步伐蹒跚地走到沙发跟前，看着飘着葱花香菜的面条，想到自己身患绝症，这样的饭还能吃多少日子？这么一想，顿感心如刀绞，不由得闭住了眼睛，靠在沙发上半天不动。邵粉玲瞧着男人的神情，有点诧异，问：你怎么了？

李富贵想告诉老婆，但话到嘴边，却没说出来，就伸手去抓筷子，但手抖得厉害，邵粉玲就替他拿起了筷子，递给他，李富贵却顺手抓住了老婆的右手，这只手五个手指中短了一个指头，那就是中指。由于残缺，看起来比食指和无名指短了半截。除过这个手指，手掌里还有两道明显的红色印痕。从中可以看出，这只手曾经受过伤。

李富贵破天荒地抚摸着，语气有点沉重地说道：听你说，你当年差点在内蒙被要了命，可你还是活过来了。

邵粉玲微微一笑说：就是的，活过来了，不然，咱俩做不了夫妻。

李富贵顿时有点悲伤：可我……话到嘴边，他留住了。

邵粉玲一愣，遂问：你……到底怎么啦？

李富贵凄苦地一笑：我想和你白头到老。

邵粉玲见他遮遮掩掩地不肯说，就说道：咱们是夫妻，还有啥不能说的？

没有啥……只是感觉身体不太舒服，恐怕……恐怕要害啥大病……

邵粉玲哦了一声：既然觉得身体不舒服，那明天我带你去医院检查一下。把心放宽，即使有啥病，人的命在骨头里面，不一定有病就有事，别胡思乱想了。说着，将面碗从盘子里端出，放到了李富贵面前。

李富贵又看了一眼老婆的残指，回味着她刚才说的那句"命在骨头里面"的话，似乎有点想开了，就颤颤巍巍地吃了起来。

邵粉玲看了一眼李富贵，又看了看自己的残指，感觉他有啥事在隐瞒着自己。

第九章

她被劫持之后

　　李富贵的老婆邵粉玲当年在21岁就结婚了，男人叫董志霖。婚后，她在家务农，男人给一个经营班车的老板打工，负责给车上人。后来，男人拿了驾照，给班车当司机。跑了三四年后，董志霖通过贷款买了一辆中巴，跑县城，当了车老板。这时候邵粉玲已经有了一儿一女，且都能跑了，邵粉玲将孩子托付给老人，跟上男人跑车。俗话说，跟上打砖的学打砖，跟上开车的学开车。邵粉玲跟上男人跑车，耳濡目染中，也学会了开车，拿到了 A 照。有时候男人累了，她就替男人跑。在二十世纪九十年代初期，能开车的女人很少，开班车的女人更少。

　　邵粉玲的男人有眼光，有闯劲，邵粉玲也能吃苦，两人相敬如宾，虽天天奔波在路上，但很少吵架，和睦的犹如在一个鼻子窟窿出气。

　　邵粉玲上车不久，男人又买下了新的线路，又买了一辆车，这么一来，邵粉玲开一辆，董志霖开一辆，虽然经营班车要起早摸黑，日出日落，间隙几乎没有午休的时间，行车中脑子得要高度集中，眼疾手快，甚至有时候为给车上上人，不免发生与同行争抢旅客之举，在外人看来，经营班车，很辛苦，很费劲，四五十个座位的车上，有时候就稀稀拉拉地拉了那么几个人，但对于经营班车的人来说，只要上路，就来现金，只要坚持下去，就能旱涝保收。所以，车上的收入，只有他们知道。用邵粉玲的话说，经营班车在外人看起来不太赚钱，其实挣起钱来像用簸箕拦。难怪有些经营班车的人，一跑就是十几年，越跑开辟的线路越多，有的甚至通到了北京、上海等大城市。

邵粉玲两口子每人经营一辆班车，日子刚过得生风水起时，她的男人董志霖跟往常一样，驾车在一条跑了无数遍的盘山公路上往下盘旋时，路边草丛中突然出现了一只野兔，董志霖感觉这只野兔要从车前跑过，他忙踩了一下刹车，却没想到刹车突然失灵了，董志霖在瞬间惊慌中，车像猛兽一样，一下冲出公路，掉下了上百米深的路边沟壑。车上总共22人，其中3死11伤。董志霖也在死者之内。

董志霖是被拉到医院第二天才去世的。在抢救中，驾车跑另一条线路的邵粉玲惊闻噩耗，匆忙跑到了医院，进门就趴在董志霖面前失声痛哭。深度昏迷的董志霖奇怪地醒了过来，声音微弱地告诉她：以后别跑车了。之后，他闭住眼睛，咽了气。

出了那么大的事儿，自然，邵粉玲将她经营的那辆班车和两条线路都卖了，她回到农村种地，照管孩子，既当妈又当爹，过起了清心寡欲的日子。

邵粉玲像守孝似的在家里守了三年，婆婆公公六十多岁，不算老，她也年轻，三十多岁，婆婆考虑到孙子孙女都考进了凤城一中，吃住在学校，就建议她进城租个地方，一边打工，一边照顾两个娃娃，让孩子将来考个好大学。至于媳妇，若遇到好人了，招回来，当个上门女婿。邵粉玲同意了婆婆的建议，在36岁那年，进城了。

邵粉玲本来还想去跟班车，因为这个行当人熟，业务熟，自己干起来也得心应手。但想到男人在弥留之际叮咛她别再动车，就放弃了。见村里的一个人在蔬菜批发市场卖菜，她就跟着搞了个摊位，做起了蔬菜批发生意。每天清晨，菜市场都回来几车菜，两三个小时就被二道贩子分发完了。邵粉玲在这两三个小时内，从高晃晃的大货车上以最低的价格批发些各种各样的蔬菜，然后又放在她的蔬菜摊点上再往外批发或零售。从早上五点开始，干到下午两点就结束，基本以批发为主，不像那些做蔬菜零售生意的，从早卖到黑。

那年九月，邵粉玲进了蔬菜市场。到了年跟前，由于下雪的缘故，邵粉玲发现那几天的蔬菜一天一个价，竹竿似的节节上涨。考虑到春节蔬菜用量大，价格肯定下不来，她就筹备了一些钱，联系了货车，跟上同行去四川拉菜。这样一来，她从二道贩子变成了头道贩子。为了顺利地拉到菜，她亲自押车去了四川。菜贩子一般都是为了抢时机，拉上菜就往回赶，中间不休息，基本是连轴转。邵粉玲也做了这个准备，打算装上菜后连夜往回返。

但因她叫的司机带了媳妇，途中，司机媳妇感冒了，说晕车，要求住店，若司机不肯，她就吵闹，邵粉玲为了保个平安，只好由人家摆布。一路走走停停，本该一天一夜就回来的，却走了三天。回来卸车时，邵粉玲惊恐地发现，压在中间的菜竟然烫手。越往下，烫得越厉害，到下面，还冒烟。邵粉玲做梦都没想到，青绿的蔬菜在车上积压时间长了，竟会烫手、发黄、冒烟、腐烂。邵粉玲投资了四万多元的一车菜，连五千元的成本都没收回来。她不仅亏了，还在菜市场落下了菜冒烟着火的笑料。

由于大雪封路，邵粉玲再想拉一车补点窟窿，都没机会了。痛定思痛中，邵粉玲悟出了一个道理：跨行容易干好难，隔行如隔山。还是干老本行吧，自己好歹还有个开车的技能。

于是，邵粉玲又干起了老本行——跑班车。她的车没了，她就给人打工当司机。在给别人开车之中，她发现了一个商机——那就是专线车。虽然每趟只能拉四个人，和班车的多中取利比起来有点差距，但票价比班车高一点，且专线车经营起来比较方便，一个人跑，跑多少是多少，费用低一点。勤快的话，比班车能多跑几趟。为此，她就跟婆婆商量，在老人的资助下，花了十几万，买了一辆黑色帕萨特轿车，办理了专线车手续，跑起了从凤城市内到纣王县城的路线。

跑专线尽管跟跑班车一样辛苦，有时候为找一个人，开着车在街上到处转圈子，但和打工比起来，收入肯定好一些。邵粉玲就孤身一人，驾驶着这辆崭新的轿车，日复一日地在凤城市和纣王县之间来回奔波。有时候感到很顺溜，有时候感到很艰难。班车为了上人，经常发生争人、抢人的现象，专线车也不例外。有时候不顺了，大半天在街上转悠，送一趟人，连油钱都不够。她知道任何行业，都有山林野兽式的残酷竞争，尤其是运输行业。邵粉玲从竞争中一路走来，也习惯了这种竞争，所以她也跑得很淡定，甭管每天收入多少，只要跑起来就行。

那时候凤城市的专线车不像现在这么规范，由站台指挥、GPS监控。那时候只要每月给交管部门交了管理费，咋跑，跑多少，没人管。所以，专线车除了跑指定路线，还可以跑乡镇或者其他线路。因为每个专线车，跑的时间长了，总有些熟人常客。有时候熟客用车，专线车就去接。不论去哪里，价格协商后，就直接拉客上路。

2004 年 8 月的一天，由于她头一天接了一单跑内蒙古的生意，那天她早早就起了床，给两个孩子做了早餐，打发他俩上学之后，又给准备了午餐，菜切好放好，米饭蒸在锅里，收拾了房子，然后就梳妆打扮。这时候天已经大亮了，邵粉玲站在窗前做运动时，发现道道霞光呈喷射状直逼天际，给万物涂上了炫丽的红色。一轮太阳庄严地从高高的地平线上升起了，像经历了某种涅槃，显得格外清丽。想到今天的远行，邵粉玲心里有种莫名的兴奋。平日跑远路，她心里犯愁。可今天，却感到自己好像是去干一桩很有意思的事情，心里充满了甜蜜和快乐。就在邵粉玲等待客人的召唤时，客人电话来了，邵粉玲忙说：马上就到。之后她就出门，开车，穿过人来车往的街道，往凤城宾馆赶。

凡是跑专线的车都有固定的停泊点，譬如车站附近、宾馆门前或是某交通要道口。凤城市的专线车有几拨，自然有几个停泊点。每个停泊点上，少则二三辆，多则四五辆车。在多个停泊点中，生意最好的是宾馆，因为宾馆叫车的客户比较多，且多数有身份，素质好，钱好挣。所以，她通过熟人介绍，高价从凤城宾馆买下了这个停泊点。

平时等人的时候，她就将车泊在凤城宾馆门口左侧固定的停车位上，和其他同行车停在一起。只要来个客人，他们都不约而同地探出头，叫人，搭讪，至于上谁的车，基本由客人决定。

叫她车的客人叫李卓，是她昨天在凤城宾馆门口认识的。这几天，全省经济工作研讨会在凤城宾馆召开，由于出入宾馆的人比较多，邵粉玲基本都是围绕宾馆客人跑的。

当时，她刚送人到了宾馆门口，发现一个人朝她招手，此人身穿带花纹的广式 T 恤和浅灰色牛仔裤，腰里系着一条很精致的黑色皮带，戴着墨镜，手里拿着一个黑皮包，椭圆形脸，嘴周围有少许胡须，宽兮兮的额头在阳光下泛着贼亮的光。在看到这个男人的一瞬间，邵粉玲突然感觉这个人和她看过的美国电影"空军一号"上的某个角色有点像。邵粉玲就破常规地从车里下来，说了一声"你好，请问你要车吗？"此人回了个"你好"，说明天去一趟内蒙古，你去不？

一般太远的地方，如果不是熟人，她是不接单的。一是自己太累，二是不安全。但邵粉玲发现这个人操着一口标准的普通话，长相俊朗，气质逼人，一看就是个干大事的人，瞬间被这个人的气质吸引了，就问去内蒙古哪里？李卓说临河，就是巴彦淖尔。邵粉玲问你几个人？李卓说我一个，我是来参加会议的，顺便去内蒙古考察个项目，之后还要回来。邵粉玲哦了一声，问得几天？李卓说快去快回，最多两天。

邵粉玲听说要回来，就立即答应了，提出到临河，若耽搁两天，就得掏2000元的费用。李卓立即掏出钱，数了五张，说先给你500元定下来，剩余的钱回来给你付清。顺便，还给了邵粉玲一张名片。

邵粉玲发现这个外地人很痛快。接过名片一看，才知道，这个人叫李卓，是北京大地矿业发展有限责任公司总经理。人本来就有崇洋媚外的特性，现在遇到这么个顾客，邵粉玲自然心里很高兴，所以，早上起来，感到心情很愉快。接到李卓的电话，立即往宾馆门口赶。到了停车点，发现李卓还没出来，她就给他打了电话，说她已经来了。

在等李卓之际，邵粉玲发现宾馆院内出来了一辆警车，警车转着红灯，长鸣一声，好像提示道前的行人注意一点，接着依次出来了五辆小车，紧跟着是一溜儿豪华的中巴车。宾馆大门周围，站了三三两两的警察，貌似在维护秩序。车队徐徐拐过宾馆门口，朝北走去。一辆警车即闪烁着红灯，跟了上去。

邵粉玲目送着车队远去，附近的警察都离开了，还不见李卓。邵粉玲正要给他打电话，在埋头拨电话之际，车门开了，李卓捏着包坐了上来。

刚才和人说了个事。李卓有点歉意地说道。

邵粉玲说：哦，没事，大老板，大忙人嘛。

李卓谦虚地说：咳，什么大老板，人的资产到了一定程度，就成了社会的了，再大，也不过如此。但人无论到了哪种程度，事情还得干，不仅干，还得干好，该跑的事儿，还得跑。

听他这么说，邵粉玲感觉自己都有了档次。尽管她知道自己的档次永远达不到人家这个档次，但身边出现一个有档次的人，对她来说，也是一种快乐。

邵粉玲紧握方向盘，出城，过县，上高速，一路风驰电掣地往内蒙古方向跑。

火热的八月，天空蔚蓝，高原壮阔，天际的山峦时隐时现。穿插在村庄里的树木和一片片玉米田在早晨的骄阳下泛着绿油油的光泽。邵粉玲身穿灰白色休闲裤，豆绿色半袖T恤，戴着白色手套，螺纹状的烫发扎在脑后，显得很精神。看到这么好的天气，她想起了昨晚的一个梦，梦见她去娘家看望老妈，老妈拄着棍子站立在她面前，拉着她的手不让她走。老妈好像有啥心事，两眼泪汪汪的，她问为啥不让她回家？老妈只管流泪，不吭声。她推开老妈的手，硬是出了门。老妈捣着拐棍急促地跟着来了，拐棍捣地的声音一直在她耳边回响，直到她夜半醒来，还感觉能听到那咚、咚的声音……

邵粉玲看着眼前笔直宽阔的公路，回味着昨晚的这个梦，感觉有啥事要发生。但再一想，梦往往是反的，梦见哭，就意味着笑，说不定，自己有啥好事要来呢。她就这么信马由缰地想着，见身边的李卓也一直不吭声，就瞟了他一眼，发现他戴着墨镜，脸上的骨骼分明，仰身靠在那里，像个雕塑一般，看上去很有范儿。邵粉玲那个去世的男人董志霖就是高个子，五官端正，人都说他长得很气派。所以，邵粉玲比较喜欢有气派的男人。为这样的客户服务，她感觉心里有种说不出的劲头。

"帕萨特"车一直保持着良好的速度，向山影绰约的远方奔去。

很快，车进入了黄土高原山区地带，在群山峻岭中穿行。当在一条S形的山路上行驶时，车突然发出了嘣的响声。邵粉玲放慢车速，待下了山坡后，才停了下来。李卓也紧跟着下来了，在车的前后左右仔细瞧了瞧，没发现啥问题，邵粉玲说这辆买下还不到两年，应该没什么问题，可能是轱辘碾上了路边的石子，弹到了车上。李卓说有这个可能。

两人上车又继续前行。邵粉玲为了打发困倦，放出了音乐，首先听到的是《一路上有你》这首歌，平时听起来也就那样，现在身边坐着一个来自京城的大老板，邵粉玲突然感觉这首歌有种特别的情调，很有味道。

轿车穿过甘肃的平原和沟壑，很快进入宁夏地带。邵粉玲看油不多了，就在吴忠市的一个加油站停了下来。为了两块五毛钱的零钱，邵粉玲翻遍了全身，找不到。李卓就翻自己的口袋，上边，下边，都没有。在邵粉玲将要另想办法时，他突然说：我包里有。说着就在他的包里翻。在手忙脚乱中，一个金属东西"哐"的掉在了车上。邵粉玲捡起来一看，是个约有25公分长的蒙古刀。刀壳子非常精致，黄色为主，镶有红绿蓝宝石似的金属物。她抽出刀刃，发现形制凛然，闪烁着逼人的寒光。

李卓微微一笑，拿回刀子，淡然地说道：防身用的，经常一个人出差，不能不小心。

邵粉玲想到她到车行买这辆车时，车行老板问她要不要防身器械，车行也代卖防身器械。她想起老妈曾说："人最好别把刀子斧头带在身边，那东西硬，人把刀子带在身边，着急了就有个杀人的心。"所以当时她没买。但对于客人携带刀子的行为，她很理解：一般有钱人都把安全看得很重。

没办法，不怕一万，就怕万一。李卓说罢，冲她一笑。

邵粉玲也笑笑说：就是的，害人之心不可有，防人之心不可无。

邵粉玲想起她在六岁那年，常到村里的一个老爷爷跟前去玩。老爷爷身材高大，经常穿一身蓝色或灰色中山装，很整齐，子女都在外地工作，家里只有他一个人。他家里养了一只大花猫。他喜爱花猫，也很喜爱娃娃。经常拿出大白兔糖给村上的娃娃吃。邵粉玲发现老爷爷尤爱自己，做了什么好吃的，譬如野兔肉，总给她留几块。一次，她去这个老爷爷家里玩。老爷爷要求和她抓石子。她就在地上画了九格图，坐在老爷爷对面，双腿叉开，和他玩起了抓石子的游戏。老爷爷的双腿也叉开了。无意中，邵粉玲看见了一个东西，像红萝卜般粗，它在老爷爷的裤子外边挂着。邵粉玲说：爷爷，你看！老爷爷说：看啥呢？邵粉玲说：你身上出来了个虫子，有眼睛，还动呢。老爷爷微笑道：是虫子吗？你给爷爷摸摸。邵粉玲说：我不摸，它咬人哩。他说：它不咬人。你摸摸看，不咬人啊。

见邵粉玲不肯，老头欲拉邵粉玲的手，让她摸。就在这时，那只大花猫一下扑了上来，咬住了老头的"虫子"。原来，在邵粉玲发现虫子的时候，在一旁卧着的大花猫也发现了。它缩在那里一直盯着。当发现老头有所动作时，它就扑了上去，想抢先捕到猎物。猫以为这个蠕动的东西是老鼠，就当老鼠来捕捉了。老头惨叫一声，猫跑了，邵粉玲也吓得哭了起来。

邵粉玲跑回去告诉妈妈：张爷爷身上的虫子被大花猫咬了。

妈妈听了邵粉玲描述的情景，脸上转颜转色，说那个爷爷是坏人，记住，以后永远别去他家！

从那时起，邵粉玲突然觉得自己懂得了什么。几十年来，这个情景一直装在她的心里，一直告诉她，人不要看外表，不要看身份，不要看年龄，要看本质。人是险恶的！

但是，对于身边的这位乘客，她倒是心里很纯，没有任何想法。

到了银川，李卓要求吃个午饭，休息会儿，他们就到银川新城区一家星级宾馆下面的"仙鹤聚"酒店就餐。这酒店的大厅一派南国装饰，壁画上的海滩、椰子树和玻璃效果所反映出的巨大空间，使人往里一走，就有一种海风徐来的感觉。邵粉玲顶着炎热的太阳进了这个酒店，服务生热情地请他俩在大厅一个位子上落座。李卓却要求坐单间。服务生忙上上下下地为他协调，终于找到了一个客人刚刚离去的小单间。邵粉玲就跟着这个北京老板进了单间。李卓要了冰镇青岛啤酒，听说邵粉玲不善喝啤酒，就要了太子酸奶，混合几个精致的凉菜和热炒，共进起了午餐。服务生不时端着盘子，将一份份菜送到面前，桌上的一枝红玫瑰，诗意地向他俩绽放着。

你开车的技术不错，很稳当。

天天开，开了好多年了。

看样子，你是个有本事的女人。

邵粉玲微笑地说：我再有本事，也是个脚夫，天天跑，挣的是小钱。而你是干大事的，挣的是大钱。

李卓端起水杯和她相碰，目光柔和地看着邵粉玲：你眼睛大大的，长得很有特点。

邵粉玲微微一笑，她知道自己不漂亮。

人不论漂亮不漂亮，一定要有特点，你就是个有特点的人，尤其是那双眼睛，很能吸引人。

邵粉玲被夸得有点腼腆，说快四十的人了，现在在外面跑，还稍微收拾一下，以前在农村家里，根本不打扮。

李卓说：你不打扮也能看出你的美，有的人有种油腻的美，而你有种朴素的美。

这个一路沉默的人这时也健谈了起来。他们的话题从不断上升的油价、房价问题转到了她的家庭问题上：你男人是干什么的呢？

以前也是个脚夫，出车祸去世了……

哦，对不起。李卓给她夹了块炸鱼块，几个孩子？

两个，儿子上初二，女儿上初一。虽然我的命比较苦，早早没了男人，但我两个娃娃比较乖，学习上不咋让我操心，都考上了一中，现在都在城里念书。

只要小孩好，就是你的福气啊。

就是的，我妈说人活在世上，往往是半福半罪，享一半福，受一半罪。

李卓似乎很欣赏这句话，微笑着看着她：看来，你妈妈是个聪明人。

邵粉玲发现他看自己的目光有点异样，使她不经意间心里有点慌乱。为了掩饰自己的慌乱，她故意找话题：你是见过大世面的，你觉得我们凤城怎么样？

李卓说：还可以。城市不大，但很有人气，车辆多，女人穿得好，温度也适中，比北京凉快多了，是个很适合人居住的地方，各种资源也不错，就是工业欠发达一些。这样也好，给我们这些企业提供了机会。

我们这里石油和天然气资源比较好，如果把这些开发出来，我们凤城的经济就能好一些。

是啊，一个地方的发达，主要靠工业。农业发展起来太慢了，南方一些发达城镇，主要还是靠工业产业带动起来的。

希望你把项目搞成，让我们凤城人沾点实惠。

我们正在朝这个方向努力，你们政府官员招商引资的愿望也比较迫切，尽管在投资环境上有点差距，但大致的投资意向已经形成了，基本差不多。除了你们凤城市，我们还准备在内蒙古投资，所以来内蒙古。

我发现一般做大事的，出门至少是两个人，你一个人跑，有点单薄啊。

本来我们要来两个人，那个人临时有事，我只好一个人来了。

怪不得，你带了防身刀子。邵粉玲脱口而出。

李卓一愣，看着邵粉玲，微微一笑说道：出门人比较注重安全啊。怎么？看见我带了防身器，你有什么想法吗？

邵粉玲顿时意识到自己这个话说得有点荒唐，就呵呵一笑，说我是随便说说，别介意啊。之后，她站了起来，叫服务员来结账。李卓却推开了她的手，主动埋了单。在往外走时，李卓的一只手按在邵粉玲的肩上，口气真诚地说道：如果你不嫌弃我是个外地人，我们就做个情人吧。说着，他的手从肩上滑下，握住了邵粉玲的手。

邵粉玲没想到他这么直接，在听到"情人"这个字眼时，感到心怦怦地跳了起来，同时感到他的手像个传热器，一股热量瞬间传遍了她的全身！她不敢看他，她知道他此刻的眼睛，像早晨的太阳，散发出绚丽的光！如果去迎接这个目光，她就会感到眩晕。但她已经吸收到了他的气息，这气息像花间氤氲的空气，有种沁人心脾的味道。尽管如此，她觉得自己被一种情愫放肆地包围了，使她有些无法控制的慌乱与腼腆，她故作镇静地微微一笑说：别看我是个司机，其实我是农民啊。

李卓捏了捏她的手，深情地说道：我……就喜欢农民……李卓说这句话时，声音不经意地涩了下，显得很不流畅。他顿了顿，接着又说道：因为农民淳朴、厚道、善良，交往起来感觉省心，而大城市物欲横流的，感觉人人都戴了面具，尤其是那些稍有姿色的女人，有时候感觉笑容都是假的……

这句话对于内心狂乱的邵粉玲来说，更像一股清流，舒缓地越过了她的心田，随之带给她的感觉，真是太美了！她仔细回味这个感觉，好像很多年没有过了。很多年来，她生活的内容和形式就是早出晚归，心里整天想的是钱，是如何干好手头的事儿，如何过好日子。一次，儿子在临睡前进了她的房间，见她靠在床上发呆。儿子说：妈妈，我爸去世多年了，你给我们找个爸吧，你总不能一直这样孤单下去。我奶奶也给我们说了，你得要找个人。她严肃地说道：在你没有考上大学之前，我是不会考虑的。现在人心都窄了，你们两个都小，正是上学的时候，若找的人即使接纳我，也不愿意接纳你们的，怕你们上学给他增加负担，所以我还是把你们扶持到一条路上了再说。

为此，这么多年来，她一直单身，她拒绝了好多为她介绍对象的人。她把自己看成了过日子和挣钱的机器。多少人从她车上上上下下，她都没感觉。她以为自己的感情麻木了，现在才发现，她是个很敏感的人。她的心容易激动和潮湿，犹如她的身体在瞬间所发出的潮湿感一样。

邵粉玲感到，她生命中的全盛时刻来临了。

李卓就这么拉着邵粉玲的手，走到车跟前。见邵粉玲替他打开了车门，就说你如果累了，我开一会儿。

好着呢，不累，前几年经常跑班车，一趟几百里，一天跑一个来回，磨炼出来了。虽然这么解释，其实邵粉玲心灵的窗户已经无声地向他打开了，好像她生命中有一种壮丽的事情将要出现，她已经做好了迎接的准备，因此，这个时候的她感觉自己很有激情和力量，巴不得自己保持最佳的状态为他开车。

轿车继续前行。

路过乌海时，李卓似乎对乌海很熟悉，向邵粉玲介绍道：乌海市是一座新兴的资源型工业城市，这里的煤炭储量在30多亿吨，是我国西北地区重要的煤炭化工基地，是连接我国西北和华北的重要枢纽。

你连乌海这个小地方都知道，到底是做矿业的，对煤炭的分布情况很了解。

搞什么，就得了解什么嘛。

九七年，我来过乌海，那时感觉乌海还比较落后，没有现在这么发达。

你去过临河吗？

没去过，但我哥曾在临河贩卖过枣，所以我大致知道那个地方。

说起临河，李卓就自然而然地给邵粉玲介绍了起来，说临河属内蒙古自治区巴彦淖尔市管辖，位于内蒙古自治区西部，东与乌拉特草原紧密相连，南与鄂尔多斯高原隔河相望，西面是乌拉特后旗，北与蒙古国交界。有乌拉特前旗、杭锦后旗和乌拉特中旗。乌拉特中旗离临河不远，向西有个二狼山。那里的山势很高，看上去非常壮观。大山深处，有个大型水库。据说是解放初期毛泽东主席亲自督建的水库。修建水库时，每天上工地的有几万民兵和农民。现在这个水库成了旅游景地。水库上空，横拉着一道铁索桥，登上索桥，水库全景尽收眼底，还可看到古长城遗迹，我曾在那个水库上钓过鱼。

李卓停顿了一下，见邵粉玲笑盈盈地听着，继续说道：乌拉特中旗的草原景色很不错，一望无际，绿油油的，一群一群的白山羊又肥又大。你只有用望远镜，才能看到放牧的人。那里的牧民记忆力特别好，只要草原上走过一个人，他就能说出那个人的长相和衣着。平时他们眼里看到的人少，只要看到人，他们就记下了。习惯骑在马背上，用望远镜瞭望周围的环境和出入草原的人。

草原的羊肉肯定好吃？邵粉玲突然问道。

那还用说，我当年在乌拉特中旗海流图镇一个蒙古包里吃手抓羊肉，那羊肉的肉质又嫩又胶，没有丝毫的油腻感，口感真是太好了。我发现你们凤城市的羊肉馆子也很多，但口感还是不如草原上的羊肉。人家上羊肉，不像酒店里切成小块，用盘子上，人家是用盆子上，骨头带肉，一拿起来就是巴掌大的一块，吃起来真过瘾！

邵粉玲听到这里，有点情不自禁：听你这么一说，我都想吃了。

李卓立即说道：去临河办完事，咱们就去草原，吃一吃蒙古包里的手抓羊肉。这个时候去正好，到了九月份，进草原早晚得穿薄毛衣，中午却热得要死，温差比较大。那次我们几个朋友开着车到了乌拉特中旗草原，一直开到了通往蒙古的边界线附近。一路上阳光很好，可到下午，天色大变，吹起了黄风，风卷着沙子，吹得人站也站不住。第一次在草原遇到风，感觉天要干什么事情了，让人心惊胆战。我们在一个朋友家吃了一顿饭，出来看见门口堆了好多沙子，他家的老人正在清理。像那种现象，他说他们那里经常发生，这在我们看来，有点受不了，可人家当地人已经习惯了，只要风刮过，就清理沙子。这几年内蒙古大力搞绿化，估计风沙没当年那么厉害了。

李卓聊着内蒙古的所见所闻，邵粉玲饶有兴趣地听着，问着，两人俨然成了交往多年的老朋友。途经服务区，邵粉玲下来上了一趟厕所，李卓说他开一会儿，让她休息。邵粉玲不好意思再拒绝了，就让李卓开车。

轿车在乌海穿越河套灌区的哈德门至磴口的110高速路上行驶。这条高速路上的车辆甚少，隔壁牧区公路上的车辆也寥寥无几，但总能看到牧民骑着摩托车或开着农用车一闪而过。公路两边渠道纵横，农田遍布，黄河引水工程的示范田和标志随处可见。绿油油的春小麦、甜菜、玉米、高粱、莜麦和豆子组成了河套地区的农业景色，令邵粉玲赏心悦目。

再看看李卓，他一只手握着方向盘，那速度，那神态，在邵粉玲的眼里，具有一个男人最好的气质和派头。邵粉玲回味起他抓住自己手的那一刻，心里顿时涌过一股暖流，直抵全身，她就这么看着，想着，体会着，在车的速度中享受着精神上的快感。

到了磴口镇，道路两旁出现了两个红色蒙古包，上空悬挂着各色彩旗，在微风中猎猎闪动。蒙古包前面，摆放了瓜果摊和冷饮亭子。亭子里，几个戴着白色凉帽的人在吃着西瓜，附近停着两辆越野车，车外挂着"中央电视台"的牌子。

见有西瓜，李卓说内蒙古的西瓜很甜，尝一尝。就将车停在路边，在一张乳白色的冷饮桌旁坐了下来。邵粉玲听见旁边的人操着和李卓同样的普通话，就故意开玩笑地低声说道：你的老乡。李卓说：老乡又怎么样？我才懒得理记者。

在他们吃西瓜之中，一种特抒情甚至有点忧伤的旋律响了起来，那是内蒙古歌曲《父亲的草原母亲的河》：

父亲曾经形容草原的清香
让他在天涯海角也从不能相忘
母亲总爱描抹那大河浩荡
奔流在蒙古高原我遥远的家乡
……

邵粉玲听着这首歌曲，感觉心里有种莫名的情愫，想起了李卓说的二狼山、临河水库和乌拉特中旗草原。就问李卓：那个二狼山、临河水库和巴特草原离临河市有多远？

李卓听她把名字说错了，噗的笑了一声，说不远，二狼山水库，离临河也就一个多小时车程。邵粉玲说：那咱们抽空去看看。李卓将嘴一擦说道：好！我带你去！

走到车跟前，见李卓想继续开车，邵粉玲没好意思要，就坐在了旁边，让李

75

卓驾驶。

很快，真正意义上的沙漠地带来临了。一望无垠的沙漠像风吹皱的浅黄色绸缎，沙丘或高或低地延绵而去，远处山峦像人工斧凿过似的，显得粗糙而沧桑，又像一幅信手涂抹的水墨画，给人一种置于荒凉世界的感觉。只是胡杨和苦豆子给这沉闷的荒漠带来了星星点点的绿。蔚蓝的天空布满了云朵，浩浩荡荡的，大有组成云层遮天蔽日的阵势，一块云似乎带了头，给沙漠留下了一块令人心悸的阴影，这是一片荒无人烟的地带。

李卓飞速前进着，仿佛急急地去干一桩重要的事情。油黑的柏油路一个弯度伸向了沙漠的尽头。

你开慢一点。邵粉玲说。

没事。我在二十年前就拿到了 A 照。你放心，路上的车又不是太多。

邵粉玲再没吭声，默默地听着反复播放的《一路上有你》，不时偷看李卓几眼。

一片枯死的胡杨林出现在荒漠中。那一片胡杨有的横倒侧卧，有的歪着身子，有的则直挺挺地僵硬在那里，似仰天长啸，似俯身颔首。它们形态各异，造型不羁，尽管强劲的风沙把它们的树皮全剥落殆尽，只留下一具具钢筋铁骨般的躯干，但它们的枯枝像一条条僵硬的手臂，直指着苍天，仿佛冲苍天诉说着什么，解释着什么，又似乎在质问着什么，体现出了铮铮的铁骨，在漫漫的黄沙中呈现着惊心动魄的姿势——

邵粉玲不由得想起了老妈。那年春天，老妈在果园里拔草，突然感到身体不适。她靠着一棵果树坐了下来。这一靠，再也没有醒过来，保持着弯曲而刚强的姿态，就像横倒的胡杨。她的身前身后，是花枝招展的果树，粉白的花瓣飘飘扬扬的，好像在送别这个不屈的身躯……

在邵粉玲不经意地回想着老妈时，轿车的速度忽然慢了下来。李卓摘掉眼镜，左顾右盼地看着什么，神色有点紧张不安。

你在看啥？

我……算了。他支吾了一下。

车速又快了起来。

你如果累，让我开。

没事，马上到临河了。

随着前行，荒漠中渐渐有了绿色，并出现了月牙状的湖泊。

在一个出口处，轿车驶出国道，拐向旁边的牧区公路。由于是沙滩，这条路似路非路，影影绰绰，像个神秘的古道。

邵粉玲见他将车开向这里，有些诧异，目光不由地看向李卓，但见他沿这条路走了几十米，前面遇到了一个土台式的沙丘，沙丘后面迎面来了一个开蹦蹦车的牧民，李卓这才将车停在沙丘旁。

从他们车旁走过的这位牧民戴着两边翘起的草帽，穿着紫红袍子，蹦蹦车里放着一个四方形的大水箱，看样子，他要到某个地方去拉水，或者从某个地方拉了水过来。

李卓两眼盯着前面，目光炯炯地在思考着什么。前面是几道爬行而去的沙梁。风从沙梁上蹿出，卷着沙尘扑击着车，发出了轻微的撞击声。这里再也看不到一人。很远很远处，是顶着天空的山梁，山梁有几个豁口，哪条豁口与这条沙路连接？不得而知。太阳缩在山梁上血红着眼睛，偷窥着这里。

李卓的目光移过来，落在邵粉玲的脸上。

邵粉玲发现他的目光有点怪异。她一时不知道他想要干什么，两眼怔怔地盯着他。就在这时，李卓突然伸出右胳膊将她揽了过去。

在这一瞬间，她明白了。她激动！她心跳！风沙拍打着车，阵阵凶猛。她感觉她不能控制自己。任他尽情地吻，任他抚摸。她希望自己融化掉，融化在这甜蜜的气氛里，不再醒来。

就在这时，一辆摩托车飞越而过，摩托车上还坐着头上缠着丝巾的女人，瞬间消失在了高扬的沙土中。这一刻，邵粉玲本能地离开了李卓的拥吻。她颤抖着声音说道：我们走吧，我看天色不好了。

李卓愣了愣，突然说道：好！咱们赶路！他迅速倒好车，回到牧区公路，进入口，上高速，这一上去，便一发不可收拾。

邵粉玲回味着刚才的举动，感觉一种说不清道不明的甜蜜感丝丝缕缕地将她控制，使她无力从这种氛围中逃脱出去。车外的树木飞速越过，前面的河道直插而来。随着轿车的前行，河道越来越宽了，浑黄的河水浩浩荡荡地向前奔涌。河边的沙柳卫兵似的护卫着欢乐的黄河，丝丝柳枝深情地亲吻着河面，这里的一切是那样富有诗情画意。

邵粉玲两眼看着前方，心里想：这个朋友我交定了。

下午4点，到了临河。虽然这个时候太阳还在天边悬着，可被云层吞没了，临河的街道一片暗淡。但一踏上临河街道，邵粉玲就感受到一股鲜明的地方风情，她不仅看到了弯弯拐拐的蒙古文字，而且随处听见具有内蒙古特色的歌曲。他们的车在繁华的大街上奔驰。越过一座座高楼大厦和纵横交错的街道，邵粉玲看到了雄伟的河套百货大厦。李卓似乎对这里很熟悉，在邵粉玲还分不清东南西北时，他已经到了临河饭店跟前，李卓登记了两间房子，一间在六楼，一间在八楼。李卓让邵粉玲先到六楼的房间休息，说待会儿公司来人，他们谈谈事，到时候下来叫她吃饭。

邵粉玲就躺在宾馆的床上休息，看电视，足足等了两个多小时，李卓的电话来了，让她下楼。邵粉玲到了大厅，李卓让她把车开上，说去吃饭，那个地方比较远。邵粉玲就开车拉着李卓，很快就到了"草原风情"酒店门前。这个酒店因门面的装饰全部是红色，在众多酒店中很是扎眼。门口停了好多轿车，无疑，生意不错。店内的装饰以红色为主，大厅里有几个暗红的木柱，地板都是红色的。加上木门、木窗和具有民族色彩的天花板，似乎是三十年代的富家大房，又似乎是被异化和扩大了的蒙古包。

邵粉玲跟着李卓进了一个包间，以为还有接待李卓的客人，却没见到人，就问：就咱俩吗？李卓似乎明白邵粉玲的意思，直言道：本来他们已经定好饭，接待咱们，我不喜欢热闹，想和你坐坐。明天上午我去他们公司转一下，估计两个多小时就结束了，之后咱们去附近的草原看看，下午咱们回凤城。

李卓安排着明天的行程，邵粉玲眼睛不停地打量着整个大厅，这时，一种奇怪的蒙古歌曲回荡了起来，这歌曲无词，一直"啊……啊"的咏叹着，调子悠扬、抒情、婉转，仿佛在述说着一个动人的故事，又仿佛为某个动人的故事在感叹着、怀念着。多一个字嫌多，少一个字嫌少，就用一个"啊"字，反反复复，婉转悠长，令人荡气回肠。

邵粉玲有生以来第一次听到这种独特的歌声，她内心如水一样荡漾起来。她的爱在歌声中升华，她的情在视线里拉长，她的心为李卓这个来自远方的尤物而激荡。

邵粉玲被歌声包围，被抒情包围，被这个英武的北京男人的胸膛包围。

你说，我们认识还不到两天，就在一起，是不是有点不道德？

真的感情是不会被道德绑架的。

你今天说，要跟我做个……朋友，你说的是真心话吗？

怎么不是真心的呢？你不相信我？

我这半生一直风里来雨里去的，我接触的人不是农民就是司机，见个领导什么的，我连个话都说不好。我娘家也没有个干大事的人。你是从大城市来的人，又是干大事的，我心里一直琢磨，你怎么会看上我呢？

你太自卑了，其实，你是个很优秀的女人，你跑车跑得很成功，你看你们凤城的街上有好多女人开的是奥拓，你就和她们不一样。

那是我遇了好婆家，嫁了个好男人，尽管他死了，但他让我有了开车的技能。

你能遇个好男人，就不能遇个好朋友？

等到我娃娃将来考上大学了，他奶奶将来下世了，我给你当保姆，好好伺候你。我现在虽然在城里混，可啥活都能干，啥饭都能做。

你真是个好女人。

希望你在我们凤城的投资能成功。你成功了，我平时就能见上你。你如果办不成，你就不来了，我就见不上你了。

即使不成功，现在交通很发达，想见面，几个小时就能见到。

那就不一样了，你在我们这里，我即使见不上你，都感觉你在我身边。你要知道，女人心里有个男人，那心劲和感觉就不一样了。今天在路上听《一路上有你》这首歌曲，平时听没感觉，今天听，感觉特别好听，我感觉能把这首歌爱一辈子。

那我好好跑，争取把这个事情跑成功。

回去了，我要到我们凤城市宝塔寺烧个香，求菩萨保佑你成功。

好的，求菩萨成全咱们。

二狼山由乌梁素太山、查斯太山组成，东西走向，北高南低。在乌拉特中旗与蒙古地槽的分界线处，海拔在一千九百米以上。这里山嶂交错，群峰险峻，沙丘和天然灌木林到处呈现，地势十分诡秘。

在二狼山，有一条通往二狼山水库的驿道，水库离乌拉特中旗海流图镇一百多里。海流图镇的北面，就是广阔的草原。旅游的人们，都喜欢通过这个具有原始风情的驿道走到草原，因为从这里走可以看到雄伟的二狼山。

李卓没有食言，上午10点刚过，他就回来了，他们之前说好的，准备去二狼山和附近的草原转转。邵粉玲睡了个懒觉起来，知道今天要跑长路，又给车里加了些油，买了些水果和零食，收拾好，等待李卓的消息。这不，李卓一回来，她就下楼退房。到了车跟前，李卓说路况他比较熟悉，由他来开。邵粉玲就幸福地坐在了李卓的身边，离开临河区，往二狼山走。

轿车穿过河套草区，向李卓口中描述的二狼山逼进了。远远看去，那南北绵延的山崖仿佛刚从沙尘中钻出来，高低不一，嶙峋怪异，给人一种千年风尘、万年沧桑的感觉。这辆从凤城市来的轿车，在高入云端的大山面前，犹如一只黑色昆虫，很快就从山的缝隙中钻了进去。

自然，山里面是山套山，山环山。点缀大山的是丛林、沟壑、悬崖和枯树。至于山里头的这条路，几乎被杂草淹没，依稀可见车轱辘压过的痕迹，且很弯曲，眼睛所能伸及的地方，不足 200 米就被山疙瘩挡住了视线，谁也看不清前面的路往哪里延伸。

看到这样的地势，邵粉玲心里有点发怵，说这样的路适合越野车走，不知前面的路况如何？轿车能不能通行？李卓说：这个你放心，那年我们进水库时，是一辆越野、两辆轿车，没问题，只是走起来慢一点。

邵粉玲一听，似乎放心了，看着眼前的山景，感慨地说道：走进这样的地方，感觉好像从现代社会一下走进了远古时期，给人一种梦回远古的感觉。

李卓冲她微微一笑：你还挺有文化的。

毕竟还上了个初中嘛，那时候家里穷，早早就回家务农了。

车沿着沙石路忽上忽下、忽左忽右地走着。沿途看不到一个人影，一辆车。约莫走了有半个小时，才在一座山崖下的向阳处看见了一处简易的露天羊圈。那羊圈被一圈儿一米来高的篱笆围着，但圈内没有羊。邵粉玲有意识地朝周围看了看，也没看到羊的身影。

随着往山深处走，地势越来越复杂了，连那简易的羊圈都看不到了，这里似乎与世隔绝了。这个时候，邵粉玲突然觉得心里有种莫名的感觉，就故意说道：看来，到水库旅游的人比较少，或许是当地政府开辟了新的线路，这条路不太走了，所以看上去很荒凉，路上都长满了草。

李卓似乎想着什么，对邵粉玲的话没有反应。邵粉玲注意地看了他一眼，无意中瞧见对面的沙洼上长了一片红色树木，就说：李总，你看那些树，看起来像柳树，但颜色咋是红的？

李卓这才朝前瞟了一眼，说那是红柳，内蒙古的沙滩上比较多。

邵粉玲见李卓说完这个话题，又不吭声了，脸上爬满了淡淡的心事，好像他也为眼前的路有点担心，就劝说道：我看这路况不好，要不，咱们返回吧，路上石子这么多，我怕把车轮胎扎破了。

但李卓口气坚定地说道：不远了，再有十几里就到了。

邵粉玲见李卓固执地往前开，她只好沉默了下来。

大约走了有两三里，一个照壁状的小山壁出现了，似乎挡住了去路。但只要左拐，就能绕过这个山壁。但是，李卓却突然将车拐出了沙石路，越过山壁，在一片地势微微倾斜的草洼上前行。草洼过去，是个手掌形的沟台。草台上长了许多胡杨树。李卓开车在两棵高大的胡杨树中间转了个圈子，将车头调整到向着山壁的方向，才停了下来。

在车歪斜地越过草洼的这一瞬间，邵粉玲的心倏然怦怦地跳动了起来，车停下后，她有意看了一眼那条刚才走过的沙石路，却发现被这个山壁挡住了。再看看周围，发现这里是个 V 字形的山沟。沟的南面，有一片斜躺着的灌木丛林；北面是城墙似的山崖；东面是土红的山崖。那山崖高塔似的顶着天，与南面的丛林相接。只是东南相接的地方，有个明显的豁口，似乎给那丛林朝东南方向的延伸提供了方便。沟的前面，也就是胡杨林的上端，是一片土丘和沙石洼。沙石洼上零星长着高低不一的沙枣树和一簇簇蘑菇状的野草。沙洼上不时扬起一股沙尘，仿佛深山里的幽灵从那里掠过。草洼的中央，也就是停车的左侧，有一条自东向西而去的沟渠。沟渠里有潺潺的流水声。在车倾斜着越过草洼的一瞬间，邵粉玲瞥见了沟渠下端那条青油油的溪水。

邵粉玲收回目光，说你把车开到这里干吗？话音刚落，却见李卓两眼射着寒光，手里握着那把藏刀，两眼凶巴巴地瞪着自己。

邵粉玲顿时傻眼了，目瞪口呆地看着这个突然陌生的面孔和那把熟悉的明晃晃的藏刀，感到她的头被什么东西重重地砸了一下，颅内立即飞出了许多蜜蜂状的东西，接着，眼前就黑了，多年前遇到的那个死神好像扮着狰狞的面孔又冲她来了……

许多年前，新婚不久的邵粉玲夜半起夜时，感到她的头和身子像被什么压住了，她想抬起头，抬不起来；想抬起身子，动弹不得，整个身体像被倒挂着，悬于深不见底的空中，使她感到万分眩晕。加上极度的窒息，她感到自己要死了……

但是，她有思维，她知道自己结婚才三个月，还很年轻，不能死！这样一想，她就使出浑身力气往上挣扎，希望自己不要掉下去。在顽强的挣扎中，她才发现，她不是被吊在空中，而是煤烟在控制着她。她张了张嘴，企图喊叫婆婆，但怎么也出不了声。她想下炕，但感觉身子像被什么东西压着，或者拽着，怎么也动不了。邵粉玲为了让自己的意识能够清醒一点，她咬住了舌头。在舌头的疼痛之中，她挣扎着抬起身子，滚下炕，拼命地往门跟前爬。伸手抓门把时，感觉那魔鬼一般的煤烟将她拽住了，似乎要拽到地狱去。不！我不想死！不能死！强烈的意念一下使她一跃而起，一把抓开门把，一股救命的冷气扑了进来……

她得救了，闻声赶来的婆婆发现她嘴角有一串血。那血不是中毒的缘故，而是舌头被咬破所致……

现在，她又遇到了煤烟一样的魔鬼。而且这个魔鬼不是煤烟，而是人。

你……你这是干吗？

把你身上的卡拿出来！

你……你不是开玩笑吧？

少啰唆，把卡拿出来！话音一落，那刀子就抵在了她的左胸下面。

邵粉玲感到刀子已经进入了她的皮肤，在开始的发热之后，瞬间就是火辣辣的疼。她这时才明白，这个让她动心且经历了一夜情的男人不是北京来的投资商，而是个歹徒！他要了卡，难道不要车？要了车，难道不要命？这一刻，她明白了，这个男人什么都要！

眼前的这个地方，就是她的葬身之地了。这个地方，离家乡至少有六百里。自己死了，尸体腐烂了，也不会有人知道。

在这一瞬间，她感到心都碎了，被一个她为之动情的男人戳碎了，被自己的愚蠢和单纯扯碎了！她清醒了半辈子，但在这个人跟前，却糊涂了。

李老板，我希望你是开玩笑的。

废话！

刀子又进了一点。这个部位斜上去就是心脏，如果刀子再深，就触及心脏了。她偏头一看，一股鲜血已经通过衣服流了出来，流到了她灰白色的裤子上，更大的疼痛尖锐地向她袭来。她知道，她再怎么求情，怎么拖延，怎么害怕，都无济于事。

她的生命开始了倒计时。

我给了你卡，你能放我一条生路吗？我两个娃娃还小，没爸，还靠我养活呢。

这要看你的态度如何？如果你的态度好，我可以考虑。

除了我的命，你要啥我都给。卡上有 16000 元，如果嫌不够，这个车也给你。

把卡拿出来，告诉我密码。

我的卡在包里。

邵粉玲的皮包在后面的座位上。李卓把刀子举在空中，示意她取。

邵粉玲转过身子，拉来这个方形的皮包，又取出钱夹，从中取出一张建行卡。

李卓夺过卡，装在身上，然后一手握着刀子，一手从裤口袋里取出笔和纸，让她把密码写到上面。邵粉玲就将纸垫在膝盖上写密码。可她的手抖得握不住笔，似乎连一个字都写不成。李卓见她全身如筛糠，就将右手里的刀换到左手里，一把夺过笔，让邵粉玲说，他写！邵粉玲就战战兢兢地告诉了密码。

李卓写罢，又将刀子换到右手里，盯着她的钱包，意思是让她把钱包打开，邵粉玲说钱包里只有 800 元，其中 500 元是你给的。说着，将钱包递给了他。

李卓见钱包里面还有一张银行卡，就顺手往外抽。在埋头抽卡之际，邵粉玲灵光一闪，一拳朝李卓的耳穴上捅了过去。这一拳，她感觉把对面的山都能捅个窟窿。

李卓哎哟了一声，头本能地朝左一歪，他握刀子的右手自然扬了起来，邵粉玲眼疾手快，一把从他的手里抽出了刀子。

估计是刀子划破了他的手，他又惨叫一声，扑来抓住了邵粉玲的手腕，试图夺回刀子。此时的邵粉玲紧攥不放，似乎把全身的力气都集中在手上，两人在车里为夺刀子扳起了手劲。邵粉玲感觉自己的神经都要挣断了，两眼直冒金星，但她在座位上半跪半蹲，咬牙切齿地抵抗着。

邵粉玲毕竟是女人，尽管她的手长得比较粗糙，但在力气上岂能抵过男人？眼看她的手腕要被扭断了，在这千钧一发的时刻，邵粉玲嚎叫一声，一口咬向了他的手背。

一片肉皮被她叼在了嘴里。

李卓再次惨叫一声，手松开了。

邵粉玲立刻扑过去欲拔车上的钥匙，李卓一脚油门，车呼啸一声飞起，眼看要掉进沟渠里，他一把方向盘，车转了个方向。在这一瞬间，邵粉玲挥刀直扎李卓的手，李卓为了躲避，车左右摇晃，接着一个猛拐，一头扎进了沟渠。邵粉玲只感到自己像在空中滑行一下，接着就"嗵"的落地了……

邵粉玲睁开眼睛时，见车在沟壑里歪着。她本能地摊开手，发现自己手里的刀子不见了。她脸上有股凉簌簌的东西顺着脸颊流了下来，都要流进她的嘴角了，她用手抹下一看，是血。

此刻，她成了个血人，额头上在流血，腰里被刀子戳过的地方在流血，她咬过人的嘴还沾着血。她躺在这里，感觉自己不能动弹了，也希望那个魔鬼跟自己一样，在某个地方不能动弹。因为她知道，他的手除了被自己咬了一片之外，还被刀刃割破了，并且，在拔车钥匙的瞬间，还朝他的胳膊上戳过一刀。至少，他的一只手用不上劲了。可是，她发现，这个魔鬼手里竟然握着那把刀子，摇摇晃晃地朝自己走来。

邵粉玲一下跃起，拔腿就跑。尽管她感觉跑起来腿关节有点不听使唤，但她必须跑，如果他逮着自己，就不是钱的事儿了，所以，她只有跑。

邵粉玲感觉自己没跑几步远，脊背被一个沉重的东西击中。她一个前扑倒了下去。回头一看，那魔鬼又追来了。随之，第二个石头又向她砸来。邵粉玲脑袋一歪，石头擦着她的耳际飞出。她爬起又跑，她希望自己像兔子那样跳跃着跑出去。

可是，一条山梁截住了她的去路。这条山梁像个带鱼的化身，狰狞地歪在那里。那沟渠里的流水似乎钻进了它的肚子里，只听叮咚响，看不到去向。这怪异的地形使她眼前发黑，她惊慌失措地在原地打起了转。

北面出去就是沙石路，可她无法过去了。别说那个几米宽的沟壑，李卓更像个魔鬼一样占据着她的去路。她只能一个弧形，拐上了南面的沙洼。

她知道，沙洼的东南方向，是丛林。要沿着沙洼跑进去，就能跑进丛林。现在无路可逃，只能进丛林了。但要进丛林，得要横跨沙洼和数座土丘。那土丘像个女人的乳房高高低低地挂在沙洼上，组成了一道又一道的屏障。要横跨过去，得要担多大的风险？走不好，就会被滑下去，说不定还会被滑到那个魔鬼的跟前。

但是，为了保命，她别无选择。

小时候她放过羊，她知道在土质松散、地势陡立的洼子上行走时，必须靠速度来减轻身体的重量，这样才能防止脚下的滑落或摔倒。所以，她借着儿时在陡峭的山路上行走的经验，歪着身子跑了起来。远远看去，像只横穿而过的野兔。

尽管如此，她还是滑倒了，身子挨着沙石，蹭得她皮肉生疼。

与此同时，邵粉玲发现下面几十米远的地方，那个魔鬼也跟着她的角度跑着。如果滑下去，一定会被他逮个正着。就在她往下滑的那一刻，她的手本能地抓了起来，抓沙土，抓石头，终于，抓住了一束野草。

这束悬在岩石上的野草如此坚固，虽然抓在手里刺扎的疼，好像有无数小针尖，但它稳稳地吊住了她。她爬起，又跑，就这样跑着。遇到地势险恶的土丘，她就身体贴着沙洼往过攀。有的土丘上还悬挂着一棵沙柳或一束野草，有的则是光秃秃的石头。她就攀着这些石头往过跨越。

终于，她把李卓撂远了，钻进了丛林。

这片白杨树居多的丛林，似乎是这几座山峰蓄意培养的尤物，旺盛，茂密。树与树挨得很近，有的地方，需要她侧着身子，方能从树缝隙中穿越过去。她刚走了不远，就听到"扑棱"一声，旋即响起了山鸡呱呱的叫声。接着，各种鸟叫声铺天盖地地鸣叫了起来，仿佛嫌她惊扰了它们的生活，发出了抗议的叫声。邵粉玲看见旁边的草丛动了下，她估计是野兔什么的，看见她跑了。她抬头看了看，但见那白杨稍几乎是相互托扶着。透过枝杈和树叶，才能看见一朵白云和一块蓝天。林子几乎被树叶遮盖了，只是有限地给地上投下了一点斑驳的光影。

这片丛林有多深？绵延多少里？她是不清楚的。但她知道这个丛林里肯定有狼，否则不叫二狼山。说不定狼已经闻到了她的气息，在某一瞬间向她扑来。她会葬身在狼的口中。但再一想，如果她命该绝，无论碰到什么都是难逃一劫。这时刻，她倒对动物不怕了。她现在最怕的是人。是下面的那个魔鬼。她宁愿死在动物的口里，也不愿落在这个魔鬼手里。

邵粉玲在层层叠叠的密林中向深处走，往高处走。她知道，无论爬山还是越沟，他的水平不及自己。她至少有过27年的乡下生活，至少有十多年的时间在山里出入过。大山在她的童年就历练了她，使她在今天的大难面前有了全面的展示。

爬到了一定的高度，她才停下来休息。

这一停，各种疼痛一下向她袭来了，好像不愿意让她停下来，一旦停下来，就得忍受剧烈的疼痛。她说不上来自己到底哪个部位疼，她将手压了这里，那里又疼。头上，身上，腿上，脚上，都像比赛似的疼了起来。加上额头上的汗水与血水，她湿漉漉的，像从血水里捞出一般。

就在她靠着树，做片刻的休息时，突然左手中指像被什么扎了一下，旋即出现了热辣辣的感觉。她抬起手指一看，中指指甲盖左侧有三个钉子扎过般的牙痕。再一看，一条七寸左右的小灰蛇竖着头，扁着颈，口吐着又红又尖的舌头看着她。

老妈说过：女人身上来月经了，容易招惹蛇。蛇咬过的牙痕如果是一个或三个，就是毒蛇咬的，毒蛇的尾巴细，容易辨认。

眼前的这个蛇，还有它咬过的痕迹，和老妈告诉她的情景是一样的！天哪，是毒蛇！邵粉玲瞬间感到她咽的一下，又掉下了地狱。她盯着这条蛇，呆住了。

蛇见她不动，慢慢转过头，蠕动着身子走了。

在炎热的夏季被毒蛇咬了，那是什么后果？这和被人刺杀有什么区别？难道我就是这点寿命吗？难道老天爷见人要不了我的命，就让一条毒蛇来要我的命？我这半辈子没害过人，没亏过人，老天爷为啥对我这样？为啥呀？妈妈呀，你在哪里？快来告诉我，我遭啥孽了？

邵粉玲心里在呼唤妈妈时，突然想起了妈妈告诉过她的一个故事——

那是个漆黑的夜晚，老妈在熟睡中，窑顶上唰拉一下流下了土，老妈惊醒，一把拉过睡在身旁的3岁的邵粉玲，企图跳下炕，刚翻起身，窑洞轰隆一声坍塌了。在这一瞬间，老妈本能地用身子护住了在怀里的邵粉玲。巨大的土块击塌了炕，压在了老妈的右腿上。老妈一把将邵粉玲扔下地，喊她往出跑，小小的邵粉玲倏然受到惊吓，只管哭，不知道开门往外跑。老妈急了，想扑下地，无奈右腿被土块死死地压住了，她就使出全身力气往外拽腿，挣得眼睛都要爆了，终于拽出来了。她跳下地，刚抓着邵粉玲扑出门外，窑洞全塌了……

老妈的那条腿被压成三段。腿上的一道皮被从大腿处抹到了脚面，露出了血滋滋的肉。从此，老妈瘸了，而她腿上那道触目心惊的痕迹，一直陪伴了她几十年。

现在，这个被老妈当年从死亡线上强夺回来的生命，又面临死亡的威胁了……想起这一幕，邵粉玲失声号叫了起来：不！我不死，我不死！我不想死！！

在号叫之中，咔嚓一下，她咬断了自己的中指指头。

邵粉玲没想到她的牙齿这么快，竟然在眨眼间咬下了指头。她看看白生生的伤口，"噗"的将嘴里那个带毒的小东西吐在了地上。

她知道，被毒蛇咬过的地方，如果不及时处理，毒液就会顺着血液传遍全身，导致她头晕、心悸，最后死亡。况且，七月的蛇，毒性特强。只有切断毒源，才能保命。她不知道这个方法是否管用，为了保命，她只有这么做了。

中指连心。当年割麦子时，镰刀不小心割破了她的中指，疼得她全身发麻，颤抖。现在，她的中指被硬生生地咬断了，血从那白生生的骨头里呈颗粒状地往外喷，那是怎样的一个疼？她感到全身的骨头被掰开了，心被撕裂了，好像经受着古代人被车裂的大刑。她将手指紧紧捏在手心，失声痛哭了起来。她疼得在树隙里打滚，蹬树，抓草，那歇斯底里的哭声在这个烟波浩渺的丛林里传播，在山崖上回荡……

在哭泣之中，她想起了自己刚进入碛口时听到的那首歌——

父亲曾经形容草原的清香
让他在天涯海角也从不能相忘
母亲总爱描抹那大河浩荡
奔流在蒙古高原我遥远的家乡
如今终于见到辽阔的大地
站在这芬芳的草原上我泪落如雨

邵粉玲没想到，在这个充满诗意和神奇的地方，竟然遭遇了这么大的苦难，她怎能不痛哭呢？她哭的恓惶，哭的凄凉，哭的孤独而又无助。她就这么钻在丛林里，在悲戚地哭着，呜咽着，当她感觉哭的嗓子有点发干时，才渐渐平静下来了。这才发现，自己的脸上、手上、胸腔下都在流血，几乎把她的白色半袖 T 恤和灰白色裤子染成了红色。她必须止住血，否则，血流多了，就会休克。总不能让自己休克在这个密林里，让自己在不知不觉中喂某个动物。但用什么止血呢？邵粉玲想起老妈说过：人要是被蛇或蟾蜍咬了，就用草木灰解毒。如果没有草木灰，就找有汁的野草涂抹，有的草汁能止痛止血。

于是，她就寻找有茎的野草。一簇长在沙石缝隙的草进入了她的视线。它有一尺多高，灰绿，羽毛状的大叶子由扫帚状的小叶组成，枝条直立繁茂，枝杈上还结有念珠状的小荚果，看上去蓬蓬勃勃的。邵粉玲隐约听到过沙漠上的苦豆子之说。难道这个草是苦豆子？听说苦豆子草能抗菌消炎，清热解毒，是个有毒的植物。以毒攻毒，在医药上也能说得过去。她就摘下了它的叶子，揉出绿色的草汁，首先给她流血的指头上涂了一点，即刻有种钻心的疼。她害怕这个草止不了血，反倒使出毒性，使她再次中毒，甚至要了她的命。但是，为了止血，她只有闭住眼睛，听天由命了。

这个草还真神奇，血被止住了。邵粉玲感到这个丛林里有个山神，在冥冥之中帮助着她，给了她勇气和智慧。想到这里，她跪了下去，冲这束草深深地叩了叩头……

第十章

凤 冠 出 世

李富贵查病时查出了肝癌，他的心里经历了几个小时的阵痛之后，逐渐冷静了下来。他想，不管病情如何，趁现在身体还能动，先把手头的事儿捋一捋。因为他有个东西，藏了好多年，现在该到面世的时候了，于是在夜里，李富贵待邵粉玲熟睡之后，下了炕，拿起对面桌子上的手电出了门。

李富贵家的院子呈长方形，坐北向南。正北是五间砖房，东西呼应着分别盖了三间，东房是厨房带套间卧室；西面的房子里存放粮食等。南为大门。大门东侧，也就是大门与东房连接的地方，有个砖砌成的狗窝，靠西，有个简易的棚子。棚子里面靠左手放着铁锹、镢头、耕磨、锄、扫把、架子车和牲口草料等东西，棚口敞开着，人和架子车都能出入，看来，这里是个杂货部；棚子的右侧，呈东西方向置放了一个牛槽。且牛槽一半是石头的，一半是枣木的，两个石槽并列放在一起，加起来大约有190公分长，其中枣木牛槽大约有90公分，无疑，这里是个牛圈。虽然杂货部与牛圈在一个棚子里，但为了遮风遮雨，在牛棚口有个一人高的隔墙，上面留了三个方形通风口。棚子的西面，有个露天牛圈。每到白天，就将牛牵出，拴到这里晒暖暖，当然，露天牛圈里还有个石质小牛槽。再过去，就是西房与南墙连接的地方，有个坐西向东的铁质栅栏门。栅栏门镶嵌在2.5米高的院墙中间。铁栅栏后面，是个八亩大的果园。远远看去，这个庄子被围墙间接地圈住了，周围还被柏树、槐树、核桃树、杏树等围绕着，这是一座典型的北方院落，宽大，干净，整洁。

此刻，院子里黑黢黢的，拴在南墙角的白狗好像睡着了，周围静的没有一点声音。

李富贵出了上房，拉着房檐下的电灯，朝南面牛棚看了一下，又拉灭了灯，捏着手电穿过院落，走进杂货部，拉了一下墙壁上的灯绳，灯亮了，卧在地上的大黄牛似乎受到了惊吓，猛然站了起来。见主人从它的屁股后面走过，它转了个向，瞪着大眼睛，看着李富贵。

李富贵猫腰推开靠西的枣木牛槽，这牛槽太沉重了，推起来很费力，牛槽下面露出了一个长方形的木板，又掀开木板，出现了一个80公分大的洞口。李富贵捏手电筒朝洞子下面照了照，然后又走到棚子口，拉灭了电灯，再返回，蹲下了身子，准备下洞子。由于洞壁上有早已挖好的脚窝，李富贵就踩着脚窝倒退着往下退，大约退了有2米深，有一条1米宽的地道。

李富贵照着手电筒穿过黑黢黢的地道走到尽头，是个一人高的小窑洞。李富贵打开挂在洞门上的锁子，在手电的照射下，里面放着砖头、草筐和馒头等杂物，其中还有个画了牡丹的老式红木箱子，那箱子在小窑洞的左侧放着，下面支了两层四块砖，离地，又离墙，看起来是为了防潮防腐。

李富贵提起那只草筐，挂在了箱子上面的墙上，那墙上有个早先钉好的铁钩，然后将手电卡在了草筐下面，原来，那草筐底子有个窟窿，是用来专门卡手电的，手电这个角度照下去，所有的光都集中在了这个箱子上。

李富贵这才从身上拿出钥匙，开了锁子，打开箱子，里面几乎塞满了东西，只是上面用一个好像小孩用过的被子盖着。李富贵揭开小被子，露出了一个没有上漆的木盒。李富贵小心翼翼地端出这个四方形的木盒，打开，首先露出了一对26厘米高的海水龙纹青花梅瓶。这梅瓶小口，短颈，丰肩、瘦底，圈足，看起来像个肩部饱乎乎的瓶子，也因其口小，只能插枝梅花而被称作梅瓶。这两只梅瓶像两个抱肩而睡的身材婀娜的姑娘，躺在了棉花堆里，那湛蓝的青花和青白底子在灯光下散发着沉稳而又清幽的光泽。

李富贵拿出其中一只梅瓶看了看，又小心翼翼地放了进去，将夹在两梅瓶中间的棉花压了压，在周围填了填，捂住梅瓶，然后盖住了盒子。梅瓶的右侧，放着一个用塑料袋子包裹的大疙瘩。李富贵拿出这个疙瘩，箱子里还有或用卫生纸、或用旧衣服包裹的东西，但他没动其他，只是将这个东西放到箱子外面，然后又锁住了箱子，捏着手袋，提着塑料疙瘩离开了这里。

出了地洞，李富贵拉好木板，将木牛槽搬回原处，黄牛见他要出去，又转了个向，他也没拉灯，就出了牛棚。

早上起来，李富贵刚出了大门，见老婆在场院里，往架子车上装晒干的青草，见他出来了，叫他帮忙。李富贵知道她准备去粉草了，原先人给牛喂草，要靠人工用铡子铡，现在拉去机械切成草秸就行了，就说草秸还有呢。邵粉玲说不多了。李富贵说不多了还能将就几天嘛。邵粉玲说你不是身体不舒服吗？给牛准备点草，我陪你去体检。万一你住院，家里这点草不够牛吃啊。

李富贵即说：暂时不去，我还得出趟门。

你昨天才回来，又出去？

前几天约好的，你把手头的活儿放下，赶紧做饭，我吃上点再走。

李富贵在场院边的厕所里解了手，然后出来给一个姓杨的人打电话，那人在村上开了个小卖部，有辆小丰田面包车，平时进城进货，就开这辆车，若遇到有人进城，他就顺便捎个脚，挣点小钱。尽管村上有辆通往城里的公共汽车，但需要走到镇子上才能搭车。搭这个人的车虽然贵一点，但方便，能上门接人。听老杨说今天正好去城里进货，李富贵说那你九点多了过来，把我拉上。

李富贵吃了饭没多会儿，老杨就来了，在大门外按喇叭。李富贵就从桌子底下提起了一个脏兮兮的纤维袋子，那袋子里面好像装了啥东西，看上去疙疙瘩瘩的。他刚出门时，与准备进门的老婆碰了个照面，邵粉玲眼睛瞟了一下那个袋子，说天色不太好，可能要下雨，你不带个伞？李富贵说带那麻烦的，下雨时我不会躲一下。

李富贵出了门，坐到了丰田面包车上，将袋子夹到腿中间，一路和老杨聊着，进了城。老杨去进货了，李富贵就打了出租车，跑到"如家宾馆"楼前，下了车，付了费，然后进去登记了，在这里住了下来。

李富贵在房间里休息了一会儿，才拿出电话，给徐毛毛拨打了起来，说他有个紧要的事，需要见一下她。徐毛毛问他在哪里？他说如家宾馆502。徐毛毛问啥事？李富贵说你来了我告诉你，电话上说不成，你快来。

虽然徐毛毛与李富贵认识时间不长，但因为前几天徐毛毛陪李富贵给陈丽家找祖坟，已经很熟悉了，且这个风水大师不论是算卦还是看风水的手艺都让她很佩服，所以对他很敬重，只要他一叫，徐毛毛是不会推辞的。因此，她很快就来了。见502门紧闭着，徐毛毛敲了敲门，大约有两分钟，门开了，李富贵立在门口，一看见她，说你来了，快进来。待徐毛毛进门后，他朝楼道里左右看了一下，然后关住了门。

徐毛毛发现李富贵的行为有点诡异，神态像做了贼似的，就问叫她来有啥事？李富贵让徐毛毛坐下，给她倒上水才说道：我委托你给我办个事，但这个事你拿得严严实实的，就是你发财，也要闷声发财，别让外人知道。

徐毛毛一听有个发财的机会，眼睛都亮了，立即问他啥事？发哪方面的财？

李富贵告诉徐毛毛，他在县城看了一套房子，打算变卖一点古董，想找个可靠的人帮他出售。得知陈丽的男人在公安局，又是个领导，原来打算把这个事交给陈丽，但发现她男人是个倔脾气，而且陈丽在为人处世上比较老实单纯，考虑来考虑去，觉得徐毛毛干这个事还比较合适。说他通过给徐毛毛禳治地方，通过几次短暂的交往，发现徐毛毛比陈丽聪明，脑子比较灵活，所以，决定把这个事交给徐毛毛。他承诺：如果你帮我把古董卖了，我按百分之十提成。假如卖100万，给你提成10万。

徐毛毛顿时有些好奇，问：是啥古董？

李富贵说：凤冠。

凤冠？怎么个凤冠？

李富贵见徐毛毛听不懂，就从壁柜里提出那个纤维袋子，从中掏出了那个塑料包裹的疙瘩，打开，是个紫色金丝绒布，又打开金丝绒布，可见一层黄绸布，再打开黄绸布，一个南瓜状的帽子呈现在她面前。徐毛毛的眼睛顿时一亮，只见这个帽子上饰满了五光十色的花朵，而且这些花朵不是绣的，而是用各种颜色的宝石点缀而成，帽口吊了许多长短不等的珍珠链，形象奇特，十分华丽，遂惊讶地问道：这就是凤冠？

李富贵说：就是的，你看咱们这里保存下来的民间刺绣上，不是有霞帔吗？有霞帔肯定就有凤冠，因而才有凤冠霞帔这个说法。

徐毛毛看着这个东西，脑海里立即联想到了宫廷影视剧中皇后和贵妃头上戴的凤冠，就说道：这可是皇后和贵妃娘娘戴的东西呀。

李富贵说：那不一定，古代官太太和富家女子都有凤冠。出嫁时，都戴凤冠穿霞帔。有句民谚叫"虹裳霞帔步摇冠，钿璎累累佩珊珊"。官员为了显示门第荣耀，出席一些重大活动时，都让夫人小姐戴凤冠。只是有的凤冠好，有的就一般。这个凤冠虽然通体没有龙凤装饰，但有蝙蝠造型，蝙蝠代表着福寿。蝙蝠中间，还镶嵌"奉天诰命"四个字，证明这个凤冠是品级官员的夫人戴过的东西。古代皇帝把一至五品官员都授以诰命，授封官员的夫人就是诰命夫人。凡是诰命夫人，一般都有凤冠。

徐毛毛禁不住双手举起凤冠，左看右看了起来，兴奋地惊叹道：天哪，这么好看，真是少见！

李富贵介绍道：凤冠也叫钿子。你看钿子是用银架编制成帽胎，间隙还有金线细丝盘曲补充，通体是翠鸟羽毛点翠的如意云片，18朵梅花环绕钿子，这些花朵主要由珍珠、翡翠和宝石组成。我仔细数了一遍，花朵上的珍珠大约是3240颗；各种宝石128粒，其中有蓝宝石、红宝石、玻璃石、石榴石、紫金石、黄石、碧玺、珊瑚、琉璃、青金石等总共12种。钿子口的这些短流苏串子三个一组，总共是5组15串，每串上面镶嵌了11颗珍珠和1粒宝石，15串短流苏上总共是165颗珍珠，15粒宝石；钿子前后左右各是4组12串长流苏，每串长25厘米，各穿了108颗小珍珠，中间镶了5至7个宝石。6串长流苏上的珍珠该应是1296颗，但有两个长流苏串子断了，丢失了一些珍珠，现在这几个长流苏只剩下994颗珍珠了。

徐毛毛贪婪地看着，尽管凤冠的银质支架有点变黑，其他材质却鲜艳如新，色彩艳丽，让她感到爱不释手！又听了李富贵介绍得这么仔细，更为惊奇，说道：你真细心啊，数得这么清楚！

李富贵说：在我家放了几十年，我玩了不知道多少次，自然把啥细节都记在心里了。

徐毛毛问：这东西从哪里弄来的？

李富贵这才慢条斯理地告诉徐毛毛：这是我太奶奶的，我太爷曾经在左宗棠手下当官，清朝末年回民闹事，左宗棠统兵弹压，我太爷由于打仗有功，受到清政府的奖励，我的太奶奶也受到朝廷诰封，因此才有了这个东西。"文化大革命"除四旧，我爷怕这个被没收去，就在地里挖了个坑，把我太奶奶的东西全部埋在了地下。到了我父亲跟前，我父母只有我一个儿子，"文化大革命"结束后，我父母就将这些东西挖了出来，单在我手里就放了四十多年了。

说到这里，他还拿出了几张彩色照片，分别给徐毛毛介绍道：这是个翡翠镯，基本是满绿，非常好；这是个金镶玉镯，你看总共六节，三节是玉，三节是金，造型很独特；这是个珍珠项链，这珍珠蓝青，是上等老珍珠；这是个玉带钩，玉带钩是和田玉，上面雕了如意图案，还有点棕红沁色，估计在清代就是老玉了；这是个金扁方，你看金錾花镶碧玺如意图案翠珠，虽然只有 10 厘米长，但是做工非常精致，现在市场上卖的那些发夹，哪有这种材质和工艺的？这个海水龙纹瓷器叫梅瓶，瓶底有款，是乾隆年间官窑烧的，估计是我太爷在世时家传的东西，在我们上一辈就传了几代人。实物比图片更好看，青花花型漂亮，釉色丰润，好看得很！

李富贵一边介绍着，一边给徐毛毛递着图片。徐毛毛一张一张地看着，惊叹无比：恐怕是几百年的东西了？

就是的，至少有两百多年了。

徐毛毛数了数图片，又看了一眼实物凤冠，问：总共是七件？

就是七件。

都是你太奶奶的？

就是的。

徐毛毛将这些图片摆开放到桌子上，问：在这七件东西中，你打算卖哪一件？

都卖，因为是我老先人一起传下来的，要走一起走，不零卖。若零卖了，就可惜了。这些东西，就像你们女人用的整套化妆品，少一个，效果就不一样了。你懂吗？

徐毛毛点点头：懂，懂，一看就是一套的，那你准备卖多少钱？

至少不低于 60 万。

徐毛毛又看了看照片，说道：像带钩和扁方，还有手镯，这些都是小东西啊，能卖 60 万？你看我这个镯子也是翡翠的，我是 3600 元买的。

你这东西哪能跟这个比呢？你先找买家，找下了再说。

行啊，尽管我不懂古董，但这个事成不成我都干哩，正好我有个同学家里开古玩店，我让他帮忙。

李富贵立即纠正道：往古玩店卖的话，那我就自己去联系了，用得着你？凤城开古玩店的人，多数是半灯油，而且也卖不上价，还落得一身骚气。你别给你那个同学说了，就在社会上找买家。而且找买家时，首先要找爱好古董收藏的。不爱好的人，送他古董，都当废铜烂铁了；其次要有实力，一般这类东西，都是有钱、有文化、有身份人的玩物，所以，你就找有钱有身份的人，这类人能买得起，也能掏上价。记住，给人介绍这套东西时，先别说是谁的。古董买卖有个规矩，一般卖家与买家不见面，不留信息，除非非常熟的人，而且还要保密一点，不能张扬。

对于李富贵提出的这个要求，徐毛毛有点不明白，问为啥要这样做？李富贵说：一是古董买卖知道的人太多，不安全，容易把贼引来；二是我的几个娃娃知道后，会跟我闹腾。而且古董本身就比较神神秘秘，所以古董买卖一般都是秘密进行。北京以前有个古玩市场叫鬼市。鬼市交易一般都是夜里一点多开市，早上五点结束，两头不见太阳，人买卖东西都是用灯笼或手电照明呢，主要就是不想让人知道你卖了啥我买了啥。

徐毛毛见李富贵把这么好的东西交给自己去找买家，心里自然很高兴，在李富贵介绍时，她脑海里就闪现了几个需要找的人。现在听李富贵这么说，心里不免有点犯疑，就说如果我联系下买家了，这些东西是假的怎么办？现在连一些品牌服装都有假的，占董市场上肯定假货也多啊。

李富贵语气很坚定地说道：我手里过去的东西没有假的！

徐毛毛莞尔一笑说：你很自信啊。

既然你有个同学是开古玩店的，你可以去他那里打听一下，看我手里过去的东西有没有假的？

徐毛毛一愣：你不是给人看风水吗？

除看风水之外，我还给古董掌眼哩。按照行话说，是个民间鉴宝专家。我既然当专家哩，手里的东西能假吗？

徐毛毛立即笑盈盈地说道：哦，是这样，既然你是鉴宝专家，那我就放心了，给人介绍，心里也有底气。

放心联系吧，卖了就按我说的给你提成。再叮咛你一遍，这个事一定要拿严实些，万一让我娃知道了，不仅跟我闹事，说不定还会跟你闹事。另外，你一个女人家，单枪匹马的，若有人知道你手里有古物，也不安全。所以，卖不卖掉，安全最重要！

徐毛毛立即点点头说道：知道了，李大师！我记住你的话了。放心，我好歹是个做生意的，只要你说明白，我知道怎么做！

和李富贵关于出售凤冠的事深入细致的交流后，徐毛毛就离开了。一出宾馆，她就直奔张文的古玩店。

张文是徐毛毛的初中同学，他父亲开古玩店，搞民俗产业，他就跟着父亲打理生意。徐毛毛的那个翡翠镯子，就是张文卖给她的。那个品相如果放在珠宝店，能值上万元。

见面后，徐毛毛先是以"看他有啥好东西为由"，东一句西一句地和张文聊了起来，话题自然而然地转到了当地的收藏和鉴宝上，这时她才拐弯抹角地提起了李富贵，说这个人好像也懂古董，给她店里襄治风水时曾在她跟前显摆过。

一提起李富贵，张文果然认识。徐毛毛故意说她表叔从一个熟人手里买了一个瓷器，她准备请李富贵去鉴定，问李富贵水平如何？张文说：水平还挺高呢，咱们本地一些搞收藏的人，遇到东西了都请李富贵掌眼把关哩，包括我有时候遇到好东西了，都请他哩。

徐毛毛说：我以为他吹哩，这么说，他真能鉴定古董？

张文说：能！他鉴定的水平还挺高呢，在甘肃、陕西、山西等古玩行业都有影响，手里鉴定过去的宝贝，基本没有假货。只是他这个人比较低调，不像有的专家，大张旗鼓地给鉴宝，挣钱。他是人找到他跟前了，他就给看看；不找他，从来不主动找生意。

徐毛毛故意问道：是吗？这么说，他是个高人？张文说：就是个高人。徐毛毛问：人品咋样？张文说：人品没问题。

听了张文对李富贵的评价，徐毛毛心里一下踏实了，首先想到了她的远亲表叔冯超，他是徐毛毛奶奶的娘家侄子，是油田某公司老总，在电视新闻上看到反腐动态——一个副部级官员被审判的消息后，心里有点担心，想处理家里的一些东西，因此叫了徐毛毛。徐毛毛到了冯超家，冯超打开地下储藏室，徐毛毛发现里面放了许多烟和酒，还有一些古董。冯超让徐毛毛把这些烟酒拉出去卖到名烟名酒行，说他不方便处理。

徐毛毛将这些烟酒拉到名烟名酒门市去销售时，被检验出多数是假的。冯超很生气，让徐毛毛把这些假烟酒都带走。源于这个交情，她男人出事之后，曾拜托冯超找人活动过，之后，由于忙，再没见。但她知道冯超比较喜欢收藏，在他家里见过一些瓷器等东西。她估摸冯超见了东西，肯定会喜欢的，他有钱。因此，他有了给冯超推荐的想法。

为了找个与冯超见面的理由，徐毛毛考虑到现在桃子上市了，她特意到乡下买了一箱子优质桃子，打电话告诉冯超：说老家送来了一箱子有机桃子，口感好得很，她想给表叔送来。冯超听上去比较高兴，让她下午来，一同吃晚饭。这样一来，徐毛毛就顺理成章地进了冯超家。在闲谈中，就把她看到的凤冠告诉了冯超。话刚出口，冯超就似乎明白了她的意思，一口就拒绝了，说他手里也有些古董，几乎全是假的，这个行道的水太深，再也不搞收藏了。并建议徐毛毛好好卖鞋，别沾染那些离谱的事情，说现在博物馆里有个啥，北京潘家园地摊上就能卖个啥，假货遍地。

在冯超跟前吃了闭门羹，徐毛毛心里凉了半截。晚上一躺到床上，眼前就浮现出了凤冠、梅瓶那些东西。一想到李富贵给的提成，她心里就发热。再联系谁呢？徐毛毛在脑海里把自己所认识的人一遍又一遍地过滤、筛选，觉得没有一个合适的人。就在她想的脑子有点迷迷糊糊时，突然闪现出了顾盈盈。对呀，顾盈盈不是个大老板，有钱人吗？凤冠玉镯这些东西，正好是女人的用物啊。如果我是顾盈盈，不用管要不要，至少会看一下。

心里有了这个掂量后，她就给陈丽拨通了电话，跟陈丽东一句西一句聊了会儿，话题自然而然地说到了顾盈盈。

这时候徐毛毛就有意识地问道：听人说顾盈盈很有钱，到底有多少钱？

电话那边的陈丽说道：我也不知道有多少钱，估计有几千万吧？

几千万？她都有些啥摊子，能值几千万？

盛盈宾馆就是她的啊，听说她还投资了一个幼儿园……

盛盈宾馆是顾盈盈的？徐毛毛愣了一下，倒是没进去过，没想到是顾盈盈的。

就是啊，以前我也不知道，后来才知道的。宾馆下面有个凤凰书院，你进去过没有？

没有啊，凤凰书院是干啥的？

好像是个私人会所，里面有字画，还有盆盆罐罐等一些古董，装潢非常阔气，光里面的那些家具，我看就能值几百万。

一提起古董，徐毛毛一下兴奋地坐了起来，问：顾盈盈还收藏古董？

陈丽说：反正我看她那里摆了一些古董。

都是些啥古董？

好像瓷器多一点，还有陶器啥的，你有空了去看看嘛。

说者无意，听者有心！陈丽无意中透露的这个信息，让徐毛毛看到了商机，她很兴奋，晚上做梦都梦见她给顾盈盈介绍着凤冠。第二天早上9点多，徐毛毛就开车来到盛盈宾馆楼前，这才发现，凤凰书院就在宾馆的南楼下面，她多次看到在这个门牌，但不知里面是干什么的。昨晚经陈丽这么一说，才知是顾盈盈展示书画和古董的地方。见书院门关着，徐毛毛就磨蹭地走到宾馆吧台跟前，问那个书院啥时候开门？吧台服务员说一般到下午了，上午不太开门。又问凤凰书院的老板是不是顾盈盈顾总？服务员说就是的，问她是不是买画？徐毛毛说想看看，问顾总啥时候在书院？服务员说有人专门负责书院，姓芮，你想买东西，可找芮总，顾总一般不管业务。

徐毛毛试图想接近顾盈盈，看来还有难度。毕竟，自己与顾盈盈不熟悉。要接近顾盈盈，必须通过陈丽。为此，她又给陈丽打了个电话，让她中午不回家了，到她家里吃饭，说有个好事想告诉陈丽。陈丽问啥好事？现在电话上还不能说？徐毛毛说必须见了面再说。

陈丽下班后，直奔徐毛毛家。徐毛毛已经做好了面条，还有两个小菜，端到了桌子上。陈丽又问啥好事？徐毛毛低声说道：是一套古董，好得很，有人要出手，让我帮忙找个买家。

古董？古董可以卖给顾盈盈啊，她的凤凰书院里尽是宝贝呀。

我昨晚和你聊的，就是这个意思。货主说了，只要卖了，有中介费。你如果能帮忙把那些东西卖了，这个中介费咱俩挣，一人一半。

古董对于陈丽来说，是个新鲜的事务，忙说好啊，是啥东西？让我看看。徐毛毛却故意摆起了谱，说咱们先吃饭，吃了给你看东西。

陈丽就三下五除二吞下了一碗面，徐毛毛看她猴急的样子，只好拿出了图片，先将凤冠的图片给了她。陈丽拿在手里一瞧，两眼放光：就是这个东西？

徐毛毛故意低声说道：就是的，你见过老戏上的凤冠吧？

陈丽见徐毛毛低声低气的，也放低了声音说道：见过，见过，宫廷电视剧上也有哩。

你看是不是皇后娘娘或者贵妃头上戴的东西？

陈丽忙说：就是，就是。就是不知……这些东西是不是真的？

肯定是真的啊，不真人家敢拿出来卖吗？

陈丽低声问道：这些东西是谁的？

徐毛毛迟疑了一下，说你先联系顾盈盈，让她看看，看了东西再说。

你看你，既然让我联系，就得告诉我呀。不知底细，咋向人推荐呢？起码让我心里有杆秤啊。

徐毛毛本来不想告诉她实情，但见陈丽这样说，也觉得有理儿，就说道：如果我告诉你，你可千万别给其他人说啊，包括你的男人，都不能说。

没问题，你不让说，我肯定不说。快说，是谁的？

就是给你家找到祖坟的那个李富贵李大师的，说是他祖上留下的东西，在他手里放了四五十年了。

李富贵的？陈丽眨了眨眼睛，貌似有点不信：他家的老先人能给他留这些东西？是吹哩吧？

信不信，他就是这么说的。

陈丽又看了看照片：是不是真的？不会是工艺品吧？

徐毛毛说：我开始跟你想的一样，过后跑到开古玩店的我那个同学张文跟前打听了一下，张文说李富贵不仅懂风水，还懂文物鉴定，给古董掌眼的手艺才高呢。而且说李富贵为人好，在咱们凤城的文玩圈子里的口碑不错。所以，我认为既然是给古董掌眼的人，估计这些东西不会有麻达。

哦，咋卖呢？

徐毛毛就把李富贵的原话告诉了她，七件一起走，不零卖，总共60万。

陈丽哦了一声，意思这个金镶玉镯子如果便宜点，可以买下来。徐毛毛说我还想把这几个小零碎都买了呢，可人家认为这些东西是一套的，零卖了可惜，所以要走一起走。从李富贵这个要求上看，我觉得这套东西确实是他老先人留下的，他心里比较爱惜，不然，不会提这个要求。

见徐毛毛一再突出东西的可靠性，陈丽点点头说道：你分析得差不多。但60万不是小数，谁能买得起呢？

你不说古董可以卖给顾盈盈吗？她有凤凰书院，里面有瓷器啥的，肯定对这些东西感兴趣啊。而且，你说她有几千万，区区60万，她不会拿不出吧？

陈丽手一拍说道：对呀，你看我激动的，脑子一热，把她给忘了。顾盈盈凤凰书院里既然有古董，说明她对瓷器啥的也比较懂啊。

就是嘛，如果人家看上这些东西，拿出五六十万不会有多大问题。

这么一说，陈丽急了，问李富贵在哪里？是不是现在就去看东西？徐毛毛说你稍等一下，我收拾了咱们走。

陈丽就帮忙拾掇了碗筷，收拾了卫生，徐毛毛打电话先通知了李富贵，说她等会带朋友过来看东西。李富贵说他就在房间里。

之后，陈丽和徐毛毛就直奔如家宾馆。一进李富贵的房间，就说道：李大师，没想到你祖上荣耀得很啊，有诰命夫人。李富贵微微一笑，说声音小一点。徐毛毛说：就是，别高声大语的。陈丽忙低声说道：知道了，知道了。

　　李富贵把凤冠往外一拿，陈丽看到凤冠五光十色，十分精致，遂大惊，说道：天哪，和照片一模一样的，这么好！掏出手机就要拍。李富贵立马挡住了她，说有照片，就不用手机拍了，说都是用好相机拍的，实物跟照片没有差别。

　　因在图片上还看到了瓷器、镯子什么的，这时发现只有凤冠，问其他东西呢？李富贵说：你们先找买家，找到买家了，再看其他实物。

　　陈丽即开玩笑地说给朋友推介可以，但如果东西假了，就把人丢大了。李富贵说：这样说吧，如果有人把我这几件东西买去，发现一件是假的，可以全部退给我！我拿他多少钱，一分不少地退回去！

　　见李富贵这么说，陈丽一下像吃了定心丸，将徐毛毛拉到一边，问怎么给顾盈盈说呢？徐毛毛建议道：你就说有个好东西让她看看，问她这会儿有没有空？至于啥东西，先不要说，等咱们去了再说。

　　陈丽就立即给顾盈盈打通了电话，说顾董，你忙不忙？顾盈盈说她不忙，刚吃了饭。陈丽说：那我有个好东西让你看看。顾盈盈问：什么东西？陈丽说：见了面再说。顾盈盈说：那你往凤凰书院走，我在那里等你。

　　徐毛毛见顾盈盈答应了，就与李富贵道了别，开车拉陈丽往盛盈宾馆走。途中，徐毛毛叮咛陈丽：古董买卖不能轻易给买家说卖家，一是预防买家与卖家串通，少了中介费用；二是有的买家为了安全，不愿让卖家知道自己。所以，别给顾盈盈说是李富贵的东西。如果她看上东西，价格咱俩给拿捏。

　　陈丽开玩笑地说道：你人小鬼大，比我懂的多，啥时候连古玩行道的规矩都知道了。徐毛毛说：我不是有个同学家里开古玩店嘛，这几年他接了他爸的摊子，从他口里，我多少知道一点。

　　陈丽说：看来，你与古玩有缘。

　　徐毛毛说：你也是啊，不然，咋能看到这么好的东西呢？

第十一章

心系凤凰书院

　　顾盈盈爱上字画收藏大约有十几年时间了，开始她并不懂字画，在深圳的时候她一门心思的挣钱，家里挂的画基本都是根据她的喜好在市场上买的印刷品，或者她买了瑞士金表等奢侈品时，人家给她送个字画作为回赠。就这么断断续续的，她的家里真画假画少说也有十几幅，有的字画是怎么来的，她都忘记了。

　　2006 年，顾盈盈着手建盛盈宾馆时，在凤城市认识了几个搞建筑的老板。一次，他们几人在一个姓秦的老板的办公室喝茶时，秦老板拿出了几幅收藏的字画，让大家欣赏。其中一幅是范曾的书法作品。此人介绍范曾时，顾盈盈觉得这个书法家的名字和字体很熟悉，突然想起来了，说她家里也有范曾的一幅字，尺寸和这个一样大。秦老板即说范曾很有名气，字很贵，让她好好保存。顾盈盈微笑着说她不懂字画，朋友送，她就拿上；不送，她也不求。秦老板听到有人拿范曾的字送给顾盈盈，证明顾盈盈本事大得很，通天着呢，琢磨她手里有不少名人字画，立马提出要去欣赏，说如果东西好，她想出手的话，他也可以帮忙找点门路。

顾盈盈因为下午要请秦老板几人吃饭，见大家兴致颇高，就将秦老板等人带到了家里，拿出了范曾等人的字画。因为从深圳往回带东西时，字画等东西都被她带了回来。

当顾盈盈打开范曾的书法时，秦老板先是愣了一下，又凑到跟前仔细看了看，然后抬起身子微笑地说道：哎呀，顾总，你不是跟我开玩笑吧？

顾盈盈问：怎么了？

这确实是范曾的字，可是印刷品啊。有些书法家临摹名家的字画，这个连临摹都不是，是仿真印刷品。

其他几人一看，也纷纷附和。

顾盈盈见大家异口同声地确定就是印刷品，不觉有点尴尬，微笑道：怎么是仿真印刷品呢？几个朋友都看过了，而且送我的人……没等顾盈盈说完，秦老板哈哈一笑，就凭这一幅画，说明你在字画鉴别方面差得太远了，我估计你手里没有好东西。

顾盈盈是个自尊心很强的人，当着朋友的面，听到秦老板这样评价自己，虽然嘴上说她不懂字画，但心里很尴尬，觉得自己丢大人了。她本身心气高，轻易不服人，在这些土包子跟前丢面子，感到很不甘心。所以从那时起，为了赚回面子，她与书画结上了缘。凤城市只要来了中国书协会员名头的书画家，她都要去看一看，欣赏欣赏，喜欢的，她就买下。人搞收藏，开始是好奇，慢慢就是喜欢，渐渐地就是爱，最后变成了痴。到了痴的地步，收藏就与人的精神生活休戚相关了。顾盈盈不知不觉地经历了这个过程，因此攒了不少字画。而且，人发展到了衣食无忧、事业定型的时候，就喜欢追求精神层面的东西，包括名誉和信仰等，艺术收藏也是部分老板附庸风雅、修身养性的一种生活方式。

人一旦走上书画收藏之路，就会有机会接触到各种各样的艺术品，包括瓷器玉器等古董。有些时候，即使你的收藏重心在某一个方面，但当另一种类型的藏品出现在你面前时，你也不可能不关注。就这么点滴的关注，使她触类旁通，接触了不少字画之外的东西，譬如瓷器玉器等。因此，她除主要收藏字画之外，还根据自己的兴趣爱好，收藏了一些杂七杂八的艺术品或工艺品。

几年之后，顾盈盈把宾馆出租的门面房收回来了几间，办起了现在的这个"凤凰书院"，把自己所有的藏品都集中到书院展示，每年隔三岔五地把北京、上海等地的实力书画家请来交流展示。"凤凰书院"不仅给了顾盈盈更高的人气，也在凤城市的民间收藏行业成了一张亮丽的名片。

平时，顾盈盈接待重要人物或者举办与艺术收藏有关的活动时，就放在凤凰书院里，一般工作业务上的事儿就在宾馆的办公室处理。听到陈丽说要给她看个东西，她自然约在了凤凰书院。

很快，顾盈盈见到了由助理芮总带进来的陈丽和徐毛毛。陈丽介绍说徐毛毛是她的闺密，是红袖鞋店老板，叫徐毛毛。

徐毛毛即热情地说道：顾董，虽然我们没见过面，但我早知道你的大名，你是我们女同胞的骄傲，我很仰慕你。

顾盈盈微微一笑，指了一下对面的沙发，让她俩坐下，然后让芮总先给徐毛毛沏茶，问她俩吃过饭了没有？陈丽说吃过了，知道你一上班就很忙，所以赶在你没上班之前来了，估计打搅了你的休息。顾盈盈说没事。三人寒暄了几句，顾盈盈问：你有啥好东西让我看？

陈丽遂拿山六张照片，递给顾盈盈。

顾盈盈一张一张地往过看着，看得很慢，脸上不惊也不喜，之后，问这些东西的实物你看到了没？陈丽说：只看了凤冠，其他东西还没见实物。顾盈盈问：从哪里来的？徐毛毛即插话道：是我一个亲戚的，他太奶奶曾是诰命夫人，这些东西光在他手里都四十多年了，想卖了在城里买套房子。顾盈盈说：哦，是你介绍来的。徐毛毛说：是啊，我给陈姐看了后，她想到你爱好古董，所以就让我带来给你看看。

顾盈盈又倒回去看了看凤冠的图片，说道：我喜欢字画，对这些东西不太懂，如果方便的话，让我先看一下实物。徐毛毛说：没问题，你啥时候想看，我随时带你过去。

顾盈盈沉思了一下，说明天吧，如果明天上午有空，我给你打电话。徐毛毛即说：好好，那咱们明天联系。

三人聊了会儿，陈丽急于上班，就离开了。

徐毛毛在送陈丽上班的途中，对陈丽说她是第一次进到凤凰书院，没想到这么大，这么气派。从这个规模和档次看，顾盈盈非常有实力，因此鼓励陈丽一定见机行事，争取促成这个事情。陈丽说：那你提前给李大师说一下，就说明天上午有人看货。徐毛毛说：李富贵这边我看着安排。

对于李富贵来说，如果不是自己患了病，他是不会让凤冠面世的。一是凤冠的来历特殊，如果过早面世，会干扰他的生活；二是凤冠这些东西虽然不会说话，但他把它们视作孩子。是孩子，就得替它们着想，起码有个好的归宿。这个归宿既不影响自己，也不能害别人。

几年前，李富贵无意中从当地电视新闻上看到了顾盈盈，当时她以市政协委员的身份接受记者采访。在看到顾盈盈的那一刻，李富贵很意外，在他的想象中，顾盈盈当年去了深圳，肯定嫁给了南方人，从此杳如黄鹤，自己这辈子再也见不到了。没想到她现在回来了，还脱胎换骨，摇身变成了大老板。

看着荧屏上的顾盈盈，李富贵感到许多往事像蜜蜂一样纷至沓来，带出了他俩之间那种甜蜜浪漫的爱，同时还有那种刻骨铭心的痛苦。这时候他才发现，尽管时间过去许多年了，尽管他的生命中出现了包括现在的妻子在内的几个女人，但唯有顾盈盈还站在他的内心深处。是啊，人是个难以自圆其说的动物，往往在感情方面，越是失去的东西，越觉得珍贵。越是得不到的东西，越忘不了。李富贵看不到顾盈盈的消息则罢，看到后，这些消息好像撞开了他情感的闸门，不仅牵出了顾盈盈这个人，也调动起了他尘封的感情。也就是从那个时候起，他注意起了顾盈盈的各种信息。

通过电视媒体和社会上的口碑相传，他知道了顾盈盈有个盛盈宾馆，开发了民居小区"幸福小镇"，还有个展示字画的凤凰书院，她具备了一个企业家较为雄厚的实力。按理说，看到顾盈盈发展到这个程度，他心里会因此而妒忌，而诅咒。因为他当年为了顾盈盈，硬生生地伤害了一个叫邓圆圆的女人，他把全部的感情奉献给了顾盈盈，但最终落了个被抛弃的下场，作为常人，谁心里不记这个仇呢？可是，可能由于他当年太喜欢的缘故吧，现在他不仅恨不起来，看到她发展到这个程度，心里反倒有种莫名其妙的自豪感。在他的心目中，自己能与这样的女人相恋过，交集过，就是成了陌路人，倒也值得。因此，就凭这个缘分，顾盈盈还像花儿一样开在他的心中。曾有几次，他在凤城市办事时，都想去找顾盈盈，跟她聊聊，看看她的凤凰书院，但每次到了盛盈宾馆跟前，看到敦厚大气的宾馆大楼，看到凤凰书院古色古香的门头，他就没有勇气了。因为人家现在是大名鼎鼎的女企业家、女名人，是上层社会人；而自己呢，是个农民，一只眼睛最近几年还高度近视，别说人们的看法，自己都感到有一种无形的门槛在阻挡着他，他想要跨过去，这个门槛太高了，他无力跨越。况且，顾盈盈的冷酷他已经领教过了，即使自己跨过这个门槛，顾盈盈也不一定对自己热脸相待。因此，每当有这个冲动时，他就把自己的欲望摁了下去。

但是，尽管他知道顾盈盈的冷酷，可他坚信顾盈盈终究会有和自己见面说话的那一刻。因为他手里有一套足以让人一见眼开的东西，那就是凤冠和梅瓶等这套宝贝。对于他来说，凤冠这类东西，最好的去处就是凤凰书院这种地方，这里环境高雅，文化氛围较浓，有慧眼识珠的人，有鉴赏和传承的功能。且对于爱好收藏的人来说，能遇到凤冠这类东西，也是求之不得的事儿。因为收藏不仅需要慧眼，更需要缘分。宝物遍地走，但等有缘人。能与宝物结缘的人是少数，能与上等宝物结缘的人更少之又少。像凤冠这类宝物，能看到的人当然是凤毛麟角。因此，他深知，只要他的凤冠在，只要顾盈盈的凤凰书院在，他俩关系断裂的时间再长，关系再臭，恩怨再深，准会有衔接起来的时候，因为在他的心目中，凤冠是杠杆，关系再僵硬，都能撬开；凤冠是筹码，自己在顾盈盈的眼里再卑微，她都会两眼发光，虽然不可能达到旧情复发的程度，至少自己能够以普通朋友的身份在她的凤凰书院里喝喝茶，聊聊天，交流交流古玩收藏。

既然有这个打算，为什么不亲自与顾盈盈联系呢？一是因为凤冠来路特殊，背后有风险，他要等完全过了风险期再让它面世。二是任何东西，到了藏家手里，玩的时间长了，就有感情，不到万不得已，是不会轻易出手的。藏品，在某种程度上是一个人的精神玩物，特别是凤冠，毕竟不是普通东西。所以，他尽量让这些东西在自己身边能多待，就多待。三是女人过了五十岁，有些事情逐渐就能想开了，该淡化的事情就淡化了，能包容的东西就包容了，而自己那时候也是六十来岁的人了，在精神上也需要个与自己有共同情趣的人。因为人越老，越怕孤独，越需要精神方面的交流。到了那时候，他以凤冠为杠杆，撬一撬顾盈盈的心，保准能拉动他俩后半生的交往。所以，但凡聪明人都会为自己的后半生考虑。老了能有个心仪的朋友，能参加一些有意思的社会活动，至少会过得充实一些。

基于以上考虑，心里有了这个谱后，李富贵就一直捂着凤冠，将它深藏在地下室，无论凤城市的房价如何上涨，手头如何紧张，他都不肯拿出来。隔三岔五的，如果想盘玩了，他就像老鼠一样钻到地下洞里，借着手电的光，拿出凤冠等东西把玩把玩。所以，凤冠的每个细节，他都烂熟于心，也与他长期盘玩有关。

没想到他没等到六十岁，大病却早早来了，来的这么突然，使他在痛苦绝望中，不得不提早面对这套宝贝。

　　经过反复慎重的思考，李富贵还是不忘初心，决定让凤冠等这套宝贝进入凤凰书院，落到顾盈盈的手里。他知道顾盈盈看到这些东西后，会喜欢并能买得起的。但如何让她看到呢？如果自己直接找顾盈盈，估计有风险。因为顾盈盈现在还年轻，事业又如日中天，围绕在他身边的不是这个总，就是那个老板，当然还有当官的。而自己是个农民，且有之前的横沟，依顾盈盈的个性，说不定人家一看见自己的身影，就拒之千里了。所以，只有通过迂回的方式，让她先看到宝贝，以宝贝作为引力，让她慢慢上钩。待她把东西得手后，再摊开来源，到这个时候，即使她心里有啥想法，她会看在凤冠的份儿上，多少会给他点面子的。因为世上可能有一辈子的爱，但不会有一辈子的恨。人经历了爱与恨两个阶段，到了见面能说话的这个阶段，心里就有佛性了。

　　因此，为了达到这个目标，他动起了心思。起初听到陈丽与顾盈盈的交情之后，他想通过陈丽联系顾盈盈，但发现陈丽尽管比徐毛毛年龄大一点，可脑子没有徐毛毛灵活，而且她男人脾气比较倔，把这个事委托给陈丽，弄不好她那个男人会刨根问底，惹出一身麻达。所以，再三权衡之后，他选择了徐毛毛。

　　李富贵想，徐毛毛如果是个聪明人，肯定会联系顾盈盈的。为了让这套宝贝能够顺利地进入凤凰书院，他报价时本身就报得比较低。他知道凤城市的文物买卖市场不像大城市，再好的东西都卖不上价的。现在对于他来说，重要的不是钱，而是凤冠的归宿。他要像嫁女似的，让女儿能嫁给一个光景好的婆家。凤凰书院是他的向往之地，且凤凰书院的老板也是他心仪之人。凤冠若能到了顾盈盈的手里，对他来说是两全其美的事情。

　　李富贵的眼光还是有水平的，徐毛毛果然按照他的思路来了，很快就通过陈丽与顾盈盈牵上了线，这不，到顾盈盈来看东西的时候了。

　　听到顾盈盈准备看货，李富贵感到他的目的将要达到了，为了不让顾盈盈提前得知他这个持宝人，他本来就打算在她看货时回避一下，正好徐毛毛还提了出来，让他先别和客户见面，等人家看上东西再说。李富贵即说：行，我也是这个意思，我就把东西放在房子里，你带人进去看吧。

　　李富贵等徐毛毛和陈丽来了之后，他把凤冠等东西全部拿出来放到桌子上，然后就走开了。但他并没有走远，而是躲在了楼道公共卫生间的附近，这个角度既能看到从502房间出去的人，也能看到从楼道过来的人。

　　少时，顾盈盈出现在了他的视线里——都过去二十来年了，她好像没变，皮肤看上去那么白，身材还是那么好，穿了一身藏蓝色半袖衫宽腿长裤，戴着白色珍珠耳钉，看上去那么好看。只是发型变了，原先的长发变成了短发，显得更精神了。面对这个二十来年没见的身影，他不由又想起了往事——

　　在李富贵的眼里，顾盈盈不仅身材好，面相好，还有一双能做衣服的巧手，在村里是个顶尖尖的女人，因此对她极尽巴结。苹果下来，拣最大最红的给送去，鸡下了蛋，偷偷揣上几个送到缝纫部。顾盈盈对西装革履的李富贵也有了好感，经常免费给李富贵缝裤裆，收拾裤边，偶尔也给做件新衣服。一次，顾盈盈给李富贵量身裁衣时，他乘机捏住了顾盈盈的手。顾盈盈没做反抗，李富贵顺势将顾盈盈抱在了怀里……

　　几天后，李富贵将一对玉镯子戴在了顾盈盈那指头纤细的手上，说是他从新疆带回来的，是新疆和田玉，让顾盈盈好好保存。说他们村上有个老婆一只玉镯戴了四五十年，后来这只玉镯里面生出了一只鸽子，整天在玉镯里面旋转，希望顾盈盈把镯子也戴出鸽子。顾盈盈虽然骂他胡吹，但很感激，赞美他高大、英俊、热情、幽默，是个好男人。李富贵也夸顾盈盈心灵手巧，与众不同，所以他才很喜欢她，让顾盈盈好好做他的朋友。

　　一日黄昏，李富贵骑摩托从城里回来，见顾盈盈立在路岔口等他，李富贵很是感动，将顾盈盈拉进了旁边的一片果园里，在夕阳照射的墙根下，浪漫了起来……

　　此时，眼看二十年前的情人向自己的房间走了进去，他真想走过去，挡住她，向她倾诉自己多年的思念与渴望。但是，他知道自己是狗喝羊汤，心里白想而已，他只有克制，只有希望她能够接受了自己的东西。

　　此时的顾盈盈，自然对徐毛毛、陈丽和李富贵三人一手策划的事儿浑然不知，她以收藏爱好者的身份来看宝物。进了 502 房间，一眼就看见了放在桌子上的凤冠、梅瓶、翡翠镯、金镶玉镯、玉带钩、扁方和珍珠项链，这七件宝贝整齐地摆放在那里，在等待着顾盈盈的检阅。待顾盈盈走到桌前时，徐毛毛就急不可待地做了介绍。顾盈盈听着，先拿起凤冠瞧了瞧。在徐毛毛和陈丽的眼里，凤冠是最好的，但顾盈盈看着它，却表情沉静，动作缓慢，没对凤冠说一句赞美的话。她放下凤冠之后，又一声不吭地看起了其他东西，而且看得比较短暂，给人的感觉好像都不是什么好东西。

　　只是到了那个梅瓶跟前，她看得比较仔细，看了瓶口又看底子，翻来覆去，足足看了五六分钟。

　　见顾盈盈一直不吭声，也看不出她喜欢还是不喜欢，徐毛毛感到空气有点沉闷，就告诉她：我的亲戚说了，这些东西全保真。如果一个东西假了，可以全部退给他。顾盈盈这才嗯了一声，放下梅瓶说道：东西我都看了，眼下我还有个事，咱们随后再联系。说罢，和陈丽聊了几句，就出门了。

第十二章

陈 丽 买 宝

顾盈盈看了凤冠这些东西后，尽管当面没说什么，但心里非常激动，尤其是那个梅瓶，在看到的一瞬间，感觉特养眼。有些瓷器，你一搭眼，就感觉很刺眼，有种贼兮兮的亮光；而有些瓷器，给人感觉光鲜丰润，又沉稳饱满，有种说不出的味道。再在微观痕迹上做个比较，差别就更明显、更具体了。所以，这个梅瓶，包括凤冠、玉镯等，在顾盈盈的眼里，都是令她一见如故、赏心悦目的东西。

既然看好，但为什么不当面表示呢？因为她想讨个低价，这是她一贯的做法，尤其在收藏方面，即使买个普通的字画，她都不是见了就买。看上东西时，她还需要琢磨和思考，是否值得买？价位合适不合适？有没有远期价值？

现在，面对这么一套罕见的宝贝，她自然更需要以冷静的心来对待。因为经验告诉她：买东西不能急，急了会走眼。人一眼看上的东西往往有欺骗性。特别是买宝贝，在零距离鉴别之后，还需要远距离来分析和佐证，它跟自己见到的哪些东西比较接近？好与次、真与假的差别在哪里？只有经过冷静的思考和分析，才能看得更清楚。所以，看了这套宝贝后，顾盈盈既没有当面表态，也没有给电话，一连两天，都没消息。

徐毛毛对顾盈盈抱了极大的信心，估计她跟自己和陈丽一样，见了这套宝贝后会面带喜色，心花怒放，结果人家很冷静，冷静得像见过这些东西似的。徐毛毛心里不免有点疑惑，说怎么看不出顾盈盈喜欢不喜欢呢？

陈丽说：谁像我，喜怒哀乐都挂在脸上。

真的，我发现顾盈盈这个人城府很深，让人难以捉摸。

人家之所以把事儿干得那么大，情商肯定比咱俩高啊。

那你分析顾盈盈要不要？

这个我说不来啊。

徐毛毛说：我建议你问一下，探探她的口气。

陈丽认为人家才看了东西，得有个思考的过程，不能太急。

徐毛毛说：就说还有人问呢，怕啥呢？如果她不要，咱们可以另找人啊。

其实我心里比你还急呢。恨不得让她立马就买了，她买了，咱们就有点钱赚。我现在不瞒你说，有时候我连吃饭都发愁呢。有点钱，都还账了，口袋里经常底朝天呢。

那你还不问。

我怕问了，她说不要咋办？现在对于我来说，只要是赚钱的事儿，只要有一丁点可能，我都抱了点希望。我觉得有点希望，就有点盼头。人有个盼头，一天天也过得充实愉快一点。

徐毛毛一听，咯咯一笑说：我发现你现在成了个神经病。

陈丽说：还不是被债逼的。

最后两人分析，既然顾盈盈看了东西，不管要不要，起码会吭一声的。所以，还是以等为好，别主动问了。

果然，看了宝贝的第三天，顾盈盈给陈丽打来电话，让她到办公室聊聊，并提出让她一个人来，意思是别带徐毛毛。

陈丽就提前离开了教练场，来到盛盈宾馆顾盈盈的办公室，顾盈盈给陈丽沏了茶，无关紧要的话题聊了几句后，就直奔主题，问她这些东西是谁的？

陈丽故意说道：是徐毛毛的亲戚的。

她的亲戚叫什么名字？是干什么的？

这个我就不知道了。小徐只让我看了东西，其他没告诉我。

你问一下小徐。

听小徐说，好像古玩买卖有规矩，买家不问卖家……

我是收藏，不是贩子，我买东西，必须知道出处，你问一下小徐。

陈丽见顾盈盈的口气有点命令式，不敢违拗，就当即拨通了徐毛毛的电话，直接说道：小徐，你不是说这套宝贝是你亲戚的吗？顾总问你的亲戚叫啥名字？是干啥的？

陈丽在见顾盈盈之前，已经把顾盈盈叫她见面的事儿告诉了徐毛毛。徐毛毛就叮咛陈丽：顾盈盈叫你一个人去，肯定是想了解一下凤冠的来路，表明她看上这个东西了。你说话一定要巧妙。见机行事，若有些话题推不过去，你就往我身上推。现在见陈丽这么问，知道顾盈盈就在旁边，这个事瞒不住了，要抓住这个客户，必须得向人家摊开，于是就直接说出了李富贵的名字，说东西就是李富贵的，如果她觉得不放心，可以到古玩行道去打听一下李富贵这个人。

一提起"李富贵"这个名字，顾盈盈愣了一下，继而问道：李富贵？他是哪里人？

陈丽说：具体我不知道，他是徐毛毛介绍来的，是个风水大师。我老家有个祖坟找不到了，婆婆叫我找个高人找一下，徐毛毛就帮我请了李富贵。

找到没有？

陈丽顿时绘声绘气地说：你还别说，我家这个祖坟都迷失七八十年了，我婆婆也请阴阳先生找过，都没找着。结果这个李富贵就给我们找到了，他找祖坟时，我和徐毛毛全程都跟着，这个人真是个高人！

顾盈盈问：那个坟墓怎么能证明就是你家的祖坟？

陈丽说：有墓砖啊，墓砖上写着我太爷的名字。

顾盈盈"哦"了一下，不动声色地问道：这个人大致有多大年龄了？

陈丽说：有五十来岁，高个子，看上去挺和善的。

顾盈盈又"哦"了一声，没再说话。

二十多年前的一天，一个圆脸女人来到了她的缝纫部，跷着二郎腿告诉顾盈盈：你知道我是谁吗？我是李富贵的搭子，叫邓圆圆，四川人，和李富贵同床共枕已经好几年了，李富贵是我的男人。听说你和我的男人勾搭了起来。你有的是男人，怎么勾搭我的人呢？如果嫌你男人是阳痿，可以找其他人，别找我的男人了。

顾盈盈发现她抽着烟，一脸玩世不恭的样子，就冷着脸说有本事你管好你的搭子，别来管我！管不住你男人，证明你没本事，我可瞧不起没本事的人！邓圆圆扑来要打，顾盈盈拿起剪刀威胁她走开，否则就放了她的血！邓圆圆跑到裁缝部门外，高声叫骂起了顾盈盈，说什么姓顾的裁缝是个婊子，拉了东家拉西家，拉得门槛都被踏断了，想把她的男人拉去，门都没有！李富贵不知从哪里窜出，捂住了邓圆圆的嘴，抱着她离开了……

想起这个人，顾盈盈的眼睛微微闭了一下，好像有点兴趣索然。陈丽见她不吭声了，问道：你觉得东西咋样？

顾盈盈没有急于回答陈丽的话，而是端起水杯轻轻喝了一口，才慢条斯理地说道：这些东西倒不错，只是我觉得……你现在正在困难之中，需要变通一点钱，你怎么把到手的生意推给我呢？

陈丽问道：你说的意思，让我买下来？

是啊，如果价格合适，可以买呀。艺术品只要倒腾一下，就能赚点钱。即使你将来不倒腾，也可以抵债啊。拿这个抵债，比你真金白银地往出拿现钱实惠呀。假如 50 万的债务，你拿这些东西抵顶上 100 万，我估计有人都会要呢，这样你不是赚大了吗？

陈丽呵呵一笑说：好顾董哩，我每月那点工资下来，动辄连生活费都没了，哪有钱买宝呢？

黄所长可以想个法子啊。

甭提他了，别说他没钱，就是有钱，都不会买这些东西的，多少人找他推销东西，买保险，他都回绝了。让他拿钱买这，除非太阳从西边出来。说句实话，我现在就是给你介绍这东西，若是他知道了，都会骂我呢。

顾盈盈没理会陈丽的话，只管说道：你看吧，如果你想买，我借给你。你需要多少，我借给你多少。

陈丽愣了一下，看了看顾盈盈，好像没听明白：你……你啥意思？

还有啥意思？帮你呗。见陈丽一脸茫然，就问：人家要多少？

陈丽忙说：全部买走，最低 60 万。

这个价格高了些，你明天去和卖家磨磨，看三四十万能不能买来。

陈丽发现顾盈盈口气平淡，神情严肃，没有随口说说的样子，就低声问道：你……真的想让我买下？

顾盈盈抬头瞟了她一眼：我啥时候在你跟前说过假话？

陈丽微笑道：我……你应该知道我的情况啊。

知道。我不是说了嘛，如果你看上东西，我给你借钱。

陈丽很快就把顾盈盈的建议告诉了徐毛毛。徐毛毛说不可能吧？天下哪有这么好的事儿？陈丽说我也觉得不可能，但是她让我明天去和卖家商量价格。徐毛毛说：那你就把麦秆当拐棍使吧，看她顾盈盈说的是真还是假！陈丽说：万一是真的呢？徐毛毛说：那当然是你的福分啦，要是有人借给我一半钱，我都偷着笑呢，别说你需要多少她借你多少，赶紧趁热打铁，千万别迟疑。这桩买卖对你来说，可是个双保险啊，买宝的钱是别人的，赚了你落下了；赚不了，至少有宝贝在那挡着，伤不了你的毫毛，怕啥呢？而且顾盈盈主动借钱给你买宝，估计是有啥打算，因此你先走一步。人家是个大老板，干大事的，心里咋没个谋略？只是咱们看不懂罢了。

听了徐毛毛的一番话，陈丽的心顿时热乎了，说：既然你认为也能买，那我就要个二，先把东西买来再说吧，反正有人借钱给我，你说呢？徐毛毛说：是啊，这东西可不是一般人能碰到的，说明你的好运要来了，要抓住机会。陈丽说：那你明天和李富贵去磨一磨价格，一定要把价格压下来。千万别为了挣中介费，胳膊肘子往外拐。徐毛毛说：这个我知道，你放心，只要把这个事情促成，我肯定要压了再压，起码让你心里能接受。

这个事情来来回回磨扯了三天，李富贵做了三次让步，再也不动了，说他本来就要得很低，这些东西如果卖到大城市，至少过百万元了。徐毛毛说：我也想让你多卖一点，至少我能多挣一点中介费。可人家就给这个价，我也没办法。如果搬得太硬了，人家可能不买了，你决定要出手的话，一定要趁热打铁。你如果认为能到外地卖上价，就带去外地卖吧，这个事儿不说了。

李富贵听此，沉思了一下，最后又落到了40万，说给不了40万，就不卖了。

由于在讨价还价的过程中，徐毛毛几次询问陈丽的意见，陈丽为了拴住顾盈盈这个后台，徐毛毛每次报过来价格，她就像傻偪似的请教顾盈盈。顾盈盈开始让她搬价，后来见搬不动了，说这个价格我可以接受，你把握吧，如果价格实在没有商量的余地，就接受了吧。

陈丽见李富贵丝毫不让步了，只好接受了这个价格。接下来，就是付款拿东西了。尽管徐毛毛很认真地往前推动着这个事情，顾盈盈也帮她参谋着价格，但陈丽心里还是有点发虚，别说是交情不太深的朋友，就是自己的亲爹亲娘，也不一定替她拿出40万啊。所以，从一开始，她就觉得是个玩笑，之所以把这件事情往前推动，是配合徐毛毛走走过场而已。

现在，走到终点了，陈丽估计这场游戏该有个分水岭了，要么黄了，要么成了。在她的心里，黄了的可能性比较大。

没想到顾盈盈还是超出了她的预料——竟主动叫自己来取钱。在这一瞬间，陈丽心里很激动，感觉每个毛细血管都在沸腾。她忙给徐毛毛打电话，说顾盈盈真借钱给她了，让她跟自己去取。徐毛毛欣喜地问道：真的？陈丽说：真的！徐毛毛说：太好了，你的命真好！你等着，我来接你！

很快，徐毛毛到了陈丽上班的教练场，接上陈丽。在进城的路上，陈丽很兴奋，说她做梦都没想到，日子过得乌烟瘴气的时候，竟能遇到凤冠这样的宝贝，而且还有人给她借钱买宝，幸福来得太突然了。徐毛毛说：别说你，我都感到像做了个梦，真羡慕你，能遇到顾盈盈这样的人！这样的贵人一般打灯笼都找不到！你有时候看起来傻兮兮的，真是傻人有傻命！你太有福气了！陈丽说：就是，我也觉得我太有福气了！我老汉好，儿子好，朋友好！

由于心情好，她感觉树梢在向她招手，白云向她舞蹈，鸟儿向她歌唱。她精神昂扬，热血滚滚，一路愉快地进了城，到了盛盈宾馆楼下。

徐毛毛问是上宾馆，还是进凤凰书院？陈丽这才想到她还没搞清去哪个地方，因为顾盈盈有两个办公室，遂打电话问顾盈盈，顾盈盈说她在宾馆，于是她俩就进了宾馆。

进了顾盈盈的办公室，陈丽发现顾盈盈已经取来了现金，10万元一捆，像四块砖头似的在茶几上放着，上面有银行的封条和图章。顾盈盈说：这是40万，出纳刚从银行取来的，我在这里就不清点了，如果卖家要清点，你带去银行过一遍就行了。

看到这些十万元一捆的四疙瘩钱，陈丽瞬间感觉顾盈盈不是个人，是个菩萨，是个无形无相，又俯瞰众生的佛陀，用她的正觉与能量，在具足度化她。在这一瞬间，她两腿发软，又想跪在她面前，向她表达自己这无以言表的感激之心。但想到她上次给顾盈盈下跪时，王小可批评了她，就控制了下来，两眼闪烁着感激的光芒，看着顾盈盈。她的外向性格，只要顾盈盈瞟一眼，就能看出她心里想的是什么。因此就以一种极其平静的口气对陈丽说道：我有个小额贷款公司，这笔钱是从公司提出来的，公司的放款利息是2分，还要抵押物或有人担保。你的情况特殊，拿不出抵押物，我就给你做担保吧。

陈丽正在微笑，听到顾盈盈这么说，嘴角的笑容顿时拢了一下，渐渐变得僵硬起来，她以为顾盈盈像上次那样，借钱没有利息，没想到有利息，她不知怎么说了，愣了愣，看了看顾盈盈，遂故意堆起微笑说道：这……这东西买来，万一在我手上放一年半载，光这2分利息就厉害呀。

顾盈盈眼睛没看陈丽的表情，只是平视着这个方形大茶几，口气温和地说道：由于有其他股东，先按公司的制度来，将来在还款时，我可以给你提供一点方便。我的目的不是挣你的利息，而是为了帮你，让你赚点钱，因此，那就别愁利息的事儿了，到时候我肯定不会跟你要利息的。

听顾盈盈这么一说，陈丽又松了一口气，这个时候还能说什么呢？只能重拾信心，继续往前走了。短短的时间内，她的心像过山车，经历了一个起伏跌宕的过程。她怀着梦幻一般的心情，抖着手给顾盈盈写了借条，看着顾盈盈在借条上写下了"担保人顾盈盈"的文字，然后，她对顾盈盈说道：那我就去取东西了。

顾盈盈说：去吧，你俩注意把东西看好再付钱，假如有一点变动，你就别付钱了。陈丽点头如捣蒜，说：好，好，我知道了。徐毛毛也做了保证：放心，我的眼睛厉害着呢，同样的鞋放在一起，只要大一个号，我一眼就能看出来。顾盈盈说：把东西拿到手了，直接提来，我再看看。

陈丽忙说：肯定要提来让你看一下。说罢，二人就离开了顾盈盈，去李富贵那儿了。

顾盈盈那天看了东西后，没表态，李富贵在宾馆里熬了三天，估计没希望了，就提着东西回了家。在家里没待三天，徐毛毛的电话就来了，跟他商量起了价格。一来二往，就这么谈成了。在交货的这天，徐毛毛问在城里交货还是在他家里？李富贵说你们往我老家走，我在村口大坡弯等你们。

李富贵给徐毛毛手机上发了地址，是城关乡李岭村。这个地方离凤城市有130多里路，一个多小时就到了。叮咛徐毛毛，过了城关乡，就可以问人，现在村上都有路标，好找的很。进了李岭村，就路过大坡弯。徐毛毛让李富贵在手机上发了位置，顺着导航就来了。

徐毛毛拉着陈丽，车上放着 40 万现金，就一路往陇豳县狂奔。陇豳县在凤城市处在一个柳叶状的位置上，通往市区，某些地段需要翻山越岭，或过桥，或钻山，虽然道路比较弯曲，但村镇建设中，所有的县级公路基本都新修过，路况较好。即使进了村，乡间道路都平展展的，铺上了沥青。徐毛毛驾车进了李岭村，但见了两座斜坡形的大山中间，有个弯曲的大坡道。坡道左右，是辽阔而整齐的果园。尽管局部也有玉米等农田，但果林居多。

在这条宽阔的坡道上，徐毛毛老远就看见路边的一棵垂柳下，企鹅似的蹲着一个人，随着距离的拉近，看清蹲在路边的人就是李富贵。李富贵还是提着那个蛇皮袋子，空的这一头铺在地上，他在上面坐着。他身后的不远处，有个玉米柴垛。那又黄又干的玉米秆，好像撂在那里几年了，无人问津。见徐毛毛车停了下来，他才站起，拉起蛇皮袋子，钻进了徐毛毛的车里。

李富贵以为顾盈盈来了，进去之后，见是陈丽，就问：买主没来吗？

因当初徐毛毛联系的买主是顾盈盈，而且顾盈盈到宾馆里来看过货，李富贵就此以为是顾盈盈来取东西。

徐毛毛见李富贵这样问，为了不让事情复杂化，就顺势说道：没有，我们帮她取。

李富贵没再说啥，就指了一下那个玉米柴垛，说到那背后清点一下货。徐毛毛朝那个柴垛看了一眼，说不到你家里去吗？李富贵说他不想让家里人知道。徐毛毛明白他的意思，就将车停在路边，从车上提下一个女式大包，和陈丽跟着李富贵到了那个柴垛背后，面向山壁背靠柴垛，正式交易了起来。李富贵从蛇皮袋子里拿出一个又一个包得严严实实的疙瘩，打开，让徐毛毛二人过目。看一个，他包裹一个，之后又装进袋子，直到验收完。

看到李富贵这么认真细心，陈丽不禁夸赞道：李大师，看你对古董这么认真，让人感到很舒心！

李富贵笑盈盈地说道：古董不论到了谁的手里，一要藏好，二要保护好，不然，对不起老祖宗。说着，又话题一转，问道：你俩都看见了，都是你们看到的那些东西吧？陈丽忙说：就是就是。李富贵说：既然买主信任你俩，让你俩代办，那后面的事我就不管了。徐毛毛说：没事没事，李大师，我办事，你放心。说着，从包里取出一个银行装钱的纸质袋子，说是 40 万，从银行刚取出来的，如果你想数，就数一遍。说着，将钱袋子给了李富贵。

李富贵低头在纸袋里挖着看了看，拿出其中一疙瘩钱，撕开封条，从10个钱沓子里抽出两沓，数了数，见一张不差，就说剩下的这些钱我就不数了，我看你俩也是老实人，不会有啥猫腻的。

陈丽即说：放心，全世界人骗人，我都不会去骗人的。没钱是没钱，亏心的事咱不做。

提到"没钱"二字时，徐毛毛用胳膊捣了一下她，怕她说漏嘴。见李富贵又从蛇皮袋子里掏出了一个布袋，先将30万整沓钱装了进去，最后10万散沓装在了上面，怕李富贵食言，不给自己的提成，就巴结说道：你用蛇皮袋子提来的，为了安全，你原用袋子背过去，我用这个包装这些宝贝。

李富贵就将蛇皮袋子里的东西一个一个地往徐毛毛的大包里装，先装进凤冠，再装进梅瓶，装那几个小东西时，李富贵从一个红色小首饰袋里掏出珍珠项链，提起来对陈丽说道：这个珍珠项链不太值钱，送给小徐吧，我和小徐认识了一场，你和她也是好朋友，小徐牵了线，帮了忙，应该给她表个心意。

陈丽迟疑了一下，即说：行行，能行。

然后，李富贵又拿出四沓钱，扔到徐毛毛的包里，说你辛苦了一趟，我也不食言，该给你的就给你，这4万元，你拿上。小陈也帮了忙，至于你俩咋分，你俩分去。

陈丽发现，李富贵在这个事上做的义气、公道，心里很感动，如果是顾盈盈买了，李富贵这么一来，徐毛毛怎么也会给自己分一半的。只是他不知道，这个东西自己买了。这4万元佣金，徐毛毛就一个人得了。不过也好，没有徐毛毛，自己就没有凤冠等这么好的宝贝！所以，此刻的陈丽，心里既感动又开心。

对于徐毛毛来说，当然更高兴，这场买卖顺利成交了，李富贵不仅如实地给了她4万元的提成，还主动送给她一条珍珠项链，这号事在她的生命中，真是太少太少了，所以，她相当高兴。主动要求把李富贵送回家，说他带钱，不安全。李富贵说转过弯就是我家，不到两里路。如果不是这个事，我带你俩到家里坐坐。你们就回去吧，现在路认下了，以后有机会了再来。

三人客气地道别后，徐毛毛开车走了，李富贵背着剩下的36万元，往家里走。

李富贵的愿望实现了，长出了一口气，认为这个事基本按他的计划来的。下一步，他打算抽个时间，亲自把这个过程告诉顾盈盈。让她知道，这套宝贝是我李富贵的。我李富贵就是为了照顾你顾盈盈，才这个价格卖给你的，虽然咱们断交多年了，但是我心里还有你。

两个多小时后，徐毛毛和陈丽又坐到了顾盈盈面前。顾盈盈一看是六件，问怎么少了一件？陈丽就说珍珠项链被李富贵送给徐毛毛了。顾盈盈说：我看看。

徐毛毛就拿出那条项链。顾盈盈发现珍珠有点发青，但很圆润均匀，一看就是个老珍珠。但她只看了看，什么也没说。然后问陈丽：这些东西你打算放在哪里？陈丽脱口而出：放在我娘家吧，放在我家里，若被我老汉看见了，就不得了了，肯定要问个究竟……

徐毛毛看出了顾盈盈的意思，插话道：放在你娘家，还不如放在顾总这儿。顾盈盈立即说道：你看吧，我这里有保安，又是宾馆，人来看东西也方便一些。

陈丽见顾盈盈这么说，想到这些东西是借人家的钱买的，就顺势说道：也行，放在你这里更好。

顾盈盈就让陈丽把凤冠、梅瓶、翡翠镯、金镶玉镯、玉带钩、扁方六件宝贝拍下来，做个资料，让她慢慢联系客户。如果有人有兴趣，可到她这里来看实物。陈丽觉得这个办法挺好，就照顾盈盈的意思将所有的宝贝拍了一遍，期间还拍了视频，然后，顾盈盈将凤冠等东西提进了办公室西侧的卧室。

凤冠就这么进入了顾盈盈的保险柜。离开顾盈盈时，陈丽说：我老汉是个比较谨慎的人，现在本身被债务压得喘不过气儿，如果得知我借了这么多钱买了这一摊子宝贝，肯定要疯了，所以千万别让他知道。

顾盈盈说：这个你放心，你不说，我不会主动说的！帮人帮到底，我不会向你逼债的，在这个事上，你心里就放轻松一点，权当没有这回事，别着急，慢慢找买家。

见顾盈盈这么说，陈丽心里又升起了感激之情，禁不住又说道：顾总，你这样帮助我，我真不知说什么才能表达我的心情，只感到我心里想说的话很多……

我理解你的心情。既然我帮你，肯定是看重你夫妻俩的人品，多余的话就别说了。

徐毛毛忙插话道：看顾总多好！你真不知在哪里烧高香了，遇到了顾总这个好人，咱俩应该请顾总吃个饭呀。

就是就是，咱们去吃饭吧，我现在买到了这么好的宝贝，应该庆祝一下。

顾盈盈说：不了，我下午还有接待，以后有机会了，我请你们。

见顾盈盈有外出的意思，陈丽和徐毛毛只好离开了。回家途中，陈丽又一次感叹道：不知你是啥感觉，我总感觉自己像做了一场梦。

徐毛毛说：是啊，你竟然买到了清代诰命夫人的凤冠！这么好的宝贝将来卖了，少说也能赚个二三十万的，而且你一点风险都没有。

咋没有风险呢，万一卖不出了怎么办？顾总的钱拖上一年半载可以，时间长了还不上，我心里也不自在啊。

假如卖不出去，你可以抵债啊。你现在不是欠人几百万吗？抵了债，从贾三那里要回钱了，还给顾盈盈，不是一样吗？怎么你都是赚着呢。

陈丽一听，不吭声了。

徐毛毛继续说道：不过，你心眼也不能太实，把宝贝的图片要保存好，千万别丢失了。咱害人之心不可有，但防人之心不可无。预防人家把这套宝贝里面的东西换上一个，现在假翡翠假瓷器很多啊。

徐毛毛的话一下提醒了陈丽，说她生意做得成人精了，比她想得周到。徐毛毛说：咱们是朋友，虽然给你促成了这个事，但还得为你操操心。希望你从现在起，就着手为这个宝贝找个好下家，尽量卖了抓点现钱。

这话一下说到了陈丽的心上，她即说道：行啊，你帮我找买家，将来若出手了，我也像李富贵一样，给你提成。

第十三章

那一夜，爷明明白白地走了

对于徐毛毛来说，不到十天时间，在李富贵手里赚了4万元，这太难得了。自己辛辛苦苦卖一年鞋下来，落到手的也就五六万元。况且，他还给自己送了一条项链，徐毛毛觉得李富贵不仅很讲信用，还很有人情味。考虑到人家是个风水大师，以后还有用得上人家的时候，徐毛毛觉得自己应该表表心意，让人家也了解了解她的为人。她知道生意人，最基本的一点就是人缘，人缘好了，机会多了，挣钱的渠道也多。为此她路过商厦时，花了八百多元买了一个黑色真皮商务手提包，然后就给李富贵打电话，接通之后，她感觉李富贵有点遮遮掩掩，估计是怕她提凤冠交易的事儿时被他老婆或者孩子听到了，就故意说李大师，你给我们帮了忙，我觉得心里过意不去，你经常出门哩，我发现你没个好一点的提包，特意给你买了一个，你啥时候再进城？

李富贵没想到徐毛毛给他买礼物，说了几句感谢的话，然后说小王带他妈到市里看病，这两天住在他大哥家，他大哥家离你那不远，让他给我捎回来。徐毛毛遂要了王年年的电话，然后又给其拨通，没多大一会儿，王年年就来了。

在见到王年年的这一瞬间，徐毛毛突然想到王年年是李富贵的徒弟，给陈丽家找祖坟都带着，为什么出售凤冠这些东西时，却没带王年年？而且还一再叮咛自己别告诉任何人？是不是李富贵有啥秘密在隐瞒徒弟？想到李富贵给自己算卦算得这么准，给陈丽家找祖坟又找得那么绝，手里出来的宝贝更是那么好，而且还能鉴定古董，古玩圈子里的人对他的评价都那么高，心里不免有点好奇，因此，见到王年年的这一刻，心里突然有了想通过王年年了解李富贵的想法。为此就热情地找凳子给他让坐，说她听李大师说，你老人有病，情况咋样？没事吧？王年年说今天上午做了个体检，就是胃不太好，有点溃疡，医生开了些中药。徐毛毛又说，听说你大哥家离我这里不远，你大哥在哪里工作？王年年说他搞工程，老婆娃娃都在城里。

徐毛毛即呵呵一笑说，你大哥肯定干得不错？王年年问为啥？徐毛毛说有李大师这个高人当参谋嘛，现在好多大老板身边都喜欢带你师傅这样的人，讲道场，取财运，拉关系，你给你大哥肯定能帮上忙。

王年年微微一笑，没吭声。

徐毛毛一看时间，发现快到晚饭时间了，就提出要请王年年吃个饭。王年年推辞，说他回大哥家里吃。徐毛毛说商厦上面最近开了一家海鲜自助火锅，70元一位，想吃啥都有，不限量，环境又好，咱俩去吃吧。我最爱和懂风水的人打交道，遇到你们这类人，我脚筋都转了走，给个面子吧！

王年年见徐毛毛执意请客，盛情难却，就答应了。

徐毛毛开着车，拉王年年到了商厦地下停车场，然后乘电梯到了六楼的自助火锅店，两人找了个小桌子坐下，选了十几个菜，几乎以海鲜和肉类为主，两人就这么吃着，聊着。

徐毛毛告诉王年年，他女婿因为偷盗原油被判了八年刑，现在坐牢都四个年头了。为了混生活，老公坐牢后她才进城开了这个皮鞋店，她现在男一半女一半地过着日子，有个女儿，在上初二。问王年年家里情况咋样？几个娃娃？王年年说他是两个女儿，大的上五年级，小的才三岁。徐毛毛说：你看起来比我小嘛。王年年说：也不小了，我28岁才结婚，结了婚媳妇还怀娃迟，第三年才生了我们大女儿。

徐毛毛想通过王年年了解李富贵，所以话题就有意往李富贵这边靠，问王年年跟李富贵几年了？

王年年想了一下说：断断续续快十年了。

收入不错吧？

我也不靠这个挣钱，有时候我大哥包下活了，把边角工程给我分一点。除干点小工程之外，我们村里原先还有个沙石厂，在沙石厂没关闭之前，我在厂里还有点股份。跟着李大师跑，主要是我比较喜欢风水八卦。

那你跟着师傅学得咋样？

王年年微微一笑说：搞得能看。

能看啥？看风水，还是看古董？

都懂一点。

那你懂银元吗？我结婚时，我妈给我陪嫁了5个银元，前几年我拿给我的一个搞古玩的同学看，他说三个都是假的。改天拿来，让你看看？

王年年抬起身子说道：我爷曾给我分了200多个银元呢，没过两年，我都卖完了。这几年，我发现银元节节上涨，想起卖了的那些银元，后悔得锤心。所以，我一般不看银元，看见，心里就难受。

徐毛毛听到这里，哦了一声，遂问他们弟兄几个？王年年说：三个。

天，那证明你爷手里的硬货多啊，是个老古董。

在王年年和徐毛毛聊天的过程中，基本都是徐毛毛问一句他说一句，话比较少。但当提到"硬货"和"古董"这个话题时，王年年就停下筷子，嘴一擦说道：我爷在他没的那天晚上，一下就从地下挖出了上千个银元，当时给我大哥、二哥、我、我爸我妈都分了一些。我爷除了银元，还有个宝贝呢，当年我大哥就是靠我爷给的这个宝贝翻的身。

无疑，王年年的这番话让徐毛毛更加好奇，她不禁联想到了李富贵手里见过的那几个宝贝，遂问他爷手里的那个宝贝是个啥东西，快说出来让我听听。

王年年的家在齐家川塔庙村。齐家川原先叫北川，因村子十公里处有个史前遗址，是9处长方形的大型夯土台基，有白灰墙、门道、烧烤和排水沟等痕迹，从中出土了陶器、玉器等日用品和祭祀礼器。据考证，这个史前遗址属于齐家文化，因而把方圆几十里都统称为齐家川。

在齐家川的一座坐西朝东的山峁上有个古庙，古庙跟前矗立着一座古塔。那古塔像一个巨型食指，直指着深邃的苍穹。一条灰蛇似的土路在山与山之间缠绕而去，这条路被称为秦直古道。据史料记载，这条古道是秦始皇当年下令修建的关隘要道。

在古道山的侧面，有一条盘山公路，直达山下那一望无际的川地和南北走向的河道。那河道或弯或直地穿在川地中间，像蛇似的朝山旮旯里伸去，在冬天，像条白色布袋；在夏天，泛着明晃晃的光泽。河道两边，是整块整块的庄稼地，有的呈方形，有的呈椭圆形，有的呈三角形，有的呈条形。川地上，有杂七杂八的树木和鳞次栉比的庄舍，有的庄与庄之间离得很近，有的比较远，有的在山台上并排而栖，有的错前置后，这里就是塔庙村。

塔庙村有条南北走向的村间公路，原先是土路，后来是沙石路，现在是柏油路。一条丁字形的石桥横在川地中间，供河道两岸的村民来回过往。石桥的上坡处，有一户西南方向坐落的窑洞庄子，这个庄子就是王年年家。

王年年结婚的第二年，有一天早晨，90岁高龄的王世德老人在院内转悠时，感觉心里难过，走起路来两腿发软，身子发沉，好像全身的骨架要散开，心里不免有一种不祥的预感，就给他的儿子王天成打手势，意思是把大孙子、小孙子都叫回来，他有事要叮咛。

王世德老人有五个女儿，一个儿子。这个儿子还是个哑巴，自然，给他娶了个哑巴媳妇。这对哑巴夫妻生了三个儿子，大儿子王有年，老二王发年，老三就是王年年。

老大王有年是大专学历，在县安装设备公司工作，是个技术员，一直在建筑行业混；老二王发年好像天生是个敲石头的，上完初中就不想上学了，要跟着爷学刻石头的手艺。因爷的哑巴娃跟着他叮咛了半辈子，本不想让孙子再与石头打交道，但见二孙子有这方面的兴趣，爷只好以学徒的身份将他带在身边，从采石、锻石、雕石和刻字等技术学起，有活儿了，就带在身边，没活儿时，就让他在家里务农，虽然比较老实，但能吃苦，从传承的角度看，二孙子是个比较理想的传承人；三孙子王年年基本以跑为主，拉个沙石，转运个煤炭，倒腾个化肥或农副产品，闲了，或者口袋里有钱了，就打个麻将，喝个酒，反正不爱待在家里，不喜欢干农活，一年四季都在外面跑，又没有啥固定的事儿，就像王世德形容：东一榔头，西一斧头地过着日子。

有三个孙子，自然就有三个孙媳妇。老大的媳妇叫殷惠贞，在县城某小学当老师，在城里生活。除逢年过节回来外，平时很少回来，在王家人的心目中，这个媳妇是个"客"；老二媳妇蒋翠英是王发年从河里捡回来的女人。蒋翠英21岁那年，跟着媒人去相亲时，途中遇到下雨。蒋翠英急猴猴地过河时，不慎掉到了河里，她在浑浊的河水中挣扎时，恰被路过的王发年遇见了，他奋不顾身跳下了水，在湍急的河流中将蒋翠英推到河边。刚上河岸，一块山石滚落了下来，王发年即用他的身子压住了蒋翠英，自己却被石头砸伤，为此住了一个月的院。王发年在住院期间，蒋翠英和她的母亲来看他，给他做了几双艳丽的鞋垫，其中有二龙戏珠的图案。第二年，蒋翠英就嫁给了王发年。老三媳妇叫郭霞霞，由于王年年心眼高，挑来挑去，光媳妇就说了几年。28岁那年，经做豆腐的金虎虎给他介绍，认识了郭霞霞。尽管王年年见了郭霞霞还是没有感觉，但想到自己年龄大了，就眼睛一闭，结了。

由于是三个孙子，爷前后修了两处庄子，一处是他和二孙子王发年住，一处是三孙子王年年和他的哑巴爹娘住。两家虽然没有庄靠庄，但距离不过有一征地之远。

因爷年龄大了，哑巴儿子王天成经常过来看爷，有时候发现爷不太精神了，晚上就睡在爷的炕上，给他做做伴儿。

那天早晨，哑巴儿子像往常一样过来看爷，伺候爷吃早餐，爷喝了米汤后，给他打手势，意思是让他把三个孙子叫回来，好像有什么事要交代。哑巴看懂了老父亲的手势，就急匆匆到大门外，准备去叫二娃，正好二娃王发年拉了一块石头回来，他就打着手势告诉了二娃。王发年放下架子车，进了院子，但见爷拄着拐杖，走路很慢，在房檐下的凳子上落座之后，让老二给老大和老三打个电话，说晚上有个事要给他们说一下。王发年问爷你哪里不舒服吗？如果不舒服，送你去看医生。爷不接这个话题，只管说你赶紧叫老大，今天就回来，再忙都要把事推掉。

王发年见爷这么着急，只好给老大和老三打了电话。晚上，弟兄三个都集中到了爷的窑洞里，在这之前，爷也叫来了他的哑巴儿子，不让哑巴媳妇和孙子媳妇参加，只有他们老少爷们五个在场。看样子，像有什么大事要在这里说。

一只灯泡挂在房顶，不亮也不暗。爷坐在炕上，先概括性地说了他的一生，小时候如何穷，如何逃难，如何给地主拉长工，如何成家，如何学了石雕这个手艺。

说起这个手艺，王世德老人两眼放光，有点津津乐道，说他年轻时走南闯北，到处给人勘察石山，锻石头，刻碑文，雕狮子，也曾经给方圆几百里的大大小小的庙雕刻过石像，包括古塔下面的几座石像。

那座古塔就在老二家的斜对面，与他的庄子遥遥相对。据说，古塔建于金代正隆年间，高 13 层，塔通体雕着佛、菩萨、弟子、伎乐天等造像，造型生动，结构严谨，雕凿细腻，是秦直古道上的一大风景。

自古以来，有塔必有寺庙。古塔的下面，就有个小寺院，古人叫"石塔寺"。到了元明时期，由于香客稀少，寺院逐渐冷清了起来，在风吹日晒和岁月变幻中，埋的埋，塌的塌，只留下了一些残存的墙体和部分基础。1954 年春天，几个农民估摸古塔下有宝贝，在这个野草横生的寺院里选挖了个洞，企图盗窃塔下的文物。王世德在山上挖药材时路过，看见了，就抡着镢头一阵大吼，那些盗墓贼跑了。县文物局从盗墓贼挖的洞子里发现了石碑、经幢、陶石和建筑构件等三百多件文物。尤其是从一些文字铭刻中，可看到这个寺院的始建年代、筹建人和相关名称等一些详细情况。

文物的出土，轰动了村里，很快，古塔被列为国家重点文物。

爷为了保护这座古塔，自个儿在古塔下的山崖处挖了个小窑洞，雕刻了山神像和土地爷像，窑洞左右，栽了两棵松树，寓意山神和土神共同来保护这座塔。

"文化大革命"时期，六十多岁的王世德被揪了出来，说他是搞牛鬼蛇神，说他曾靠雕刻剥削人，得了不少银元，叫他拿出来交给人民公社。他矢口否认。红卫兵四处找，家里、院子里、柴火窑里，包括他经常光顾的古塔下都找了，就是没有找到一枚银元。最后在气急败坏之下，砸倒了他雕刻的石佛像。

爷作为牛鬼蛇神的代表，被迫与本村那些开山、挖地、挑粪的贫下中农拉开了距离，有时候，还被揪到台上，与一些地主分子和"臭老九"一起接受革命教育。身份和处境，使他变得沉默了起来。在热火朝天的劳动场面，除过按要求跟上大家喊一喊革命口号之外，人们很少看到他说话。

有一年，生产队的一只羊掉进了一个十几米深的灌眼里，据说那灌眼曾经有过水，在一次暴雨之后，灌眼里的水神奇地涨了出来，溢出了地面，同时溢出的还有一条翠绿的蛇。雨过天晴之后，那灌眼里的水又神奇地没了。从此，村里人对这个灌眼有了恐惧心理。生产队的那只羊掉下灌眼后，虽然还能听到羊的叫声，但没人敢下去捞。就在大家相互推托时，爷从人群中站了出来，要求下去捞羊。于是，他的腰里绑起了几十米长的绳子，他顺着绳子，溜下了那土质松散、杂草丛生的神秘灌眼，将那只陷在淤泥里的羊捞了出来。

　　从此，王世德就给生产队放起了羊。他远离了喧嚣的人群，与大山为伍，与河流做伴，手痒了，还捡起河道里的石头，自我消遣地刻一刻。这么一晃，就是十几年。到了八十年代初期，分田到户，市场经济逐渐活泛起来，雕刻的手艺也开始吃香了，可他干不动了，在他的心目中，自己像个死人，白活了这么多年。

　　爷说到这里，长长地叹息了一声。

　　王老大说：爷，咋是白活呢？人活到你这个岁数，就成神仙了，家里有个神仙，谁不稀罕呢？好歹，老二还继承了你的手艺，你看现在干得多好，一年四季都有活儿，比我这个技术员情况都好，你心里别有啥亏欠了。你把我们叫回来，总不是说这个事吧？

　　王世德说：肯定有事，没事不会叫你们回来的。我这个年纪了，像高山上的一盏灯，说灭就灭了。在灭之前，还想给你们唠叨几句。第一，爷虽然是个手艺人，这辈子走南闯北，也算没白活，可老天统共给了我一个娃，还是哑巴。可这个哑巴，又给我带来了三个孙子，我也知足了。因此，哑巴是我的心头肉，我死了之后，你们弟兄三人一定要孝敬我这个哑巴娃，哑巴媳妇，谁不孝，我在阴间都能看见哩，别惹得我不高兴。第二，你们兄弟三人中，只有老二继承了我的雕刻手艺，希望老二能把我的手艺延续下去，无论世事咋变迁，这个手艺别丢了。第三，你们三人要和睦相处，小的听大的，强的帮弱的，弟兄之间，不要见钱眼开，不要争高论低，要把咱们王家的家风摆正。第四，我辛苦了一辈子，没存下几个钱，就积攒了一点银元。这些银元，大多数还是你太爷留下来的。攒了几十年。今儿，当着你爹你妈的面，给你们弟兄三人分了。

　　王有年、王发年和王年年听到这里，都无比惊奇地相互看了看，最后目光又都看向爷，因为他们从来没听爷提过"银元"。

　　在给你们取银元之前，我把话说明，无论多少个银元，先给老二媳妇翠英100个，翠英伺候了我多年，给100个银元，就算我对她的心意。至于老大和老三媳妇，我就不给了。

　　话音刚落，王老二即说道：爷，既然我嫂子她俩都没有，就别考虑翠英了，孙媳妇照料爷，是应该的嘛。

　　这事不用你插嘴，我说咋来就咋来。爷挡回去王老二的话，给他哑巴儿打了个手势，王天成即从门角里拿来一把镢头，交给老大王有年，朝炕台侧面的地上指了指，然后伸了四个指头。

原来，爷在这里埋了银元。虽然老人住的是窑洞，但地上都用砖铺了。埋银元的地方就是在四块砖中间。

王老大用镢头小心翼翼地撬开砖，露出了个石板，那石板还刻了花纹，显得很扎眼。又搬起石板，挪开，可见一片草帘，再揭开，一个黑釉瓷罐子出现了。罐子口被封着。

王年年见状，立即凑了上去。王老二怕老大拿不好，蹲下帮忙将罐子抱了出来，吹了吹上面的土，放在了炕头上。

打开。爷指了一下罐子说道。

王发年打开封口，一瞧，里面白花花地装了大半罐子银元。爷往炕后面挪了挪，意思把银元全部倒出来。王发年就端起罐子，哗啦一下，一枚枚或亮或灰的银元一下亮在了大家面前。爷解释说他收藏了 1000 个，84 年修这个庄子时，卖了 120 个，现在剩下 880 个了。

王年年看着这些白花花的银元，感到很刺激，伸手抓起几个，笑嘻嘻地说道：爷，听村里人说你有银元，真的有，啥时候藏在地下的，我咋不知道？

叫你知道了，或许早就没影了。爷说着，抓起一块银元，爱惜地抚摸着，自言自语地说道：这些银元里面，还有你太爷的一份儿呐。58 年吃大锅饭，你太爷差点饿死，都没舍得拿出来花。66 年除"四旧"的时候，你太爷怕被人家搜去，把银元封在了咱们老家的门墙里面。到了我手里，我也是遮遮掩掩地藏了好多年。搬到这个庄子后，我才挖了那个门墙，取了出来，藏在了这里。怕再有啥变故，我一直没给你们说。现在，这些东西也该到离开我的时候了。爷说罢，让老大先数出 100 个，然后将这 100 个银元装在一个塑料袋子里，说道：待会儿把老二媳妇叫来，我亲自交给她。剩下的这些，老大你数头遍，老二数二遍，老三你别动手，就看着。

王老三嬉皮笑脸地说道：行，把我的眼睛蒙住都行。

经过清点，就是 780 个。

爷给王年年弟兄三个每人分了 100 个银元之后，剩下的都给了他的哑巴儿子和儿媳，叮咛他俩说将来生活上不接不凑了可卖掉，留一点老了不得动了，谁孝顺，送给谁。

之后，爷往被子上一靠，长出了一口气说道：你太爷和我积攒了一辈子的家当，今夜都分给你们了。依现在这个行情，一个银元少说也能卖个二三十元。听说有的年代的银元价值高一点，我不识字，看不来资料，你们都识字，闲了对着资料查去，把值钱的银元拣出来，省得到手的金子当铜卖了。至于分到手的银元谁的大头多，谁的龙元少，你们也别计较了，各人有各人的运气和命运，就各自把各自的东西藏好。

爷叮咛完银元的事情后，接着从被子下抽出一个红布袋，倒出一个锈迹斑斑的铜镜，让他们弟兄三人挨个看一看。

王有年首先从爷手里接了过来。这只铜镜大约有 25 厘米，圆形，背面系黑漆鼓，点滴有红斑绿锈，伏兽钮，钮的周围分内外两区，其间有一周凸棱相隔；内区有浮雕式五兽。五兽肥硕柔健，大头长尾，龙腾虎跃，姿态各异；间饰葡萄缠枝纹，外区有八只雀鸟，或飞、或栖、或相对啼叫，与花草葡萄枝蔓交织其中，纹饰疏朗饱满，繁缛有节。正面红斑绿锈较为严重，透过锈，可见盈盈亮光，人影绰约。整个镜子纹饰清晰，镜体厚重，样子典雅，制作精良。

爷见大孙子看得认真，就故意问道：你说这是个啥东西？

王有年看着铜镜，揣摩地说道：这个……我没见过，像个阴阳手里的罗盘，又觉得不像……

老三王年年面对此物，有点着急，没等老大看罢，就夺过去拿在手里正反看了看，说：这哪是罗盘呢？罗盘上有八卦图，有时针表，这个东西却一面是圆形钮，一面还刻了花，拿在手里还有点沉，像粮仓里的印版。原先人把麦子装进囤子了，给上面拓个因，预防被盗，我估计这个东西就是个铜印版。

爷待老三说完，又问王发年：老二，你说这是个啥东西？

王发年并没有接过去，而是看着说道：这是个海兽葡萄镜，就像现在的镜子，用来照人的，古人叫照子。从纹饰上看，是唐代的，从工上看，是个头模镜子。

老二这么一解释，老大又从老三手里拿过去，仔细瞧了起来。

老二说对了，就是铜镜。我看你们弟兄三个，只有老二还懂点古物。这个铜镜是你太爷留给我的，和银元一样，藏了几十年。

待弟兄三人都看了铜镜后，爷才说道：既然老二懂点古董，又是我的徒弟，跟我这么多年，通常师傅谢世，多少都会给徒弟留个东西。这个铜镜就留给老二吧，不管价值高低，你们都别眼红了，一个东西，也分不成三个，你们两个没有意见吧？

王有年即说道：没有意见，爷，你的东西，谁拿都是一样的。老三也不会有啥意见。老三，没意见吧？

王年年忙说：没有，没有。

爷说：那就好。老二，爷留给你的东西，你就替爷好好珍藏。铜镜上的锈你别动，也轻易别用热手摸，摸得多了，品相就不好了。铜镜是古人的东西，世间越来越少了，要好好保存，别三天不到黑就把它倒腾了。

说完这些话，爷把铜镜包好，给了老二。王老大没吭声。王老三眼巴巴地看着。王老二有点不好意思，接过铜镜说道：既然爷有这个意思，那我就先替爷保存着，等我将来老了以后，可传给咱们后辈儿孙。

爷长出一口气，接着说道：该给你们交代的，我都交代了。现在，你们给我把老衣穿上吧，老衣你妈早早就给我缝制好了，在柜子里。

爷分了银元，交代了后事，对于弟兄三人来说，这是个让人既感动又高兴的事儿，大家沉浸在高兴中时，没想到爷突然来了这么一下，他们三人都懵了，不由得面面相觑。但见老人手指了指柜子，意思是赶紧去取衣服，王有年说：爷，你好好的，穿啥老衣？要想试一试，明天再穿。现在夜深了，你睡觉吧。

给我穿上！爷说话口气很重，再看那表情，有点怪异的严肃。王有年只好取来衣服，弟兄三人帮忙给穿上。之后，爷让哑巴娃和大孙子睡到他跟前，叮咛老三也别回去了，就睡老二家，说他过不了明就走了。

听爷这么说，王年年心里不以为然，对老大轻声嘀咕说爷真是老糊涂了！当然没理会老人的话，抱着银元回到了自己的家。

但在夜里三点多，王年年睡得正香时，听见了急促的敲门声。接着听见老二在喊叫他的名字，王年年一骨碌爬起，问咋了？老二说：快起来，爷没了……

王年年大惊，穿上衣服，一路狂奔，进门就扑通一下跪在了爷的头前，失声痛哭。此刻，爷已经被抬到了木板上，头朝门口，穿着老衣，安详地睡着。王年年放声痛哭着，他真后悔没听爷的话，没住在老二家，没送爷上路……

事后，王老大告诉他：夜里两点多时，爷突然用手推他，他拉着电灯，发现爷靠墙坐着，紧紧抿着嘴，用手指了指他的爹。当时，哑巴爹也和他都在爷的炕上睡着。见爷有叫醒爹的意思，王有年就推醒了爹。王哑巴坐起之后，爷抓住了他儿子的手，想说什么，却说不出口了，眼睛无奈地看着哑巴儿子。王有年发现爷的眼睛在渐渐发直，遂明白了什么，赶紧大叫，爷在这个时候，慢慢地闭上了眼睛……

　　90岁的老人，走时明明白白地告诉了家人，然后安详地上路了。

第十四章

古 镜 鉴 心

　　火锅里的汤在高温下咕咚咕咚地跳动着，王年年说起往事，有点激动，徐毛毛听得兴致勃勃。见服务员过来给火锅里添加了汤，就叮咛把火调小一点，意思是在这里多待会儿，想多和王年年聊聊。反正是自助餐，无论待到啥时候，只要火锅店不打烊，都无妨。

　　说起往事，王年年感到一发不可收拾，围绕爷留下的东西，像扯布条似的扯了起来。

　　王年年的大哥王有年的安装公司改制后，一些人出来单干，作为懂技术懂管理的人，他也不例外。看到同事们打着单位的旗号，纷纷干起了私活，他心里也蠢蠢欲动，想给自己包点小工程。但他一没关系，二没资金，只能给人家打工。在工程行业就这么半公半私地混了几年，多少积攒了点人脉，这几年勉强能搞到一些小项目和小工程。譬如那些专门针对农村的"一事一议"工程、"扶贫助村"工程，都是围绕乡镇路线、村委会基建展开的。但这些活儿都是上面人包到手，他又从人家手里包来的，属于二包工程。二包工程本身被人家吃了一部分，剩下的则是毛多肉少了。但对于没资金没关系的人来说，能啃个骨头喝点汤也不错。就这样，他断断续续地已经搞了三四年。有一年亏，有一年赚，饿不死，又活不旺。

王有年一直梦想包个大一点的工程，痛痛快快地干他一番，可总没有这样的机遇。人不论是升官还是发财，都是需要机遇的，机遇来了，贵人就来了。本事再大，机遇不到，只能过一种高不成低不就的日子。所以，这些年王有年以小工头的身份蜗居在城市，在事业上平平淡淡地往前走着。

闲暇之余，就靠打麻将、喝酒，或看些杂七杂八的书籍打发心情。

尽管这些年看了不少书，唯独没有看过古玩收藏方面的书籍。所以，当爷拿出那个铜镜考问他时，他竟然两眼茫然，叫不出名字，倒是让只有初中文化程度的老二出了风头。这个事让他深受刺激。如果自己懂，作为长孙，又是上了大学的人，爷自然会把那个铜镜送给自己的。他这个文化人，倒吃了没文化的亏！

好歹爷还给自己分了100个银元。听爷说银元里面有版别和价格之分，那就要把这些银元挖透，哪些值钱，哪些不值钱。为此，他就买了几本关于银元研究的书籍，没事时，不是看书，就是察看银元。小小的房间里，桌子、床头上摆的都是银元。在书籍的指引下，王有年从这些银元中挑出了几个系列，譬如清代龙元系列、民国袁大头系列和纪念币系列等。随着研究，他的眼睛放光了——袁大头中，不仅有二三级银元，龙元中，还有四级、五级银元，譬如陕西省造的"光绪元宝七钱二分"银币。从资料上看，有的一级银元价值一二十万，那四五级至少也过万了。随着更深入的研究，他心跳了，爷分给他的这些银元中，竟有四五个比较珍贵的银元。

听说师范学校有个姓向的教授对银元挖得比较透，王有年在熟人的介绍下，带着五个挑拣出来的银元敲开了教授的家门。向教授耳鬓斑白，拄着拐杖，但脸色红润，身材高大，看起来有五十多岁。对朋友介绍来的客人，很是客气，说他前些日子下楼时把脚崴了，这几天肿了起来，并且很疼，他只有借助拐杖了。王有年拿出了银元，让他看。向教授拿在手里看了看，又用放大镜照了照，最后问道：你这些东西是从哪里来的？

看着教授的表情，王有年以为教授对这些银元有看法，就告诉了银币的来历，向教授将银元放到茶几上之后，才慢条斯理地说道：你这几个不仅全是真品，而且都是比较有价值的。譬如这个陕西版银元，价格就高了。现在由于市场假银元多，收藏银元的人也多，好的银元越来越稀少了。我收藏以来，还第一次见陕西光绪元宝七钱二分这个银元。你运气不错，能有这样一枚银元，你赚大了。

听向教授这么一说，王有年的心里很高兴，但他故作平静地问道：像这个银元，会不会有第二个？王有年想到爷分给自己的这100个银元中就有一枚珍贵银元，那父亲和老二、老三的银元中有没有，因此就特意问道。

你指的范围有多大。如果指咱们这里，可能性很小。不是很小，几乎没有。我挖了多年的银元，对咱们凤城市市场的银元情况是比较了解的。

王有年微笑道：这么一看，您是银元专家。

向教授谦逊地说道：谈不上专家，略懂一点，一般太假的银元常人也能看出来。不过，有些家传的银元中也有不好的。我曾给一个亲戚看过银元，那些东西跟你的一样，是他奶奶留下来的，我一看，百分之九十是山寨货。何谓山寨货呢？就是地方军阀，或者一些私人大钱庄铸造的银币，这些币跟官方币一样也流通，只是流通渠道比较小，有些只限于在部队流通。现在人把这种币称作"老假假"，含银量低，压力不足，有的还出现错搭混配的现象，譬如这个币种的背面，用在了那个币种上，制假者相互借用铸钱设备，难免有错版和粗制滥造之版别。而你这五个银元都是官方制币，没有一个"老假假"，证明你太爷、你爷也有眼光，没收到山寨银元。

王有年见向教授对银币比较了解，想到爷给老二送的那个铜镜，遂问你懂不懂古铜器？说他爷手里还留了个铜镜。向教授说不是太精通，但多少懂一点。说到这里，向教授提到了刘立刚副县长。刘副县长下乡时，曾从一个老农手里买了一个汉代青铜器，几个人都说东西不对，我去看了，说东西对。结果他拿到北京找人一鉴定，是真东西，就是那个品相不太好。

提起刘县长，王有年眼睛一亮：刘县长也爱好收藏？

他才痴迷哩，我发现他不抽烟不喝酒，就爱玩弄个古董。

我要不是我爷留这些银元，根本想不到古玩这些东西。

由银元，由刘县长，由收藏，王有年与向教授的谈话投机了起来，两人且聊且喝茶，直到分别时，都感觉如多年好友。握手分别时，向教授说道：你这几个银元想卖的话，就吭声，我给你找个好买家，给个好价钱。

行行，以后咱们多联系！

从向教授的办公室出来，王有年感到很兴奋。兴奋的不仅是他挑出来的这几个银元得到了向教授的肯定，还捕捉到了一个对于他来说很重要的信息——刘立刚的爱好，此人恰恰是主管城乡建设的副县长。他知道，现在干什么事情，没有关系是寸步难行的。大凡包到工程的人，在政府部门都有点关系。虽然他也认识包括刘县长在内的几位领导，但由于种种原因，总停留在熟人层面。现在，他觉得自己拥有与刘县长接触的纽带了。他相信，通过这个纽带，他和刘县长的关系会自动升级的。

人与人之间，没有什么比拥有共同的爱好更容易相处，特别是有点兴趣爱好的人。你看，素昧平生的向教授和自己相识不过是短短几个小时，但就像多年的朋友似的。那刘县长呢？王有年想：用古玩当个敲门砖，刘县长不可能不开门。想到这里，王有年很自信。第二天一早，他梳洗完毕，抖擞抖擞精神之后，就给老三打电话，叫他到城里来一趟。

当时，王年年正在村里沙石厂拉沙子，接到老大的电话后，给厂长打了个招呼，就进了城，来到了老大的家里。

王有年告诉王老三，最近有两个乡镇路线工程，都是一事一议项目上的，钱都到位着呢，现在好几个工队都在跑这个项目。我也想跑一跑。听说主管领导比较喜欢收藏，尤其比较喜欢铜器。咱们爷不是给你二哥送了一个铜镜吗？我想跟你二哥要来，拿那个铜镜疏通疏通关系，包点工程。但我不好张口，所以想让你给说一下，让老二帮帮忙，那个铜镜值多少钱，他大致说个价，等工程包来了，将来我把钱给他。

因王老大平时对老三不错，王年年骑的那个日产125摩托，就是老大送的。所以在老大跟前，王年年唯命是从。他立即答应了王老大，说他这就回去跟二哥说。

王年年一回到村里，就去沙石厂找王老二，但见二哥和两个人在说话，他就坐在旁边等着。

当时，王发年正在沙石厂当技师。别看这个齐家川塔庙村是钻在山旮旯儿的一个村庄，鉴于山里有水，有石头，国家对农村经常出台一些优惠政策，鼓动农民发家致富，因此，村里在办起砖瓦厂之后，又办起了采石场。厂长是塔庙村村长任辉，他承包了采石场。由于王发年家里几代人刻石头，对石头的分布和采集情况比较了解，所以，任辉就请王发年给采石厂当技术员，在采集、选材和雕工方面，做技术指导。这样，王发年白天基本待在厂里，晚上在家里干点刻墓壁等私活儿。

塔庙村因沟渠纵横，大山重叠，因此石头层比较丰富，尤以沙石、顽石居多，当然也有青石存在。但鉴于环保部门的严格管制，采石只能在政府限定的区块采集。有时候费了九牛二虎之力，挖出来的沙石比例比较少。如何做到判断准确，节省劳力？这就需要眼力和经验了。在这方面，王发年的经验比较准确一点。刚进采石场那年，任辉从城里请了一个专家来勘探石层，让王发年也跟着去看。到了现场，专家经过勘探后，选了一个采石口，认为这个区域的沙石比较多。但王发年根据山的地理形状和土质分析，认为这个地方不易开采，说沙石居多，顽石少，出来的石头质量不行。那个专家冲他和任辉翻了翻眼睛，说你们放的人，请我干吗？任辉忙给发烟，谄笑，按这个专家的意思定了下来。可是，经过一番折腾后，石料确实不行，从那时起，任辉就重用了王发年。

王发年完全复制了他爷和他爹的手艺，既能采石、雕石，还会制作炸药。通常石料厂把石头采集下来之后，经过切割和筛选，一等石头做了雕刻石；二等石头用在了桥梁路基上；三等石头用在了建筑上。就是行家所说的那个块石、料石和毛石。王发年雕刻的石头线条流畅，纹饰生动，深受群众喜欢。自然，采石离不开炸药。他制作的炸药质量也不错，用的材料基本是硝铵、麸皮和麦草渣，拌上煤油用温火微炒，炒至亮黄色，然后晾干。看起来简单，用起来火力强，喷发力大，给石料厂节约了不少成本。当然，制作炸药，需要在当地公安局审查和备案，不是一般人能干的事儿，而且还牵扯到现场作业的技术。王发年心比较细，石料厂用多少炸药，他做多少，家里从来不留。每次操作之前，心里都要默念一番，让自己静下来，做到万无一失。如此一来，王发年不仅是砂石厂的技术骨干，在村里也是个人品端正的手艺人，人缘也不错，村里红白喜事和春节一些文化活动都少不了他。

这不，今天就有两个博物馆的人来找他。王年年专程回来找他时，听到是博物馆的人，他心里想：是不是爷给二哥送的那个铜镜被博物馆知道了，人家来看看？但见博物馆的人说起了那个古塔，原来，由于洛阳那边的石像大量被盗，全国盗窃文物成风。县上结合省文物局的要求，对文物古迹展开了普查和保护工作。由于塔庙村的这个古塔是北宋年间的，自然被列入重点保护对象。但在普查中，发现在塔下有人挖过洞，虽然不太深，但表明盗墓分子曾经想通过那个地方进入塔下。博物馆的人找到塔庙村村委会，希望村上推荐一两个人，看管这个古塔。

村委会立即推荐了王发年，说王发年人品好，技术好，在村里影响好，家又在古塔的对面，把古塔交给这个人看管，最合适。

王发年二话没说，就答应了。

博物馆人承诺：每年给看塔人补助二三百元。

王发年呵呵一笑说：这不是捎带的一个事情嘛，还用给钱？每天出了门，眼睛一瞥就看见塔，已经习惯了。别说国家保护，我们都有个保护的意识哩。我爷为啥在塔下雕刻石像呢？他的意思就是保护塔。虽然在"文化大革命"时期那几个石像被推倒了，可后来我爹又立起来了。我们家三代人对那塔都有感情了，看护塔是应该的。

博物馆人和王老二把这个事对接好之后，就走了。王年年这才提到了老大要铜镜的事。王发年听后，有点为难，说包工程就不能用其他办法吗？非要送东西？王年年说就是敬神，也得拿一把香啊，串亲戚，还得拿一盒饼干啊。求人办事，该走的人情还得走啊。

王发年想了一下又说道：爷不是都给咱们分了100个银元吗？银元也可以送人啊。

这个我就不知道了，估计大哥嫌银元太普通吧，谁家里没几个银元呢？既然人家要这个铜镜，你就给了吧。我知道你对爷送的这个东西比较喜欢，但你放着也是放着，把这点东西拿去送个人情，包点工程，挣个几十万，你看哪个划算？大哥成了大老板，咱们也体面啊。见老二坐在椅子上，只顾抽烟，沉思不语，王年年又说道：二哥，我就给你们做个中间人，这个镜子你要多少钱，你说一声，我到时候让大哥把钱给你。

王发年不情愿地瞪了老三一眼：是爷留下的，没掏钱，我能算钱吗？既然要，就拿去吧，其他话就别说了。东西在你二嫂手里保管着，我回去了跟她要。

下午回到家里，吃了晚饭后，王老二把王老大的意思告诉媳妇蒋翠英。蒋翠英看起来不高兴，忙着给猪和食，没吭声。王老二怕媳妇没听明白，就说：对爷来说，手心手背都是肉，只要这个东西能让大哥包来工程，挣下钱，爷在那个世界看着也高兴。

门都没有！蒋翠英扔下这句话，提着猪食桶出了门，穿过院子，走到大门外的猪圈跟前，开了猪圈门，将食倒进了猪槽里，两头肥猪扇动着耳朵，吞吞吞地吃了起来。王老二又跟着走到了猪圈跟前，态度温和地说道：把钥匙给我吧。

你简直是个烧包！看起来你细数得很，关键时刻，耳根子就软了。人家有了宝贝，生怕被人拿去，你倒好，主动送人！心里正生气，见一头猪吃着，还用嘴拱另一头，企图霸占起来自己吃，蒋翠英就狠狠地朝那头猪身上踢了一脚，那猪吱的叫了一声，愣了愣，又掉过头，狼吞虎咽地吃了起来。

王老二为了要来铜镜，就故意说道：不是白送，大哥说了，铜镜值多少钱，将来给咱们多少！

亲兄弟之间，咋估价呢？估得高了，你哥说咱们坑了人家；估得低了，咱们不划算。何况，还是你爷送的东西，能给人家算钱吗？

可大哥已经张开口了，不给面子能过去吗？毕竟是亲兄弟嘛，该尽的心，还得尽。

王发年说了半天，蒋翠英还是坚持她的意见：宁愿给借钱，都不给铜镜。王发年忙解释：有些事情不是钱的事，如果拿钱能解决了，老大就不会开这个口！见媳妇还不表态，就生气地说道：你咋不讲理呢？这是爷送给我的东西，我想咋处理就咋处理。

虽然是你的东西，可我和你在一个锅里吃饭一个炕上睡觉啊，所以即使爷给你个金蛋蛋，都有我的一份呢。既然我是这个家里的一口人，就能做一份主，你不能一刀切了我这个权利！

王发年一听，噗的一声气笑了，就向蒋翠英求情：老婆，你还是听话吧，我们弟兄之间的事情，你就别管了，只要有你吃的有你穿的就行了，我这辈子再啥本事没有，就凭我敲打石头这个手艺，能养活住你，你就别为难我了。啊，听话！

蒋翠英见男人死缠烂打，大有要不去东西不罢休的劲头，就眉头一皱，从身上挖出钥匙，叭的摔在了王发年面前。王发年捡起，进去从柜子里取出了那个铜镜。

但王发年没有将铜镜直接给老三，而是给老大打了个电话，让他回来取镜子，顺便给他说个事。老大见老二愿意了，赶紧驾车回来了。兄弟俩见面后，王发年开门见山地问道：听老三说，你想拿那个铜镜送个人情，你打算给谁送？

这个你还是别知道为好。

按理说，这类东西不应该送人，既然你下了这个心，我估计送的不是一般人。

见老二执意要明白铜镜的用途，只好说道：今年扶贫上项目比较多，我想包点路基工程。

有点眉目没有？

正在跑，还没确定。

王发年说：既然你拿东西当敲门砖，找人哩，那你把咱们村上的这条路考虑一下吧。

塔庙村属于秦直古道过往之地，村上的这条环山公路虽然在改革开放初期整修过，前几年，省上为了保护秦直道遗存，拨了一点款，给这条路上铺了一层石子，原先坑坑洼洼的路总算好了一些。但这几年，随着进村车辆的增多，又变成了坑坑洼洼的样子。尤其遇到下雨飘雪，动不动就把车颠翻了。有一年，王发年种了两亩西瓜，收成不错，由于村里拉西瓜的车翻了一次，大车不敢进村，西瓜烂到地里，靠蹦蹦车一点一点的运输，差点整死了他。村里办起沙石厂后，遇到坑坑洼洼的地方，自发性地给路上垫一垫石子，相比泥泞的土路，好多了，但是石子路总没有柏油路好走，车辆跑在上面，叮叮啵啵的，学生骑车子跑得快了，也滑得跌跟头。

王有年听出了老二的意思，说：这个事村上应该争取啊。

村上也跑着哩，由于"村村通"项目争取的乡镇比较多，县上的财政比较吃紧，虽然村上已经报上去了，可没有人在后面做工作，一时半会落实不下来。既然你找领导哩，就把咱们村上的事给领导提一提吧，你把这个事跑成了，路让你修了，在村里还能落个人情。

王发年出的这个主意，一下使王有年有了思路，是啊，自己一直在其他乡镇的路线上谋算，怎么就没有为村里的路考虑呢？把村里的路修了，既给村里带来了方便，也在村里落个人情，这不是一举两得的事吗？想到这里，顿时对老二肃然起敬，多年来，他一直认为老二只是个会玩石头的"石头"，没想到，他脑子这么灵光，禁不住高兴地说道：好，你这个建议好，咋运作这个事情，我回去考虑一下，到时候把任辉也叫上，咱们共同策划策划这个事情。

兄弟俩聊了会儿，王有年就带着铜镜进城了。

几个月后，塔庙村铺路项目批下来了，在该项目招标中，王有年也如愿中标，拿下了这个12公里路的工程。王有年为了调动塔庙村人的积极性，将沙石这一块包给了任辉，让他发动群众，参加修路，争取在90天内完工。王有年和老二、村委会干部任辉等人筹划工程开工的事宜时，任辉高兴地对王有年说道：幸亏你，不然，这个项目还拖着呢。

有些事情，是需要机会的，机会到了，事就顺了。王有年说道。

任辉又对王老二叮咛道：这次修路，需要大量的护河石，你就好好给咱们整理一些材料，雕刻好，把造型搞好，铺在路边搭眼，对咱们厂子也是个宣传。

王老二说：放心，只要把咱们村上的路修好，修结实，村上让我干啥都行！

很快，任辉就在石料厂召集了群众大会，呼吁群众一定配合工程，搞好村镇路线建设，要求每家都上人力。上了工程的，不仅有义务工的指标，还有工钱。

没等多少日子，王有年的工程队就进村了，在石料厂附近驻扎了下来。石料厂坐落在一个 V 字型的山台上，又临公路边，南面、北面、西面都能到达，交通较为便利。开工这天，路上拉起了横幅，上面写着"欢迎各位领导莅临指导"几个大字，王老三王年年也耀武扬威地穿起了西装，手里拉着一串长长的鞭炮，铺在地上，在噼噼啪啪的鞭炮声中，塔庙村的修路工程正式开工了。

第十五章

不堪回首的往事

徐毛毛听了铜镜促成塔庙村乡村路建的过程后，咯咯一笑说道：怪不得你说你大哥就是靠你爷的这个宝贝翻身的，看来，那个铜镜确实起大作用了。

王年年说：就是啊。自从那年给我们村里修了路以后，我大哥在路政行业就立起来了。这些年，他大路小路修了不少，在我们村里，算是最有钱的人。

那你何必跟上李大师跑呢？你大哥吃剩下那点饭渣，都够你吃了。

咳，你是一行不知隔行的事。我大哥虽然挣了不少钱，西安、海南都买了房子，但外面也欠了他不少钱，有时候转不过向了，还跟我借呢。我开始还跟他干了几年，后来我感到有点泼烦，看起来挣了点钱，但拿不到手，到头来都是零打碎敲了。所以，我是啥舒服，干啥事，不像我大哥二哥，持住一个事，往死里干！尤其我大哥，他能应酬，多大的事，他能忍，能包容，我不行，我喜欢抓现钱，挣多挣少，把钱装在口袋里，我心里就安稳一点。不然，脑子老想那点钱。我大哥说我做不了老板。我说我是干不了工程，烟山土雾，婆婆妈妈的，过

140

来过去都得求人。哪像我师傅，都是人求他，出了门吃香的喝辣的，动动嘴皮子，钱就来了。我打算再跟他干上两三年，就自己摆个摊子算卦看风水。

看样子，你八字中有这一碗饭哩。

就是的，越跑越喜欢，干啥事感觉都收不住心。一个月有那么几天不出去，就感到心里发慌，不管赚不赚钱，跟上师傅走一圈，心里就踏实了。

徐毛毛又咯咯一笑说：你这么依恋你师傅，他对你咋样？

可以啊，干啥事都叫我呢，有啥话都给我说哩。

徐毛毛和王年年交流的目的，就是想了解一下李富贵。听了他大哥用铜镜撬起了一个项目的事儿，更引起了她对古董价值和用途的探索心理。因此就故意问道：那你师傅给人鉴定宝物哩，他肯定像你爷一样，手里有点古董？

王年年似乎对螃蟹感兴趣，手里只顾剥着螃蟹，不假思索地说道：肯定有啊，我都有。

徐毛毛嘻嘻一笑：哦，你也有？

我虽然把我爷给的那些银元倒腾了，可古玉古钱啥的，多多少少都收藏了一点呢。说着，将螃蟹放下，抽出餐巾纸擦了擦手，从腰里拿出了一个玉佩，递到徐毛毛面前问道：你看这是个啥？

徐毛毛接过来瞧了瞧，发现这块两寸左右的玉璧呈青绿色，半透明，上面有浅浮雕谷纹，圈缘有棱边，虽然是个圆形，但有个不规则的豁口，与豁口对应的上面，有个孔眼。王年年给孔眼里穿了条红绳子，上面还镶嵌了一颗淡绿色的珠子，就说：这是个玉环。

你看像啥？

徐毛毛又转着看了看：像兔子蜷着身子……

王年年说：不是兔子，是龙。你看龙角上翘，这一头比较宽，而龙尾连接龙头，这里比较窄，这是个龙形玉环，是战国的，是我们村上一个姓梁的老汉在河里捞沙石时捡到的，我拿五个银元换了过来，我都戴七八年了。

徐毛毛惊奇：战国的？战国离现在有多少年了？

少说也有两三千年了。

我的天，你能遇到两三千年的东西，真是太有福气了！不会是假的吧？

你去问我师傅就知道了。

那你师傅手里的凤冠你见过吧？

王年年一愣：凤冠？啥凤冠？

见王年年是这个反应，徐毛毛这才意识到自己失了口，李富贵曾叮咛不要给别人提凤冠的事，自己怎么就忘了呢？忙来了个及时刹闸，嘻嘻一笑说道：你师傅手里有啥东西，你应该知道啊。说不准你托你大哥，还给李大师卖过东西呢。

王年年说：这个没有啊。我师傅的东西，我一件都没给卖过。你刚才说我见过我师傅手里的凤冠，我没见过啊，是怎么回事？

徐毛毛见王年年对这个话题紧追不放，就轻描淡写地说道：我听说人你师傅手里有个凤冠，所以才问你。既然你不知道，就等于别人白说呢。

他手里都有些啥东西，我不知道，我只看到过一对清代梅瓶，那两个梅瓶不太大，但品相好得很。

哦？徐毛毛想到陈丽买去的那套宝贝中，就有梅瓶。见王年年主动说到了梅瓶，就问道：你啥时候见过？

好几年了。

如果那个梅瓶卖了，能卖多少钱？

就看咋卖哩，一对梅瓶，如果卖到大城市，少说也能五六十万。古董这东西，没价格。

一对？徐毛毛想起自己见过的那个梅瓶，只是一个，现在听王年年说是两个，那说明李富贵手里还有一个。于是就故意问道：既然你认为那一对梅瓶好得很，那你大哥那么有钱，他怎么不买呢？

我给我大哥提过，他让我问问师傅。我一问，师傅说是别人的，拿走了，我估计他不想卖。

徐毛毛心里想：那个梅瓶他明明卖给了陈丽，怎么是别人的呢？可见，李富贵没有给他的徒弟说实话。联想到王年年不知道他手里有凤冠这些东西，跟陈丽交易时也没带王年年，一个人单枪匹马地卖了宝贝，表明他对王年年还有点防范心理。如此看来，王年年对他的师傅并不是多么了解。通过交易凤冠，她看出李富贵做事比较神秘。现在听王年年都不太了解他，这个人确实够阴的。既然王年年不知道凤冠和梅瓶的底细，自己如果说出来，就等于拉了闲话。于是就话题一拐，问他有古玉和古币，是不是也懂古玩？

王年年这时提到了李富贵另外一个技能——古玩鉴定。虽然徐毛毛已经通过开古玩店的张文知道了他这个技能，但王年年这时提起，却使徐毛毛对这师徒二人有了更全面的了解。她听出，王年年之所以跟着李富贵混，不仅仅是因为李富贵懂风水八卦，也懂古玩鉴定。这两者对于王年年来说，都是本事的体现。因此，他跟了李富贵，才有了收藏古玉和古币的兴趣。

你要是身边有个懂古董的人，你也会收藏点东西呢。王年年说道。

徐毛毛微笑道：怪不得你不好好跟你大哥干工程，而是跟着李大师跑，看来，你们看风水搞古玩，比干工程有意思啊。

王年年说：是啊，我觉得人喜欢啥，学点啥。有啥兴趣，才能学到啥本事。包工程拦生意，既要投资成本，还靠三分运气。运气不好，投资一疙瘩，出去一马勺，这号事我见得多了。因此，尽管一些挣钱的活儿我也干哩，但无论挣多挣少，跟师傅学本事的这个事儿我不会轻易放弃。

你把这两样本事学通了，够你这辈子用了。现在给人介绍卖个东西，都有提成哩，别说你搞古董鉴定了。鉴定一个古董，肯定有钱。

王年年漫不经心地说道：那是肯定的，古董行业给人提成更高，譬如出手一个东西，卖家给，买家也给呢。

王年年无意中提到的这个话题，使徐毛毛一下子来了兴趣，即问道：卖家和买家都给？给多少？

王年年说：大城市一般提成是百分之十，咱们这小地方，百分之七八点也行。

徐毛毛哦了一声，心里想：如果按照行规说，陈丽买到了凤冠，应该给自己提成啊。但想到李富贵给了自己四万元佣金后，在交货时还主动抽出那条珍珠项链送给了自己，估计是考虑到陈丽不懂行规，他不想说破，才这样做的。想到李富贵这个仗义的做法，心里不禁萌生了一种敬意，就自言自语地说道：我发现你师傅这个人，人品好得很！你跟他，算是跟对了。

王年年见徐毛毛又突然提到了师傅，有点莫名其妙，就微微一笑，没接这个话题。

两人吃着，聊着，聊得很投机，不知不觉地过了两个多小时，徐毛毛准备埋单离开时，李富贵来电话了，说他明天想出去办个事，问徐毛毛有没有空？徐毛毛忙说：有有，店里有店员，我随时都能走开。李富贵说那你跟小王联系一下，顺便把小王和他妈捎带拉上，给送到家里。早点来，在我家吃饭。

徐毛毛很想说，王年年就在我跟前，给你买的提包他拿着，准备明天给你捎回来。但她没提，只是答应去接他。

放下手机后，徐毛毛说：你师傅叫我拉他办个事，顺便我送你一下，也好，我认认你家的路。王年年说：行，那你明天8点来接我，我还得去医院给我妈抓点药。

第二天早上9点多，徐毛毛就拉着王年年和他哑巴妈妈出城了。王年年的妈妈六十多岁，头发花白，但肤色比较白，衣服干净，人看上去很和善，见了面就冲徐毛毛微笑，上了车就给徐毛毛打手势，意思是麻烦她了。徐毛毛对这个老人印象很好，一直将她送到齐家川塔庙村的家门口，然后打了个招呼，掉头离开了，往李富贵家赶。

王年年家离李富贵家大约十几里路，徐毛毛按照导航刚走到李富贵家附近，就看见李富贵站在大门口等着她。徐毛毛下车后，将皮包递到李富贵手里，李富贵看了看包，又拿起商标牌子看了一下，说徐毛毛的心意太重了，他这个年龄，用不着背这么好的包。徐毛毛说正因为你年龄大了，就要用好一点的东西，何况你还是个大师，经常在人前走呢。一句话说得李富贵眉开眼笑。把徐毛毛带进院子，邵粉玲从东面的伙房里出来，两只大眼睛笑盈盈地向徐毛毛打招呼。初次见面，徐毛毛发现李富贵的老婆皮肤红，穿着土气，看上去有点老实。李富贵介绍说：这是小徐，是个皮鞋店老板，那次出去给人找祖坟，就是她请我的。

徐毛毛说：我朋友觉得李大师看得好，给他买了一个包，准备让小王捎回来，李大师说他今天要去办个事，让我来拉他。

邵粉玲微笑道：老李给我说了，我就做好饭，等你呢，快进来吃饭。

徐毛毛忙说她早上吃过了，邵粉玲说吃过也要吃点，我知道你们城里人爱吃农家饭，特意给你做的。

徐毛毛只好微笑着进了伙房。

伙房收拾得很干净，白瓷砖锅台干净整洁，装东西的盆盆罐罐擦得明净光亮。饭厅与灶房隔开，饭厅里放了酒柜等东西，也整齐。徐毛毛坐下后，邵粉玲就用盘子端来了花卷、干椒炝土豆丝、韭菜炒鸡蛋、凉拌粉条、萝卜丝拌青椒和油蒸辣椒面。那辣椒面拌上炒过的面粉，用红油一泼，放上盐、花椒等调料，然后放在锅上蒸，蒸出来像个不软不硬的面酱，吃馒头时，将辣椒酱夹在里面，口感极好，也开胃。先前粮食紧缺，没油炒菜，就给辣面子里倒上醋，做蘸蒸馍吃。所以，凤城市有个画家在他的作品上就题了这样的款："东山低，西山高，辣子水水蘸蒸馍。"现在有油水了，就加工成了面酱，很受人喜欢。尤其徐毛毛一吃，感觉比海鲜火锅好吃许多，加上馒头蒸得好，小米汤熬得油黏黏的，虽说饱着哩，一口气就吃了两个蒸馍，还想夹辣子再吃一个，觉得不好意思，就在李富贵的频频催劝下，不停地吃菜，直到结束，感到胃胀得不能弯腰了。

饭后准备离开时，邵粉玲提了一只筐，过来说给徐毛毛摘点菜捎回去，萝卜辣子啥都有呢，看你要啥，给你提一些。徐毛毛觉得心意难却，就跟上邵粉玲，穿过院子西南的铁栅栏门，进了菜园。

菜园在果林的地头上，面积足有三四分大。种有辣子、茄子、黄瓜、小白菜、香菜、韭菜、西红柿和萝卜等，片片行行，看上去整齐、茂盛。青辣椒有的已经泛红，羞羞答答地若隐若现；西红柿红的红，绿的绿，疙疙瘩瘩地挂在了为其支撑的架子上；萝卜已经冒出了青头白脖子，像要急着嫁人。邵粉玲钻在半人高的西红柿行间，拣又红又圆的给徐毛毛摘了起来。旁边的果树长势不错，果子被套上了灰色的纸袋，均匀而繁密。徐毛毛望了望果园，感叹道：苹果结得这么好，今年你家苹果丰收了。邵粉玲说：再有两个多月，苹果就能下地了，到时候来取苹果。徐毛毛说：谢谢你，我家也有园子，不过我看没有你家的园子大。

不一会儿，邵粉玲的筐就满了，提到院子里，这时李富贵拿来了一个纤维袋子，结结实实地装了一袋子新鲜蔬菜，然后提到大门外，放到车后备箱，坐上了车。徐毛毛跟邵粉玲道别后，就开车拉着李富贵离开了。

徐毛毛开车没走多远，李富贵就让她将车停在路边，说他发现徐毛毛是个有心人，聪明，很美实。既然你给我送了包，我也想表表心意，给你送个小礼物。车停下之后，李富贵拿出了一只白釉暗花碗，说是宋代时期耀州窑口烧的，耀州在陕西铜川，离咱们凤城市不远。虽然小了点，但是真品。

徐毛毛一听是宋代的东西，知道是个古董，就高兴地接了过去，发现这个碗确实很小，拿在手里很轻，看起来既陈旧，又精致。就说你给我送了珍珠项链，又送这个小碗，真不好意思。李富贵说别不好意思，以后我还得让你帮忙哩。徐毛毛说：有啥事，你只管说，我觉得你也是个美实人。

徐毛毛将礼物装进包里后，以为他进城，说你办了事，我带你去洗洗脚，看你不太精神，洗个脚，就能精神一点。李富贵说他不进城，是去老家转转。

徐毛毛有点纳闷：你……还有个老家？

李富贵说：我是倒插门，我老家是在鹞子乡白马村。你嫂子先前的男人出车祸死了，我上了门。

哦，怪不得你一说回老家，我心里还有点纳闷呢。你和嫂子处得好吧？

我们虽然是半路夫妻，但我心里没有两样。我们结婚时，她儿子上初三，女儿上初二，我一直把这两个娃娃供帮得上了大学。她男人原先跑车，挣了点钱，盖了一院子地方，但都是砖墙。我进了她的门后，把几个房子的外墙重新收拾了一下，你今天看到的这个样子就是我收拾了之后的，院墙包括果园的墙都是我扎起来的。

她两个娃娃对你咋样？

好着呢，两个娃娃也都争气，儿子在成都成华区政府工作，从政着呢，女儿在北京一个国企工作。别看你嫂子老实巴交的，其实人家是见过大世面、经历过大事的人，还会开车呢。

徐毛毛很惊奇：是吗？真看不出，只感觉她很实在，很贤惠，家里收拾得整齐。既然她会开车，你们应该买一辆车呀，你经常出门哩，也方便一点嘛。

李富贵叹息一声，说道：她曾经在车上受过伤，现在死活都不动车了，所以，买下也没人开，我又不会开车。

两人聊着，往鹞子乡走。城关乡李岭村与鹞子乡白马村相隔40多里路，出了他的村子不到十里路，就遇沟壑，沿盘山公路翻上去，又到了平原，继续朝东，又看到起伏重叠的大山迎面扑来。在一条十字路口，可见一座高高的乡村路标，那牌坊似的路标上写着"白马村"几个字。这个村位于鹞子乡东北方向。

在一条路的分岔处，李富贵让徐毛毛往南拐，说去个砖瓦厂。很快就到了目的地。该厂建在山边，除了一溜儿平房，都是成片成堆的砖头。土红色的成品砖摆得像一墩墩平房，灰色的砖坯摆得倒像一条条被地老鼠钻过去的土丘，远远瞧去，一眼望不到边。不时有四轮机或者蹦蹦车来来往往地拉砖送坯，人在庞大的群砖里面活动，看起来如虫子一般。

在李富贵打电话时，徐毛毛在附近转悠，她看见一个女人开着一辆手扶机子突突而来，车厢里拉着砖，她的脊背上背着一个几个月大的婴儿，那婴儿戴着帽子歪着头，看样子像睡着了。尽管女人的头被方巾包着，但从露出的脸上看，皮肤又粗又红，但她驾驶手扶机子的动作相当潇洒，快速开来，猛地斜插过去，就准确地停在了砖摞前。从车上往下卸砖的女人手拿砖卡，身子一歪，一扭，四块砖就准确地被夹起，在空中一个半圆形就放到了砖摞上，干得很带劲。附近三个小孩在玩耍，一个比一个高半掌，光着脚，浑身是土，脸几乎被一层污垢弥漫了，只有一双眼睛在扑闪。在玩耍之中，不知谁把谁的东西拿了，一个小孩来向卸砖的女人告状，女人喊了一声，徐毛毛这才听出，她是四川人。难怪他们有这么多孩子，四川到西北砖瓦厂打工，就是生上十个八个，也无人过问。

看到她们的生活这么艰苦，徐毛毛准备与这个女人搭话，却见李富贵叫她，徐毛毛走了过去，见李富贵带着一个三十出头的小伙走到车跟前。徐毛毛给开了车门，李富贵从包里拿出了被银行包扎得四方四正的一疙瘩钱，给小伙看了一下，然后装进一个装过皮鞋的布袋子里，说：这是我几年积攒的一点钱，是10万元，你拿上，听说你准备盖房子，就添上买材料吧。

这个小伙是李富贵的儿子，名叫李月平。从他懂事起，就发现父亲李富贵经常打母亲。有一次，父亲在扫院子之际，不知为啥事，扑去用扫把将母亲打了一顿。当时母亲正端了一盆猪食，准备去喂猪。父亲一棍子打在了腿上，母亲哇的一声哭了起来，猪食倒在了地上。李月平背着书包准备跟上姐姐去上学，见状，吓得靠着姐姐瑟瑟发抖。还有一次，他从学校回到家里，见母亲在炕上躺着，想给他说什么，却发不出声，用手指了指脖子。李月平到跟前一看，母亲的脖子上有几个青红色的手印。原来，是父亲掐的。据母亲讲，父亲跪在她的身上，用两手掐着她的脖子，掐得她都拉出了屎尿。如果不是邻居来借簸箕，那天就被父亲掐死了。还有一次，李月平上学迟到了，不敢进教室，在学校附近徘徊时，看见父亲骑着自行车捎着那个村里人都叫"四川猫"（邓圆圆）的女人从斜对面的小道上走来，说着什么，笑得树叶都在颤动。李月平怕父亲看见自己，忙躲在了树背后，看着父亲撅着屁股捎着那个女人远去。

再后来，为父亲和母亲离婚的事儿，法庭上来人调解，询问他和姐姐，你俩谁愿意跟你爸爸去？他和姐姐异口同声，都说不跟父亲去，就跟着母亲。母亲王秀珍当时痛哭流涕，说她这辈子就是拉枣杆讨饭吃，也要带着两个娃娃。

拿到离婚证的那天夜里，风很大，门框被吹得咣咣作响。母亲告诉他和姐姐：从今天起，咱们母子就权当李富贵死了，日子再难，咱们都往前过；求谁，都不求他！若碰见了，你们权当不认识！你们要记住，你爸一半是人，一半是鬼！魔鬼附身的人，谁接近，谁倒霉！

从此，李月平和姐姐从心里跟父亲断绝了关系。由于他俩离婚后，两人只是分了户，母亲没离开村子，还是同一个生产队人，加上爷爷奶奶在，平时难免不见面。刚分开的那几个月，父亲还时不时来学校看他，但对于他姐弟俩来说，只要看见父亲的影子，就像躲瘟神似的躲开了，即使躲不开，见了也不说话。

李月平13岁那年，听到父亲又跟村里的裁缝顾盈盈好了起来，班里的娃娃在他跟前议论，由于父亲跟那个四川女人相好，村里的闲言碎语本来就让李月平很自卑，现在又听到父亲的风流韵事，他感觉在同学跟前再也抬不起头了，一气之下离开了学校。开始给家里放羊，在大山里混了两三年，政府发出了"封山禁牧"的号召，不许羊进山了，他这个放羊娃失业了，他就进城在饭馆给人家端盘子。有一次和饭馆的同事打起了架，他在盛怒之中拿菜刀砍伤了对方，被判了三年徒刑。刑满释放后，他到了鹞子乡的一个砖厂，跟着一位砖瓦师傅学烧砖技术。

与父亲分开的头一两年，他偶尔还碰见父亲，他坐牢后，听说父亲到另外一个乡上当了上门老女婿，父子俩从此就没了来往。

现在，他长大了一点，面对父亲，他虽然不知说什么，但绝不会像以前那样扭头就走。见父亲拿出了这么多钱，他迟疑了一下，接了过去，没有说话，脸上也没有表情。李富贵问：你在砖厂当技工？他嗯了一声。李富贵说：要注意安全。李月平说：还有事吗？李富贵说：没有了。李月平说：那我走了。李富贵说：去忙吧。

李富贵朝儿子的背影看了看，然后慢腾腾地上了车。

徐毛毛目睹了这怪异的一幕，待离开砖厂后，才问道：那个小伙是你啥人？李富贵有气无力地说道：是我娃。徐毛毛惊奇：你娃，那他咋……李富贵即说：他11岁时我就跟他妈离婚了，他长这么大，我也没管过，因此娃见了我不亲，他上头还有个姐姐，他姐姐对我也是这个样子。

徐毛毛说：怪不得你娃对你很冷淡，我看你对人挺仗义的嘛，你咋不管娃呢？李富贵叹息一声：咳，一言难尽。

见徐毛毛有点好奇，他就把自己的人生经历娓娓道来，说他这大半辈子和四个女人生活过，两个有婚姻手续，两个没有。徐毛毛一听，咯咯一笑，说你还风流得很。李富贵说：唉，风流啥呢，四个老婆统共才生了三个娃娃，两个被他妈教唆得不理我，一个我还没见过。倒是老邵带来的这个儿子，对我还亲近些，但毕竟和我没有血缘关系，又在外地工作，平时也见不上。

徐毛毛开玩笑地问道：那你几个老婆中，你最喜欢哪个？李富贵说他最喜欢老三。徐毛毛问：老三姓啥？李富贵说：你先别急着问老三，我给你说老二吧。

李富贵告诉徐毛毛，他第二个老婆是个四川人，如果没有她，他不会和大老婆离婚的。说话间，到了立有路标的那个路口，李富贵说：已经回来了，我想到我的老家看看，不远，从北面这条路进去就到了。徐毛毛说：行啊，你说去哪里就去哪里。

进了村，李富贵并没有下车，而是在车上看了看老家的庄舍和村落，路过村上集市，李富贵看到了一棵大槐树。由那槐树，李富贵提起了往事，说他当年在城里住旅社时，认识了一个叫邓圆圆的四川女人。后来，他就和邓圆圆好上了。有一天，邓圆圆来村里看他时，他的前妻凭邓圆圆是个外地人，就纠结她的娘家人，把邓圆圆堵在集市，绑住吊在了这棵老槐树上——

当时，邓圆圆被五花大绑地吊在这棵槐树上，一干男女老少围在大树下，喊叫，大骂，飚唾沫，扔石子，骂邓圆圆是个四川猫，婊子，狐狸精。邓圆圆在众多村民的围观下又臊又气，当众放话：我就爱李富贵这个嫖客，生要跟了他，死要做他的鬼！

李富贵见众人如此侮辱邓圆圆，也当众发誓：我李富贵不离掉王秀珍，誓不为人！然后，在众目睽睽之下，他一镰刀砍断绳子，将邓圆圆抱在了怀里。王家人也当众喊道：想离婚，门都没有！就是拖，也要把这个四川猫拖死！

从此，李富贵和邓圆圆在他家门前山坡上的一间破窑洞里住了下来，那窑洞从外表上看，破烂不堪，附近杂草丛生，但里面比较干燥结实，李富贵就在里面支一个木板床，放了几个纸箱子，和邓圆圆在这里过起了夫妻生活。

几个月后，他叫来了镇子法庭上的人，看了看他居住的环境，表明他已经和邓圆圆在这里同居三个多月了，说新婚姻法规定，夫妻分居三个月，如果一方不同意，法庭可以单方面判决离婚。说他心意已决，非离婚不可！法官说你老婆不给孩子，不让庄子，意思让你净身出户。李富贵说：我啥都不要！

不久，李富贵与前妻离婚了，在拿到那个离婚证的当天，邓圆圆激动地哭了，说她这辈子不图钱，就图能跟在李富贵身边……

徐毛毛听到这里，想到他提到的老三，就急不可待地问道：你既然和四川女人这么好，怎么后来还有个老三呢？

李富贵一声叹息，说道：咳，都是命运的拨弄。我与邓圆圆正儿八经地生活了不到半年，鬼使神差地认识了一个裁缝。

徐毛毛惊奇：是吗？后来你和这个裁缝就好上了？

李富贵说：是啊，不知咋的，和这个裁缝一接触，我就像丢了魂似的。通过一对比我才发现，四川女人与这个裁缝完全是两路人，我心里因此打起了退堂鼓，爱上了这个裁缝。我俩偷偷摸摸地来往了一段时间后，我决定不要四川女人了，让她回家，但她不肯离开我……

说到这里，李富贵不吭声了，往事像烟一样，又轻飘飘地溜进了他的心里。

还是1994年的一天晚上，李富贵与邓圆圆谈心，建议邓圆圆回四川老家看看父母，说她出来几年了，应该回去尽尽孝。邓圆圆问他是不是想娶那个裁缝？李富贵说她胡说，人家有男人。邓圆圆说畜生才胡说！那个女人就是个大妖精，男人只要碰到她手里，不是傻就是疯了，你以为她是一朵鲜花？像你这号人，迟早会被人家踩到脚下的！李富贵嫌邓圆圆的嘴像刀子，遂和她吵了起来。吵架之中，发现邓圆圆不屈不挠，嘴头更厉害，就打了她一个巴掌。

几天后，李富贵见到顾盈盈时，发现顾盈盈的脸被人抓破了，原来是邓圆圆干的。邓圆圆挨了李富贵的打，就拿顾盈盈出气。乘顾盈盈骑车过路不注意，她从树林里蹿出，对她来了个突然袭击。李富贵听后，回到家里怒目质问，邓圆圆发现李富贵一心向着顾盈盈，豁出去了，两人又打起了架。邓圆圆认为自己为了跟随李富贵，遭遇村里人的辱骂和王家人的毒打，在名誉和精神上受过双重的苦难，因而对李富贵不依不饶，两人打得头破血流。

尽管邓圆圆对他与顾盈盈的来往横加干涉，但李富贵依旧偷偷摸摸地与顾盈盈幽会。在顾盈盈跟前，李富贵柔情万状。顾盈盈说她离不开李富贵了，李富贵也表示离不开顾盈盈。他如实告诉了顾盈盈自己的婚姻：与前妻结婚，是父母做主；与邓圆圆认识，是源于邓圆圆性格开朗豪放，勾引了他，加上她是个外地人，自己经不住诱惑，就与前妻离婚了。但他和邓圆圆至今还没领结婚证。意思是，如果顾盈盈真心要跟他过日子，他就让邓圆圆回四川。顾盈盈没吭声。

李富贵见顾盈盈对自己的要求抱有模棱两可的态度，决定和邓圆圆分手。因此就直截了当地告诉邓圆圆：通过这几个月在一起生活，发现两人在性格和生活习惯上有许多不合之处，如果维持下去，对谁都不好。说他俩做朋友可以，做不了夫妻。

邓圆圆总认为是顾盈盈插足的缘故，放话死也不离开李富贵！

李富贵告诉邓圆圆：不离开也行，但必须接受他与顾盈盈的关系！

邓圆圆也威胁李富贵：有她没我，有我没她！

不久，顾盈盈又告诉李富贵，说邓圆圆又来找她了，并说了让她听了比较吓人的细节——李富贵经常用一种下流的手段来虐待邓圆圆，曾将镰把塞进她的下身，让她配合，如果她不配合，就把她打得半死不活。打了，还不许她给人说。质问李富贵是不是真的用这种下作的手段对待邓圆圆？李富贵赌咒发誓，说邓圆圆故意黑他，劝顾盈盈别相信。

虽然哄住了顾盈盈，但是在当天夜里，李富贵却找借口打了邓圆圆，警告她以后再在顾盈盈面前胡说，就打死她……

徐毛毛很想知道李富贵与裁缝的故事，但见他捂住了胸口，问他怎么了？李富贵说他心痛。徐毛毛开玩笑地说道：是不是那个裁缝伤害了你，提起她，你就胸口痛？

李富贵叹息一声说道：也不知道是啥惹的祸，四川女人大老远跑到咱们凤城来打工，认识了我，从此不愿回家了。我明明身边有人，为啥又鬼使神差地与那个女裁缝好上了？现在想想，我自己也说不清楚，老年人常说，人生的路上，总会遇到一些迷糊地带，我可能就是陷入了迷糊地带……

徐毛毛很想知道这个裁缝是谁？是哪里人？却见李富贵脸色有点发灰，好像身体哪里不舒服，就打住没问。

李富贵沉默了一下，抬起头说道：小徐，老哥想再麻烦一下你，我最近身体不舒服，周三想去西安检查一下身体，顺便把你嫂子也带去检查检查，哥给你车把油加上，你就给哥跑个路。

徐毛毛忙说：不用，我拉你去就行，客气啥呢。

第十六章

夜里抱头痛哭

李富贵检查出自己患了肝癌后，先是卖了宝贝，打发了儿子，现在接下来，就是和老婆聊聊了。虽然两人之间没有孩子，但和第一个结发妻子王秀珍、第二个名义上的妻子邓圆圆、第三个心仪的情人顾盈盈比起来，邵粉玲是陪他时间最长的人，也是他从来没有动过一指头（打过架）的人。就凭这个情分，他想和她聊聊，谈谈心。因此，在天黑之后，他先上了炕，靠着墙坐着。在李富贵的眼里，邵粉玲每天都很忙，早上起来收拾卫生，扫院子，做饭，下地，喂牛，垫圈，菜地出，果园进，整天忙得不停。逢集还要在镇子上摆地摊等，直到太阳落山，她才能静下来。

现在见她坐在沙发上泡着脚，看着电视剧《打狗棍》，就说道：你把脚洗了，上来咱俩说说话。

邵粉玲本来被电视剧中的情节迷住了，听李富贵这么说，就擦了脚，倒了水，然后上了炕。

李富贵拉起邵粉玲的手抚摸着说道：恓惶的，活儿干的手都有点变形了，皮肤粗的。邵粉玲说：生来就是劳碌命，闲不住。李富贵说：咱俩结婚有十几年了吧？邵粉玲想了一下说道：十五个年头了。

李富贵说：这十五年，你给我端吃端喝，没做过一顿差饭。可以说，这十五年，我过得最舒心。邵粉玲说：听说你以前脾气大，爱打人，自从咱俩结婚后，你没打过我。李富贵微微一笑说道：还不是你脾气好，不惹我。

邵粉玲也微微笑了一下，没吭声。

李富贵放开了邵粉玲的手，身子往墙上一靠，自言自语地说道：我这辈子和四个女人做过夫妻，第一个是我把人家给离了；第二个是缠着要跟我；第三个是我最爱的，可是，她把我伤得最狠……

说到顾盈盈，李富贵两眼盯着天花板，不吭声了，邵粉玲看出，李富贵想起了往事——

1996年春季，尽管李富贵与顾盈盈的来往是偷偷摸摸的，但在邓圆圆的搅和下，村里逐渐有了关于他俩的流言。由于李富贵本身在村里影响不好，和顾盈盈这么一来，人们又似乎站在了邓圆圆这边，骂顾盈盈的人多了起来，这样不仅影响了顾盈盈的家庭，也影响了缝纫部的生意，加上邓圆圆动不动来缝纫部砸门闹事，顾盈盈在集市上待不下去了，只好把缝纫部搬到家里。

顾盈盈搬回家里后，李富贵见她不像在集市上见那么方便了，但这样并阻止不了他对顾盈盈的感情。因为他太爱顾盈盈了，每天早上眼睛一睁，脑海里就窜进了顾盈盈的影子，因此他有事没事都要到顾盈盈的村子溜一趟，借故见一见顾盈盈。顾盈盈和李富贵都在白马村，但是两个生产队，两家相隔四五里路。李富贵进了村，若见不上了，就在顾盈盈的庄子周围唱唱歌，吆喝吆喝。顾盈盈听到他的声音后，如果男人不在，她就出来和李富贵说几句话；如果在，就在里面装着。顾盈盈的男人贺聚聚对媳妇和李富贵的关系也是心知肚明的，但又惹不起媳妇，只好忍气吞声地戴着这个绿帽子。媳妇将裁缝部搬回家里，他认为李富贵会收敛一点，没想到他还是这么没皮没脸。因此放出狠话：如果李富贵再在他家门前绕达，他要卸了李富贵的腿！

尽管如此，李富贵该怎样还是怎样。有一次，他见不上顾盈盈，竟然爬上了顾盈盈邻居家的大杏树，骑在树杈上瞧着顾盈盈家的院子，唱起了当年的流行歌曲《花心》，他学着周华健的音调，唱的还像回事，惹得几个过路的婆娘都走不动了，停下来微笑地听着。

顾盈盈家的狗起初见了李富贵疯狂地叫，后来被李富贵扔了几次砖头，也不叫了。因为李富贵人高马大，狗见了他都躲，别说人了。贺聚聚本身是个中等个子，看起来没媳妇高，尽管放出了不少狠话，但要在李富贵跟前动真格的，还是有点胆怯。

后来，李富贵知道这样下去会惹得猪嫌狗不爱——甚至会引起众怒，他知道众怒会烧身，因此他给顾盈盈出了个主意，建议她进城，就凭做衣服这个手艺，在城里混绰绰有余。这样一来，就和男人分居了。他将自己与前妻离婚的过程告诉了顾盈盈，说夫妻只要分居三个月，法院就给硬判了。如果她和贺聚聚分居半年，那这个婚就更好离了。

对于贺聚聚，顾盈盈曾不止一次地告诉过李富贵，嫌贺聚聚的个性她不喜欢，嫌他有狐臭。更重要的是，他俩说不到一块，在一些鸡毛蒜皮的事上意见都不统一，他俩性格中犯克。当初相亲，她是走了眼，订婚是婆婆太强势，会来事，用钱感化了她的父母。所以，从洞房之夜，她就想跟贺聚聚离婚。由于娘家妈坚决不同意，她就这么应付着。现在，和李富贵的来往使她背了臭名，她也豁出去了，故意给男人戴绿帽子，故意让婆婆脸拉地，希望他们受不了时，主动提出离婚。可以说，顾盈盈早在不认识李富贵之前就有了离婚的打算。

现在，听了李富贵的这个建议，她觉得蛮好。于是，在一个月色朦胧的清晨，李富贵骑着摩托，提早躲在村口，等上了提着大包小包的顾盈盈，然后和顾盈盈一同逃到了城里，在提前租好的房子里正式同居了。顾盈盈给浙江人加工衣服，李富贵在城里的自行车市场当中介，谁卖车子谁买车子，他捏个手，说个中间价，从中挣点中介费。虽然生活比较清贫，但顾盈盈为了离掉婚、李富贵为了能得到顾盈盈，两人在这种信念的支撑下相处得还算不错。

两人同居不久，顾盈盈的男人贺聚聚带着几个人找来了，碰见李富贵和顾盈盈在家吃饭，贺聚聚抓起酒瓶就朝李富贵头上砸了下去，其他三个男人抄起棍子，见什么砸什么，将李富贵的家砸了个稀巴烂。

李富贵的头被砸烂了，鲜血直流，他忙用毛巾缠住了头，连连下话，说有话好好说，你们今天就是把我打死，不顶事，只要盈盈愿意回去跟你过日子，就叫回去吧。

他的话音刚落，但见顾盈盈从对面的伙房里抓出一把菜刀，对贺聚聚等人威胁道：想让我跟你回去，门都没有！要么咱们一起死，要么你们走人！

贺聚聚的人见他俩的婚姻无望了，就拿李富贵出气，几人将李富贵扭得跪在了地上，威逼他拿出娶顾盈盈花费的3000元，李富贵说他暂时没有那么多钱。

他们让李富贵写承诺书，什么时候把钱筹够，什么时候送来。拿到钱之后，再离婚。并且要求李富贵蘸上他头上的血来写，李富贵点头如捣蒜，答应了……

李富贵挨了打之后，不到十天，贺聚聚拿到了3000元，顾盈盈与他离了婚。

顾盈盈自由了，李富贵遂提出跟她结婚。顾盈盈却说：等挣下钱了再办结婚手续，现在就这么往前维持吧。李富贵怕顾盈盈变心，要求跟着顾盈盈学钉纽扣，学缝纫，不去自行车市场当中介了。顾盈盈却让他想干啥就干啥，别跟着自己。通过顾盈盈的言行举止，李富贵觉得顾盈盈变心了，就跟她吵了起来。一次，在吵架中，李富贵打了顾盈盈一巴掌，顾盈盈却抓破了李富贵的脸，李富贵想到他为顾盈盈"赶走"了邓圆圆，伤心地哭了……

想到这里，李富贵捂住了胸，显得很痛苦。邵粉玲说他现在是啥时候了，还提过去的事，劝他别提了。李富贵就说他当初娶邵粉玲时，是抱了个凑合的态度，没想到邵粉玲很贤惠，不过问他的事，不干涉他；他经常在外奔波，照顾不上家里，她也不计较；不论他带回去什么人，她都是以礼相待；洗衣做饭种地收拾家务，里一把外一把的，啥活儿都能拿得起。一晃这么多年了，没在他跟前享过福。虽然他嘴上从来没说过，但都看在了眼里，记在了心里。因此，他今夜想给邵粉玲补补心……说着，他拿起放在炕头上的一个装过茶杯的盒子，说道：我送给你个东西。邵粉玲一愣，问：啥东西？李富贵说：你来看看。说着，他打开盒子，里面是个紫红丝绒布袋，从布袋里，他拿出了一只成色发白的玉碗。

邵粉玲眼睛一亮，拿起玉碗，看着问道：你送给我这个？李富贵说：就是的。你看这个玉碗碗口有十二三厘米大，质地紧密，颜色润白，又很通透，是个典型的和田白玉，也叫羊脂玉。并且上面还带了点沁色，这是老化的现象，表明这个玉碗不是新玉做的，而是个老东西，很值钱呢。

邵粉玲说：既然值钱，你卖了吧，你不是想在城里买套房子嘛。李富贵叹息一声，说道：原来有这个打算，现在不想了，把东西送给你，你如果想卖，把它变卖了。之后，又从一个金店里装过饰品的小绸袋里取出了一个戒指状的金疙瘩，说道：这是金扳指，只有5厘米大，但上面刻了龙和凤，你看多精致。

邵粉玲又接过金扳指瞧了瞧，说道：是啊，刻的就是好，龙和凤活生生的，这扳指比金戒指宽啊。

李富贵说：戒指是戴在中指和小指上的东西，这个是戴在人食指上的东西。人的食指在手相学中代表着支配欲、权利欲和进取心。所以，古时候不论男女，都喜欢给食指上戴玉或金。通常是男人戴的是玉，女人是金。这个玉碗和金扳指都是女人用过的东西。

这东西你从哪里得来的？

李富贵没有直接回答邵粉玲的提问，只说道：到我手里时间长了。现在我把两个东西送给你，将来你若遇到困难了，就把这个卖了，起码能养老。

邵粉玲听到这里，有点诧异，说在你手里放的好端端的，咋可送给我？放在你跟前和放在我跟前不是一样的？

李富贵又叹息一声：唉，咋一样呢？给你说实话吧，我活不了几天了。

邵粉玲大惊，问你怎么了？李富贵说：我患了肝癌。

邵粉玲一听，顿时明白了，难怪他这几天遮遮掩掩的，她估计他有啥事隐瞒着自己，原来是这个事。她有点不相信自己的耳朵，两眼怔怔地看着李富贵。

李富贵朝电视机跟前的方桌上瞟了一眼，说：那是检查结果，你看看吧。

邵粉玲立即跳下炕，手在装着检查结果的那个塑料袋子里挖了起来，李富贵发现她的手抖得厉害，在掏出 CT 片的同时，一张纸掉在了地上，就说道：你就看掉在地上的那张纸，其他的不用看了。

邵粉玲捡起纸一看，上面有图片，有许多文字和符号，在眼花缭乱中，她看到了"肝部病变"几个字眼，那几个字像刀尖，刺得她眼睛痛。她声音颤抖地问道：医生没说是早期的还是晚期的？李富贵说：再做进一步检查才能确诊。反正，我的身体我知道，我预感不太好，估计人家的诊断八九不离十。

邵粉玲的眼泪顿时扑簌簌地流了下来，说你啥时候去检查的？怎么不告诉我呢？得了这么大的病，这几天还到处跑。李富贵叹息一声，说哭啥呢？人迟早都有这一场，只不过是谁走得早罢了。见邵粉玲在低头流着泪，又说道：我患病的事你暂时别告诉人了，包括王年年。

邵粉玲难过地只管擦眼泪，听他这么说，立即说道：小王这些年跟前跟后的，一直跟着你，平时啥都给说，你得了这么大的病，咋不给说呢？李富贵说：我跑江湖这么多年，手里多少有点东西，如果人知道我病了，有人会趁乱找上门来。因此，在后事没安排好之前，我不想让人知道我患了大病。

邵粉玲齉着鼻子说道：还没到大医院去复查呢，你就准备后事了……

就趁我现在身体还能动，该想到的、该安排的事尽量安排，一倒下去，就不方便了。你把这两个东西放好，小心被人偷去，这个玉碗值钱呢，一定要藏好。

邵粉玲将玉碗往旁边一推说道：人都这样了，我还留这东西干吗？赶紧卖了给你治病。

治病的钱有呢，你别管，给你的东西，你就留下来。说着，用手指了指：你收拾了吧。

邵粉玲只管哭，坐在那里不动，李富贵见老婆很悲伤，禁不住眼睛发酸，脸上的肌肉微微抖动，他声音沙哑地说道：别哭了，我都没哭，你哭啥呢。人的命，天注定，也算是我的命到了这个地步。明天，你把他奶奶接来看门，你跟我去西安再复查一下。

李富贵口中的他奶奶，指的是邵粉玲前夫董志霖的母亲。董志霖在世时，邵粉玲是媳妇。董志霖去世后，在婆婆的心目中，邵粉玲又成了女儿。所以，在儿子去世过了三年之后，老人就动员邵粉玲找个上门女婿，邵粉玲考虑到孩子小，对自己的婚姻无动于衷。

直到第八年，也就是内蒙古遭难后的第二年，邵粉玲经人介绍，认识了李富贵。第一次在集市上看到李富贵时，邵粉玲乍一看有点像董志霖，身材和脸型也有点像，要不是李富贵一只眼睛有点斜视，不知道的人还以为李富贵与董志霖真有点血缘关系。相面那天，婆婆跟着，老人一看到李富贵，手按了一下邵粉玲的腰说：这个就是你的对象，是你命中注定的人。邵粉玲倒有点不好意思，说：妈，你别胡说。老人说：你先和他接触吧，这个人的情况介绍人也给我说了，婚姻不顺，也没钱没啥家当，但越是婚姻不顺的人，越注重婚姻，就像人被蛇咬过，总怕被蛇咬。况且，他这个年龄了，该是收心的时候了。这个人对你来说刚好，你现在图的是人，不是家当，只要他肯上门，你和这个人的婚姻应该没啥麻达。

邵粉玲或许是因为李富贵长得像董志霖，或许因为婆婆的建议，当介绍人问她对这个人有啥意见时？邵粉玲表情平淡地说道：没有，我有两个娃娃，就看人家嫌弃不？

就这样，在婆婆和亲戚的撮合下，李富贵和邵粉玲走到了一起。这样一来，算是婆婆给媳妇招了个上门女婿。刚结婚那年，婆婆怕她的两个孙子影响媳妇的夫妻关系，经常将两个孙子叫到她家吃饭睡觉。每年黄花菜等农副产品卖了，就给孙子孙女填补着交了学费。后来见娃娃在城里上学，住校，渐渐大了，李富贵这个女婿对两个娃娃也不错，这才放下了心。

婆婆当初的看法不错，自从与邵粉玲结婚后，李富贵确实收心了，不论是村里人，还是邵粉玲，都没看出李富贵有啥不检点的行为。他对娃娃关照，对老人客气，对村里人谦逊有礼，大家都有目共睹。邵粉玲婆婆家在地头那边，两家相隔不远，多年来，只要逢年过节，李富贵都要把两个老人叫到他家吃饭。平时隔三岔五的，经常给老人买东西买药。他的孝道，让老人觉得他这个"上门女婿"跟亲儿子没有啥差别。

所以，平时他俩只要外出，就把邵粉玲的婆婆叫过来看管门户。现在他要外出看病，自然就想到了老人。

邵粉玲听到男人打算去西安复查，就语无伦次地说道：我的命咋这么苦呢，头一个男人撒下我走了，有了你，我尽量不让你生气，啥有营养给你做啥，生怕你身体不好了，结果还是从我的担心处来了……

李富贵的泪水也刷刷地流了出来，感叹道：是啊，现在娃娃都长大了，该工作的都工作了，该结婚的都结婚了，刚准备享几天清福时，可我的身体不行了。也许，这就是命吧，我知道我……他本想说，"我知道我的下场不好"，说到这里，他打住了，极度的难过，使他双肩颤抖，抖着抖着，噗的一下哭了出来，李富贵绷了几天的泪水，这次像瀑布一样倾泻了出来。

看到李富贵痛哭了起来，邵粉玲脑海里突然浮现了一个人在自己面前痛哭的情形，就是那个叫李卓的恶魔——

当年，在荒无人烟的二狼山，在那个魔鬼李卓施暴的山沟里，邵粉玲看看对面挂在山崖上的斜阳，知道太阳已经不高了。嶙峋怪异的山脉间浮起了一层薄薄的瘴雾，丛林上空不断掠过鸟儿的叫声。一只野兔惊慌失措地跑了过来，看见她，又慌忙一个转身跑了，仿佛被什么追赶，或者觉察到了什么不安全的现象。丛林里的气温越来越低了，恍惚间好像进了深秋，冷得她那裸露的胳膊上起了一层鸡皮疙瘩。T恤衫被树枝划破了，她索性从衣服上扯下了一条布带，将她咬断的手指缠住，然后将两个衣襟一挽，绑在了腰间的伤口上，就这么将就将就吧。至于冷，那是没办法了。唯有在这里，她才体会到温差的厉害。她记得自己当年好像看过《六月雪》的折子戏，此刻，感觉和初冬的气温没有什么区别了。

除了冷之外，丛林里呈现的各种信息也使她心里发毛。或是匝地而起的扑棱声，或是倏然而来的那股刁钻的风，或是鸟儿怪异的急叫声，或是兔子狂奔的身影，这些现象总使她的心不由得惊悸一下，使她的心处在高度的紧张和警戒之中。要是到了晚上，那她就更难承受了。她必须离开这里，走出丛林，回到那个车辆通行的沙石路上。

　　但想要离开丛林，下到沟底，必须得看见那个魔鬼所在的方向。不然，她逃脱了这个魔爪，会又被那个魔爪抓去。为此，她一直用眼睛在寻找那个魔鬼的身影。几个小时以来，她感到眼睛都盯酸了，始终没看到。他在哪儿？是不是走了？如果走了，怎么没看见他越过沟口对面的那片草洼？虽然从这个方向看不到沟渠里的车，但沟口那个草洼是可以看到的。她知道那个草洼是这个深沟唯一的出口。所以，她的眼睛一直盯着那个出口。他觉得唯有看到他，她心里才能踏实些。首先，她有了对付的方向感。

　　既然他无踪无影了，那就下山吧。必须走出丛林。如果碰到他，到时候再说吧。在这个魔鬼把刀子抵在她腰间的那会儿，她感到她的生命在进行着倒计时。现在，她感觉她的生命还可以延续，至少跟前没有了威胁她生命的器械，她有了自由。她认为自己只要有一点点自由，就有冲破困境的一线生机。母亲曾说：人只要留住命，就能留住了身。只要身子能动，啥事都能对付。

　　为了让自己能够安全下山，她从一棵白杨树折下了一个擀面杖一般的树枝，去掉小枝条，弄成了一条光溜溜的棍子。这个棍子就是她撬起生命的杠杆，她要用这个杠杆为自己谋得一条生路，所以她就握着它下山了。

　　她不知道当初爬上这座山时，用了多长时间。现在从这座山上往下走，却感觉自己爬得好高了。她在丛林中穿行，一路跌跌撞撞，磕磕碰碰，终于走出丛林，下到了山台上。

　　这时候，邵粉玲感她眼前一下亮堂了起来，好像从雾气沼沼的世界里回到了人间。她看到了那片胡杨林，夕阳给胡杨树梢涂上了红色，和山崖的黄，树叶的墨绿，形成了层次分明的色系，看上去很壮观。但她无心欣赏这里的壮观，为了活命，她必须前行，就沿着这胡杨林小心翼翼地往外走。她随时都有与那个魔鬼决斗的准备，将他剁成肉酱的想法也在自己的脑海里频频闪动。

　　终于，她看到了远处的车，它像个蜗牛似的在那里缩着。她知道，车尽管被摔坏了，至少是安全了，那个魔鬼对它是奈何不了。

　　就在她朝远处的车张望时，"嗵"的一下，一棵胡杨树上跳下了李卓。

　　邵粉玲一惊，顿时感到刀子要捅进她的胸脯了，她大叫一声，拔腿就跑。她想，如果他追上来，她就用手里的棍子打。打！打！！打！！！打掉他手里的刀子，打死他！

　　她想着，跑着，没命地跑着，像一只惊慌失措的鸡，被野物追赶着，她沿着倾斜的草坡，横着往沙石路方向狂奔时，听到了一个别样的声音：邵师！

邵粉玲愣了一下，继而没命地跑着。

邵粉玲！

那个魔鬼在叫，你叫我干吗？叫住，来杀了我？哼！她继续跑。

邵大姐——

这次，这个恶魔扯长了声音，那叫声像石子划在了瓷器上，有些破剌剌的味道。随着这声音，一个东西嗖地越过她的头，滚在了脚下，差点绊倒她。

邵粉玲一看，是自己的皮包。她愣了一下，倏然转过头一看，发现那个魔鬼并没有追来，还在那棵胡杨树下立着，那个地方距离自己有二百多米。见邵粉玲回过头来，遂跪了下来，高声说道：你去报案吧。

邵粉玲浑身一颤，她几乎不相信自己的耳朵。

听到你在山上大哭的声音，我以为什么野兽在撕咬你，你和野兽在搏斗，那一刻，我的心软了，好像做了一场梦，在你歇斯底里的哭声中，我梦醒了，是你的哭声叫醒了我……

邵粉玲听到这里，嘴角不自觉地动了下，心里想，你驴日的见鬼去吧，这个时候了还想给我要灯影，你以为我脑子里装的是屎吗？邵粉玲一把抓起包，转身就走。

粉玲！李卓再次叫了一声，声音有点发涩，好像有点恐惧。他喊道：你别怕了，那个刀子就在你的包里，还有我的手机。我就在这里等着你，你去报案吧！

邵粉玲再次回过身，一边眼睛盯着对面的李卓，一边拉开包，用手摸了一下，就摸到了那把刀子，那把刀子闪着寒光，躺在包里。邵粉玲迅速将包挂在脖子上，一手拿棍，一手拿刀，右脚朝前，左脚支后，以马步的姿势站在那里，看着对面远处的这个魔鬼。

真的，是你的哭声叫醒了我，你打电话报案吧！我说的是真心话！人的脑子一旦发狂了，就不计后果，不择手段，可一旦冷静下来，就知道怎么做了。真的，听到你在山林里哭，我后悔了，后悔得要死！我知丛林里有野物，多么希望野物别伤害了你，因为我已经把你伤得不成样子了……

李卓说到这里，似乎有点哽咽了，停顿了一下，继续说道：我打算如果看不到你下山来，我就上山找你。哪怕找到你的骨头……我都要带着你的骨头去自首……没想到，你活着下来了！你没有出事！你活下来了！粉玲，你知道我看到你的这一瞬间，心里是多么高兴吗？我现在什么都不需要了，只需要你活着，你总算活着……李卓说到这里，已经泣不成声，最终失声大哭了起来。那哭声，在林中穿行，在山崖里回荡。

邵粉玲听到这里，鼻子一酸，感觉一股泪水像江河要决堤，山洪要暴发，浩浩荡荡地要从她的心里、眼里和各个骨骼间奔腾而出，使她血液张狂，神经瑟瑟，她真想放开，让这股泪水像的流水一样夺眶而出，但是，她遏制了，有力地遏制了，她调动了身体的各条神经系统，有力地阻止了这股眼泪。

我是齐齐哈尔市人，叫王立军。曾当过兵。前几年，在新疆买了一口油井，后来没油了，我亏损了几十万。前年炒股，又亏了几十万。我背了债务，在家里待不住，跑到西安请求朋友帮忙，我这个朋友知道我破产了，把我当讨饭的一样打发了。我为了钱，啥法子都想过了，最后就想出了这个法子。我从西安就开始物色车和人，走了好几个地方，才流窜到你们这里。我打肿脸充胖子，住进了凤城宾馆，混在了开会的人群中。给人的错觉，以为我是参加会议的人。就在宾馆的大门旁，我看到了你的车。经过打听，知道你没男人，跑专线，我就打起了你的主意，故意靠近你，你果然相信了我。我打算把你诱到内蒙古这个地方，弄了你的钱，杀了你，把你埋在这个沟里，然后开走你的车。我知道这个地方人烟稀少，山大沟深，没人会找到这里的……

邵粉玲听着，以马步状的姿势站在那里，目不转睛地看着他。

过了碛口，我就想下手。我将车停在那个沙滩上，心里正琢磨时，来了个骑摩托的，又看到你对我这么信任，似乎还对我有了感情，我心软了，所以就将你揽在了怀里……他说到这里，他泣不成声，深深地垂下了头。

听到这里，邵粉玲感觉自己再也抵挡不住那股眼泪了，豆大的泪水疯了似的夺眶而出。是啊，如果不是感情，怎能被骗到这个地方呢？如果不是感情，自己怎么能伤到这个程度？

其实，在那一刻，我发现我也喜欢上了你……我不知道我该站在感情这一面，还是站在钱财这一面。可是我没钱啊。男人没钱了，人缘、关系、威信、事业，啥都没有了。我不想让自己落魄下去，我需要钱东山再起，改变我贫困交加的局面……为这个，我整整想了一夜，我一夜都没眨眼。最后，还是想到了钱……

真是人算不如天算，我遇到的你是那样顽强，那样勇敢……我低估了你，你太勇敢了，你是我见到的最勇敢的女人！在你爬过沙洼、钻进丛林的那一刻，我知道我失败了。你太强大了，不知是什么给了你这强大的勇气和力量，使我这个男人在你这个女人面前，心理瓦解，意志崩溃……我服你了！我认命！我愿意接受你任何形式的惩罚！至于我给你带来的伤害，今生还不上，就等下辈子偿还吧。

此刻的邵粉玲，听了他这番话，一句话说不出，只感觉泪水越流越多，像瀑布似的大把大把地倾泻了起来，好像要淹没她，眼前的群山也随之战栗了，模糊了，那个跪在胡杨树下的男人，也跟着模糊了起来……

太阳马上要落山了，将最后一道红光照在了山峰上，仿佛在提示邵粉玲：赶紧报案，赶紧！对于犯了法的人，不能感情用事，否则，就是助纣为虐。人不受法律的惩罚，就不长记性！

那个黄昏，邵粉玲雕塑般地立在那里，头发纷乱，衣服破烂，脸上布满了血痂和血痕，手上和胳膊上都是横七竖八的伤痕和血渍。白色裤子上除了沙土和绿草的痕迹之外，大部分是被鲜血浸染过的图案。她像个血淋淋的雕塑，静静地听着来自自己内心的提示，同时又倾听着李卓的哭声，两种不同的声音在耳边回响，像轰炸机似的撞击着她的心……

现在，看到李富贵又在自己面前大把大把地流泪，痛哭，两种声音的重叠，使邵粉玲又体会到了钻心的痛，她母亲般地抱住了李富贵，多么希望他是个健康的人，当年的李卓，因为道德上有了重疾，让她痛心；现在的李富贵，身体上有了重疾，又让她痛心……夫妻俩就这么悲悲戚戚地哭了大半夜。

第十七章

徐毛毛寻找商机

　　按理说，徐毛毛在凤冠交易中，挣了4万元，得到了一条珍珠项链，应该很满足了。如果徐毛毛不再涉猎其事，专心卖她的皮鞋，王年年、陈丽等人的命运不会发生重大变化。可是凤冠等宝贝，让她了解了古玩的魅力；4万元的中介费，让她尝到了甜头。尤其越是对古玩经济价值和社会价值的了解，她心里越放不下了，总是在无意之中，脑海里就出现了李富贵的凤冠、王年年的玉龙，包括王年年提到的银元和铜镜等，好像这些东西在她心里长了脚，走来走去，走出走进的，使她在不知不觉中有了一种心瘾，一种放不下的情怀。因此，每当静下来的时候，她心里就有了一些杂七杂八的想法：王年年不是说按照行规，卖家和买家应该给中介人支付佣金吗？陈丽没给自己佣金，这个事能不能向她提？陈丽买到的这套宝贝，不知有没有人看？王年年说光那个梅瓶，在大城市都值几十万哩，那如果把那个梅瓶和凤冠再倒卖出去，要赚多少钱？

　　徐毛毛想得脑子发热，激情滚滚，她觉得要想在这些宝贝上继续赚钱，就必须得盯着这套宝贝！为此，晚上躺在床上之后，徐毛毛给陈丽打去了电话，问她这两天在干吗？开玩笑地说买了好东西，高兴得连她这个朋友都忘记了，连电话都不打。

一句话好像说到了陈丽的心上，她咯咯一笑，说那几天因为跑这个东西，心神不定，没好好上班，最近加了几天班，因为有一批学员要考试，她得负责，所以就没跟徐毛毛联系。

徐毛毛又开玩笑地说道：听说你们这些教练，全靠在考试这个阶段捞外快呢，你心放轻松一点，别捞得太多。捞下了给妹子点佣金，你买了这么好的宝贝，按行规，应该给我提成呢，一来你不懂行规，二来咱们是好朋友，你手头也紧张，所以我没向你提。

陈丽又咯咯一笑，说：好妹子哩，捞外快，无非有些人考驾照考不过去，当教练的给做点手脚。可我认为，既然当教练，起码要有点责任心，要为学员的安全着想，要为所有人的安全着想。如果教练为了捞点外快，在考试中忽悠过去，让学员们学个半吊子就驾车上路，万一出个车祸怎么办？所以，我的原则是，要拿上驾照，你必须考试通过，通不过，三次五次的考。至于别人捞不捞外快，我不知道，我也不想那样做。如果我有外快，我也不至于这么魍魉。

瓜子，你就是不捞一分钱的外快，别人照样认为你捞了，你就把你自己当成雷锋，谁信呢？

做人为啥要让别人信呢？端住自己的良心就行了。

不捞白不捞！我要是当个教练，我既把工作干好了，还把钱挣了，哪像你，真正魍魉的，天天给人教得学车，自己上下班还没车，坐公共汽车哩。你打听一下，当教练的，像你这么魍魉的人有几个？

电话那边的陈丽停顿了一下，说话的声音顿时低了一点：我能像你这么精灵，也做生意去了，我天生是吃苦力干技术的，做不了生意。

两人聊了一会，徐毛毛问道：那套东西有人看吗？陈丽说：没有，这个东西不能见人就介绍，要遇到喜欢古玩并有实力的人才能张口。所以，我暂时还没有物色下人呢。徐毛毛故意试探道：东西在顾总那里放着，估计她找人看了？

没有，如果有人看，她会告诉我呢。陈丽大致听出了徐毛毛的意思，就安慰似的说道：我之前已经给你说了，你也帮我卖吧，如果卖了，我给你多一点提成，让你心满意足。

徐毛毛心里恨不得把这个事儿包揽过来，但又故意说道：也不好找啊，你自己也试试吧。

陈丽就顺口说了实情：我在网上也看着呢，平时不看不知道，一看才发现现在搞收藏的人好多呢，连一些国内知名企业家都在搞收藏。

陈丽自从拿到了凤冠这套宝贝，一直感觉像做了一场梦，所以心里也着实高兴了几天。但这些东西毕竟是借钱买的，再好也不能久放，得尽快找个好买家，卖个好价钱，让她赚点利润，还点紧债，为此将自己拍的图片传到电脑上，怕男人黄睿发现，加密放在了她存放照片的文件夹里，闲了就趴在电脑上看。较之她男人，陈丽喜欢上网。以前聊QQ，后来玩"种菜"，再后来就是在网上玩游戏，购物，偶尔还在网上追个肥皂剧。现在有了这些东西，自然看的就是与古玩有关的消息。开始找到了一家古玩网站，接着顺藤摸瓜，找了好几家。为了阅览方便，她在几个网站上都注册了会员，下班回来看，睡到半夜起来看。若男人进来了，她赶紧关掉窗口，男人一出去，她就又点开。有一次，她正在古玩网上看一篇关于凤冠的介绍文章，男人进来取衣服，她没注意到，反应过来时，他已经走到自己跟前了，她慌忙缩小了文章的窗口，黄睿瞪了她一眼，问她是不是又在搞网恋？

陈丽有过一次网恋，过后，把这个经历给徐毛毛说过：我在网上认识了一个人，我俩聊得很投机，后来我发现我俩聊出了感情，有时候半夜爬起来都跟他聊呢。徐毛毛当时一听，咯咯一笑，说是吗？后来你俩肯定见面了吧？陈丽说：见了，那天我老汉让我给他做搅团吃，我说要去见个网友。我怕人家嫌弃我，就仔细打扮起了自己。老汉见我换了一件又一件衣服，气的没吭声。奶奶的，没想到见到这个网友时，你猜他是啥人？徐毛毛问：是个干啥的？陈丽说：他穿了一双雨鞋，衣服上到处都是泥点子，原来他是个建筑民工。我一看，转身就走了。回到家，我老汉问我不是与网友约会嘛，怎么这么快就回来了？难道你的网友没看上你？徐毛毛听此，哈哈大笑了起来。陈丽说：从那以后，我再也不在网上聊天了。我老汉发现我不再上网了，又挖苦我，问我是不是被网友甩了？我就实话实说，我交了个网友是个民工，穿着雨鞋跟我见面。我老汉说那你可以聊个穿西装的呀，过后骂我是个瓜子，太单纯了，若被人卖了，我还跟上讨价还价呢。

黄睿知道媳妇有过一次网恋，现在又见她鬼鬼祟祟的，以为又在网恋，就骂了一句，说她不长记性。骂毕，就出去了。陈丽一心想在网上找个买家，所以也不在乎黄睿对自己有啥想法，该上网时，她照样上。

徐毛毛一听她在网上找买家，立即提醒道：网上是个啥世界？多数人云里来雾里去的，即使交个朋友，都交不到真心的，别说找买家了。人家李富贵给咱们看实物，都是先看一样东西，觉得咱们实心想买，才看其他。你应该向李大师学习，谨慎一点，在网上看可以，尽量别发图片，小心上当受骗。

陈丽说：这个我知道。

徐毛毛一面躺在床上看着电视，一面和陈丽在电话里聊着，手拿遥控器胡乱调台中，调出了一个鉴宝节目。在评委中，主持人介绍了一个叫郑文斌的人，说他是大唐西市"风雅轩"的老板，擅长瓷器收藏。

看到这个坐在专家席位上的人，徐毛毛突然脑子灵光一闪：李富贵不是让自己拉他去西安检查身体吗？他不是给我送了一只小碗吗？他既然说是宋朝的，那我拉他去医院时，顺便把这个碗带去让这个专家鉴定一下如何？顺便还能认识一下这个人，给陈丽的那些宝贝铺个路子呀？

想到这里，徐毛毛决定趁西安之行，认识一下郑文斌。只要他的店在大唐西市，她不会找不到。所以，她立即对陈丽说她有事了，就挂了电话，冲着电视节目上的郑文斌，聚精会神地看了起来。

没过三天，李富贵就打来电话，让徐毛毛明天拉他去西安。尽量走早一点，下去得排队挂号。徐毛毛在早上五点就出门了，开车去李岭村接上了李富贵两口子，一路聊着往西安走。

到了西安，已是早晨9点多了，徐毛毛问李富贵打算在哪个医院查病？李富贵本来想去西安肿瘤医院，但怕徐毛毛有所发觉，就说去西京医院。说先到那里找个宾馆住下，再去挂号。徐毛毛就拉到附近的一家宾馆跟前，登记了两个房间，住下之后，李富贵和邵粉玲准备去医院，徐毛毛要赔着去，李富贵不让，说你开车跑了这么远的路，在房间里好好休息，无聊的话出去转转，我们看完就回来了。

徐毛毛来之前，就打算找一找郑文斌，因此来时也带了那个耀州碗和珍珠项链，打算把两件东西都让古玩店老板看一看。正好利用这个机会，去找郑文斌。

很快，徐毛毛就在西安大唐古玩城找到了"风雅轩"古玩店，巧得很，郑文斌就在店里，徐毛毛进门一眼就认出了他，遂主动与其搭话，说她在电视上看到过，所以今天是慕名而来。

搞古玩的人一般都比较矜持，对初次进店的人，既不热情，也不冷淡，一些资深藏家，甚至都不多说话。但你是不是行家，买不买东西，人家会根据你进店后的神情，就能看出个大致。但见徐毛毛直接说明来意，就比较客气，示意她坐下，然后主动给徐毛毛沏茶，问她是哪里人？徐毛毛说是凤城市的，凤城你知道吗？郑文斌点点头说知道，你们那里一个县，具体叫啥县我忘记了，在九十年代中期，几个人挖了一个古墓，盗出一个骆驼鼎，那个鼎被银川人买去，卖到了广州，最后那个事翻了，把盗墓的人抓了，连中间买卖鼎的人都被抓了。

徐毛毛本来没听过这个事儿，但见郑文斌说起了家乡的事，为了找到共同的话题，就故意打肿脸充胖子说道：就是，我也听说过这个事。反正收藏是收藏，不能盗墓，盗墓就是违法的。说着，就坐在茶台前，一边喝茶，一边用眼睛欣赏起来，发现郑文斌这个店装得精致，古典氛围很浓，墙壁上装了固定的博古架，置放东西的框架或方或圆，或高或低，很有艺术感。里面的东西多以瓷器为主，也有铜器，但基本是佛像。博古架上的东西看起来稀稀拉拉的不多，但在灯光的聚焦下，显得很有档次。一般古玩店里有玻璃柜，但这里除了一个中型仿古办公桌，就是茶台，没有商业气息，更像个展览馆，看起来相当高档。徐毛毛想：难怪他上电视哩，这个人肯定不是一般的古玩人。而且这个人气质上给人感觉文质彬彬的，像个知识分子。

郑文斌和徐毛毛简单地聊了几句，判断她主动来找自己，肯定是带了东西，就问她需要我看什么？拿出来看看？

徐毛毛微微一笑说：你还看出我是来找你鉴定的。说着，就拿出那个耀州小碗，递到了郑文斌面前。

郑文斌看着那只碗，慢腾腾地拿起，正面看了看，又在底子上看了一下，放到了徐毛毛的面前。

徐毛毛已经领略了顾盈盈看凤冠时的神态，感觉郑文斌与顾盈盈像一个师傅教的，看东西时很冷静，看后也不急于表态。有了前车之鉴，因此在这方面她也变得聪明起来，郑文斌看后，她没问真假，就直接表明：我知道您是个大藏家，古玩专家，所以特意带这个宋朝小碗来拜见您，一是想认识一下您，以后在古玩方面多向您请教；二是想拿这个东西做个敲门砖，看能不能在大唐西市卖了。

郑文斌一听，平淡的表情顿时有了笑意：你也搞收藏？

徐毛毛说：就是的。

有店吗？

徐毛毛脑子立刻闪现了她同学张文的古玩店，就虚虚实实地说道：有，不过是我家里人经营。我有个皮鞋店，平时主要经营鞋店。

郑文斌哦了一声，眼睛又盯着那个小碗，问你想卖多少钱？

徐毛毛见郑文斌不说碗的真假，直接问价，说明这个碗是个真品，说明李富贵没有说假话。她心里瞬间发热，但她也装得跟个懂家似的，说你看能值多少钱？郑文斌说：3毛。

徐毛毛一愣，瞬间心里生气了，但还是堆起笑容说道：张总，好歹是宋朝的东西嘛，虽然小了一点，那不至于值这个价格啊。若值三毛钱，那我带回去给猫做喝水碗算了。

那你要多少钱？

您说吧，好好说个价格，能卖我就卖了。

郑文斌说：那……给你加一倍，六毛。

徐毛毛一听，噗嗤一下笑了，她这是被气笑了，心里想，现在买东西，哪有几毛钱的价格呢？一个碳素笔，都值一块钱呢。突然一想，不会吧？难道这个宋朝的碗，连一支碳素笔的价格都不如？听说古玩行道有行话，他说的莫不是行话吧？这么一想，徐毛毛脑子来了个急转弯，说她打个电话，就起身出了门。

徐毛毛躲在门外，给王年年打通了电话，问古玩买卖中的一毛钱指的是啥意思？王年年说：一毛就是一千。徐毛毛问：那六毛就是六千？王年年说：就是的。如果上了万的话，就是一块。譬如一万，就是一块。

徐毛毛这才明白了。心里想，李富贵卖他那套宝贝时，咋在报价上没说行话？差点让她在郑文斌跟前露了馅儿。掌握了这个特点后，加上自己的东西确真无疑，徐毛毛觉得自己一下成个古玩人了，有了底气和自信，所以进门之后，干脆利落地表示：这个东西最少卖一块钱！低于这个数，不卖了。因为这个东西是别人送的，若能卖1万元，就很满足了，所以就报出了这个价格。

郑文斌拿过碗说道：那就留下吧，价格虽然高了一点，但我要的是款型。之后，郑文斌给了徐毛毛1万元现金。

徐毛毛把钱装进包里后，故意问道：你看这个东西是哪个窑口的？

郑文斌说：从花型和款型看，应该是耀州窑的。

徐毛毛莞尔一笑，从包里掏出那个珍珠项链：您看这个项链是不是清朝的？

郑文斌接过去看了看说：有包浆，是个老东西。至于是那个朝代的，我不玩这个，说不上来。

徐毛毛装作像个行家，对郑文斌伸了个指头，说道：您真是个高人！

你也不错啊，女流之辈，能玩到这个程度，算是古玩行业的女中豪杰啊。

徐毛毛见郑文斌这么高抬自己，不觉心里一阵窃笑，感觉自己把古玩行家的角色给扮演成功了，因此就趁热打铁，打开手机，将凤冠和梅瓶的系列照片给郑文斌看。

郑文斌接过手机，扶着眼镜仔细看了看图片，又抬头看了一眼徐毛毛，好像有点难以置信，说道：你收藏的东西种类比较多啊，这个凤冠是从哪里来的？

徐毛毛说：是我的一个亲戚的，听说她祖上出过诰命夫人，那个梅瓶也是他的。

还想出手吗？

有这个意思，我的亲戚现在急用钱。

不论啥东西，得要上手看。说着，将手机递给徐毛毛，又拿起自己的手机，问徐毛毛的电话号码。

通过这个举动，徐毛毛发现郑文斌看上这些东西了，就赶紧给留了电话。郑文斌问她在哪里住？说已经认识了就是朋友，如果方便，请徐毛毛吃个便饭。徐毛毛故意说她的那个亲戚在西京医院查病，她得回去看看。郑文斌说那你下次来了，把东西带来我看看。徐毛毛说没问题，既然冒昧来拜访你，就是认准了你嘛。

郑文斌觉得徐毛毛是个很聪明的人，很会说话，感到心里很高兴，送别时，顺便塞给了徐毛毛一块茯茶，说是陕西特产，让她带回去。

徐毛毛开车返回宾馆的途中，看到街道两旁高楼林立，车流像滚珠似的来回穿梭，头顶的太阳火辣辣地照射这个现代化的城市，古老而又雄伟的钟楼带着金碧辉煌的色彩扑面而来，好像欢快地告诉她：西安这个地方你来对了，来的恰到时候！这里就有你的人脉，有你的财！你是一个聪明的女人！你会来事！

是啊，她不仅如愿见到了郑文斌，还没费吹灰之力，卖了那个小碗，得了1万元，如果她不给李富贵送皮包，李富贵会给她送碗吗？如果她不来找郑文斌，能与郑文斌认识吗？况且，她与郑文斌的合作刚拉开序幕，重头戏还在后面呢。所以，她心里非常高兴，感觉自己这几步走得相当有水平，特顺溜！冥冥之中觉得李富贵就是他的财神爷。想到后面的事儿，她就提示自己，必须把这个财神爷敬好，好让后面的事情更加顺溜，所以一回到宾馆，她就给李富贵打电话，问他现在挂上号没有，说去接他。

李富贵虽然给徐毛毛说去西京医院查病，其实徐毛毛一离开，他就去了西安肿瘤医院。大夫看了片子，问了一些症状，又做了检查，结果和当地医院的诊断一致，是晚期肝癌，建议他立即住院。李富贵微微苦笑，认为晚期肝癌是治不好的，想回去保守治疗。邵粉玲不行，坚决要其住院。李富贵说那你就去宾馆把咱们的行李取一下，别给小徐说我的病情了。

　　在邵粉玲返回宾馆的途中，李富贵接到了徐毛毛的电话，就故意说号已经挂上了，邵粉玲的一个亲戚来接走了他们，晚上住亲戚家，明天去医院。意思是让徐毛毛先回去，他检查完之后，还想在西安转几天。

　　徐毛毛问：那你回来时我接你？

　　接不接，到时候我给你电话。

　　徐毛毛只好开着空车往回走。

第十八章

老陶指鹿为马

　　徐毛毛一回到凤城市，就给陈丽打了电话，让她下班后到店里来一下，说有个喜事要告诉她。很快，陈丽就热气腾腾地来了，进门问啥喜事？徐毛毛告诉她：西安有个大藏家要看凤冠这些东西，让她安排个时间，把东西带去西安让那个藏家看看。为了让陈丽相信，她打开手机，将她拍到的郑文斌的店面门头图片给陈丽看，并详细地介绍了这个人。

　　尽管陈丽承诺让徐毛毛帮自己联系买家，她也答应徐毛毛不在网上乱发图片，但陈丽想，自己联系到买家了，不用掏中介费。对于她来说，能赚一点是一点，能节省一点是一点。因为她亲眼看到李富贵把4万元佣金给了徐毛毛，别说还有一条项链，而且徐毛毛还因为自己没给她佣金嘴上念叨。所以，她现在多了个心眼，采取了两条路——明修栈道，暗度陈仓，因此她该发的发，该联系的联系，照做不误。

　　就这么在网上胡乱溜达，陈丽在某古玩网上认识了兰州藏家老陶。老陶看了陈丽发的图片后，表示他正好准备到凤城市出差，顺便来看看。而且顾盈盈也曾叮咛过她：尽量别把东西带出去，谁要看货，让他上门来看，这样安全一些。现在，陈丽听徐毛毛要把她的东西带去西安，就如实相告，说兰州有个人最近要来看东西，最好让西安人能到咱们这里来看货。

徐毛毛心里想：让兰州人来看看也好，这个东西好与坏，能值多少，只有买家才能给出比较准确的信息。宛若她卖皮鞋，两个人同时看上一双鞋，那这个鞋不仅好卖，还能卖上价格。竞争中出价值，这是从商者共同的体会。想到这里，徐毛毛立即说道：行，这样也行，你先让兰州人看。

没有几天，老陶来了。

在陈丽的安排下，老陶住在了盛盈宾馆。然后，陈丽带着凤冠等宝贝进了老陶的房间。她先拿出了凤冠，老陶只瞟了一眼就说道：唉，假的，假的光光的！

陈丽愣了一下，指着凤冠说道：咋是假的呢？你看这架子是银的吧？珍珠是真的吧？

老陶说：银子对着呢，珍珠也对着呢，但上面这五花八门的点缀物不对？现在这人造宝石太多了，不信你到义乌的小商品市场上去看看，钻石、宝石、琥珀、玛瑙等东西，啥种宝石制不出来？别光盯着银架子和这些长长短短的珍珠了，这玩意儿便宜的很。

陈丽忙从旅行包里拿出那个梅瓶，问道：你看这个瓷器咋样？

老陶抓起梅瓶的脖颈，转得看了一圈儿，又抬起底子瞧了一眼，然后放到了陈丽的面前，微笑道：我咋给你说呢？

陈丽顿时感到心怦怦地跳了起来，急不可待地问道：难道也是假的？

老陶点点头：是假的。你这个梅瓶下面落的是乾隆款，真正的乾隆官窑梅瓶在全国民间都没有几个，真品基本都在博物馆里，民间少得很。你这东西，光我手里就有几件，不瞒你说，我那几件，都是高仿品，不信你以后到兰州了，来上手看看。

陈丽一听，两眼直直地看着老陶，愣了半天才问道：高仿品……能值多少钱？

卖的好，可以卖上一两万，卖的不好，就值个七八千元。

陈丽倏然感到一只棍子打来，打得她的头颅嗡嗡作响，这两年因为三角债务问题，陈丽生了不少气，心里受过不少刺激，为此落下了头皮痛的顽疾。现在，听到这两件大东西都是假的，她心里一紧张，感到头皮像被人手抓似的阵阵发紧，生疼生疼的。

怎么是假的呢？她难以置信，口里念叨着就把东西往包里装。老陶即拿起手机说道：我把你的这个梅瓶拍下来，回去跟我那个对比一下，然后把我那个梅瓶拍了给你发来，你也对比一下。

陈丽见他这么说，就放了下来，让老陶拍照片。老陶从口到底，从不同角度拍了一遍，然后让陈丽装到了包里。

陈丽本来还想拿出玉镯等东西，犹豫了一下，又拉住了包。老陶估计她还带了其他东西，就说道：小陈，搞收藏就这样，谁都收到假货哩，俗话说，瞎子卖，瞎子买，还有一个瞎子在等待。很正常，你别介意啊。你还有啥东西？拿出来让我看看？

陈丽梦想用凤冠和梅瓶发点财，没想到是假的，遭遇这个打击，她尽管表面装得比较镇定，但内心已经狂澜起伏，因而导致她的手微微有点抖动。她心慌意乱地将四件玉器都放在了桌子上，让老陶看。心里想，如果他还说这几件是假的，那这个人不是半灯油，就是心术不对。只要他落到心术不对的这个份上，那说明他对凤冠和梅瓶的评价是错误的。所以，她两眼冷峻地盯着老陶的脸，看他对这几件小东西是怎么个看法。

没想到老陶只瞟了一眼就说道：这几个不用看，一眼货。

陈丽因为不懂古玩，更不懂行话，不明白"一眼货"是啥意思，但见他拿起那个玉带钩说道：这个玉带钩上面有点沁色，也有一层油乎乎的包浆，表明这是个老东西，至少是清朝的。

陈丽这才明白了，这些东西他看真。听他这么解释玉带钩，这才确信这个人不是个半灯油，是个懂家。绝望感再次攫住她。她微微一笑，问这几件东西能值多少钱？

老陶说：两个镯子一个带了一点翠，一个镶了几块金，虽然不是太好，但能卖个一两万。而头钗和这个玉带钩，就没有镯子的价格高了。总体来说，这几个东西总共能值个三四万元。

陈丽一听，感到心里彻底凉了，她不仅绝望，也很后悔，觉得自己不应该把这个人叫来，他把自己仅存的一线希望一下给掐灭了。她无法形容自己此刻的心情，她只有装作不在乎，一声不吭地将这些东西往包里装。

老陶似乎对陈丽的心理感受视而不见，只管说道：玉首饰这些东西，如果你想卖的话，可以卖给我。价格上你可以参照一下你们当地珠宝店里的价格，我定的这个价只高不低。

陈丽直杠杠地说道：不卖，如果值这个价，那我就扔进蒲河算了。

老陶微微一笑：看来，你是个直人。搞收藏，首先心态要端正啊，再有经验的藏家，都有打眼的时候啊。

陈丽的心里本来已经够难受的了，老陶这么一说，她更感觉像是被老陶推了一把，使她一下掉下了深渊，一股冷汗簌簌从身上冒出，像蒸气一样在全身迅速扩散，致使她的脚心瞬间都有了湿漉漉的感觉。尽管她竭力装着微笑，但感觉两腮的肌肉在不听话地颤动。在老陶的注视下，她三下五除二装好东西，在出门之际，老陶笑呵呵地说道：不坐会儿吗？到你地盘上了，你不请我吃饭，我请你呀。

陈丽转身说：对不起，我这会儿口苦得像吃了黄连，哪有心思和人吃饭呢？我的东西不好，你自个儿到我们凤城的古玩市场去转转吧。

说罢，她就提着箱子出了门，钻进电梯后，突然有种想哭的感觉，她站在那里，心里翻江倒海，脑子一片茫然，好像不知道她要去几楼，不知道她接下来该怎么办？统共两个大件，如果都假了，若顾盈盈知道了，会是啥结果？人家再大度，再有钱，她不会拿40万开玩笑啊！若她翻了脸，要这40万借款的话，我咋还得起呀？

陈丽靠在电梯壁上，感到泪水汹涌，两腿发软，就在她脑子激烈思考之际，电梯开了，进来了几个人，原来，自己本来是下三楼的，却压的是上去的按钮。陈丽又陪着这几个人分别上了六楼和八楼。就在这个时候，她脑子突然来个急转弯：老陶的鉴定就绝对正确吗？翡翠手镯那些老东西，就真值那么点钱？如果顾盈盈不识货，她会借钱给自己？她的凤凰书院里那么多的古董，难道都是垃圾？不能相信老陶的一面之词！不能把老陶的看法告诉顾盈盈！自己要沉住气！他看不上，就继续找人！像凤冠这种代表着身份和权贵的东西，绝对不会没人要！如果自己有钱，这个凤冠给多少钱她都会不卖的！

想到这里，陈丽深深地吐了一口气，然后压了三楼的按钮，下到三楼，出了电梯，从容地进了顾盈盈的办公室。

顾盈盈坐在台式电脑前，很安定地上着网。见陈丽提着东西回来了，问道：看得咋样？

陈丽故意轻描淡写地说道：他只想买走这几块玉，而且价格还给的比较低，一看他都没实力。

顾盈盈头也不抬地说道：那就别考虑了。

陈丽说：我也是这个意思。

其实，老陶是个瓷器收藏家，收藏的瓷器来来去去的有几千件。但真品少，基本是复制品。说白了，他是个专门复制高端瓷器的藏家。他知道近二十年来，在七八千万收藏大军的冲击下，真品瓷器越来越少了，而且价格很高，尤其是清三代珍品，没有几百上千万元是买不来的。即使有，也是有价无市，很难出手。因此，为了赚钱，他在全国范围内请了几个制瓷高手，组成了一个研发小组，专门生产高仿品。若全国各地只要那里出现真品官窑清三代瓷器，他就组织他的团队照其样子在景德镇去定做。为了达到以假乱真的艺术效果，连气泡和老化痕迹等一些高难度的微观特征都能仿制的栩栩如生，技术相当成熟。文玩行业把这些人称"国宝帮"。在"国宝帮"的支撑下，他研发的高仿品尽管进不了像嘉德、保利这些高端拍卖公司里的门槛，但总有人当真品去买的，譬如那些对古瓷一知半解的官场领导，或一些附庸风雅的大老板，由于价格没有拍卖公司那么高，东西又不错，所以，他的高仿品在全国的古玩圈子还是有一定市场的，尤其在官场等精英阶层，有较为广泛的人脉和流通渠道，为此也给他积累多了大量的财富，光省城某高档写字楼，他一甩手就买下了整层。而对于一些名不见经传的民间藏家的瓷器，不管真假，他只要瞟一眼，就定为"赝品"。因为对于他这样的复制族来说，假的不买，真的更是不买。

不买为什么来看呢？因为只要他上眼的东西，他需要具体的数据和微观特征来进行复制。譬如陈丽的这个梅瓶，他在网上看，就觉得不错。发给他的团队成员，也认为是真品无疑。所以，为了套取这个真品的资料，他就以买家的身份来到了凤城市，亲自上手这套宝贝，以便来个顺手牵羊。因对凤冠不感兴趣，自然说假。而对几个玉首饰，他知道他给的这个价人家不卖，所以只是提提而已。这样，既体现出他这个藏家的鉴定水平，也达到了目的。

而对于陈丽来说，因为她对古玩两眼一抹黑，不知道老陶葫芦里卖的啥药。见他对几件东西的真假说得有理有据，自然就信了。这样一来，她在心理上已经倒了半截。尽管她自我安慰，强打精神在顾盈盈跟前应付了过去，但老陶的说法总像蛆一样卡在她的心里，动辄让她的心隐隐难受。

从盛盈宾馆出来后，她像丢了魂似的走到了徐毛毛的皮鞋店，进门就一屁股坐在了椅子上。

你咋了？

陈丽看有客人试鞋，没吭声。

徐毛毛见陈丽脸色灰白，神情极度沮丧，问是不是那个……债主把你欺负了？她怕客人听见，低声问道。

陈丽摇摇头。

徐毛毛急了：你说嘛，急死我了。

你别急，我头已经破了，流点血也无妨。

徐毛毛坐不住了，给店员小刘叮咛了一下，拉起陈丽就往外走，两人到了隔壁的停车场里，上了车，陈丽知道徐毛毛把她叫到这里，是便于说话，就主动说道：兰州人来了。

看得咋样？

他想买走那几个玉。

多少钱？

四件总共 3 万元。

徐毛毛骂道：去他大的头！接着问道：凤冠和梅瓶呢？

陈丽说：他说这两个东西是假的。

徐毛毛又骂道：去他妈的脚！一听就是个二毬货！

可人家毕竟是专业搞收藏的啊，有实体店，在网上还开了店。而且像那个梅瓶，说他也有，但是高仿品。

就是开个博物馆，又能怎么样？二毬就是二毬！你想想，现在市场上一只好翡翠卖多少钱？别说这几个玉器是老的了。还不是想捡个漏，故意在你跟前卖关子。怪不得你蔫分分的，原来是人家一泡尿，把你浇蔫了。

如果你听了他讲的一些理由，你的想法会跟我一样。至于他对几个玉给的价格，哪个买东西的人不想捡个便宜呢？现在一想，我在这个事上太急了，四五十万的东西，谈了一个礼拜就成交了，现在回想起来，简直是脑子发潮了。

你别见风就是雨，冷静一点好不好？你把人家顾总看一下，看人家多沉稳？再说了，你当初买东西时，是顾总吱的声呀，如果她没有点把握，会借给你钱吗？

陈丽明知徐毛毛说得很有道理，但还是故意说道：她还不是跟咱俩一样，看着那些东西好，头脑发热了，但不一定就懂啊。

就说那东西是假的，又不是你的钱买的，你怕什么呢？

看你说的，人家是为了帮助我，才给借我的钱。咱不能生不着火，连锅都扔了呀。好歹在这个事之前，人家还给我们借过钱，我扔什么都不能扔掉这个人情啊。即使这个事烂了，烂得我爬不起来，我都不能把这个烂事推给人家。我陈丽心里再糊涂，在做人上，心里亮堂着哩。

徐毛毛顿时有点不高兴地说道：我这样劝你，也是为了你好。既然你的思想这么高尚，那就等于我在你跟前放了个屁。你是怎么想的，就怎么做吧。

陈丽忙说：好了，顾总的事不提了，就说眼前的事。我意思的，你先给李大师透透风，策略地问一下李大师，那些东西到底咋样？兰州人说凤冠是现代工艺品，梅瓶是高仿品，虽然我也不全信他的话，但是又不能不信。当初李大师不是说过吗？那几件东西中，只要一件是假的，他全部退给咱们。既然有人看假，那应该让李大师知道一下了，算是提前给他打个招呼。你不是说西安人还来看吗？万一西安人和兰州人是一个看法了，咱们不就有个退路了？

徐毛毛听陈丽这么一说，沉思了一下说道：李大师这几天在西安，等他回来了咱俩去当面提一提。

第十九章

背　猪

　　尽管徐毛毛对老陶的看法不以为然，但还是心有余悸，因为对于古董，她毕竟两眼一抹黑。万一东西假了，陈丽好歹是她的好朋友，人家身后还有个当派出所所长的男人，若照顾朋友，东西就得退回去。若东西退回了，她拿的那4万元佣金也得退回去。到了那种地步，谁心里都会起疙瘩。因此，这个事情真的还得重视，况且，她还打算让郑文斌来看看，万一东西有问题，不是闪乎了人家吗？所以，在郑文斌来之前，必须搞清楚。

　　另外，通过李富贵给自己送的那只宋朝小碗被郑文斌1万元买去这个事儿，更激发了徐毛毛的欲望，尽管从王年年的口中已经对李富贵有了大致的了解，但她总觉得兴犹未尽，总觉得李富贵的神秘感还没有真正地揭开。是啊，和凤冠一同走了是一只梅瓶，怎么王年年说是一对呢？李富贵把一个价值上万元的东西都送人，那他手里是不是还有更值钱的东西？

　　对于徐毛毛而言，古董这个东西不沾手则罢，现在一沾手了，没想到利润这么好，赚钱这么容易，介绍凤冠得到的4万和小碗变现的1万，没费吹灰之力得到的这5万元收入胜过她卖一年的皮鞋，这样的好事，谁不上瘾呢？因此，自从有了这个收入，她心里就不知不觉地有了一点心瘾——了解古玩的瘾，当中介的瘾。所以，她现在不仅要搞清凤冠的真与假，而且要更深层次地了解李富贵。人只有知己知彼，做起事来才有方向感，才能胜券在握，达到目的。而王年年是唯一与李富贵走得最近的人，只有和他多交流，才能挖掘出李富贵更多的信息。

为此，她又和王年年联系，说那一次跟你聊，感觉聊美了，还想继续跟你聊聊，如果你有空，进城来吧，我给咱们找个茶楼，喝喝茶。

王年年已经通过自己在徐毛毛的红袖鞋店里换鞋，通过跟上李富贵给徐毛毛皮鞋店禳治风水，通过协助李富贵给陈丽家寻找祖坟，看出徐毛毛是个为人比较热心大气的人，心里本来有些好感，总之，通过几次交往，对徐毛毛的印象挺好，很希望与她交个朋友。因此，徐毛毛一叫，他就来了，直接到了徐毛毛的店里。

徐毛毛发现王年年开车来了，有点诧异，说你会开车啊？王年年说：不会开车，咋给师傅当助理呢？徐毛毛说：那我几次见你，咋没开车？王年年说他酒后开车在镇子街道上碾死了一只狗，被人告了，把他驾照吊销了，大半年都没法开车，昨天才把驾照拿到手。徐毛毛说：那你早认识我的话，用不了大半年啊，那个陈姐陈丽就是驾校教练啊。

王年年嘿嘿一笑说：现在驾照吊销了，还得另考呢。我当时拿驾照时，是我大哥通过关系拿的，这次考试，没考过去，说起来我有十多年的驾龄了，竟然考了个两次，真把人丢了。徐毛毛说：看来，从旁门左道学来的技术还是不规范。

王年年在店里坐了会儿，就跟着徐毛毛来到了茶楼，这个茶楼装得很有古典味儿，上了楼梯，就可听见悠扬的钢琴声。随着空中流淌的乐声，进入二楼接待厅，是摆满了各类茶叶的吧台，吧台前，有一串儿椭圆形的大理石石台组成的小道，台下是一道清澈见底的流水，几条金鱼在水中游动。穿过由石台小道，到了茶屋区。出口有个搭着帷帐的弹琴间，一位身着长裙的美女坐在杏黄色的灯光下，优雅地挥动着双手，在聚精会神地弹着钢琴。那优美的旋律如行云流水，在整个茶屋区回荡，人们路过这里，不由得驻足欣赏，总之，这里的环境非常优雅。

服务生彬彬有礼地将他俩带进一个叫"北地风"的茶屋，王年年一坐下来，就说道：你们城里人真会享受。

我也是乡里人啊。

待茶艺师沏上茶之后，坐在王年年对面的徐毛毛笑嘻嘻地说道：你这个人，第一次给我感觉老实巴交的，以为你家庭条件很差，跟上李大师混日子，是个恓惶人，结果你的情况比我想象得好啊。你有个当老板的大哥，你二哥还是个匠人，虽然你的父母是聋哑人，可你们弟兄仁个个都有本事啊，真是吃出来，没看出来。

我一般人生了，不太说话，走到哪里，都是师傅唱主角。

徐毛毛见王年年主动提到李富贵，就故意问道：说起你和师傅的关系，我还有点好奇，李大师的家在城关乡，他原先的老家在鹞子乡，而你是齐家川的，你们两家隔得这么远，是怎么认识的？为啥成了师徒关系？

王年年微微一笑说道：和他认识，真有一点故事，说来话长了。

徐毛毛立即有了兴趣，笑嘻嘻地说道：说吧，我最爱听故事了。

王年年的二嫂蒋翠英的堂妹蒋花花嫁给了塔庙村一个叫金虎虎的青年，媒人就是蒋翠英。金虎虎是养猪专业户，用太阳温室养猪，一年少说也有二三十头猪出槽。有人开玩笑说一到金家附近，手机就没信号了，是因为猪放的屁和太阳能沼气混在一起，影响了电信信号。养猪需要饲料。金家为了节约成本，顺便在家里开起了豆腐坊，做起了豆腐。豆水、豆渣喂猪，豆腐卖钱。所以，金家不仅是远近闻名的养猪专业户，也是豆腐户，村里人把金家人习惯称为"金豆腐"，或者"金猪"。

由于金虎虎媳妇与王年年的二嫂是堂姊妹关系，而且这个金虎虎跟王年年年龄差不多，亲戚加邻居，两家自然就走得比较近些。前些年，只要有空，王年年就和金虎虎在一起，不是喝酒，就是打牌或看录像，尤其到了过年期间，你来我往，两人的关系比王老二夫妻与金虎虎还密切。

王老大王有年在给塔庙村修公路的那一年，王年年替他大哥在工地上站场，负责监工，沙石车来了，给记记账，进度慢了，给催催工，民工之间闹起矛盾了，给调解调解。说起来这个工作也比较清闲。金虎虎每天送了豆腐回来，路过就要和王年年聊一阵子，或蹲在路边，喝喝啤酒。

有一天，金虎虎挑着一担筐到工地上转悠，叫王年年陪他去挖碱土，说家里做豆腐的碱土用完了，需要挖一些，王年年就陪他到山旮旯里找碱土了。

碱土一般集中在山崖下面的墙壁上，有些废弃的破窑洞壁上也有碱土。两人在山旮旯里转悠时，王年年发现一处靠山的废弃庄子里面有几孔卸了门窗的破窑洞，他看了看这几孔窑洞的状态，觉得还有点安全性，就自个进去，发现窑壁上有一处土质发黄，喊金虎虎进来在这里挖一挖。金虎虎站在窑口，有点胆怯，王年年说：亏得你还经常挖碱土哩，真是个屁胆子，快进来，没事！金虎虎就提着镢头进来了，挖了一点土，用嘴一尝，立即说道：嗯，这里土好，你尝尝，看这土涩不？王年年说这个还用我尝，你做了多少豆腐，估计吃的碱土比我吃的豆腐都多。金虎虎说你尝尝，也取个经验嘛。王年年一尝，觉得挺涩的，金虎虎说这就是碱土，碱土好了豆腐出锅快，还嫩一些。没想到你瞎雀碰谷穗，碰到了这么好的碱土！你先在这里挖吧，我再找找。说着，将小铁铲和筐给了王年年，他提着另一只筐，拿着铁锹，在王年年身后的墙根处且铲且寻找了起来，一边铲还一边告诉王年年：挖上一些了，再尝尝，如果不涩，就停下来。

王年年在铲土之中，感觉小铁铲被什么东西碰了一下，接着，出现了两个麻钱。王年年捡起，用手指拈掉土一看，是个"至道元宝"。他心里一怔，立即想起了爷送给二哥的那个铜镜，听说那是太爷挖庄子时挖出来的，证明是古墓里的东西。这个破窑洞里出现麻钱，证明是这家人曾经藏到这里的。王年年心里不禁一阵惊喜：这里面有麻钱，难道没有其他东西？遂偷偷瞟了一眼金虎虎，发现他刚转过脸来，和自己打了个照面，但很快又转过了头，撅着屁股继续刨着碱土。王年年发现金虎虎好像没有注意到自己挖到了什么，就赶紧刨土埋住了麻钱，佯装在旁边铲，铲了几下，用嘴一尝，说碱土不太好了，就磨蹭到了金虎虎跟前，准备在金虎虎挖开的地方取土。

就在这时，他听见了老大的叫声，"年年——年年——"地叫个不停，由于修路的地方就在这个窑洞的对面，虽然距离比较远，但隔沟喊人，还是很清楚的。王年年被一声接一声的喊声叫急了，遂出了窑洞，高声回应，问啥事？王有年说：你死到哪里去了？拉砂石的车坏到路上了，你赶快过去看一下。

那车是王年年的，以前给村里的砂石场厂拉沙子，现在给老大的工地上拉，为此他专门叫了个司机，平时是司机带车干活。

听到车坏了，王年年有点晦气，给金虎虎唠叨说老大平时都在城里，今天自己刚出来，他偏偏就回来了。金虎虎说那你赶快回去，王年年忙给金虎虎的筐里铲土，要求一起回去，说车坏了，让金虎虎帮帮忙。两人就三下五除二铲了两筐碱土，用挑担抬着，出了这个窑洞，上了沟。

王年年心里惦记着那里的麻钱，在回家的路上，为了掩饰心情，就装模作样地唱起了山歌。王年年一唱，金虎虎摇头晃脑地跟着唱了起来：

山里的蛐蛐呀，

那个日瓜瓜的叫，

心里的想法啊，

那个乱糟糟的多。

蛐蛐啊，你叫啊叫，叫啥子吆？

沟后头的猪都被你叫醒了……

王年年刚回到工地，王有年就阴着脸质问他到哪里去了？说路上等着用沙子，到处找不到他。王年年很想把那个藏麻钱的地方告诉老大，但见老大的脸色不好，加上沙石车坏了，怎么也得处理眼前的事儿，就压了下来，打算把眼下的事儿办理完之后，晚上去挖。虽然他觉得金虎虎没发现，但也不排除他发现。为了拖住金虎虎，他陪金虎虎把碱土送回家，然后用摩托车捎着他来到工地，见过大哥之后，又捎到事故现场。为了修车，只能卸掉沙子，然后找车拖到镇子上的修理厂。从下午4点多开始，直到把车修好，已经是晚上9点多了。

王年年把金虎虎送回家，本来想下沟去挖麻钱，再一想，黑漆漆的，路不好走，即使金虎虎发现了，也不至于在夜里去动那个地方。他打算明天鸡一叫，再去挖，赶天亮回来。

可第二天清晨，王年年扛着镢头拿着手电，到了那个挖碱土的地方时，发现这里被人挖了，像狗刨了似的，挖出了个大洞子。王年年一下子像泄了气的皮球，心里骂道：狗日的金虎虎，其实已经发现了，还装得跟葱似的，比我动手还快！

王年年想去金虎虎家，直接问他，但再一想，不知挖出了啥东西没有？如果没有东西，不是白惹人吗？想到这里，王年年的心冷静了下来。他灰溜溜地返了回来，这时天已经亮了，王年年先到工地上视察了一下地，然后又回到家里，睡了个回笼觉。估摸学校快放学了，王年年就磨蹭到村里小学附近，因金虎虎的小女儿在这里上小学，平时王年年去金虎虎家了，女孩喜欢跟他这个表叔玩，因而很熟悉。王年年到了校门口不一会儿，学校放学了，学生排着队走了出来。虽然是农村学校，也不乏有接学生的家长。王年年骑着摩托搭着腿，站在路边，一看见金虎虎的女儿，即喊了一声"晓晓"，晓晓就飞快地跑了过来。王年年说他刚到商店买了东西回来，顺便把她捎上，晓晓高兴地爬上了摩托。

王年年骑到没人处，故意放慢了速度，跟晓晓有一搭没一搭地聊了几句，然后就问：你爸爸昨晚是不是挖到麻钱了？

晓晓说：就是的，半夜我迷迷糊糊地听人说话，睁开眼睛一看，我爸爸提了多半袋子麻钱，说是从烂窑里挖的，我妈妈拿来秤一秤，是26公斤。我想拿抓几个，我妈没给，说给我们做毽子。我估计我妈今天就给我已经把毽子做好了。

金晓晓兴高采烈地说着，王年年却听得心里不是滋味，他把晓晓捎到他家附近，让她回去，说表叔要到工地去了。晓晓跑着离开，突然返回来说道：表叔，我爸爸让我别给人说，你可别给人说啊。王年年忙微笑道：表叔知道了。

从金虎虎女儿口里得到证实后，王年年的脑子一刻也没有消停过，是自己将他带进了这个窑洞，是自己发现的，他就是要挖，也得叫上自己，他怎么吃独食呢？而且不是小数目，是26公斤。一个地方能挖出来26公斤麻钱，难道没有其他东西？王年年越想越气，感到心里起了火，烧得他坐也不是，站也不是，感觉眼前的工人和机械，成了流动的蚂蚁，感觉眼里什么也看不进去了，脑海里净是挖碱土的地方，和那些可以想象的麻钱，以及想象中的其他古墓，譬如珠宝、玉石什么的。

找他金虎虎去！在他跟前提提，看他咋说！王年年心里实在憋不住时，就这样想着，他没心思待在工地上了，到了金虎虎家。金虎虎的家和王年年家一样，都是崖庄院，坐落在半坡，下面是公路，周围是庄稼地。他懒得下到院子，就在窑畔吆喝。很快，金虎虎的媳妇从一间窑洞里闪了出来，仰头朝窑畔一望，即说道：虎虎卖豆腐去了。

看你的烟囱里冒着烟，你这会儿还在熬豆腐？

明儿有两家结婚的用哩，得赶几锅子，你找他有啥事吗？

没有啥事。只是昨天工地拉砂石车坏了，忙着修车哩，忘了告诉虎虎，我昨天帮忙给你们挖碱土时，发现土里有麻钱，不知你用碱土时，发现了没？

麻钱嘛，没发现呀。

哦，那虎虎回来了，让他过来找我，我俩一起到那个窑洞看看。土里出麻钱，我估摸那个地方还有东西哩。

金虎虎媳妇是个聪明女人，见王年年这么说，估计他已经知道了，是故意来试探的，如果隐瞒，倒不太好，就话题一转说道：虽然我们用碱土时没发现麻钱，但是老人一用碱土，觉得这个土很好，问在哪里挖的？让我和虎虎再去挖点，给家里积攒一点。因虎虎给你帮忙修车，顾不上，我就和老人去了，结果一挖，就挖出了二三十个麻钱。所以，那个地方我们已经挖了，除了麻钱，也没有啥东西。麻钱你要不？你如果要，你下来，我给你分几个。

王年年没想到金虎虎媳妇蒋花花脑子这么灵活，他感觉给自己嘴上堆了一把屎，堆得他七窍都出不来气，就嘿嘿干笑一声说道：他姨娘真像树梢上的画眉，说得比唱得好听啊。既然你们已经挖出来了，才是二三十个，我要那几个有啥意思呢？留着你们用吧。

留下也不能当钱使唤呀，给娃娃做几个毽子还行，你媳妇将来生下娃娃了，我给拴个麻钱锁锁，做几个毽子。

王年年气得没话说了，只能干笑。说了几句，准备离开时，无意中瞥见金虎虎家大门外的猪圈。由于他是养猪专业户，在庄子的左侧，盖了一处占地200平方米大的一溜儿日光温棚，里面隔离出了十个方形猪圈，每个圈里养两三头猪。王年年发现靠最左边的那个温棚不知是破了，还是有意打开，从上面看，里面卧了两头黑猪。其中一头猪长得跟门扇一般了。看着那头猪，王年年心里不由得骂起了金虎虎：狗日的，日子过得这么殷实，还吞独食，我叫你吞个够！

在骂的同时，一股邪念从他心里诞生了。

那一晚，塔庙村的夜朦朦胧胧的，透过簇黑的树木和起伏绵延的山岇，可见隐隐发白的山路。一股山风出来，树叶沙沙作响。一个黑影沿着蜿蜒的山路盘旋而上。他就是王年年。王年年抄近路到了金虎虎家大门前的山洼，上到院畔，蹑手蹑脚地走到那个最左边的猪圈跟前，用手电朝猪圈里照了照，见里面空荡荡的，正在纳闷间，那头大猪哼哼着从它的"卧室"里慢悠悠地走了出来，他立刻打开猪圈门，进去，将浸泡了白酒的三只馒头扔到猪嘴前，猪一看是白白的馒头，一口一个，吞了下去，待那头小猪反应过来，跑出来时，大猪已经吃了馒头。王年年就等待猪的反应，不一会儿，猪腿脚发软，奄拉着头一个侧身躺了下去。王年年就给猪身上套上了他带来的旧风衣，头上戴上一顶老年帽子，把猪打扮成人的样子，然后捉住猪的两条前腿，企图往脊背上搭。可发现这家伙死沉，加上还没醉实，还有点动弹，差点把他整个趔趄。但他还是鼓足力气，将这个半醒半迷又无力动弹的猪背了起来。他曾经给石料厂背过石头，给县里的农副公司背过麻袋。这头猪，他感觉比石头还沉，但好歹还能背得起。

王年年就背着这猪，咬着牙，急猴猴地往回赶。一口气走到了家门前，累的上气不接下气，头上像水洗了似的往下流汗。放在哪儿呢？他想，放在自家猪圈里，万一金虎虎找上来，一眼就认得了。再说，他家的母猪刚下了猪娃，放进去一头肥猪，母猪肯定咬哩。只有放在老二家安稳一些。老二家离邻居比较远一点，别人轻易发现不了，而且金虎虎与他是一担挑关系，金虎虎再找，不会找到老二跟前的。想到这里，王年年就背着猪继续走了，到了老二大门前，将这个死气沉沉的醉猪嗵的扔到了老二家的猪圈里。那猪圈里有两头小猪，见突然来了个庞然大物，吓得哼哼乱叫。同时，王发年的狗在院内叫了起来。很快，王年年见门缝里有了亮光，接着大门吱呀一声开了，王发年披着衣服握着手电出来了。

王年年忙说：二哥，我给你猪圈里放了一头猪。

放了猪？王发年到猪圈跟前，用手电一看，惊奇地问道：哪来的？

是金虎虎家的。

王老二一头雾水：你买了他的猪？放到我的猪圈干吗？

不是买的，我给猪灌了些酒，弄醉后背回来的……王年年说着拉住大门，然后继续说道：你那一担挑真不是个东西，昨天他叫我帮他找碱土，我在挖碱土时发现了麻钱，原本打算过后和他一起挖，结果他先挖了，听说光蛇皮袋子就装了一袋子，有五六十斤。我今天去一问，你猜你小姨子是怎么说的，她说挖出了二三十个，打算给娃娃做几个玩耍的毽子。妈的，他吃了独食，心里舒服，我心里不舒服啊。背他一头猪，让他心里也痛一痛。

王发年听后，不由得骂道：你简直胡整！

王年年硬邦邦地说道：这不是胡整，这是出气！我打算明天杀了犒劳民工！

你……王老二不知怎么说了，就问道：你咋知道他挖了五六十斤麻钱？

他的小女儿说的，还有错？王年年扔下这句话，转身就出了大门。王发年愣了愣，只好走到猪圈跟前，用手电照了照，发现那头猪还在沉睡，他气得不知如何是好。回到房里，媳妇蒋翠英躺着没起来，问他出去和谁说话？王发年说是老三。蒋翠英问出啥事了，这个时候来找他？王发年犹豫了一下，说没事，你睡吧。

拉灭了灯，王发年怎么也睡不着，觉得亲戚间弄这个事太难看了。他金虎虎不仗义，自己的兄弟也不是省油的灯，把人家的猪背来放到他的猪圈里，不是让他当这个搅屎棍吗？

早上起来，王发年给媳妇说道：圈里放了别人的一头猪，你先养着。还没等蒋翠英问明原因，他就出门了。来到王年年家，见弟媳郭霞霞已经起来了在收拾卫生，王年年还睡着。他就站在炕头边说道：老三，我觉得你弄这事不好！

王年年翻了个身，眯着眼睛说道：有啥不好的？他不仁，我就不义。

再说，别人窑里埋的东西，本来也不属于你的呀。而且是一些烂麻钱，不是啥好东西，金虎虎挖了，挖了就挖了呗，说明你与这些东西没缘分嘛，干吗做这号事呢？快起来，把猪还给人家，那猪眼看要出槽了，放到我那，万一有个三长两短，我不好说呀。

王年年说：你别管，你只管帮我喂着，吃你多少饲料，我给你多少。

老二顿时有点生气了：你这是说啥话呢？难道我舍不得一点饲料？

王年年立即用被子捂住头：那你啥话都别说！

老二瞬间火冒三丈，一把揭开被子，朝王年年的脖子上就是一巴掌：你给我起来！

王年年一下弹了起来，光着上身，穿着裤衩，腾的跳下地，吼道：我这就去把那头猪给打死！说着，就靸上鞋，往出冲，王发年一把抓住了他的胳膊，由于他平时搬弄石头，手上有劲，这一抓，把王年年给抓疼了，他嚎叫一声，朝老二扑来，弟兄两个打了起来。王年年媳妇见状，吓得跑了出去，眨眼间，哑巴爹和哑巴妈冲了进来，"啊啊啊"地叫着，慌忙拉起了架……

第二十章

原来师傅刨过土土

　　徐毛毛听王年年说到这里，咯咯咯地笑得刹不住闸，她擦了擦笑出来的眼泪说道：你看起来老实巴交的，其实还老坏哩。

　　王年年笑嘻嘻地说道：现在想起来，觉得我那时候的做法真的很可笑，为那点麻钱，心里不服气，偷人家的猪，跟我二哥打架，弄得乌烟瘴气的。

　　徐毛毛笑罢，又用餐巾纸擦了擦眼睛，问道：那个事最后你们是咋处理的？

　　王年年挨了老二的打，就气急败坏地跑出去，把那头猪连拉带扯，拉着关到了自家院子里，让媳妇去串门或者去娘家，说谁要猪都别给。当时，媳妇郭霞霞正有孕在身，见男人和金家闹起了事，就乘机去了娘家。王年年则把大门一锁，上工地了。

　　且说金虎虎的老爹早上起来上厕所时，发现一头猪在圈外晃荡着，过去一看，发现靠里手猪圈门开了，那头即将出槽的黑猪不见了。他就"唠唠唠"地叫着到处找，没找见，最后一想，这个小猪都没跑，大猪能跑到哪里去呢？就赶紧进去喊叫金虎虎，说大猪丢了。金虎虎还在睡懒觉，听老爹这么一说，问哪头猪跑了？老人说：就是那头给人家定了的

187

那个。

金虎虎惊得一骨碌坐起，说那头黑猪今天人家就来拉哩，咋丢了？

原来，一个姓柴的人在凤城东区开了一家农家乐，为了招揽生意，把土鸡、黑猪买去，做个视频，然后通过 LED 大屏进行宣传。因为现在人为了追求经济效益，基本不养黑猪了，都养的是能快速长肉快速出槽的瘦肉型猪，而这类猪基本是粉白色或花猪。金虎虎家因为是养猪专业户，影响大，渠道多，一些做饮食的商家自然就成了他的客户。这个人在他的农家乐装修期间，就来预订了这头猪，打算开业时给猪挂个红，在众人面前亮个相，拴在院子里，人们就知道这个农家乐采用的是什么样的食材了。至于后面用的是黑猪还是白猪，就是另一回事了。

现在，这头猪跑了，金虎虎自然着急了，穿上衣服就出了门，和媳妇、老妈几个人在庄前庄后统统找了一遍，都不见影儿，最后几个人分析：因为这头猪已经肥了，肯定是被人偷了，而且有可能不是本庄的人，而是外面流窜进来的贼，说不定这头猪连夜被拉出村子，现在已经进了屠宰场了。老爹即催促金虎虎快去报案！

金虎虎赶紧骑上摩托，往镇子上跑。刚路过村委会门前，就见王老二在路边站着。金虎虎立即停在了他面前，说姐夫你在这里干吗？王老二问他干啥去？金虎虎说：我的一头猪不见了，准备去报案。

王老二望了望天，说这会儿去早着呢，派出所没上班。金虎虎说有值班的呀。王老二说那也等上了班，人家才能下来调查。金虎虎说：我等不及，先去看看再说。说着，就要走。王老二一把拉住他的摩托说道：急啥呢？走，咱们到砂石场坐坐。金虎虎说好姐夫哩，你不知道，我那头猪早早被一个开农家乐的人订去了，一个多月前人家就把订钱交了，今天人家开业来拉猪呢，我能不急嘛。王老二说你再急也不顶事啊，若真被人偷去了，这会儿恐怕都被送进屠宰场了。

正说着，一辆丰田货车停在了金虎虎面前，金虎虎一看，立即说道：你看，说曹操，曹操到，拉猪的人来了。

说话间，这辆车刚闪过他俩，就停了下来。柴总伸出头，跟金虎虎打招呼，说你费心地还在路边等着我，本来我天一亮就来拉，有点事耽误了一下。金虎虎不知怎么给人家说了，就堆起笑容，忙给柴总发烟。发现他还带了一个人，又给这个人递上了烟。柴总接过烟之后，让金虎虎上车，说赶紧把猪拉上，回去还得拉去检验呢。

金虎虎有点为难地说道：柴总，不好意思。柴总问道：怎么了？有啥变故吗？金虎虎说：巧得很，你定的那头猪昨晚被人偷了，这不，我正准备去报案。柴总的两眼顿时睁得像灯泡：真的丢了？

王发年忙说：没有没有，在……在哩……

金虎虎见王发年这么说，也愣了一下，看了看王发年，隐约感觉王老二好像知道什么。但见王发年说道：走，到我那里咱们再说这个事，这里停车也不方便。说着，他就爬上了柴总的车，见车上坐着一个人，这个人叫李富贵，他认识。见到此人，他先是愣了一下，接着就冲他打了个招呼。

因柴总这个农家乐的锅灶布局、装修风格、开业日期、雇工属相和风水细节等都是李富贵给看的，他像个军师，从一点一滴上都给出谋划策。所以，在接近开业时，柴总索性将李富贵接到了农家乐，管吃管住，让他帮忙把开业的事宜打理过去。由于李富贵住在农家乐，老板到齐家川塔庙村拉猪，自然也叫上了他。

几人到了砂石场王发年的工作室，王发年给他们倒上水，点上烟，这才告诉金虎虎，那个猪昨晚被老三拉去了。

金虎虎有点难以置信：老三偷去了？好端端的，他为啥偷我的猪呢？

他嫌你挖了麻钱，没告诉他，心里咽不下这口气，就做出了这个蠢事。开始他放到了我的猪圈里，我给打了一顿，说亲戚里道的，弄这事，不怕人笑话，让他还给你。估计我打的手重了，那犟怂，把猪又从我的猪圈里拉去了，估计关在他那。你俩到底是咋回事，我不知道，但是他背猪这个行为……

金虎虎立即纠正道：姐夫，这不是背，是偷，是三更半夜地偷去的。若要报到派出所，警察肯定要把他拉进去关了。

王发年说道：不论是偷的还是咋的，由于事出有因，他肯定是在气头上才这样做的，不是故意。老三平时偷不偷，你是知道的。但不论咋的，他做的这个事确实不对，我替他向你道歉。

金虎虎哈哈一笑说道：既然在，那就好，你让老三把猪拉来，我让柴总拉走，啥话我也不说了，权当老三跟我开了个玩笑。

柴总和李富贵一听，觉得他们是亲戚，应该别计较。

王发年就给王老三打电话，让他马上把猪给人家拉过去，说买猪的人来了。电话那边的王年年气哼哼地说道：他金虎虎吃独食，要拉猪，他来拉，我不送。

金虎虎听见了王年年说的话，拿过手机，语气平和地说道：老三，我们在二哥办公室，你过来一下，你有啥要求，咱们当面说。

不一会儿，王年年过来了，见有两个生人，就说道：你好意思把这个事儿摆到桌面上吗？

李富贵由于当时不认识王年年，见他这么说，忙叫柴总出去躲一下，金虎虎却立即制止，说有啥不能摆到桌面上的？不就是挖了一点烂怂麻钱吗？就是挖个金子疙瘩，该摆出来的，还得摆。你说，老三，你有啥想不通的？

王年年总认为那下面不仅仅是麻钱，还有其他东西。但又不好说出口，就反问道：明明那个窑洞是我带你进去的，那些麻钱是我发现的，你挖时，为啥不叫我？亏得你和我二哥还是个一担挑，你就这么不仗义？

金虎虎反问道：那我问你，既然你发现了，当时为啥不告诉我？

我正想告诉你，大哥当时喊叫我，你不是没听见。他那么一叫，我心里一急，把这个事忘了……

胡说！我当时无意中看见了，你用手捻了一下，又把麻钱埋进了土里。还装模作样地来到我跟前，我让你先回去，你都不走，硬是拉我和你一同回家。你都有了私心，还猪八戒倒打一耙。

李富贵听到这里，微微一笑，拿眼睛看了看王年年。

王年年往地下一蹲，说道：反正，二人同行，遇到横财了，咋说都要打点一点，就是狼咬住食物了，都要给其他狼尝几口哩。你挖了多少东西，你心里清楚，一点不给，就说不过去。如果没有我，你能进那个烂窑吗？那个烂窑还是我给你介绍的，没有我，你也不会进那个烂窑。而且，还是我第一个发现的。在这个事上，是你借了我的风水，所以，你不应该吃独食！

李富贵听到这里，呵呵一笑说：哦，原来是这么个事。然后微笑地看着金虎虎：你到底都挖了些啥东西啊？如果东西多了，让公安局知道了，会来没收的。

金虎虎说道：咳，就是一些烂麻钱，还能有啥？

王年年脸一横说：谁知道光是麻钱？

金虎虎恼了，发誓道：王老三，如果还有其他东西，我就是你裤裆吊的东西！全是麻钱，26公斤，没有一丁点其他东西，如果我说一点假话，我卖豆腐出去让车把我撞死！

李富贵忙说：哎哎，亲戚里道的，有必要发这个毒誓吗？既然你说了实话，谁还不信呢？烂窑里出来的东西，肯定是罐装的，也不会有其他东西。

金虎虎忙说：就是一个瓦罐里装的，瓦罐被我挖烂了。

那这个事就很好解决嘛，你两家是亲戚，既然挖了50来斤，给分上一点嘛，何必动这个气呢？

一直没开口的柴总这时有点急了，也插话说道：麻钱我家好像也有几个，那东西说白了就是古人用过的钱，留个纪念当个耍活还可以，不值钱，别在这个事上磨扯了，赶快让我把猪拉走吧。

王发年往起一站，手一挥说道：走，去拉猪！

王年年脸一沉说道：难道我这个口白张了？

金虎虎立即问道：好了，我给你分些，你要多少？

王年年说：你看吧，按良心给，给多少我拿多少！

金虎虎说：你就直接报个数！

王年年说：我不报！你给！

李富贵见状，微微一笑说：你俩说话像镢头挖似的，哪像个商量的样子。这样吧，我给你们撮合这个事，你俩谁喜欢古董？

金虎虎立即指了一下王发年，说他爷手里也曾有点古董，所以王老三总认为他挖出了啥宝贝。李富贵立即说道：那你卖给王老三吧，你想卖多少钱，说个价。金虎虎立即答应说行啊，反正在我手里，终究是要卖的。

王发年本来准备出门，听李富贵这么一说，又磨蹭地停住了。

但王年年似乎对李富贵的建议不太满意，说道：我不买，我就拿我那一份。

李富贵见王年年有点直，就将他拽出门，低声说道：我认识你二哥，没见过你。听说你在工地上，你给谁的工地干活？王年年说：我大哥。李富贵说：那你的情况应该不是怎么差嘛，既然他同意卖，就买下吧。

王年年说：掏多少钱买呢？那东西做个古董还可以，当钱，就不值钱了。

李富贵立即按了一下他的胳膊，低声说道：别看麻钱不值钱，麻钱中也有值钱的呢。有的一个就值几克黄金。所以，只要他愿意卖，你赶紧买下，50多斤麻钱，起码有几万个，那里面肯定能挑出几个好的哩。

王年年一听，眼睛顿时亮了，问掏多少钱合适？

李富贵说，金虎虎既然不懂古董，不会要多高的。我从中再给你压一压，两三千元都划得来买哩。

李富贵这么一指点，王年年就进去和金虎虎讨价还价，加上李富贵从中既关照又糊弄，最后以1500元的价格定了下来。

之后，王年年带他们回到家里，开了大门，几个人赶前赶后地把猪拉住，绑上绳子，然后又拉到了金虎虎家，给猪过了秤，算了钱，又装上了丰田车。与此同时，王年年凑够了 1500 元，给了金虎虎，提走了这 50 来斤麻钱。

王年年因为是柴总带来的这个姓李的促成了这笔交易，并且从他的口气中发现他对麻钱比较了解，所以分别时，特意要了李富贵的电话，说以后有啥事还请教他。

这个事过了没多久，王年年提了一盒饼干，带了几十个麻钱，找到了李富贵的家，让李富贵给他指点如何挑选比较值钱的麻钱。李富贵将那些麻钱摆开，分了类别，然后提出三点：一是看文字，就是文字清秀，字体饱满的；二是看锈色包浆，就是红斑绿锈或者旧熟包浆看上去自然的，养眼的；三是看时代背景，古钱年代越久，价值越高，譬如商、周、战、秦，这几个朝代的钱比较值钱，其次像唐、五代、宋、元、明、清，包括辽代、金代和西夏等朝代中，有值钱的，有普通的，就是清钱中，也有比较值钱的。你把这三点把握住，一个一个地往过挑，只要你把那 50 多斤麻钱挑过去，把各个朝代的钱能分类出来，你对古币基本就有个掌握了。

王年年搔搔头说道：我试着挑了一下，感觉心里发毛躁，有的字都认不得啊，咋知道哪个钱是哪个朝代的？

你这么年轻，又不是奶娃婆娘，有啥毛躁的？至于你分不清哪个朝代，可以到新华书店买本书看呀，有这方面的书籍呢。我在 94 年，曾买了一本关于古钱的书，好像叫《中国古珍币大全》，具体名字我忘记了，不知塞到哪里了，那天从你家里回来，我还找了一下，没找着。等我找着了，你照那个书看去。

王年年忙说，那好，那好。你找一下，我也去买一两本。我发现我大哥比较喜欢玩弄银元，原本我想把这些古钱让给我大哥，他前几天回来知道这个事后，还到我家里抓着看过，我看他也有要的意思，准备给他，但再一想，等我见了你再说。

李富贵立即说道：瓜子，你先别给了，先照我说的往过挑拣，挑拣过去之后，剩下的可以卖给他。

听李富贵这么一说，王年年有点感动，说尽管你认识我二哥，但咱们之间没见过面，那天如果不遇到你，我至多从金虎虎手里分点麻钱，不会买的。这样一来，我得到了这些东西，说明咱们之间有缘分啊，在麻钱这方面，请你给我好好指点一下，咱们交个朋友吧，你比我年龄大，我叫你叔也行，叫你哥也行，你说咋来就咋来。

李富贵见王年年比较诚恳，就从带来的这些古钱中，拿出两个"崇宁重宝"说道：你看这两个钱是一样大，都是折五，但一个字体平，一个字体饱，而且字饱的这个锈色也好，像这种钱，应该是个母钱或者样钱，字体平的这个钱是照母钱的样子翻铸出来的。所以，尽管这类钱市场很多，不值钱，但母钱价值就不一样了，你回去就照我说的这个标准去挑吧。

王年年一听，哦了一声，即问这个"崇宁重宝"是哪个朝代的？李富贵说是宋朝的呀，是宋徽宗那个朝代的，这里面的名堂多着呢，既然要挖这个，要好好学呢。

王年年见李富贵对古钱这么懂，遂问他是不是和他大哥一样，搞钱币收藏的？李富贵这才介绍了自己的情况，说他主要是看风水的，对古董也懂一点。王年年即问他懂六爻八卦吗？李富贵微微一笑说那是最简单的，像奇门遁甲这类东西，就不太精通了。

王年年得知李富贵既懂风水，又懂麻钱，立即提出要给李富贵当徒弟，说他在上初中时，就看了一些介绍唐朝易学家李淳风的书籍，从那时候起对风水有了兴趣，请教过一个靠摸骨算卦的人，想跟他学学周易，但那个人是个瞎子，脾气也不好，学了一段时间就放弃了。我看咱俩还有点缘分，你就把我收上吧。

李富贵就笑呵呵地问起了王年年的家庭，两人相互了解后，李富贵说道：拜师可不是一句话，既然成了师徒关系，就像一家人一样，我中有你，你中有我。

王年年说道：行行，师傅，你放心，只要我当了你的学徒，你让我干啥我就干啥，你不让我干啥，我就不干啥。

李富贵说：那行啊，既然拜师，得有个哈数呀。

王年年忙说：这个我知道，拜师要上香磕头呢。师傅，你等着，我出去给咱们买两瓶酒，顺便买点香。

王年年即到李富贵村子附近的商店买了两瓶白酒，一盒香，回来斟上酒，插上香，准备给李富贵行跪拜之礼，却发现他的老婆不在家，问李富贵是不是等师娘回来了再进行？李富贵说她娘家妈过三周年，去她娘家了，没有必要，意思是现在就进行。

于是，李富贵就坐在客厅上堂，正襟危坐，看着王年年。王年年两脚并拢，先给李富贵作了个揖，然后单膝跪下，郑重地磕头，叫了声"师傅"，说：从今天起，我就是你徒儿，徒儿愿听师傅的话，不做伤害师傅的事，一心一意地跟上师傅学本事，学做人！

李富贵好像有点激动，忙扶起王年年说道：徒儿，从今儿起，你就是师傅心上的一块肉，师傅要尽心尽力教你，让你早日成才！

王年年拜了师大约三个月之后，他的哑巴父亲过 60 岁大寿。王有年、王发年、王年年弟兄三人在商量请客之事时，王年年提到了他的师傅李富贵，说要给他师傅发个请帖。王发年一听，问他啥时候拜李富贵为师了？拜干啥的师傅？王年年就把李富贵的情况告诉了他俩。谁知话没说完，老二就骂道：你真是瞎子照影影，照对人了！你再没人拜上了，拜这个人为师？

王年年一愣，问：咋了？

原来，年前的一天，王发年正在砂石场凿石头，接到厂长的电话，说一个叫李富贵的人准备来找他，让他等着。一个小时后，李富贵带着两个人来了，问您就是那个石雕大师王发年吧？王发年问啥事？李富贵说，听说你爆破技术好得很，我这两个朋友想请你干点爆破的活儿，不远，二十里路。如果你愿意，给你 500 元的工费，你把炸药带上，去干一下。王发年问是哪个单位的？搞啥项目？李富贵说是水保站的，在齐家川梁家山挖一口饮水井，结果挖到中途，遇到石头层，想叫他们人来，但路太远，所以想请你去帮个忙。

王发年见李富贵带来的人操着外地口音，心里想这个单位还有外地人，就二话没说，答应了。外地人把王发年带到镇子上，先给他买了一条烟，塞到他的包里，然后说他们还没吃饭，待吃了饭再走。于是进了酒店，鸡鸭鱼肉，要了一桌菜，开始大家还比较矜持和客气，吃着喝着，就渐渐放开了。王发年以为饭一吃，就去干活了，因为他们来找他时，已经是下午 1 点多了，吃个饭耽搁一下，再赶到工地，时间就更仓促了。但他发现这几个人只管吃，只管喝，好像没有后面的事儿。王发年急了，催促他们快点结束，李富贵用手按了一下王发年，意思是叫吃好喝好，别着急。由于搞爆破是个危险的事儿，平时出于职业操守，王发年在工作之前滴酒不沾，但见这两人鏊住酒不放，间隙还不停地给他敬酒，出于礼节，他只好以水当酒，陪他们喝。

快到下午 4 点了，王发年发现他们还没有结束的意思，就把李富贵叫到门外，说道：我看你们这些人凉分分的，眼看天黑了，到底干不干活？如果今天干不了，那我先就回去，我手头还有点活儿呢，忙得很。

李富贵就把王发年往房背后拉了一下，低声说道：王师傅，咱们乡里乡党的，我也不想隐瞒你，就给你明说吧，让你搞爆破，不是打什么井，这两个人也不是水保站的，而是刨土土的。

王发年一愣：刨土土？啥叫刨土土？

　　李富贵低声说道：这个你还不明白吗？就是盗墓的，他们发现了一座古墓，让你帮个忙。所以，这个活儿要晚上干呢，干了不会亏待你的。

　　王发年愣头愣脑地看了看李富贵，突然脸色一变，生气地说道：我还以为是公家的事儿，原来是挖墓的。说着，转身就走。李富贵一把拉住了他，说：哎，我话没说完哩，你咋就走呢？

　　王发年转身冷冷地说道：你把外地人领来，挖咱们祖宗的墓，这不是损阴德吗？你能做得出来，我做不出！说罢，进去就拿起自己的行囊，连给那两个人招呼都没打，就出了门。当然，外地人给的那条烟，他没拿。

　　李富贵见王发年带着东西出来，就挡在他面前说道：兄弟，我这不是正跟你商量吗？我心里也……

　　王发年立即打断他的话说道：行了，我知道你想说啥，你也别给我解释了，我说的话你自己掂量去，这个事我权当不知道！

　　王年年听了老二与师傅认识的过程，有点意外，自言自语地说道：不可能吧？

　　王发年说道：怎么不可能？难道是我胡编的？

　　王年年愣住了，想到师傅懂风水，懂古董，而这两个技能都与盗墓有关联啊。这么一想，他又觉得二哥说的是真的。

　　这时，老大王有年说话了：既然这个人是这个德性，我劝你还是别和这个人来往了。王发年立即命令式地说道：立马跟这个姓李的断绝关系，若跟上混下去，说不定你的小命都会送到这个人手里。

　　王年年愣住了。

　　现在，徐毛毛听了王年年说的这个过程，问道：既然你们老大老二不同意你跟李大师，为啥还在一起？

　　王年年说：听了我二哥说的事儿，我心里也有了疙瘩，就直接向我师傅提到了我二哥，意思是我二哥了解他的情况，对他印象不太好，我爹的寿诞他就别来了。

　　我师傅是个聪明人，听了我的意思后，就向我说了实话，说他原先跟上外地人刨土土，心里本来就不瓷实，那次遇到我二哥后，我二哥把他给骂灵醒了，他也觉得盗窃古墓确实是个损阴德的事儿，因此就洗了手，再没干，说他光靠看风水、鉴定古董就可以混口饭吃了，干吗去冒那个险？我觉得我师傅说得有道理，至于他以前干过啥事，与我学手艺没有多大关系呀。所以，已经拜他为师了，我也不考虑那么多了。人活在世上，谁不做点错事呢？

徐毛毛点点头：对，对，你这个想法对。譬如坐了牢的人，就不能因为他坐过牢，就不能和他来往啊。

王年年说：就是的。

徐毛毛想：既然李富贵有过盗墓的历史，这个凤冠会不会是盗墓出来的？又再一想，古时候的人虽然讲究给墓里埋东西，但再讲究，不会把凤冠瓷器这些东西埋在墓里呀？难道古人脑子进水了，看不到这些东西的价值？为了摸清凤冠的真假，徐毛毛就旁敲侧击，故意又提到了凤冠，谎说李富贵说他手里有个凤冠，是他太奶奶留下的东西，你相信吗？

王年年见徐毛毛两次提到了凤冠，不禁有点好奇：你上次就提到了凤冠，难道我师傅手里真有这个东西？

徐毛毛脑子停顿了一下：这个事儿我能不能告诉他？如果告诉了，李富贵知道了怎么办？如果不告诉，王年年会不会认为自己不够朋友？而且要索取一个人的秘密，必须把自己的秘密敞开。这么一想，她口气郑重地说道：有个事我给你说了，你知道就行，千万别说出去。

王年年说：放心，如果我对你印象不好，不会把我的啥事都说给你。

徐毛毛就简单地说道：你师傅手里确实有个凤冠，我见过，他卖给人了，和凤冠一起卖的，还有个梅瓶。

王年年愣了愣，问卖给哪里人了？徐毛毛说本地人。王年年哦了一下，又愣住了。徐毛毛注意地看了看王年年的神情，故意说道：有人说，那个梅瓶是个假的？

王年年摇了摇头，口气肯定地说道：我师傅轻易不收东西，更不会收假的。不知是不是我见到的那个梅瓶，如果是那个，不会是假的。

徐毛毛立即紧抓话题问道：那你见到的那个梅瓶，大致是个啥样子？

王年年的脑海里遂浮现了多年前见到的一幕——

那天，天下暴雨，王年年匆匆跑到李富贵家的大门前，却见大门紧闭，由于雷声干扰，王年年怎么敲门，都没人来开。就在这个时候，师娘邵粉玲披着塑料雨衣回来了。她用钥匙开了门，王年年跟着邵粉玲进到上房之后，却见炕上放着两个一模一样的梅瓶，李富贵拿着放大镜正在全神贯注地看着梅瓶，看见他俩回来，显得有点意外。

王年年见师父在鉴宝，就抓起一只梅瓶也看了起来。

这个梅瓶的底部落款是"乾隆年制"，问东西是咋样？是不是真品？李富贵介绍说：先不说真与假，你先看看它的纹饰，这是个青花海水祥云应龙纹梅瓶，你看，展翅飞舞的应龙，跃于波涛上，大有摄海之威猛。瓶身下方的海水纹样，用浅蓝色细描的浪花飞沫浓淡相宜，体现了海洋与神龙共生的诗境，不论是应龙还是海水，都绘制得非常精美；再看看这个青花，青花发色沉稳，青蓝靓丽，颜色纯正，且有晕散状，就像墨汁滴于宣纸上，有种"其晕似洇"的艺术效果。现代颜料不论如何做，都做不出这样的晕散来。因此，在我看来，这是从西亚国家进口的苏勃泥青料。即使不是纯苏勃泥青，至少在新疆的国产料中掺杂着此料；再看看这胎质，从底子边缘的露胎处看见胎质细白，有轻微的铁锈斑，胎质摸上去跟婴儿的屁股一样光滑，证明不是用一般的土质烧的；还有这个老化痕迹，你瞧瞧，口部、底墙等漏胎处有许多颗粒状黑杂质，釉面上也有大小不一、若隐若现的棕眼。这些黑杂质和棕眼，就像老人脸上的斑雀一样，时间一长，年代一久，瓷器上就有这些东西了。所以，东西绝对是真品，虽然有老化痕迹，可釉色丰润，器型端庄秀美，是个难得的好东西！

王年年问：是你买的？

李富贵说：不是我的，是别人送来让我鉴定的……

徐毛毛听到这里，立即兴奋地插话道：我看到那个梅瓶上面就有龙和海水，就是一个东西！

王年年说：现在市场上相似的东西很多，有的看起来像，其实在细节上有差别。

徐毛毛为了证实这个东西，借去上卫生间之际，给陈丽打了电话，让她把那只梅瓶的图片发来。之后，徐毛毛当着王年年的面打开了梅瓶的照片，王年年一看，自言自语道：那说明我师傅把我哄了……

徐毛毛微微一笑，带点挑拨的口吻说道：看来，你师傅对你还是留了一手，不过，也能理解，亲兄弟到了关键时刻，都有个防备心理呢，别说是外人。

王年年虽然没吭声，但心里不是滋味，自从当了他的徒弟，掐指算起来都十二年了，十二年里，每个月至少都见几次面，只要师傅出门，他就当司机，提包包；逢年过节，没有一次不给他买东西；在王老大的办公室碰见好一点的茶叶了，总要给师傅顺溜来；家里收麦子下苹果，只要他有空，就去帮忙；他有个头痛脑热拉肚子，他就像伺候爷一样地伺候。听起来他有两个娃，一个亲娃，一个继子，咋没见过他的娃给他倒过一次水？这样跟了一场，到头来还对自己遮遮掩掩的，这不是寒人心吗？

徐毛毛见王年年愣在那里半天不吭声，就故意说道：我在西安有个朋友，是个大藏家，有钱得很。他知道咱们凤城的好东西比较多，想买一点，让我联系联系，一来我不懂古董，怕把假的给人家弄下；二来也没有啥东西给人家介绍，所以一直就这么拖着。

王年年听此，立刻抬眼看着徐毛毛，徐毛毛发现，一缕亮光从他的眼里射出，似乎对这个话题有了兴趣，就更进一步说道：以后，如果你有东西，或者你师傅手里有东西，想卖的话，就找我。你的东西，我帮你卖高一点；你师傅的东西卖了，咱俩二五分成。

关于这方面的话题，徐毛毛和王年年在这个茶楼里聊了三个多小时才离开。

第二十一章

陈丽在街头哭泣

陈丽以为打发了几个紧账，可以松动几个月，没想到刚清闲了一个多月，就有人上门讨债了。这天下午，陈丽正在驾校带学员练车时，接到黄睿的电话，让她下午早点下班，买点菜，准备几个菜，说妈和老二来吃饭。

陈丽就安排了手头工作，坐便车往回赶。路过超市，买了一些菜，提回来就忙着收拾。正当她在伙房里埋头准备时，听见有人敲门，陈丽以为黄睿他们回来了，就去一把拉开门，却是讨账的老沈。此人七十来岁，背搭胳膊，脸色有点难看。

陈丽先是愣了一下，接着讪笑道：叔，您来了……

老沈瓮声瓮气地说道：你一直闪乎老汉，老汉在超市门口看见了你，这就跟来了。陈丽忙说：来了好，请进。

陈丽曾在老沈儿子跟前借了50万，现在还有30万还不上来，小沈前些日子就支老沈来要债。陈丽最怕债主把老人支到她这里，就没好气地说道：谁经手的，就让谁来吧，家里其他人来，我一概不认！老沈质问道：我是不是沈建峰的父亲？见陈丽不吭声，又抖着借款复印件问道：这是不是你签的字？陈丽说：是我签的字，但不是在你跟前拿的钱。老沈立即咆哮道：我就这么一个儿子，在一个家里搅勺，他的钱不是我的钱？我问你，你儿是你的娃吗？

陈丽被问住了。

老沈放话道：以后这笔钱就是我来要，我不信要不来！人民警察的家属耍死狗，赖账不还，那还了得？这个社会不是无法无天了吗？

从那次起，陈丽就发现老沈脾气有点倔。现在见他又来了，就赶紧给了好态度，赔了个笑脸。

老沈往沙发上一坐，说道：我来的目的你知道吧？在你的债主中，估计像我儿这么好说话的没有几个。他现在亨不动你了，我只好来了。你可以忽悠我儿，可不能忽悠我呀。

陈丽忙给求情，说等会家里来客，让他回去，明天来，老沈说我偏偏就等下班时候来的，不管你家里来侯爵还是王爷，我该张的嘴，还要张。

没有一会儿，黄睿带着老妈和弟弟回来了。

黄平尽管伤了腿，但在刘希来的支持下，那600亩土地还是拿到手了，经过半个多月的突击栽种，果树苗全部栽上了。为了让母亲看看他的项目进展情况，黄平特意带母亲去果园看看，顺便叫上了黄睿。母子三人到基地上一看，发现地里栽满了一米来高的果苗，安装了浇灌设施，周围还围了网式护栏，地头上盖起了三间用于办公的平顶房，里里外外都搞得有模有样。看到小儿子的项目有了起色，老人心里高兴，说祖坟找到了，果树栽下了，她心也安了。之后，黄睿让母亲和弟弟在他家住一晚，明天回去。老人心情不错，答应了。

但没想到家里来了讨账的。黄睿进门看见老沈，好像脑子有点乱，不知说什么了，只顾换鞋，还没顾得上与他打招呼，老沈就主动说道：黄所长，我又来了，你现在事儿干得阔的，不好见呀。

黄睿见这个老头神情恶兮兮的，说话有点带刺，就拿出烟，准备给老沈，老沈手一挥说道：不抽，你是所长，我抽不起。黄睿说道：所长与烟有什么关系？你就事论事，别扯得太远！老沈说：不扯远，事儿能过去吗？我不仅把这事儿要扯起来，今晚还要住在你家，你啥时候还钱，我啥时候离开！

陈丽见婆婆站起，看样子要跟老沈说话，忙上前拉她，意思让她到里面躲一躲。黄睿妈推开陈丽的手说道：他叔，事归事，娃欠你的钱现在还不起，迟早会还的。我一直忙得来不了，今天好不容易到了大娃家，你给我点面子，回去吧。

我二娃伤了腿，住院出来才几天，拐天晃地的，让我们喘口气……

不行！老沈眼睛一勾说道：不给钱不走！我这把年纪了，黄土都涌到我的脖子上了，我还怕哪天一翻白眼，你们把我娃的钱黄了。

黄睿妈说道：我娃好歹还是个公家人嘛，借钱还债，天经地义，能黄了你吗？

老沈说：往往公家人，才黄人呢。反正，我已经来了，想轻易打发了我，门都没有！

黄睿有些受不了了，冷冷地说道：钱暂时还不上，过后再说，你先走人！

老沈眉头一扬说道：咦，不还钱，还让我走人，理情出在你门上了？我偏不走，你能咋的？

黄睿立即冲陈丽咆哮道：把手里的活儿放下，马上滚，带人滚！

陈丽本来给婆婆和老二倒水，听黄睿这么一喊，心里一哆嗦，忙放下了杯子。

老沈立即站起，指着黄睿骂道：黄睿，你别给我指狗骂驴耍六头子了，小心我把你这个所长的饭碗给端了！

黄睿勃然大怒，一把抄起茶几上的烟灰缸，举在空中，对着老沈喊道：你再胡说，小心我砸死你！老沈顿时蹦了起来，喊道：有种你砸吧，我就用我这个老羊皮，换你这个小羊皮哩！

那玻璃烟灰缸不小，还挺沉的。见黄睿把这个东西举在手里，老妈吓得喊了一声，黄平就一把拉住黄睿的胳膊，夺下了烟灰缸。陈丽忙按住老沈的胳膊告饶道：别别，别这样老沈，别生气，你的钱我会还的，就是我死到你的头里，你这笔借款我都会有个打当。你放心吧，只是耽搁了个时间，黄不了！

黄睿妈见闹得乌烟瘴气的，没心思待了，立马提起包，叫小儿黄平走。黄平趁机拽上黄睿，将他拽了出去，然后哐的关住了门，将老沈和陈丽关在了家里。

黄睿和母亲、弟弟下了楼，出到街上，进了一家饭馆，拿菜谱准备点菜。黄睿妈声音蔫兮兮地说道：随便喝点汤就行了，我不想吃。

黄睿说：不吃咋行呢？跑了一天了。

黄睿妈看到儿子被讨账的这么一闹，感到口苦心烦，劝黄睿回去和老沈好好说，别发脾气。黄睿只管点菜，没吭声。

黄平闷头抽了几口烟，问道：哥，我嫂子到底欠了人多少？

黄睿：本金500万，还有利息。还了一些，本金还没少。

干脆离了算了，家里有这么个败家娘，得多少能填满。

话没说完，老妈就冲小儿的肩膀砸了一下：你看你说得像人话吗？就是你嫂子杀了人，还有你哥的一半责任呢。没事了，就是夫妻；有事了，就想踢开，这号事能做得出来吗？

母亲这么一制止，兄弟俩再没吭声。

饭后，黄平开着农用车，带母亲回去了。分别时，母亲劝黄睿回去不要跟媳妇闹事，说家丑不可外扬。日子越难，越要沉住气。慢慢往前推，推一步，是一步。黄睿点点头。

且说黄睿母子离开后，陈丽自然没心思做饭了，她在锅台和客厅来回转了几圈，见老沈呆坐在沙发上不动，就讨好地问他吃不吃饭？如果吃，她就做。不吃的话，就进到床上歇会儿，说你年龄大了，要注意身子。见老沈没有理自己，也坐着没动。陈丽感到无奈，也坐着发起了呆。

少时，房间的光线渐渐暗了起来，楼下不时传来了小孩叽叽喳喳的嬉闹声。陈丽突然像蜂蛰了一下，蓦然站起，摁着灯，进到卧室里找出了一张纸和一支笔，然后出来趴到客厅的饭桌上写了起来。

陈丽刷刷的写字声引起了老沈的注意，他朝这边瞧了瞧，发现她在写东西，这个时候写什么呢？不会是遗书吧？这么一想，心里有点怕了，就往起一站，说你赶紧想办法，然后怦的摔住门，走了。

黄睿送走母亲和弟弟，想回单位，又觉得老沈在家里，有点不放心。想回家，觉得看见老沈又要生气。怎么办呢？先在外面磨蹭一阵再说吧。他就在小区内转圈子，沿着弯弯曲曲的花间小道，不停地走。平时在院子散步时，感觉路灯挺柔和的，现在可能是心情的缘故吧，感觉一个个都鼓起了眼睛，泛着刺拉拉的白光，横眉竖眼地好像也跟他过不去。夜归的居民三三两两地走了进来，对面的高楼上亮起了一盏盏灯光，一种安逸温馨的时光开始了，可他呢？想到自己忙了一天，想在家里放松一下，跟老人聊聊天，享受天伦之乐，债务却把他从家里逼了出来，使他有家不想回去……想到这里，黄睿倏然感到心如刀扎，一种悲怆的情绪像影子一样的缠起了他……

他就这么想着，走着，转了好几个圈子，才上了楼。他以为老沈还在，心里有了今夜跟他耗下去的准备，却发现老沈走了，媳妇一个人呆在沙发上。他没理，进去刚躺下，陈丽进来了，手里拿了一张纸，说道：没吃饭吧？黄睿头也不抬的说道：滚开！

陈丽没介意，坐到床沿上，将那张纸递到了黄睿面前：我想了一下，我不能拖累你。

黄睿转头一看，是离婚协议书。遂抬眼看她：你这是什么意思？

陈丽说：是我搞集资放贷，把别人欠下了。这两年你为我，还了不少债，吃了不少苦，受了不少煎熬。我实在不忍心让你再受煎熬了，咱们离婚吧，离婚后，所有的债务由我承担，你只管搞好你的工作就行了。

面对媳妇的这个举动，黄睿脑子里立马闪现了高血压女人睡在单位门口、刘希来给他脸色、舅妈在他面前落泪、老沈手指着骂他的情形，不禁苦痛交加，浊气攻心，他一脚蹬来，致使陈丽一个趔趄倒在了地上，接着跳下地，朝媳妇身上狠狠地砸了几拳，然后撕掉了离婚协议书，掷在陈丽面前，转身出了门。

陈丽好像被砸懵了，躺在地上，听到从客厅里传来的那破刺刺的摔门声，半张着嘴，半天回不过神。

夜里，陈丽强迫自己入睡，刚在迷迷糊糊中，听到手机震动，拿起一看，是老沈儿媳妇发来信息。信息上写道：陈丽，给你脸你不要脸，赖账不还，害得我老公公从你家回来就病倒了。好了，以后不上你的门了，咱们法院见！我要让你上失信黑名单，要搞臭你，包括你那个当所长的男人！

陈丽看了这个信息，忙给回信道：求你，别这样了，我跟贾三要下，就给你还来。

陈丽发过去后，遭到对方拒绝，这才发现，对方已经把她拉黑了。陈丽因此更是睡不着了，各种思绪就像魔影一样张牙舞爪地纷至沓来。两年来，她失眠了多少次？她已经数不清了。唯一的感受是，当进入失眠状态中，感觉黑夜是那么漫长，像一只昆虫在一条通往天边的烟道上爬，爬得那么慢……

早上起来，陈丽收拾了卫生就去驾校上班。她先乘公共车坐到一个路口，等上同事，然后坐同事的车去驾校。刚上班没有一会儿，来了三个年轻人，其中一个是她的账主方玉琴的儿子小任。方玉琴和她关系比较好，曾给陈丽借了30万，陈丽给还得还剩8万。她知道陈丽力尽汗干了，曾表示剩下的这8万，等陈丽跟贾三要下了再还过去。但不知为什么，方玉琴的儿子小任几次跟她要钱，不是发信息就是打电话。有一次陈丽特意给方玉琴打了电话，让她给儿子说一下。不知她说了没有，今天，她儿子又来了。陈丽只好下了车，冲小任笑笑，说你咋跑到这里来了？小任说道：阿姨，你一直失信，我若不来，不是把这笔钱挂在二梁上了吗？我们考虑你是警察的媳妇，就一直给你面子，但你不能不要脸啊。

因为陈丽是教练，只要到了教练场，身边少说也有七八个学员。小任来要账，学员看见了，小任这么说话，学员也听到了。见学员们都在看，陈丽有点尴尬，说我如果有钱的话，不会不顾脸，阿姨实在是没钱还啊。贾三被抓了，结果还没出来，多少人都帮我盯着这笔钱呢，他把钱还来了，我就把你妈的钱还过去。小任说：如果贾三死了，还不上钱呢？陈丽说他……他在监狱里……小任顿时大吼一声：我是打个比方！

小任突然发威，使陈丽吓了一跳，她捂着胸口说：小任，你别惊吓阿姨了，阿姨本身被债务折磨得心脏不好，你再吓唬，如果死了，这笔钱就黄了。小任说：我妈也是青蛙支桌子，硬撑着，眼下要给我定亲娶媳妇，她已经撑不住了。如果你不给钱，我的亲事就黄了，我成光棍了，你知道我多少岁啦？我今年都29啦！

小任话音一落，他两个朋友你一言我一语，言下之意，如果陈丽不还钱，他们每天就蹲守在教练场，啥时候还钱，他们啥时候走人。

陈丽工作的这个驾校属于私人企业，主管人事的校长平时对陈丽还不错，但今天中午刚和老婆打了架，脸被抓破了，心情本来就不好，这时有人打小报告说陈丽的债主又来了，这会正在教练场闹腾。校长一听，立即眉头一皱说道：这个女人不能留了，让她走！马上叫财务结算她的工资！在他看来，这种事在他的眼皮底下发生几次了，以前他还有心情劝走过债主。现在，他感到泼烦了，教练多的拿手抓，何必把这个人留在这里，惹跳蚤带麻达的。

因这个校长是驾校的股东，说话自然有权威。他的号令发出没一会儿，陈丽就被叫到办公室主任跟前。年轻的主任不知怎么说，就先拿钱说话，将一沓钱推到陈丽面前，说这是你这个月的工资，虽然还有半个月才发工资，但赵校长考虑到你家困难，债主多，就按满月给你。

陈丽一愣，问这是啥意思？主任有点为难，委婉地说道：具体我也不知道。领导的意思是，专门给你放上一段时间的假，你回去处理你的债务去，啥时候处理零干了，你再来上班。你的人品和技术没问题。只是领导见那几个小伙横眉竖眼的，怕他们闹事，如果闹起事来，对咱们驾校影响不好。所以，就特意给你腾了个时间。

陈丽愣了愣，突然微微一笑，然后抖着手抓起钱，数都没数就装下口袋，转身离开了。出了门，见那几个小伙在门口附近等着，陈丽声音颤抖地说道：你看你们，这么一来，人家三下五除二，把我给辞退了。这下好了，你们帮我去跟贾三要吧，要来多少，我还你多少。我没钱吃饭了，你们把饭给我管上，将来把钱要来了，你们把饭钱扣掉。我也不回家了，我老汉要是看见我的债主跟在屁股后面，没准儿也不要我了，他巴不得跟我离婚呢……说到最后，陈丽声音有点发涩。

小任一听，傻眼了，三个年轻人面面相觑。见陈丽飞快地走了，小任几步赶了上来，说：阿姨，那你得想个办法啊，我确实要娶媳妇……陈丽头往过一转，说：我啥时候没想啊，我天天都在想，夜里做梦都在想，我为还债，把车卖了，把金项链金镯子都顶了利息，现在就剩下卖娃卖老汉了……小任说：阿姨，你说着说着就胡说了，你老汉是警察，你能把警察卖了吗？我就不信，你老汉是警察，难道拿贾三没办法？陈丽说：警察又怎样，啥事得要按程序来嘛，我老汉就是把贾三的头割了，至多是一股血，能冒出个钱吗？

小任一听，觉得自己再跟陈丽熬下去无济于事。于是态度一变，与陈丽好说，见她回去没有车，就主动拉她回了城。分别时，小任说：阿姨，真的，你给我想想办法啊。陈丽也口气和善地说道：阿姨想着呢，现在没有工作了，我就专心跑这个事。

小任把陈丽放到大街上，就离开了。陈丽往回家里走时，接到法院的电话，说有张传票，让她去法院取一下。陈丽只好打车去了法院，从办公室一个工作人员的手里拿到传票，看到了开庭日期后，感到眼前发雾，脑子混乱，她装作漫不经心地出了法院的大门，但当她走到街上时，想到老沈媳妇放出来的话，想到自己将来要坐上被告席的情形，不禁悲从心来，眼泪扑簌簌地流出。这一流，泪珠像滚珠似的一个劲儿地从眼里往出钻。钻得她心疼，头晕，感到眼前的一切都模糊了起来，她只好靠在了路边的树身上。她偷哭的情形被一个过路的小女孩看到了，小女孩牵着奶奶的手，走到她面前，嫩声嫩气地问道：阿姨，你咋啦？

这么一问，陈丽感到心里的泪水被什么推了一把，一下倾泻而出，她呜呜地哭了起来，哭得不能自制。这个举动自然引来了过路人的围观，包括交警。

陈丽在街头哭泣的事儿很快让黄睿知道了，他给陈丽打来了电话，问她在街头哭的为啥？发生了啥事？陈丽隐瞒了她被驾校辞退、被老沈媳妇告到法院的事，就说我想和你离婚，你不离，我老觉得我连累了你，心里过意不去……黄睿打断她的话说道：已经这样了，别乱想了，再难都要挺住，该忍受的还得忍受。

熬过去了，就好了，别太悲观。不论咋的，咱们要给自己长起精神，不能倒下去。你看你在大街上哭鼻子，多丢人，以后不能这样！我早上开会，这会儿准备下乡，晚上就回来了。

经过男人这么一劝，陈丽心里逐渐平静了下来。这时她想到了那顶凤冠，倏然间感觉它带着五光十色的光芒，从她的心里飞出来了，好像在说，我是真品，不是赝品，你赶紧给我找个婆家，把我嫁出去吧，唯有这样，你才有喘气的机会。陈丽顿时眼前一亮，突然想道：是啊，当生活逼迫你的时候，要从心里寻找希望。万物可以死，心不能死！真的假的，推出去再说！卖多卖少，先抓点救命的钱再说！

于是，她给徐毛毛打去了电话，把老沈来家里闹腾的事告诉了徐毛毛，说她恨不得马上卖了凤冠，赚点钱，给人家还一点。但现在对于凤冠的真假还稀里糊涂的，她想搞清楚，心里先有个底，就问李富贵回来了没？徐毛毛说还没有，回来我会告诉你的，要不，你打电话问问，看他啥时候回来？陈丽说人家检查病去了，我咋问呢。徐毛毛说：是啊，只能等。

对徐毛毛来说，只要李富贵有过盗墓的经历，只要他手里有东西，只要有郑文斌这个后台，她还能赚到比以前更多的钱。所以，陈丽着急，她不急。陈丽诉苦，她倾听。陈丽让她联系李富贵，她嘴上答应了，但是一放下电话，她心里想，陈丽越着急，这个生意越好做。因为陈丽在招架不住的情况下，肯定会便宜出售，她不仅要赚佣金，还要赚利润。

自然，徐毛毛的想法，陈丽肯定不知，她满脑子考虑的是自己的债务问题。还有，她失业了，还得考虑如何把她失业的事儿隐瞒住，由于黄睿刚受了老沈的气，她不想再给他带来更多的刺激和忧愁。为此，为了把自己失业的事儿捂住，她必须得考虑寻找新的工作。

陈丽正要出去找工作时，接到魏晓云的电话，说要来家里看看她。由于老沈逼债，加上失业，陈丽心里焦虑，郁闷，也想和人说说话。听魏晓云要来，她知道是打听她爸失踪的事儿，尽管她也不知道目前的进展，但至少能转移转移心情。为此，她故意说今天在家休假，让她来。

很快，魏晓云来了，手里提着一只柳条小筐，筐里装满了鸡蛋，怕路上损坏，还给鸡蛋下垫了麦草。陈丽一看，发现这些椭圆形鸡蛋个头挺大，又很匀称，感叹这么大的鸡蛋城里少见。魏晓云说：这是双黄蛋，是我家的一只刚学会下蛋的母鸡下的，我妈发现这只鸡下的是双黄蛋时，就积攒了下来，连今早上下的，总共攒了 40 只，她让我给你提来。

陈丽知道魏晓云来的目的，就问你和我老汉联系没？你爸的那个案子查得怎么样了？魏晓云说：估计还没顾上查哩。最近我发现，他一直往赵大娃家里跑，一心扑在赵大娃的事上，把我的事放在脑后了。

魏晓云说得没错，黄睿帮赵大娃申请的 5 万元扶贫贷款到手后，赵大娃就张罗着盖起了房子。现在农村人盖房子，叫的都是本村人。小工一天 100 元，大工 200 元。东村人建房，西村人来当小工；西村人建房，东村人来当小工。当然，有钱的，或者身体不好的，就没有这档子事了。赵大娃是个光棍，在家里既当爹又当妈，出不了远门，只有在本村靠打短工挣钱。

由于他长期在各个村子里打工，干活卖力，踏实，口碑不错，因此给他积攒了不少人脉。当他盖房子请小工时，许多人都愿意来，有的人即使有别的活儿，都放下了来给他凑力了。再加上他是黄所长帮扶的对象，大家都觉得派出所领导都在帮助他，作为村里人，怎能不贴个力呢？因此，或许别人盖房子时，小工比较难叫，但对赵大娃来说，就比较容易。因为现在村里的主要劳力不是外出打工了，就是进城做生意了。村里仅剩的劳力，基本都是情换情，工帮工。你平时不给人帮忙，你有了事，别人也不会帮你。

魏晓云得到赵大娃准备盖房子的消息时，分析盖房子期间，黄睿作为赵大娃的帮扶干部，肯定会来到工地查看工程进展的。为了能见到黄睿，她专门在酒行老板跟前请了假，说她回家帮亲戚盖房子。若有人要酒，她打电话让人送。之后，她跟上母亲牛彩琴上了赵大娃的工地。赵大娃平时干活，很少在工地上看到年轻人，尤其是年轻姑娘。一些男人如果干活偷懒，以后都没人叫了，别说女人。没想到自己盖房子，牛彩琴把女儿也带来了，就说这活儿辛苦的，你能受得了？干不了两天，你就招不住了。魏晓云明白赵大娃的意思，就直言道：我知道我没有男人干的好，你给他们开 100 元，给我 50 元就行了。干不了重活，可能抱砖头啊。赵大娃呵呵一笑，说只要你能受下这苦，干啥都行。

魏晓云到赵大娃家干活的目的，就是想在这里能见上黄睿。果然，没过几天，黄睿就来了。看到他把警车停在路边，朝工地走来，魏晓云故意走到砖摞跟前，这里是黄睿的必经之地，当她把两块砖抱在怀里时，黄睿到面前了，就叫了一声"黄所长"。

由于她脸上裹着纱巾，头上还戴着个帽子，黄睿好像没认得，听到叫声时，愣了一下，一看是魏晓云，才说你……话没出口，晓云妈就向他打招呼，接着就是赵大娃，他见黄睿来了，忙扔下和泥的铁锹，去给黄睿倒水。一个民工开玩笑地说赵大娃一看到黄所长，比见了他爷都跑得快。众人哄笑。赵大娃提着水壶拿着一次性水杯朝黄睿走来，顺便朝那个开玩笑的民工屁股上捅了一下，笑呵呵地说你这个坏种，总爱拿我开玩笑。黄睿见工程进展比较快，地基已经挖好，砖都砌了半尺高了，说不喝不喝，你忙你的，前天听说你动工了，我下来看看。

魏晓云见黄睿和人说话，就给母亲使了个眼色，晓云妈即说道：黄所长，你对赵大娃的事儿这么上心，也对我的事儿上个心吧，我们老魏失踪这么多年了，我这心里实在放不下啊。

黄睿说：你男人失踪的时间太久了，派出所已经查过多次了，现在复查，确实有一定的困难，只能等待机会。

我知道有困难，这些年我心里也多次劝自己放弃，不再想这个事儿，可有时候一想起，心里就发惊，总感觉我那死鬼可能被人害了，求求你再给我查一查吧，我女子也说了，这是最后一次，如果在你手里还查不到，我就一把肠子揪断，认命算了。

牛彩琴这么一说，干活的人你一言我一语，纷纷议论了起来。有的劝她放弃，有的劝黄睿重视一下，说这个村在五十年内失踪过好几个人了，如果都查不出来，以后会有更多的失踪者。

有人还故意开玩笑说：警察不为民破案，不如回家甩羊鞭。

干活的人一听这句话，轰的笑了起来。

另一个人即插话道：鞭你个头！黄所长，我给你出个主意，不管魏平找着还是找不着，你先应承住，实在找不到，你就说老魏被神接走了。

开头那个人说：你说屁话，你这不是糟蹋神吗？

这人说：现在回归传统，到处盖庙。人为啥请神时，放在天亮之前？而且还不走大路和小路，专门走旷野荒田？是因为神在进庙时，遇到喜鹊死喜鹊，遇到人死人。为了不伤人，因此才在夜半无人的地方请神。在抬神期间，若遇到啥东西死了，都说是跟神去了。魏平走得无影无踪，警察找不到人，只能往神身上赖了。

这人话一落，又惹得大家哈哈大笑。

黄睿发现尽管是个玩笑，但感觉有讽刺的意思，就对晓云妈说道：这个事我知道了，我个人努力吧，但你也不要抱过大的希望，单位案子多，事务多，这个你要理解。

虽然黄睿当众表了态，但还是怕他踢皮球。过后，母女俩商量了一下，意思是最好趁热打铁，催着赶着让黄所长把这个案子重视起来。怀着这个目的，第二天魏晓云没去干活，而是提了一篮子鸡蛋，进了城，来到了黄睿的家。

陈丽听说这个事还没动静，就安慰魏晓云：他回来了我再问问。

嫂子，你给黄所长提这个事时，顺便给捎个话，以前我小，帮不上忙，现在我大了，在查的过程中，如果需要我跑腿，我就跑；如果需要我出钱，我就出点钱。这几年打工我还积攒了点钱，路费我有呢。

陈丽一听，微微一笑说道：我平时不太过问他工作上的事儿，估计办案不要当事人出啥费用吧？你考虑得太多了，放心，这个事我一定帮你问。说着，拿出了100元，说是鸡蛋钱，要塞给魏晓云，魏晓云死活不要，推开陈丽，出了门。

晚上，黄睿回到家里，已经是夜里十点多。陈丽扒在网上聚精会神地看着古董图片，对黄睿的进门浑然不知。

黄睿问道：你在看啥？

陈丽吓了一跳，说哎呀，你进来咋无声无息的，像捉奸似的。说着，忙关了窗口。黄睿发现她浏览古玩网站，嘲笑她狗看星星知道稀稠，让她赶紧去做饭，说他还没吃。陈丽说这个时候还没吃饭。黄睿说在村里办案子，没顾上吃。

陈丽在给黄睿做饭之际，故意拿出双黄鸡蛋给他看，说是魏晓云送的，之后就把魏晓云来的来意告诉了他。

提起这个姑娘，黄睿不由得想起了昨天发生的一件事——黄睿正在赵大娃工地和人聊天时，一个女人慌慌张张地跑来，老远就喊道：黄所长，正好你在啊。不得了咯，白家死人了，老两口和女子被杀了……

这个消息像炸了锅，黄睿立马提示给赵大娃盖房子的村民注意安全，一面要求报案者带路。黄睿前面走，赵大娃后脚就跟了上去，怕遇到歹徒，特意扛了个尖头铁锹，说若有人来行凶，他就一铁锹铲死。

黄睿和赵大娃等人到了凶杀现场，见死者一个倒在大门口，两个在院子里，有打斗撕扯的痕迹，血从房门口淌到了大门口。

根据报案人邻居大嫂反映，白家女婿花了20万彩礼娶了白家姑娘，婚后夫妻不和，女方回到了娘家，并提出离婚。女婿要求退彩礼，白家人不同意。为这个事闹了几次了，有一次女婿跟岳父打架，她还过去拉架，给劝了一顿，女婿在她跟前哭的跟刘备似的。今天上午，她就听见他们在吵架，她以为和往日一样，又来叫媳妇了，就没理。中午一点多她拉麦子去磨面粉，回来还睡了一会儿，四点多她路过菜地时，发现大门敞开着，地上躺着人。没想到，这次把事闹大了。

得知案情后，黄睿怕破坏现场，阻挡住了络绎不断前来观看的村民。不一会儿，派出所和刑警队的人来了，黑拉拉的警察，白晃晃的警车，瞬间把附近的路口、凶杀现场封锁了起来。

由于白家门前有片玉米地，玉米已经长到一人多高。从脚印看，凶手进了玉米地，之后就断了线索。鉴于这个村庄地形比较复杂，黄睿就当场发动群众，让群众提供凶手有可能匿藏的地方。赵大娃和魏晓云等人也加入到了找人的行列，在塬上、山畔、沟里到处行走，或给专案组带路，或在警察侦查的附近围观。眼看太阳要下山了，还没找到凶手。黄睿望着重重叠叠的群山，分析凶手肯定逃到了山里，但眼前的这条沟连着三座山，三个方向，背后是三个乡镇。考虑到赵大娃熟悉附近的地形和山路，黄睿就让他分析，凶手可能会上了哪座山？赵大娃指了指左面的那座山，说他曾经放羊时，在那座山里见到了一个早年修的地道，分析凶手可能躲在那个地道里。魏晓云则断定凶手没有走远，就在附近。黄睿问：附近？他会藏在附近哪里？

魏晓云想了想，说道：新庄北面不是有个庙吗？既然为家事杀了人，肯定没有活的打算了，何必跑呢？我建议到那个老庙去看看，说不定凶手就钻在那个老庙里。

这么一提，黄睿突然想道：对呀，玉米地的南面是山，大家的侦察思路都放在山里，怎么就没考虑到其他地方呢？于是，黄睿赶紧带人去老庙附近侦查。果然，凶手就躲在老庙里，但他死了，吊死在了庙前的一棵槐树上。

从接到案情到侦破，不到三个小时。虽然二十多个警察跋山涉水，付出了一定的代价，但作为百姓的魏晓云，只用一句话，就让他们找到了凶手。对此，黄睿感慨：凡是人，都有点智慧，不关乎学历身份。所以，不能忽视身边的每一个人，特别是这些与黄土打交道的百姓。

想起这一幕，黄睿自言自语地说道：这个魏晓云……总有些让人出其不意的举动……你干嘛收人家的鸡蛋？陈丽说：鸡蛋嘛，又不是酒。那天提来两瓶好酒，我就没收。这女子为找她爸，确实也费心了，你就给查查吧。查到查不到，先尽尽心。

黄睿冲媳妇看了看，想说什么，突然想起那些给赵大娃盖房子的村民说的话，好像他不查魏平这个案子，就对不起警察这个身份；如果不顾忌群众的想法，有点丧失做人的担当。这时候，他感觉有许多手在推着，把他推到了责任和义务的一边。于是在第二天，他告诉王小可，他准备私下再查一查魏平的失踪案，让王小可协助自己。也让他保密，别告诉他人。

王小可有点为难，说经费紧张，手头案件又多，没有必要在这个老案子上耗费精力。黄睿说：别考虑太多，结果如何，先了解一下再说。

第二十二章

抓住"财神爷"

　　人是经不住撩拨的，徐毛毛把李富贵卖凤冠的事儿告诉了王年年，王年年心里就有想法了，他回顾了自己多年来在师傅跟前的忠心和付出，觉得师傅从心里对自己还是有点距离，所以，想到徐毛毛给他抛出的相关分成等好处，他决定跟师傅聊聊，探探口气，看他手头还有什么东西。如果他再有什么可卖的，起码他这个"身边人"该有个优先权吧？人常说肥水不流外人田。自己有的是资源啊，别说其他人，单是他的大哥王有年，怎么也算是老板啊，干吗你卖东西就不让我知道呢？

　　冲着这个目标，王年年到了李富贵家，见师娘的婆婆在，师傅两口子都不在家。一问，才知去西安查病了。王年年想，师傅平时感冒，都要自己去陪，这次是怎么了？上次在本地医院查病，没让自己跟，这次去西安，还没告诉自己，难道是自己哪里做的不对？还是师傅真有另心了？这么一想，王年年决定不讲师徒情面了，他要乘机摸一摸底，看他家里还有啥东西。

　　于是在夜里，王年年戴了一个只露出眼睛的黑色布头套，悄悄爬上李富贵家的墙，翻了下去。那只狗平时见他不叫，到了晚上似乎不认人了，冲他叫了起来。王年年走到跟前，给扔了一只馒头，狗得到了好处，不叫了，这时发现厢房灯亮了，估计老人在那里面睡觉，听到了狗叫声，醒了，他躲了会儿，发现灯又灭了，就进了李富贵平时睡的上房，到处找，连西面的杂货房都找了，毫无收获。

没找到东西，王年年当夜就骑着摩托回了家。

早上起来，邵粉玲的婆婆见上房被翻得乱七八糟的，老人抖动着手，用李富贵家的座机好不容易给媳妇拨通了电话，告诉她：家里昨晚进贼了。

李富贵正在输液，听到家里进贼的消息后，立马想出院回家。邵粉玲说：我都不急，你急啥呢？进去就进去了，房子又搬不走。李富贵说：那你把小王叫来伺候我，你回去照顾家里。

邵粉玲就给王年年打电话，把李富贵患肝癌的事儿告诉了他，让他去西安伺候李富贵。

王年年很吃惊，想起他们给陈丽家找祖坟时，李富贵那种虚弱的样子，加上脸色发黑，就感觉他的身体不太好了，所以动员他去检查。没想到是肝癌，太出乎他的意料了！王年年瞬间感到心里有些难过，和师娘在电话中聊了几句，说他马上就来西安。

挂了电话，王年年定了定神，就给徐毛毛打通了电话，把这个消息告诉了徐毛毛。徐毛毛也很吃惊，说怪不得他去西安这么多天。王年年说：估计他在咱们医院检查出来后，在西安复查的。

徐毛毛这才告诉王年年：你师傅去西安查病，还是我拉去的，我以为他一查，就回来，结果他说他有个亲戚在西安，想在那里转几天，让我回来。看来，他是故意隐瞒我。

想到李富贵这个举动，王年年心里有点纳闷，对徐毛毛说道：你说，他卖东西隐瞒我，有病隐瞒，为啥呢？

电话那边的徐毛毛说道：他曾让我别给人说他卖东西的事，怕他儿子知道，跟他闹腾。至于患病隐瞒你，这个我就说不上来了。

王年年愣了愣，说：你等着，我准备去西安伺候他，走之前咱们见个面。

两个多小时后，王年年就见到了徐毛毛。为了方便，两人坐在了徐毛毛的车上，关于李富贵的病情和举动，交流了起来。王年年详细地询问了李富贵出售凤冠的时间，认为李富贵是查出了肝癌后，才做出了这个举动。徐毛毛说：就是的，我也是这个看法。东西卖了的第三天，他就让我拉他去看他的亲生儿子，还给了钱，他这么做，分明是打理后事了。

王年年苦笑一声说：你看，连这些跑路的事情都不让我跑，以前有个屁事都叫我哩，光我开车拉他，不知跑了多少里路。现在得了这么大的病，却把我推到一边……说到这里，王年年突然心里有种莫名的难过，毕竟来来往往十几年了，多少有些感情了。

但对徐毛毛来说，就没有"难过"这个体会了，相反的，她心里却有一种莫名的兴奋。为什么兴奋呢？一是李富贵在得知自己的病情后，才卖了凤冠，如果没病，那个东西还放着，既然他这个时候拿出来，说明这些东西在他的心里有一定的分量；二是虽然李富贵说凤冠是家传的，但只要了解了他的背景，就能断定绝对不是家传的，有可能是盗墓出来的，况且，他送给自己的那个耀州小碗，就是真品，自己拿给郑文斌一看，人家就买了，由此可以断定，李富贵手里的东西，应该都是真品；三是既然他刨过土土，那手里肯定有些东西，如果他手里还有其他东西，自己照样可以赚钱啊。

人的心里一旦装了钱和利，基本就不考虑人情了，一切都是以利益为目的，有奶就是娘，有利人就亲。这个时候的徐毛毛心里根本顾不上考虑李富贵的病有多严重，他的心里有多痛苦，她考虑的只是李富贵身后的东西，包括王年年提到的另一只梅瓶。是啊，和凤冠一起卖掉的是一只梅瓶啊，另一只肯定还在李富贵手里。至于李富贵曾经给她送项链、送小碗的这个情义，自然被她忽略得一干二净了。

见王年年泪眼婆娑的，徐毛毛就劝他想开点，说：得了这病，就是把神仙请来，也无济于事。人的命有长有短，啥时候得病啥时候死，都有定数。再说了，你毕竟他不是的亲骨肉，而且从最近这些事上看，他对你也不咋地，因此你也不要乱了方寸，脑子放清楚一点，肝癌是治不好的，人一死，情就没了。我建议你借伺候他的机会，好好探探他的口气，看他还有什么东西。毕竟跟了他十多年了，不能白跟。东西若落到咱们手里，也许还能卖个好价钱；若落到他老婆，或者他那个老实巴交的娃手里，估计把金子当铜使了。

王年年眨了眨眼睛，虽然没吭声，但也没反驳。

两人聊了一会儿，徐毛毛就开车将王年年送到了去西安的专线车跟前，看着他上了车，才离开。

王年年到了西安，已经是晚上7点多了。看到李富贵几天时间好像变了样，脸色发青，眼睛有点浮肿，师娘也好像瘦了一圈，想到他跟了十几年的人将活不长久了，感觉有点接受不了，就俯身抓着李富贵的手说道：怪不得你最近老说身子发困，我以为你是感冒了，或是太劳累了，没想到你得了这么大的病……

李富贵叹息一声说道：虽然咱们那的医院检查出来了，我还是抱了点希望，怀疑是误诊，没想到就是这个结果。娃，师傅在世的日子不多了……说着，李富贵突然声音发涩，眼泪骨碌碌地滚了出来。

王年年见师傅哭了，不禁鼻子一酸，泪水也夺眶而出。他坐在李富贵床前，齉着鼻子说道：师傅，你得了这么大的病，咋没提前告诉我？要不是师娘说，我现在还不知道。

李富贵哭着说道：我给谁都没说，包括我的几个娃娃……

为啥呢？

我的痛，我想一个人承受……

师傅啊，你何必呢……

王年年这么一哭，邵粉玲更是悲情不已，说李富贵供帮她娃娃上完大学，把媳妇给娶下，一辈子风里来雨里去的，刚刚过上好日子，却得病了，人咋就这么难活呢？说着，怕影响隔壁床上的病人，使劲擦眼泪，躲避着人的视线。

李富贵在徒弟跟前痛哭了一场，渐渐收住眼泪说道：我也想通了，人迟早有这么一回事，听天由命吧。你们也不要把我得病的事告诉别人，知道了他们就要来看我，人来人往的，我心里也烦。等我实在病的不行了，再告诉亲戚朋友。现在你们就听我的，我是咋想的，你们就咋做。本来我还不想让你知道，听说家里昨晚进贼了，你师娘心急，这才告诉了你。你既然来了，让你师娘回去看看。你师娘的婆婆年龄大了，一个人在家我也不放心。我打算化疗完就回去，下次化疗，放在咱们县医院里。

王年年听到"进贼"这个字眼，没接这个话茬，而是当即给徐毛毛发了信息，让她别告诉任何人李富贵患癌的事。徐毛毛发来信息，问为什么？王年年说：是师傅叮咛的。徐毛毛说：知道了。

王年年熟悉了两天，就换邵粉玲回家了，留下王年年一个人伺候李富贵。

邵粉玲回到家里，首先向她婆婆询问家里进贼的事。听了老人述说的经过，她看了一眼炕角的墙壁。当初拿到那个玉碗和金扳指之后，邵粉玲按照李富贵的提示，在离炕十公分处的墙壁上挖了凹洞，将玉碗和金扳指包装好，塞进壁洞里，然后用一块砖头堵住，再用一张白纸糊住。白天被子叠起，堵住了这个洞，谁也发现不了；晚上睡觉，那两个东西在人的脚下，更安全。现在，邵粉玲见墙壁没人动，家里也没丢失任何东西，就给李富贵报了个平安，然后像没发生什么似的，在老人跟前啥也没提。老人问李富贵咋没回来？病查得咋样？邵粉玲怔了一下，故意说好着呢，过几天就回来了，让老人放宽心，别有啥想法了。

前面说了，徐毛毛听到李富贵患了肝癌的消息后，不仅不难过，反而心里感到更踏实了，对陈丽手里的那套东西，更有把握了。为此，她又主动给郑文斌打电话，像朋友似的聊了起来。她觉得人与人之间的关系，就是在重复又重复的交流之中建立起来的。聊天，不仅能了解一个人，更能聊出一些信息，促进人与人之间的合作。自然，在聊天之中，徐毛毛又提到了那套宝贝。郑文斌说不是让你们把东西带来吗？怎么还不带来？徐毛毛故意试探地说道：因为卖家要求凤冠这套宝贝要走必须一起走，单个是不卖的，所以，人家比较在乎买家的实力。

郑文斌听出了徐毛毛的意思，就直截了当地说道：还没看东西呢，怎么就先说实力呢？在我们这个市场，在拍卖会上几百万上千万买东西的人不少啊，对于我们来说，只要东西好，不愁没有资金。

徐毛毛一听郑文斌这么说，像吃了定心丸，为了检验他的诚意，说凤城人有多淳朴，地貌风景有多独特，羊肉有多好吃，苹果有多甜，古玩街上的文物有多丰富，建议他到凤城市走一走看一看。说你如果来了，我拉你到各县的名胜古迹和古玩市场去逛逛，保证你有些收获。

郑文斌说：到你们凤城游一游可以，我也喜欢到处走走。美国有个大藏家叫安思远，他是个中国通，收藏的几乎全是中国的古董，为此他走过宁夏、陕北等好多地方，因此，但凡搞收藏的人，也是在不断地走动和了解之中，收到东西的。但是，一些价值比较高的东西，通常都是熟人、朋友或者公司介绍的，像你和我才认识，一般情况下是不上门看货的。

徐毛毛问：为啥呢？

郑文斌说：万一看上东西了，买起来不安全。因为有些卖家，藏家前面把东西买走，后面他们或给公安局告发，或者联合黑恶势力故意刁难，阴阳结合，弄得藏家丢盔撂甲，啥都没了，这种事情我的一个朋友在广东就经历过。所以，在这方面，我们都很谨慎，硬愿掏高价在拍卖行买东西，在某些时候都不买民间的，东西来路不正，再好也不买。

徐毛毛咯咯一笑说道：你说的这事，毕竟是少数嘛，而且我还有个皮鞋店，经常到西安来进货，你难道还怕我骗你不成？我也想让亲戚把东西带到你那里呀，但我的亲戚得了肝癌，最近几天就在你们西安肿瘤医院化疗哩，不信我给你提供个地址，你去了解一下。如果亲戚不得病，不会卖这些东西的，听说最近还有人上门看货哩。

郑文斌听徐毛毛这么一说，不吭声了。

徐毛毛说：你再考虑一下吧，看怎么方便怎么来。这行道你是知道的，买啥都讲究个缘分。看上货的人不一定买去；不起眼的那个人，往往是个实手买家。

徐毛毛以她卖皮鞋的经验总结出了这句话，郑文斌一听，觉得徐毛毛的话说得很在行，是个比较实在的古玩人，更加深了对徐毛毛的信任，就说道：好，好，我考虑一下，如果来，我提前告诉你。

徐毛毛觉得凤冠这套宝贝是一堆财，郑文斌是个财神爷，她要抓住这个财神爷，好好赚一把！人无横财不富！据她一个在房产中介公司的朋友讲，一些中介公司在楼开盘时，就将整栋楼先拿下来，然后再往出卖或者出租。价格和房源掌握在中介手里，两头吃。这次她也模仿中介公司的做法，既要在陈丽手里赚佣金，也要在郑文斌手里赚利润，譬如郑文斌出价 100 万元，她就给陈丽报80 万元。她要左手牵郑文斌，右手牵陈丽，要让他俩当自己的财神爷爷和财神奶奶。因此，她不能太急，要缓慢进行，这样才能吊起他们的胃口。所以，她故意对郑文斌说道：我最近手头有点事，你慢慢考虑吧，也别太急，等忙完了咱们再联系。

在电话上搞定了郑文斌，徐毛毛又来搞陈丽。陈丽因为失业，心里极其压抑，想把自己失业的事儿告诉黄睿，觉得自己这几年太对不起老公了，原本衣食无忧的日子，一下有了债务，老公被卷入债务之中，打发了这个，又来了那个，填了这个窟窿，那个窟窿等还着，百孔千疮的生活，沉重的压力，搞得连他的性格都变了，回到家里，不是少言寡语，就是一副忧心忡忡的样子。以前和自己睡在床上，还经常说这说那的，自从债务爆发以来，和自己很少说话了。怕家里人来人往地影响儿子的学习，索性将儿子送到了外婆那里，把对儿子的全部教育压给了他外公外婆。节假日，宁愿躲在岳父岳母家，都不愿回来。他的压力，陈丽看得见；他内心的痛苦，她也摸得着。所以，在老公跟前，陈丽尽量顺着摸着，能不让他烦恼，就不让他烦恼；多大的痛与压力，自己能独自承担，就独自承担。譬如她被炒了鱿鱼的事儿，能隐瞒就隐瞒。在隐瞒之中，她尽量找工作，她坚信世上没有不能走的路，没有不用人的单位。

在找工作期间，为了掩饰自己还在上班，陈丽和往常一样，早上和老公共同出门，晚上前后回家。反正，黄睿中午不回家吃饭，陈丽在家里美美睡一个下午，他都不知道。当然，由于心里有事，陈丽眼睛烧滋滋地根本睡不着。白天即使迷糊一会儿，感觉身边站着个幽灵，用那无形的钩子动不动就把她钩醒了。陈丽早上为了打发时间，坐上了一路公共车，这趟车在凤城市的南北主干道上来回行驶，走一趟大约需要 30 分钟。陈丽就坐在窗前，看着窗外，一趟一趟地消磨着时间。车到终点了，她就继续补上一元钱的车票，继续坐。消磨上四五个来回，快到了下班时间，她就买点菜，到了娘家，亲自上锅给爸妈做饭。她爸是退休教师，高级职称，只教数学和物理，曾经梦想把陈丽教育成才，但是陈丽不是上大学的料，现在就把希望寄托在外孙身上。从小学到现在，眼看要考大学了，都是他外公一手监管、辅导和教育的。老人的眼里只有外孙，女儿哪怕成啥精，他不理，哪怕欠债多少，他也不过问。倒是陈丽妈见她脸色不好，知道女儿最近又过得不安稳了，安慰她说虱子多了不痒，债多了不愁，心放宽，慢慢还，能还多少是多少，别把人逼倒了。有人就有一切。况且，贾三这个瞎怂的手里还捏着你的钱。现在还不了，迟早会还的。若把你的身体搞垮了，钱要不来，又还不上，啥事不顶。

陈丽见老妈这么安慰，感到一腔泪水又喷到了眼边，很想说：妈，我现在没工作了，失业了。但这种负面消息能告诉母亲吗？她只能咽回去。

吃了中午饭，陈丽把父母和儿子的衣服、床单统统扯下来洗了，老妈见她洗得不停，问她今天不上班吗？陈丽说休假，轻描淡写地应付了过去。

陈丽在家人跟前且演戏，且找工作。当然，也不忘手里的这套宝贝。她想在这期间，能倒腾出去就倒腾出去，多少赚点钱就行。但前提是东西必须真，若再遇到个买家，别落个兰州人看假的那个下场。为此，她期望李富贵早点回来，期望徐毛毛帮自己渡过难关。这正迎合了徐毛毛的心理。因为徐毛毛有了既想赚佣金，又想赚利润的心愿，借李富贵在西安看病这个机会，有意吊起了陈丽，逼得陈丽把自己失业的现状告诉了她。

说到自己的失业时，陈丽感叹道：我发现人往往遇到一个不太顺的事时，另一个事就邪乎乎地来了，冥冥之中好像是事赶事。古人说祸不单行，这话真总结绝了。我看命运这个东西，在我身边转来转去的，好像非要放倒我不可。

徐毛毛从王年年口中得知李富贵患了肝癌，本来想告诉陈丽，又怕陈丽对患病的李富贵更有想法，对那些东西更加怀疑，就隐瞒了。但见陈丽这么说，就微微一笑说道：别说的这么玄乎了。这年头，光咱们凤城市倒下去的大老板有多少，你不是不知道。有的人欠几个亿，照样活得很潇洒。再不跟谁比，你跟邓玲儿比吧? 这个女人欠了别人八千多万, 听说光债主就有五六十个, 有的人欠债三四万元, 不是被拉去拘留, 就是上了法院的黑名单。人家一没上黑名单, 二没被拉去拘留, 穿得好, 游得美, 脸上经常放光, 要是你, 脸上都起瓜瓜了。

咳, 我哪能跟人家那些大老板比呢? 人家都是从大风大浪里走过来的人, 见过大世面, 挣过大钱。我这平常小日子过惯了, 现在卷在这债务里面, 心里不急不由我呀。人跟人, 比不成呀。

事情再急, 总得一步步来呀。李富贵不在, 我也没办法, 这个事总不能在电话上直接提吧?

陈丽忙说: 我知道, 我知道, 我就是心里着急, 才给你说的。

我再给你说一遍, 你别太相信老陶的话, 把事往好处想, 别净往坏处想了!

也是也是, 但不怕一万, 就怕万一呀。万一来看货的人, 又说东西假了怎么办? 原来我很相信李富贵的话, 老陶这一说, 我心里咋说也有点不瓷实, 所以, 也请妹子理解。

徐毛毛说耐点心, 等李富贵回来了再说。

几天后, 陈丽在望眼欲穿中, 得到了李富贵回家的消息。她赶紧去了徐毛毛的店里, 坐上她的车, 往李富贵家里赶。

在动身之前, 徐毛毛已经给王年年发了信息, 问他在不在李富贵家? 王年年说在。徐毛毛说: 等会儿我和凤冠的买主来你师傅家, 到时候你啥话别说, 装作咱俩不太熟悉。王年年说: 知道, 但你也别提人家的病情。徐毛毛说: 这个我也知道。

很快, 徐毛毛两人就到了李富贵家。

王年年与徐毛毛本来非常熟悉了, 但在李富贵面前, 他给徐毛毛两人打了个招呼, 就出去给李富贵熬药了。邵粉玲有个习惯, 只要李富贵的客人来, 她敷衍几句就找借口离开了, 很少和客人坐下来天南地北地聊。现在, 房子里只剩下李富贵、陈丽和徐毛毛三人。

陈丽由于不知李富贵的病情, 见他脸色不太好, 就问他身体好着吗? 说我发现你的气色不如以前了。李富贵说胃有点不舒服, 到西安查了一下。陈丽问没事吧? 李富贵说没啥大毛病。

徐毛毛发现李富贵到了这个时候还在隐瞒自己的病情, 她庆幸自己没告诉陈丽, 不然, 陈丽不会用这种语气问他, 她把啥事都会挂在脸上。

寒暄了几句，陈丽就直奔主题，说有人看凤冠和梅瓶是假的，其他几个玉石倒是真品，但是价值不高……

李富贵目的是让凤冠落到顾盈盈的手里，进入顾盈盈的凤凰书院，因此当初价格要得比较低。经过徐毛毛在中间撮合，他的心愿也达到了，他亲眼看见顾盈盈进了他的房子，看到了货，没过几天就用一疙瘩钱换去了那套宝贝。下一步，他打算把手头的事儿安排好之后，在他的病情不能控制的时候，他就亲自告诉顾盈盈：你买去的那些宝贝是我的，是我珍藏了二十来年的东西。为啥要把东西卖给你，因为咱俩曾经有段情，这个情我忘不了。不论你如何看不起我，但你至少会看得起从我手里出去的这些东西。以后你看到这些东西，若能想起我对你的好，那我就知足了。没想到现在竟然说东西是假的，他愣了一下，问：是姓顾的告诉你的？

陈丽说：是兰州的一个买家这样评价的。当初他在网上看了我发的图片后，比较感兴趣，专门来看，结果一上手后，发现不对。李大师，我现在有几百万的债务，手头很紧张啊，买你这些东西时，还是拿贷款买的。想靠这些东西赚点钱，还点债，那个买家这么一说，我头上像挨了一棍子，两眼发黑，感觉天要塌了……

李富贵一听，更觉得一头雾水，问道：这些宝贝不是让盛盈公司的董事长顾盈盈买去了吗？怎么成了你？

徐毛毛觉得没有必要再隐瞒了，这才将顾盈盈开始想买，后来又让陈丽买的过程告诉了李富贵。

李富贵听此，两眼立即勾了下来，脸上的肌肉微微抖动，他沉默了一下，生气地说道：他妈的，我知道跟婆娘娃娃打交道，就没有个好结果！既然认为是假的，就全部退给我吧，我拿你多少钱，退你多少！你们马上把东西给我送来！

徐毛毛见李富贵情绪突然很激动，忙劝说道：李大师，你别介意，我这个姐姐是被债务搞成神经病了，谁一说啥，她就信。别人说蛇来了，她就出溜一下。我咋解释，她都不信，就信兰州那个二糨的话。本来我不让她来，她硬要来。不管咋样，这个东西我认了，她不要，我就要。我就是把店卖了，把东西都会留下来的！你安心养病，这个事就不再打扰你了。

李富贵气狠狠地说道：早知姓顾的不买，我就不枉费心机。还是我瞎了眼睛，把姓顾的看得太高了！他妈的，都是坏怂！都不是好东西！说罢，一个侧身就躺了下去，然后又冲徐毛毛挥手发出了逐客令：你们回去取东西吧！

徐毛毛见李富贵生了大气，两眼无奈地看了看陈丽，然后对李富贵说道：李大师，那我们就走了，你休息吧。如果再需要车，你吭声。咱们交情到了这个分儿上，你就别客气了。说罢，拉着陈丽出了门。

在回城的路上，徐毛毛说：你看你把李富贵气成啥样子了？东西如果是假的，他会这么生气吗？

陈丽说：怎么是我气他呢？我只是把别人的看法告诉他而已。

那你现在还相信别人的看法吗？

陈丽愣了愣，嘴软软地说道：当初我也不是全信……

徐毛毛即打断她的话：你就把心放在肚子里，思谋这些东西卖多少钱呀，其他就别想了。我不是给你说了嘛，我联系了一个人，他对你这套东西也感兴趣呀。

我知道你为我已经联系了人，为啥要见一下李富贵呢？就是怕西安这个人看了东西，说法跟兰州人一样，我也不想让你没面子。

是我联系的人，我都不怕，你怕啥呢？

陈丽从李富贵的反应看，感觉这些东西是真的无疑了。加上徐毛毛这么一说，她心里一下瓷实了，就微笑道：只要东西没问题就好。那……西安人啥时候来看货？

估计就在这几天。他上午还跟我联系了，说手头有点事，一办完就来。

陈丽长出一口气说道：但愿咱们和这个西安人能把生意做成，我现在打发债主就像给自己头上卸砖头，卸上一个，感觉头能轻松一点。啥时候把头上的砖头卸完，就等于我活过来了。现在我在人跟前装得再像，总感到精气神都不足，心里总感到很自卑。唉！真是死不了，活不旺。

徐毛毛听到这里，噗的笑了一下说道：你看你，如果不是你那个同学贾三害你，你不至于成了这样。那一年你给贾三筹钱时，说那个人事儿干得有多好，本事有多大，要不是我把钱拿去帮我娘家盖房子，也听你的话把钱给贾三了，幸亏我娘家盖房子干扰了一下。

是啊，算你有福报，老天保佑了你，不然也跟我一样，掉进坑里了。

说起贾三，陈丽不由得咬牙切齿，脏话连篇地咒骂了起来，说贾三这个坏种将来不得好死！当初买了车之后，卡上还有 8 万元的存款，虽然银行有按揭，可我们手头松泛着呢。现在你看……早知他要死狗不给钱，我应该早早把我债主的利息扎了，我光给人清算利息，就拿出去了 40 多万元。要不是我老汉提示我扎住利息，现在两个 500 万元都超过了。

徐毛毛见陈丽说起贾三，显得有点激动，就问道：虽然咱们是好朋友，但我不好意思问你，你到底在多少人跟前拿了钱？

前前后后总共是 16 个人。

我的天，你放给贾三总共才 500 万元嘛，咋牵扯这么多人呢？人家吸收资金几千万的，不过是十来个人呢。

人家的圈子好嘛，我的圈子是啥人？都是普通人啊。普通人手里有个二三十万，都不错了。而且为了给人家清算利息，我只能拆了东墙补西墙。

说到这里，陈丽深深叹息一声，深有感触地说道：唉，想起自己的经历，感觉像做了一场噩梦，这个坏种贾三，如果不让我帮忙吸收资金，我是不会拿这么多人的钱的；若我当初听了我老汉的劝告，别给他筹钱，是不会落到这个地步的！都是我图挣人家的高利息导致的结果！我的心太重了，挣钱的欲望太高了，人都说空里来的钱不受实，来是一疙瘩，去也是一片子。命里是一两，到不了一斤。土里刨的命，吃不了天上掉下来的食。现在来看，这些道理都是真的。我违背了自己的命理，违背了挣钱的规律，所以才受到了这样的惩罚。

徐毛毛听到这里，哈哈一笑说：你看起来疯头疯脑的，还有自我认知的本事，总结起来一套一套的。

人只有碰了壁，才能灵醒过来。真的，我一直在反思自己，也天天都在想，若有朝一日，我从这个债务的泥潭中走出，我就要好好做人，好好伺候我老汉，好好孝敬我公婆和父母……特别是我老汉，我觉得我这辈子最对不起的人就是他！他因为我……说到这里，陈丽突然鼻子发酸，噎得说不出话来。

徐毛毛虽然驾着车，但很认真地听着陈丽的述说，见她有点难过，就安慰道：别难过了，我会尽力帮你的。这次客户来，我尽量把价格报高一点，给你卖个好价钱。至于债务，已经这样了，慢慢来，你虽然欠别人，但别人还欠的呀，你有三角债呀，所以你要想开些。

陈丽自言自语地说道：我现在觉得，人生最大的幸福，就是没有债务，你现在比我幸福多了。

徐毛毛立即高声说道：我若是有黄睿这么个男人，即使有债，都感到幸福，至少，他没有因为弄下这么大的窟窿而抛弃你，该还的账他还着，该承担的责任他担着，心里再痛，压力再大，对你还是一如既往的。要是遇到个自私的男人，早就把你一脚蹬了。

陈丽嘿嘿一笑说道：你说的可是实话。说罢，她擦了擦眼泪。

第二十三章

顾盈盈釜底抽薪

在徐毛毛的拿捏下，郑文斌终于顺着徐毛毛的意图来了，准备来凤城市看货。

确定时间后，徐毛毛首先在盛盈宾馆给郑文斌订了一个房间，因为她知道东西在顾盈盈这里放着，让客户住在这里，方便一点。其次她又告诉了王年年，说西安那个大藏家要来了，准备买点东西，让他也来认识一下，顺便陪陪这个客户。王年年答应了，说他在郑文斌到达之前进城。

接下来她就告诉了陈丽，让她提前把东西取出来准备好，说客户今天就要来了，大概要卖多少钱，心里要有个数。但要见机行事，心不要太重，别要价太高，以防失去机会。

陈丽听起来非常高兴，满口答应，说你是生意人，客户又是你介绍来的，在谈生意方面，你有经验，你看着给咱们把握吧，反正卖得高，你的提成高。徐毛毛说：那就好，既然你信任我，那我就看着给你拿捏，但你要沉住气，配合好我呀。陈丽说：没问题！

徐毛毛在电话上给陈丽交代完毕，就去收拾头发，打算把自己打扮得漂漂亮亮地来接待郑文斌。

吃饭的地方她也定下了，是具有凤城饮食风味的酒店，饭菜具备了农家乐的全部特色，但比农家乐高档。郑文斌在凤城旅游的路线她心里大致也有个框架，史前齐家文化遗址、战国车马遗址、秦代古道遗址、唐宋明清名人故居、红色革命遗址、包括地方特色小镇等景观，她知道任何买卖都不是一看就能成交的，需要一个认知和议价的过程。利用这个机会，带他走一走看一看，至少能增进友谊。

就在徐毛毛收拾头发时，顾盈盈打来电话，让徐毛毛到她的办公室去一下，说她在宾馆。徐毛毛说：我马上就完了，完了我过来。

原来，陈丽接到了徐毛毛的电话后，就赶紧告诉了顾盈盈，说西安的一个客户今天来要看凤冠，可能有买的意思。如果你没事，帮我把这个事打理一下。顾盈盈问这个客户是谁联系的？陈丽说是徐毛毛。为了这个事，她还去了一趟西安，说这个客户是个大藏家，曾经以评委的身份上过电视鉴宝节目，很有实力。

当时，顾盈盈正在办公室和人谈事，放下电话，顾盈盈告诉客人，这个事先说到这里，改日咱们再议吧。客人见她忙，撒腿就走了。顾盈盈点着烟，叼在嘴里慢悠悠地抽着，想了会儿，才给陈丽打过去了电话，说她这会有点事，等会我给你打电话时，你再过来，顺便跟陈丽要了徐毛毛的电话。

徐毛毛开车到了盛盈宾馆。见面后，顾盈盈问道：听陈丽说，你给她的这套宝贝找了个买家？

徐毛毛说：就是的。

徐毛毛把郑文斌的情况大致做了介绍，说这个人经常上拍卖会买东西，实力很大，看了图片后，比较感兴趣，要上手看看。

价格说了没？

还没有，看了东西再说。

顾盈盈先给徐毛毛沏上茶，然后才慢腾腾地问道：最近，你又见到你那个亲戚李富贵没有？

徐毛毛心里想，顾盈盈见了她，首先问的是买家的事，没想到她突然问起了李富贵，就有点猝不及防地说道：没……没有。

顾盈盈用眼睛瞟了一下徐毛毛，不动声色地问道：李富贵是你的什么亲戚？

徐毛毛忙微笑道：我当初给陈丽介绍宝贝时，怕她有想法，就说是我的亲戚，其实不是，是熟人。

顾盈盈问：这个人家庭情况怎么样？你了解吗？

好像一般吧，这个人命不太好，结了几次婚。

顾盈盈哦了一声，遂问李富贵几个老婆都是干啥的？为啥结了几次婚？徐毛毛就把她从李富贵口里听到的相关情况告诉了顾盈盈，说第一个老婆好像是他本村人，他离了；第二个是个四川人，后来跑了；第三个是裁缝，好像他比较喜欢这个裁缝，怎么分开的，他也没告诉我；第四个就是他现在的老婆，听说这个老婆以前是个专线车司机，被一个东北人劫持到内蒙，差点丢了命……

顾盈盈听到这里，微微一笑：你对这个人比较了解。

我平时有啥事了，就请教他，我们比较熟悉。这个人手艺也高，帮陈丽家找到了祖坟。

我认识几个做衣服的，不知他喜欢的那个裁缝叫什么名字？

顾盈盈故意这样问的目的，是想知道李富贵是不是把他俩当年的秘密告诉了徐毛毛。

不知道，他没说，我也没好意思问。

徐毛毛见顾盈盈对李富贵比较感兴趣，就反问：你是不是想认识一下他？

顾盈盈忙摇头说：不是不是，没这个必要。我就是想通过这个人，了解一下这些宝贝的来源。古董买卖，出处要对，传世的或者在古玩店等渠道买来的东西，可以买卖；如果是盗墓的，就不能买卖，是违法的。

顾盈盈这么一提，徐毛毛不吭声了，因为她知道李富贵之前盗过墓。至于凤冠是不是盗墓之物？她说不上来。况且，李富贵现在得了绝症，即使是盗墓的，又有啥关系呢？所以，当顾盈盈推测是盗墓之物时，她啥话也没说，装得像没听见似的。

顾盈盈估计她这么一说，徐毛毛会做些解释，但见她不吭声，就继续说道：尽管我支持陈丽买了下来，但心里多少有点怀疑。因为他是个农民，农民家庭哪有这种传世的东西呢？李富贵的家庭情况如何，你应该是知道的。所以，我认为这些宝贝不是李富贵从别人手里买的，就是挖了古墓。而且，我有个感觉，感觉他盗过墓。

徐毛毛发现顾盈盈的猜测和自己所了解的实际情况很贴近，心里不禁为顾盈盈的聪明感到吃惊，但掩饰地微笑道：这个我就不知道了。人的嘴是个软的，横竖都能说，李富贵到底是说了真话还是假话，现在我也说不上来。不过，现在已经到这个地步了，就是你推测的对，也没办法了。别说陈丽现在成了那些东西的主人，你也把40万元搭进去了，所以，这个时候咱们尽量要往好处想。

顾盈盈发现，徐毛毛这个人表面看起来很一般，但一说话，感觉她身上带刺，有点硬扎扎的感觉，不像陈丽，在自己跟前这么直接和顺溜。为此，她拿眼睛看了看徐毛毛，说道：我正是为了陈丽，为了你，才往这方面想的。如果真是盗墓之物，不出事则罢，出了事，她要坐牢；你也脱不了干系，因为你是介绍人，估计你也拿了佣金什么的，你俩获罪的性质是一样的，同样有坐牢的风险。至于我，无非借给陈丽的这笔钱拖了一阵子，她就是出了事，该还我的钱，还是要还的，这个事怎么也牵扯不到我的头上。

无疑，这几句话像个撒手锏，杀得徐毛毛没有料到。一提到"坐牢"二字，她瞬间浑身一颤，像被什么把自己揪住了。因为她男人就是盗窃石油管道，被判了8年刑。当年，她亲眼看着警察冲进她家的院子，在她的眼皮底下将男人扭倒在地，给戴上了手铐，推上了警车。那个瞬间带给她的心理刺激和印象，终身都忘不了。所以现在听到这个字眼，当年那种恐怖的感受又出现了。她怔了怔，不知怎么说了。但一想到李富贵的病情，想到顾盈盈当初主动给陈丽借钱的情形，立马有了方向，就淡定地说道：假设这些东西来路不对，但在买卖过程中，只有你知、我知和陈丽知道。咱们三个不说，怎么能出事呢？况且，当初我是给你推荐的，你还上门看了东西，我实心实地以为是你买哩，结果你让给了陈丽，还主动给她借了钱，所以，如果你当初不给陈丽借钱，不把这个事情往前推进一步，就没有后面这些事情嘛。

说起这个事，徐毛毛好像有点激动，说起话来语速有点快，没容顾盈盈插话，就一股脑儿地说道：陈丽背上了你这40万元的人情债，她心理压力也大得很呀。不知她告诉你没有？上次兰州人来看货，说梅瓶是高仿品，凤冠是工艺品，陈丽慌得要死，在我跟前哭鼻子。她现在因为债主到单位闹事，被驾校辞了，连工作都没了。凤冠这些东西压在她手上出不去，像热锅上的蚂蚁，天天跟我叫苦。作为朋友，怎能不着急呢？假如我给她说这些东西有可能是盗墓的，那不是给她脖子上架了刀吗？

顾盈盈以为自己拿这个话题能唬住徐毛毛，没想到她竟然拿这么多的理由压住了她。她微微一笑，给自己点了支烟，冷静了一下，又慢腾腾地说道：我说的意思，你没明白。在保密程度上，咱们三个肯定没什么问题。主要是，这个东西转手的人太多了，万一哪里出了问题怎么办？咱们对李富贵都有些怀疑，同样的，你找的买家也怀疑陈丽呀。而且这些东西不是一件两件，而是一套，再不懂的人一看，就能想到这套东西是从哪里来的。在转手的过程中，如果有人心怀叵测，举报了怎么办？

那你……当初看到这个东西时，咋不把你这些想法向我说说？

顾盈盈见徐毛毛的嘴头有点利索，又停了一下，吸了一口烟才悠然说道：当时看到东西时，跟你一样，也就觉得这个东西挺不错，确实也想帮一帮陈丽。现在回过头想想，觉得我当时的头脑还是有点发热，做事有点冲动，所以，我才把自己的顾虑告诉了你，你再想一想，看我这些顾虑有没有根据？

徐毛毛想到陈丽曾说她的脑子有点发潮，现在顾盈盈又说自己脑子有点发热，看来，人的想法往往是此一时彼一时的。见顾盈盈的想法跟之前不一样了，就直问：既然是这样，那你的意思怎么办？

顾盈盈说：这个东西不能再倒卖了，再倒腾下去，绝对会出事！所以，为了大家都平安，我想把这个东西捂住。

徐毛毛见顾盈盈的话题句句切入风险上，心里还真有点担心，就低声问道：咋捂呢？咱们能捂住，陈丽捂不住呀，会把她捂疯的。

顾盈盈轻描淡写地说道：留在我手里算了，别再动了。

徐毛毛一愣：你的意思，让陈丽转给你？

顾盈盈点点头。

就凭这一句话，徐毛毛一下明白了：顾盈盈当初为啥主动给陈丽借钱？是因为她想要这套宝贝，但怕东西假了，也怕有啥风险，所以借了陈丽的手；就像自己当初盯上的是顾盈盈这个买家，却借助陈丽把顾盈盈引来一样，陈丽都成了她俩直达目的的跳板。东西虽然是陈丽买的，但钱是她给的，东西又在身边，她请人掌眼也罢，了解也罢，欣赏和研究也罢，反正有的是条件和时间，到了有人上手的时候，她再下手也不晚。现在，见上手的人来了，她就下手了。她这个做法，无疑是给她自己上了个双层保险，无论到什么时候，她都是吃了屎不糊嘴。

想到这里，徐毛毛微微一笑，感觉顾盈盈很阴，手段很高明！最重要的是，她很在乎这套宝贝！

你在乎，难道我不在乎？我的客户就要上门了，意味着生意就到我的手边了，我岂能让给你？于是她就先顺着顾盈盈的意思绕着弯子说道：那……那也行啊，尽管是陈姐买的，但是你拿的钱，你想怎样处理，由你说了算。不过，那些东西到底是不是你猜想的那样，在没有证据的情况下，谁也说不准。而且兰州人也不怎么看好，万一有假的，你若捂下来，你不是吃亏了吗？

吃亏不吃亏，已经做出这事了，我也无所谓。我现在最看重的是平安，让陈丽平安，让你平安。至于东西是真是假，来路如何，我一把拦下来，认了算了。

顾总，你的好意我明白，也很感激你为我俩着想。但你也知道，我找的这个客户今天就来了，这个人的店我也看了，啥东西都有呢，其中一个青铜器，人家说是国宝级别的，都在人家的店里放着。凤冠这些东西，毕竟是清朝的，所以，我想不会有多大的问题。而且，李富贵……她很想说，李富贵现在得了绝症，就是万一出了啥问题，他是将死之人，这个事还能查下去吗？但话到嘴边，她停住了，又提到了陈丽，说她的外债有多少，讨债的人如何欺负她，她的压力有多大等，说陈丽恨不得立马用这些东西赚点钱，还点紧账哩。

顾盈盈听此，神情认真地看着徐毛毛问道：你能确定你请来的客户，就能全部买了这些东西？万一他看了，不买怎么办？你是个卖皮鞋的人，你能确定每个进了你的店、跟你讨价还价的人都会买走你的皮鞋吗？

徐毛毛愣住了。

顾盈盈说道：兰州人看了没买，西安人如果看了还不下实手，你们肯定又得继续找买家，你传我，我传你，如此下去，不是风险来了？你能保证这期间不会出事？

徐毛毛愣了一下，又微微一笑说道：你的意思，不管真假，你都要把东西留下来？

顾盈盈知道徐毛毛以陈丽困难为借口，拐弯抹角地不想放弃，目的是挣点佣金。她是个做企业的人，明白任何买卖，都是为利而来，只是大利与小利的区别而已。若自己图了大利，那就得要让出一点小利，这个事才能圆顺。为此，她直接说道：我知道你为了给陈丽找买家，跑了不少路。现在，既然我留下了这个东西，那我也不亏待你，给你 5 万元辛苦费，这个事就此打住，永不再提。说着，就从放在身旁的皮包里拿出 5 沓钱，推在了徐毛毛面前。

徐毛毛被顾盈盈的种种考虑唬得心里发乱，想放弃，总想借此捞点佣金；不放弃，又觉得她说得很有理儿。 就在她脑筋急转弯之际，没想到她早已胸有成竹，不仅没让她的欲望落空，给的还不算少，她这个做法，太出乎她的预料了！她不禁有点感动，感动得咯咯一笑，说道：顾总，您太客气了，我给陈姐帮忙，是应该的。既然你为大家着想，想拦下这些东西，那你就留着呗，给我辛苦费，我倒是没有给你出啥力呀，咋好意思拿呢？

别客气，你收下吧，不管你出没出力，你经过手，说明你与这些东西有缘，有缘，就应该有你的一份。

徐毛毛立即将这些钱装进了包里，说道：既然你这样说，那我就收下了。你放心顾总，从今天起，我永远不再提这个事了，权当没有这场事。

好好卖你的皮鞋，以后需要帮什么忙，尽管吭声。说罢，她给徐毛毛打了个手势，说你走吧，以后再聊，我还有事！

徐毛毛赶紧起身，笑容满面地跟顾盈盈握了握手，说了句感谢的话，然后就离开了。

顾盈盈打发了徐毛毛，这才叫来了陈丽。

陈丽因为有人来看货，心情很好，兴冲冲地进了门，一坐下，就问凤冠这些东西要多少价格合适？我害怕要得太高了，人家不接受；要得低了，自己不划算，你有个凤凰书院，里面的东西那么多，你肯定在这方面有经验。

顾盈盈倒没正面回答陈丽的问题，而是口气平静地告诉她：我最近了解了一下李富贵。

陈丽忙问：那个人咋样？

是个江湖混混，离过三次婚，有可能还是个盗墓贼。

啊？陈丽大吃一惊：你听谁说的？

我既然这么说，肯定有我的道理。

这么说……李富贵这个人有问题？

有这个可能。

陈丽傻眼了，半张着嘴，像有好多话要说出，一时又说不出，最后就蹦出了一句：那……那……既然是盗墓的，那咋有人还看凤冠和梅瓶是假的？

这个你可以一分为二地去思考，我只能说，对于从这种的人手里出来的东西，要有点警惕性。

围绕这个话题，顾盈盈说了倒卖文物中的一些案例，意思让陈丽对待这个事情一定要谨慎，不能引火上身。说陈丽的男人是个警察，家庭又非常困难，她更不能知法犯法。

顾盈盈说得巧妙，陈丽听得心里发慌，两眼巴巴地看着顾盈盈：那你说怎么办？当初你给我借钱买宝，目的就是让我赚一点钱啊。照你这么说，这个东西就不能再出世了，如果不出世，我拿啥还你40万元呀？

顾盈盈轻描淡写地说道：不用你还，你把东西给我就行了，好与坏，我捂住算了。如果放出去，万一出了事，一路查来，自然会查到你和徐毛毛的头上。这等于给你和徐毛毛身边埋了个炸弹，没准儿什么时候会爆炸。我帮人帮到底，宁愿让自己受点紧迫，别让这个事儿成了伤人的炸弹。

陈丽梦想靠这套宝贝发点财，还点债，心里还准备请教顾盈盈报多少价格合适，没想到顾盈盈会作出这个决定，在这一瞬间，她感到一盆冷水泼来，心里顿时凉了半截。她看着顾盈盈，不知道怎么说了，口齿有点迟钝地说道：其实，我连好玉和次玉石都分不清，更别说瓷器等其他东西了，若不是缺钱，我会干这楞怂事吗？既然你觉得不保险，想把这个事儿捂住，那就捂住吧，就算这些东西是我替你买的。

顾盈盈拿出了陈丽写的那40万元的借条，说：这是那个借条，你收回去吧。

陈丽接过借条，感觉自己是黄粱美梦一场空，心里有种说不出的滋味，因而看也不看，就当场撕碎了那个借条。顾盈盈看出，她生气了，借条撕得很有力度，好像把一腔失望和恼火都集中在了手上。但顾盈盈没在乎，没动神色地从沙发背后提起一个包装袋，对陈丽说道：这是20万元，权当你把宝贝卖给了我，挣了这点利润。

陈丽确实生气了，当听明白顾盈盈要把东西留下来时，感觉一下从天堂掉到了地狱，巨大的落差，使她心里翻江倒海，失望的泪水像横流一样越过心田，就要冲眼而出，就在这个时候，顾盈盈又这么一说，她愣了一下，看了看这个鼓囊囊的包装袋，恍惚间像在做梦，但见顾盈盈把那个装钱的袋子塞到她手里，这才意识到，这不是做梦，是真的。在这一瞬间，仿佛像天上砸下来个金蛋，砸得她猝不及防，幸福来得太突然了！她两眼直勾勾地看着顾盈盈：顾总……您这是……

顾盈盈说：你买这个东西，也是为了挣点钱。不管这套东西来路怎样，真与假，价值多少，我都认了，权当给你和徐毛毛堵住了一个风险。只是你以后永远别提这些东西了，包括你的娘家人，你的男人。

陈丽感到心里一股浪花扑来，不知是欣喜还是感动，忙不迭地说道：这个我知道，别说你买去，就是别人买去，我都不会告诉我男人的，这个我也给徐毛毛叮咛了。

顾盈盈说：把你手机上保存的图片全部删了。

陈丽由于太激动，太兴奋，手都有点发抖。她当着顾盈盈的面，手颤巍巍地删除了手机上的图片，并说她在家里电脑上还有图片，回去都会删除的。

最后，顾盈盈说道：听说你被教练场解雇了，你到宾馆来上班吧，先负责办公室这一摊子。左经理自从公司成立就跟着我，好多年了，最近她到美国生孩子了，办公室正好缺人，你来吧，只要诚心干，把事儿干好，我不会亏待你的。

陈丽拿到了 20 万元，本来已经很激动了，又听顾盈盈这么一说，感到铁树开花，双喜临门，巨大的狂喜瞬间让她鼻子发酸，热泪滚滚：顾总，这些天我为了找工作，瞎雀碰谷穗，到处碰，没想到在你这里碰到一份工作，我太高兴了，真的，太高兴了！谁能像我这么荣幸，往往在几个关键时刻就能得到你的帮助，这号事太少了。所以，从今天起，我要给你按马扶镫，跟随左右，用我的后半生来回报你这厚重的情义……

第二十四章

徐毛毛利欲熏心

　　徐毛毛从顾盈盈手里得了5万元，加上之前从李富贵手里挣的4万中介费和小碗卖了的1万元，算起来整整10万元了。而这10万元，只用了她点嘴皮、车油费和时间，按理说，她应该很知足了。但是，她只是在顾盈盈给钱的那个瞬间高兴了一下，之后还没下楼，她心里就有点不爽了。因为如果顾盈盈不插这一手，按她的计划卖了，自己赚的佣金肯定比这个多。重要的是，她把郑文斌给煽乎来了，怎么给人家交代呢？但事已至此，她只能先应付眼前的事儿了。

　　徐毛毛将车开到皮鞋店对面的停车场，打电话让王年年过去。王年年就从自己的车里钻出，走到徐毛毛的车跟前，问客户现在走到哪里了？徐毛毛说：你先上车吧。

　　王年年就上了车，问：客户来看啥东西？

　　徐毛毛说：就是那个凤冠。

　　王年年有点奇怪，说凤冠买去时间不长嘛，咋可要卖掉呢？

　　那个人也想转手赚点钱，给人放出了话，所以我才联系了买家。现在你看，看东西的人来了，这个人却不卖了。原来我想，如果生意谈对，在成交之后我想法让你看一下那个梅瓶，和你见到的是不是一个东西，结果这事就这么黄了。

王年年也觉得有点遗憾：那个卖家的脑袋真是被猪拱了，咋这么煽乎人呢？

就是啊，我也很生气。但事已至此，得想个法子，不能让客户白跑一趟，否则，以后就不好与人家打交道了。

王年年微微一笑说道：人家不卖了，能想啥法子呢？你总不能强迫人家去卖。再说，即使看上，价格不一定能说得对。古玩这东西说好卖，也好卖；说不好卖，也不好卖，全靠缘分呢。

这个我知道，但不管谈成谈不成，至少得有个东西应付人家呀。

王年年见徐毛毛这么说，有点茫然，看着她说道：拿啥应付呢？我手里没啥好东西呀。

你没有，你师傅手里肯定有啊。

王年年说：给你说实话吧，我去西安伺候他之前，还在他家里找了一遍，啥古董都没找到。我好歹还收集了一些麻钱，可师傅他是玩古董的，竟然连一件古董都没有。

徐毛毛说：估计你是没找到地方。

我也是这么想的。可他那个家，能放东西的几个柜子，包括他塞在各个房间的木箱子、纸箱子我都留心了，都没有。

那你……能不能直接问他？

王年年微微一笑：咋问呢？

徐毛毛说：你就装着关心他，说你病到这个程度了，该考虑后面的生活了。有钱就花，有东西就卖。在治疗之余，可以出去到全国旅旅游，别省钱了。你把话题慢慢往古董上靠，建议他卖点古董，如果他卖起来不方便，你就说你可以帮他找买家。

王年年问道：如果他说手里没有东西呢？

那你就直接提那个梅瓶，说你当年看见有一对梅瓶，你只要拿出一个，就能卖点钱。

王年年又问道：那他还说两个梅瓶都不在手里呢？

徐毛毛拍了一下王年年肩膀说道：哎呀，你先试一试嘛，看他是啥说法。他现在来日不多了，不像当年还遮遮掩掩的，如果有可靠的客户，他手里有东西的话，肯定会卖的。我那天不是给你说过了嘛，你只要把那个梅瓶弄出来，卖掉所得的佣金咱俩二五分成。甚至你多拿点都不要紧。我为人咋样，估计你对我基本有个了解了，是不是？

王年年即抓起徐毛毛的手，捏了捏，笑嘻嘻地说道：不仅了解，也觉得你这个人挺美的。

徐毛毛没有抽回自己的手，倒有点甜蜜地说道：既然觉得美，那你就把我当自己人对待，咱们好好合作，好好赚点钱。等会儿郑总来了，你陪他吃个饭，然后你就回去，照我说的方法去跟你师父谈。尽量赶郑总走之前，能从你师手里弄点东西，这样，即使人家看不到凤冠，总还有个东西接替吧。不然，让人家空跑一趟，我也不好意思。

王年年有点为难了，说古董的事儿我肯定是要问的，不过，这个时候问，是不是急了点？他毕竟刚化疗完啊，身体虚弱，精神也不好……

有啥不好意思的？你跟了他这么多年，按理说，他应该主动给送一个东西。我和他认识才几天？他都给我送了一只宋朝的小碗。我为啥与郑文斌能认识呢？就是通过那只小碗认识了郑文斌。

王年年听到师傅给徐毛毛送了东西，有点意外，遂放开徐毛毛的手，问：那个碗多大？是个啥颜色啥品相？徐毛毛大致给描述了一下，王年年心里顿时有了一股妒意，心里想，你与徐毛毛认识才几天，就给送东西？照这么算，这些年你不知给女人送了多少东西。而我跟了你这么多年，你给我送啥了？心里这么想，但他没吭声，当然，他心里的不快已经挂在了脸上。

徐毛毛看出了王年年的心情，偏偏还哪壶不开提哪壶，故意说道：你师傅因为我给他送了一个皮包，都给我送古董哩，你跟了他这么多年，为他付出了多少，他心里肯定有个数吧？

徐毛毛激将王年年的目的，是想让王年年顺着自己的意思来，不要太看重师傅的情义，在他跟前该怎么就怎么。果然这么一说，王年年的脸色明显涨红了，好像内心的妒火燃烧到了头上，他咧了咧嘴，似笑非笑地说道：我师傅这个人，我有时候真的理解不了。你说他对我不好吧？我觉得好着哩，在风水和文物鉴定方面，他对我一点都不保留，出去挣多挣少，都给我分一点。有时候我不要，都硬塞到我手里。每次出门只要坐上我的车，就关心加油的事；你说对我好吧？像古董这种东西，他从来没有给我送过。他通常拿别人的东西教我看真假，从来没有拿出过自己的东西。要不是我亲眼看到过那对梅瓶，我都不知道他手里到底有没有东西。别人都说他手里有货，我就是没发现。现在你看，他不仅有你说的凤冠那一套东西，还给你送了一只碗，那说明，他手里确实有货啊。

就是啊，肯定有啊。你不是说他早年跟上盗墓人刨过土土吗？你想想，哪个盗墓的手里没有点东西呢？

就是啊，我也是这么想的，所以那次和你聊后，我还下心找过了一次。

他现在得了绝症，与邵粉玲是半路夫妻，他那亲儿子也不把他当回事，要那东西干吗？于情于理，应该给你送一件。他现在还没有这个意思，那就动员他往外卖，帮他卖了，咱们可以赚点佣金。我也想过了，在卖的过程中，如果价格能接受，咱俩合伙筹钱买下。反正，他的东西，不论他卖也罢，送也罢，咱们一定要控制到手里。他现在成了这个情况，不拿白不拿。

王年年看了看徐毛毛，笑嘻嘻地说道：这样是不是太贪了？

徐毛毛说：有的当官的都贪哩，别说咱们这老百姓。你就别考虑那么多了。

王年年听到这里，心情复杂地不吭声了。

见王年年不吭声，徐毛毛继续说道：再说，客户今天就来了，我没有东西拿出来，脸上也挂不住呀。就权当你给我帮帮忙，回去跟他要几件，先给我支个差。这样，你既能弄出东西，也圆了我的脸面，一举两得呀。至于跟你师父要来了，客户要不要，那是另外一回事。起码让客户看到咱们手里还有东西，以后再与客户打交道，就有基础了。

王年年沉默了会儿，这才说道：行，行，我回去看着办。

在徐毛毛的鼓动下，王年年决定在李富贵跟前提提古董的事儿。怎么提呢？王年年也不是傻子，他肯定先以情取胜。为了巴结李富贵，让他顺心顺意地按照自己的意思来，在晚上睡觉前，他特意给李富贵熬了花椒水，然后端到李富贵面前，让他泡脚，自己充当了洗脚师傅的角色，不时给添热水，给按摩。在这期间，他像忆苦思甜似的，说起了他与师傅来来往往的岁月。感叹师傅这些年给许多古玩藏家掌眼鉴宝，手里过去了无数宝贝，自己却没落下多少。不然，这个时候拿出来卖了，起码能享受几天好一点的生活。

果然，这种说话方式很快就达到预期效果，李富贵顺着王年年的话题，自然而然地说道：虽然我手头没啥东西，但你跟了我多年，好歹还给你留了一件东西呢。既然提起了，师傅顺便送给你。

王年年立即微笑道：还给我留了宝贝？啥宝贝？

李富贵说：是个汉代青铜鼎，有尺把大，品相挺不错的，明天，师傅给你取出来。

王年年忙说道：如果好卖，赶紧卖了给你看病。

李富贵叹息一声：我已经得下这死病了，能将就就行了。给你留的东西，就是你的，你想卖就卖，不想卖就留下去，我不用你的钱。

王年年没接这个话题，而是提起水壶，给盆子里加了点热水，又抱住李富贵的脚继续按摩了起来，这时候轻描淡写地说道：按理说，真正的国宝就是青铜器，有的人很喜欢，但我不喜欢，我就喜欢瓷器。师父，不知你手里有没有瓷器？哪怕是民窑的都行。

李富贵说：瓜子，有些民窑瓷器烂怂的，哪能比过汉代铜器呢？而且，我手里也没有东西。

王年年微笑道：我曾看见你手里有一对梅瓶啊。咱师徒两个好了十几年，既然你想给我留个纪念，那你就给个我喜欢的，哪怕我掏点钱买下来也行。

李富贵没想到王年年提这个要求，愣了一下，即说道：你还记着当年的那对梅瓶啊，当年你问我时，我不是给你说过了嘛，那东西不是我的，是别人拿来鉴定的，在咱家放了几天，我就送走了。

王年年已经知道一只梅瓶随凤冠走了，李富贵这么解释，分明是说了谎。但他不好说穿，就"哦"了一声，笑嘻嘻地没再吭声。

李富贵介绍道：那个鼎出自干坑，红斑绿锈，一眼货，少说也卖两三万元呢。

王年年见李富贵不给瓷器，只能让步，就说：那就谢谢师傅了。

第二天上午，王年年熬好药端进来时，李富贵已经取出了那个鼎，在茶几上放着。这是个尺把大的青铜鼎，圆盖，圆肚子，三足，器身两侧分别有个五厘米左右的单环，盖子上面还有个虎形兽钮，通体被绿锈覆盖，间隙有少许红斑，草叶小虫纹，纹饰深峻自然，整体看上去很生美。

拿到这个青铜鼎后，王年年以回家看娃为由，离开了李富贵，很快将鼎送到了徐毛毛面前。徐毛毛希望能见到李富贵的另一只梅瓶，好应付郑文斌，王年年却拿来了一只铜鼎，尽管他对铜器一点不懂，但看到有红斑绿锈的，又出在李富贵之手，就相信这个肯定是真品，可以应付郑文斌。

且说郑文斌来时，还带了一位朋友。徐毛毛原本在盛盈宾馆给郑文斌定了房间，因凤冠那些东西在顾盈盈手里保管，在她的宾馆看东西也方便。但东西被顾盈盈拦下之后，她又临时变了地方，将郑文斌的下榻处安排在了凤城宾馆。

晚上，徐毛毛在凤城宾馆的饭店招待了郑文斌。之后，回到郑文斌的房间，才告诉郑文斌：本来卖家已经约好今天与你见面，结果不巧得很，他的岳母今天下午突然去世了……

郑文斌一听，即明白了，问道：那这个东西就看不上了？

就是啊，你看巧不巧，这个事咱们说了好长时间了，偏偏在你来到时，就出了这个茬儿，真不好意思啊……

郑文斌对徐毛毛的谎言信以为真，忙说：没事没事，我们权当来你们凤城旅游一趟。

那等人家腾开手了，我亲自带买家去你那。现在，我的一个朋友手里有个青铜鼎，不知你喜欢不喜欢铜器？

好啊，东西在哪里？带来我看看吧。

徐毛毛立即给王年年打了电话。没一会儿，王年年就提着鼎进了郑文斌的房间。徐毛毛在忽悠郑文斌之前，让王年年在凤城宾馆的院子里等着，所以，接到徐毛毛的电话后，王年年很快就来了。

郑文斌两人对鼎瞧了瞧，认为这个鼎也很开门，但说他擅长做瓷器和玉器，铜器多少也会做一点，这个鼎已经看过了，回去了帮她找买家，如果有相口，就和她联系。

第二天，为了尽地主之谊，徐毛毛带郑文斌去吃暖锅、荞剁面、羊羔肉等当地名吃，逛周文王庙，浏览北魏佛像、秦直古道和黄土窑等当地名胜古迹，当然还到古玩市场转了转，接待得很周到，郑文斌全然没看出，徐毛毛做的是面子上的工程。

转了两天，郑文斌要回去了，在上车之前，对送行的徐毛毛和王年年说道：在没来之前，我还以为你们这里就是个普通的小城市。来到这里才发现，你们这个地方很有特色，文化氛围比较浓厚。以后有机会，我还会来的。

徐毛毛微笑道：只要你喜欢就好，随时欢迎你来。

郑文斌说：这次有点遗憾，没看上凤冠。不过没关系，来日方长。我比较喜欢瓷器，如果你朋友以后来西安时，可以先带一两件，让我上手看看，交流交流。

徐毛毛忙顺着应付道：行啊，我会把你的意思告诉他的。

送走郑文斌，在返回家里的途中，徐毛毛又提到了李富贵手里的那个梅瓶，说这下你知道了吧？郑文斌心里一直惦记着那个梅瓶。

王年年说：我问过了，他说东西不在了。

徐毛毛说：他肯定说谎。我有一种感觉，那东西就在他手里。

即使在他手里，不给我也没办法。

怎么没有办法呢？幸福是争来的，路是走出来的！他如果身体好，可能争不来，他现在身体这个样子，那些东西迟早都是别人的。你能争来，就是你的；你若失了手，就成别人的了。所以，鸟不争无食，人不争没利。该争取的，一定要争取！把他的东西争来了，赚点钱起码填补上能在城里买套房子呀，你买了房子，咱们以后来往就更方便了。

听徐毛毛这么一说，王年年的心里一下有了激情。昨天晚上，他和徐毛毛陪郑文斌两人从县上回来后，本来准备去他大哥家里住，徐毛毛却叫他去她家里坐坐，认认路。王年年巴不得去徐毛毛的家里看看，她一叫，他就去了。

徐毛毛家在一个小区的四楼，是两室一厅。客厅里布置得简约大气，又很时尚；两间房子，一间是卧室，席梦思床上铺着一套杏红色纯棉四件套床罩，加上梳妆台和衣柜的点缀，看起来很温馨，还有种若隐若现的香水味道；另一间房子里地上铺了深红色地毯，里面放了麻将桌和双人沙发，茶几上放了台式小茶台，看来，这里是个平时喝茶娱乐的地方。

一看到麻将桌，王年年问：你还玩麻将吗？徐毛毛说：现在人谁不会玩麻将？平时店里人少了，我就叫几个朋友在家里玩玩，你也玩吧？王年年说：玩哩。多数在我们村上玩。徐毛毛说：以后想玩了，到我这里来。王年年问玩得多大？徐毛毛说五十、一百也玩，一百、二百也玩。根据玩家的要求定标准哩。玩一场，给我放二三百元的头子，断断续续下来，够我皮鞋店的房租了。

王年年微笑道：你们玩得大，乡里最多玩个五十、六十。徐毛毛说：以后你想玩大一点的，就来。

王年年开玩笑地说道：你玩累了，有地方睡哩，而我到哪里去呢？经常到我大哥那里睡觉，也不是办法；若要回去，得走两个多小时。

徐毛毛也开玩笑道：没处睡了，不会睡我这？你是客人，你可以睡到床上，我睡到沙发上啊。

王年年立即说道：真的？

徐毛毛冲王年年莞尔一笑，王年年感到徐毛毛的神态像桃树开花，像小狗卖萌，感觉有种无形的气息在吸引着他，使他不由自主地朝徐毛毛跟前挪动。但见徐毛毛扑闪着两眼，像放电似的看着自己。王年年感到自己快要被她扑闪倒了，遂一把抱住了徐毛毛，感到血脉贲张，激情滚滚，嘴搭在徐毛毛的耳边，颤着声音说道：那我今晚不去我大哥家住了？徐毛毛声音温柔地说道：行！只要你媳妇别找来就行。

那老实的，进了城连东南西北都找不到，能找到你这里来？

徐毛毛开玩笑地说道：现在社会连小猫小狗都精灵了，她能老实到啥程度？

王年年乘机拉起了徐毛毛的手，说道：反正，跟你比起来，差多了。

徐毛毛见王年年对自己又是捏又是拉的，就顺势一歪，歪在了沙发上，两人肆无忌惮地放纵了起来⋯⋯

和妻子之外的女人睡觉，王年年曾经遇到过。多年前，他和李富贵在某县城住宿时，从宾馆座机里接到一个电话，问要不要人解寂寞？王年年问多少钱？对方说200元。王年年就答应了。很快，一个浓妆艳抹的年轻女人进来了。见到王年年后，好像遇到了熟人，说王年年的脚有点味道，让他用什么药去洗。说着就脱起了衣服。王年年第一次叫"小姐"，本身就有点紧张，因为人家嗅到了他的脚臭，心里更不自在了。刚睡到"小姐"跟前时，却感到自己肚子咕噜叫了起来，他只好下床去上卫生间。之后，没过一会儿，又想去上。"小姐"以为他有毛病，说有壮阳的药。"小姐"这么一说，王年年感觉自己真的不行了，正在为难之际，有人敲门，接着门开了，进来了两个警察，说他嫖娼，呼前喊后地将他带走了。到了派出所，罚了5000元。过后他想：自己没沾上边就被罚款，也是倒霉透了。从此以后，他出门住店乖了许多。

现在，在徐毛毛跟前，不论是磁场还是感觉，与小姐完全不同。因为徐毛毛让他有了一种动物般的激情，在视觉、触觉和味觉上，有种新鲜的体验。可以说，就在这一刻，他深深地爱上了徐毛毛。

所以，当他听到徐毛毛说"咱们以后来往更方便了"这句话时，他更有动力了，说：你放心，我一定会想办法的，只要师傅手里有东西，我一定会弄到手的！

徐毛毛鼓励道：就是，要多个心眼，别太老实了。我发现现在社会是笑贫不笑娼，只要有钱，神仙和鬼都会跟着你转。我以前跟你一样老实，对人也挺忠诚，我曾有个比较要好的朋友拿到了一个给供热公司供煤的大订单，在跑这个项目之前，答应我和她一起干，当项目拿下后，她嫌我资金少，用几万元的辛苦费打发我，结果听说人家一个季度下来，就赚了一百多万。反正，她买了个奥迪越野，成天开着在街上卖派着。从这个事上我发现，人一定要有钱，在挣钱之中，心还要硬，太软了，就被别人踢掉了。咱们这个年龄，正是挣钱的时候，只要有挣钱的机会，咱们就抓住。对于咱们来说，不论采取啥办法，挣到钱就是本事。现在有钱人拿钱放高利贷，啥事不干，还有大把大把的收入。咱们没钱靠放高利贷坐享其成，但咱们只要有个挣钱的眼光，总会像猫一样，逮着老鼠的。

徐毛毛说起话来滔滔不绝，王年年也听得津津有味。这两个人的命运从此就深度绑在了一起，直到王年年送了命，这是后话。

第二十五章

发现藏宝之地

　　人一旦喜欢一个人，思维就不经意地跟着那个人走了。在徐毛毛的影响下，王年年心里有一种撕裂感，与人情世故撕裂，与自尊和道义撕裂。他心里的目标就是徐毛毛心心念念的那个梅瓶。为了满足心上人的意愿，他要想方设法从李富贵手里弄出来！通过他隐瞒自己的一些事儿看出，师傅对自己早有防备心理，所以，自己也没必要顾忌师徒之情！该怎样就怎样！至于他给自己送了青铜鼎这个礼物，凭自己这些年在他跟前的付出，他送点礼物是应该的。况且，徐毛毛和他只有几面之交，他又是给送项链，又是送瓷碗，跟自己的付出比起来，他这个礼物就微不足道了。因此，在他跟前，啥也别想，就想他手里的东西！

　　但是，他把那个东西放在哪里呢？由于李富贵一口回绝说梅瓶是别人的，自己如果再问得多了，倒引起李富贵的怀疑。自从他提到那个梅瓶之后，他发现李富贵对自己与往日有点变化。因啥有了变化？他心里很清楚。而对于李富贵来说，王年年看得没错，他确实对他有了想法。为什么呢？有两个原因：一是贼早不进庄子，晚不进庄子，偏偏在他老婆给王年年打了电话的那天晚上，他的家里就进贼了，虽然没偷走啥东西，但给墙角下留下了脚印。那个地方好久没走了，人一旦走过，脚印比较明显。从那个脚印上看，他咋看都像王年年的，尽管邵粉玲竭力反对他的看法，但他心里总对王年年有点怀疑；二是他好心好意地给王年年送了个铜鼎，他倒狮子大张口，跟自己要起了瓷器，还指明了那个梅瓶，这让他心里又起了疙瘩。看来，他隐瞒病情这个想法是正确的，老婆不听他劝告，把自己的病情告诉了王年年，这一告诉，事就出来了。如果自己没病？王年年会跟自己要东西吗？

就在李富贵心里对王年年有点想法的时候，王年年又来了，说他家里没事，再伺候伺候师傅。来之前，他给师母邵粉玲打了电话，说师傅这个情况，他待在家里心里也发急。由于邵粉玲的婆婆最近在县医院做了青光眼手术，她想去伺候，家里走不开，听了王年年的意思，说那你就来，替我照顾你师傅几天。王年年就又顺理成章地来到了李富贵的家。

有了这个便利条件，王年年自然动起了心思。只要李富贵睡着了，只要邵粉玲不在家，他就到处看，到处翻，凡是认为能藏宝的地方，他都找了，譬如东面伙房，南面牛棚，西面储存房，北面上房，把整个院子里的房子都找了个遍，连一个麻钱都没有。

在这期间，徐毛毛也密切关注着王年年的举动，时不时给王年年打电话、发信息，问他好不好？心情怎么样？你师母这会儿在干啥？提醒他一定要在师傅跟前勤快一点，既要伺候好，还要把咱们的事放在心上等，反正，每次打电话、发信息，都是围绕着这些话题转。王年年每次接电话，怕师傅听见，都是问一声应一声，多余的话不说。徐毛毛理解王年年的意思，就这么默契着，等待着，王年年回去几天了，还没有送来让她感到愉快的消息。这天，她感到实在等得没耐心了，就打来电话，直接问他还没希望吗？

王年年在电话上低声说道：我把该找的地方都找了，确实没有。

你绝对没找到地方。

除了老鼠窟窿，我真的啥地方都找了。

徐毛毛说：老鼠窟窿？对了王年年，你师傅不是曾经挖过古墓吗？既然他把东西能从土里挖出来，就能埋下去呀，是不是他把宝贝藏在了地下呢？

徐毛毛这么一说，王年年脑子突然灵光一闪：地下？对呀，有这个可能！我爷当年不是把一罐子银元藏在地下面吗？我亲眼看见我二哥从地里面挖出来的。徐毛毛为自己突然而来的这个灵感有点激动，语气郑重地说道：就是啊，那你赶紧在院子、棚子、果园周围找，人只要把心用到，没有白干的事情。

王年年嗯了一声，立即挂了电话。

接下来，王年年把寻找的目标从房内柜子等能放东西的地方转移到地上或者室外。他像扫描似的，从每个房子的地上仔细往过扫描。他知道给地里头埋东西，肯定有记号。最好的记号就是砖块的方向。假如平时地砖是一行一行地铺起来的，有东西的地方，砖块的造型肯定有区别。但王年年找来找去，没发现有异样之处，包括被砖铺了的院子，都没发现。

王年年几天来煞费苦心，但毫无苗头。他有点绝望了，认为李富贵手里确实没有东西了，并把这个判断告诉了徐毛毛。徐毛毛好像有点不死心，声音蔫蔫地说道：找不到，也没办法，要么那个梅瓶你师傅已经卖了，要么只有从你师傅口里往出套了。

有些事情，你过于认真，反倒没有希望。而有些事情，你不报什么希望，往往还有点希望，这就是人生。就在王年年找宝贝找的心灰意冷时，他在果园摘苹果之际，发现了一只野兔。那野兔背向王年年，蹲在一棵果树下吃着什么，王年年立即脱掉一只鞋，悄悄靠近，准备一鞋子打死它。结果那野兔发现他了，一个转身就跑开了。王年年赶紧追，见它朝果园出口的南墙角方向跑去，他就追了过去，冷不丁脚下被绊了一下，他一个前扑倒地，顿时感到没穿鞋的那只脚被碰得生疼。他在地上龇牙咧嘴地揉了揉，穿上鞋子，刚要起身时，发现被他踢的那块砖跟前，有个小洞子。洞子跟前，还有两块砖。看来，这三块砖是围这个小洞子的。明眼人一看就知道是个通风口。

王年年捡起墙跟前的一根干枝条，从洞子里往下钻，发现深不见底。王年年知道李富贵家的果窖在果园东面，南边这里没有果窖啊，怎么有通风口呢？他在周围瞧了瞧，目光最后落到了果园墙外面的牛棚上，分析如果地下有洞，唯一的出口就在牛棚里。

王年年就走出果园，在牛棚里找。这个牛棚呈长方形，棚口朝东敞开。中间隔了一堵墙，左面放农具和草料，右面拴牛。王年年在两间棚子里仔细查看了起来，地上摞的，墙上挂的，他都查看了，没有洞口的痕迹。王年年站在地上了愣了愣，想到自己在这里找得时间长了，会被李富贵发现的，就赶紧回到房子里，装作给李富贵热药。

就在他热药之际，徐毛毛的电话又来了。王年年朝门外看了看，低声说道：我在果园里发现了一个通风口，估计那里有个地窖。

徐毛毛说：你说的意思是，他有可能把宝贝藏在地窖里？

就是的。

地窖里是储藏苹果的呀，他会把东西放在那个地方吗？

那个地窖在牛棚附近，不是果窖，他家的果窖方位我知道。

徐毛毛语气立刻变了：那你快找出口啊，说不定宝贝就藏在地窖里。

我在牛棚里都找了，没发现出口。

奇怪了，有通风口，找不到出口，难道在出口在牛肚子里不成？

一听"牛肚子"这个词，王年年再次脑洞大开：牛圈里不是有两个牛槽么？一个是石质的，一个是木质的，两个并列放在一起，加起来有两米多长。为什么放两个牛槽呢？为什么还是一木一石？是不是牛槽下面有名堂？

想到这里，他立即低声说道：我先挂了。话音一落，发现药已经开了，溢了出来，流在了液化气上。这么一来，砂锅里没有多少药水了，他就抓起马勺，舀了半勺水，加了进去，重新烧。给李富贵煎好药，端到他的房里，看着他喝。尽管心里有了把握，但他并没有急于去找，而是给李富贵吃了两颗安定药，等他熟睡后，才倒插了大门，进了牛棚，推开木槽，果然，下面出现了一个长方形木板。王年年盯着木板看了看，然后小心翼翼地推开，一个洞口出现了。

王年年长出一口气，朝外望了望，然后就下了洞子，借手机上的电光，小心翼翼地往前走，一直走到洞子尽头，一个小窑洞出现了，那窑洞上还安了门，门锁着。王年年立在这个小窑洞门前想了想，没动锁子，而是转身离开了。他爬上洞子，放好牛槽，出到大门外，看看周围没人，这才给徐毛毛打去了电话，低声说道：终于找到了。

徐毛毛忙问：找到了啥？

师傅藏宝的地方。

在哪里？

在牛槽下面的地洞里。

都是些啥宝贝？

我没打开，不知道。

那你打算怎么做？是开口要，还是偷？

王年年说：毕……毕竟是我师傅……既然找到地方了，就先别急，慢慢来，让我想想怎么来合适……

找到了李富贵藏宝的地方，对于徐毛毛来说，是个天大的好事，她激动得有点控制不住自己了，给王年年发了信息：宝贝，你真聪明，爱你！

王年年看到这个信息，嘴咧了咧，貌似心里感到很甜蜜，同时也有了一种莫名的自信。但他不像徐毛毛那样显得很激动。人每当经历了一番斗争或努力，胜券在握的时候，往往表现得比较淡定。所以，这时候的王年年并没有因为发现了李富贵的藏宝之地而心里狂喜，相反，他却像没发生这个事一样，要求自己一定要沉住气，要和往常一样，甚至比往常更为淡定，要把该想的事儿想好，下一步怎么做，要有个周全的考虑。所以这两天，他给李富贵煎药，做饭，烧炕，扶他晒太阳，陪他说话走路，晚上给洗脚洗袜子，照顾得非常周到。

师娘邵粉玲在县城医院待了两天，还顺道去了趟娘家，给娘家侄孙子过了满月，前后不到一个礼拜就回来了。在师娘回来的当天，王年年就借故回家了。

但王年年并没有回家，而是进了城，跟徐毛毛见面了。

当然，在进城之前，他已经给徐毛毛打了电话，意思让她在家等着，先别去店里。徐毛毛因为他找到了李富贵藏宝的地方，心里很期待，也想当面了解一下情况，所以接了王年年的电话后，就在家里等着，连外衣都没穿，就穿着一套汉服款型的长裙睡衣。

王年年一进门，看见她那两只像小白兔似的胸，伸手就抓，徐毛毛被抓疼了，"哎哟哟"了一声，撒娇地瞋了他一眼，说你看起来比较稳重，其实够猴的，快说，你是咋发现的？

王年年往沙发上一躺，徐毛毛赶紧给点着烟，王年年深深地吸了一口，将烟从鼻子送了出来，然后才慢条斯理地将找到地洞的过程告诉了徐毛毛。徐毛毛说：凡是地洞，都有通风口，幸亏你发现了那个通风口。快说，那个地洞是个啥样子？里面都藏了些啥东西？

就像个地道一样，地道里面有个小窑洞……

徐毛毛立即说道：哦，我明白了，我看过一些名人闹革命时的故居，他们为了安全，在窑洞里面挖个地道，有的还在地道里面挖了小窑洞，用于藏身。所以，你这么一说，我能想象出来是个啥样子。那……你师傅的宝贝肯定在窑洞里藏着？

因他给那个小窑洞里安了门，上了锁，我一来怕里面有瘴气，中了毒，二来怕我动了锁子，被师傅发现了，因此就没敢轻举妄动。

徐毛毛有点惊讶：你发现都几天了，还没动？

慢慢来嘛，心急吃不了热豆腐。

那……那个地方会不会是师傅冬天存放蔬菜的菜窖？

王年年摇摇头说道：不会的，普通菜窖怎么会安门上锁呢？若说是果窖，可又太小了，而且出口还在牛圈里，咋说也不方便。所以，那个地方绝对藏了宝！

徐毛毛一听，赞同地附和道：对呀，而且宝贝肯定不少！不然，他不会费那个力气在地下挖个地洞。

就是的，所以，咋动，我得想好。

徐毛毛心里有点着急地说道：有啥可想的？人无横财不富！你师母这几天没在家，要是我，一发现，我就动了。这么好的机会，你白白放过了。还不是你心里有你师傅，下不了这个狠心。

王年年搂住了徐毛毛的肩膀，心情有点复杂地说道：你还真说对了，确实一时半会下不了这个心。而且不知咋的，自从我进了那个地洞后，连续几个晚上都做噩梦，梦做得很奇怪。我想趁师娘不在，撬了锁子进去看看，但这个念头一出现，心里就发慌，感觉很不好……

还不是你心里想的太多了。你在电影上看过吧？那些人为了得到宝，抢得头破血流呢。连你师傅，当年为了宝，都盗过墓刨过土土。现在，宝贝在那里放着，你只要去拿一下，你都想这想那的，心里胆怯。亏得你还跟你师傅走南跨北的，闯过江湖，原来连我这个女人的胆量都不如。

王年年听到这里，微微一笑说道：那你去给咱们动这个手吧？我给你帮忙？

徐毛毛说：好啊。你提供机会，我动手，只要能得到宝贝，我肯定不会像你这么磨蹭。这几年，光我身边的几个人都发横财了。只有我，还守着那个小店过着日子。没有机会，我倒没有这个奢望，现在有了机会，何不抓住呢？把宝物弄来了，咱们变现后开个工作室，我打理生意，你给人算算卦，起起名字，看看风水，鉴定鉴定宝物。我发现这年头，风水卦师最有市场，再把文物鉴定搞上，工作室就成了接待各路人马的窗口，你自己就成了吸金石，会把各行各业人的钱吸来。

王年年听着，一声不吭。

徐毛毛继续说道：李富贵身怀绝技，却一辈子土里来沟里去的，上不了台面，你年轻轻的，总不能跟他的调子走吧？而且你大哥是个大老板，你这些年断断续续地也搞过小工程，别说你看风水，就是你拉关系找工程，有个工作室也方便呀。没个门面撑，你游来晃去，上不了档次，怎能结交到有地位有层次的人？怎能成了个大老板或者大师？因为那些有名的风水大师，往往是都是一些大老板、大人物来抬举起来的呀。你的档次不够，大人物能到你跟前吗？

王年年觉得徐毛毛说得有道理，无声地点点头。

徐毛毛说：有个办公的地方，你遇到工程了，做工程，遇到看风水的了，看风水。羊放着，酸枣也捡着。把房子布置得高雅美观一些，你坐在里面当大师做老板，几年下来，你的名和利岂不是都有了？

徐毛毛的一番话说得王年年心里发热，热血滚滚，意象万千，笑嘻嘻地说道：还是你有头脑！到底是个强女人！

徐毛毛撒娇地嗔了他一眼：我是心强命不强，前多年傻着哩，不懂事。现在懂事了，遇不到合我脾气的人。如果有个合我意的人，凭我这些年的经商经验和智商，我肯定把叫花子都能帮成大款哩。

听徐毛毛这么一说，王年年推心置腹地说道：给你说实话吧，我为啥不跟上我大哥专心搞工程呢？我就是喜欢风水六爻，喜欢古物字画，我曾也想在城里租个地方，算卦看风水，搞点文物研究，过个有趣的生活。可我师傅老土，光知道在江湖上跑，也没有进城开门立户的意思，我就只能跟他这么混着。没想到你说出我内心的渴望，你真行啊，今生遇到你，算我福气。

徐毛毛立即问道：真的？

王年年说：真的！你说的这一切，都是我梦想中的生活。

既然有这个梦想，那你就得要努力啊。我如果不努力，就不会到今天这个程度。我娘家原先穷得很，我爹我妈为了供我们上学，从我懂事起，就为我们的学费发愁。我哥考上大学后，我为了给我爹妈减轻负担，放弃了上高中的机会，初中毕业就进城了，开始在酒店端盘子，后来学理发，在理发之中，我发现皮鞋店能开，就开起了皮鞋店。我男人虽然坐牢了，但我的日子不像陈丽那样过的失头毛脚的，这个房子是我买的，还出钱帮我娘家收拾了一院子地方。现在，我妈给我带着娃，我房子和车都有，又没有银行贷款。按理说，我的日子能过得去。但是，由于这个房子有点小，我想换个大一点的房子，还想给女儿攒点钱，将来让她上个好一点的大学。所以，虽然我现在有这个小店，但我并不满足，我想趁自己年轻，该吃的苦要吃，该寻找的机会要寻找，该上的台阶要上。如果咱俩一起合作干个事，就等于咱们上了一个台阶。人只有上的高，才能看得远啊。

王年年微微一笑，情不自禁地抓住了徐毛毛的手，说你有本事，心气高，我那个媳妇就没有你这个心气。

两人聊了会儿，徐毛毛又言归正传，问他接下来怎么做？是跟李富贵要，还是偷？王年年微微一笑说道：我今天来找你的意思，就是想跟你商量一下呢。

徐毛毛一愣：商量啥？

王年年想说，看着徐毛毛，又觉得有点为难。

徐毛毛急了，说：你的意思是，你弄出来的东西，咱俩如何分成？这个你可以决定啊。你怎么决定，我都同意。

王年年摇摇头：不是的，我不是这个意思。他之所以迟迟不动，主要心里有两方面的考虑。一是自从他第一次见到徐毛毛时，就感到这个女人很聪明，很会来事。当时他心里就想，如果是我的媳妇多好！现在，随着交往和了解，他觉得心里越来越离不开她了。虽然这些年跟着李富贵走南闯北，遇到过几个女人，但从来没有哪个女人像徐毛毛这样让他动心。尤其和她有了肌肤之亲后，更感到徐毛毛身上有种神秘的东西，使他欲罢不能。况且，她刚才也说过了，她"能把叫花子都能帮成大款哩"。这样的女人，哪个男人舍得放弃？至少，他觉得他就需要这样的女人。所以，他想把徐毛毛占为己有。二是师傅既然在地下室藏宝，肯定有好东西。但这些如果从师傅手里弄来了，他害怕自己拿不安稳。那个汉代青铜鼎不是例子？拿去给郑文斌一看，就放到了她那里，不主动给他，他也不好意思张口要。徐毛毛的精明，他已经领教了，如果不把她控制在手里，说不定她拿了宝贝或者钱，就腾腾了，或许又会把另一个男人带上床，让自己落个一头挑担、一头抹担的下场。因此，他想以这个为砝码，把徐毛毛和将要得到的宝贝双重地拴在自己手里。

徐毛毛见王年年吞吞吐吐的，像有难言的心事，急了，问：那你是啥意思？

我想和你做夫妻。

徐毛毛顿时睁大了眼睛：你想离婚？

我那个媳妇虽然没啥毛病，但我早都想离了，因为我不爱她，感觉跟她过日子，没啥意思……

徐毛毛微微一笑说道：你不认为你这个想法有点唐突吗？毕竟咱俩认识时间不长啊……

了解一个人不需要太长时间，几句话，几个小动作，就基本了解了。你对我来说是一眼货，一眼千年，你就是我在年轻时心里想要的那种女人。

徐毛毛哈哈一笑：你还是太冲动了，想的太简单了。

你如果不同意，我觉得在我师傅跟前掰那个情面就没有意思了，我媳妇守着那点土地，瓜吃瓜干，让她进城租个地方，她说进城干啥呢？难道去喝西北风？

我说让两个女儿在城里上学，她嫌城里费用贵，说那里黄土不养人，乡里教出的学生照样能上大学。反正，好多事上，她不顺我的意。即使我在城里混，她若在我身边，我照样没信心。所以，如果你不同意，那我把眼前的日子往前推着走就行了，没有必要去跟师傅争宝夺利了。

徐毛毛认为，王年年比较憨厚实在，是她可以驾驭的人。没想到，不管自己给他说得多好，他心里总有一杆秤，而且这杆秤很硬，好像没有回旋的余地。所以，对于他的这个要求，她只能认真对待了，就说：但凡离婚的，都因为关系闹僵了才做出极端的选择。你俩好好的，无缘无故的离婚，你知道你能离了吗？

你就说你愿不愿意跟我？

徐毛毛愣住了，不知怎么回答他。说实在的，尽管男人坐了牢，但她还不想离婚。自从当姑娘起，她的身边就没断过男人。一来她发现自己比较多情，心里能同时装下几个男人；二来她把婚姻和家庭看得很开，再好的感情都是三天热潮，再完美的男人都有缺陷。山盟海誓的感情一旦进入家庭生活，就淡化了，甚至变味了。有钱了，再有差距的夫妻都能平衡起来；没钱了，再好的感情都会被搅得乌烟瘴气。这些年，她虽然与几个男人深交过，当过所谓的小三，但她从来没有朝婚姻这边想过，她知道女人跟了谁都是一样的。现在，尽管她和王年年已经上了床，并且向他抛出了那么多美好的打算，但她的目的是让王年年能够信任她，能够按她的意图去做，至于做了之后，后面的路怎么走，那是另一回事了。每个人为自己为未来多少都有点憧憬，可谁能肯定未来的事儿呢？所以，她压根儿都没想要嫁给他。现在见王年年这么说，她也不知所措了，就故作开玩笑地说道：咱俩为啥一定要结婚呢？做个情人，在一起合作干事也可以呀。

做个情人不牢靠，如果有人看上你，你不跟我好了怎么办？

那你的意思，一定要咱俩走到一起？

就是的。你现在有房子，将来的房子我买，你的孩子如果你男人不要，我养活。我觉得只要你在我身边，咱俩挣起钱来也快。我大哥公司有个女的，跟你一样聪明，我大哥很喜欢她，给她买房买车，付出了不少。但后来发现，这个女的身边还有个男人。因此我发现，两人关系再好，如果没有婚姻拴住，女人的心永远另着哩。所以，我绝不走我大哥走过的路。我喜欢谁，我必须和她一起生活。

徐毛毛开玩笑地说道：看来，你大哥的行为对你影响不浅啊，当年他拿铜镜换了一处工程，让你迷上了麻钱等古董。现在他成了大老板，身边有了女人，他的经历给你也带来了启发。

反正，我不像我大哥，我媳妇的事儿我能拿住。

徐毛毛开始没有这个思想准备，觉得王年年提出的这个要求有点唐突，但再一想：这年头，风水大师在社会上吃香的喝辣的，挣钱也比较容易。王年年有这个手艺，自己再给提供一个比较好的发展环境，这个事儿起码比做生意保稳一点。另外，王年年的大哥在凤城也算个大老板，七紧八慢处，他也能帮帮忙，给个小工程什么的。自古以来，老子当了大官，儿子就有当小官的可能。家里有个大老板，兄弟姐妹也能捎带上。而且论起家庭背景，王年年家庭比自己好一些。再想想和她上过床的男人，也只有王年年第一个提出要跟她结婚。证明他是一根筋。大凡脑子一根筋的人，为人做事都比较认真，总比花心的男人好一些。想到这里，徐毛毛立即答应道：也行啊，只要你能离了婚，我的婚好离得很，写个协议书，去监狱签个字就行了。我老公曾经说了，让我走也行，等他也行，反正他无所谓。

王年年立即说道：那你这几天就行动，我也回去办离婚手续，咱俩同时进行。

第二十六章

床 塌 了

陈丽不止一次地想，天下哪有这么好的事？一般人八辈子都见不到的凤冠等宝贝经过了她的手，而且在经过之中，她没掏一分钱，只是跑了几天腿，过了几个月的担惊受怕的日子，这个日子就到头了。在凤冠离开自己时，还给她赐了20万元，这难道不是天上掉馅饼的事儿？所以，自打拿到了那20万元的转让费，她一直想笑，夜里醒来都在偷着笑。她一笑自己虽然因为贾三受尽了魍魉，但也遇到了别人遇不到的东西。二笑自己虽然是个普通人，但生命中竟然遇到了顾盈盈这个大贵人，上次为了给那个高血压女人还钱，她表弟王小可只在她跟前提了一下，她就给自己借了10万元。这次遇到凤冠这套宝贝，又像鬼使神差，一下给自己借了40万元，当她对这套宝贝的真假和出路备感焦虑时，她又力挽狂澜，把这些带着风险的东西拦了过去，并出手就给了自己20万元。就说这些东西值钱，但毕竟是她投资买下来的呀，只是经过了我的手而已，心好点的人最多给你个信息费，心贪一点的人，一顿饭就把你打发了，会出手这么大方吗？这样做，分明是按照买卖的规则来的呀。你说，全凤城像顾盈盈这样做事的女人有几个？三笑自己虽然被驾校炒了鱿鱼，但毕竟是个教练员，带人管人已经习惯了，若离开教练，给人打工受人管理，肯定不习惯。因而为了找个当教练的工作，她跑了几个驾校，结果都没戏。就在她倍感失落的时候，偏偏顾盈盈的公司就缺一个主管。这个工作基本和当教练的性质一样，都属于管教工作，可以使自己的能力和责任心得到无限度的发挥，能够保持激昂的工作激情。而且宾馆的环境又好，电梯通上通下，每层楼道里都铺了地毯，房内设施好，客源稳定，给她提供的办公室坐北朝南，沙发、电脑、书柜、卫生间一应俱全，加上光线好，谁进去都感觉非常舒服。她手下的服务员比她平时带的学员还多，二十多个，往她面前一站，齐刷刷的，着装、仪态和精神面貌让她感到很有信心。如果自己没有福报，会遇到这样的工作环境吗？四笑顾盈盈不仅是她的贵人，在她的心中，更像个女神。是啊，她拥有宾馆、凤凰书院等实体，搞房产开发，做文玩展示，经常上电视，在全国各地学习和开会，与她打交道的人不是领导就是老板等成功人士，在普通人的心目中，她腾云驾雾，像女神一样高不可攀，有些人想一睹芳容，都没机会，而自己不仅得到了这个女神的帮助，还到她身边工作了，这是多么体面的工作啊！再不说什么，起码能见识一下人家的圈子，能从人家的圈子中吸收一些新鲜的东西，譬如商业信息、人脉资源等。若自己没福报，会这么幸运吗？

所以，陈丽感到这几天是她最开心的日子，她心里很踏实，很滋润，夜半醒来都想偷着笑。为了感恩上天赐给她的这个福报，她专门去庙上给菩萨和关公烧了香。虽然她和那些有钱人、没有债务的人比起来差距很大，但经历了人生挫折的她，现在的心很知足，得到一份，她就感恩一份。

当然，从顾盈盈手里得到的 20 万元意外之财，她都不同程度地给老沈等几个债主每人打发了一点，先把他们的情绪稳住，别动辄就上门讨账。然后，她有了一个想法——那就是搬家。人家搬家，是为了新的生活，她搬家，是为了解放自己。在那个楼上，她经历了太多的羞辱和痛苦，现在趁自己有了一份新的工作，她要远离那个环境，远离污浊之气，让自己的心静下，踏踏实实地工作。

有了这个决定后，她就把自己的想法告诉了男人黄睿，怕他反对，就说了搬离楼房的几个好处：一是搬了地方，一些债主找不到，上门骚扰的人就少了；二是以此可以迷惑那些讨账者，以为她为了还债，把房子都卖了。人到了卖房的地步，还能讨来债吗？要钱没指望了，只能把希望押在贾三的身上。因为大家都知道贾三已经被抓了，一些资产也被保全了，法院会妥善分配贾三的债务问题的。

如此一来，她的生活就会清静一点。

黄睿一听"卖房子"的话，立即脸一沉说道：你真的要把房子卖了？

我只是对外这样说嘛，房子我打算租出去，以你表妹的名义往外租，别人也不知道是怎么回事。

那咱们住到哪里？

租个地方，为了省钱，我打算租个平房，能将就行。咱们租楼房多出来的钱，给娃填补上学用。

黄睿一听，不吭声了。

给男人打了这么个招呼，接下来，陈丽就付诸行动了。她找了两天，很快就在一个叫孙家巷的地方找到了两间房子。这是个四合院，从院子绷绳上搭的衣服看，好像还住了几户人。陈丽在西面租了两间房子，外间是客厅，内间住人，窗外搭了个简易的棚子，里面放了一个铁锅台和蓄水的白色大塑料桶，无疑，这是伙房。

陈丽对这两间房子还比较满意，就是觉得伙房太寒碜，做饭也不方便，就问再没有好一点的伙房吗？房东是位六十多岁的胖女人，说这个房子昨天租户才搬走的，就这个条件，有人还等着租哩，若不看在你男人是个警察的分儿上，这个房子我就租给别人了。你看吧，如果觉得伙房不行，你另找去。

见房东这么说，陈丽牙一咬，就定了下来。房东要求去签合同，陈丽就跟房东进了房子，但见一个小伙穿着短裤，光着膀子，趴在电脑前蹦蹬蹦蹬地敲着游戏，电脑上不时发出怪异的声音。老人把合同拿到年轻人面前，让他看得签，年轻人说等一下。房东催促快一点，说人家等着哩。小伙只顾玩游戏，还是不动。房东恼了，说把你先人那个头玩住不放，小心我再把这个糠头子给你砸了！小伙立即皱着眉头站了起来，嘀咕着说你把人泼烦死了。一把夺过合同，在上面签了字。那字写得歪歪扭扭，陈丽微微一笑，接过合同，然后说：六千元的房租，一千元的押金，我用微信转行不？房东说行，咋样都行。

房子定下来之后，陈丽考虑如果把楼上的床和家具搬来，搬来搬去的，担心搬坏了，干脆留给租户，好出租，也能租个好价格，这里随便买个床和沙发就行了。她在旧货市场买便宜床时，发现有个双人床板售价30元。陈丽想，反正租住的那个地方是暂时的，将来贾三把钱还过来，日子安稳了，再搬回去，不论啥床，只要能睡觉就行。为此，她就掏了30元，把这个床板买了下来。

陈丽只用一天时间，就把家安了起来。由于老公在单位值班，她看日历，第二天就是黄道吉日，她打算象征性地开个灶，为此给黄睿打了电话，让他下午回来吃饭，说她炒了几个菜。

黄睿就按媳妇提供的地址，找到了现在的这个家。一进大门，见院子里放着三轮车、自行车和摩托车什么的，有人在收着搭绳子上的衣服，有人在喊叫着骂着自己的孩子。黄睿还不知道是哪间房子时，陈丽从门帘后面伸出了头。黄睿一看窗子跟前的那个简易的伙房，一下皱起了眉头。进了屋内，是一个五组合的淡蓝色布沙发，浅棕色茶几，除了一个高晃晃的衣服架和从家里搬来的几盆花，再也没有啥了，里面的卧室放了一张床，那床没有床头，一看就是个木板床，只是周围用低垂的床单遮着，看不到床板下面。窗台下放了一张桌子，桌子上放着电视机。挂衣服的柜子都是塑料布的，整个看起来非常简单，不像楼上，起码有三张床。

黄睿发现一个原本啥都不缺的家一下变得简单寒酸，不由得生气了，质问道：你只放一张床，娃回来了睡在哪里？

陈丽忙说：娃现在大了，能骑车子来回跑了，白天回来吃饭，晚上可去他姥姥家住。

黄睿骂道：你简直是个疯子，说搬就搬，找个房子也跟不我商量一下，找这个糠杆子地方，伙房像个猪圈似的，能做饭吗？

陈丽忙低声劝道：刚搬来，别骂人了，小心房东听到。虽然这里条件差些，但那些债主找不到，咱们能清闲一点。至于伙房，又不让你做饭，你生啥气呢？只要你想吃啥，我保证干干净净、样样数数地给你端上来。说着，她出了门，在锅台上炒起了菜。菜是她提前备好的，就等男人回来下锅加工。在楼上做饭是液化气，现在用煤火，陈丽用起来一样得心应手，煤火似乎更给力，几簇红彤彤的火苗在鼓风机的扇乎下，直戳戳地舔着锅底。将菜往锅里一倒，就发出了刺啦的声音，一股香葱味儿扑鼻而来。陈丽不停地挥动着铲子，放佐料，倒酱油，加盐，放味精，三下五除二，就做了青椒炒肉、香菇油菜、麻辣豆腐和烧茄子四个菜。她一趟一趟地端进客厅，放到茶几上，然后又从电饭锅里舀了两碗米饭，放到菜盘左右，最后又从茶几下拿出半瓶酒，说这是你喝剩的，我搬东西时顺便带来了。今天是新家开灶，咱俩庆祝一下。

黄睿哼了一声，有点伤感地说道：还是新家，这话说给别人，不让人笑话。

陈丽拿出小酒盅，给男人往杯子里斟酒：不管是啥家，总是第一次开灶嘛。来，喝点。

黄睿只好端起杯子，和媳妇碰了碰。

陈丽见黄睿皱着眉头，一脸忧愁的样子，就巴结地说道：从今以后，你就安心工作，把魏晓云他爸的那个案子好好查一查，这个女子找了咱们几次了，我也给你说了几次了，你就重视一下。至于家里这摊子，你别再管了，我最近又还了一些债，至少这几个月内没人来骚扰咱们了。

黄睿一听，遂问钱是从哪里来的？陈丽说：借的。黄睿问：跟谁借的？陈丽说：顾盈盈的。黄睿问：借了多少？陈丽说：20万元。

黄睿一愣：20万？多少利息？

没有利息，她不仅给咱们借了钱，还让我到她公司上班。

你去她那里，那驾校呢？

开始我不想告诉你，怕你心里不好受，现在有工作了，就告诉你吧，因为要账的到驾校跟我闹，我被人家辞了。

啥时候的事？

就是老沈来咱们家，把你气走的那一天。

黄睿听此，不吭声了。

我找工作时，正好顾盈盈的公司招人，我就去了。虽然没有驾校的工资高，但圈子不一样，顾盈盈是啥圈子，你是知道的。

黄睿想到顾盈盈曾通过王小可给他借了10万元，现在又是20万元，不论是自己还是媳妇，与她又没有多少交情，她凭什么这么帮自己呢？想到这里，他心里狐疑地翻了翻眼睛，问：顾盈盈为啥给你借钱？你们之间做了什么交易？

陈丽抬头看了一下男人的眼睛，故作轻松地说道：咳，有啥交易，她与贾三熟悉，知道贾三现在一时半会儿还不上咱们的钱，我成天被人逼债，还丢了工作，出于同情，帮我而已，你不是搞精准扶贫吗？听说你在帮赵大娃建房子呢，你帮人，人帮咱们，也是情理之中啊。

黄睿见陈丽这样说，就沉默了，心里想：现在人几乎都认钱不认人，无利不起早。这个顾盈盈这样做，到底为什么？心里这么嘀咕着，又觉得理不出个头绪，就说道：人情归人情，你可别在人情面前丢失了做人的原则，给我添乱，顾盈盈无亲无故地给咱们借这么多的钱，我总觉得心里不踏实。

陈丽说：还不是贫穷限制了你的想象。二三十万，对于人家来说，不算什么。你放心，这个事由我挡着，不论到什么时候，顾总都不会跟你要的。这两年，你也跟着我受了不少气，你为了帮我还债，动用了老二的包地款，惹得老人和弟媳生气，要不是刘希来揽这个摊子，老二就跟你结下梁子了。家里发生了这么多的事，我还能再给你添什么乱？以前的事已经发生了，以后我永远不会给你添乱的。

见媳妇这么说，黄睿的心里稍微想开了一点，怕儿子接受不了这个变故，就给打去了电话，把搬家的事儿告诉了儿子。并通过视频，让孩子看了看居住环境，鼓励他只管搞好学习，不论家里有啥变故，爸爸妈妈住在哪种环境，都别放在心上，周末了，爸爸接你回来转转。

十五岁的儿子倒安慰起了他，说：爸，现在咱们家是困难时期，哪里安稳，咱们就把家安在哪里，不论啥环境只要你们能住，我咋都行。贾三被抓了，我妈妈遇到了贵人，有了新的工作，咱家的日子总算有了转机。爸，你要把心情放好，照顾好你的身体，和我妈妈搞好生活。家里好，我就好，我学习上的事儿你就别操心了。我会搞好我的学习的，还有我外公监督我，你们就放心吧。

陈丽一听，高兴地说道：你看咱们的娃多乖，说起来，我也算个有福气的人，儿子听话，老公人好，两家老人好，遇到的朋友也好，命运之神对我基本好着呢。

黄睿听了儿子和媳妇的暖心话，加上喝了点酒，直到睡觉时，感到心情好了许多。因许久没和媳妇在一起亲热了，今晚他有了兴致。但刚进入状态，本来就感到有点摇晃的床突然哐啷一下塌了，床板一个斜歪，将黄睿二人摔在了地上，而且一块砖头偏偏砸在了黄睿的脚趾上。黄睿冷不丁被吓了一跳，见是用砖头支的床，勃然大怒，张口骂道：日你妈的，你再没啥支床了，用砖头支呢？

陈丽忙站起，一把扯过衣服缠在腰里，像哄小孩似的说道：悄悄，小心隔壁听见。别生气了，明儿了我把楼上的床拉过来，不用这个烂怂床板了。

你真是纸张糊屁股，自己哄自己！黄睿骂着，拉过裤子，穿了起来。

第二十七章

黄睿走进凤凰书院

　　贫困户赵大娃盖房子的工程如火如荼地进行着，如果天不下雨打扰，估计有十几天就可以盖成了，这是黄睿帮扶的项目，若按期完成，至少对他来说，是个小小的帮扶成果。妻子最近也还了一点紧账，并且还有了新工作，家里的困境暂时得到缓解了，黄睿松了一口气，感觉心里不怎么添堵了。他白天忙眼前的事务，夜里在灯下翻看起了发生在1997年的那桩陈年旧案。自从魏晓云找到他跟前以来，他嘴上答应了，但从来没有亲自阅读过当年的卷宗。因为太忙，心里的事儿太多，他根本静不下心。现在，他不看则罢，一看很惊讶，因为当年的口供中不仅出现了曾给他家看过风水的李富贵的名字，还有顾盈盈。顾盈盈可是大名鼎鼎的企业家呀，怎么与失踪的魏平和李富贵都有牵连？他一口气看完，心里疑窦丛生。当即给顾盈盈打电话，说想到她的凤凰书院转转。顾盈盈说她就在书院，让他来。

　　黄睿到了凤凰书院，发现有几个人在观摩着琳琅满目的字画。年轻美丽的助理芮总在旁边解说着作者名称和创作背景，哪幅是上了国展的，哪幅在市场上是什么价格。黄睿对字画不懂，但很喜欢这个环境和氛围，因此就打肿脸充胖子，也装模作样地观摩了起来。就在他且看且走动时，芮总发现了他，彬彬有礼地主动与他打招呼，黄睿说：我找顾董。芮总即说：请跟我来。

芮总将他带进了一个房间。顾盈盈正和一个人说着话，面前放着一个画册。黄睿见有客人，想退出，说他等会儿。那人立即站起来和顾盈盈握手道别，说明天过来再商量，然后友好地向黄睿点了一下头，就出去了。

顾盈盈往单人沙发上一坐，指了指对面，让黄睿坐下。黄睿微笑道：你这些家具也挺好啊。顾盈盈说：这一套是紫檀木的。黄睿说：你置的这些家当都不错！顾盈盈说：见了好东西就是买买买，爱的不行，控制不住。黄睿说：那就放开吧，别控制了。顾盈盈说：人不控制自己，容易出轨。黄睿开玩笑地说道：只要你能按时回到轨道里来，出去一下也无妨。

顾盈盈哈哈大笑。

聊天之中，黄睿先提到了那 20 万元的事儿，说他很感激顾盈盈的帮助，将来手头方便了，一定如实还上那笔钱，包括之前的 10 万元。顾盈盈知道陈丽在男人跟前说了谎，也就顺着他的话题应承着，让他别放在心上，顺其自然，什么时候方便了再考虑。

顾盈盈知道黄睿没事不来找她，就问道：所长，平时很少见到你的身影，今日来，你不光是因为你媳妇借款的事吧？黄睿说：主要是来感谢感谢你，你给我们帮了这么大的忙，我作为家属，不能不重视。因此，来和你喝喝茶，聊聊。另外，还有个事想请教一下你。

顾盈盈动作优雅地给黄睿沏上茶，问道：啥事，还用请教我？

黄睿这才提到了魏晓云找父亲的事儿。说这个姑娘的父亲失踪 20 年了，这些年一直找个不停，现在又找到了他跟前。因为这个人在他管辖的乡镇上，他想把这个悬了多年的失踪案查一查。结果在翻阅案件时，才发现她与一个叫李富贵的人认识。由于李富贵和失踪人魏平曾经共过事，因此想在她跟前了解一下这两个人的情况。

提到李富贵时，黄睿主动说道：李富贵这个人我也见过，前段时间给我家找过祖坟，是个风水大师。据我了解，魏平也是个跳神弄鬼的人，与李富贵基本是同行。从卷宗上看，李富贵这个人被传唤过几次，也以嫌疑人的身份被关押过。

顾盈盈沉默了一下，才说道：既然你看过卷宗，我与李富贵那档子事你也知道了吧？

黄睿微微一笑说道：是啊，所以想跟你聊聊。看到这个情况后，我觉得有点诧异，你和这个人……是怎么回事？你俩可是两路人啊。

顾盈盈说：正因为是两路人，我们才没走下去。

说到这个话题，顾盈盈不由想起了一桩往事——

1995年后季，李富贵和顾盈盈共同凑了3000元，给了贺家，顾盈盈这才与贺聚聚离了婚。有一天，她回到家，听见房间有个陌生人在说话，顾盈盈就停下脚步，偷听了起来。那个人说：我昨晚把你俩的八字仔细算了一下，你俩最终走不到一块。李富贵问为啥？那人说：你俩是有点缘分，但是露水缘分，这种缘分一般不会长久。李富贵急了，问能不能禳治？那人说：我给你度两道符试试，一个你戴在身上，一个压在床上，有这两道符降住，女方如果要离开你，有点费事。

顾盈盈听到这里，并没有进去，而是进了伙房，佯装要做饭，被李富贵发现了，就给顾盈盈介绍了此人，说姓魏，叫魏平，是个阴阳先生，懂风水，迁坟搬墓的事儿很拿手，还会给人推八字算卦，别看年龄不大，在江湖上已经是个大师了。顾盈盈不冷不热地向魏平打了个招呼，说她去做饭了，让他俩说话。

饭后，李富贵送走了魏平，回来往褥子底下压符时，被顾盈盈发现了。顾盈盈说她见不得人搞牛鬼蛇神，当场要撕了那道符。李富贵很痛苦，劝顾盈盈不要太伤他的心，说他很爱顾盈盈，走到现在这个地步不容易。顾盈盈见李富贵眼泪汪汪的，就没撕掉那道符，让李富贵把那东西压在了褥子底下。

由于顾盈盈当时给浙江服装店老板加工衣服，这个工作还是李富贵给介绍的。魏平离去没有几天，顾盈盈让李富贵给浙江老板送衣服时，顺便领一下她一个月的加工费，李富贵就替顾盈盈领了。当他拿了钱在回家途中时，遇到了魏平。魏平说他家盖房子，让李富贵给他借2000元，承诺房子盖成后，带李富贵出去挣大钱。李富贵挣钱心切，为了巴结魏平，就把这2000元的加工费借给了他。回家后，李富贵给顾盈盈交账时，说他存在银行了，顾盈盈要看存折，李富贵见瞒不过，就实话告诉了顾盈盈，顾盈盈嫌李富贵拿她从针头上挣来的钱领人情，骂起了李富贵，李富贵受不了，摔了茶杯，顾盈盈又嫌玻璃碴儿扎伤了她的手，扑去和李富贵打架，抓破了李富贵的脸，李富贵再也忍不住了，一个耳光朝顾盈盈扇了过来……

　　说到这里，顾盈盈说：我见了魏平不久，就和李富贵分手了。分手之后我到深圳打工，好像到了深圳的第三年，也就是1997年吧，鹞子乡派出所传唤我，向我调查个案子。我特意从深圳回来，才知魏平失踪了。这么多年了，这个人还没有音信？

　　没有，所以他老婆和女儿一直在寻找。

　　你打算重查这个案子？

　　家属既然找我跟前了，干的是这个工作嘛，多少也得重视一下。

　　听黄睿这么说，顾盈盈心里咯噔一下，脑海里不由得闪现了凤冠这套东西，可是从李富贵手里出来的呀。虽然她至今没有告诉任何人，但与李富贵有关的一桩流言，至今让她记忆犹新。

　　那是她与李富贵还没断绝关系之前，也就是发生在1995年10月的事——

　　因为给魏平借钱，顾盈盈和李富贵打了架不久，村里一个叫雪儿的媳妇进城来看顾盈盈，问她和李富贵关系怎么样？是不是要结婚了？顾盈盈说还不确定。雪儿说：我劝你嫁谁都别嫁给李富贵了，这个人危险。顾盈盈问：为啥？雪儿就提到了邓圆圆，说邓圆圆不是回四川老家了，有可能是被李富贵打死了。因为邓圆圆失踪的前一天晚上，她在半夜听见李富贵家里传出了哭声。第二天下午，她碰见李富贵骑自行车回来了，说进城送媳妇回娘家。但过了几天，李富贵家门前的山沟里有许多乌鸦在盘旋，左邻右舍的狗天天晚上叫。村上都知道那个沟里有个深臼，臼里有水，分析那个臼里有尸体，因此才引起乌鸦的盘旋和狗的狂叫。老年人常说，乌鸦盘旋，必有冤情。现在，村里人都猜想李富贵把邓圆圆打死，扔在那个深臼里面了。李富贵离了他婆娘，本身是准备娶邓圆圆的，结果又和你好上了，虽然村里人见不得那个四川女人，但你这么一来，村里骂你的人也多。所以，我劝你还是不要嫁给李富贵了，万一落个四川女人那么个下场，连个替你说话的人都没有了。咱俩关系好，我才给你说实话哩，我知道你不喜欢贺聚聚，既然你和他离婚了，我劝你走远一点，别从东家出来，又打西家进去，咱们这个地方又穷又落后，你图啥呢？

　　顾盈盈听了这个流言后，心里有了阴影，决定趁机离开李富贵。她告诉母亲，她不给浙江人加工衣服了，要去深圳打工。为此，她给李富贵留了一封信，说如果李富贵来纠缠，就让母亲把信拿给他看看，安顿好家里后，顾盈盈就坐上了南下的火车……

顾盈盈在深圳一个叫"巴黎梦"的时装店当服务员。为了躲避李富贵，顾盈盈两年都没回家。去了深圳的第二年，她接到了母亲的电话，说李富贵送来了一个铜镜，说是汉代的，她看是古董，没敢要。当时，她连古董这个字眼都没听过，就叮咛母亲，不论李富贵送来什么东西，都别要。

但对那个铜镜，她想象不来是个什么东西。有一次，她跟上朋友去逛深圳的古玩市场时，才看到了铜镜，才知道那是古人照面容的东西，古人叫"照子"。

从那以后，没过多久，她在北京办事时，接到芮小茹从机场打来的电话，说她的一个朋友带了几件瓷器到北京请专家鉴定，问她去不去？顾盈盈一听，忙赶到芮小茹几人下榻的宾馆，跟上人家去见专家。

当时，给做鉴定的是个姓马的女专家，她看了三个瓷器后，认为都是假的。芮小茹的朋友当时不满，和专家争辩了起来。马专家就从瓷器的神韵、工艺、胎质和土沁等方面做了解释，并让持宝人和顾盈盈他们分别上手查看。顾盈盈乘机和这个专家交流了几句，并当场要了这个专家的电话，说以后若遇到宝贝了，请她鉴定。第二天，她以学习为由，打电话要请那个专家吃饭。姓马的专家可能对顾盈盈的印象比较好，答应了，当天下午，专家在助理的陪同下与顾盈盈又见面了。在饭桌上，通过敬酒和交流，专家不仅对顾盈盈加深了好感，还主动教她怎么鉴别瓷器的真假。从此以后，两人经常在微信上交流，从而使顾盈盈掌握了鉴定瓷器的一些要领。

因此，当凤冠这套宝贝出现在她面前时，她感觉个个都很养眼，尤其那个梅瓶，器型精巧，青花釉色沉稳，构图自然美观，拿在手里比较轻，且器内外都有细微的棕眼和若隐若现的老化痕迹，看上去既有年代感，表面还有种凝重的亮色。"旧器如新必是宝"。顾盈盈通过这几年对瓷器的研究和了解，发现一些馆藏瓷器上，基本都有这个特征。这是釉色丰润和岁月沉淀的结果。

所以，在那一瞬间，她觉得除过凤冠，最吸引她视线的还是那个雍容典雅的梅瓶。

尽管对这个梅瓶感觉不错，但由于瓷器中的高仿品很多，她必须得了解一下这些东西的来源。当她得知卖家是李富贵时，她不由想起了多年以前李富贵想通过她母亲，给自己送铜镜的情形，那个时候他都有古铜镜，表明他在九十年代初就接触古董了。可他那时候在跟着魏平学算卦呀，怎么接触上古董的？且不说那个铜镜，凤冠等这套东西到底是从哪里来的？怎么集中在他一个人的手里？尽管徐毛毛解释说是李富贵家传的东西，但她认为，即使百分之百的人相信李富贵的说辞，她都不信。因为大凡官宦人家和地主后代，从家风、子嗣和家境上都能看出一二。李富贵曾经和她的前夫在一个村上，当年他俩来来往往那么久，他家里啥情况，娶了几个婆娘过的啥日子，她最了解。抛开他第一个婆娘不说，当年的四川女子邓圆圆那么爱他，为了他在众目睽睽之下被吊上了树，遭受村民的唾骂和攻击，后来他却移情别恋，爱上了自己。并且与自己相好后，动辄打邓圆圆，折磨她，虽然她到现在都不愿回想往事，不愿知道邓圆圆到底是回到了四川，还是被李富贵害了，但是，对李富贵这个人，她太了解了，他的家里绝对不会出这样的东西！

既然不是家传的，那是不是盗墓的？假如是盗墓的，李富贵一个人能盗出这么多的东西吗？如果有同谋，这个同谋会不会是魏平？魏平是个游走江湖的人，他也是江湖混混一个呀。再联想到李富贵当年对待邓圆圆的态度，假如同谋是魏平，那李富贵会不会做出伤害魏平的举动？

那一夜，由这套宝贝，顾盈盈坐在家里的沙发上联想了很多，各种假设各种可能都想过了。她既希望这些东西是盗墓的，因为盗墓的东西没有假的；又怕是盗墓的，因为盗墓的东西万一事发了，会赔了夫人又折兵。既想买下，又怕成了烫手的山芋；既想放弃，又觉得太可惜，说不定过了这山，就没有那河了。因此，她在买与不买之间徘徊了很久，心里矛盾了大半夜，最后下了个破釜沉舟的决心：买下！权当自己下了个赌注！这年头，像贾三那种在各种赌场上豪赌的人不乏其数，自己不打麻将不玩游戏，就权当拿几十万赌了一次。是输是赢，她认命！况且，她有个凤凰书院，连装修带家具，她都花了七八百万，到现在还没有一个镇馆之宝。眼下，她觉得那个梅瓶，就是个镇馆之宝！还有那个凤冠，那个唯有女性戴的饰物，好像就是她前世的东西，转了几百年，现在又转到了自己面前了，那华丽的外表，高贵的身份，怎能不是个镇馆之宝？因此，仅凭这两个东西，她愿意下这个赌注！她知道，如果自己的这个赌注下对了，在精神和文化层面上，比她拿下几十亩地、建一幢楼更有价值！因为它们的文化含量很高呀，楼层再高，能高过文化吗？

但是，光下赌注是不行的，世上没有不考虑风险的赌博。如何让自己规避风险呢？经过一番缜密的思考，一个方案很快就出笼了，于是就有了她出资先让陈丽买，自己再从她手里转走的这么一个过程。

这样做，自己不仅拉了陈丽这个垫背的，还能腾出点空间让自己对这些东西进行更系统的盘玩和研究，若东西全对，证明自己赌对了；若有问题，有垫背的挡在前面。

东西保存到她这里后，因为她与那个姓马的专家成了好朋友，为此就邀请她到凤城市来一趟，来回机票报销之外，会按她的收费标准支付鉴定费。一周后，马专家带着助理来了，顾盈盈亲自开车到机场接上了她，然后拉到了盛盈宾馆，安排在套房住下。第二天上午，顾盈盈将马专家带进了她位于宾馆内的办公室，打开密室，将凤冠等六件宝贝呈现在了专家面前。告诉她：这是别人的东西，准备用来抵债，看真不真？

专家经过仔细的鉴定后，认为没有一件不是真的！问她这些东西是谁的？如果她喜欢，可以买下来。

无疑，专家的话像个定心丸，使她心里一阵暗喜，依旧以监护人的身份守着这套宝贝。

她知道陈丽债台高筑，等着给锅里下米，这些东西需要尽快出手。也知道徐毛毛尝到了中介费的甜头，接下来还会继续插手，替陈丽找买家。她要等着，等到一个恰当的机会——譬如有真正的买家出现时，她再以恰当的理由将这些宝贝从中拦截下来。

这不，她不是等到机会了？在陈丽和徐毛毛让这套宝贝出阁时，她就以"盗墓之物"为理由，以"规避风险"为幌子，既威胁又呵护，先把她俩的头脑搞乱，然后分别以5万和20万元的代价，安抚了徐毛毛和陈丽，使她俩以无比感激和佩服的心，默认了她的做法。虽然除过40万的本金，她又付出了25万元的代价，在常人眼里，这个付出有点多余，但是对于顾盈盈来说，具有双重的意义，一是给自己彻底规避了风险，二是这套东西的价值她心里清楚。同样的东西，放在地摊和高端商场就有很大的差别。所以，打发了徐毛毛和陈丽之后，她有种如获至宝、大发横财的感觉。

从那天起，她认为凤冠之事只要自己不提，就永远沉寂了。没想到陈丽的男人却找上门了，虽然是冲着魏平失踪案来的，与她买凤冠没关系，但凤冠的源头人是李富贵啊。在她的印象中，李富贵有杀害邓圆圆的民间说法，有接触古董的事实，尽管他经历过警方调查、关押等过程，这些年平安无事，但不确定他就能平安一辈子。所以，如果不接触到这些宝贝，他无论经历什么，遭遇什么，与她都没关系。现在宝贝到了她手里，她就得考虑得周全一些。万一是盗墓的呢？万一魏平的失踪与他有牵连呢？人无远虑必有近忧。况且，作为派出所所长，一且得知李富贵手里出过凤冠这种稀世宝贝，而且还是经过他媳妇的手落到了自己的手里，黄睿是什么想法？他将怎样面对这个局面？

为此，她故意轻描淡写地说道：毕竟20来年了，魏平若在，肯定有另一个老婆和孩子了；若不在，即使找到他的下落，也就那样了。所以，我建议你也划不来蹚这个浑水，闲了多跑跑贾三的案子，想方设法把你的钱要回来。你看你的日子过成啥样子了，好歹也是政府体制内的人嘛，谁看了，心里都会难受，因此我才帮你。

黄睿微微一笑说：是，你说得也是事实。

两人就抛开这个话题，东南西北地聊了会儿。之后，黄睿离开了凤凰书院。

黄睿走后，顾盈盈没离开，依旧坐在那里抽烟，沉思。尽管黄睿蜻蜓点水式的向她询问了一下李富贵的情况，但她心里总不踏实。如果魏平不失踪，她倒不会想这么多，就怕这些东西与魏平有牵连。万一有了牵连，不是影响到她了吗？她觉得自己不见到这些东西则罢，现在到手了，才发现它们有灵魂，能勾引人。多少个寂静的夜晚，她拿出来看呀，想呀，一赏玩，就是几个小时。可以说，她对这些东西有了很深的感情了。人越爱，越怕失去。所以，只要有一点风吹草动，她心里就有点敏感了，就像她对黄睿的话题有点敏感一样。

顾盈盈脑子乱糟糟地想了一会儿，就从凤凰书院来到宾馆办公室，给陈丽打了电话，让她到办公室来一下。

陈丽之前受够了乌烟瘴气和担惊受怕的生活，自从进了盛盈公司，当了办公室主任后，感觉气场好，心情好，眼睛不像以前那么动辄就发雾了，感觉生活逐渐变得清丽了起来。尽管还有许多债务，但她心里总怀着一种希望，认为困难总会过去的，美好的日子会到来的。因此，她整天卖力地工作，早来晚归，在生活中当顾盈盈的秘书，在宾馆里主管住宿，里里外外干得有条不紊。这都源于顾盈盈帮了她，使她心里充满了感恩和激情。所以，只要顾盈盈叫，或者吩咐什么工作，她很快就会出现在顾盈盈面前。

顾盈盈指了一下旁边的沙发，让她坐下，说没啥事，就想聊聊。陈丽就坐在了顾盈盈的身边，中间隔了个小茶几，两人就这么平坐在一起。

顾盈盈问她这段时间，对这个工作习惯吗？陈丽微笑道：怎么不习惯？我才发现，我就喜欢干宾馆的工作，所以每天只要有腾出来的空房间，我都到每个房间去看看，楼上楼下的，来回走，感觉挺精神。老年人常说家有万贯不如开个车马店。我发现宾馆生意稳定了，比干啥生意都轻松。你真有福气，干啥事都顺风顺水的。顾盈盈微笑道：是啊，人是一半命，一半能力。然后就说她叫对了人，陈丽干事的路数很符合她的要求，在这些员工中，陈丽虽然来得最晚，但最顺手。说到这里，她主动给了陈丽1000元，说是她个人给陈丽的奖金，不上公司工资册。为什么这样做？你应该明白。陈丽坚决不要，说是多少工资就是多少，有了之前的恩情，她在工资上不说，只要她的工作能让顾盈盈满意就行。顾盈盈非得让她拿去不可，不拿就是驳她的面子，陈丽只好接了。

接着提到了她家的债务问题，说她会在法院找个关系，在贾三资产分配等问题上适当倾斜一下，说人民警察的生活保证不了，怎么维护社会治安呢？陈丽说：好得很，我盼贾三还钱，眼睛都盼绿了。有人说贾三欠账太多，法院保全的那些财产将来按比例给债主分配，我正担心呢，只要您帮忙，那我就放心了。顾盈盈说这个我会尽力的。我今年在运作一个平山项目，估计十月份左右开工。到时候我给你先分上100万方土方，你转包给别人也行，自己组织车拉也行，让你赚点钱，尽量把你从困境中解脱出来。

陈丽一听，激动地说道：太好了，好得很！我们老二曾经在高速路上拉过土方，经营过挖掘机，我可以叫他帮我干。

顾盈盈说：那你提前把车辆的事儿联系一下。据我了解，现在挖掘机司机不好叫，动不动给你摆谱，经常把有些经营机械的老板整治得揣鞋拾帽的。你把机械捋码好，工期进度就快。

陈丽忙说：行，行，我知道了，我回去就联系这事。

顾盈盈给的这个活儿，像砸过来了一块金元宝，陈丽激动的不知怎么表达了，就把装进去的那1000元又捏了出来，说你还是拿上吧，就权当我感谢你。顾盈盈瞪了她一眼，说你咋这么神经。陈丽嘿嘿一笑，将钱又装了进去。

接下来，她就提到了黄睿，说到凤凰书院来坐了会儿。陈丽说：我一直动员他到书院看看，开开眼界，沾点文气，他终于来了。人家都喜欢字画，我看他跟我一样，不懂，也不喜欢。

顾盈盈说：那倒不是为这个来的。

那他为啥？

听说一个姓魏的人失踪了，因为李富贵与那个人认识，先前派出所调查时，把李富贵叫去问过几次。这次，你老公又想问问李富贵的情况。

陈丽立即说道：哦，对了对了，是魏晓云她爸失踪的事儿，这个事还是我给牵的线，这个女子也恓惶，找她爸找了二十来年了。为她的事，我催我老汉也催了好多次。说到这里，突然问道：奇怪了，他既然想了解李富贵，为啥不问徐毛毛，来问你？

因为我认识李富贵。

啊？陈丽大吃一惊：你认识李富贵？两眼直勾勾地看着顾盈盈，脸上爬满了惊讶与错愕：你……你们是咋认识的？

顾盈盈拿出烟，点着，才慢腾腾地说道：有个事我本来不想告诉任何人，由于咱们的关系特殊，所以我想告诉你，你可别乱说了。

陈丽忙说：放心放心，你对我这么好，我恨不得把我的心都挖给你呢。

顾盈盈吐了一口气烟说道：我曾经和李富贵相处过一段时间，后来我们就分开了，我去了深圳。

为啥呢？

肯定是性格不合嘛。

就是啊，你俩咋看都不是一路人嘛。

顾盈盈说起往事，有点沉重，说她那时候太年轻，现在觉得自己很荒唐。

陈丽为了安慰她，装作不以为然，说道：人一辈子，哪不犯错呢？尤其在感情方面，没有经历，我觉得人生就不完整。哪像我，统共介绍了两个对象，第二个就成了，成了就结婚了，到了结婚那天，还没体会到恋爱是怎么回事呢。

我跟你不一样，那时候我俩都是有家庭的人。

哦，是这么回事！没事，过去这么多年了，你现在事业干得这么好，谁还能想起你过去那一折子呢？

正因为我现在事业比较顺风顺水，社会影响也不错，我不想让人们知道我与李富贵这一档子事。而且，那套宝贝是从李富贵手里出来的，对于这些东西，我曾经给你提过……

陈丽脑子里立刻浮现出顾盈盈看凤冠、给自己借钱买凤冠、后来又从自己手里买走凤冠的整个过程，又想到顾盈盈曾经怀疑李富贵是盗墓贼的说法，不禁脱口而出：顾总，你当初说李富贵盗过墓，凤冠这些东西有可能是李富贵从古墓里挖出来的，我虽然当时没有直说，但总觉得不太相信。现在看来，你对解李富贵是比较了解的，难道这些东西真是他盗墓的？

顾盈盈煞有介事地说道：我和李富贵认识的那个阶段，他基本是靠种地为生，还没有看风水、鉴定文物这个本事，没听过他家里有什么东西，所以自从凤冠从他手里出来之后，我总有点怀疑，就注意打听起了这个人，结果还真让我猜中了，李富贵确实有过盗墓的事儿，而且这个信息还是公安系统的一个朋友告诉我的。至于是谁，我就不告诉你了。

陈丽一听，愣住了。

一个人的过往与征信，只有公安局才最了解。李富贵这个人不仅有盗墓的历史，也与失踪的那个魏平来往过，不然，你老公不会在我跟前了解李富贵和魏平。

陈丽两眼直直地看着顾盈盈，觉得有点不可思议：既然……既然你知道李富贵的底细，怎么还留下了凤冠？

开始仅仅是怀疑，不敢确定。由于你家庭困难，加上我也觉得那些东西好，就支持你买了下来。后来为啥我又从你手里买去呢？是因为他盗过墓的这个事实我调查清楚了，由于牵扯了徐毛毛和你，所以我只能出面把这个事儿压下来。

陈丽怔了怔，想到李富贵曾经与魏平有过来往，心里不免有了想法，就问道：李富贵真的与魏平认识？

顾盈盈说：我都见过，两人形影不离。

陈丽立刻警觉地问道：那……魏平失踪，不会与李富贵有关系吧？

顾盈盈想了想，神情严肃地说道：就怕有关系。咱们做个假设，由于李富贵有过盗墓的历史，而盗墓又不是一个人能干了的事。万一李富贵因为盗墓把魏平害了呢？

这个假设像把刀子，倏然使陈丽痉挛了一下，她两眼直愣愣地看着顾盈盈，脑海里迅速闪过了李富贵的一言一行，有点不相信地说道：是不是把李富贵想得太坏了？通过几次接触，我发现这个人为人和善，说话得体，不像个做贼挖窟窿的人啊。再说，凤冠那些东西颜色鲜亮，那么好，谁把这么好的东西埋在墓里呢？

顾盈盈说：我是假设。对李富贵这号人，咱们不能不往坏处想。况且，知人知面不知心，有的人，不论是长相还是个性，欺骗性比较强，所以，一般情商高的人具有双面性。

那……你的意思，怕我老汉查下去，拔出萝卜带出根，把凤冠的底细牵扯出来？

顾盈盈说：虽然李富贵有盗墓的经历，但也不能确定凤冠这些东西就是他盗墓得的；魏平失踪与他有没有关系，以前公安局已经给否定了。至于凤冠这些东西，已经被我拦下了，放在我这儿，犹如进了保险库一样安全。所以，只要你老公别动这个案子，就不会有任何问题。

陈丽的心里刚才着实紧张了一下，现在听顾盈盈这么一说，顿时松了口气，就顺口说道：是啊，不会有啥问题的，李富贵现在得了肝癌，活一天少一天，就是查下去，也不会有什么结果。

顾盈盈一听，愣住了：你说什么？他得了肝癌？

就是的，是徐毛毛告诉我的，说李富贵不想让人知道他得了肝癌，隐瞒着哩，李富贵之所以卖凤冠这些东西，都是为了看病。

顾盈盈立刻微笑道：既然他是这个情况，那更没必要调查了。回去告诉你男人，在人生的路上，总会遇到一些模糊地带，到了这个地带，把心放大一点，别过于认真，眼前的路还长着呢，要干的事儿还多着呢。

好，我这就回去给他说，本来他一直念叨说这个案子年代太久，查起来费事，还是我鼓励他查的。

顾盈盈微微一笑说：你看你，若凤冠真是李富贵盗墓出来的东西，查来查去，不是查到你头上了？赶紧回去劝他，让他别在这个事上费心了，李富贵现在靠药维持生命，万一碰倒了他的药罐子，他心里一不高兴，把陈年往事抖出来，那问题就大了。这个事从现在起，就严严实实地捂下来，这套东西，我打算等我将来老了时，捐给咱们博物馆。现在拿出来捐，还真舍不得。

陈丽微笑道：还是你想的周到，长远，到底是女强人。

至于你回去怎么给你男人说，你先想一想，一定要说得巧妙一点，别让人家觉得咱们心中有鬼。最好拿我做借口，就说我不想让人知道和李富贵之间的事，加上李富贵现在患了大病，这个事敷衍一下就行了，别走得太深。

陈丽忙点点头。

第二十八章

一个背影与齐家文化古玉

　　在黄睿的帮扶下，赵大娃的房子很快盖成了，东面五间，北面小三间，带伙房及卧室。农村人一般盖成了新房子，都要请村里人来襄院。襄院时人家来放炮，主人就要给大家杀鸡摆酒席。赵大娃是贫困户，盖房子是政府的贴息资金，所以他不能张扬。但新房子建成，毕竟是个高兴的事儿，赵大娃心里憋不住，打电话给黄睿，让他下班了无论如何到他家里来一下，说有个非常要紧的事儿告诉他。因为赵大娃是黄睿的扶贫对象，只要他有什么事，黄睿必须考虑。因此，听到有紧要的事，黄睿还没等下班，就来到了洼子村东队赵大娃的家，进门就问啥事？赵大娃这才笑嘻嘻地说道：叫你喝酒哩，新地方盖成了，我心里高兴，你为我这个事费了心，我买了点猪头肉，准备了几个凉菜，咱俩喝几盅。黄睿说：那你就直说喝酒嘛，还说有紧要事，你真会骗人啊。赵大娃嘿嘿一笑说：我知道你忙，不骗你不来啊。

　　夏天的黄昏，村里人都喜欢在院子里乘凉。赵大娃就在院子里支了个小方桌，放了四样菜，拿出了一瓶白酒和两个牛眼睛大的酒盅，坐在小凳上和黄睿面对面地喝了起来。黄睿说我本来不喝酒，可我知道你高兴，就陪你喝点酒吧。赵大娃说我的亲戚都是农民，干公家事的人少，村上和我好的人也没有几个。你虽然是政府派下来帮我的，可我发现你这个人好，我从心里喜欢你。现在房子盖成了，我知道你以后和我见面的机会少了，一想起来，心里还比较难受，因此想给你说说，以后如果你不嫌弃我，希望你多来转转。我想把你认个哥，可我是个农民，与你身份不配，以后你家里有啥需要出苦力的事儿，给我说，我没钱，有力气呢。

黄睿和赵大娃碰了一下酒杯说道：什么身份不配，我也是农民出身，以后别说这个话。至于见面不见面，只要在这个乡上工作，肯定有见面的机会。你现在心里应该记的不是我，而是政府，是党的政策。没有精准扶贫这个好政策，就不会有咱俩的交情。因此，一定珍惜政府的帮助，好好过日子。

说起今后的日子，赵大娃说起了他的打算，说他现在能干得动，好好在村里打短工，还能挣点钱。将来给政府还钱时，万一凑不够，给女儿找个婆家了，彩礼能填补一点。黄睿说：你这个想法不行，不能靠女儿的彩礼还贷款，要想法搞点产业，自己搞不起来，可以给村上搞企业的人入股。现在好多乡镇企业，都是股份制。

一说到入股，赵大娃面带嘲讽地说道：城里的企业到底情况咋样，我不太了解，前几年，农村的一些合作社多数是为了骗取银行贷款或国家补贴，那些人把政府的钱拿到手后，种药材的不种了，树苗栽到地里也不管了。租地的人想收，收不回来；想种，又种不了，不少地就那样荒废着。有些还打着合作社的名义，从村民手里把钱集资起来放给企业吃利息，结果有的人给把钱投进去，像狼吃猪娃，连骨头都没了。我们村上一个人把钱借给了一个投资公司，结果那个公司后来倒闭了，这人钱收不回来，气的得了胃癌。现在人心歪了，骗子太多了，稍有不慎就被骗了。我没钱，有钱宁愿让老鼠咬了都不放给别人，放了就得淘闲气啊。

一提到放贷和行骗的话题，黄睿不吭声了。赵大娃发现黄睿有点不高兴，感觉自己失言了，就话题一转说道：我是随便说呢，你别介意，到时候看吧，如果是你介绍的企业，我就给入股。有一千我入一千，有两千我入两千，反正我就认你。

黄睿说：你也不能过于信任我，你适合干什么，对什么样的企业感兴趣，这个你也要做个了解。譬如养殖，你如果喜欢养羊，我就跟那些做得好的养殖企业联系，让企业给你提供羊，到时候他们来收购，这样在销售方面你也不用发愁。

两人且聊且酒，正聊得起劲，魏晓云来了。一到黄睿身边，叫了一声"黄所长"，就扑通一下跪了下来，说道：我求求你黄所长，别放弃我爸的案子，这是我最后的希望，我求你，求你一定要查下去……

那天，顾盈盈给陈丽说了土方的事之后，当天晚上，黄睿躺在床上时，陈丽装作很高兴地对黄睿说道：告诉你一个好消息。

黄睿眯着眼睛问道：啥好消息？

陈丽就说起了土方的事儿，把顾盈盈的原话告诉了黄睿。

黄睿一听，立即坐了起来，说道：这个事好啊，这样比她给咱们借钱好。如果这个项目做起来了，就能还一部分债。

陈丽说：是啊，我已经和老二说了，他说他能联系来两台挖掘机和七八辆翻斗车，让我最好再叫上个挖掘机，车多工程进度快。100 万方土，一方赚 8 毛钱，咱们能赚 80 多万呢，而且听顾总的意思，干得好了，后面还能再给点土方。

黄睿说：你看你，不该说的事，你抢着捡着说；该说的事，你嘴包住却不吭声。既然有这个事，我昨天与她见面时，应该当面和人家聊聊嘛，怎么做？你和老二能不能拿下来？我心里总得有个把握呀。

陈丽说：你是公职人员，单位事儿多，所以，提前没告诉你。我想等事情成了，给你来个惊喜。现在，这个事有希望了，因此才告诉你。至于能不能干，如何干，你也别操心了。顾盈盈的事儿干得那么大，我干点小项目，总能拿得起来呀。

黄睿听媳妇这么说，沉思着不吭声了。

这时，陈丽像突然想起似的说道：对了，你今天去顾总那里，是不是为魏晓云她爸失踪的事？

就是，我翻看案件记录时，发现她早年与李富贵认识，而李富贵早年曾与魏平有过交往，所以想在跟前了解了解，顺便看看你说的那个凤凰书院，真的还不错，挺上档次的。怎么？她告诉你了？

陈丽故意轻描淡写地说道：就提了一下，她与李富贵那档子事，对她来说是个伤疤，所以，我感觉她不想让人知道，结果你知道了。说起这个事，顾总看起来有点不开心。

黄睿哦了一声，问道：她是怎么说的？

陈丽故意说道：她也没有明说。只是说起这个案子时，她说在人生的路上，总会遇到一些模糊地带，到了这个地带，把心放大一点，别过于认真，眼前的路还长着呢，要干的事儿还多着呢。我也理解不来她说的是啥意思，只是感觉她不想再提李富贵。说到这里，陈丽郑重地说道：这样吧，魏平失踪确实年代长了，这个事你就以后就别再管了。顾总虽然冠冕堂皇地说了这么几句，我觉得这个话很有道理，你眼下要办的案子肯定很多，为啥在这个陈年旧案上纠缠呢？都怪我嘴干，给你带了这个麻烦。

黄睿听到这里，没有说话，而是端起床头柜上的杯子，喝起了水。

陈丽见男人没理自己，就用胳膊捣了一下他，导致水都溢在了黄睿的手上。黄睿拿眼睛翻了翻她：你说就说，干吗动手？

我说的意思你到底明白了没有？咋不吭声呢？

我又不是弱智，连这个意思都不明白，既然她顾虑这么多，那就先放一放吧，单位上的事儿太多，我也没有精力复查这个案子。

别放，纯粹别查了。如果你觉得放弃是辜负了魏晓云的心愿，那我去给她说。

这个事儿你别插手了，我看着办。至于土方的事儿，你把握好，我可不参与。你能拿得起，你就干；拿不起，就别动。

这个你也别管，你就安心上班，到时我跟咱们老二商量，你动用人家的果树款，总得给人家谋点事吧？

黄睿和媳妇聊了会儿，躺下翻看手机时，无意中看到了魏晓云发给他的信息，问现在有线索吗？黄睿想到媳妇的叮咛，就回信道：没，你别抱希望了，安心搞好你的生活。

估计魏晓云看到这个信息后，感觉黄睿纯粹放弃了，所以发现他在赵大娃家时，就找来了，并二话不说就给黄睿跪了下来。

黄睿顿时有点生气，说道：你这是干吗？快起来！起来！

魏晓云跪着不动。

黄睿上前拽她，解释道：我不是没上心，我现在所掌握的情况都是以前派出所配合刑警队调查过的，没有任何新的线索，重复调查，实在是浪费时间和精力。现在，我们单位的人手和经费都很紧张，没条件在这个案子上耗下去啊！

魏晓云推开黄睿的手，说道：你不答应，我不起来。不管能不能查到，我希望派出所能行动起来，可据我观察，你们没查。

黄睿听此，愣住了。

这时赵大娃为了缓解僵局，起身来拉魏晓云，说道：咋没查？我都知道黄所长查着呢。只是你这事是河里捞金子，本身就难搞啊。你别催得过急，给人家一点时间啊，你快起来。

这话好像起作用了，魏晓云站了起来。

这样一来，黄睿感到自己被这个事儿推着走了，使他想放都放不下了。

魏晓云给黄睿下跪之后，决定趁热打铁，协助派出所。于是，在见了黄睿的第二天，她一大早就来到派出所，拿出 2 万元说道：我知道你们经费紧张，我凑了两万，你们拿上用吧，不够我再想办法。

黄睿一愣，看了看钱问：你……谁让你拿钱？

魏晓云说：是我自愿的。我把结婚的首饰卖了。

黄睿惊讶：你……你卖了你的结婚首饰？

到了结婚那天，我打算戴个假的应付一下就行了，只要能找到我爸的下落，我就是一件首饰没有，心里都踏实着呢。

面对魏晓云又是下跪又是拿钱的举动，黄睿的心像被什么抓了一下，表情瞬间复杂了起来。他声音温和地说道：把钱拿回去，安心结婚成家，后面的事情我们再努力。

魏晓云见黄睿的态度有所好转，就故意提到了一个人，说她对这个人一直很怀疑。说着，她拿出手机，将一个人背站着的照片给黄睿看。

原来，前些日子，魏晓云妈牛彩琴有病，魏晓云带她到市医院去看病时，在楼道里看见了一个人的背面，魏晓云一愣，立即轻声给母亲说这个背影她在哪里见过，没等母亲反应过来，她就掏出手机，拍下了这个背影。这时候，背影人转过了头，晓云妈一看，是熟人李富贵，就主动与李富贵打招呼。李富贵和牛彩琴说话之中，注意地看了看魏晓云，问你这个女儿今年多大了？结婚没？魏晓云发现李富贵看自己的眼里有种说不出的东西，使她有种莫名其妙的感觉。她认为李富贵曾经和她爸在外面混过，她爸的失踪肯定与他有关系。

黄睿听后，有点不以为然：你别乱猜了，以前的卷宗我都详细看了，李富贵、你妈，还有其他人的口供都在卷宗上，法律是尊重事实的。

魏晓云沉默了一下，又继续说道：那次见过李富贵后，我忽然想起了小时候见过的一件事，我想给你说说。

黄睿看了看魏晓云，有点不情愿地说道：好吧。然后，他打电话叫来了王小可，说魏晓云要说个事情，让他做个笔录——

魏晓云说，很小的时候，有一天爸爸将一只鸡蛋举在她面前，问几岁了？魏晓云说5岁了。过了生日之后，爸爸要进城，魏晓云哭着要跟着爸爸去，爸爸就用自行车捎她进城，在街上给她买了两个玩具和一些零食，然后住进了一个阔气的宾馆。进了房间没一会儿，房间里的电话响了，爸爸接了电话后，就带着她出了门，在楼道里走了一会儿，进了一个房间。见一个大个子人站在地上，手里拿着一个碗在看着，见到爸爸，说了几句什么，好像嫌他把孩子带来了，爸爸即抱着魏晓云离开，魏晓云想看那个碗，却见那个人背着自己，身板堵得她啥也看不见。魏晓云就这么看着那个人的背影，被爸爸抱着出了门……

一提到碗，黄睿立即想道：如果是普通碗，为什么会在宾馆里？除非是很值钱的东西，譬如古董。而且他们见面的方式比较特别，不在街上或饭馆里，而是在宾馆。一个农民，且没有正式职业，为什么在宾馆见面？想到这里，黄睿分析有一个可能：那就是在宾馆里进行特殊交易。交易什么呢？魏晓云不是看到那个大个子人手里拿着一个碗吗？这个碗有可能是个古董。

想到这里，黄睿灵光一闪，遂问她当时看到这个大个子人的面容没有？魏晓云说没看到。但是那个背影，还是那天见了李富贵之后，突然想起的。

你说的意思，你小时后印象中的那个背影和你见到李富贵的背影是一样的？

魏晓云点点头。

抛开背影，就魏晓云儿时在某宾馆见到那个碗的细节，一下给黄睿带来了启发。当天晚上，夜深人静时，他再次翻阅魏平的卷宗，发现所有的侦查线索和口供上都没有"古董"这个字眼。

第二天，黄睿带着王小可，来到了魏晓云家。

牛彩琴见这个新来的派出所所长终于登她的家门了，心里有点高兴，就巴结地说道：你功劳大得很，给赵大娃盖了房子，安了新家，把那个蔫兮兮的人搞活了，昨天我见他在那个羊场拉了几只羔羊回去了。

黄睿知道牛彩琴给赵大娃家帮忙盖房子，问把工钱给你结了没？牛彩琴说：给了，有你在身后站着，我看赵大娃整个变了个人，以前村里人都发现他性格有点古怪，脾气不好，干活闷头愣干，人都不太跟他开玩笑，现在一下随和多了。看来，人还是需要人长精神呢。黄睿说：是政府给长了精神，不是我。牛彩琴说：你就是政府，政府就是你嘛。人家是光棍，我是寡妇，人家光棍都有人帮，我这个寡妇你咋不帮呢？

黄睿看了看她家里的摆设，说道：你家政府帮过了，我看现在基本脱贫了啊。你如果想找个老汉，那你自己想办法，政府帮不了啊。牛彩琴说：看你说的，我以前的老汉都无踪无影的，哪有心思再找老汉。说真的，你现在把赵大娃帮起来了，这下帮一帮我吧。我女儿为她爸的事上心得很，婆家催促置办结婚家当，她躲在城里打工，连家都不回，我这些年既牵挂她爸，又操心家里，照顾两个娃娃，刚过四十，一头头发早早都白了，你就可怜可怜我们母子吧。

黄睿说：我今天来，就是想跟你聊聊这个事情。

牛彩琴一听，忙给搬凳子，倒水，问我的女儿是不是找过你了？黄睿说：你们母女两个真够麻缠啊。牛彩琴叹息一声，说：我娃上大学，不担事，家里只有靠我女女了。娃恓惶的，这些年，光为找她爸，吃了不少苦。说着，将凳子搬来放到黄睿跟前，说您坐下吧。黄睿说：不坐，我们转得看看，你把老魏的社会交往、生活习惯和你的想法给我说说。牛彩琴说：唉，说起这个事，我脑子乱的，不知咋说，这些年也给办案的警察说了好几次了。黄睿说：拣重要的说。

黄睿一边听着牛彩琴的述说，一边在院里、房里、厦子里等角角落落都转着看了起来，在那个敞口的棚子里，他发现了一个像手雷似的锈迹斑斑的铁锤，他拿起铁锤，不知是古代的还是现代的，正在琢磨，牛彩琴又找出了另一个，说魏平先前经常举着这两个铁锤练功哩。黄睿脑子突然想起了九十年代社会上盛行的邪教"法轮功"，即问练的什么功？牛彩琴就把两个胳膊伸开说道：他就把锤子举在手里，练这个功。魏平发现他练的是臂力，就问道：除了这个，他还有什么爱好？牛彩琴说魏平喜欢看录像，喜欢看古书。黄睿问：你家里现在还有没有他看过的书？牛彩琴说：有。就将魏平看过的书、穿过的衣服，包括枕过的枕头都找了出来，抱到了黄睿的面前，说道：这是他用的东西，为了让人能想起他，我都留着。

黄睿先翻着看了看魏平看过的书，发现既有武侠小说，也有六爻八卦和姓名学等方面的书籍，可能源于年代长了，都显得脏兮兮的，陈旧不堪。之后又提起魏平的衣服，发现两个上衣一个是灰色，一个是蓝色，基本都是一个纽扣的大领子西装。还有一件紫红色手工织的毛衣和一条西装裤子。从这个衣服上看，魏平喜欢穿西装。接下来，他的目光落在了魏平的枕头上，发现这个枕头很有特色，枕头套子是用几种颜色的布头折成小三角拼接成的莲花图案，虽然已经很陈旧了，但工艺相当精致，且比较干净，甚至比衣服还干净一些，就问道：这是老魏用过的枕头？牛彩琴说：就是的。自从他失踪后，我一直包住放着，没用过。

黄睿发现，这个枕头之所以显得这么干净，定与魏平平时保护有关。据他平时所见，多数农村男人的枕头都脏兮兮的，魏平为什么把他的枕头保护得这么好呢？想到这里，遂抓起了枕头。就在这一瞬间，他感觉枕头比较沉。他心里一怔，问里面是什么东西？牛彩琴说：是荞麦皮。黄睿说：荞麦皮有这么沉？牛彩琴说：我做好后，老魏拿去装的瓤子，他装上瓤子后，我缝了口。见黄睿在手里掂了又掂，她又补充道：对了，老魏爱上火，嗓子痛，好像给枕头里装了点石子。黄睿问：他装石子时，你看到没有？牛彩琴说：没有，我刚才不是了说嘛，自从老魏失踪后，我塞到柜子里再也没用过。

黄睿即要求拆开枕头看看。

枕头打开之后，黄睿发现荞麦皮里有两个用手绢包着的小疙瘩，黄睿小心翼翼地打开，发现蓝色条纹手绢里面包了一只10厘米大的圆圈状玉石，俗称玉璧，此玉通体呈黄绿色，上面有褐色、红色和鸡骨白等沁色；碎花手绢里包了一个8厘米大的铲子状的古玉，俗称玉铲，学名叫玉钺。玉钺通体呈深青绿色，有黑漆古沁色和砂石沁，且有穿孔。黄睿发现这两块玉质地细腻，沁色交叠且过渡自然，光泽沉稳，不用说就是个老东西，遂问道：这两块玉你之前见到过没？

牛彩琴没想到枕头里有两块玉，也感到很意外，目光诧异地盯着玉说道：没有，从来没见过。黄睿让牛彩琴拿手机把两件玉器拍个照片，留个资料，说他要把玉石拿去做鉴定，之后给他送回来。牛彩琴就拿出自己的手机，王小可给拍照后，带走了玉石。

很快，鉴定结果出来了，王小可告诉黄睿：这是齐家文化古玉，是新石器晚期作品，距今有三四千年了。这两块玉都是极其珍贵的高古玉。

黄睿第一次听到"齐家文化"这个字眼，他即在手机上百度了一下，这才明白，人们对史前文明的研究、命名和断代，主要靠考古发现。齐家文化是个比较宽泛的地域概念，横跨甘肃、宁夏、青海、内蒙古等西北几省。因位于甘肃广河齐家坪遗址而命名。其遗址分布在东起泾水、渭河流域；西至湟水流域、青海湖畔；南面到达白龙江流域；北至内蒙古阿拉善右旗附近地区。涉及面积达几十万平方公里。自改革开放以来，因造田、修路、建房、设厂而出土了大量的玉器，包括礼器、兵器、佩饰、随丧玉、玉器具、玉陈设等。黄睿在网上查看了博物馆里的一些齐家古玉，材质和沁色等特征基本与这两块玉一致。

　　齐家古玉的出现，再一次证明了黄睿的判断：魏平有收藏的爱好！他当年带着5岁的魏晓云在宾馆与人见面，就是冲着那个碗去的！现在的齐家玉和当年的那个碗所体现的性质高度吻合！看来，当年的调查忽略了"古玩"这个环节，因而查不出结果。

　　现在有了这个环节，黄睿感到有查下去的动力了，魏晓云眼中的那个大个子背影到底是谁？是不是她怀疑的李富贵？这就是他们接下来要做的工作。考虑到魏晓云见过那个背影，还有那个碗，既然她能记起这些细节，那她对去的那个宾馆就会有个大致的印象，那个宾馆叫什么名字？在什么位置？为此，他让王小可找这个宾馆时，把魏晓云叫上，让她配合，说既然她对这个案件缠住不放，那就让她也行动起来。

　　对于魏晓云来说，黄睿能行动起来，这是她最大的安慰。因此，尽管她对儿时去过的那个宾馆一点印象都没有，但她表示：只要有一点希望，哪怕掘地三尺，该找的地方，她都要去找！

　　就这样，农民魏晓云和职业警察王小可正儿八经地行动了起来。为了找到二十多年前的宾馆，他俩在东南西北四个方向的街道进行地毯式查访，最后范围缩小到两个国营宾馆上。但这两家国营宾馆都变动过，一个在原来基础上做了重建；另一个被私企买走，现在盖成了商业大楼。在魏晓云的记忆里，重建的这个宾馆好像方向不对。那王小可只能在被私企买走的这家宾馆下功夫了。他们通过这家企业，从档案里找出了这家宾馆在拆掉之前的全景图片让魏晓云看。魏晓云仔细看了看，脑子想起了当年走进饭店大院的情景，说那幢楼好像就是爸爸当年带她进去的那个宾馆的正面楼。

　　王小可就通过熟人找到饭店当年的经理、现在已经退休的老刘，把他们的来意告诉了对方，希望从老刘这里能找到当年在宾馆住宿的客人的档案。老刘说以前饭店住宿是三年一毁档，现在都卖给私人了，不可能有档案。王小可让他把当年在饭店工作的服务员提供一下，老刘说那时候两幢住宿楼、六个楼层、两个饭厅总共有四五十个服务员，你来我走，流动性也很大，他的记忆里，只有五六个服务员是老人手，其他的都没印象了。王小可就要求他提供这几个老人手的基本情况。

　　很快，通过老刘介绍，王小可找到了一个姓白的服务员，她现在已经成了中年妇女，在新建的政府宾馆工作，是餐饮部经理。王小可将李富贵和魏平的照片给她看了之后，她说没印象，但推荐了一个叫董小芳的姑娘，说是当年的大堂经理，记忆力挺好，不论啥人见一面就能记住。但董小芳嫁给了广东人，现定居在广东顺德。王小可即问白经理知不知道董小芳的家人？白经理说董小芳的二哥和她是同学。在王小可的要求下，她将董小芳二哥的电话号码给了王小可。

王小可只好把目前所掌握的情况向黄睿汇报，意思是这个案件要查下去，就得去广东找董小芳。

黄睿想，这个案子调查到这个份儿上了，该是向局里汇报的时候了，为此，他让王小可写了出警调查申请，他亲自送到了分管治安案件的孙来民副局长跟前。

孙来民大致看了一下，有点诧异地问道：这家人还在找？

黄睿点点头说道：自从我到了鹞子乡后，不停地找，搞得我们不得不关注这个案子。

孙来民在九十年代就在鹞子乡派出所当过副所长和所长，这个案子就是他当副所长期间经手过的。没想到现在隔了这么多年还在找。孙来民苦笑一声说道：给你说实话吧，谁办理这个案子，谁的头发都得毛起来。这个失踪人的婆娘，光那个软缠硬磨劲儿，没有背头的人是招架不住的。你对她骂不是个骂，推不是推，找又找不着，只能忍着性子任她一次又一次地来打听。当年刑警队两个民警，一瞅见魏家女人来，头都大了。现在又髇到了你跟前，你可要有个心理准备啊。

黄睿微笑着点点头。

孙局长问道：既然你现在捡起了这个案子，那这个案件的卷宗你看了没有？

黄睿说：看了，魏家人总怀疑魏平失踪与一个叫李富贵的人有点关系。

孙局长即说道：别说魏家人怀疑，我们也怀疑啊，通过调查魏平失踪之事，我们还了解到一个四川女人的失踪好像也与此人有关，为此，我们将李富贵先后抓进去过两次，最后一次还给动了刑，但无济于事。

说到这里，孙来民想起了审问李富贵时的一个细节——

1997年9月，因为寻找魏平，时任乡派出所副所长的孙来民同分局刑警队一个姓刘和姓强的民警在村里走访群众，询问李富贵与魏平来来往往的细节。但多数群众不提李富贵与魏平交往的事儿，却提到李富贵这个人的作风有多败坏，说他挑逗小女娃娃，勾引年轻媳妇，说他曾与一个叫邓圆圆的四川女人在一起勾搭，为了那个四川女人，他离掉了婆娘，后来又勾搭上了贺聚聚的媳妇顾盈盈。有了这个顾盈盈，他又厌恶起了四川女人，两个人经常打架。一位与李富贵家住的比较近的老奶奶说，她经常在半夜听见四川女人的哭声。后来，四川女人不见了，李富贵给村里人说回了娘家，但她认为是被李富贵打死了，因为自从那个女人走后，她发现一群乌鸦经常在沟里的那个深臼上面盘旋，她家的狗也天天晚上冲着沟里咬，她怀疑李富贵把那个四川女人打死扔在了沟里的那个深臼里。

尽管邓圆圆的失踪没有人报案，但孙来民认为，只要抓住一个事儿，就能撬开李富贵的嘴。为此，根据群众的反映，他带人在乌鸦盘旋之地勘查，发现那里地势又高又险，陡峭的山坡上虽然有个深臼，但是太深，周围土质比较松散，而且孙来民下山时一脚踩空，要不是被一棵树挡住，差点摔下沟。所以，面对这个危险之地，谁也不敢冒险。

没法取证，只能询问李富贵。他们把李富贵叫到派出所，询问此事，没想到话一出口，李富贵就大发雷霆，问哪个皮干婆娘说的？叫她来作证？拉闲话诬告人，全家都不得好死！

孙来民见李富贵态度强硬，认为就凭他欺男霸女、作风败坏这一点，应该拘留。在拘留期间，据说办案人员多次询问，他都拒不招供。有一次，他被问怒了，喊道：骨头是我的，肉是你的，就算打死我，我也不认！

过后，强治军和孙来民交流这个案子时说道：虽然李富贵死不招供，但咱们也要想一想啊，乌鸦盘旋的那个地方地况那么差，就是扔个死猪，还怕出危险，何况一个人要把尸体背到那儿，李富贵就不怕把自己摔死？再说，邓圆圆失踪不失踪，她的家人或者亲戚朋友，没有人向派出所反映这个事啊。自古以来都是民不告官不究，咱们为什么就凭村里人的一些流言和猜测，就揪住不放呢？我觉得咱们还是别太相信村里人的话，还是要抓证据。为了调查取证，我们把啥法子都用尽了，李富贵在你们管辖的区域，接下来你们看吧。

在找不到证据的前提下，鉴于李富贵在村里影响极为恶劣，和村民多有冲突，派出所就以"寻衅滋事罪"向检察院起诉，李富贵因此被关了三个月。

提起这个细节，孙来民说：李富贵的壳子很硬，很狡猾，不好对付，若按原来的线索找下去，你是老婆撬杠子，白费力气，除非你有新的线索。

黄睿说：线索倒是有一点。最近通过调查，我们发现魏平和李富贵都接触过古玩。

孙来民"哦"了一声，即说道：虽然这个案子不是我负责的，主要负责人是强治军，但我们配合过刑警队，我记得好像在侦查中没有发现古玩这个线索？

黄睿点点头。

孙来民沉思了一下，自言自语地说道：现在光搞收藏的人就有八千多万啊，没想到这两个人接触古玩？线索可靠吗？

黄睿说：据我们了解，当年，李富贵与魏平搞古玩交易时，曾在政府原先的宾馆里出现过，而宾馆当年的大堂经理目前在广东顺德居住。要证明李富贵与魏平是否去过宾馆，得要找一下这个大堂经理。所以，我来给您汇报的意思，就是希望刑警队能派个人，去找这个证人。

孙来民立即说道：既然你已经走到这一步了，那你带个人先去调查，等案子有了实质性的进展时，再让刑警队插手。现在案子多，加上搞精准扶贫，各部门人手都紧张。

这样一来，黄睿算是给领导打过招呼了。他决定提前订票，周五晚上出发。平时出差他都告诉媳妇将去什么地方，干什么事情，这次，由于媳妇不主张他再查魏平的失踪案，因此就说最近发生了一桩伤害案，他去广东抓凶手。让陈丽给他准备出行的衣物。陈丽就像往常一行，把洗的、用的、换的都给装在了皮箱里，送他出门。很快，黄睿和王小可就坐上了飞往广州的飞机。

在登机前，王小可给魏晓云打了电话，说黄所长和他一起去广东找董小芳，让她也找一找其他几个服务员的下落。魏晓云见黄睿亲自飞赴广州找证人，证明她爸的失踪案是实实在在地往前推进了，她挺振奋，为了加把劲，她特意去了趟宝塔寺。

宝塔寺始建于后汉永平十年，原名叫正觉寺。传说唐朝天宝年间，因"安史之乱"发生马嵬坡兵变，唐玄宗避难四川，太子李亨率三百骑夜奔彭原，彭原郡太守李尊接驾，夜宿"正觉寺"。数日后李亨经平凉到宁夏灵武登基，称帝肃宗。

为了平定"安史之乱"，李亨曾多次进驻正觉寺，驻兵半年之久，在此期间各路兵马云集彭原，商讨平乱大事，拜郭子仪、李光弼为帅，南进平乱，不久就顺利平乱复国。

因正觉寺是皇家救命之地，757年，唐肃宗李亨颁旨重修寺院，敕建宝塔，敕封"正觉寺"为"彭原宝塔寺"。现今宝塔寺建筑雄伟，宝塔威严，香火鼎盛，声名远扬，是当地百姓常去祈福修行之地。

魏晓云认为，凭萦绕在宝塔寺的千年正气，凭历朝历代的人们在这里聚集的慧根和善念，就能给人带来智慧和力量。为此，她在观音佛像前烧香祷告，心里反复默念南无观世音菩萨名号，祈求观世音菩萨具足加持！说我的爸爸失踪好多年了，找不到他的踪迹，是我心中永远的牵挂。现在，在鹞子乡派出所的努力下，终于有了点线索，请求观世音菩萨加持黄所长顺利办案，求观世音菩萨！求观世音菩萨！

为了体现她的诚心，她从下午一点就去跪在那里，心里反复默念"南无观世音菩萨"，腿跪疼了，她就坐下，坐一会儿，又起来跪。足足祈祷了两个小时，当师傅们要诵经时，她才罢休。往起一站时，感觉双腿失去了知觉，倒在了香案前。寺院主持得知魏晓云寻父的事儿后，为她执着的信念和虔诚的精神所感动，特意组织僧人，念起了观音菩萨的《心经》，顿时整个寺院经声悠扬，木鱼声声，魏晓云跪在地上，一下又一下地叩头，感到佛陀在俯视，观音在加持，她的凡夫痴念将要实现了，不禁热泪盈眶，泪流如注……

魏晓云的诚心没有辜负，黄睿很快在广州顺德找到了董小芳。当黄睿拿出李富贵的照片时，这个已人到中年的女人立刻说道：这个人叫李富贵。黄睿问：你确定？董小芳说：没问题！

说起李富贵，董小芳就说起了她在宾馆当服务员期间，也就是1997年曾经看到的一幕——

一天晚上，她在宾馆四楼查房时，听见406房间里有人吵架，好像什么东西倒了，发出哐啷的声音。她开了门，见一个身材高大的人将一个个头比较小的男人压在身子底下，两人在地毯上滚着，一把椅子歪在地上。见她进来了，两人都停了下来。董小芳问出啥事了，要不要报警？说话时，她看见桌子上放着一只浅绿雕花大碗，碗旁边放着放大镜和卫生纸等东西。小个子忙说不用不用，他们是朋友。大个子即骂是糗朋友，是朋友还吃独食。小个子忙说既然是吃独食，我会托人给你送来这只碗吗？你让这个小姐看一下，看那东西有多好！董小芳一听，很好奇，就对那只碗端详了起来，发现样子独特，和现代碗有点区别，就说再好不就是一只碗吗？小个子说：那不是普通碗，是个宝贝，是宋代耀州的东西，把你卖了，都不值这个碗。大个子人即给董小芳解释说这个二杆子喝醉了，胡说，你别介意。小个子人即说我没醉，是你李富贵喝醉了，醉了就认为那个碗是假的，把我叫来要退给我，真是把我的好心当成驴肝肺了！董小芳这才发现，两个人都喝了酒。听到这个人叫李富贵，董小芳还注意地看了看，意思是看他身上有没有富贵相……

　　所以，当黄睿拿出李富贵的照片时，董小芳一下就叫出了他的名字。黄睿又拿出魏平的照片，问李富贵是不是和这个人打架？董小芳肯定地点了点头。

　　黄睿一下断定，魏晓云儿时见到的那个背影人手里拿的碗，与董小芳在李富贵房间看到的碗就是同一个东西，且在同一时间内！人和物再一次证明：李富贵和魏平在九十年代就沾染古董了！

　　而先前的案件调查卷宗上表明，魏平是个"阴阳先生"，懂风水；而现在的李富贵曾给黄睿家找到过祖坟，表明也是个行道较高的风水先生！

　　两个人都懂风水，都爱好古玩，且在一起喝过酒，打过架，共过事，一个失踪了，一个还活着，难道这之间没有关系？

　　黄睿由此分析，原先之所以没有调查出个结果，是因为侦查人员没有触摸到"古玩"这条线索，没有找到与魏平有深层交集的关键人。尽管李富贵作为怀疑对象被调查过，但是仅仅停留在两人普通的交往上。而且这种交往在"魏平借了李富贵的钱之后，由于顾盈盈反对，与魏平再没来往"就中断了，警方对李富贵的怀疑和调查也就此中断。现在，案情浮现出了"古玩"这个线索，黄睿感到心里一阵亢奋，无疑，李富贵与魏平的失踪有重大嫌疑！

第二十九章

血 溅 地 洞

　　王年年的果断一般人是达不到的，他决定了的事，是没有回头的余地的，就像他当年跟上李富贵跑，无论二哥王发年怎么劝说，他都不听。所以，他心里既然产生了离婚的想法，那他绝对会照自己的想法去做。因为在他的眼里，徐毛毛是一座城池，一个风景，一种有滋有味的美好生活，对这样的生活，他怎能不向往呢？为美好生活去奋斗，这是人之常情，谁也不能干涉和阻挡。

　　但怎么离掉这个婚呢？王年年从凤城市回到家里，整整想了两天，想得脑子发烧。黄昏时，他出了大门，顺着村间道路往前溜达。现在这条路已经铺了沥青，平整宽敞，自然悠闲地穿过一座座鳞次栉比的村舍，向前伸去，夕阳歪歪扭扭地爬在房屋和树梢上，像个调皮的孩童，在俯瞰着披上了一抹黑影的田地和树木。不知谁家的炊烟在空中袅袅摆动，像在召唤着晚归的人。远处的树行间人影绰约，舞曲阵阵，几个妇人在笨手笨脚地学着城里人跳广场舞。王年年望了望对面起起伏伏的山峦和空中那带着金色夕阳的朵朵白云，仿佛要从这高远缥缈的远景中找出一条最佳的离婚途径。因此，他看着，想着，走着，微风融合了河面上的湿气，在他的脸上轻拂，好像在帮忙寻找一种行之有效的方法。

终于，在太阳滑下山那边的时候，他心里有了主意。这时，天黑了，媳妇郭霞霞提来了半塑料袋子刚脱了皮的新鲜核桃，拿来了夹子，放在了茶几上，然后开了电视，调出浙江台的《延禧攻略》，看样子，准备边看电视剧边夹核桃吃。

王年年看着媳妇，突然感到心里有种刀扎般的感觉，家里的狗养得时间长了，都舍不得放弃，媳妇跟了自己这么多年了，怎么说放弃就放弃呢？正当他心里为自己的这个选择有点愧疚甚至犹豫时，徐毛毛的形象却像影子似的蹦到了他的眼前，想到她给自己设计的未来生活，他的心立马从各种困扰中钻了出来。为此，他心里暗暗告诫自己：别想得太多了！心别太软了，决定的事别动摇！为了体现他的镇静，他拿起媳妇夹开的一只核桃瓢子，慢悠悠地剥了那薄薄的皮子，然后将白色的内瓢丢进嘴里嚼了起来。

你咋了？我看你心里像有事？媳妇郭霞霞问道，将一块剥了皮的瓢子递到了他手里。

没有咋。王年年声音黏兮兮地说道。

李师傅的病咋样了？

就那样了。

那你再去伺候吧。

光伺候了他，咱们的日子咋办呀？倒这，我都伺候半个月了！

家里有我呢。

王年年听到这里，立即用遥控器关了电视，说道：我想跟你商量个事。

啥事，你说吧。

但这个事只有你知，我知，咱俩知道，不能给人说，尤其是二哥和大哥。

嗯，知道了。

王年年告诉媳妇，北京有个名人小区，住的多数是电影明星和一些富豪，那个小区最近在招保安，管吃管住，每月工资最低是12000元，他想去当保安，一边挣工资，一边在那里给人算卦，看风水。

郭霞霞一听是演员居住的小区，有些好奇：真的吗？

真的呀，这个事儿我都考虑几天了。听说演员比较迷信风水算卦，一般在这方面出手都比较大方，咱们这里算个卦一般给一二百元，那里算个卦至少都是500元，甚至几千。如果给房子看个风水，禳治个地方，收费就更高了。在北京发展一年，等于在咱们这里发展十年哩。人都说，在北京去钉鞋，回来都比咱们这里长见识。我跟着李师傅都十多年了，想撇开他挂牌出山，一来怕师傅有想法，二来我感觉在咱们这里也放不开，怕发挥不好，所以，我想在北京算卦，就是丢人，丢到北京了，起码让咱们的亲戚朋友看不见。

郭霞霞顿时有点兴奋：那你快去呀，起码能见上一些影视明星呀。

就是啊，肯定能见上，等我在北京站住脚了，我把你和女儿接到北京，我算卦，你收钱，咱们过一种逍遥自在的日子。

啥时候去？

这种机会肯定少啊，越快越好。

你啥时候想去，都行，我没意见。

但是，王年年话题一转说道：保安公司招的是单身，不要结婚的。

那你不是白说嘛。

可以做个假呀。

咋做呢？

咱俩来个假离婚，等我到北京站住脚了，我回来咱们再把婚复了，然后带你去北京。

郭霞霞虽然平时在家里围着土地和锅台转，但塔庙村有好几个媳妇在北京当保姆，有的回来把男人和娃娃都带去北京了；有的回来给村里人讲一些在北京的所见所闻，听得没去过北京的那些山民羡慕得两眼发直，郭霞霞就是其中之一。所以，听了王年年的打算，她不假思索地说道：行呀，只要能去，咋样都行。

见媳妇同意了，王年年立即问道：那我今晚就写离婚协议？

郭霞霞说：行呀，写吧。为了表示支持，她主动找来笔和纸，让他趴在桌子上写，她则哄小女儿睡觉。王年年有两个女儿，大女儿上初一，在镇上的中学住校，周末才回来；小女儿才三岁。王年年说：那你就把大女儿和小女儿先带上？

肯定呀，你身边有个娃娃，咋工作呢？

听媳妇这么说，王年年瞬间心里有点难受，给聪明人耍脑子，不论输与赢，毕竟拼了一番，当然，赢了肯定有种成就感。给老实人过招，即使达到了目的，都觉得有些卑鄙。因此，他写字的手有点微微发抖，说道：我每月给娃2000元生活费。

行，你咋写都行。

第二天吃过早饭，王年年找出户口本、身份证、照片，把全部资料弄齐之后，就把小女儿抱到了他二哥王发年家。因父母在老二家生活，平时他两口子出门时，都是把孩子送到老人这里。现在，王年年给母亲打手势，意思是他要出门。母亲就啊啊地给回应手势，意思是你去吧，孩子有我哩。

王年年放下女儿，返回到自家门前，将那辆价值七八万的小轿车从场院里的车棚开出，拉上媳妇，上了坡道，然后绕着村间道路去了镇子。

到了乡民政局门口，他将协议书及相关证件一起递给媳妇，让她先递交。郭霞霞就拿着这些东西进了门，递给了办案的女干事，要求离婚。女干事大致看了看协议内容，又看了看王年年和郭霞霞，问：谁要离？郭霞霞说：是我。女干事有点信不下去，用眼睛瞧了瞧他俩，问几个孩子？财产怎么分配？郭霞霞说：两个娃娃我带，家里的房子、汽车、粮食和羊都归我，就他一个人出去。女干事问：你考虑好了没有？郭霞霞说：好了。女干事说：那你在上面签字。

老实巴交的郭霞霞就在协议书上签了字，按了指印，很快，女干事当着他俩的面给两个绿色小本子贴上两人的照片，然后将离婚证给了他俩。

王年年以哄骗的手段与媳妇办理了离婚手续，接下来的工作，就是按照徐毛毛的意思——跟师傅要宝。在去师傅家之前，自然要把离婚证拿给徐毛毛看。

徐毛毛大为吃惊，说有些人离婚，像脱了一层皮，你咋就这么顺利？王年年说：我媳妇好说话呢。徐毛毛问：你两个娃娃呢？王年年说：都判给她了。徐毛毛说：你真行啊。王年年问：你呢？离了没？

徐毛毛虽然没有想到要嫁给王年年，但当他提出后，她还是认真对待这个事情了。因为他看出王年年是一根筋，若自己在这个事上马虎一点，说不定会失去他，失去她想要的东西。因此，答应王年年之后，她就去了监狱，给男人写了一封信，带了钱和吃的，顺便还有个协议书，目的是想和男人离婚。因为男人也曾经放出话，想等，就等他；不想等，离婚也行，怎么样他都没意见，只求把孩子照管好就行。这几年她没遇到过要跟她结婚过日子的人，现在这个人来了，她就给男人写了一封信，把她现在面临的艰难困苦告诉了男人，意思她这些年一个人拉扯孩子过活，实在撑不下去了，需要组建一个家庭，共同来抚养孩子，让男人能够理解她。

徐毛毛把信和协议书递到男人面前之后，男人只大致看了一下，就当着看管的面，表情平静、态度友好地签了字，倒惹得徐毛毛流着眼泪离开了接见室。

现在，王年年问起这个情况，徐毛毛就拿出协议书，说他已经签字了，监狱也盖了章，她打算明天去乡上办手续。说着，从包里取出离婚协议书让王年年看。王年年接过协议书，只见上面有写了"同意离婚"几个字，有她男人的签字，有监狱盖章证明，就说道：这下好了，咱俩的事儿都顺着哩。徐毛毛说：我以为我比你快，结果你比我快。看来，咱俩的缘分确实到了。走，回家去，你把东西放下，洗个澡，下午咱们去吃火锅，庆祝一下。

徐毛毛带王年年回到家里，一进门，就将门上的钥匙给了王年年一把，说从此以后，这里就是你的家，你是我掌柜的，我是你媳妇。王年年说：等你把离婚证办下来之后，咱们选个好日子，结婚。徐毛毛说：你刚离了婚，就要结婚，你咋好意思回到村里办手续呢？

王年年一愣，心里想，真的呀，我是哄得跟媳妇离了婚的，如果她见我准备跟别人结婚，反应过来后，一旦把这个事说出去，村上会给我开证明吗？首先我二哥就阻挡住了。这么一想，就说道：那咱俩就秘密结个婚，像我师傅一样，来个倒插门。

徐毛毛说：不急，只要咱俩生活在一起，啥时候办手续都不晚。

从这天起，两人就以夫妻的名义同居了。

徐毛毛惦记着王年年发现的那个窑洞，挂念着李富贵手里的宝贝，因而就不知不觉地提到了那个事，问他既然发现了那个东西，接下来打算怎么做？王年年说：已经发现了，急啥呢？馒头不吃在篮子里搁着。徐毛毛说：可是搁得时间长了，就发霉了。你早点去他家，早点把东西弄出来，咱们心里就踏实了。

在徐毛毛的催促下，为她心心念念的那个梅瓶，王年年就又去了李富贵家。

邵粉玲的婆婆做了青光眼手术回来没有几天，又病了，感冒引发肺炎，又住进了县医院。邵粉玲跟李富贵说起这个事，心里正发愁时，见王年年来了，李富贵就主动支老婆去伺候，说小王在我身边就行了。王年年得知情况后，也对邵粉玲说道：你去吧，反正我这几天没事，回去也是闲着，师傅有我呢。

邵粉玲就把王年年带进伙房，指点啥东西在哪里，一天吃几顿饭，每顿饭该吃什么食物，一个时段吃啥药，都说得很详细。王年年见冰箱里塞了不少馒头，说只是不会蒸馍，啥都会做哩。你放心，我保证一天至少给我师傅吃五顿，顿顿把饭做好。邵粉玲再次叮咛道：记住，一定要少油，馒头切成薄片片，焙干一点。熬汤的时间放长一点好，每顿少吃一点，多吃几顿。王年年说：知道了师母，你放心去吧。

邵粉玲一番叮咛之后，出门了。

邵粉玲走后的头一天，王年年给李富贵这一顿粥下一顿鱼，变着花样给做饭吃，闲了就给李富贵按摩按摩脊背，压压腿，聊些无关紧要的话，只字不提宝贝的话题。由于王年年主动提过那个梅瓶，李富贵心里有点不舒服。现在见王年年没再提，对自己又这么照顾，那种不舒服的感觉好像没了，看着王年年，表情也和善了许多，主动跟王年年说这说那的，下午日头偏西后，还让王年年搀扶着他，在院子里到处走走。

第二天，也是如此。到了晚上，王年年发现李富贵比较喜欢看《平凡的世界》，就给调出了台，陪着他看。李富贵说这些年，忙忙碌碌的不知干了些啥，没有好好地看一看电视剧。现在病了，才发现有些电视剧看起来，既能让人忘却一些烦恼和痛苦，还能给人带来好心情，真是一种精神享受。王年年说：我觉得人该享受时一定要享受，尤其像你现在这个状况，能享受一天是一天。所以，我要是你，我把自己能卖的东西都卖了，好好享受眼前的生活。李富贵说：没有啥东西可卖，如果有，我还能不卖吗？

王年年微微一笑说：师傅，你还不是哄我哩，那个梅瓶明明在哩，你说不在，你不想送给我也行，我帮你卖掉。

李富贵愣了一下，神情有点不自然地说道：我不是给你说过吗，东西是别人的，人家早就拿去了。

王年年笑嘻嘻地说道：既然你说那对梅瓶是别人的，那你怎么把另一个连同凤冠啥的一起卖了？

李富贵一愣，看了看王年年问道：谁给你走的风？

我知道你在这桩买卖上不想让我知道，可我知道了。我也不妒忌你卖了多少钱，就想跟你要个正儿八经的东西。说实话，这些年，我都没有对我爸我妈做过啥，但对你咋样，你心里清楚。我既当你的徒弟，又当你的助理，走南闯北，一直形影不离地跟在你身边。为了你出行方便，我贷款买了一辆车，专门拉你。你听起来有个娃，但从来没有见到你娃来看过你。就凭这个交情，我觉得你应该把那只梅瓶送给我。既然不想送，那我帮你卖了，让我赚点手续费。

听了王年年的一番说辞，李富贵惊讶地说道：我真是尝出了你，没看出你！你咋说变就变了？你从哪里知道我卖了东西？是不是那个姓徐的女人说的？

世上没有不透风的墙。你就别问我从哪里知道的了，就想想咱俩的交情吧。如果你现在不得重病，我现在肯定不会开这个口的……

李富贵阴森地一笑说：你真行啊，不开口则罢，一开口，就像狮子开了口似的，这个口开得很大啊。别说我没有那个梅瓶，就是有，我会给你吗？就说我现在跟死人差不多了，活不长久，可是我身后还有老婆和几个娃娃啊，你毕竟是我的徒弟，咱俩没血缘关系，我会把这么贵重的东西送给你吗？就是我想出手，会让你掺和吗？我希望你把你的位子摆正，别自不量力了。

见李富贵说得如此绝情，王年年就威胁道：其实那对梅瓶和凤冠是怎么来的，你心里清楚。虽然我没见过魏平，但听说这个人失踪了，不知别人是咋想的，我怀疑是你打死了魏平。

李富贵一听，顿时鼓起了眼睛，在灯光下放射着瘆人的光，问道：你凭什么认为是我把魏平打死了？

王年年说：有一年，我跟着你在山西临汾看风水时，你感冒了，半夜说起了梦话——

那一夜，李富贵发高烧，王年年伺候他吃了药，又拿毛巾捂在他额头上降温。不一会儿，王年年见李富贵睡着了，就在旁边床上睡了下去。半夜，王年年正在熟睡之中，突然听到李富贵叫道：老魏，老魏，你别这样，我知道我错了，我对不起你，那些东西我还留着，等我将来死了后，到阴曹地府来伺候你，魏平，魏平……接着李富贵像受到了什么刺激，大叫一声，坐了起来。

惊醒过来的李富贵惊魂未定，问王年年他是不是说了梦话？王年年说说了，李富贵问他说了啥话？王年年说你提到了一个叫魏平的人。李富贵微微一笑说是胡梦呢，咋提起了这个人。

从此以后，王年年发现只要他和李富贵外出，登记旅社时都是一人一间。

通过这个梦，王年年分析李富贵肯定做了啥对不起魏平的事儿，没准儿魏平的失踪还与他有关系。但是出于对师父的保护，他从来没有在任何人跟前提起过这个细节。就凭这个人情，他认为李富贵应该把他当自己人对待。因此就说道：现在，你患了重病，明知未来的日子不多了，还把我当外人看待，难道我在你跟前做得不够吗?

李富贵听此,沉默了一会儿才说道:我教你算卦看风水,鉴定古物,是把你当自己人对待,可我家里的 50 个银元哪里去了?还不是你偷去了?我就是看在咱们师徒关系的份儿上,才把这个事儿压了下来。你光记着你的好,看不见我对你的情。

王年年压根儿就不知道李富贵丢失银元的事,就赌咒发誓地说道:我如果偷了你的银元,我立马出去让车撞死!

李富贵见王年年这么说,意识到自己有可能是冤枉了王年年,沉默了一下,就绕过这个话题,语气柔和地解释说他手里确实没有什么梅瓶了,让王年年死了这份心。

王年年见李富贵不松口,就态度认真地问道:师傅,你真的不想把那个梅瓶拿出来?

李富贵脱口而出:不拿!

王年年立刻嬉皮笑脸地说道:我明明知道梅瓶在哩,你这不说实话,这不是露馅了?

李富贵一愣,问道:在哪里?

王年年说:在地下室!

李富贵一惊,两眼怔怔地看着王年年,问:你……你胡说啥哩?

王年年表情平静地说道:我在牛棚里发现了你藏宝的地方,如果我是个黑心人,早就把里面的东西全部拿走了,正因为你是我师傅,我才心软,等你给我送哩。结果你还……

李富贵立即打断他的话,语气粗粗地问道:你是怎么发现的?

你是怎么进那个洞子的,我就是怎么发现的。怎么样?我没说错吧?

李富贵突然嘿嘿一笑说道:对着哩,总以为你是个本本分分的人,现在才知道你精明着呢,只要精明就好,就是我给你送个东西,你也能守得住。

王年年立即问道:师傅,你愿意了?

给你留不留东西,其实我早就有打算呢。

王年年遂提出到地下室去看看。

李富贵说道:急啥呢?我虽然得了肝癌,但凭我这个体质,支撑半年没有问题,慢慢来,心急吃不了热豆腐。

王年年笑嘻嘻地说道:我想现在就要哩,咱们下去看看吧?

李富贵想了想，说道：行，既然你要看，那就下去看看。说罢就抓起了放在炕头上的手电，慢腾腾地下了炕。王年年见他体态摇晃，行走吃力，和往常一样上前搀扶住了他。

两人出了门，穿过院子走进牛圈时，李富贵问王年年啥时候发现这个地洞的？王年年故意说道：几年前就发现了，我装作不知道，一直等你告诉我，结果你到现在还瞒着我……

说话间，两人进了牛棚，李富贵站住了，貌似不知从哪里下去，他看了看王年年，意思你既然知道，那你就先动手。王年年看出李富贵在考验自己，看他是不是真的发现了那个地洞？于是就二话不说，主动推开了那个木质牛槽，揭开木板，然后看着师傅，意思让他先下。

李富贵用眼睛翻了翻王年年，抿了抿嘴，似有许多话要说，但没说出口，就捏着手电，下了洞子，王年年紧跟在了后面，搀扶着他下到地道里，穿过七八米长的过道，走至小窑洞前。李富贵以为门锁被王年年撬了，结果没动呢，又回头看了一眼王年年，掏出身上的钥匙，开了门，在手电光的照射下，里面和曾经看到的一样，放了砖头、草筐和镬头等杂物，那个画了牡丹的老式红木箱子在小窑洞的左侧放着。

王年年一看到箱子，满脸喜色，眼里顿时射出了贪婪的光，语气惊喜地说道：师傅，我知道你手里有东西，所以我自个就没敢动。你真会藏啊，藏得这么好！快打开！

李富贵瞟了一眼王年年，见他蹲在箱子跟前，像急着要看里面的东西，就将手电卡在了悬挂在半空的那个草筐的窟窿里，让电光集中在了这个箱子上，自己则蹲下身子，拿钥匙开了箱子。

在李富贵开锁的瞬间，王年年的目光环视了一下里面，发现除了挂在墙上的一只筐和立在角落的一个镬头之外，再没其他物件。他收回目光，但见这个箱子有九十多厘米长，也算个大家伙，估摸里面肯定装了不少东西，就两眼盯着李富贵的手，看着他往开打。

在箱子揭开的那一瞬间，王年年感到他的心怦怦地跳了起来——箱子里面装了不少东西，都是用木盒、卫生纸、毛巾棉布等东西包裹着，看上去疙疙瘩瘩、五颜六色的。虽然不知都是什么东西，但他知道，肯定都是古董！肯定都很值钱！因此，他心里很激动，没等李富贵动手，一眼看见了一个长方形的木盒子，伸手就去抓，李富贵本能地挡了一下，拿起另一个东西准备让他看，但见王年年已经打开了盒子，就停住了。

木盒里面躺着的就是他十多年前见到的那个海水龙纹梅瓶。尽管现在成了一只，但表明他的判断完全正确！王年年心里不禁一阵狂喜，抓起梅瓶，两眼贪婪地看了看，笑嘻嘻地说道：合适着哩，就是我当年看到的那个，师傅，你真细心啊，保存了这么多年！

李富贵面对王年年的举动，顿时像泄了气的皮球，蹲在箱子跟前，一手按抓着边缘，两眼无奈地看着王年年，一句话不说。

王年年看罢，盖住木盒子，往自己身后一推，然后两眼又在别的东西上瞄，看见一个包裹得比较大的疙瘩，伸手又抓。李富贵用手挡了一下他的手，意思别乱翻。王年年的手无意中一碰，碰到了一个装着东西的袋子上，感觉那东西硬邦邦的，不像铜器或者瓷器，就要看，李富贵不让，他就一把提了出去，打开一看，是两疙瘩钱，银行的封条都没拆，无疑，一疙瘩是 10 万，两疙瘩就是20 万。

一看到现金，王年年立即惊叫道：唉呀，师傅，你在这里还放了钱啊。可见你钱很多啊，银行存不下，存在地下了。你都病成这样了，要这么多的钱干吗呀？赶紧花吧。说着，抱起那个梅瓶往起一站，说道：师傅，其他东西我也不看，这个梅瓶我带走了。

李富贵有点生气地说道：统共就这点家当，你拿走我怎么办？

你箱子里不是还有那么多的东西吗？

你可以把其他东西拿走，这个不能拿。

王年年态度坚决地说道：其他东西我不要，就要这个。

李富贵立即提过来了一疙瘩钱：你不要其他东西了，我给你 10 万元，你把梅瓶给我留下。说着，就去夺，王年年推开李富贵，准备往出走。李富贵恼了，一把扯住了王年年的衣服，厉声喊道：放下！

王年年对这个梅瓶神往已久，现在好不容易抓到了手里，感觉像抓到了一束救命稻草，有点求饶地说道：师傅，我求你了，把这个梅瓶给我吧。你的亲娃是个白眼狼，肯定不识货；我师母的娃在政府工作，不一定喜欢这个东西。你知道我喜欢这个东西，你就给我吧，让我拿它当教材，将来给人鉴定瓷器时，可做参考。我把瓷器鉴定挖透了，也算对你的手艺是个传承啊。

在王年年求情之际，李富贵鼓着眼睛，凶兮兮地看着他，那平时有点斜视的左眼，有点直立了起来。王年年好像没看到他眼睛的变化，快嘴快舌地说道：人在活在世上的作用，就是一辈传一辈呀。你玩古看风水，折腾了大半辈子，到头来娃不在你身边。你的本事也罢，宝贝也罢，传不到你娃的手里，我是你唯一的徒弟，你不传给我，传给谁呢？你总得给我留个念想啊。

门儿都没有！话音一落，只见他双手一抓，就夺走了梅瓶。由于用力过大，把王年年扯得一个狗吃屎扑在了地上。

在这一瞬间，王年年感到一股火气刷的窜上了头，使他眉头一跳，眼睛乎乎冒火，他往起一扑，就将李富贵推了个趔趄。

由于李富贵的个头高，身子倒地时头撞在了墙上，发出了"嘭"的声音。尽管如此，他怀里还紧紧抱着梅瓶。这时候的王年年已经失控了，一下跪在了李富贵的身上，掐住他的脖子威胁道：你给不给？不给我就掐死你！

李富贵本来身体就虚弱，加上生气，头还被重重地碰了一下，这个年轻人还用腿死死地压着他的下身，两手像钳子一样捏着他，他感觉自己要被捏扁了，一口气堵在咽喉下面，怎么也上不来，忙告饶道：给……给你！说着，手一松，这个装梅瓶的木盒即滚在了一边。

王年年这才放开了李富贵，说道：就是嘛，你放痛快一点，何必让我着急呢。说着，就捡起了那个木盒。

李富贵深深地吸了一口气，用手指了指墙角，声音微弱地说：那儿有个蛇皮袋子，你取来装上，小心拿出去让人看见。

王年年转过身一看，发现墙角放了一卷袋子，就猫着腰去取。这时，李富贵突然一伸胳膊，搬动了窑洞墙壁上的一个木橛，那是个机关扣，是李富贵自己设计制作的"陷人坑"。人只要搬动木橛，地面就能闪出一个坑。此刻，王年年正好站在坑盖子上，随着李富贵的一个动作，他就"呼啦"一下，一个狗蹲式掉了下去。

此坑两米多深。强烈地碰撞，使他的脑子嗡嗡作响。他做梦都没想到，李富贵会来这么一手，在墙壁上安装了机关，在地下挖了坑。在掩盖坑口的木板上巧妙地抹了一层泥巴，和地面混为一体，使他压根儿没发现脚下的危险。现在，他像井底的青蛙一样陷在里面，瞬间的惊吓，使他两眼鼓得如铜铃一般。

李富贵像个大树一样立在坑边，手里拎着镬头，虎视眈眈地盯着他。

王年年这才想起，刚进窑洞时，就看见墙角里有一个镬头。现在，这镬头攥在李富贵手里。他质问自己：我在西安复查病的时候，是不是你夜半翻墙进了我的家？

王年年艰难地站起，忙说：就是的，师傅，我错了，我错了。

我再问你一次，那 50 个银元你到底拿没拿？

这个没有，我真的没拿。我卖给人的那些银元，是我爷给的，不信你去问我大哥和我二哥，我爷给我们弟兄三个每人 200 个银元。我盖房子时，还把我妈的银元偷偷要了二三十个，卖了都填补上盖房子了。真的，这些年，我在你家出出进进的，没拿过你一根柴火棍棍……

你这个狗日的，还不说实话……由于他身患重疾，此刻感到极度虚弱，就立在坑边喘息了起来。

师傅，那次你问我，我都发了那么大的毒誓，现在你还不信！你不信我也没办法了……见李富贵没吭声，就叉着两腿攀着坑内的脚窝，战战兢兢地往上爬，头刚闪出坑，李富贵猛然举起镢头，朝王年年的头顶上狠狠地砸了下去……

王年年瞪着眼睛看着李富贵，似乎很意外，很惊愕，很想给说什么，半张着嘴，但头顶上的血像火焰似的往上冒着，在这一瞬间，他突然想起了王发年——经常盯着山对面的古塔发呆的二哥，想起了他说过的一句话："……你立马跟这个姓李的断绝关系，若跟他混下去，说不定把你的小命都会送到这个人手里……"

同时也想起了他的哑巴妈妈，妈妈给他打了打手势，然后从包里挖出了一沓钱，乘人不注意，塞给了他……

想起了村里的伙伴金虎虎，他挑着豆腐担子扯着嗓音，总是一遍又一遍地唱着他听了有几百遍的山歌：

山里的蛐蛐呀，

那个日瓜瓜的叫，

心里的想法啊，

那个乱糟糟的多。

蛐蛐啊，你叫啊叫，叫啥子吆？

沟后头的猪都被你叫醒了……

塬上的日头呀，

那个火辣辣的照，

城里的背巷巷呀，

那个一处比一处多，

兄弟呀，你走呀走，走到了哪一头？

可别把魂儿走丢了。

想起这些，他想说点什么，但是，头上的血已经流进了嘴里，使他发不出声，他就这么半张着嘴，无力地瘫了下去……

此刻的李富贵，由于用力太大，加上身体虚弱，导致他张大嘴巴喘了几口气。他盯着坑里的王年年，灰着脸色说道：你已经动了狮子口，难道没有个狮子心？我不打死你，你肯定会咬死我、咬死别人的！

第三十章

情牵私生女

　　乡村的夜每当过了晚上十点以后，静得鸦雀无声，连墙后的树都像受到了什么惊吓，屏着呼吸，一动不动的。只有草丛里的蛐蛐像受到了啥憋屈，你一声我一声地叫个不停。

　　李富贵头边的手机痉挛地颤动着，屏幕上显示的是"老婆"二字，虽然是震动，但一声接一声的呼叫足以让人心里发急。可李富贵不接，他像死了一样地躺在炕上，半张着嘴，脸色灰白，目光呆滞，眼前一直闪现着王年年倒下去的情形，感觉心里像钻了八只猛兽，在你一口我一口地在撕咬着他。

　　李富贵从地洞里刚爬出来的那一刻，看到牛瞪着大眼睛看着自己，好像在问他：你在下面干了啥事？他一出牛棚，感觉一股清凉的夜风袭来，使他的头脑瞬间清醒了：是啊，我刚才干了啥事？

　　自然，他想起了镢头挖下去的那个动作。这么一想，他自己也有些惊讶：我为啥要打死他？他可是我的徒弟呀，难道就为了那只梅瓶吗？给了他又何妨？为何要对他下这么重的手呢？

　　瞬间，他感到后悔了，后悔的感觉没法形容，只觉得头发噌噌地往下掉落，肝部的肿瘤呼呼地像

297

在增大，全身的骨骼也纷纷开裂：我这是干啥呀……他号叫一声，倒了下去……

拴在牛圈跟前的狗见状，又急又痛苦地呜咽了起来，想扑来营救，但被拴着，不停地在地上转着圈儿。

李富贵听见了狗的叫声，他动了动身子，想给狗打个招呼，让它别叫了，让自己静一静，但感觉身子拉不起来，连腿都像脱节了，有种散架的感觉。老人说：人在去世前，先是身子沉，再是腿上没力了，有了这种迹象，说明身体散架了，支撑不了几天了。想到这里，李富贵感觉阎王爷已经悄悄地靠近他了，随时要带走他，心里顿时有点悲凉，本来，他觉得自己还能活几个月，甚至半年，可是，他被人推倒了，不，他是自己把自己推倒了。

李富贵不禁质问自己：我这是怎么啦？这大半生竟遇到了这么多的推手？他想起第一个妻子王秀珍在21岁上与他结婚后，生了一儿一女，日子虽然比较清贫，但比上不足比下有余，自己偏偏就认识了四川女人邓圆圆。和邓圆圆来往，原本是抱着玩的态度，可是这个王秀珍，仗着娘家人的势，硬生生地把他蓄意掩饰的那点遮羞布给撕开了，使他一气之下弃儿舍家，与邓圆圆公开住在了一起。

若王秀珍不推自己这么一下，那个家不会破的。

有了邓圆圆这个人，那就好好过日子吧，可一个叫顾盈盈的裁缝又鬼使神差地到了他的眼前。顾盈盈不仅长得漂亮，更有一双巧手，做出的衣服既时尚又得体，她的本事和气质，在整个集市上的女性中是独一无二的。那时候尽管他才接触易经，对算卦和风水一知半解，但在他的眼里，他觉得顾盈盈有贵相，人自带贵相，必有发达之日。可顾盈盈的男人却是个脑子不太灵光的人，村里人普遍都认为顾盈盈是一朵鲜花插在了牛粪上，李富贵也觉得顾盈盈与她的男人不太般配，揣测顾盈盈虽然每天趴在缝纫机上，但情感生活肯定是寂寞的，因此就怀着欣赏和同情的心有意接触起了顾盈盈。没想到顾盈盈对他这个身材魁伟、生性洒脱、长相俊朗的人也有好感，接触了没有多久，两人的感情就迅速升温，最后发展成了干柴烈火式的交往。

尽管如此，他没有要抛弃邓圆圆的意思。可是，这个邓圆圆，吃起醋来比王秀珍更疯狂，更有手段。如果说王秀珍是借助家族势力，而她则是孤身奋战，她认为与他走到一起，是她经历了种种羞辱和歧视换来的，在她的心目中，谁也不能动用她的成果，谁也不能侵犯她感情上的领土。所以，得知他与顾盈盈好上后，她像疯狗一样动不动就咬，动不动就暴跳如雷，喊叫，咒骂，对外宣扬，把他与顾盈盈的私密关系兜了个底朝天。

如果说王秀珍撕下了他的遮羞布，邓圆圆更是撕裂了他的尊严和面子。人一旦没了面子，恶毒的东西就出现了。可以说，是邓圆圆把他这个曾经与王秀珍结婚数年，都没动过一指头的人推到了发疯的地步……

为了弥补自己的过失，他改变了脾气和生活方式，放低了生活质量，竭力用最好的做人标准来要求自己，不论面对什么人，他都以温良恭俭的态度来对待，包括对待魏平，尽管这个人在某些方面比较自私，爱耍个小聪明，占点小便宜，偶尔还有个小偷小摸的毛病，但他多数都是睁一只眼，闭一只眼。可是，这个人的做法一次又一次地牵动他的神经，触及他的底线，最终把他本性中潜藏的恶又推了出来……

与姓魏的断了交情后，这些年，他更深入地研究周易，探索风水，希望以一技之长来掩饰自己的罪恶，支撑他今后的人生。因此，他远离了那帮盗墓贼，放弃了洛阳铲，涅槃重生，以风水大师的身份，温文尔雅、彬彬有礼地游走在江湖。

没想到，在他平安地度过了二十来个春秋后，命运把他推到了癌症的深渊，在他垂死挣扎的时刻，他的徒弟王年年竟然不顾他的死活，又当起了他生命中的第三个推手……给他 10 万元都不要，就要那个梅瓶……

想到这里，李富贵觉得心很痛，他猜想若没有人在后面鼓动，王年年是不会三番五次地跟自己要梅瓶的。既然他在多年前就知道自己手里有一对梅瓶，为啥从来没有在自己跟前提过，偏偏在这个时候来要？况且，连自己卖凤冠的事、给徐毛毛送小碗的事他都知道，是谁告诉他的呢？难道不是徐毛毛？

想到这个女人，李富贵更是痛苦加后悔！当初那桩买卖成交后，不再与这个女人联系，不就没事了？自己却瞎了眼睛，认为这个女人聪明，义气，出于好感，给她送了那么个碗。那个碗值多少钱？傻子也给个一两千元。自己没车坐，不会叫出租车？叫一趟出租车，才多少钱？你以为你投资了一个人情，其实，你是助长了人家的贪心，让人家摸到了你的"尾巴"，了解了你的实力，窥视到了你的东西。这和用肉喂狼，反被狼咬有什么区别？早知是引狼入室，何必投食牵绳？

想起这些过往，他伤感，内疚，后悔，自责，痛苦，多种滋味的交织，使他感到肠子都扭成了一团，终于，他呜呜地哭了起来。

他哭自己的八字太差了，生命中尽遇到一些负能量的人，这些人带出了他本性中的恶，让他走上了不归路。如果他们是正能量的人，即使自己有恶的一面，都可能会被压制或消化掉。

他哭自己太愚钝了，周易上说八字不好的人，需要靠后天的修行来弥补，可自己作为周易的研究者，并没有按照周易的提示去做……

他哭自己当年不该认识邓圆圆这个克星，不论事情闹到啥程度，不该让家庭破裂，人往往是一步错，步步错……

他哭人太可怕了，一旦膨胀起来，就管不住自己了，就像邓圆圆，你明明已经得到了我，为啥把我控制得这么紧？就像魏平，你明明知道我对你像弟兄一样，为啥在财宝面前就翻脸了，要把我置于死地？就像王年年，别说以前，光我患病以来，我已经给了你一个铜器，还准备给你 10 万元，为啥你还不满足？如果你们不这么贪，会把我逼到这个地步吗？

李富贵像倒水似的，把心中的各种滋味全部倒在地上，仿佛接受了老天的拷问，大地的惩罚之后，他平静了，他知道自己积重难返，罪孽深重，命运已经定型了，就是把肠子悔断，把眼泪流干，也无回天之力了，所以，他爬了起来，跟跟跄跄地进了屋，躺在了炕上，如死猪一般。

他的老婆邵粉玲因为右眼皮不停地跳，心里有点发慌，打来电话，想问他师徒两个在家好着没？晚饭吃了没？牛喂了没？但打了几次，王年年的电话都没人接；给老汉打，也是没人接电话。

第二天早上起来，邵粉玲给婆婆提了水，抓了药，见婆家妹子来了，就说她打不通老李的电话，心里有点急，想回去看看。婆家妹子知道李富贵的病情，说她来就是想让嫂子回去伺候病人。

邵粉玲从县医院回到家里，见李富贵还在炕上侧身躺着，脸色发青，头发一夜之间好像白了许多，听见自己的脚步声，他睁开了眼睛，邵粉玲发现他的眼布满血丝，还深兮兮的。同时感到他那长兮兮的身体这时候都短了一些，整个人像缩了半截，她的心倏然有种不祥的感觉，就问道：我刚走了三天，你的病情好像加重了？李富贵声音低沉地说道：是有点加重。邵粉玲又问：小王呢？李富贵说：他昨天回家了。邵粉玲有些纳闷：他家里出了啥事，等不得我回来就走了？李富贵有气无力地说道：不知道……

邵粉玲就唠唠叨叨地骂起了王年年，手伸进李富贵的被窝，发现炕有点凉，就准备给他烧炕。李富贵说道：你赶紧做饭，吃了咱们进城。

邵粉玲转身看了看说道：你这个样子，能去吗？需要啥药，我去给你抓。李富贵说：能，你就快点安顿吧。

对李富贵来说，只要他还有一口气，他该说的话要说，该做的事还要做，否则，他心不甘。人死，图个心甘，心不甘，死了都闭不上眼。

邵粉玲通常是每天早上起来，先喂狗，再给牛添草。今天，她是从县城赶回来的，牛也饿了，听见她的脚步声，哞哞地叫个不停。邵粉玲进去添草时，发现那个木牛槽有些歪斜，牛圈里的灯也亮着。面对这种现状，邵粉玲心里有点诧异，小王平时来干啥都干得挺好嘛，这次咋了？是不是老李发脾气，将他骂了，把牛圈弄成了这个样子？她挪好牛槽，给牛添上草，出来时拉灭了灯，然后，她准备做饭。

见家里没葱了，邵粉玲就提了个镢头，进了菜园，在葱行间准备挖时，无意中看见镢头把子上有几点血渍。邵粉玲见状，愣了愣，接着又继续挖。

挖出几根葱，进了伙房，很快就做好了鸡蛋拌汤和焙馍片。邵粉玲用木盘子将面端到李富贵的房间里，在他吃饭之际，她突然问道：你是不是骂了小王？

李富贵愣了一下，继而说道：没有啊。

那小王咋走了？

估计家里有事吧。

我刚看见镢头上有血，不知是你的，还是小王的，干啥了，咋糊上了血？

李富贵坐在茶几上只管吃饭，头也不抬地说道：小王在果园里打死了一只野兔，估计是野兔的血。

邵粉玲哦了一声，自言自语道：这个娃，打野兔是一把手。

李富贵没吭声。

吃了饭，邵粉玲打电话叫了村里的一辆出租车，带着李富贵上路了。

李富贵进了城，在盛盈宾馆的楼前下车，发现楼前的停车场里有许多轿车，一看住宿的人不少。李富贵一眼就瞧见了位于宾馆门厅右边的那个"凤凰书院"的门牌，他就是冲着凤凰书院来的，在邵粉玲的搀扶下，直接走进了凤凰书院。

刚一进去，李富贵就感到一种古典、高雅、高端、气派的气氛扑面而来。清一色的红木家具，形形色色的字画，琳琅满目的盆盆罐罐，精巧艺术的摆设和柔和舒服的光线，使李富贵恍若进入了富丽堂皇的艺术宫殿，感到眼前清亮，身体都精神了许多，心里不禁发热，感叹自己当年的眼光没错，他喜爱的顾盈盈就是个与众不同、大富大贵的人。虽然他俩的缘分很短暂，但今生与这样的女人同床共枕过，他也知足了。

现在他唯一的遗憾是，他一直渴望凤冠那些东西能进入凤凰书院，能落到顾盈盈的手里。在出手时，怕顾盈盈因为是自己的东西而拒之门外，还特意掩饰了一下，结果倒腾来遮掩去，还是没到她的手里。按理说卖给谁都是一样的，但是他不甘心，他总希望这个东西有个好的归宿，总想通过这些东西，让顾盈盈的后半生时时刻刻都能想起他，即使他做了鬼，他都希望有人惦记和怀念。为此，他痴心不改，还想继续实现他的梦想。他分析顾盈盈之所以当初没买，可能怀疑东西的真假，才拱手让给了姓陈的女人。所以，他这次来准备亲自告诉顾盈盈：凤冠那些东西确实难得，无论如何你要留下来，不能让姓陈的女人带出凤城市。你若买下来，放上十头八年，那些东西的价值就了不得了。

可以说，李富贵这次凤城之行，就是奔着这个心愿来的。

但他进去还没站稳，芮总就迎了上来，温和地问他是不是看画？李富贵装腔作势地点点头。芮总说：后天有个画展，画家是中国美协副主席，非常出名，来参观的人很多，如果您有空，后天再来看看。李富贵问：那你们老板在不在？我要给她看个东西。芮总说：老板在宾馆里，你去宾馆找吧，她刚去了没多久。

李富贵就在老婆的搀扶下出了门，向左一拐，穿过门厅走道，进了宾馆大厅。

此刻，吧台前有三名服务员在值班，李富贵就走到吧台跟前，问顾总在几楼办公？吧台服务员瞧了瞧他，问他是顾总什么人？李富贵说是亲戚。服务员问他叫什么名字？李富贵说：我姓李，在鹞子乡白马村。服务员让他等一下，她马上联系。李富贵听见吧台服务员在打电话，就和邵粉玲坐在了大厅的沙发上等着。不一会儿，来了一个保安，问他找顾总什么事？李富贵说：有个东西让她看看。保安问：什么东西？让我看看？李富贵看了一眼老婆，有点为难地说道：你让顾总来。保安说：顾总不在。李富贵说：那我等一等。保安说：别等了，如果你想出手什么东西，就到隔壁书院吧，那里有工作人员。李富贵说：我去过了，听说顾总刚来宾馆。保安说：顾总这会忙着呢，没有时间看。李富贵立即对邵粉玲说道：那你去给登记个房间，咱们先在这里住下来。

话音刚落，吧台服务员说道：没房间了。李富贵顿时高声说道：我不信没房间。保安立即也高声说道：没有就是没了，还有什么不信的？请你去别的宾馆吧。说着，用手做出了逐客的姿势。

李富贵有点不高兴地说道：还不是瞧不起我这个农民，别以为我住不起！

保安没搭理李富贵的话，嘴里说着"快走快走"，就把李富贵往出推。在自己被推的这一瞬间，李富贵想起了当年在顾盈盈娘家遭遇的一幕——

1997 年的一天晚上，李富贵进门后，发现魏平拿出了一个铜镜，说是汉朝的东西，让李富贵看看。之后，他告诉李富贵：这是老板给你的奖励，说你干活踏实利索，能吃苦，嘴又牢，所以给你送个宝贝。

李富贵本来想把这个东西变现，但想到铜镜是古代女人用的东西，又是如意莲花四山纹饰，还是头模工艺，水银包浆，品相非常好，就舍不得了，想送给顾盈盈。

尽管顾盈盈已经抛弃了他，远走高飞了，但他心里没有放弃，他一直在寻找，在打听。有了这个铜镜后，不由得又想起了她，就怀揣铜镜来到了顾盈盈的娘家，想从家人口中了解她的去向。但她娘家妈以顾盈盈外出打工为由，拒绝他进门。李富贵就采取死缠烂打的形式，站在人家大门前不走。于是就来了几个小伙，其中一个撕住李富贵的衣服领子，问他要干什么？李富贵说要找顾盈盈，这个小伙给了他一个耳光，接着几个人你一下我一下，将李富贵打了一顿后，敲着他的额头威胁道：别以为你做的恶事我表妹不知道，兔子急了都咬手呢。再纠缠我表妹，我要让你臭名昭著，死无葬身之地！之后，将李富贵倒推着，一气推了几十米，最后猛地将他推倒在路上，几个人才离去……

现在，李富贵为了见顾盈盈又被保安推，往年自己被推的那种刺扎扎的感受又重现了，他不由得火冒三丈，骂道：我偏不走！我问你，这里是不是宾馆？你们接待不接待客人？保安说：你想住宿，到其地方住去吧！实话告诉你，我们顾总已经通过监控器看到你了，她不想见你，你走吧！说着，又要推他。

这时，一直不说话的邵粉玲态度温和地说道：小伙子，我老汉有病，我们打老远来的，他带着病身子来见顾总，肯定有事，你就让见一见吧，我们来一趟也不容易。

保安看了看李富贵的脸，立刻改变了态度，语气温和地说道：既然你们有事，那就先找一下陈主任，让她给你们衔接。邵粉玲问：那行啊，陈主任在哪里？

保安正要告诉她，一抬头，说道：喏，陈主任回来了。

邵粉玲回头一看，陈丽手里拿着一卷画轴进来了。见到李富贵，有点意外。因为她知道李富贵与顾盈盈当年有过一段不太光彩的交往，所以在看到李富贵的一瞬间，就明白了李富贵来的意图，因此就微笑着故意问道：李大师，你来了？你是住宿吗？保安立即说道：陈主任，既然你们认识，你就负责把这个师傅接待一下吧，他是来找顾总的。然后又对李富贵说道：这是顾总的秘书，你找顾总有啥事，请跟我们陈主任说吧。

陈丽立即将手里的东西递给保安，按住李富贵的胳膊说道：走，坐到我车上说吧。

李富贵两口子就跟着陈丽到了车上，但陈丽上车后并没有说什么，而是开车就走。李富贵问：你不是在教练场工作吗？啥时候到顾盈盈的公司上班了？陈丽故意隐瞒说：我来帮几天忙。

陈丽把李富贵拉到一个川菜馆，由于是下午三点多，吃饭的人很少，陈丽要了几个精致的菜，就在临窗的小包厢里坐了下来。与邵粉玲聊了几句家常话后，她就问李富贵，找顾总什么事？

前些日子，陈丽因为凤冠的真假问题，上门找过李富贵，李富贵因此才知道凤冠是被陈丽买去了，当时他很生气，冲陈丽和徐毛毛发了一顿火。今天来找顾盈盈的目的，想让顾盈盈从陈丽手里把凤冠买下来。现在见顾盈盈和往年一样绝情，坐在面前的陈丽态度友好而客气，他的心里瞬间发生了变化，就故意问道：你现在还怀疑那些东西的真假不？陈丽微笑道：这个事过去了，就不提了。李富贵说：那你知道我为啥要卖那些东西吗？

陈丽现在对李富贵的情况基本都了解了，但她为了不让李富贵看出什么，就故意说道：我不知道啊。李富贵说：我得了肝癌。

陈丽哦了一声，故意看了看李富贵的脸色，问啥时候查出的？李富贵说：两个多月了，已经做了两次化疗了。陈丽连连叹息，表示出了极大的同情感，说你得了这么大的病，咋不告诉我？我应该和徐毛毛去看看你呀。

李富贵深深叹息一声：唉，说啥呢？我给谁都没说，说了就要麻烦人。

陈丽即话题一转，问：你找顾总，是不是想让她给你找个好一点的医生？李富贵微微一笑说道：我看病，用得着找她吗？陈丽问：那你找她啥事？

李富贵心里想，既然你顾盈盈不见我，那就给你扯个心病吧，别以为我得了癌症，脑子就不好使了。于是就故意说道：那我就当着我老婆的面，实话实说吧。

李富贵告诉陈丽：二十多年前，他曾和顾盈盈以夫妻的名义同居过。与顾盈盈分手时，她已经怀孕了，后来听说生了个女孩。现在算起来这个孩子都有 21 岁了。如今他得了大病，在人世间也活不长久了，在他离开人世之前，想见一见她，给女儿送个礼物。

陈丽一听，微微一笑说道：哦，是这样，那我告诉顾总。说着，就当着李富贵的面，给顾盈盈打去了电话，把李富贵的想法告诉她。但顾盈盈在电话那边明确表示，她与李富贵之间没有孩子，她现在的女儿不是李富贵的！

李富贵料到顾盈盈不会承认的，就口气平静地向陈丽说了他当年见到女儿的那一幕——

1999 年的一天，李富贵在逛百货商厦时，无意中看到了几年没见的顾盈盈。顾盈盈手里牵着一个三岁左右的女孩，女孩拽着顾盈盈，要她去买奥特曼。李富贵发现，这个女孩跟自己长得很像。李富贵惊喜万分，上前准备与女儿搭话，顾盈盈却一把扯过女儿，训斥她别跟陌生人说话。李富贵一听到"陌生人"这个字眼，愣住了……

李富贵声音低沉地说道：自从见到我的女儿后，这些年我心里一直盼望着，盼望能再见到她，盼了好多年……

陈丽看了看坐在李富贵身边的邵粉玲，微笑道：你看你说起往事，嫂子都不吭声，看来，她平时对你挺好的。李富贵说：好着呢。我说东，她不往西，对我百依百顺。 陈丽说：从你的家庭环境看，嫂子也是个强人，把家里收拾得干净整齐。李富贵说：就是的，针线茶饭也不赖。陈丽说：你们在一起有多少年了？李富贵说道：十五六年了。陈丽说：跟我和我老汉相处的时间差不多。你俩感情不错吧？李富贵说：还行，说起来我也比较知足。陈丽即顺着这个话题说道：那你心里还放不下原先的人，你这样不是伤嫂子的心吗？

李富贵说：这个我也给你嫂子说明了，她是个豁达的人，知道我来日不多了，对我的事儿也支持，因此就陪我来了。

邵粉玲微微一笑说：就是的，毕竟那个女儿出世以来，老李没抓养过，现在尽个心，也是人之常情。

陈丽这才问道：你打算给送个啥礼物？

李富贵说道：你买的那些东西中，不是有个梅瓶吗？那本来是一对儿，我卖了一个，还有一个，想把这个送给我女儿。

陈丽的脑海中立刻浮现出了那个梅瓶，想起兰州人老陶认为是高仿品的那个说辞，就微笑道：嫂子的心肠真好，我会把你的心意转给顾总的。不过，据我所知，顾总的女儿现在加拿大温哥华读大学，她就这么一个女儿，啥也不缺，你还是把东西留下吧，在这方面，就别费心了，好好养病。我要是你，我谁也不牵挂，能吃啥就吃啥，能逛就逛，趁现在身体还硬朗，带着嫂子到全国各地去旅游，看看风景，养养心情，都到这个分儿上了，何必还对陈年旧事放不下呢？

陈丽几句话说得李富贵潸然泪下，握住陈丽的手说道：通过咱们几次的见面，我发现你是个好人。

真的，我说的是实话。你看嫂子多好，陪你来找你以前的情人，要是我，我都做不到。别看她表面支持你，其实心里是个啥滋味，你应该能体会到。脸上经常嘻嘻哈哈的人，不一定心里就很快乐，人在很多时候，都是装出来的。尤其是内心善良、心性要强的人，心里再苦，都不会挂在脸上，带给别人。所以，你做事也得考虑嫂子的感受啊。

李富贵看了老婆一眼，苦笑一声。

邵粉玲立即插话道：没事，对这个事，我心里没有啥想法。我这辈子遭遇过几次大难，现在啥都想得很通，我觉得人只要心里踏实，啥都能过得去。人活着，其实就活了个心，把心安顿好，就能活得好。

陈丽嘿嘿一笑说：你看嫂子说得多好，你要向嫂子学习呢。

李富贵叹息一声说道：咳，人往往是经历了，才能明白一些道理。没有那个经历，许多事也明白不了。

说话期间，陈丽不断地给李富贵和邵粉玲夹菜，拉家常，像多年好友似的说这说那，说得李富贵像没有了疾病和心病，脸上都有了笑容。就这么愉快地聊了会儿，饭罢，陈丽买了单，准备送李富贵回家。

在这当儿，邵粉玲去了卫生间。李富贵见老婆不在身边了，就低声问道：那天你来我没细问，那套宝贝不是你和小徐介绍让顾盈盈买的吗？怎么你买去了？

陈丽见李富贵还不知凤冠后来的落脚之处，就含糊地说道：谁买……都是一样的。

看来，你比她有福，她就没有这个福气。

陈丽微微一笑，没吭声。

李富贵继续说道：她看起来有个摆设字画古董的书院，其实她是有眼无珠，没有把真正的宝贝放进书院里。

由于这套宝贝现在已经到了顾盈盈手里，不论李富贵说什么，她都得一身背了，因此就笑嘻嘻地故意问道：你认为哪件最值钱？李富贵说：梅瓶，是官窑的，现在清三代东西很少了，若要拿到北京、上海等大城市，就能卖个好价钱。

陈丽嗯了一下，好像李富贵这句话对自己来说有点刺激，但想到东西已离开自己，价值再高也没有意义，因此就立刻抛在脑后，漫不经心地问道：我不懂啊，啥叫清三代？

就是康熙、雍正和乾隆时期的青花瓷器，这个时期烧的瓷器和其他朝代相比，是最好的，也能卖上价格。不过，古玩这东西不是说卖就能立马卖的，需要等待懂的人出现，不知你现在出手了没有？如果没出手，不要太急了，这几年古玩行情不好，卖不上价，多放上几年，将来准能卖个好价钱。

听他这么说，陈丽想到顾盈盈曾说李富贵是个盗墓出身，分析凤冠那些有可能是李富贵通过盗墓弄来的，就故意低声问道：当初你卖这些东西时，说是家传的，真是家传的吗？

李富贵一愣：你又怀疑它的真假了？

陈丽说低声说道：我就随便问问。

李富贵微微一笑说：你不是随便问，我懂你的意思。我也是将死之人，也不隐瞒了，给你说实话吧，这些东西是从一个古墓里挖出来的，那是个清代墓，她的后人现在迁徙到南方了。

陈丽"啊"一声，赶紧在周围看了看，见身边无人，就低声问道：是真的？

李富贵说：你想想，一个平民百姓的家庭，怎么会有这些东西呢？

陈丽脑子里立刻闪现出顾盈盈对凤冠出处的判断，尽管顾盈盈两次提到了李富贵盗墓的事，她心里基本有了一点概念，但当李富贵亲口说出来时，给她心里带来的震荡和刺激还是不轻。幸亏顾盈盈拦截了下来了，若让她和徐毛毛倒腾下去，真会出事的。想到这里，她故意问道：是你挖的？

李富贵点点头：是外地人发现的，我动的手。

陈丽低声道：盗墓可是犯法的啊。

李富贵说：这个我知道，所以这些年不论手头多么紧张，我从来都没拿出来过，如果不是得了大病，我还是不会拿出来的。

有些事宁愿信其虚，不信其实。当一些开头不确定的事情实实在在摆在你面前时，对知情人也是个精神上的摧残。听李富贵这么一说，陈丽感到背部发凉，心也莫名其妙的狂跳了起来。因为她想起了魏晓云苦苦寻找的魏平，这时候她不由自主地把魏平的失踪与李富贵联系了起来。她看着李富贵，很想问：有个叫魏平的人失踪了，会不会与你有关？但想到李富贵如果像坦白盗墓一样，坦白了他与魏平失踪有关时，怎么办？这不正是顾盈盈的顾虑吗？想到这里，陈丽立即像悬崖勒马似的，一下扼住了自己的思维，提醒自己，不能多问，就地刹住，权当什么也不知道。他盗墓的赃物已经进了顾盈盈那里，她也说了，放在她那里，只要黄睿不复查这个案子，就像放在保险柜一样安全。

李富贵发现陈丽呆在那里不吭声，为了不给她增添思想负担，就安慰道：你放心，东西出土都二十多年了，只要我捂住，谁都揭不开这个盖子的，你只管把东西保管好就行了。

陈丽低声道：谢谢你！

这时邵粉玲从卫生间出来了，陈丽买了单，给李富贵两口子叫来滴滴打车，叮咛司机把人安全送到家，然后就开车回到了盛盈宾馆。

在返回的途中，陈丽想到自己最近要和徐毛毛去她娘家村上联系个挖掘机司机，她打算顺便给徐毛毛叮咛一下，让她以后一定别在任何人跟前提凤冠的事，要配合顾盈盈把这个事严严实实地捂下来。至于李富贵今天来找顾盈盈的目的，她肯定得要告诉顾盈盈。

第三十一章

狗叼血衣

李富贵在给顾盈盈送这个梅瓶之前，已经把他的意图告诉了邵粉玲，说他和顾盈盈有个女儿，从她出生到现在，没给过一分钱，没抚养过一天。现在，他有病了，想给女儿补个心意，让邵粉玲别多心了，该给你留的东西已经留下了。

邵粉玲看着梅瓶，表情淡定地问道：另一个呢？李富贵诧异，问：你怎么知道还有另一个？邵粉玲说：我不仅见到过梅瓶，还见过其他东西。

李富贵惊讶地问道：你啥时候见到的？

邵粉玲说起了过去的一幕——

几年前的一天，邵粉玲怀里抱了一些青草从果园出来，进了牛棚，发现半截牛槽歪在一边。邵粉玲注意地看了看，发现牛槽下面有个地洞。她心里正在纳闷时，听见地洞里有响声，赶紧离开牛棚，闪过狗窝，装着在院边扫垃圾，不一会儿，她见李富贵从牛棚走出，穿过院子，往上房走去。邵粉玲就拿着扫把又走进牛棚，发现牛槽又恢复了原位。

邵粉玲心里纳闷：李富贵啥时候在牛槽下面挖了个地洞？挖地洞干吗？她想看看他从洞子里拿出

了啥东西，就故意抓起上房窗台上的玉米棒子，咕咕咕地叫着喂鸡，一面在门口偷窥，发现李富贵将木椅子支在大衣柜跟前，他站在上面往柜顶上放了个什么，她没进去，装作把门口的公鸡赶走。

几天后，李富贵去外地了。邵粉玲就支起椅子在柜顶上找，终于找到了一大一小两只钥匙。邵粉玲拿着钥匙进了牛棚，推开牛槽，见是个木板。她推开木板，洞口出现了，她钻进地洞，往下走了三个土台阶，发现有个一人高两肩宽的地道，邵粉玲靠手电照明走了十几米，遇到一个小门，门上挂着锁子。邵粉玲根据锁子情况拿那个大钥匙一开，门开了，里面是个小窑洞，靠洞掌的地上，放着一个红木箱，旁边还放了两个装了半袋东西的纤维袋子。

邵粉玲拿小钥匙开了那个红木箱子，用手电一照，看见了一个帽子状的东西，上面镶嵌了各种珠子，灯光下五光十色，非常好看！邵粉玲的脑海里立马出现了在秦腔老戏上看到的贵妃公主戴的凤冠，她惊讶平时在戏台上、电影上看到的东西，竟然在这里出现了，她相当震惊，仔细看了看，然后又从一个木盒里看到了两个一模一样的青花梅瓶。除这几个大件之外，里面还有个鞋盒一般大的木盒。她打开木盒，见里面装了一只玉碗、两个玉镯、一个玉带钩、一个钗子似的东西和一串珍珠项链。其中一个玻璃罐头瓶子里还装了一些带土的散珍珠。

邵粉玲拿起翡翠镯子，试着往自己的手上套，忽然想到了什么，又取下，将这些东西原封不动地放进箱子，盖住，离开了这里……

听了邵粉玲的述说，李富贵微微一笑说道：怪不得去西安治病之前，给你送那个玉碗时，你表现得不冷不热的，要是一般人，得到这么个宝贝，都挺高兴，原来你老早就看到了。

就是的，我看到过。

你倒能沉住气啊，既然发现我藏宝的地方，这些年没拿走一件东西，也没在我跟前提过。

当年跟你结婚时，你不是叮咛过的我嘛，你不喜欢女人过问男人的事，让我跟你吃，跟你睡，跟你过日子就行，其他事别管，也别问，只要按你的心意来，你不会亏待我的。因此这些年，你干啥事，拿回来啥东西，我都装作不知道，没动过。

人多数是能说到，但做不到。没想到你不仅做到了，还做得很好！

我小时候被窑洞塌过，青年时被煤烟打过，中年时被一个叫李卓的人差点要了命，经营班车时遭遇过车祸，几条人命都从那场车祸中走了，痛也罢，罪也罢，像我这种经历的女人打灯笼也找不出来第二个。既然吃过别人没吃过的苦，受过别人没受过的痛，还有啥做不到的？我跟了你，不是为了让你养活我，而是图个伴儿，在家里，有个头疼脑热了，能有个烧水送药的人；到外面了，能有个结伴走路的人。因此这些年，只要你心里舒服，我尽量都按你的心意来。你不想让我知道的事儿，你就是把金山银山藏在那里，我都不会动的。现在问你，是因为你提起了梅瓶，我就顺便问一下。因为你病了，有些事怕你忘记了。

李富贵微微一笑说道：那个梅瓶卖了，还有你看到的凤冠，我都卖了。给了我娃 10 万元，除了这些天看病用了一些之外，都在那里放着。

说起这些东西，李富贵好像来了兴趣，说：你既然看到了，那你应该看出，送给你的那个玉碗就是和凤冠、梅瓶这些东西是一块的？

邵粉玲说：看出来了，而且那些散落的珍珠里面还有土，估计是从土里挖出来的。

李富贵说：就是的，就是从土里出来的。

邵粉玲顿时惊讶地看着他：你……挖了古墓？

李富贵立即躲开邵粉玲的眼睛：不是我挖的……好像是我太爷挖的……反正家里藏了好多年……到我手里，我又藏了起来……

邵粉玲又沉默了一下，盯着这个梅瓶说道：那么好的东西，古人为啥要陪葬呢？

李富贵说：古人是视死如生，讲究厚葬，认为葬得好，跟阳人一样，在阴间就过得好，而且对后辈儿孙也好，所以，从奴隶社会起，就讲究厚葬，越是王室贵族，越讲究。直到宋代以后，由于宋代盗墓的人多，那些官僚贵族意识到葬的越多，盗的越快，因此厚葬风气才有所收敛。等到明代以后，墓里的陪葬品跟春秋战国和商代的贵族墓比起来，就少得多了，除非有些官宦人家为了躲避战乱，有意把一些宝贝埋在坟墓里，等世间太平后再挖出来。这个清代墓里埋了这么多东西，估计就是为了躲避战乱，结果埋下去之后，墓主的后人迁到了南方，可能是忘记了。

邵粉玲微笑道：真不明白，那些盗墓的人，咋知道哪里埋了好东西？

李富贵说：自古以来，民间都有一些口头流传的东西，有的传了几千年。除过口头流传，还有翻一些县志、书籍记载的东西。"文化大革命"中批判的孔老二你知道吧？孔子生于公元前551年，死于公元前479年，距现在都2500多年了，人们都能把孔子的一些典故流传下来，清朝才有多少年？不过就是二三百年。在咱们凤城这个地方，哪个地方出了啥人，当过啥官，干过啥事，死了埋到了哪里，肯定有人知道啊。只要有人知道，就有记载的和传说的。况且，咱们凤城还有"三石六斗菜籽官"的传说，用菜籽来形容当官的，可见当官的不少啊，因此在清代当官的人肯定多了！据我了解，有给翰林院做编修的，有当御史的、当提督的，还有给太子当专史的等，多得很！

邵粉玲说：我也听过"三石六斗菜籽官"这个说法，但总觉得人们是故意渲染，哪有那么多当官的呢？估计人都没有那么多。

李富贵说：那是你懂得太少了。从商代开始，有个部落从远方迁徙到了咱们凤城高塬，后来就出了周文王、周武王这个周王朝。从商周到春秋战国，光咱们这个地区就有义渠、豳郭、鬼方、羌方、彭卢、荤粥，还有……还有几个小国的名字我忘记了，反正有好几个国家。传说周文王后人就埋在凤城周围，有些盗墓的人打过周文王墓的主意，只是因为咱们这里山大沟深，想找个王陵，太难了，因此才没有人动。

邵粉玲听他懂的这么多，哼地笑了一下。

李富贵说：你笑啥呢，你不了解凤城的历史，根本不了解凤城地下的神奇。

邵粉玲说：那个凤冠真是个好东西，我一直想让你拿出来让我仔细瞧瞧，但是你不拿，我也不说，一晃就这么多年了。没想到你把这个卖了，你带来时，没给我说，卖时也没告诉我……

李富贵听出了邵粉玲的意思，深深叹息了一声说道：看了又能咋？土里出来的东西，阴气重，放在咱们家里不太吉利，你这辈子受的苦太多了，我怕这些东西再冲着你，所以，就压了下来。不过，既然你看见了，咋不说呢，你要看的话，我能不拿出来让你看嘛。

没事，卖就卖了，我就说说。

李富贵看了看邵粉玲，突然话题一转，说道：我真奇怪，说你不爱钱嘛，我发现你看见啥钱都想赚，在地里出产，在果树上挖腾，养牛养鸡，还在集市上摆小摊，只要能赚的钱，你都想赚。既然看见了那么多的宝贝，为啥不拿去卖一两件呢？

你心里有我了，会给我的，若心里没有我，我就是把那东西偷去卖了，有啥意思呢，花起来心里也不瓷实。

李富贵有点感动地说道：你比我好，心里真干净！

这时候，李富贵的话题又回到了那个梅瓶上，意思让她陪自己去找顾盈盈，邵粉玲说：行，只要你心里畅快，给人送啥都行。你能多活一天，我就精神一天。

就这样，李富贵在老婆的陪同下去见顾盈盈，没想到李富贵怀着一腔美好的心愿去见顾盈盈，却吃了闭门羹，这么一来，他对顾盈盈的心彻底死了，晚上，待邵粉玲闲下来之后，他又拿出了那个梅瓶，说道：既然姓顾的不给我面子，不让我和女儿相认，那这个东西就留给你吧。你将来变卖也行，留给你娃也行，由你决定。一定把它藏好，轻易别给人看了，宝贝这东西，不怕被人看，但怕被贼惦记。

提起贼，邵粉玲想到李富贵从西安看病回来，听老人说了家里进贼的事儿后，在院内院外到处转得看，最后发现了一双脚印，将她拉到房背后，低声说他发现那双脚印大小与王年年的鞋一样。当时，邵粉玲以没有丢啥东西为由，劝他别胡想乱想，说年年好歹是自己人。尽管如此，从那天起，她发现李富贵嘴上不太提王年年了，即使见了王年年，脸上也是不冷不热的。现在，王年年又不声不响地走了。是不是老李为这个事，惹恼了王年年？因此就问道：我发现你脸色很不好，小王也不接我的电话，你俩是不是为啥话生了气？

李富贵深深叹息一声，说道：就是的，我俩生了气……

为啥的？

他跟我要这个梅瓶。他原先见过，这些年一直没在我跟前提过，现在见我有病了，就跟我要，提了几次。那天你走后，他又要。我没答应，他就生气了……

邵粉玲哦了一声，说：还不是你太小气了，既然他张开这个嘴了，你给了嘛。

看你说的，给了他，我拿啥给你们呢？

邵粉玲听他这么说，似乎有点感动，不吭声了。

不论咋的，咱们夫妻一场，不给你留点好东西，我心里过意不去。那个地下洞子不能再放了。我现在得了这么大的病，我分析与我经常钻那个地下洞子有关，这次，我把里面的东西都取上来了，你也别再下去了。说着，他指了指沙发底下说道：明儿了，你在沙发下面挖个坑，把梅瓶窖藏在沙发底下，早晚你能看见，平时人也不注意，放在那里，相对安全些。

邵凤玲说：也行。

第二天早上起来，太阳像熬了一夜的红眼，血滋滋的，带着箭一样的光束，歪斜地挂在了李富贵家的房顶和树梢上。一只乌鸦在树缝里嘎嘎地叫着，好像要给这个院子传递什么信息。

邵粉玲喂了牛，给李富贵熬了药，准备做早饭。到菜园里拔秋白菜时，发现自家的狗叼了一串东西从果园的墙角处走过来，邵粉玲一看是李富贵的裤子，忙呵斥着从狗嘴里将衣服夺下，骂骂咧咧地把狗拉出来，拴了起来，然后提着裤子走到西房门前，扔到了放在房檐下的大洗衣盆里，准备有空了给洗一下。就在扔下去的瞬间，她发现了什么，提起裤子一看，裤子上有几处点状血渍。

看着衣服上的血渍，邵粉玲立刻想起她在镢头上看到的血，心里不禁一愣：老李不是说镢头上的血是王年年打了野兔吗？那他裤子上的血是咋来的？

邵粉玲这时想起她走娘家之前，李富贵身上好像穿的就是个蓝色裤子。因为他有几条蓝裤子。邵粉玲赶紧扔下裤子，进了北面的上房，看他今天穿的是啥，此刻，李富贵刚喝了药，侧身躺在上房内间的炕上，低着头，像在眯着眼。那腿上，分明穿的是一条黑颜色的裤子。

邵粉玲诧异地想道：这条裤子是我给洗过晾干之后，放在柜子里的呀，平时他衣服脏了，我不说他不换，怎么我走了只几天，他就换裤子了？

看着这条裤子，邵粉玲心里顿时疑窦丛生：我走了的这几天，到底出了啥事？怎么小王就突然回家了呢？怎么镢头和他的裤子上都有血呢？

看着李富贵头发花白的脑袋，邵粉玲心里不断地发出了一连串的疑问，一种不祥的感觉像魔掌似的揪住了她……

第三十二章

冤家会面

　　陈丽一回到公司，就直接进了顾盈盈的办公室，打算向她汇报。没等她开口，顾盈盈问道：我从监控上看你带他出去了。陈丽说：我请他吃了饭，叫了一辆车，送他回去了。顾盈盈问：不知他找我什么事？陈丽有点神秘兮兮地问：你猜？顾盈盈说：你就直说吧。陈丽说：他准备给你的女儿送一个梅瓶，说那个梅瓶和咱们买来的是一对儿。

　　顾盈盈一愣，目光惊奇地看看陈丽：哦？是一对儿？陈丽放低声音，神秘兮兮地问道：你猜凤冠这些东西是从哪里来的？顾盈盈说：是盗墓出来的？陈丽说：就是啊，你真厉害，你一直怀疑这些东西来路不对，果然是。

　　顾盈盈立刻低声问道：真是盗墓之物？

　　就是的，李富贵今天亲口告诉我的。

　　你看我这个决策对不对？我就怕是盗墓的，所以才把这些东西拦了下来，果然不出所料。不然你卖给别人，别人又卖掉，倒来卖去的，一旦出了事，大家都不零干！捂到我这儿，我肯定不会再倒卖了。

　　是啊，你就是强，脑瓜比我们聪明，知道这个底细后，我心里对你……话没说完，顾盈盈立即问

315

道：你没有说东西在我手里吧？

没有，他还骂你有眼无珠呢，因为他盗的不是一般的墓。顾盈盈忙问啥墓？陈丽说是清朝一个诰命夫人的墓。他说，如果不是得了大病，不会拿出来的。顾盈盈说，看来他得肝癌也是事实？陈丽说是事实。

顾盈盈问到这里，习惯性地拿出烟，点着，抽了一口，又仔细地询问起了李富贵跟她见面和说话的过程，意思是让她分析一下，看李富贵是故意吊她胃口，还是真心实意，陈丽说李富贵当着她老婆的面说的，估计是真心实意。顾盈盈听后，没再吭声，让陈丽忙去，叮咛她别把这个事告诉徐毛毛等人，陈丽说：这个我知道。

晚上下班之后，顾盈盈没有回家，而是在宾馆的灶上随便吃了点晚饭，就从盛盈宾馆一楼穿过凤凰书院后门，进了凤凰书院，在她专门接待贵客的房子里，关上门，反锁住，然后推开了一个八尺高的山水画，原来这是个镶了山水画的门，门后面，是个大冰箱一般高的保险柜。她打开保险柜，拿出了凤冠和梅瓶等六件宝贝，摆在方桌上，仔细欣赏了起来。自从办了这个凤凰书院，顾盈盈倒喜欢起了独处，有种"赏古识趣、君子独乐"的感觉，或在这里赏赏字画，听听音乐，盘玩盘玩宝贝；或叫几个好友搓搓麻将，聊聊天，虽然认识的人很多，来来往往地看起来比较油腻，实际上她现在的志趣很清淡，除工作之外，能与她深交的也只有几个人。她发现人有了书房雅舍，不管文化程度高与低，心境都会变得文艺和恬静起来。所以，除非有重要应酬，顾盈盈的业余生活基本都是疏于酒场、桑拿或K歌等活动，只要有空，她就在自己的凤凰书院里独处，神游。

就像此刻，她盯着面前的凤冠和梅瓶，脑子回想着陈丽说过的话，心里不由自主地惦记起了另一个梅瓶。她想象两只梅瓶如果站在一起，像两个形态阿娜的孪生姊妹，多么美丽，多么神奇啊！现在处在两地，再美丽也不过形单影只，再出众也不过孑然一身，哪有两个在一起夺人眼球、震撼人心呢？

人的心里一旦有了某种渴望，意念就像个淘气的幽灵一样，无时无刻不在跟踪着她，挑逗着她，好像在问她：既然它有孪生姐妹，为何不让它成双成对，比翼双飞？一对清代尤物陪伴凤冠，多么气势啊！

顾盈盈被自己这强烈的意念刺激得心里发热，神经亢奋。她两眼火辣辣地盯着梅瓶，一遍又一遍地看着，想着，最终在星光稀疏的深夜，想出了一个有望让另一个梅瓶到手的办法——

于是第二天，在陈丽向她汇报工作之际，她话题一转，说道：有个事情我想让你牵个线，跑个腿。陈丽问：啥事，你尽管说。

顾盈盈就委婉地提到了李富贵，说她自从得知李富贵得了肝癌后，虽然在表面无动于衷，但心里一想起来就不是滋味，毕竟，他们曾经好过，并且确实有个孩子。

陈丽立即问道：就是在加拿大读书的那个？

顾盈盈点点头。

陈丽说：难怪李富贵昨天说哩，看来，他心里确实惦记着你们这个女儿。

如果他不患病，我还是不会承认的。我打算等女儿走上社会时，再告诉她父亲是谁。小时候可以给女儿隐瞒隐瞒，但成年后，如果不明确她的亲生父亲，就说不过去了。

陈丽立即插话道：是啊，人不是虫子，能从墙缝里生出来。自己从哪儿来的，起码有个血缘根基呀，总不能让娃一辈子都不知道自己的亲生父亲吧。

顾盈盈瞟了陈丽一眼，感觉她这话说得有点冒失，但她还是一本正经地说道：没想到他现在得了绝症。尽管他没有抚养女儿一天，但毕竟是孩子的父亲，因此，我想替女儿尽尽心，看望看望他。

陈丽一听，即明白了顾盈盈的意思，就直话直说：好啊，一日夫妻百日恩嘛，你总算想通了，天下当爸的，谁不替儿女着想呢，他没抚养过女儿，走时给孩子留个东西，人之常情嘛，要是我，我是求之不得呢。

顾盈盈忙解释：我不是因为他要给女儿送什么东西而去看他，而是……

陈丽立即说道：对的对的，你是考虑他得了不治之症，看在女儿的份儿上，去看一看他，你放心，我会把你这个意思转达给他的。

为了体现顾盈盈的意思，陈丽当着顾盈盈的面，给李富贵打通了电话，先是问候他昨天回家的路上好着吧？接下来就绕弯子说起了他昨天要见顾盈盈的事儿，说顾盈盈昨天和一个人谈项目，所以就没见你。但得知你的情况后，昨晚跟我聊了许多，言下之意对你还是比较同情的。我趁机提起了孩子的事，她承认在加拿大读书的女儿就是你和他的。我就立刻责怪她不应该隐瞒你，到这个份上了，还隐瞒下去，将来对孩子也不好。树有根，人有亲啊。一个人连自己的亲生父亲都不知道，嘴上虽然不说，心里肯定对你这个当妈的有想法啊。经我这么一说，顾总有点想通了，让我替她来看看你……

电话那面的李富贵说道：哦，那你……你来吧……

陈丽趁机说道：我的意思，想把她也带来，让你俩见见面，毕竟这么多年都没见了，现在到了这个地步，不论你俩心里有多大的沟沟坎坎，熬了这么多年，估计已经磨平了。只是……一来我不知道你愿不愿意见她，二来不知她愿不愿意见你，所以，先把这个事儿给你透露透露……

李富贵忙说：我愿意呢，咋不愿意，我昨天进城的目的，就是想见见她……

陈丽即说：那我跟她联系一下，试试做她的思想工作。

好的，尽量让她来，给你说实话，我对她气是气，赶我死，总想见一见她……

好啊，我再去劝劝她。如果她同意，我明天就给你带来了。

放下电话，顾盈盈冲陈丽微微一笑，觉得她的弯子转得很完美，自己听得心里很舒服，就感激地说道：这个事让你费心了！

陈丽说：和你对我的付出比起来，还差得远呢。

第二天上午，顾盈盈和陈丽就行动了，在超市里大包小包地买了一些东西，开着她的灰色宝马越野车，拉着陈丽往李富贵家走。

经过两个多小时的路程，很快就到了李富贵家的大门外。顾盈盈刚下车，门内就传来了狗的叫声，接着大门开了，邵粉玲笑盈盈地立在门口。陈丽主动说道：嫂子，你看我又来了。邵粉玲说：能来就好。陈丽介绍顾盈盈：这是我们公司董事长顾盈盈。

顾盈盈大方地伸出手：你好嫂子，昨天不好意思，慢待了您。

邵粉玲眯起眼睛看了看顾盈盈，说道：盈盈，你的个子挺高啊，一看就是个能干的人。

听见邵粉玲叫自己"盈盈"，顾盈盈感觉邵粉玲很会暖人心，很朴实，她冲邵粉玲微微一笑，然后取下车后备箱的东西，和陈丽进了大门。邵粉玲像迎贵客似的将顾盈盈和陈丽迎在了前面，快到上房跟前时，她叫道：老李，盈盈来了。

话音刚落，李富贵就出现在了门口，可能身体虚弱，他一只手靠着门，笑盈盈地看着陈丽二人。

由于近二十年没见了，昨天在监控上看到李富贵的那一瞬间，顾盈盈觉得李富贵老了许多。现在近距离面对他，她觉得李富贵不仅老了，面相也变了，肤色青黄，一只眼睛还有点斜视，与他当年俊朗的相貌、伟岸的身材和气刚刚的神态有了很大的差别。在这一刻，她突然想到李富贵面相的变化可能与他盗墓有关，是他的孽障带来的后果。所以，面对李富贵，她既不同情，也不憎恨，当然谈不上久别重逢的兴奋或尴尬，心里很平静。为了体现她的平静，她故意说房子盖得挺好，院子收拾得很干净，看样子日子不错。陈丽立即附和道：是啊，一看人家这光景，就知道嫂子有多贤惠。

说话间就到了门口，李富贵老早就伸出了手，顾盈盈主动伸了过去，两只陌生了许多年的手握了握，顾盈盈看着李富贵，声音柔和地说道：对不起，昨天你走后，才知道你身体不好……

李富贵发现顾盈盈的手和当年一样绵软，面容和当年一样美丽，眼睛和当年一样清亮，想到自己大半生为她魂牵梦绕，心里不禁一股浪花打来，刚说了一句"就是"，就感到气涌喉咙，泪水一下涌到了眼眶，遂放开了顾盈盈的手，朝沙发指了指，意思是让她进去坐下。

陈丽见李富贵有点激动，忙扶他坐到沙发上，顺势坐到他的身边，故意敲起了边鼓：昨天听了你的病情后，当时为了安慰你，不敢说得多。可你走后，我心里很难受。给顾总一说，她心里也一样。

顾盈盈语气轻盈地说道：是啊，我觉得啥都能接受，就这个事儿接受不了，人与人之间不论近与远，都不愿看到对方患病。

李富贵听到顾盈盈这么说，既感动又委屈，心中的泪水好像憋了好多年，这时遇到倾泻的出口，就一发不可收拾了，如潮水般咆哮而出，挡也挡不住，竟然当着老婆的面，像孩子似的哭了起来。

见李富贵哭了，顾盈盈一句话不说，坐在沙发上，拿出烟，抽了起来。邵粉玲给她俩倒了茶，也没说话，就出去了。陈丽很机灵，先是拿出餐巾纸，让李富贵擦擦眼泪，接着又给他倒水，将水杯递到了他手里，然后拍了拍他的肩膀，像劝孩子似的劝起他了，让他想开一点，说他现在身体不好，过度伤心会加重病情。说你和顾总多年没见了，趁这机会，说点高兴的事儿，别老想过去。

李富贵美美地哭了一场，情绪逐渐稳定了下来。顾盈盈主动说道：虽然我们曾经相处过，但因为我们后来都有了各自的生活，所以就不想打扰。昨天你走后，我从陈主任口里才知你患病的事，希望你心态放好，安心养病，把所有的事都抛在脑后，过好每一天。

李富贵吸溜一下鼻子说道：我心态好着呢，人迟早要死的，只不过是我走得早了点。说到这里，李富贵抹了把眼泪，又继续说道：我哭的不是因为自己的病，而是因为你。我算了一下，咱们分开整整 20 年零 6 个月了。

顾盈盈表情冷静地说道：我理解你的心情。如果你不患病，考虑到我们都有各自的生活，我暂时还不会见你的。人生不过是起点和终点。起点上认识，终点上送别，也算是一世情缘。在这期间，如果我在某些方面伤害了你，请你谅解！

李富贵忙点点头：能理解，能理解！过去这么多年了，我也想开了。在你硬生生地离开我的那两年，我心里有些想不开，感觉很痛苦，也很恨你，后来见你在电视上出现，就想通了。当年咱俩刚认识时，我就觉得你是一只凤凰，你那个男人，你那个婆家，不是你落脚的地方。而我认为只有我，才能配上你这个凤凰。为了让你能有个好一点的落脚之地，我把你带进了城。结果我是竹篮子打水一场空，白为你折腾了一番。你走南方，是走对了，你没有南方的经历，也没有你的今天。至于我，只不过是你命运中的一个跳板。一个人命里该有的，终会来的。即使没有我这个跳板，你的生命中还会出现另一个跳板。所以，我现在想得很开。

顾盈盈听到这里，微微一笑说道：只要你能想开就好。自从与你分别后，我至今没结婚，把全部的精力倾注到女儿和我的事业上……

陈丽忙插话道：顾总真的也不容易，你看她的烟瘾这么重，表明压力很大。

李富贵见顾盈盈提到了女儿，就乘机问道：女儿叫啥名字？

顾盈盈说：叫羽羽。虽然没见过你，但我还是让她跟你姓，因为她是你的孩子，所以，从小到大，她都叫李羽羽。

李富贵顿时高兴地说道：那年我见到她的时候，只有三四岁，我第一眼就认定她是我的女儿，女儿在看我的时候，你却拉走了她，那时，我就明白，你会一辈子不让我认女儿的。没想到你让女儿姓了李，留住了我的血脉。你到底是知书达理的人，这辈子虽然与你缘分很短，可是我心里不亏。这些年，你拉扯女儿，肯定吃了不少苦。

顾盈盈叹息一声说道：是，因为我是个寡妇，拉一个私生女过活，难免遭遇人们的闲言碎语，所以我才拼命干事，让女儿活的体面一些。

听说你把女儿送到了国外读书？

顾盈盈点点头。

你有本事啊，能让女儿留洋，至少我没有这个本事。虽然这些年再也没见到你们母女俩，但我心里一直牵挂着，从来没有忘记。得了病之后，我更想见一见你俩，因此昨天来找你，你还说我俩之间没有孩子，当时我就不信……

顾盈盈立即插话道：如果你没有病，我还会继续隐瞒，我打算等女儿结婚时再告诉你，让你亲自把女儿嫁出去。

　　顾盈盈又硬又柔的说法，让李富贵觉得顾盈盈与她年轻时说话的特点是一样的，一点没有变，这使李富贵对顾盈盈的说辞更有了可信度。因此，提到女儿，他满脸喜悦，提出要看女儿的照片。顾盈盈这时打开手机，先接通视频，说你的爸爸现在有病了，想看看你。给女儿叮嘱了几句后，然后将手机递给了李富贵，让他和女儿视频。说加拿大现在是黑夜，女儿刚睡下，她叫醒了她。

　　李富贵由于心里激动，拿电话的手有些抖，在视频上一看，发现穿着睡衣的女儿很漂亮，瓜子脸，大眼睛，嘴唇饱满，很像自己，长发披肩，看上去冷傲又乖巧。看着女儿，李富贵感觉离自己很近，有种血肉交融的气息，他叫着羽羽的名字，问她在国外过得好不好？说爸爸心里一直想你，你啥时候回来，站在爸爸面前，让爸爸好好看看你？李羽羽虽然面无表情，但李富贵问什么，她答什么，说她们学校暑期放假时间比较长，但寒假比较短。现在刚开学不久，到圣诞节和元旦期间才能放几周假。李富贵说：那你圣诞节放假了，回来看看爸爸。李羽羽嗯了一声。

　　虽然女儿的话不多，但从她的眼神中，李富贵看出女儿有点忧伤。李富贵理解女儿此刻的感受，毕竟从她出生到现在，才第一次见他这个爸爸。对自己的生涩可以理解。但在他俩的通话快要结束时，李羽羽突然叫出了一声"爸"，李富贵又惊又喜，"哎"了一声，说我女女真乖！他微笑着，却泣不成声。李羽羽说道：爸，你安心养好身体，我放寒假后回来看您。李富贵忙点头道：行，行，爸爸等你！

　　多年没见面的情人顾盈盈来看他了，和女儿相认了，李富贵心情大好，走路都直起了腰板。在顾盈盈准备离开之际，李富贵拿出那个熟悉的木盒，说这些年，我给咱们的女儿攒了个东西，一直没有机会送到手里。既然你来了，就顺便带走吧，女儿从小到大，我没管过，没花过我一分钱，就算用这个东西做点弥补。说着，李富贵打开木盒，又揭开一层又一层的包装，那个梅瓶出现了。

　　这个梅瓶开始是李富贵准备送给顾盈盈的，顾盈盈拒绝见面后，他心凉了，绝望之下就送给了邵粉玲。但送给老婆没过一天，陈丽的电话来了，得知顾盈盈要来看他，他又改变了主意，又想送给顾盈盈。

　　但老婆已经把这个梅瓶藏起来了，怎么说呢？李富贵和陈丽通话后，在院子里磨蹭了会儿，就进了伙房，当时，邵粉玲正在液化气上给他煎着药。锅里冒着丝丝热气，满屋飘荡着刺鼻的中药味儿。在煎药的同时，邵粉玲准备给他熬乌鸡汤，旁边放了枸杞和虫草等补品，此刻，邵粉玲正在案板上剁着乌鸡。李富贵就守在老婆跟前，巴结地问道：这些东西和乌鸡一起炖吗？邵粉玲说：就是的，给你补补身子。李富贵说：已经得了绝症，就是把灵芝仙草吃了，都治不好了，你别这么费心了。邵粉玲说：虽然治不好了，但你精神一天是一天。

李富贵和老婆有一搭没一搭地聊了会儿，最后问药煎好了吧？意思是要停下来。邵粉玲只好关了火，滗出药汁，和前面的药汤混在一起，倒出半碗让李富贵喝。李富贵喝了药之后，站在地上还不走。

邵粉玲问道：你有啥事吗？

李富贵这才有点为难地说道：有个事我想跟你商量一下。

啥事，你说吧。

那个顾盈盈准备……准备来看我哩……

那好啊，只要能来看你就好。

昨天她不肯来见我，我以为这辈子再也见不到她了……

估计她从陈丽口中知道了你患病的事儿。

是啊，有这个可能。

邵粉玲见李富贵立在身边，再不说话了，就问：不知啥时候来？

李富贵说：两点以后。

那鸡肉我就暂时不做了，和点面，城里人喜欢乡里人的臊子手擀面。

李富贵顿时面带喜色：行啊，你面擀得好，把汤给做好，陈丽也来，让她们尝尝你的手艺。

邵粉玲立即放下刀，将鸡肉装进了盆子里，收拾了起来。李富贵却立在原地，还是不肯出去，磨蹭一会儿又说道：虽然我知道顾盈盈早已经看不起我了，今天来不过是做做样子，但我们之间毕竟还有个女儿……

邵粉玲立即打断了他的话说道：我知道你想要说啥，既然那个梅瓶是你留给你女儿的，那就给她吧，只要你心里畅快，我要不要都无所谓。

李富贵顿时感动地说道：只要你愿意给，就好，我给你留着钱哩，够你用了，我死以后，你简单地埋葬就行了，别多花钱。

邵粉玲说：我希望你把那些钱花完再走，你多活一天，我就能多尽一天心。说着，就出了伙房，进了上房的卧室，很快把梅瓶取了出来。

李富贵见状，有些感动，说道：老婆，为难你了。

没事，这东西毕竟是身外之物，可有可无，没啥为难的。

就这样，李富贵又从邵粉玲手里要来了这个梅瓶。

现在，面对这个梅瓶，陈丽满脸惊喜，仔细看着，认为和那个梅瓶一模一样！李富贵介绍说跟你买去的那个就是一对儿，年轻人不懂古玩，可能看不出它的好，但你们现在玩这类东西，估计多少能看出个好与坏。陈丽忙插话道：能看出，能看出，我觉得好得很！

顾盈盈看了一眼梅瓶，倒没接这个话题，而是从包里拿出了2万元现金，放在了茶几上，说她原本想给李富贵买点东西，陈丽催的急，没来得及，说印度有治肝的好药，疗效不错，她准备托人在印度给他买点药，让他心情放好一点，好好治疗。

李富贵听到顾盈盈打算从印度给自己往回买药，心里很高兴，就说：只要能见上女儿，我心情就好了，人的命在骨头里面，我的身体我知道，起码还能撑一两年。昨天还到你的凤凰书院转了一下，既然咱们联系上了，我以后还想到你那个地方坐坐，在文玩方面，给你指点指点。

顾盈盈说：可以，你有机会就来，什么时候来，提前告诉我。

就在这个时候，邵粉玲端着一只方形的盘子进来了，那盘子里摆放着筷子、辣子盅、盐盅、醋壶和两碗臊子，一竖两横，很有仪式感。无疑，是凤城市的民间特色面——手工臊子面，又细又韧的手工长面，红汪汪的萝卜豆丁汤，葱花、鸡蛋和豆腐丁漂在上面，色泽分明，香气袭人。

邵粉玲一边将盘子放在茶几上，一边说道：伙房有饭桌，为了你们方便，就在这里吃吧。盈盈，你看盐醋辣子缺啥，把啥叨上。小陈，接到你的电话后，我就赶紧收拾做饭，家常味儿，你们别嫌弃啊。陈丽忙说：嫂子，我们就喜欢吃家常味儿，太麻烦你了，谢谢你啊。邵粉玲说：不用谢，自己人，你慢慢吃，我再给你们端去。说着，又出了门。

顾盈盈不知是被邵粉玲感动的，还是为李富贵愧疚，似乎没食欲，端起碗，要给陈丽挑一些面，李富贵说：不多，你吃吧，尝尝你嫂子的手艺，擀的面劲道得很，辣子看起来多，其实不辣，多吃点。

饭后，陈丽和顾盈盈准备要走了，邵粉玲主动抱起那个装梅瓶的盒子，对顾盈盈说道：这是老李给你女儿准备的礼物，昨天我陪他来送，结果你忙的没见上，没想到你们今天来，来了就好。说着，装到了一个超市用过的手提袋子里面，然后又从桌子抽屉里取出了两双鞋垫，说这是我做的，不太好，送给你和你的女儿。

把这些东西装好后，塞到顾盈盈手里，顾盈盈貌似不好意思接，陈丽就顺手接了过去，连连说着感激的话。邵粉玲又拿出了一双，说送给陈丽。

陈丽从邵粉玲手里接东西时，突然觉得鼻子发酸，有种想哭的冲动。她心里想：如果李富贵不要盗墓多好！他有情有义，他老婆也善良贤惠，就凭他知书达理、精通风水这个本事，他们会是很好的朋友，自己也不会因此而沾染凤冠，也不会配合顾盈盈来顺溜这个梅瓶的。不知道那些东西的来路之前，她觉得凤冠是个背景模糊的宝贝，现在知道来路了，觉得是个事实清晰的赃物。尽管她糊里糊涂地从这个赃物中得到了种种好处，但一想起来，心里总觉得不舒服，感觉自己也成了盗墓贼的帮凶，感觉有些脏。她不知道这个女人是否知道她老汉的底细，但见她这么淡定，大方，淳朴，厚道，自己心里就有一种说不出的感慨和悲哀……所以，她哭了，是难受的哭，也是感动的哭。但为了掩饰，她装作眼睛飞进去了一个小虫，故意眨了眨眼，与邵粉玲和李富贵握了握手，然后就上了驾驶室。车走好远了，她从倒车镜中看见，邵粉玲和李富贵还在门口站着。

陈丽收回目光，瞟了一眼顾盈盈，发现她沉默不语，就故意说道：李富贵这个老婆真贤惠！

顾盈盈语气平和地附和道：是啊，不错！

陈丽把顾盈盈拉到凤凰书院，就忙去了。顾盈盈拿出另一只梅瓶，放在一起，发现它俩确实是一对孪生姐妹，一样高，一样的纹饰，一样的神韵，简直太美了！顾盈盈看着这对梅瓶，心里想象着曾经拥有过它的那个大清诰命夫人，感觉自己也有了王者之象，一种巨大的收获感将她包围。

第三十三章

寻找王年年

徐毛毛为了得到李富贵手里的那只梅瓶，煞费苦心，不惜用语言和身体策反了王年年。王年年本来是个老实本分的人，这样的人往往有一根筋，一旦动起这根筋，就像老虎下山，义无反顾了。徐毛毛用色相勾引他，他就上钩；徐毛毛想要梅瓶，他就找到了李富贵藏宝的地方。由于他在这个事上过于认真，心太重，出手违逆师傅，导致自己也送了命。

自然，他的死徐毛毛是不知道的。她只知道，为宝贝的事儿，王年年已经向李富贵张了口，已经发现了他藏宝的地洞，不论要也罢，偷也罢，多少能弄到一些东西的。王年年也给他说得很清楚，看在师徒一场的份儿上，他先给师傅来软的，如果他执意不给，那他就下硬手去偷了。他认为就是把李富贵所有的东西都偷走，师傅拿自己也没办法。他让徐毛毛放一百个心，不论多少，绝对会弄到一些的！

有了这个承诺，徐毛毛自然很相信，因此就期待着这个结果。

但是等到夜里一点多，还没有消息。第二天上午，她连店里都没去，就待在家里，不停地看手机，希望能看到王年年的来电。熬到下午 1 点，徐毛毛估摸这个时候李富贵午休了，就给打了过去，手机通着，没人接。之后再打，提示的是无法联系。从下午 3 点以后，徐毛毛隔一两个小时给拨一次，都打不通。

一连三天，都打不通王年年的电话。平时他俩一天通几次电话，不是她打过去，就是他打过来呀。现在他既不回电，也不发信息，而且连手机都关了，这是怎么啦？发生了什么事？徐毛毛百思不得其解，各种猜想涌上心头，甚至怀疑王年年拿了好东西，不想与自己分成，因而故意不和自己联系，因此就给西安的郑文斌打了电话，策略地提到了王年年，故意说王年年带了东西，准备让他看，不知你俩见面没有？郑文斌好像对这个消息有点意外，说没有啊，没人跟我联系啊。

那他去了哪儿呢？是不是他自己联系买家了，想吃独食，有意躲开了自己？又觉得这个推理不太合理，既然他对自己有另心，就不会离婚呀。

徐毛毛想不明白，也联系不上王年年，只好与李富贵联系，开始无人接听，接着通了，是邵粉玲的声音。徐毛毛见李富贵的老婆接电话，就装作问候，问李大师最近在不在家？说她有个朋友要请他看风水。

徐毛毛明明知道李富贵得了肝癌，却偏偏这样说，一是由于李富贵不想让人知道他得了大病，所以她也就装作不知道；二是不想让李富贵知道她与王年年之间的关系，如果她一旦提起他的病情，李富贵肯定怀疑是王年年告诉她的。徐毛毛是个脑子比较清楚的人，她知道人在什么场合该说什么话，所以就故意给邵粉玲编了个谎。

邵粉玲说：他在哩，他这几天身体不好，出不了门。徐毛毛说：哦，上个月去西安查得咋样？得了啥病？不要紧吧？邵粉玲没有正面回答徐毛毛的问题，只说：妹子，你如果有空，你来转转吧，菜长得好得很，嫂子给你提点菜。

自从在镬头和李富贵的裤子上看到血渍后，由于联系不上王年年，邵粉玲感到心里毛躁，无聊，慌乱，好像发生了什么事，一直有个不祥的预感，她想去一趟王年年的家，看看王年年到底回没回家，他和李富贵之间到底发生了啥事？把血都溅到裤子上了。但由于李富贵让她陪他进城，从城里回来第二天又招待顾盈盈，一晃三天时间过去了，她还没走起。正心里发急时，徐毛毛的电话来了。邵粉玲立即抓住了这个机会，想把徐毛毛叫来替自己跑一趟。

徐毛毛的目的是了解王年年的去向，见邵粉玲叫她，自然是求之不得，立马在附近商店买了牛奶等东西，开车往李富贵家里赶。

到了李富贵家大门前，见大门紧闭着，徐毛毛敲了敲门，无人应答，倒是狗汪汪地叫了起来。不一会儿，大门开了，邵粉玲笑盈盈地出现在门口，见自己提着东西，就说都是熟人了，来就行了，提啥东西呢。徐毛毛说：家里有病人嘛，不提点东西，我心里也过意不去，怎么样？不严重吧？邵粉玲说：不……太严重，吃中药着呢。徐毛毛说：前一阵子我看他气色不太好，好好吃点药调理一下。两人说着就进了李富贵的房子。

李富贵在炕上背对着门口睡着，徐毛毛进去，他没有转过身。徐毛毛叫了声"李大哥"，李富贵还没转过身。邵粉玲急了，忙拉徐毛毛坐下，然后对李富贵说：小毛来了，我扶你起来。说着，就走到炕边，准备扶李富贵。这时李富贵主动转过身来，面向徐毛毛。

徐毛毛一看李富贵的脸色，大吃一惊，她拉他去西安检查身体时还好好的，从西安回来拉他去看儿子时气色也不错，现在一个多月没见，感觉李富贵像脱了人形，人消瘦，脸色发青，眼睛深陷，头发灰白且稀疏，头颅都好像小了一些。她知道李富贵是肝癌晚期，但她故意问道：听嫂子说你身体不好，哪里痛？

李富贵冠冕堂皇地说道：老病了，说哪里痛就哪里痛。徐毛毛走到李富贵的头前，说：那你躺在家里干吗？我带你去市医院？李富贵说：不麻烦你。药吃着呢，暂时死不了。徐毛毛说：看你说的，谁不得病呢？李富贵问：你来有啥事吗？徐毛毛说：没事，听嫂子说你身体不太好，就来看看你。

邵粉玲给徐毛毛沏上茶，说她到果园里给徐毛毛摘点苹果和蔬菜，让他俩说话，然后就出去了。徐毛毛的目的是来找王年年，所以也希望邵粉玲走开，她好和李富贵聊聊，了解了解情况。李富贵躺着和徐毛毛说了几句，然后挣扎着要坐起来，徐毛毛赶紧扶起了他。她以为李富贵要靠在炕墙上，结果他下了地，趿着鞋走到沙发跟前，坐了下来，拿起自己的杯子，让徐毛毛给他倒点开水。

徐毛毛发现王年年不在李富贵家，想直接问李富贵，又怕李富贵看出他俩的交往，就故意说道：你病成这个样子，应该叫你徒弟小王来伺候你呀，嫂子一个人忙的，一旦有事出去，你跟前没人啊。

李富贵轻描淡写地说道：小王来伺候了我几天，最近回家了。

哦，那你给打个电话，叫他来，我看你气色不太好，我俩带你去西安看吧。

李富贵说：他的电话打不通，估计出远门了。

徐毛毛嗯了一声，就再也没接这个话题。

李富贵瞟了一眼徐毛毛，语气平和地说道：你来，不光是为了看我，还有其他事情吧?

徐毛毛因为帮李富贵卖了东西,双方都有礼物相送,且她开车拉他又是回老家,又是去西安,来来往往中比较熟悉了,估计自己在李富贵心里印象也不错,因此就像老朋友似的直言道:本来看你身体不好,我不想提。既然你知道我来是有事,那我就直说吧,我最近在西安认识了一个藏家,很有实力,不知你还有没有其他东西?如果想卖,让这个藏家看看,这个人渠道好,能卖上好价钱。

徐毛毛这么说的意思,是想知道王年年跟他要宝贝要得怎么样了?他给没给东西?如果给了,都给了些什么?她分析,如果王年年在他跟前张过口,他会趁这个话题主动说的。

李富贵哦了一声,问那个人怎么样?有实力吗?徐毛毛忙说:他在西安大唐西市开古玩店,在北京和深圳都有分店。

李富贵说:你那个朋友陈丽上次来,不是说她是拿贷款买的我那些东西吗,既然她手头紧张,你也有渠道,那你可以帮陈丽把那套宝贝倒腾了啊。

徐毛毛感觉李富贵的语气有点不对,就故意说道:那些东西陈丽已经卖了。

李富贵看着她问道:是你找的客户?

徐毛毛为了在李富贵跟前体现自己的实力,大言不惭地说道:是啊,就是我介绍的人。不过,你别问陈丽了,她也不想再提这个事儿。她欠人几百万,这些东西她肯定拿不住。

李富贵微微一笑说道:那你不错啊,又挣了点佣金。

咳,陈丽手头那么紧张,我咋好意思拿她的佣金呢?再说,她长了一点就卖了,就是对我有点心意,也不大方。我的目的是帮她,不是为了挣钱,对你也一样,咱们是好朋友了,我给你透露一点这方面的信息,你如果想卖,咱们就去找这个人;如果不卖,以后你想出手啥东西了,再联系也不迟。反正,有这样的资源,对你来说,也是个好事。

李富贵说道:看来,你从凤冠的这场买卖中尝到甜头了,动起了心,认识了西安的大藏家,你比我有本事啊。

徐毛毛也微笑道:我毕竟是个生意人,收集资源,利用资源,是生意人的本性嘛。做生意的人不是提倡你好,我好,大家好嘛。

李富贵冷笑一声,说道:小毛啊,我第一次见你,印象很好,所以才把凤冠出手的事儿委托给了你。但古玩水很深,不是你这种人玩的,因此你要适可而止,不要再沾染了,好好经营你的鞋店吧。我发现你在这个事上有点贪心了,人的心一旦贪起来，就像那肯吃肯喝的猪，明明知道肥起来，离死不远了，但它就是管不住自己，我希望你不要把自己陷进去。

徐毛毛发现自她进门后，李富贵的态度有点冷淡，现在又说这样的话，这时才意识到李富贵现在对自己与往日确实有点不同了。想到她给王年年说的一些事儿，莫不是王年年在那里说话没注意，让李富贵觉察到了什么？因而对她有了看法？想到这里，她赶紧话题一转，说：我也是为了你好。你如果不想卖，就算了，希望你好好养病，如果需要车，随时吭声。

没一会儿，邵粉玲给徐毛毛提着一袋子苹果来了。徐毛毛本想说她家里有苹果，但见她已经摘下了，就只好接受了。与李富贵道别后，她出了门，邵粉玲将她送到大门外，帮忙将苹果和蔬菜装到车后备箱里，然后按住她的肩膀说道：嫂子把你叫来的意思，想让你跑个腿，麻烦你给嫂子跑一下。

徐毛毛问：啥事，你说吧。

邵粉玲说：我去县城伺候了两天老人，回来王年年不见了，电话也打不通，我走时让他伺候老李，不知为啥，没等我回来他就走了。嫂子想请你去王家找找，看他怎样了，不声不响地回家了，也没个电话来。如果找到，让他给我来个电话。

徐毛毛在李富贵家没见到王年年，李富贵也向她只字未提王年年，她又不好直接问，心里正打算策略地问一下邵粉玲时，没想到自己还没开口，邵粉玲倒先提起了。听了她说的情况，心里不禁有点疑惑：是不是王年年跟李富贵要宝贝时，闹翻了，他被李富贵赶走了？为此，她故作惊讶地问道：他没等你回来就走了？走时给你也没说？

没有，我心里也急，老李的脾气不好，我估摸小王受了啥憋屈，回家了，所以想请你替我去看看。

徐毛毛忙顺水上船，故意问了王年年家的地址，然后就离开了。

王年年的家位于齐家川塔庙村，徐毛毛曾开车送过他和他的哑巴妈回去。徐毛毛开车刚走到通往王年年家的路口时，见一个女人在路边站着，老远就朝这边张望。徐毛毛的车刚到跟前，女人就朝她打手势，徐毛毛这才发现，站在路边的人是王年年的哑巴妈。她立即停了下车，老人走来，跟她打招呼。徐毛毛说：阿姨，我就是去你家。哑巴妈嘴里啊啦着，不停地向徐毛毛打着手势，从其表情看，好像在说什么事。

徐毛毛看不懂聋哑人的手势，感到一头雾水，只能嗯嗯地应着声。老人越说越急，都皱起了眉头。徐毛毛一脸茫然地看看她，往前指了指，意思到了你家再说。哑巴妈就上了车，坐在了徐毛毛身边。

人都说母子连心。王年年的失联，这位可怜的母亲可能预感到了，站在路边张望，这就望到了徐毛毛。

很快，徐毛毛拉着哑巴妈到了王年年家大门前。刚下了车，王年年的媳妇郭霞霞手里牵着三岁的女儿出来了。老人又给媳妇打手势，指了指徐毛毛，郭霞霞熟练地给打了两下手势，老人这才点点头。

由于徐毛毛之前见过郭霞霞，就微笑地与她打招呼，问老人说啥呢？郭霞霞说：我婆婆说她昨晚做了一个梦，梦见她娃好像掉进了一个坑里，上不来，让我给她娃打电话，电话打不通，我婆婆心里发急，让我在你跟前打听一下，看她娃给你打电话没有？

徐毛毛忙说：没有啊。李大师有事想叫你男人去他家，结果联系不上他，特意支我来找他，不知他去了哪里？是不是换电话号码了？

郭霞霞说：我也不知道。他去北京打工了，刚去那几天，还来电话哩，最近这两天不来电话了。

徐毛毛哦了一声，知道去北京，是王年年为了离婚，给媳妇编的一个谎言，就故意问：你男人是啥时候去北京的？郭霞霞说了离家的时间，徐毛毛一听，那天王年年正好和自己在一起。她不知道王年年是怎么能想出了这么个歪主意，但看到老实巴交的媳妇，感觉王年年说离就离的做法，多少有点残忍。

见家里人也联系不上王年年，徐毛毛就把自己的电话告诉了郭霞霞，说你男人如果回来了，让他尽快和我或者和李大师联系。之后，她离开了。

徐毛毛开车走出塔庙村之后，才将自己所了解的情况告诉了邵粉玲。邵粉玲说道：既然他媳妇都找不到，那你快告诉王年年的大哥和二哥，让他弟兄俩再找找。

徐毛毛说：他妈都着急哩，估计他大哥二哥知道找。

你也帮忙打听打听，毕竟是从我家离开的，没有音信儿，我心里也着急。

徐毛毛说：那你问问李大师嘛，看他俩之间到底发生啥事了？如果真是闹了别扭，那就不用着急，过几天他就回来了。

电话那边的邵粉玲说道：但怕不是闹了别扭……

徐毛毛听出，邵粉玲说话声音有点颤抖，给人感觉好像出了啥大事，她的心不免也毛躁了起来，立马放慢了车速，问道：那你的意思，他俩是怎么了？

你……你先打听他的下落，我也找找。说罢，就挂了电话。

徐毛毛愣了愣，看着前面的路，脑海里却回想着王年年去李富贵家的前前后后，想起自己出点子让王年年跟李富贵要宝贝的细节，想起王年年在李富贵家发现了地洞的过程，想起王年年给自己信誓旦旦的承诺，以及邵粉玲刚才的说法，种种情景汇集起来，形成了这样一个结论——要么是王年年偷了李富贵的宝贝后，跑了，之所以不跟自己联系，是怕这个事儿连累了自己；要么是王年年没有离开，就在李富贵的家里！

如果没有离开，那肯定是王年年要宝时，跟李富贵发生了冲突，被李富贵害了。李富贵不是有过盗墓的经历吗？他能盗墓，肯定能做出害人的事啊……

这个猜想一出现，徐毛毛顿时感到头皮发麻，心脏莫名其妙地跳动了起来，她赶紧停下车，往后一仰，看着车顶，深深吸了一口气，这时一个念头又蹦出了脑海：假设李富贵与王年年发生了冲突，他病成这样，能把四十左右的壮年人如何？还不是自己瞎想，没准儿是王年年得到宝贝后，怕连累自己，躲了起来。李富贵不是肝癌晚期吗？躲一天，他就少活一天啊，还是沉住气吧，他已经离了婚，迟早会和我联系的！

这么一想，她感觉自己一下淡定了下来。

第三十四章

古 玉 认 主

　　黄睿和王小可在广州顺德见过证人董小芳之后，当天就飞了回来，于夜里一点多进了家门。陈丽睡得迷迷糊糊的，见老公悄悄脱衣服，就迷迷糊糊地问把人抓住了没？黄睿说：抓住了。陈丽说：这么快。摸了摸黄睿的胳膊：辛苦了，快睡觉。黄睿一躺下去，她就搂住黄睿，又呼呼入睡了。

　　第二天早上，黄睿准备出门时，向陈丽要李富贵的电话，陈丽一愣，问他找李富贵干吗？黄睿说：我的同事找他看风水。

　　陈丽怕黄睿再查魏平的案子，所以一提起李富贵，心里总有点警觉。但听说是看风水，就说李富贵患了肝癌，在住院呢，肯定看不成风水了。黄睿有点诧异，说给咱们家找祖坟时不是好好的吗？陈丽说最近才检查出来的，劝他尽量不要去打扰人家。黄睿说那你把号码给我，我在电话上说一下。

　　陈丽信以为真，就把号码给了黄睿。

　　黄睿从家里离开后，就给王小可打了电话，说李富贵在住院，他顺便去一下，如果单位有事，可通知他。

　　由于李富贵毕竟给他家找到了祖坟，多少也算有点缘分，因此，在去医院之前，出于人情，他买了点营养品，很快就在医院里找到了李富贵的病房。

李富贵前两次化疗在西安，这次却放在了凤城市。因为在当地医院住院，在医疗保险上报销的医疗费比外地稍高一点，而且也比较方便。此刻，医生正在给李富贵做化疗前的检查工作，老婆邵粉玲守在旁边。

见到黄睿，李富贵先向他打了个招呼，然后告诉邵粉玲：这是小陈的女婿，鹞子乡派出所黄所长。

邵粉玲微笑道：黄所长，我见过你媳妇。说着就从他手里接过牛奶，放到床头柜上。

黄睿说：是啊，李大师去过我家，手艺确实高，把我太爷的坟墓找到了，听说李大师病了，我特来看看。

李富贵真以为黄睿是来看望自己的，满脸微笑，主动叫黄睿到外面坐坐，说病房里气味难闻。他们就出了病房，在楼层休息区的长椅上坐了下来。

黄睿态度温和地问了问他的病情，说了几句安慰的话，然后为了欲擒故纵，故意说道：听说你比较喜欢古玩？

李富贵失口说道：是啊，你……他知道黄睿是陈丽的丈夫，他很想告诉黄睿，你媳妇买回去的那些东西，就是我的。话到嘴边，突然想起了陈丽之前给他的叮咛"买宝的事儿千万别告诉我老汉，如果他知道我拿钱弄了这东西，就不要我了"，因此立刻改口道：你看我走南闯北，除了看风水，就是给古董掌掌眼，这辈子是比较喜欢古董，但是没钱，好多东西我眼睁睁地看着从我手里过去了。

黄睿立即拿出从魏平家的枕头里发现的那两个玉器，故意问道：你看这两块玉怎么样？

李富贵一看，顿时睁大了眼睛，忙接过去看了看，说道：好玉啊。不仅好，好的没边边！这是两块古玉！

黄睿哦了一声，问道：你懂玉？

我接触了半辈子古玩，咋不懂呢？这是两个齐家文化古玉啊，一个叫玉璧，是古人用的礼器，也是个佩戴物，圆形代表圆顺；一个叫玉铲，也叫玉钺，是几千年前部落的族长给族人发号施令时用的东西。别看它这么小，年龄可长了。玉是五百年变老，一千年生皮，两千年浸淫，三千年坐胎。这个坐胎指的就是沁色锈斑。沁色是啥呢？就是玉胎上生出的颜色。颜色越多，越值钱。玉器行道有句行话，说"玉有五色沁，胜过十万金"。你看看这两个东西，是啥沁色？值钱得很呢。

黄睿说：听你这么说，这两块古玉年代长了？

就是的。

是哪个朝代的？

我刚才不是说过嘛，是齐家古玉，最少出自新石器晚期，商代早期，少说也有三四千年了。

黄睿有点好奇：年代这么长了，这些东西怎么能到现在人的手里？

李富贵说：咱们这里本身就有齐家文化的遗迹啊，从改革开放到现在，光咱们这里出土了多少玉器？你到博物馆去看看。咱们凤城在古时候被称作西羌，后人称为西羌荒蛮之地。传说三四千年前，有一支神秘的骑马部族来到了西羌，顺着河道挖窑凿石，生存了起来。这个部落的人喜欢玉，祭祀敬神都用玉器。因此从八十年代开始，人们在平田整地修路建庄子时，总能遇到这些东西。有的人运气好一点，能捡一箩筐玉呢。村民捡到玉，多少给点钱他们都卖哩，那年头，只要你喜欢玉，在哪里都能看到齐家玉的身影。那时候，人没有收藏意识，不像最近十几年，被一些鉴宝节目宣扬的，不论男女老少，都知道土里出来的东西值钱，都有收藏意识了……

李富贵面对这两块玉，似乎很兴奋，他侃侃而谈，说个不停。黄睿发现，李富贵对齐家文化的了解和对这两块玉的认识与专家的看法基本一致。如此一来，李富贵喜好古玩的推断在他心里坐实了，他不仅是个风水先生，还是个古董玩家。

李富贵一股脑儿地说了这两块古玉的历史背景和价值，见黄睿听着，沉默不语，就将两块玉递到他手里，问道：这是你的东西？

黄睿说：是别人的。

李富贵看了看黄睿，语气有点小心翼翼地问道：你想买下？

黄睿想到李富贵刚才看到玉时表情有点异样，而且介绍起来也挺有精神，猜想他对这两块玉比较熟悉，就故意说道：我就来请教你，一是看真不真，二是看值不值钱，听你这么一说，这不仅是古玉，还很值钱啊。

是啊，值钱呢。给你说实话吧，这两块玉是我的。

黄睿一愣，有点惊讶地问道：是你的？

这两块玉都是我九几年跟集时，在集市上的杂货摊上买的。开始我也不懂，以为是石头，后来我发现不少外地人专门来买这个东西，才引起了我的注意。这东西……当年被外地人买走了不少呢。你……这两块玉怎么到你手里的？

黄睿说：这是一个姓魏的人的东西，是他老婆给我的……

李富贵一愣：姓魏？

黄睿目光敏锐地瞟了一眼李富贵，说道：是，这个人叫魏平。

李富贵顿时大吃一惊：啊？魏平？他的目光又回到玉器上，自言自语地骂道：这个狗日的魏平，我当年丢了这两个古玉，就怀疑是他偷去了，果然是。

黄睿立即追问道：怎么丢的？

李富贵的脑海里立即闪现出了多年前发生的一幕——

许多年前的一天，李富贵和魏平在陕西永寿县城的一个旅馆里住了几天。有一晚，他和魏平参加了朋友的宴请，魏平喝的有点多，他倒没事，从酒场上回来看了几个小时的电视才睡觉。他睡觉时，发现魏平已经熟睡了，但早上起来，李富贵发现他的包不见了。那包里装着烟、手绢、古币、银元等东西，其中就有玉璧和玉铲这两个宝贝。他有个习惯，出门喜欢随身带点东西，遇到买家了可方便出售。由于他和魏平在一个房间住着，他的包被偷了的同时，魏平的帆布包和西服外衣也被偷了。两个大男人在里面睡着了，东西怎么不见了呢？问服务员，服务员说客人休息后，他们不轻易开门，除非公安局半夜来查房。虽然魏平也丢了东西，忙前忙后地帮他找，但李富贵心里一直怀疑魏平是监守自盗，在半夜以里应外合的方式弄去了他的包，因此就开玩笑地问魏平：你是不是把地老鼠放了进来，叼了我的东西？魏平顿时赌咒发誓：别说是地老鼠，谁把狼放进来，我都不是我娘生的……

想起这一幕，李富贵情不自禁地骂道：这个狗东西……话一出口，突然想到他曾刨过土盗过墓，不好在黄睿跟前细说，就故意说道：咋丢的，我也不知道，时间长了，一些细节也忘记了。反正我当时就怀疑魏平，没想到真是他偷去了。说到这里，他叹息一声，说道：唉，就算我与它们没缘，玉这东西，有灵性，讲究随缘。不是你的了，来了都走了……自从这两块玉丢失之后，我再没遇到过这么好的古玉。有时候也碰到过一些明清玉和现代玉，但都不大喜欢，玩过齐家玉，就不想玩其他玉了。

黄睿没想到这两块玉竟然是李富贵的，真是太巧了。无疑，李富贵和魏平不是一朝一夕的交往，而是时间长了。为了揭开两人更多的秘密，黄睿故意挑拨性地说道：我知道魏平这个人人品不行，许多年前，因为一只耀州碗，你俩还在市里老饭店的三楼打过架呢。

如果说这两块古玉让李富贵感到有点吃惊，而这个话题更让李富贵感到惊讶，他两眼直愣愣地看着黄睿：你是怎么知道的？

黄睿这时语气很平淡地告诉李富贵：虽然魏平失踪这么多年了，但他的家人一直没放弃，这些年一直在寻找。最近，他们又来找派出所了，并把他们知道的这个细节告诉了我们。这么说，你真的与魏平为一只碗打过架？

李富贵愣了愣，才说道：是魏平酒喝大了，闹着玩呢，不是真打。奇怪，我俩当时在房间里折腾时，是有一个服务员进来了，那个服务员虽然和我说过话，但我都不知道她叫啥名字，现在连这个服务员的长相都忘记了，魏家人是怎么知道这个服务员的？

黄睿故意旁敲侧击，诱蛇出山，现在李富贵的话题与他所了解的完全对应上了，就介绍道：这个服务员叫董小芳，现定居在外地。

董小芳？你……李富贵这时好像明白了，眼睛狐疑地看了看黄睿，说道：黄所长，你今儿来……是不是为了魏平的案子？

黄睿说：是的，我前面说过了，他的家人还在找。

李富贵冷笑了一声：都快二十年了，估计骨头都孽了。话一出口，他停顿了一下，又改口道：年代这么长了，还找，白费心哩。

黄睿欲擒故纵，想探个究竟，就拿这两块玉当探杆，以严谨的思维，巧妙的谈话方式引诱李富贵上钩。果然，李富贵在不知不觉中上钩了。他失言的这个举动，瞬间被黄睿抓在了眼里。他脑海里立刻闪出了一个念头：李富贵知道魏平的下落！

但他没有接李富贵的话，故意沉默了起来，等他继续说。可李富贵好像意识到自己有点失言，呆在那里不吭声了。

在黄睿和魏平坐在医院走廊的休息室里说话的时候，邵粉玲无声地走了过来，默默地坐了李富贵的身边。他俩谈话的内容，她基本都听见了。但她不插话，没反应，发现老汉不说话了，这才慢腾腾地说道：黄所长，老李马上要化疗了，你还有啥想了解的，等老李化疗完了，你到我家来聊聊。

黄睿忙站起来说道：行，那你们就好好治疗。说着向李富贵伸出了手：祝你早日康复！然后，就离开了医院。

"骨头都孽了。"如果李富贵心里没有某种烙印，就不会出现这个口误！

途中，黄睿回味李富贵说过的这句话，对他的怀疑再次升级，并有了更大胆的猜想：魏平和李富贵都沾染古董，由于魏平的人品不好，李富贵有可能在某种利益交集下打死了魏平。因为人内心的窗户关得再严实，只要心里有个影儿在，总有泄露之处。

尽管各种迹象已经指向了李富贵，但还需要证据。

如何才能找到证据链？黄睿想到徐毛毛曾拉李富贵给他家找过祖坟时，车上坐着一个小伙，据说这个小伙是李富贵的徒弟，那就找一找这两个人吧。想到徐毛毛与陈丽关系比较好，那就先找徐毛毛吧。很快，黄睿就到了徐毛毛的皮鞋店。

徐毛毛正在和一个顾客谈价格，一抬头看见黄睿，她吓了一跳。黄睿开玩笑地说道：我又不是外人，干吗看见我这么惊慌？徐毛毛咯咯一笑说：你黄所长的气质自带锋芒嘛，谁见了你都得哆嗦一下。

黄睿说路过，顺便转转，看有没有适合他穿的鞋。徐毛毛赶紧给他推荐了几款男士鞋。在选鞋之际，徐毛毛和黄睿聊了起来，问他最近好不好？黄睿说自从你带来的那个风水大师给我家找到祖坟后，这几个月感觉平顺了一些，不像以前那么糟糕，就问她是怎么认识李富贵的？徐毛毛就当着店员的面，说了她与李富贵认识的过程，期间提到了他的媳妇陈丽：听陈姐说老人要请人找祖坟，我就给她推荐了李富贵，从那时候认识的。说到这里，徐毛毛一声叹息，说可惜这个大师最近得病了，病的不轻，是肝癌。黄睿哦了一声，见徐毛毛手上戴着一串佛珠，就说从成色上看，这个珠子不错，你在哪里买的？徐毛毛说古玩店。黄睿问哪家古玩店？给我推荐一下，我也想买一串。

徐毛毛就顺口说了张文的古玩店。因为张文是徐毛毛的同学。张文的老爸搞香包、刺绣和古玩等民俗产业，张文帮他爸打理摊子。这个手串确实是张文送给她的。黄睿装作试穿了几款鞋子，都不合适，就借故离开了。

半个小时后，黄睿就在凤城古玩城找到了张文的古玩店，他装作看佛珠手串，故意说风水大师让他买个佛珠手串戴。张文顺口问风水大师叫啥？黄睿说了名字，张文说：李富贵这个人我认识，不仅懂风水，还懂古玩，鉴定古玩的水平很不错。黄睿故意说搞古玩的人手里肯定有东西？张文说：听人说李富贵手里有好东西，但是他从来没有给我们卖过，所以我也没见过他的东西。

黄睿立即抓住这个话题问道：你听谁说的？

张文说：李富贵有个徒弟，我听他徒弟说的。

黄睿即故意问他的徒弟现在哪里？

张文发现这个顾客只管跟他说话，不看东西，就问你是来打听李富贵的，还是来买东西的？黄睿见张文怀疑起了自己，就立即亮出证件，说：请你配合一下，把你所知道的关于李富贵的情况如实告诉我。

张文好像明白了什么，立即认真地说道：其实对于李富贵这个人，我不太了解，但我发现他见了谁都很客气，平时话也不太多，很稳重。他鉴定的东西，如果好，他就挂在了表情上，表示肯定；如果不好，就推托让别人看，轻易不惹人。所以，他给人的印象还是挺好的。

黄睿发现张文比较圆滑，替李富贵说起了光面话，就直奔主题：李富贵的徒弟为什么说他师傅手里有好东西？

张文说：因为李富贵看铜器、看玉都很在行，一般把古董挖得比较熟的人，手里过去的东西肯定不少，而且又不是专业考古人员，不能私藏古董，他跟我们一样，是个古玩爱好者，所以我们这些开古玩店的人都猜他手里有东西，若从他手里买来，真假肯定有保障。因此想在他跟前套个近乎，请他喝个酒，探探情况，摸摸底。一次在喝酒之中，我故意问到了古董的事——

当时，王年年喝的有点多，说他头晕不喝了，晚上还得回去。张文说不回去了，我给你登记个旅社，咱哥俩好好聊聊。王年年见张文执意留他，就接着和张文喝了起来。张文说他有个客户，想买点东西，市场上多数是假货，真货出不来，问你师傅手里有没有东西？王年年说东西有。张文问啥东西？王年年说有几个瓷器，官窑的，好得很！张文说：那你回去问问你师傅，看他卖不卖？如果卖，我给他找客户。王年年说：估计不卖。张文说：他为啥不卖？听说他老婆经常在镇子上摆地摊呢，他的经济并不怎么宽裕啊，既然有好东西，咋不出手呢？王年年说：这个我就不知道了，师傅的事，我也不好问，估计是嫌在当地卖不上价吧。张文说：你以后给我留心点，只要他卖，先给我通传一下。王年年说：行，我给你留意。

张文告诉黄睿：王年年虽然答应了，但从那以后，就没有了下文，说他发现王年年跟他师傅一样阴，说个话可以，很难做朋友。

　　黄睿见从张文口里问不出什么，就跟他要来了王年年的电话，叮咛他别把调查的事告诉他人，然后离开了张文的古玩店。

　　回到车里，黄睿就给王年年打电话，电话显示的是无法联系。之后，黄睿在半个小时内一连拨打了几次，都是无法联系。

　　黄睿用手机在公安内部网上搜索了一下，了解了王年年的基本情况后，回到单位，告诉王小可：把手头的事儿安排一下，准备去齐家川，找一下李富贵的徒弟王年年。

第三十五章

走访守塔人

　　很快，黄睿和王小可就见到了王年年的媳妇郭霞霞。她正在大门外的羊圈里给羊添草。那草是被粉碎和发酵后的苜蓿和玉米青秸秆，叫青贮。郭霞霞将袋子里的青贮倒在了用水泥做的草道里，被圈在栅栏内的羊就伸出头，快速闪动着嘴唇吃了起来，显得整齐有序。几个小羔羊见老羊吃草，跪在母羊肚子底下一拱一拱地吃起了奶。黄睿数了一下，这家养了8只老羊5只羔羊。每只老羊头上都涂了红，耳朵上挂着数字，一看就是与企业合作的养殖。

　　由于他手里有赵大娃等两个扶贫对象，虽然赵大娃的房子盖成了，但同时也把他掏空了，需要有个长远的产业来支撑他，不然，光把新房子像个空架子似的摆在那里，外面光堂，里面魍魉，还不是真正意义上的脱贫。为此，他动员赵大娃动动脑子，想想法子，总不能光靠给人打短工为生，那是有了今没了明，收入不稳定。要稳定，家里就要有个小产业。

　　黄睿在动员赵大娃动脑筋想办法的同时，他也替赵大娃留意项目。凤城市农村主要有三大板块，一是种植，二是服务，三是手工业，但手工业毕竟

340

占的比例小。对于赵大娃来说，最适合搞的就是养殖。赵大娃也有这个意向。他也曾经养过羊，但有的人养着养着就想卖，卖不上去了，就降价，导致市场价格一会儿高一会儿低。有的人辛辛苦苦养了一年，遇到行情不好时，就低价卖了。赵大娃在养羊上跌过跟头，所以说起养羊，有点担心。

人操啥心，往往就能留意到什么，尽管隔行如隔山，但根据赵大娃家的情况，黄睿得知凤城市有个大公司专门从事羊业养殖，实行的是统一管理，统一技术，统一养殖，统一销售，这样能稳定市场，保障养殖户的收入。黄睿本来想去该公司替赵大娃考察一下，但由于单位事儿太多，还没顾上。

现在，看到王年年家的圈养羊，就问道：这是啥羊？

郭霞霞一抬头，看见两个陌生人站在面前，有点意外，说道：是湖羊。黄睿问：是从哪里来的？郭霞霞说：华盛公司的。黄睿问：你们与华盛是怎样一种合作方式？郭霞霞说：用政府给的贴息贷款买来羔羊，把羊养大后，交给华盛，我们从中长点钱。黄睿问：养殖过程中，公司管不管？郭霞霞说：管呢，公司经常派技术员下来指导，羊有病了，给羊看病。黄睿说：那不错啊，你们只管负责把羊养好，销路不用你们管。郭霞霞说：就是的。

听郭霞霞这么一说，黄睿立刻拿出手机，把羊、羊圈和羊吃的饲草都给拍了下来，打算把这些资料提供给赵大娃。然后黄睿拿出证件，给郭霞霞看了一下，说他们是凤城市公安局鹞子乡派出所的，准备向她的老公王年年了解一个人，让她把王年年找一下。郭霞霞说：他到北京打工去了。

黄睿一愣，问什么时候去的？郭霞霞说：走了六七天了。黄睿遂要电话，郭霞霞说：打不通，我们全家都打不通。

黄睿想到自己也打不通，就问他打工的那个单位叫什么名字？郭霞霞没有直接回答他的话，而是看了看他说道：你们进去坐吧，喝点水。

黄睿就跟着郭霞霞进了大门，这是半窑半房的庄子，依山而靠，面向西阳，院子挺大，里面既有四五孔窑洞，还盖了五间红砖瓦房。房内有电视机和冰箱，卫生比较干净。墙上贴着一个红色的小牌子，上面写着"脱贫光荣证"五个金色大字。

郭霞霞双手给黄睿递来水杯，说道：你是警察，来了正好，这几天我心里正纳闷呢。他刚走的那几天，还给我打电话哩，这几天不打了。我们打他的电话，又打不通，不知他到北京咋了，是不是出啥事儿了。

黄睿说：联系不上，不能说明他就出了事啊。

前天晚上，我婆婆做了梦，梦见她娃掉进了一个坑里，上不来。她心里发急，今天去城里找我大哥了。

黄睿看着用砖铺成的地面，两脚在地面上走动，脑子在思考，但嘴上说道：毕竟是梦嘛，做什么梦并不代表有什么事。

这两天，我的眼皮还动不动就跳，我感觉他在北京的情况不太好……

黄睿抬头看了看郭霞霞，问道：你男人去了北京什么单位？

听他说是个保安公司，他被派去到一个名人小区当保安，还不要结婚的，他为了去当保安，跟我来了个假离婚。

黄睿一听，觉得有点蹊跷，问是怎么回事？郭霞霞就把王年年和她假离婚的过程告诉了黄睿。黄睿遂问是什么时候离婚的？郭霞霞说头一天离了婚，第二天他就走了。说着，将那个离婚证拿了出来。

王小可一看，说是12日办的手续，连今天刚好七天时间。

黄睿问他男人和谁去的北京？郭霞霞摇头说不知道。问她协议离婚时，你公公婆婆等家里其他人知道吗？郭霞霞说不知道，她男人不让告诉任何人。

黄睿问郭霞霞家里现在还有什么人？他想了解一下王年年的情况，郭霞霞说她公公婆婆都是聋哑人，说不了话，但她二哥在，这会在村上开会。王小可就要了王老大、王老二的电话，然后把自己的号码写在纸上，给了郭霞霞：如果王年年打来电话，让他和我们联系一下，同时也要了郭霞霞的电话号码。

联系不上王年年，只有找他的二哥王发年。一踏进塔庙村村委会的院子，就到处可见"坚决打赢脱贫攻坚战"、"只要有信心，黄土变成金"、"治穷先治愚，扶贫先扶智"，"不忘初心，决战决胜"等标语。

此刻，塔庙村正在搞选举。一条醒目的红色条幅挂在了村委会的房檐下。条幅上写着"塔庙村村民选举大会"。五个自然队的几百名群众高低不一地压在了村委会的院子里，宛若南极海岸边的企鹅。讲究的人顺便带了小凳子；马虎的，就势蹲在土地上，目光盯着村委会平时写广告的黑板嗡嗡个不停。那上面写着王发年等几个村长候选人的名字，其中还有金虎虎。

由两个条桌组成的主席台上，任辉和主持选举的乡长等人面对群众坐在那里，看着工作人员按人数在发选票，示范群众给自己同意的人名字下画圈圈，不同意的画钩。为了让不识字的群众搞清对象，乡长专门将一个上面写了名字的大纸举给群众看了看，反复说道：第一个候选人叫金虎虎，第二个叫王发年，第三个叫董伟，希望你们记住这三个人的名字。

很快，选举出来了，王发年以全票当选。

王发年看到这个结果，有些不好意思，他总认为自己和金虎虎、董伟比起来，还是差了一点。金虎虎靠养猪，带动了一片，他们那个生产队，现在百分之七十的人都在养猪。据说有一次市领导到该队调研，发现手机信号不好，问怎么回事？村支书任辉开玩笑地说是猪放出来的屁，影响了移动信号。话一出口，惹得人哈哈大笑。从这个玩笑中可以看出，这个队养猪的人有多少。金虎虎通过养猪，把住了几十年的窑洞变成了两层楼，砖墙红顶，院内院外拾掇得像个城里的花园，从外面看，活脱脱一个现代化的农村住宅；董伟靠洋芋加工粉条，是远近闻名的粉条大户，他的粉条由于是纯洋芋的，又坚持手工加工，往往来不及送往城里的蔬菜市场，就被消费者上门抢购了，因而他的家门前，经常人来车往，买粉条、买豆腐的人络绎不绝。

而自己呢？不过是个雕刻石头的匠人，怎么会被群众选上了呢？这出乎意料的结果使他心头发热，眼睛发潮，他没想到自己这个普通人在群众心目中还有点威望。这一刻，一种神圣的信念在他心中诞生，遏制了他的懦弱，激发着他的勇气。因此，当乡长要求被选上的人上台讲几句时，王发年在众目睽睽中走到主席台前，目光坚定地看了看群众，先是朝群众深深地鞠了一躬，再向主席台的领导鞠躬，然后说道：我是个在石头上求生存的人，人戏称我是个石头疙瘩，我也觉得自己没啥本事。既然大家把我推到村长这个位置上，那我只好承接这个差事了，由于能力的关系，有可能当不好这个村长。如果在工作中有不周到之处，请乡上的领导、咱们的李支书，还有咱们在座的群众多监督、批评、指导。俗话说，在其位，谋其政。既然担上了村长这个担子，那从今天起，我就把咱们村里的事放在心里。现在，国家在打脱贫攻坚战，在乡党委、乡政府和村委会的积极落实下，我们这个村的一些困难户现在基本都脱贫了，村里的水、电、路等基础设施都搞好了，三岁娃娃有幼儿园；百岁老人有了文化广场，我们村能发展到今天这样，说句掏心窝子的话，是党和国家的政策好，各级领导抓得好，我们的干部落实的好！咱们自己也干得好！

话音刚落，即响起了雷鸣般的掌声。

黄睿和王小可站在一边，见此情景，貌似有点感动，他背着双手看着地，沉思着来回走动。

王发年停顿了一下，继续说道：尽管我们的贫困户都脱贫了，但我们是借了国家的力，以后的路就要自己走。如何把我们的脱贫成果守住？如何让我们的家庭、我们的村庄振兴起来？就要我们共同努力！所以，作为刚当选的村干部，我要和村委会成员一起，尽职尽责，努力搞好我们的乡村建设工作，抓好种植、养殖等循环产业链，引领个体户向农业龙头企业靠拢，稳定群众的收入，为建设美丽的乡村而努力！

王发年的讲话又掀起了第二次掌声。

黄睿等选举会议结束之后，才支身边的群众叫来了王发年。

王发年听说是派出所的，立即将他俩带进了村委会办公室内间。黄睿往进走时，发现外间很宽敞，墙壁上悬挂着"三变"改革产业规划三维立体效果图，图上显示的是"三变"＋规模养殖、"三变"＋主导产业、"三变"＋休闲农业、"三变"＋乡村旅游等图标内容，产业多元，设计清晰逼真，人一看，就感到一种生机勃勃的现代化乡村远景扑面而来。

黄睿在这里驻足片刻，感到满眼生辉，想让王发年根据效果图上的展示说一说齐家村目前的发展情况，但见他已经进了内间，忙跟了进去。在王发年给他发烟、倒水、寒暄之后，黄睿说了他的来意：派出所正在调查一个叫李富贵的人，但由于李富贵现在病中，而你弟王年年是李富贵的徒弟，所以想通过你弟了解一些情况。

一提到老三，王发年说家里也联系不上，老人有点着急，本来他今天想去李富贵家问问情况，因为有会，给拖住了。黄睿问：你弟离婚的事你知道吗？

王发年一愣：离婚？不知道啊，啥时候离的？

黄睿就将他刚才在弟媳跟前知道的情况告诉了他。

王发年气得半天不说话，当黄睿说话时，才自言自语地骂道：这个狗怂，我知道跟啥人学啥艺。听说那个李富贵就领过几个婆娘，他跟上跑，跑得也把自己的老婆给倒腾了，手段还很卑劣，哄得离了婚，这会若在我面前，我能给甩一巴掌！

黄睿见王发年一说起王年年，有点义愤填膺，就安慰了几句，然后又提到了李富贵，说对李富贵这个人，你好像比较了解？

王发年说：也不太了解，只是觉得这个人名声不怎么好。

哦，为什么？

前些年，好像跟一些外地人跑过江湖。

跟人跑过江湖？是不是盗过墓？

提到跑江湖，黄睿脑子立刻与盗墓联想在了一起。

没想到这一句歪打正着，王发年竟然说道：就是的，我听到过这个闲话。

无疑，这句话像个特殊的信号，一下疏通了他的思维——难怪李富贵在没有任何教育背景下，会鉴定古玩，原来他有过盗墓的经历，这可是个重要线索啊。他立即敏感地问道：你是什么时候听到这个闲话的？因什么事提起的？

王发年遂想起当年李富贵和外地人设宴招待他，准备让他去炸墓的情形，想到李富贵当时给他说的那些话，他这时突然有了恻隐之心，掩饰了当时的细节，含糊地说道：十几年前，听人说的。

黄睿微微一笑：那你弟也是个盗墓贼了？

王发年忙说：我们老三没有，他没有干过盗墓的事，这个我可以保证！当初他跟上李富贵跑，主要是为了学个算卦、看风水的手艺，没干盗墓的事儿。

你确定？

这个我可以向你打包票。如果他真有这事，首先从我手里就翻不过去。

说到这里，王发年提起了一段往事——

有一天晚上，王发年在迷迷糊糊中听到了嗵的一声巨响，那声音分明来自对面的山上。凭他的经验，感觉是放炮的声音。谁在深更半夜在山上放炮呢？

由于那座塔建于宋朝的金国，县博物馆委托他看住塔，预防盗墓贼盗走，所以王发年平时比较留心。听到半夜炮声，王发年睡不住了，起来拿着手电带着狗出了门，跨过桥，沿着盘山公路上了山。

到了古塔附近，黑灯瞎火的，王发年并没有发现什么人，塔身也好好的，没有被爆破的迹象。他怕有人在古塔下面打洞子，就在古塔周围转着查看。由于古塔建在山顶上，周围斜坡洼地，杂草丛生，王发年只顾拿着手电到处照照，没注意到脚下，冷不丁一脚踩空，掉进了一个两米多深的坑里。

带来的狗见主人掉进了坑，疯狂地朝对面的家里叫了起来。王发年走时，媳妇蒋翠英知道，这时听见狗叫，就喊男人的名字，但没有回声，估计出啥事了，就赶紧告诉了老人。哑巴公公忙给媳妇打手势，意思赶紧叫老三。蒋翠英给王年年打电话时发现手机关机，就给弟媳郭霞霞打了电话，让老三和自己去对面的山上看看老二。弟媳说老三白天出去还没回来。蒋翠英见老三不在，就叫了邻居，他们拿着手电、绳子和馒头等东西，赶到古塔跟前。狗见主人来了，老远就来接，然后呜咽着带着家人往出事地点走，很快，他们就见到了窝在坑里的王发年。

王发年被摔晕了，被人吊上来后，才清醒过来。头大约碰在了坑里的石头上，流了很多血。蒋翠英连夜叫来了村大夫，给清洗包扎了伤口，输上液，让他在家疗养。第二天早上八点多，王年年回来了，听说二哥受伤了，赶紧过来看看。

王发年见老三出去一夜未归，早上才回到家，自然与那个炮声联想到了一起，怀疑他跟上李富贵在附近那个地方盗墓了，就问他去了哪里？一夜都没回来？王年年说后山姓曹的人老婆有病，家里也经常死牛死羊的，就请他和师傅去给禳治地方，夜里三点多结束，人家留下没让走。王发年不信，说他半夜听到了炮声，肯定是他在那里炸洞子刨土土，没干好事！如果干了坏事，就赶紧去自首！王年年赌咒发誓，说我如果去干了那事，就是畜生！让魔鬼把我的手扎了，让雷把我的头击了！

王发年告诉黄睿：从那个事上看，我们老三跟着李富贵跑是跑，可绝对没干过盗墓的事。当年我听到李富贵跟着外地人盗墓的传言后，心里总像吃了苍蝇，曾有段时间警告老三别跟这个人跑了，老三也一再解释说他发现李富贵独来独往的，没有和外地人有啥来往。即使以前干过那事，现在都不干了。如果我们老三干过，我能在你跟前提吗？再说，他干没干过，你们公安系统应该知道。听说这些年，凤城公安局文保队也抓过几批盗墓的，李富贵若再盗墓，他隐藏得再好，总有掉脚的时候啊。而且，他们那个行道的人会把他端出来的。

黄睿点点头说道：看来，你弟跟上有盗墓嫌疑的人跑，却没干过这个事，证明与你平时的敲打和震慑有关。

王发年说：就是的，人要经常敲打着才能保持清醒的头脑，尤其这些做生意的或在江湖上跑的人，要经常敲打哩。这些人，不像你们政府大院出来的人，有单位和制度约束，这些人自由自在惯了，有时候脑子一发热，就胡弄哩。

聊起这个话题，黄睿有点感慨地说道：这么多年我一直在基层派出所，接触的案子多数是打架、盗窃和邻里之间的事儿，遇到刑事案件了，交给刑警队或和刑警队共同办理，从来没有接触过与文物有关的案子。今年我通过一个案子发现，咱们这里出土的文物还比较多。

王发年说：历史古迹多嘛，必然文物就多，不然，一些外地盗墓贼咋就经常盯实咱们这个地方呢？那些人找不到东西了，都打古塔的主意哩。光我家山对面的那个古塔，有几拨盗墓贼都光顾过，把那塔下面挖得窟窿眼睛的。这些年，我为啥不到远处去干活？像我这个手艺，在山东那面是个香饽饽。就是因为我太爷、我爷把我们村上那个古塔看了几十年，到了我这一辈，还想让我们继续看下去，别被盗墓贼糟蹋了。所以，我就一直守在家里。

黄睿看着王发年，佩服地点点头：你真是个有情怀的人！

王发年说：我们几代人看着那个古塔长大，有感情了。小时候，每到伏天，我爷为了乘凉，经常把我带到山顶上那个塔跟前坐坐，给我讲了许多发生在咱们凤城市的故事，可以说，我童年最大的乐趣，就是听我爷讲故事。

提起小时候的事儿，王发年有点情不自禁，不由得回忆起了他从故事中听到的人和事。譬如提到历史景观，他就想起了爷给他讲过的秦直古道。说在先秦时期，秦国为了巩固边防，陆续修建了好多水陆交通路线，咱们这个地方就是秦直古道的一部分。

秦始皇为何要新修一条直道呢？爷说因为咱们这里沟壑纵横，遇到战争，光绕山头就绕得对方头昏眼花，是个抵御西戎的最好屏障。所以，秦始皇就命令他的大臣蒙恬做起了这项工程。秦直古道由陕西淳化县往东北方向延伸几千里，沿子午岭脊梁越过青龙山和麻子崾岘，再进入黑马湾、野狐崾岘、南站梁、雕岭关、墩梁、老爷岭、新庄畔、黄蒿池畔、高崾岘几个村镇，最后走出子午岭，进入沿陕甘两省交界的墩梁，直达营崾岘。营崾岘是秦直古道与战国秦长城的重合之处，也是一处交叉的十字路口，沿这个路口向西北走，就是入陕西省定边县的马崾岘，重合之处长达20多公里。再从马崾岘走出定边地盘，折向东北，经过内蒙古自治区乌审旗、红庆河，再转向北行，过东胜市区的海子湾、城梁，直抵黄河南岸的昭君坟。在此渡过黄河，就是今包头市西的秦九原郡治所在地。全长千八百里，光在咱们这个境内，就有290多公里。其中有一段路面堑山穿谷，工程非常浩大、艰巨，但修出的秦直古道广五十丈，非常宽阔，四驾车马并列行走都绰绰有余。

爷说他小时候，跟上太爷向南去干活，走的都是这条古道。平时古道上驴驮马拽，络绎不绝。每当贩运棉花的季节，路旁的树枝上，粘花带絮，真正好看。据说秦始皇当年出巡天下时，原本就打算从这条新开辟的古道南返咸阳，顺便巡察古道工程进展情况，但东游途中死在了沙丘上。这个时候古道还在修建中，直到负责工程的蒙恬死后，秦二世路过这条直道时，感受到了颠簸之苦，才下令续修秦直古道，这条古道修了五年才竣工。

秦朝灭亡以后，西汉初年，匈奴贵族势力就开始进犯了，惧怕在秦直古道遭遇拦截，到了萧关后，就从固原绕道到了渭水，匈奴虽然暂时控制了北地郡，但盘踞不多时日，便很快撤走了。到了汉武帝元封元年，汉武帝沿东向北时，所走的正是这条古道。这次巡幸，司马迁曾经随行，将沿途路线记载了下来，因此，民间才有了关于秦直古道的一些传说。

说到秦直古道上的历史名人时，王发年又提起了爷给他讲过的李梦阳，说李梦阳出身寒微，在弘治六年陕西乡试中考上了状元，第二年中进士，弘治十一年到江西当了大官，出任户部主事，郎中。他死在了异乡。传说他的祖先原先姓王，是关中渭河边人。唐朝建都后，强大的突厥多次侵略关中。唐太宗时期，光突厥一次进犯就来了十万铁骑，盘踞在渭河岸边威逼长安。李梦阳的先人当时就在渭河居住，看到突厥来袭，就率领全家从关中阴山防线逃了出来，沿着秦直古道，一路向北，走了上千里，在咱们这里落了户。

爷曾告诉他：咱们这里在秦始皇时期，人还是比较稀少的，后来各朝代遇到战争，在这里避难的人逐渐多了起来。到了唐代，加上李梦阳的先人等一些移民的迁入，凤城高原上呈现出一派"麦苗欣欣绿，山桃寂寂红"的景象。北宋以后，咱们这里已逐渐成为稳定的农耕地区。当年，范仲淹当庆州知府，在他的坐镇下，这里更出现了"羌汉之民，相踵归业"的局面。明洪武年间，凤城地区还涌入了大量移民，人口的大迁徙，不仅带来织布、种庄稼的新技术，还带来了人脉，咱们这里的人脉逐渐旺了起来，不少名门望族、才子贵人在这里出生。

爷曾说：别看咱们这个地方山大沟深，跟南方的一马平川有差距，但因有秦直古道，是游牧民族的过往之地，所以，地上故事多，地下财富多。自改革开放以来，一些外地人多次在咱们这里跃跃欲试，想盗先人墓，挖宝贝，爷给你传了炸石、刻石的手艺，但你千万不能拿这个手艺去炸古人的墓啊。如果在挖石头时遇到大墓，要报官方，不能私挖。王发年忙说道：不会的爷，我记住了你的话。

因为受爷的影响和教诲，所以当黄睿提起文物古迹的话题时，王发年显得很兴奋，一口气讲了许多发生在凤城高原上的事儿，使黄睿和王小可听得津津有味，流连忘返。最后，他的话题一转，又落到了他弟王年年上，说：他哄得跟婆娘离了婚，估计是学了李富贵的样子，跟哪个野婆娘勾搭上了，怕我骂他，才关了手机。既然你们去找，那我就不找了，不管他钻到哪里，找着后，麻烦给我说一下。

黄睿这才回过神来，说道：行，我们保持联系！随后和王发年握了握手，离开了村委会。

通过走访王发年，李富贵盗墓的事基本上被坐实了。但魏平为什么失踪？王年年为什么在离婚后又失联？在返回的路上，这些疑问像乱麻似的缠绕在黄睿的心头。

第三十六章

妻 子 下 跪

且说徐毛毛把张文介绍给黄睿之后，就后悔了，一是他既然是来买鞋的，怎么没买，却提到了古玩和李富贵？二是她戴的这个手串并不值钱，黄睿作为警察，平时都没见他脖子上或者手上戴个什么，怎么今天一见她的手串，就专门去买呢？他这样转了一圈子，是不是在调查什么事情？况且，尽管她和陈丽是好朋友，但黄睿平时都不来，偏偏在这个节骨眼上来，这个举动，不能不让她怀疑。

黄睿走后，徐毛毛总觉得心里不瓷实，且不说李富贵曾经盗过墓，王年年的失联更让她心里忐忑不安：他在调查啥呢？去没去张文那里？徐毛毛越想越不对劲，在黄睿离去一个多小时后，她来到了张文店里，寒暄了几句后，就说我一个朋友的老公在派出所工作，想买一串手链，我介绍了你，不知他来没有？张文本来不想告诉她，但听是徐毛毛支来的，就说：来了，没买手串，而是打听一个人。徐毛毛忙问：是不是李富贵？张文顿时低声说道：就是的，不知李富贵出啥事了？徐毛毛说：我也不知道。

和张文聊了几句，徐毛毛就离开了。一离开张

349

文的古玩店，就给顾盈盈打电话，说她有个重要的事情要跟她说。顾盈盈说：我在凤凰书院，你来吧。

见面后，徐毛毛直奔主题，说她本来想告诉陈丽，又怕陈丽的毛躁性格，把事情搞坏了，所以才来找你。顾盈盈问什么重要的事？徐毛毛说：陈丽的男人黄睿不知为啥事，查起了李富贵。

顾盈盈哦了一声，问：你是怎么知道的？

徐毛毛就将黄睿找她、找张文的过程告诉了顾盈盈。

这个消息对顾盈盈来说非同小可！听陈丽说，黄睿不是答应不查了吗？怎么又查起来了？但在徐毛毛面前，她装得满不在乎地说道：既然查他，估计有事呗。说着，就给徐毛毛泡起了茶。

徐毛毛立即低声说道：顾总，如果查到凤冠这些东西，就麻烦了。

顾盈盈微微一笑说道：有啥麻烦？

你知道吗？你曾怀疑凤冠那些有可能是盗墓的东西，结果确实是盗墓之物，是李富贵从一个清代墓里挖出来的。

这个情况顾盈盈已经知道了，但此时她装得很惊讶，问你是怎么知道的？徐毛毛说：是李富贵的徒弟王年年告诉我的。

顾盈盈又重复起了给陈丽说过的话：这下你明白我截留东西的用意了吧？我就怕是盗墓之物，果然从我的预料中来了。

徐毛毛说：李富贵开始给我介绍说凤冠是他太奶奶的，后来才知是盗墓的，这个人看起来是个实诚人，其实奸诈得很，根本没说实话。黄睿调查李富贵，我怀疑是盗墓的事儿烂包了？

顾盈盈发现徐毛毛并不知道黄睿查访李富贵是因为魏平失踪之事，而是做贼心虚，怕查到凤冠，就故意点点头：有这个可能。

徐毛毛以为顾盈盈听到这个消息后会有点紧张，却发现她很镇定，就问道：那怎么办呢？

顾盈盈把茶水递到徐毛毛面前，口气平淡地说道：东西虽然在我手里，如果查到了，我最多把东西退回去，陈丽把钱退给我就是了，我没参与倒卖，并不犯法。

徐毛毛忙说：可我和陈丽参与了啊。

顾盈盈只管著茶，没吭声。

顾总，你赶紧想法子吧，这个事不能查。据开古玩店的那个张文说，黄睿已经知道了李富贵有收藏古董这个事儿，估计接下来就会去问李富贵的，万一李富贵供出他盗墓的事儿，就麻烦了。他现在身患绝症，就是刀子架在脖子上，人家是掉头不过一摊血呀，可我和陈丽不能陪杀场呀。由于心里着急，徐毛毛说话的语速都快了起来：估计黄所长现在还不知道他媳妇与李富贵有过文物交易这一档子事，不然，不会查得这么紧的。本来我想直接告诉他，又怕把事情弄复杂了，所以先来告诉你。

顾盈盈依旧淡定地说道：这个事我知道了，你也别乱了阵脚，要沉住气。东西从你手里过去的，只要你别提，事情就不会扩展。

徐毛毛说：我肯定不会提啊，好歹我从李富贵手里挣了4万元佣金，你还给了我5万元，我再傻，不会把吃进去的东西吐出来啊。

顾盈盈注意地看了一眼徐毛毛，微微一笑说道：看来，你脑子清楚着呢，知道该怎么做。既然你来了，我送你个礼物吧。说着，她从办公桌下拿出了一幅写意牡丹画，说是中国美协会员的作品，如果卖的话，至少能值2万元。给你送个画，让你心里轻松一下，别太紧张了。

徐毛毛发现顾盈盈不仅很淡定，还主动给自己送画，在打开画这一瞬间，她心里突然想道：顾盈盈虽然没有倒卖凤冠，但她为这些东西花了不少钱啊，谁对钱不爱呢？人家花了这么多，都这么淡定，自己干吗这么紧张呢？况且，李富贵得了绝症，再能活多少日子？就是李富贵向黄睿招了，还有陈丽在前面挡着呢，天下的男人，谁愿意把自己的媳妇送进监狱呢？

想到这里，徐毛毛心里顿时放松了一点，感觉刚才是杯弓蛇影，自己吓唬自己。而且她看出：顾盈盈在这时候给自己送画，是稳她心，暗示自己别乱说，表明她也是害怕查，至少，她舍不得那些到手的宝贝。看来，只要自己抱住顾盈盈这条腿，就会安然无恙。毕竟，顾盈盈对黄睿夫妇来说，是个大恩人，大贵人，现在他老婆都靠人家吃饭呢。

经验告诉她，无论多大的风险，只要找对方法，找对人，就能降低风险。现在，顾盈盈在她的心目中，就是一把化解风险的万能钥匙，是一座能为她遮风避雨的大山，只要自己坚定地靠着她，即使黄睿掀起了一点浪花，也会回落下去的。所以，在分别时，她有意来了个攻守同盟：我就害怕这事烂包了，所以来找你，我也从心里把你当自己人对待，因此，不论发生啥事，我都会先告诉你的，当然也不会向外人说你买走了凤冠这些东西，我估计你更知道保密，咱俩就彼此放心吧。

顾盈盈微笑地点点头，说：好，以后有啥事，你就来。

聊了会儿，徐毛毛就拿着画，离开了凤凰书院。

徐毛毛一离开，顾盈盈就打电话，将陈丽叫到她的办公室，问她把拉土方的前期工作准备得怎么样了？说一旦开工，全部车辆得要进工地。陈丽说：机械的事，我们老二正在联系着，这个你不用操心，到时候只要你一声令下，我立马让车进工地。

聊完这个事，顾盈盈提到了黄睿，说她听到黄睿还在调查魏平的案子，最近还去古玩城调查了。陈丽一愣：不可能吧？起初他调查这个案子时，还跟我说呢，这几天都没提过。

顾盈盈口气坚定地说道：他并没有停下来，继续在追查。照这样下去，万一牵扯到这套宝贝，李富贵肯定会把咱们几个都供出来，到那时候，咱们的脸上都挂不住，而且你和徐毛毛有可能因为倒卖文物被拉去坐牢。

陈丽听此，两眼直直地看着顾盈盈，不知说什么了。

顾盈盈继续说道：我认为，不论李富贵与魏平之间有怎样的故事，现在的李富贵毕竟是将死之人，就是查出来，意义有多大？回去告诉你男人，李富贵这个盖子最好别揭了，揭开对谁都不好！

陈丽立即站了起来说道：我这就回去问问！这个老坏种，这下我跟他没完！

顾盈盈发现陈丽有些生气了，就叮咛道：要冷静一点，回去心平气和地问一问这个事情，尽量在言语上不要有什么冲突，慢慢做通他的思想工作。

陈丽深深呼了一口气，点点头。

离开顾盈盈办公室，陈丽立即给徐毛毛打去了电话，说一个姓魏的人失踪了，现在派出所还在找，这个人因为与李富贵认识，所以她的男人在查李富贵。话没说完，徐毛毛说道：这个我知道。你老汉向我打听搞古玩的人，我给介绍了张文，结果听张文说，他在调查李富贵。难道……难道那个失踪人……

陈丽忙说：你别乱想，不管李富贵与谁认识，与咱们没有关系。现在，因为咱们和李富贵之间有凤冠这场买卖，你一定要严守秘密，死都不对外说！今后也不要与李富贵和王年年见面了。

电话那边的徐毛毛说道：知道，知道，我脑子你比你清楚。你着急了还说漏嘴，可一定要管住你的嘴啊。

晚上六点多，黄睿回来了，陈丽忙前忙后地给舀饭端饭，饭后又热了洗脚水，用盆子端到他脚下，让他边看电视边泡脚。她则坐在身边，不时往里面添热水，像伺候孩子似的伺候着。就在这时，徐毛毛来了电话，说她不是想见一下他们村上那个挖掘机司机吗？问陈丽明天有没有空？跟她回一趟娘家。陈丽说：明天凤凰书院有个书画活动，后天咱们走。徐毛毛就顺便提到了顾盈盈给的这个土方工程，提醒陈丽把准备工作做好，将来把工程干好，不要辜负顾盈盈的心意。

陈丽和徐毛毛在电话上聊着，黄睿听着。挂了电话之后，陈丽借着这个话题，故意给黄睿攻心，说以后家里的债务和儿子上大学的费用就由她来承担，只要与顾盈盈处理好关系，以后会有更多的赚钱机会。

聊完工程上的事儿，陈丽话题一转，问魏晓云是不是又找你了？黄睿说：就是啊，前些天我下乡，她找到我跟前，当着群众的面，给我下跪了，我能不当回事嘛。而且她还给我提供了一个线索，我顺着这个线索查下去，发现以前的调查有些偏差。

陈丽立即问道：啥偏差？

李富贵和魏平都曾经接触过文物。在以前的调查中，没有发现这个细节。

一听到文物这个字眼，陈丽感到心腾的一下，忙问：文物？啥文物？

是古玉呀，什么的。

你是怎么发现的？

我在他家的枕头里发现了两块齐家文化古玉，拿给李富贵看，李富贵说那两块玉曾是他丢失了的东西。顺着这个线索，我走访古玩圈一些人，也得到了证实。

陈丽听此，愣住了。

黄睿发觉媳妇的神情有点不正常，问道：你怎么了？

陈丽忙说：顾盈盈最害怕提她和李富贵的事儿，你这么调查下去，顾盈盈肯定不高兴……

黄睿注意地瞥了媳妇一眼，想了想，才说道：我明白你过问这个事的意思。我不知道顾盈盈与李富贵之间到底是怎么回事，如果仅仅是因为不想让人知道她与李富贵之间的这档子事，那你告诉她，她阻止调查李富贵，是为了维护她的声誉，而我办案，是为了维护法律的尊严。个人声誉大，还是法大？她应该明白。既然她是个企业家，就应该对法律有个敬畏的意识。她帮了咱们，这个人情咱们肯定记着，但若要干预我办案，那就有点勉为其难了。

陈丽听到这里，自言自语地说道：早知是这样，我当初不应该鼓动你办这个案子。

黄睿说：别后悔了，如果没有你，就没有这个陈年旧案的转机。实话告诉你吧，李富贵有过盗墓的历史。

陈丽之所以和顾盈盈一样，不想让黄睿对李富贵查下去，就害怕扯出他盗墓的事儿。如果扯出来，那凤冠等这些宝贝的来路就被揭开了，自然，沾染过这些东西的他们几个就会被顺理成章地拉下水。可以说，这个后果别说顾盈盈心里有顾虑，她心里更是如走钢丝。为此才向黄睿明确不让再查的心愿。没想到黄睿已经掌握了这个线索，她不由得睁大了眼，故作吃惊地问道：他盗过墓？他盗出了啥东西？

黄睿只顾埋头洗脚，一股脑儿地说道：现在正在调查阶段，具体案情还不了解。但有一点可以肯定，他俩都接触过古玩。两个人一个有过盗墓的历史，一个爱好古玩，后来一个失踪了，一个还安然无恙，难道这里面没有问题？

陈丽听老公这么一分析，傻眼了，目光怔怔地看着黄睿。

黄睿继续说道：我第一次看到李富贵这个人时，印象就不太好，别看他表面和善，眼睛深处里有种凶相，这种人一般都具有双重性格，土话说，就是在人跟前能装。而从我掌握的一些细节看，魏平这个人也不咋行，他和李富贵是朋友，还偷李富贵的东西。就凭魏平这个人品，我怀疑魏平和李富贵在盗墓或者倒卖文物中发生了冲突，魏平有可能被人害了，而李富贵是最大的嫌疑人之一。

当李富贵亲口把盗出凤冠的事告诉她之后，她的脑海里也这样怀疑过，一猜想起这个事，她感觉心里倏然像窜出了一只老虎，朝自己扑来。为了别让自己过于惊恐和担心，她紧闭想象的大门，不让自己多想。现在，黄睿这么一说，她觉得自己紧闭的大门又被猛的撞开了，并且让她的思维更加清楚——是啊，盗墓毕竟不是一个人干的事啊，如果还有人，那是谁呢？会不会是魏平？李富贵在出售凤冠时不是不让对外说吗？难道他做贼心虚？难道凤冠下面捂着一条人命？

想到这里，陈丽心里不禁打了个寒战，惊恐不已，忙装作拿起擦脚布，像要随时给黄睿擦脚。但又转念一想，李富贵看上去那么和善，对人那么有心，怎会做出杀人害命的事呢？不可能，不可能！绝对不可能！于是就说道：李富贵是玩古董，但不可能杀人……我估计你对这个人还是有点偏见……再说，既然有这个嫌疑，多年前就查出来了，不会拖了这么多年。

黄睿说：虽有这个嫌疑，但目前没证据，也不确定。至于以前的侦查，可能在某些环节出现了点偏差，因为前些年侦查机制不像现在这么健全，信息也不像现在这么通畅。再说，有些案子确实是需要时间和机缘的……说着，黄睿将脚从水盆里捞出，陈丽忙给递过去了擦脚布。

黄睿说边擦脚边说道：所以，你也不要跟上顾盈盈阻拦这个事了。我调查到啥程度，你也别问，别嘴里嗑不住米粒。

黄睿心平气和地说着这个案子，但对于陈丽来说，心里如过刀山。万一李富贵为凤冠杀了人，那不是把她给搅进去了吗？她不敢往下想，掩饰着极度惶恐的心，故意说道：你的意思，继续往下查？

黄睿说：肯定！

陈丽发现老公在这个事上已经拉开了弓，好像没有回头的余地了，就扑通一下跪在了他面前。

黄睿一惊：你这是干吗？

陈丽声音颤抖地说道：黄睿，为了打发债主，为了别让你分心，有个事我一直隐瞒着你。

黄睿似乎明白了什么，脸色顿时变了：啥事？

陈丽说：李富贵确实盗过墓……盗下的东西经过我的手，卖给顾盈盈了。

啊？黄睿倏然站了起来，他发现媳妇在说话之中，神色有点飘忽，猜想她和顾盈盈、李富贵之间有啥事，没想到是这个事！感觉这事像一枚炸弹，被媳妇结结实实地扔了过来，他惊愕地问道：你说什么？！

陈丽连惊带吓，浑身如筛糠，战战兢兢地将自己从李富贵手里买凤冠、又卖给顾盈盈、从中赚利的过程如实告诉了黄睿。

黄睿听后，震惊地半天说不出话来，为调查这个陈年旧案，他不知跑了多少路，动了多少心思，没想到最了解李富贵底细的人竟然是自己的媳妇！更没想到，她与犯罪嫌疑人有了古董上的交易！这么大的事儿，怎么就不告诉我呢？想到这里，黄睿怒发冲冠，一个巴掌打向陈丽。

陈丽一个趔趄捂住了脸，痛哭流涕，说她当初不知道是盗墓的东西，为了赚钱，就借钱买下了这个东西。说几个债主经常在夜里两三点给她发信息，每天都有人在信息上骂她，曾有几次，要不是看在儿子的份儿上，她连死的心都有了。又说了顾盈盈的种种好处，劝他以大局为重，不要对这个事刨根问底了。说李富贵不久就归天了，他一死，这些事情就带进坟墓了……

黄睿怒火满面地看着媳妇，脸霎时变得灰白。

自从发现了"古玩"这个线索后，黄睿似乎从这个悬了二十来年的旧案中看到了一丝曙光，广东顺德之行，更使这个迷雾丛生的案件变得清晰了起来。他认为两个人既然都有算卦看风水的技能，都玩过齐家古玉、耀州碗等这些东西，那李富贵盗过墓，魏平不可能没沾染过此事。为什么一个消失了，一个还活着？是不是在盗墓中发生了什么冲突？许多案例告诉他，人在利益面前容易失衡，尤其是那些经济状况不太好的人，容易发生为利翻脸的事情。因为魏平是个爱占小便宜的人，他有可能在某些财物面前露出了贪婪的本质，激怒了李富贵，从而失踪了……所以，黄睿判断：李富贵的手里有可能捂着魏平的性命！这些年他退出盗墓圈，游走在风水算命圈，肯定与此事有关！如果把这个案子办好，说不定还能扯出案中案，从而找到邓圆圆的下落。

有了这个推测，黄睿很有信心，打算沿着这个思路，先搞到李富贵盗墓的证据，以此打开缺口，找到他盗墓、杀人的证据链。

但他万万没想到，他正准备通过寻访李富贵的徒弟王年年，从而捕捉李富贵犯罪的一些蛛丝马迹时，自己的家人和朋友竟然卷入这个案件之中！他查来查去，竟然查到了自己人的头上！作为一个丈夫，他怎能不震惊不痛苦呢？他气得眼花缭乱，七窍生烟，不知怎么骂她了，抓起面前的水杯，狠狠地掷在了地上，转身离开了。

陈丽扑来一下抱住了黄睿的腿，声音颤抖地低声说道：黄睿，李富贵知道咱们是夫妻，你不查，他不会说的。如果你执意要查下去，没准儿他一翻脸，会把我和徐毛毛、顾盈盈倒卖凤冠的事儿供出来，到那时，我们跳进黄河都洗不清了，我们会被拉去坐牢的！这个事了不得啊，黄睿，儿子明年就要考大学了，我手里还有几百万的三角债务，我不能进监狱啊，求求你，赶紧停下来……

黄睿见陈丽两眼切切地看着自己，泪水像大雨似的往下掉着，心似乎软了，迟疑了一下，又一脚踢开她，抓起衣服就出了门……

第三十七章

知道真相之后

自从黄睿和王小可去广州查案子之后，魏晓云心里捏了一把汗，生怕没有了结果。他想打电话问黄睿，觉得自己数次打搅人家，有点不好意思，就只能在王小可跟前打听。

王小可发现魏晓云话不太多，面有点冷，但很认真，通过配合寻找她童年中那个记忆模糊的宾馆和相关服务员，这些天她随叫随到，任劳任怨，从没推辞过。她也很机灵，有些关键证人证词，她主动掏出手机，录下音，然后整理成文字，传给他，好像尽力让自己带着愉快的心情去办案。因此，曾有一次他开玩笑地对魏晓云说道：你有当警察的潜质。

由于在一起合作，自然成了比较默契的朋友。尤其魏晓云对她失踪的父亲念念不忘，这份孝心和执着，使他心里深感敬畏。所以，当魏晓云问起他们去广州的调查结果时，王小可告诉魏晓云：能证明你爸和李富贵玩过古董的证人找到了，但因为一个关键证人最近不在家，所以，只能等这个证人找到再说。

魏晓云立即冲动地说道：如果他俩都玩过古董，

357

那么肯定是李富贵为了古董，把我爸爸害了，从那次在医院里见到他后，我心里就有这个感觉。

王小可说道：确定一个人是否有罪，要有证据，不能乱说！

那个关键证人是谁？

是李富贵的徒弟王年年，因为王年年跟随李富贵好多年了，多少能知道一些李富贵的事儿。因此，只要找到王年年，我们或许就能找到一些证据。但王年年现在失联了，家里人都联系不上，所以你也别太着急，这个事儿我们正往前推动着呢。

魏晓云沉默了一下，说道：是不是我们跑着找宾馆，找证人，泄密了，李富贵做贼心虚，怕公安局查到他，把他徒弟支到外地去了？

王小可说：有这个可能。

那说明，如果找不到，你们就动不了李富贵？

如果李富贵不患病，可以先抓起来审问。问题是，他现在有病，而且是大病，只能等找到相关证据后才能动他。

魏晓云不吭声了。

王小可发现魏晓云有点心事重重，就说道：你放心，如果我们实在找不到王年年，黄所长会上报局里，让刑警队找人。暂时你不能乱说，包括你的家人。

魏晓云点点头说：明白。

听说李富贵的徒弟王年年失踪了，魏晓云心里有了负担。她怕这个事拖下去，李富贵一死，她父亲这个事又挂起来了。现在好不容易有了一点线索，不能半途而废！一定不能！

因此，从王小可的办公室出来后，魏晓云没有回家，而是戴上头盔，骑着摩托，在猎猎的秋风中一路狂奔，进了城。她打算亲自找一下李富贵，看他怎么说！她知道李富贵最近几天在做化疗，所以去了医院。

李富贵刚输完液，人有些虚弱，躺在床上闭目养神。邵粉玲守在床边，给他按摩着手，背对着门口。魏晓云直径走到床边，大声叫道：李富贵！

这喊声，使李富贵睁开了眼睛，邵粉玲转过来了头。魏晓云说道：虽然你现在病了，但我知道你做尽了坏事！

李富贵声音有些微弱地说道：这个女人，你咋胡说呢？人活在世上，谁不得病？

我爸是不是你害死的，你知，我知，天知道！人之将死，其言也善！希望你早早说出来，别害了人家警察！

李富贵微微一笑，语气阴沉地说道：就是我害死的，你让警察来抓我吧。

魏晓云两眼像吵架似的看着他：你以为警察不会抓你！走着瞧！

邵粉玲看着魏晓云，脑子突然想起了当年自己被那个叫李卓的劫匪伤害后，他的家人在自己跟前求饶的那一幕——

当年那个黄昏，抢劫犯李卓被临河警察抓了以后，他的老母亲从东北赶到临河，看望在医院里接受治疗的邵粉玲，握住邵粉玲的手，不停地说好话，意思是她只有李卓这一个儿子，自己都72岁了，将来还指望儿子为她送终。如果把李卓判个十年八年，也许到死都见不上儿子了，她趴在邵粉玲的床前且说且哭，痛哭流涕，不停地向她求饶，表示愿意拿出20万元作为精神赔偿，如果嫌少，她再把老宅卖了，她哪怕住草房，也想在这个事上把儿子挽救一把。

邵粉玲因为中指被自己咬断，全身多处受伤，正在输液。听着老人的求情，她闭着眼睛，一言不发。

当时，邵粉玲的婆婆在夜里接到临河警方通报的情况后，第二天就带着她的女儿、女婿等人赶到了临河医院，陪在了媳妇床边。见这个白发苍苍的老人哭得跟刘备似的，心软了，摸着媳妇的头，让她做个让步。

邵粉玲心里不是没有为赔偿考虑过。但她知道，如果接受了对方的和解，李卓肯定被轻判了。如果轻判了，会有更多的李卓来抢劫、杀人。为此，她告诉婆婆：不要民事赔偿，就要重判！给多少钱，都不接受！

现在，面对魏晓云的神情，邵粉玲感觉她就是当年的自己。为此，她微微一笑说道：姑娘，我老汉这几天正在化疗，难受得很，有啥事，你过几天来说吧，先回去，啊？

魏晓云心里一激动，不由得说起了她这些年的寻父之苦，邻床的病人和家属听得云里雾里，都纷纷劝魏晓云，说不管有多大的冤仇，人病到了这个程度，不应该说这样的话，有个家属还干脆呵斥魏晓云滚出去！

虽然遭到了病房其他病人的反对，但魏晓云记住了李富贵说的话，因此又返回到了派出所，进了王小可的办公室。

王小可见没过两个小时，魏晓云又来了，手里拿着头盔，表情严肃地立在门口。王小可有点诧异，但没等他开口，魏晓云说道：我在凤城医院见到李富贵了，他承认是他害了我爸，你们立即把李富贵抓起来吧，趁他现在还精神，好好审问审问他！

王小可微微一笑说道：再紧要的案子，总有个程序嘛，心急吃不了热豆腐！别着急啊，先冷静一下。

魏晓云说：他的气色，跟死人差不多了，我怕他死了，死了就断线了！

王小可说：我马上给黄所长汇报。说着，当着魏晓云的面给黄睿打电话，发现是无法接通，王小可就让她先回去，等案件的结果。就在这时，顾盈盈打来电话，说她请了一位中国美协的画家来凤城写生，顺便搞个展览活动，今天是活动的第一天，让王小可把黄睿叫上来看画展。王小可说黄所长今天没来上班，电话也联系不上，已经给发了信息，他看见后会回信的。顾盈盈说那你先来，我已经给陈丽说了，看你们喜欢哪幅作品，先定下来。

陈丽昨晚像扔炸弹似的把自己倒卖凤冠的事扔给男人，把男人炸跑之后，她心里释然了。尽管她整夜没合眼，但是，该上的班，她得继续上。因为凤凰书院今天要搞书画展。画家是中书协的一个理事，顾盈盈已经给五十多位社会各界人士发出了请柬，规格高，来人多，是个比较有分量的书画交流活动。陈丽虽然是盛盈宾馆的办公室主任，但同时也是顾盈盈的助理。所以，书画活动肯定少不了她。

由于要搞接待，必须打扮得精致一点。陈丽发现自己只要哭了鼻子，或者熬了夜，眼睛就有点肿。为此，早上起来她在镜前收拾自己时，特意用热水敷敷脸，然后把粉底液和湿粉厚厚地涂了一层。化好妆，在七点多就出门了。她沿着巷子走上二十来分钟，才出到街上。然后坐上公共汽车，下车后再步行几百米，到达盛盈宾馆。

陈丽上班没一会儿，顾盈盈也来了。顾盈盈知道陈丽昨晚要给她男人说李富贵的事，所以一进门就问道：你们昨晚谈得如何？

陈丽故作轻松地说道：我把一切都告诉他了，为了让他把这个事捂住，我也给他下了跪。

顾盈盈哦了一声，问：他是什么反应？

陈丽说：肯定很生气，嫌我从李富贵手里买东西时没告诉他。昨晚他出去，一夜都没回来。

他肯定很生气，能理解。让他去掂量掂量吧，看哪头轻哪头重。

我也是这么个想法。一直隐瞒下去，也不是办法。都怪我，当初不该把魏晓云领到家里，不该动员他重查魏平这个案子。

顾盈盈说：别埋怨自己了，做好眼前的事儿就行了。至于你男人，我也准备给我表弟王小可说一下，让他叫黄所长来看画，散散心，消消气。你只管把客户招待好，有人提出优惠的话，先和画家的经纪人商量一下，尽量做到既让画家心里舒服，又让熟人朋友满意，我要招待几位重要客人，可能有点忙。

陈丽问孙来民局长来不？顾盈盈说，肯定来，这次来的是个重量级画家，中国美协理事，他喜欢字画，不可能不来。

陈丽低声说孙局和黄睿关系不错，你让孙局再敲打敲打他，别在那个案子上费心了。顾盈盈说：这个我知道，不用你操心。我前几天就跟他约好了，今天在这里聊聊。

顾盈盈和陈丽交流之后，就给王小可打了电话。没过一个时辰，王小可就来了。王小可一进凤凰书院，就碰见了陈丽。王小可不见黄睿回信息，向陈丽询问他的去向。陈丽趁机将王小可叫到一间空房里，故意询问魏平失踪案的情况。听到王小可说的情况大致与黄睿说的相符，陈丽认为李富贵得了绝症，顾盈盈又是王小可的表姐，提醒他们不要在案子上用心了。说当初魏晓云找她时，她压根儿没想到与熟人有牵连，而且查他表姐，她觉得心里也过意不去。

王小可说：我表姐曾经与李富贵的关系我也知道，我觉得与调查李富贵没有啥冲突，你们想得多了。而且，黄所长是个办事很认真的人，你不是不知道。

话音刚落，顾盈盈进来说道：冲突倒是没有啥冲突，就是感觉有点为难，谁愿意把自己的伤疤揭开呢？

王小可呵呵一笑：表姐，人都把你称作女中豪杰。既然到了女中豪杰这个地步，就是经历了大风大浪的人嘛，就是心里装不下一座山，总能装下几桩事吧？谁一生不错走几步路、交几个闹心的人呢？别太要面子了。你现在事业干得这么好，过去的人和事在你的成就面前太小了，小的不值一提。所以，别放在心上了。我要是你，不管查谁，哪怕查个底朝天，我心不动神不乱，稳坐我的钓鱼台。

顾盈盈微微一笑说道：好了，我知道给你说也是白说，你看画去吧。黄所长电话没打通，你再和黄所长联系一下，等会儿孙局长来，你俩陪他看看画。

很快，孙来民来了。顾盈盈先陪着他在展厅看了看，然后带进了接待室。孙来民一坐下就说他非常喜欢凤凰书院这个地方，人好，茶好，环境好，开玩笑地说他退休后给顾盈盈打工，当保镖，搞接待，做顾盈盈鞍前马后的工作。听得顾盈盈嘿嘿一笑说：就看我能不能福住，得要提早给菩萨叩头烧香呢。

调侃了几句，顾盈盈就拿出了两幅画，一幅山水，一幅人物，说这是两个精品，她先扣了下来，让孙来民欣赏欣赏。

孙来民开玩笑地说道：你知道我的毛病，见着字画就得拿走，这些年，为买这些东西，老婆老跟我闹腾，如果不是我哄得好，早就跟我拜拜了。

顾盈盈说：我也有个毛病，就是有了好东西，就想与您分享，这两幅画你先拿着，等嫂夫人啥时候不跟你闹腾了，再给钱。

可不能给我惯这个毛病啊，惯下了就把你缠住了。

只要你领导愿缠，再没啥，好画好字多着呢。

孙来民哈哈一笑，两人貌似聊得很开心。这时，陈丽进来倒茶，顾盈盈乘机向孙来民推荐了陈丽。孙来民注意地看了看陈丽，开玩笑地说道：听说你集资了五百万去放贷，挣了多少钱？陈丽有点尴尬，微笑着说道：领导，今天是周末，难得轻松一点，您和顾总多聊聊，喝喝茶，看看画。我家的事是碎事，就不提了。

孙来民又哈哈一笑说道：把你男人叫来，陪我喝茶。陈丽说：好，我这就去叫。说罢，出了门。

顾盈盈趁机又提起了黄睿，有点讽刺地提到黄睿受高利贷困扰，还能有心情调查二十多年前的那个失踪案，又得要扯出她与李富贵的往事。说到这里，顾盈盈深深叹息一声：你当年查李富贵时，把我扯了进去，害得我背井离乡，在外面漂泊了好几年。现在好不容易摆脱了李富贵的影子，这个黄所长又查起了这个人。这么一来，又要走当年走过的程序，又得让我配合调查。给你说句心里话，这辈子我宁愿提魔鬼，都不愿提李富贵，如果再在卷宗上留下我和他的口供，让人心里多膈应！

孙来民微笑道：理解，理解！不过口供仅限于办案人员看，其他人是看不到的。放心，我们有职业操守，该保密的会保密。

那不一定啊，孙局，天下没有不透风的墙。再说，听说这个人已经得了肝癌，是晚期，活不了多久了，即使查出有什么犯罪问题，能有什么价值？而且听说量刑还有时效性，好像超过多少年，不追究刑事责任什么的。

孙来民听出了顾盈盈的意思，说警察干的就是这个事儿，只要有警情，就得立案。只要犯了罪，就得抓。犯了命案的，照样杀头，不论过了多少年！

顾盈盈一听，微微一笑，动作轻盈给孙来民添水。

顺着这个话题，孙来民说到了办案人黄睿，说黄睿是个好警察，组织上之所以把他放到鹞子乡，主要是他基层工作经验比较丰富，能处理好与群众的关系。因为这个乡的社会治安不太好，盗窃、传销和赌博团伙都出在这个乡。所以，在依法治乡方面，黄睿还是比较合适的人选。

顾盈盈点头说道：就是，这个人会来事，当年在驿林镇，群众基础就不错，也曾帮我处理过一些问题，我和他之间，算是有点交情。

这个人唯一的缺点就是性格比较直，脾气不太好。但也很正常，警察没点脾气，怎么震慑住人？孙来民笑呵呵地说道。聊罢黄睿，他又提到了李富贵，说这个人他接触过几次，算是老熟人了，也知道他最近患癌的事，在案子牵扯的隐私方面，他会给黄睿提醒一下，尽量能照顾的就照顾。

顾盈盈一听，忙给孙来民斟茶。她希望黄睿能来和孙来民坐坐，但一直没有联系上，王小可发给的信息也没见他回过来。王小可有点纳闷，说黄所长一般不会有这种现象。顾盈盈低声说没事，周末可能到哪里放松去了。

坐了会儿，孙来民要离开。顾盈盈给陈丽叮嘱把送给孙局长的画包装好，然后和陈丽送其出门。在门外，孙来民又问起了陈丽的债务问题，告诉她要正确对待，乐观生活，上级会关照黄所长渡过家庭债务这个难关的。孙来民的几句话说得陈丽眼睛发热，忙微笑着点点头，看着孙来民离开。

送别孙来民之后，陈丽当着顾盈盈的面又给黄睿打电话，电话通着，但是不接听。

黄睿昨晚从媳妇口中得知她与李富贵有过古董交易的事实后，感到天像塌了，心跳加剧，两条腿发软，步履蹀躞地出了大门，在昏暗的路灯下，沿着弯弯曲曲的巷子，孤零零地一路朝西。因为从这个巷子走出去，就是西城。西城过去，就是一望无际的村庄。鹞子乡派出所——他的单位就在西边方向。这时候，他的潜意识是单位，单位里的那个三十多平方米的房子，就是他的目标，他想去那个房子里静一静。

他从两年前就开始还债，车没了，楼房让别人住，自己租住在简陋的平房里。他老妈七十多岁了，还为他的事儿操心，时不时打个电话问候他。他的工资每个月都被银行扣去 3000 元，为了节省钱，他尽量少打电话、少抽烟，尽量在单位吃饭。他身上的现金几乎没超过 200 元。

为了支撑这个家，他在儿子跟前谈笑风生，不说妈妈的错，不提自己的苦。在妻子陈丽跟前尽管也发脾气，但是不唠叨，不埋怨，不给她过多的精神压力。

他在同事和朋友跟前从来不说家里的事儿，即使同事看到了债主上门跟他讨账，他也不多解释，不愤世，不悲观。他用一种无形的力量包裹着自己，这种力量也许源于他的事业，源于他的儿子。所以在工作上，他兢兢业业，任劳任怨，从来不马虎。对待儿子，他关怀备至，尽心尽力，以父亲和朋友的双重身份呵护他，鼓励他将来考上重点大学，成为他梦想中的人才。

但是，他这个妻子，不仅给他造成了五百多万元的债务，还与不法分子勾结，干出了违法的事情。我好歹是个男人，是个警察，是个科级干部，你弄这些事情，怎么就不提前跟我商量呢？怎么就一错再错呢？

他想着走着。开始零零星星的还有行人过往，后来人少了，再后来，看不到一个人。好像整个巷子里，只有他一个人。他像一只横行的螃蟹，在旷野无人的夜色下，穿过纵横交错的街道，穿过高楼起伏的城市，向黑黝黝的村庄走去。

黄睿走着，想着。他的心里没有夜的概念，没有路的距离，只有妻子给她下跪的情景。这个情景，像轰炸机似的悬在头顶，他一路行走，人家一路轰炸，有几次，他都感觉自己走不动了，想倒下去，睡在路上，任它往死里轰。但是，他毕竟是个男人，是个警察。男人的血性，警察的躯干使他不能倒下去，他如果这时候倒下去，就是屈辱，就是软弱。

他顶着心头上的轰炸，总算走到了单位。但在路灯下，当看到悬挂在派出所大门上面的标志时，立刻感到轰炸机里扔出了巨型炸弹——儿子明年就要考大学了，假如孩子将来要参加公务员考试，他妈妈的行为不是影响了孩子的政审？

在这一瞬间，黄睿顿时没有了进单位的勇气，他转身继续走。他知道自己若不继续往前走，真的会倒下去。他不想倒下去，他才四十多岁，他的儿子还没上大学，他的老妈还要等他养老送终。虽然他的眼前是黑夜，是一片漆黑的世界，但在黑夜中，他有一双尚能看见路途的眼睛。所以，他只能往前走。他觉得唯有走起来，才能有生命的活力。

就这样，黄睿在树影婆娑的村间小道上，走啊走啊，不知走了多少路，转了多少个来回，在天亮时，借着泛白的晨光，他才意识到，他已经回到了老家，在母亲居住的庄子前徘徊。

黄睿敲了敲大门，很快，大门开了，母亲出现在面前。看到母亲的这一刻，黄睿感到鼻子发酸，一腔泪水要爆发而出，五脏六腑都跟着扭动了起来，导致他感觉有点窒息，他赶紧呼了一口气，镇定了一下，才慢腾腾地说他在村里办案子，蹲守了一夜，回来睡会儿。母亲好像很心疼儿子，让他稍等一下，她做早餐，说吃了好好睡一觉。黄睿忙从母亲身边走了进去，说别做了，我不想吃……他齉着鼻子说这句话时，他突然想起母亲哭着说过的一句话：早知把日子过成这样，当初就不该供帮你上大学，种地当农民都比在城里生活好。

黄睿脑子回旋着母亲的话，步态踉跄地进了房间，在母亲睡过的热乎乎的炕上，一头扎了下去……

第三十八章

墙上挂着一条裤子

　　黄睿的心经历了十几个小时的阵痛，到了中午老妈把饭做熟了，他才起床。在这期间，他的手机一直在静音，一些来电来信他都看到了，就是不接，不回。

　　饭后，他准备回单位，发现村上的公共汽车已经走了，就给赵大娃打了电话，让他来送一下自己。不一会儿，赵大娃骑着电动摩托车来了。由于昨晚走了一夜路，鞋上落了好多土，黄睿准备走时，猫腰在院子里刷起了鞋。赵大娃见黄睿神情有点恍惚，脸色也不好，遂问你咋了？黄睿埋头擦鞋：没有咋啊。赵大娃说：前天精准扶贫考核组下来验收扶贫项目，来到我家了解情况，我可没说对你不好的话，你给我出了这么大的力，做人要凭良心……黄睿忙打断他的话：你怎么没事找事？赵大娃嘿嘿一笑。黄睿说：我在思考一个人。赵大娃说：是不是魏平？

　　黄睿愣了一下，问道：你对这个人有记忆吗？赵大娃说：咋没有？他丢了那年，我都十六岁了。黄睿说：那你对这个人印象如何？赵大娃说：有个事，我一辈子都忘不了。

赵大娃告诉黄睿，十三岁那年，他曾经跟上魏平在山里放过羊，通过那段时间的相处，发现魏平这个人手脚不干净，嘴又馋，几次支他去偷村里人的苹果。有一次支他时，当时他不同意，魏平再三催促，说帮他看人，保证平安。结果他刚到树下没摘几个，主人带着狗来了，他逃跑时被狗咬住了脚腕，现在脚腕上还有个狗咬过的牙印。他说魏平还偷过山里人的鸡，提到山旮旯里用火烤着吃。最让他难堪的是，有一次魏平掏出裤裆里的那个东西，让赵大娃捏，赵大娃当时是个小娃娃，臊得都不敢看，魏平硬把他的手拉去让他捏，他心里一来气，给捏痛了，魏平用鞭子抽了他一顿，骂他是个坏怂。

说到魏平这些毛病，黄睿顿时感到心里像吃了苍蝇。他让赵大娃分析魏平这些年去了哪里？因啥不和家里联系？赵大娃不加思索地说道：魏家人和我本庄本社的，我不好说，其实由我判断，他可能被人打死了。

黄睿即问道：凭啥？

心术不对，爱占便宜。

你认为是谁打死的？

赵大娃慢腾腾地说道：李富贵。

黄睿一听，抬起身子，目光吃惊地看着赵大娃。

赵大娃一面说着，一边翻看着手机上的抖音，漫不经心地说道：这个人原先在白马村，后来听说在外地找了个婆娘，这些年不太回来。

黄睿将鞋刷和鞋油拿进去放进屋子里，给母亲说了声"我走了"，然后和赵大娃一同出了大门。

你为啥认为是李富贵打死的？

赵大娃说李富贵虽然和他不是一个村上的人，但经常在一个集市上跟集，李富贵的风流韵事他基本上都知道，在放羊的时候，他见过李富贵站在山头吆喝过魏平，从魏平的口中知道两人关系比较好。而且有个四川女人跟李富贵跑过，后来四川女人不见了，白马村人都说被李富贵打死了。所以赵大娃分析魏平有可能死在了李富贵的手里。

黄睿即问当年刑警队侦查时，有没有找过他？赵大娃说当年只和魏平放了不到半年的羊，后来魏平出去闯荡了，再没来往，所以公安上也没有人来问过他。

黄睿没吭声，让赵大娃走，赵大娃就蹬着了摩托，捎着黄睿往派出所走。

很快，到了派出所门口。黄睿准备离开时，赵大娃说：所长，我给你说个事。黄睿问：啥事？

赵大娃煞有介事地说道：你让我养羊，我以前养过，如果养的话，能养。只是我现在没有心思养羊。黄睿问：为什么？赵大娃说：我在山台上栽了六亩果园。那里有水，也通风，山里的路村上也修了，啥都好着呢，就是我发现那个山台上哈老鼠太多了。黄睿问：啥叫哈老鼠？赵大娃说：实际上就是瞎老鼠，咱们土话叫哈老鼠。那种老鼠没眼睛，平时在地下打洞子找吃的，喜欢吃树根。只要找上一个果林或者松树林，就把树木一个不落地往过咬呢。树根只要被哈老鼠咬了，树就完蛋了。我贪图盖房子哩，没顾上去打老鼠，现在那片果树死的，我看着心里焦虑。

黄睿一听，有些好奇，说怎么一种老鼠，这么厉害？赵大娃说：长得就跟普通老鼠一样，但比普通老鼠个头大，本事大得很，靠地下打洞子，把树挨个往过吃呢。吃饱了，就搞繁殖。一个公哈老鼠至少领五六个母哈老鼠。一个母老鼠一个洞，生下小老鼠了又给钻一个洞，而且是家族形式的，爷爷奶奶孙子一大片，只要发现一个老鼠洞，在周围就能发现好几窝。

黄睿听到这里，觉得有点好笑，问：你是怎么发现哈老鼠洞子的？又是怎么知道它的家族现状的？赵大娃说：哈老鼠每在地下打个洞，就在地上钻个通风眼。那眼像毛毛虫翻过去似的，有拇指粗，是个喇叭状。有一次我照通风眼挖开哈老鼠洞，发现大洞子里面有几个小洞子，还有刚生下的老鼠儿子，证明一个通风眼下面就钻着好几只老鼠，因此就断定公老鼠给每个母老鼠都安了家。只要从那个眼里扎下去，就能扎到哈老鼠。

黄睿拿眼睛翻了翻赵大娃，说道：你说的意思，让我帮你扎哈老鼠不成？赵大娃嘿嘿一笑说：咋能让你扎呢，我的意思想让你帮我搞个猎枪，光靠人用手扎，一次只能扎一个，有时候还扎不着，太费事，我想，如果有个猎枪，一枪下去能打死几个，就是死不了，都被吓死了。所以，我想让你帮帮忙……

话没说完，黄睿说道：给你一个猎枪，你把人打死了怎么办？

赵大娃眼睛一睁说道：我是打哈老鼠，不是打人，我会打人吗？黄睿瞪了赵大娃一眼说道：简直是个法盲，异想天开！说罢，气呼呼地走了。

赵大娃见黄睿生气了，有点纳闷地看了看他，扭过车头，回家了。

周一上班之后，黄睿来到了孙来民的办公室。伏案工作的孙来民见黄睿进来，打了个招呼，就起身倒茶：你昨天忙什么？几个人都联系不上你？

黄睿说：我对书画不懂，身体也不舒服，在老家休息了一下。

孙来民将茶杯放到了黄睿的面前，注意地看了他一眼：是不是我平时没注意到，你头发白了许多。

黄睿苦笑一声说道：是啊，老了，只要一洗头，就能掉一层。

寒暄几句，孙来民就直奔主题，问魏平的案子查得怎么样了？

黄睿说：去了一趟广东，那个能证明李富贵和魏平接触古董的证人找到了，但是……李富贵与魏平失踪到底有没有关系，现在还没找到线索……

他之所以这样回答，是因为心里还没拿定主意，李富贵这个盖子到底是揭还是不揭？如果揭了，他这个家就纯粹垮了，妻子会因为倒卖文物而有牢狱之灾；顾盈盈会因为财物两空而怨恨自己，况且，为了帮他打发债主，她还曾借给过自己10万元，这笔钱至今都没还给人家。眼下，还有100万方的土方工程等媳妇去干，无论从哪方面讲，他都舍不起，都伤不起。而且，他这个债务累累的家庭，就需要顾盈盈这样的人来协助走出困境。人无贵人提携，即使天才，都会沉于泥潭。

如果不揭，魏平的失踪案就永无调查的机会了，他女儿魏晓云奔波十几年的心愿就彻底落空了，李富贵这个盗墓贼就永远逍遥法外了。况且，从以前的卷宗上看，李富贵还与一个四川女人有过交集，在乡间有过被李富贵谋害的说法，这个四川女人到底是怎么回事？村民的说法是否成立？还有，王年年到底去了哪里？他的失联与李富贵有没有关联？就凭李富贵有过盗墓的历史，还在社会上以风水大师和文物鉴定大师的身份苟且至今，他就觉得李富贵是个有故事的人，把这个人的盖子揭开，里面肯定有戏！凭他多年的办案经验，案中案的现象不是没有可能！有时候抓到一个小偷，都能扯出一串大案！癌变是从细小的病灶开始的！大事往往由小事引发！李富贵的身上到底聚集了多少故事？只有揭开他的盖子，才能知道！

所以，这是一个很严峻的抉择。不论做出怎么样的抉择，都需要他付出一定的代价。他知道，作为警察，如果保护罪犯，不仅违法，自己也会很痛苦；作为丈夫，如果把妻子亲手送进监狱，会更为痛苦！作为朋友，若忽视人情道义，被朋友怨恨，将是痛苦中的痛苦！因此，当孙来民问起这个情况时，他只能这样回答。

孙来民说：没有证据，那你就得想办法啊，光靠从魏平家里发现的两块古玉，也说明不了问题呀。

黄睿没有吭声。

孙来民抬眼看了看黄睿，有点怜悯地说道：你看你，头毛得像个刺猬，我不是给你说过嘛，谁办理这个案子，谁的头都得毛起来。现在你看，你的头不是毛起来了？

黄睿想到自己面临的困境，不禁鼻子一酸，但他眨眨眼睛，克制了。

这个案件你看着把握吧，作为警察，任何遗留案件都得持续关注，这是我们的职责。但毕竟是个陈年旧案，别太有压力，放轻松一点。你家的困难我最近才知道，是顾盈盈董事长告诉我的。你媳妇给你搞了一摊子烂账，这事搁在我身上，估计比你还狼狈。你能在这种情况下坚持工作，而且在各项工作中都干得不错，值得肯定。我知道你是个比较有责任心的人，虽然凡事都不可能两全其美，但把家里的事儿处理好了，没有后顾之忧，才能干好工作嘛。

说起家庭情况，黄睿苦笑一声说道：我刚才来时，还遇到债主拦我的车，我真想请个假，睡他个十天八天！

孙来民即问：那你今年的假休了没？如果没休，可以去休息几天，对这个案子如何对待，你可以静下心来想一想。

两人关于这个案件作了简要的汇报和交流，之后，黄睿就离开了。

一出孙来民的办公室，黄睿就明白，孙局长之所以给他这样说，肯定是顾盈盈在他跟前提到了此事。孙来民经手过这个案子，接触过顾盈盈，且顾盈盈有个凤凰书院，孙来民又喜欢字画，他们不可能不联系。很显然，顾盈盈不想让他查下去，是不想让到手的宝贝又失去。而孙来民给自己说这番话，明显的是既照顾了顾盈盈的面子，也把决定权给了自己。意思是你能拿下，你就拿；拿不下，也可放弃。怎么选择，由你的职业信念来决定。

黄睿正在琢磨孙来民的话时，王小可迎面走来了，拉开车门就上了车，说我知道你来孙局这里，所以在这里等你。

黄睿已经看见王小可给自己打了几个电话，问什么事？王小可说：昨天，魏晓云去医院见了李富贵，可能魏晓云的态度不好，李富贵亲口说魏平就是他害死的。虽然有可能是个赌气的话，但我觉得应该把这个情况向你汇报一下。

黄睿听后，愣了愣，什么话都没说，而是下了车，绕过车头，走了过来。王小可这才明白，黄睿不想开车，让自己开。他就上了驾驶室，开出了分局院子。

王小可驾车接近十字路口时，一直沉默的黄睿突然说：去医院吧。

到了医院大楼前，黄睿考虑到李富贵是个病人，频繁上门不太方便，就让王小可上去把他老婆叫下来，避开李富贵，问些情况。

不一会儿，邵粉玲下来了。黄睿这才注意到这个女人，五十来岁，两鬓有点斑白，一头齐肩短发，一身黑外衣粉白内衣，黑色方口鞋，衣服干净，人看上去挺精干。黄睿把她叫上车，王小可拿出笔记本，做好了记录的准备。

黄睿说：那次是因为你男人有病，我没多问，这次，我想正儿八经地问你几个问题，请你配合一下。

邵粉玲看看黄睿，嗯了一声。

黄睿说：听说前些日子，你婆婆有病，你去县医院伺候了她两天，让你男人的徒弟王年年照顾你男人，结果你回来后，王年年不在了，你还支徐毛毛到王年年的家里去找，看来，你对王年年的不辞而别也不知情。我想问你，作为徒弟，在你把病人交给他照顾时，他却走了，按理说，是他不近情理，而你为什么要打发人去找？还有，凭你这些年对王年年的了解，他会因什么事情不辞而别？你男人与王年年之间最近有没有什么矛盾？如果有，因什么事引发的？

邵粉玲慢腾腾地说道：我知道你上次就是为这个事来的。你们以后别跑了，省点精力。我老汉再有两天就可以回家了，等他回去了，我再给你说吧。如果你们着急，先到我家里看看，认认路，我婆婆在家里呢。

黄睿看着邵粉玲想了想，说道：好吧，病人大概什么时候出院？

邵粉玲说：后天。

黄睿看着邵粉玲下了车，盯着她的背影沉思了起来。

王小可看了看黄睿：我们回单位，还是去……

黄睿突然干脆地说道：去李富贵家。

王小可忙伸出头对邵粉玲喊道：大嫂，那你给你婆婆说一下，我们这就去你家转转。

邵粉玲回头朝这边看了一下，挥手说道：去吧。

在去李富贵家的路上，黄睿将头仰在靠背上，闭着眼睛，貌似在睡觉。

王小可看了一眼他，说道：头儿，你身体哪里不舒服吗？我看你这两天精神状态不太好……

黄睿说：没事，就是感到有点累。

那你休息几天，反正这个案子悬了这么多年，刑警队还没有介入哩，咱们用不着这么急。

办案之中，只要有线索，就要及时提取。静若处子，动若脱兔。有些案件，必须抢时间。

我就是为你考虑。自从广州回来，我发现你状态就不好了，是不是孙局对咱们这个案子不太看重？

黄睿立即抬起身子说道：不是，不是，他很支持，这个你要坚定信念！

王小可开车赶了六十多里路，很快就到了城关乡李岭村邵粉玲的家门前。黄睿两人下了车，发现大门关着，就敲了敲门，在狗的叫声中，有人问你是姓黄的警察吗？王小可答应是。接着门就开了，黄睿发现是位七十多岁的老人，估计是邵粉玲的婆婆，就主动打招呼：老人家好！听说你前几天还住院，可好了？老人说：咳，今年感觉身子不太顺当，瞎得看不见，做了个青光眼手术，回来没有几天，感冒就引起了肺炎，住了几天院，现在好多了。富贵有病，我急得待不住，来给看看门。黄睿说：那你还要注意呀，家里只有你一个人吗？老人说：没事，我这身体，病的快，好的也快。他俩有两天就回来了。

搭讪了几句，老人见黄睿尽管和她说着话，但眼睛不时朝周围瞟了瞟，就低声问道：听粉玲说你们来，不知富贵闯啥祸了？

黄睿忙掩饰道：他没有什么事，只是他的徒弟王年年有点事，因为前几天在他家住过，我们来看看他是否落下了什么东西。

老人哦了一声，说你们要来，我心跳的，以为富贵出了啥事，既然不是，那就好。我媳妇说了，你们想看哪里，就让看；想找啥就找，别嫌麻烦。你们就放开找吧，狗拴着哩，不怕咬。

黄睿忙说：好，谢谢老人家！

接下来，黄睿先在院子里瞧了瞧，接着进了东面的房子，发现这里是伙房、饭厅，还有个住人的小内间；再进了上房，从客厅到里面的卧室，都是沙发、立柜、电视柜等现代家具，没有一件算得上古董的东西。老人见黄睿往立柜上看，问要不要打开？黄睿说不用，就出了上房，进了西面的三间房子。

这里两间都存放粮食，麻袋、蛇皮袋摞得差点顶上房顶，里面干净整齐。隔壁的房子盘了炕，貌似是个住人房，但没人住。黄睿见里面堆放了这么多的粮食，就夸赞道：你儿子会务弄庄稼呀，攒了这么多的粮食。

老人说：富贵不是我亲娃，是个上门女婿。我的娃伤了，我给媳妇招了个女婿。

黄睿哦了一声，问：你这个女婿对你咋样？

老人说：好得很，孝顺得很！我媳妇守了几年寡，在内蒙古出了个大事，差点要了她的命。从那以后，我们就托人给找对象，算是找到了个好人，这个女婿跟我娃一样孝顺，就是好人没好报，刚五十出头，就得了这么大的病，唉！老天真不长眼睛……

　　黄睿和老人聊着，且走且看。从西房出来，就是通往果园的铁栅栏门。隔栅栏望去，里面的果树长势茂盛，树枝上星星点点地挂满了灰色的套袋苹果，挂果状态不错，疏密匀称，有两树果子没套袋，苹果已经上色了，有了红彤彤的颜色。

　　南面就是牛棚。黄睿二人绕过狗，走向牛棚。牛棚外面的右手边，有个露天牛圈，牛桩上拴着一头大黄牛，看着黄睿二人走来，一直瞪着眼睛随着他俩的走动移动着视线，见二人进了它的棚子，貌似不高兴了，哞哞叫了两声。老人即呵斥牛：叫啥哩，人一进去你就叫，怕把你的草偷了不成？老人说着，嘿嘿一笑。

　　黄睿觉得这个老人很可爱，回头看了一眼老人，收回目光时，发现墙角上挂着一条裤子，裤子下面，立着一个镢头。

　　黄睿的眼睛本来都扫过去了，突然又收了回来，定睛一看，那条裤子的两条腿上，有多个黑乎乎的点状痕迹。

　　凭职业经验，黄睿认为这个点状痕迹很可疑，立即叫了一声"小可"。王小可回过头，到跟前一看，低声说道：血渍？

　　黄睿立即敏锐地看了一下老人，发现她只顾给牛拌草，就给王小可打了个手势，王小可立即从包里拿出了手套戴上，再拿出相机，对这个裤子照了起来。在照裤子的同时，黄睿还发现镢头头部与木把连接处，有几点血渍。王小可立即将这里也拍了下来。

　　然后，王小可取下裤子，提起来一看，发现裤子的长度与李富贵的身高比较匹配，就问老人：这是不是你女婿的裤子？老人说：就是的。王小可立即卷起了裤子，让老人找个塑料袋子。老人见他要把裤子带走，神色有点变了，问道：富贵做了啥事？干吗要带走他的裤子？黄睿说：老人家，没有啥事，我们把裤子带去，明天就送回来了。

　　黄睿从裤子上发现血渍的一瞬间，尽管他装得很平静，但感到头颅嗡嗡作响，心跳加剧。在邵粉玲说出"去家里看看"这句话时，他就预感到李富贵的家里会有什么秘密要暴露，因此，他一路心慌意乱，忧心忡忡。没想到，他的预感竟然成了事实——这条沾了血渍的裤子被挂在了墙上，肯定不是李富贵所为，而是他老婆邵粉玲！邵粉玲主动让他们来家里看看，目的就是让他看到这个证据！她这样做，就是无言地配合他的调查！难怪她说"你们以后别跑了，省点精力"，可见她已经掌握了李富贵犯罪的证据！

在看到这个证据的一瞬间，黄睿心里狂澜起伏，既有获取证据的惊喜，更有巨大的痛苦和折磨。是啊，别说这个案件牵扯上了自己的媳妇，王小可的表姐顾盈盈也牵连其中，两个办案人所办理的案子都牵扯上了亲情，怎能不让他痛苦呢？就因为这两个人，他每走一步，都感到胆战心惊，如过火山……因此，看到王小可埋头在那里工作，在尽职尽力地履行着一个警察的职责，他心如刀绞，但又不能告诉他，只能把这巨大的痛苦隐藏在心里。

年轻的警员王小可自然不理解黄睿此刻的心情，他把裤子收起来后，还在牛棚的墙壁和地上仔细勘查了起来，希望能再找到一点血渍。黄睿出了牛棚，想把周围环境再看看，但发现视力模糊，连眼前老人的面部好像都看不清了。他掏出烟，点着，深深地吸了一口。老人叫他到屋里坐坐，说喝点水。黄睿冲老人微笑，跟着她进了屋子。趁这个机会，王小可将那条裤子和镢头提到了大门外，放到了车后备箱，之后，两人就给老人打了个招呼，离开了。

在返回的途中，王小可有点激动地说道：头儿，你分析裤子上的血是谁的？

黄睿说：肯定不是魏平的。

是啊，假如李富贵杀了魏平，不可能把他的裤子保存到现在。我认为，裤子的血渍不是动物的，就是王年年的，王年年的可能性比较大。为什么这样说呢？因为王年年骗得跟媳妇离了婚，肯定有了外遇。在和外遇私奔之前，可能知道李富贵的一些不可告人的秘密，趁李富贵的老婆不在家，拿这些秘密向李富贵提出了某种要求，李富贵没有答应，两人可能就发生了冲突。为了灭口，李富贵打死了王年年。如果没有这种可能，邵粉玲不会主动让咱们来她家看看，估计邵粉玲回家后，发现了什么苗头，才这样做的。

听了王小可的分析，黄睿不由得想起了媳妇说的那个凤冠，他猜想如果魏平遇害，十有八九与这个凤冠有关系！黄睿进一步推断：假如李富贵因为凤冠杀了魏平，那绝对有第二次杀人的可能。尽管他重疾在身，但王年年若要触及他的底线，重疾也是他杀人的理由。

想到这里，黄睿将头往后一仰，闭着眼睛说道：你的推理很有道理，至于结果是什么，待做了 DNA 检测再说吧。

第三十九章

拷　　问

　　陈丽把自己做过的事向黄睿摊开后，尽管她照样上班，尽心工作，在周末的书画交流活动上迎来送往，马不停蹄，但心里一刻没离开过黄睿。黄睿一夜未归，她心里一惊一乍，没有安睡；白天联系不上他，她心里毛躁不安，走起路来感到头重脚轻。她希望黄睿能听进去她的劝，能来参加书画观摩活动，能接受顾盈盈的好意，越过这个坎，把这个事情捂下来。但是，一连两夜，他都没回家。没回来意味着什么？她不敢往坏处想。她的心里只顶着一个希望，这个希望像旗杆一样撑在她的头顶，尽管她明知有倒下去的风险，但这个时候若没有希望的支撑，她的世界就要坍塌了。所以，她没敢直接给黄睿打电话，而是打给了王小可，问单位是不是太忙？黄睿几天都没回家了。王小可说黄所长这周值班，周末就回来了。

　　陈丽知道这是幌子，因为黄睿值班一般都是一周两次，不会连续。之所以不回家，肯定因为凤冠的事。

　　就让他想吧，只要能想通，一年不回家都行！

　　陈丽提心吊胆的熬了几天，到了周五下午，黄

375

睿突然来了电话，说下午去海底捞吃火锅，让她提前给两位老人说一下。陈丽一听，觉得黄睿能叫全家吃火锅，肯定心里有了转变，说不定在单位的这几天，有人做了他的思想工作，或是顾盈盈，或是孙局长。

怀着侥幸的心态，陈丽到了海底捞火锅店，见黄睿已经接来了父母和儿子。由于她的儿子黄腾从小到大一直在父母家生活，因而黄睿在她父母跟前很亲近，出到外地了，总给老人带点茶叶小吃什么的。节假日了，经常把老人带出去转转。

现在，见黄睿把家人叫到一块吃饭，陈丽故意装作高兴地说道：咱们有好些天都没有在一起吃火锅了，顾总给的那个土方工程马上要开工了，正好庆贺一下。

儿子黄腾即问道：妈妈，土方的事真的成了？

陈丽说：没问题。你顾阿姨起初提到这个事时，我也是半信半疑，以为她就说说而已，能不能包到手，心里还没底。前几天正儿八经地提到这个事，我才觉得这个事有把握了。

陈丽父亲立即总结道：人生中的有些贵人，往往不是与你关系密切的人，而是过路人。

陈丽说：就是啊爸，你说的太对了，顾盈盈之前仅仅与黄睿认识，我俩一点交情都没有，可她就是我们实实在在的贵人。

陈丽母亲说：你们俩要好好对待人家。自从你交上顾盈盈这个人，我和你爸都能睡个囫囵觉了。黄睿，土方的事还要你操个心呢，丽丽疯头毛脚的，又没干过工程，凡事把心操好，就保稳一些。

陈丽和老人、儿子你一言我一语地说着话，黄睿一直沉默不语。听到岳母的叮咛，才应承道：嗯，到时候让我弟经管，你们好好吃饭。说着，就给岳父岳母的火锅里夹菜。

儿子兴高采烈地说道：咱们家里把这个土方做下来，情况肯定会好转一点。可以说，现在是咱们家里的转折时期，爸爸，碰一下。说着，端起水杯，举到了黄睿面前。

黄睿愣了一下，然后端起杯子，头也不抬地与儿子碰了一下，说道：谢谢你，儿子！你关心家庭的这个心意爸爸领了，但你是学生，不应该把心思放在家里，而应该放在学习上，等你将来出了社会，再操心家里的事，啊？

儿子看了看黄睿，说道：爸爸，我感觉你精神不太好。

黄睿说：爸爸昨晚加班，太累了，你好好吃，吃了跟你爷爷奶奶回去休息。我订了电影票，想和你妈妈去看看电影。

儿子立刻高兴地说道：好啊，爸爸，看电影是最好的放松方式，以后你和我妈应该多过这样的生活，只要有好电影，就带妈妈去看看。

黄睿目光落在饭桌上，点点头。

饭后，黄睿把老人和儿子送到了老丈人家，就和陈丽去了电影院。途中，见黄睿沉默不语，陈丽问是啥电影？不知好看不好看？黄睿说：是《烈日灼心》。不管好不好看，票已经订了。

陈丽一听这个名字，心里突然有了一种奇怪的想法，他平时很少看电影，今晚怎么想起看电影了？而且他为自己倒卖凤冠的事生过大气，难道短短的几天时间，他心里就想开了？接受了这个事？不可能吧？凭自己多年对他的了解，他可是把工作看得比较重的人啊。这时候，陈丽有种莫名的感觉，感觉有什么事情要发生。但为了应付他，只好把这种不祥的感觉压在了心里。

《烈日灼心》讲述了三个身份各异的结拜兄弟共同抚养一个孤女，看似风平浪静，实则暗流涌动，在巧合之下牵扯出一个沉底水库七年的灭门大案的故事，由她喜欢的演员主演。要是平常，就冲这剧情，冲这演员，她也会看得兴致勃勃。但是，此刻面对这种含有赎罪感的涉案剧情，感觉老公好像让她从中悟出什么似的，有种警示的意思，因此，她心里更是五味杂陈，脑子乱哄哄的，不时拿眼角瞥瞥黄睿，感觉心神不定，如坐针毡，感觉每一分钟都过得很迟缓，她就这么耐着性子陪着黄睿看完了电影。

从电影院出来，路过一家霓虹灯照亮了半面街道的洗浴中心，黄睿一看时间，还不到十点，就要求去洗个澡。陈丽觉得又是吃饭，又是看电影，现在要洗澡，花销太大，就故意开玩笑地说你平时舍不得花一分钱，今天怎么啦，大手大脚的，是不是得了啥横财？黄睿说：我好久没洗澡了。说着，没容陈丽答应，就径直将车开到了洗浴中心楼前。

自从搬到那个宅院平房里，洗澡就得去公共场所，家里没有条件安装淋浴器。这里虽然是个中档洗浴会所，但价格少说也在五六十元。黄睿破天荒地要了一个夫妻间，并且主动给陈丽搓背。他搓得那么认真细腻，腋下，腿上，一点都不放过。

陈丽手扶在墙上，半猫着腰，感受着老公的手在她的肩部、腰部和臀部活动，心里突然感到有种说不出的滋味，感觉很幸福，又感觉不对劲，老汉今天的一系列举动，好像包含了一种离别的意思。想到这里，陈丽的心倏然一惊，有点莫名的惶恐，但又不好直接说出来，就故意说道：行了吧，估计你的手很累了。黄睿说：别急，让我给你多搓搓，搬进租房后，咱俩都没好好洗过澡。陈丽说：都是我造成的，有楼房，住不了；有洗澡的地方，自己洗不了。黄睿说：都是命，认命就行了。

洗澡结束后，两人回了家。消遣了一天，陈丽看出黄睿有点疲乏，进门没多说话，就上了床。刚睡下，黄睿就搂住了她。陈丽感觉他的睡意来了，嘴贴在她的耳边，发出了轻微的声音，就轻轻地推开了他的胳膊，但那胳膊又拦住了她。陈丽说：你累了，好好睡觉吧。黄睿说：不累，我要抱你一夜。

陈丽听他这么说，心怦怦地跳了起来，故意问道：今天怎么了？像变了个人似的。黄睿倒闷声反问道：你怎么了？心跳的？陈丽说：你感觉到了？黄睿说：一下一下地跳在了我的心上。陈丽故意说道：你今夜抱着我睡，我高兴，所以心跳了。黄睿问：是吗？

通过他一系列的举动，陈丽感觉黄睿心里憋着一种东西，导致她心里也有一种发憋的感觉。他举动越异常，她感到心里越憋。现在，见他这么问自己，陈丽感到招架不住了，一把推开他，口气有点生硬地问道：那你说我为啥心跳？

黄睿这时坐了起来，靠在床头上，拿起烟，点着，神情严肃地问道：我问你个话，你要如实回答。

陈丽看看他，知道他又要问李富贵的事儿了，所以停了一下才说道：问吧，啥事？

黄睿问：陈丽，跟你商量一下，咱俩置换一下身份，假如你是个警察，你若面对这个案件，你是想捂下来，还是要揭开这个盖子？

陈丽一听，全明白了，顿时感觉像泄了气的皮球，连看他的气力都没了，她的眼里充满了绝望和痛苦，口气沉重地说道：你是啥想法，就直接说吧。

如果你想让我渎职，甚至犯法，那李富贵这个盖子我就不揭了，不管他盗了谁的墓，杀了什么人，由他带进坟墓吧。

一听到"杀人"这个字眼，陈丽一骨碌坐了起来：难道他真的杀了人？

黄睿说：二十年前，他盗挖清朝那座诰命夫人的坟墓时，杀死了魏平；半个月前，他的徒弟王年年从他家里消失了，除了这两个人，从他身边消失的还有个四川女人……

陈丽大骇：真的吗？

黄睿说：外围证据基本上搜集全了，现在就在于我了，如果你不想让我动李富贵，那我就拖一拖，让肝癌没收他的生命吧；如果你觉得人命关天，法不容渎，那我就揭开李富贵这个盖子。

陈丽的嘴唇动了动，才艰难地问道：你把他的盖子揭开，我怎么办呢？

黄睿见媳妇的脸色瞬间灰白，两眼无助地看着自己，眼泪无声地从脸上流了下来，他顿时有了恻隐之心，伸手将她搂在怀里，语气凝重地说道：我知道你是个好人，心地善良，为人忠厚，现在咱们债务缠身，是因为你受社会上的一些不良风气的影响，想通过集资放贷，给咱们挣点钱，才做出了这个事情。这个……我也能理解……不论你干了什么事，在我心中你都是娃他妈，是我永远的妻子。你哭吧，我知道你心里很为难，很痛苦，你早就想哭了，我也想……说着，他噗的一声，口里像放了两下气，一轻一重，接着就呜呜地哭了起来。

从昨晚知情后到现在，他憋了一夜一天，憋了很多泪水，早就憋不住了，现在，妻子的眼泪像条棍子，一下捣开了他意志的大门，使他的眼泪疯了一般地奔了出来。他哭得那么伤心，好像心里聚集了许多的压力、焦虑、无奈和痛苦，这时候都集中在一起，像山洪暴发般，一发不可收拾。他像孩子似的哭着，哭得全身颤抖，泪涕交加，带动得陈丽哭得更加放肆、难过，夫妻俩就这么哭着，在空旷静怡的院子里，那哭声显得清晰和悲戚。

此刻，夜风像个幽灵，蹑手蹑脚地在凤城市城区的各个角落里行走，一望无际的平原、被大自然切割的沟壑、孤立的黄土崐和连接天际的苍穹都沉浸在了夜的静谧之中。秋日的落叶在灰白的夜灯下翻越、挣扎，好像经历着思想的转动与涅槃。

很快，天亮了，红日出山了。霞光像一条条利剑撑在了天边。黄睿猫着腰在沙发上坐着，抽着烟，面前的烟灰缸里密密麻麻地塞满了烟头，屋子里弥漫着浓重的烟味儿。一缕阳光像个调皮的孩童，斜照在窗子上，在探视着这对夫妻。

陈丽在镜子上照了照刚化妆过的脸，定了定神，然后来到客厅，声音平淡地说道：你想要揭李富贵这个盖子，就揭吧，你一张嘴，我知道你要什么，我不想在你跟前做个不仁不义、不懂法律的人。至于揭开盖子后咱们这个家会面临啥情况，你知，我知，就不说了。天塌下来，你顶，我顶，咱们共同顶吧！

黄睿眼睛发红，脸色憔悴，两眼水汪汪地看着陈丽，声音低沉地问道：你想明白了？陈丽说：明白了。黄睿问：不后悔吧？陈丽说：不后悔。黄睿说：不恨我吧？陈丽说：不恨！黄睿灭掉烟头说道：我知道我老婆是个识大体顾大义的人！陈丽说：我进去了，你把娃要照顾好，还有咱们的老人……黄睿说：放心，老人、娃娃我都会照顾好的，你的任务是，把心态调整好，把身体照顾好，其他事有我呢。

陈丽点点头，眼泪又像豆粒般滚了出来。

黄睿目光怔怔地看了看她，问道：害怕了？

陈丽摇摇头，齉着鼻子说道：真对不起，给你丢人了……

黄睿站了起来，绕过茶几，走到陈丽身边，先是看了看她，然后抱住了她，紧紧地拥抱着妻子，反复说道：没事，别想太多。

之后，黄睿来到了孙来民的办公室，先郑重向他敬了礼，然后说道：局长，给您汇报一下案情！

孙来民立即指了指对面的椅子，说：坐下说。

黄睿站着没动，态度认真地说道：经侦查，李富贵确有盗挖古墓、杀人灭口的重大嫌疑，请求刑警队重新启动刑事侦查机制，成立专案组，尽快侦破此案！

孙来民眼睛一亮，有点兴奋地问道：搞到证据了？

黄睿说：李富贵从一座清代古墓里盗挖出了凤冠和梅瓶等文物，经过红袖鞋店女老板徐毛毛之手，卖给了我媳妇陈丽。

孙来民本来准备给黄睿倒水，听此，大吃一惊：啊？你说什么？你媳妇？

黄睿说：我带来了，在楼下。

孙来民有点回不过神，一下瘫坐了下去。

黄睿说：我媳妇又把凤冠这些赃物卖给了盛盈公司董事长顾盈盈。

孙来民沉思了一下，又站了起来，从办公桌里面走了过来，从黄睿面前走过，自言自语地说道：那一次，我听你说，这个魏平和李富贵有玩弄古董之举，过后，我查了一下，在九十年代，咱们公安局还没有文保大队，对文物的保护意识不强，那时候，有一帮盗墓贼在咱们凤城各地都挖过古墓，比较猖獗，咱们公安局有几个民警还充当保护伞，明里抓，暗里保，这边抓个盗墓贼，那边就有人通风报信，这样导致大批文物被盗，一些盗墓贼多年游走在法外，屡屡作案，就是归不了案。即使归了案的，就是几个皮毛。这次，结合你反映的情况，我已经从文保队抽调了人，去当地调查几个在咱们这里有过案底的人，看能不能从这些人口里得到魏平和李富贵盗墓的事实，希望借此打开突破口，把那些曾在咱们凤城地盘上作过案的人，包括盗墓贼背后的那些保护伞给一网打尽。如果你今天不来汇报这个事，我还暂时不想告诉你，等你这边查得差不多了，两路人马再会合。没想到……说到这里，他抬头看了看黄睿，问道：听说你家不是经常有人上门讨债吗？你媳妇哪来的钱买古董？

黄睿说：借的。

孙来民说：这么看来，你媳妇借钱买古董，你不知情？

黄睿苦笑一声：如果早知道，不会有这个结果。

还不是你这个掌柜的没当好，管家不严！孙来民有点生气地说道。

黄睿说：是，我有责任，我将深刻检讨！

孙来民又在地上走了几步，抬头看了看黄睿，说道：不过也好，认罪悔罪，起码态度端正。但是，你还没告诉我，你媳妇是借谁的钱买了这些赃物？

黄睿停顿一下才说道：顾盈盈的。

孙来民哦了一声，微微一笑：我知道顾盈盈和你关系好，和我关系也不错，我们是很好的朋友。上周，她那搞画展，给我送了两幅画。那两幅画如果按市场价格走，就值钱了。我当初收下了，为什么收下呢？因为从顾盈盈给我送画的举动看，我分析她与李富贵之间可能有点比较特殊的事情，所以，为了不驳她的面子，我带了回来。现在，那两幅画在咱们赵政委那里暂时保管，等这个案子破了后，再退回去。接下来的工作嘛，既然你已经深入到了案件的核心，还是要一杆子插到底，继续干下去，起码把那些盗墓之物给咱们如数追回来！

黄睿立即说道：明白。

第四十章

敞开人生与罪恶

李富贵一化疗结束，邵粉玲就带他回了家。

邵粉玲婆婆看着李富贵的脸色，心里不好受，满脸忧愁，低声问想吃点啥，她给做。邵粉玲说只能吃流食，也不能吃荤。老人就进了伙房，在给熬小米粥之际，邵粉玲进来了，就低声说道：你支来的那个警察拿走了富贵的裤子。邵粉玲嗯了一声，说我知道。婆婆又问：难道他干了啥事吗？我想看看那裤子上有啥东西，眼睛花的，又看不清。邵粉玲说：我也不知道。警察来医院找我，说要到家里看看，我就支来了。见老人脸上转颜转色的，她又安慰道：没有啥事，你老人家别操心了，收拾下你过去照顾我爹，富贵我照顾。你这么大的年龄了，看见病人，心里也不舒服。

老人照管李富贵吃了，就要回她家了，给邵粉玲叮咛，把富贵伺候好。

很快，太阳落山了。暮色渐起，晚归的麻雀叽叽喳喳的，闹腾得李富贵家的院子光线迅速暗了起来。邵粉玲在间隔两个小时后，又给李富贵烧了一碗萝卜丝蛋花汤，从伙房端到李富贵的房里，见里面黑乎乎的，她摁着灯，李富贵靠墙坐着。邵粉玲

382

就将汤放在茶几上，然后扶李富贵下炕。李富贵喝了几口，就没食欲了，又上了炕，让邵粉玲坐到炕上来，跟他说说话。

邵粉玲将碗端回去放到伙房里，然后就坐上了炕，看着李富贵，意思是你想说啥，就说吧。

李富贵先说起了他的身世：从小家里穷，读了三年书，给人打土砖，挖窑洞，贩卖过化肥，给村里的皮革厂当过推销员，在砖瓦厂带过工队，在城里的农贸市场当过中介，干过正事，也干过不正当的事……我知道我老了的下场不会好，没想到刚过五十来岁，老天就惩罚我了。原本想不声不响地离开人世，可最近几天，老感觉心里不踏实。

邵粉玲口气淡淡地问道：为啥不踏实？

李富贵说：老魏那个案子都这么多年了，又查了起来。

邵粉玲说：国家现在把一些当官的都查得吼哩，别说咱这老百姓，做了该查的事，就让查吧。国家这样做，也是为了拨一拨社会风气，把坏人腐败分子拨下去，把好风气好现象拨回来。

李富贵微微一笑说道：你看起来傻兮兮的，还挺有脑子，能看清形势。邵粉玲说：我肚子里没墨水，可有眼睛和耳朵啊。老百姓对国家世事是啥看法，我听得多了，就明白了。

李富贵深深叹息道：唉！正感到有活头了，可病来了，事也来了，我想扛一扛，多活几年，现在看不行了。魏平的女儿早不来晚不来，偏偏就在这个时候来找我，骂的那么难听，所以，我心里难受得很。

邵粉玲看了看李富贵，表情平静地说道：你心里难受，莫不是后悔你挖了那个诰命夫人的坟？李富贵说道：也不是。那些东西我该卖的已经卖了，该送的都送了，至于拿到的人能不能守住，我不操这个心。邵粉玲问：那你为啥难受呢？

李富贵想说，抿了抿嘴，又没开口。

邵粉玲慢腾腾地说道：咱们结婚连今年整整十五年了，咱俩从来都没有好好交流过。现在你病成这个样子，终究会比我早走一步。咱俩夫妻一场，既然你想跟我说，就敞开心扉说吧，别遮遮掩掩了，听听你的经历，好让我有个念想。

李富贵叹息一声：唉，说啥呢？感觉要说的事很多，又不知从何说起。

邵粉玲说：那就拣重要的说。

李富贵说：那好吧，我发现有些事，是命中注定的。小时候，家里穷，吃了上顿没下顿，我上到初二就没再念书了。14岁那年分田到户了，为了糊口，我跟着村里的几个大人出去给人干些挖窑洞、抱砖头的苦力活儿。有一次，我们几个人挖窑洞时，挖出了一堆烂铜烂钉子，好像是老马车上的东西，当时，他们卖给了收烂铜烂铁的人，后来听说是个古董；27 岁那年，我和村里的邵老五在机井上抽水时，发现水池子下面有咕咚咕咚的声音，我分析水池子下面有坑，说不准是个老墓。我就故意支邵老五进城买材料，然后我一个人挖那个水池，结果就挖出了一个瓦缸罐子，罐子里面装了一些麻钱和银元，还有一个手掌大的黑砖头。我拿到城里请人一看，说是乌金。后来这块乌金被市中行的一个人买走了，卖了 8800 元。从那时候起，我就知道，古墓里出来的东西值钱。

在 1989 年的时候，8800 元等于现在的二十多万元。人常说：马无夜草不肥，人无横财不富。现在我觉得，人得横财，不一定是好事。如果没有那笔横财，我就不会认识一个四川女人。

邵粉玲听到这里，看了看李富贵。

当时，我有钱了，穿得好，看上去很精神，连村里的狗见了我都摇尾巴哩。我见村上有的人进城谋事，也想在城里找个事儿干，因此在桥西旅社包了个房间，打算慢慢托人找个工作。就在这个旅社里，我认识了一个四川女人，一来二去，我和这个四川女人好上了。由于这个女人卖过眼镜，她见我没事干，就建议我批发些眼镜，在街上摆摊子，我就带着这个女人靠卖眼镜维持生活。后来，我的婆娘知道了，跟我闹腾，我一气之下，就把婆娘给离了，和四川女人过到了一块。

与四川女人生活到一起大概有半年光景吧，有一次，我在集市上摆卖眼镜时，往下一蹲，裤裆扯了，我找缝纫部缝裤裆时，顾盈盈正好在集市上开了个缝纫部，我俩就这么认识了……

说起顾盈盈，李富贵好像有点难受，停顿了一下才继续说道：对顾盈盈，我当时爱的死去活来，恨不得把自己的头给她。可是我发现，顾盈盈开始还可以，后来不知为啥慢慢对我有些冷淡了。我怕失去她，就到处求神算卦。当时鹞子乡洼子村的魏平是个"阴阳"师，二十出头时就跟着他师傅给人定庄向看墓地，还懂点六爻八卦。我就请他给我和顾盈盈算了一下，他说我俩是"露水缘分"，关系不长久。我知道清晨的露水遇见太阳就完了，果然，我俩的关系连两年都没维持下，她就跟我断了。

邵粉玲听到这里，轻声说道：看来，那个魏平给你算对了，你俩终究没走到一块。

李富贵有点伤感地说道：是啊，早知是这个结果，我就不会伤害那个四川女人……我每次想起，心里都痛……

邵粉玲轻描淡写地问道：你把她赶走了？

李富贵说道：走了还好说，关键是……把命丢了……

邵粉玲大吃一惊：啊？死了？

李富贵声音低沉地说道：就是的，这个事在我心里压了二十三年……

说着往事，李富贵痛苦地闭住了眼睛——

……那是个阴沉的夜晚，李富贵跟顾盈盈幽会后轻手轻脚地回到家里，上了炕，见邓圆圆睡着了。他刚脱了衣服，邓圆圆睁开眼睛，要求他脱光衣服。李富贵只好脱了，没想到他下身的那玩意儿上沾了一片卫生纸，胸膛左侧还有个口红印，邓圆圆以此断定他在顾盈盈那里，破口大骂，用脚踢，说李富贵脏，要把李富贵踢下炕。李富贵开始还忍让，后来发怒了，打了邓圆圆一个耳光，邓圆圆不依不饶，大哭大叫，伸手要抓李富贵的脸，被李富贵扭住了胳膊，将她扔下了地，忙拉过裤子准备穿。邓圆圆从地上跃起，见炕头上的针线篮子里放了一把剪刀，遂抓起剪刀，朝李富贵的下身捅了过来。要不是李富贵一把挡住，那锋利的剪刀足以捅进他的身体，尽管如此，他的左腿根还是被扎破了。就在这一瞬间，李富贵脑羞成怒，扑下炕一把将邓圆圆推倒在地，双腿跪在她的胸脯上，左手摁住她的脖子，右手在她的头上连续砸，直到邓圆圆歪头不吭声时，他的拳头才停了下来。

打毕，他穿上衣服，拿起瓷缸，准备给自己倒点水喝。就在这时，他发现邓圆圆躺在那里不动，开始是额头变黄，接着整个脸色都变黄了。他用手按了一下嘴，发现她没气了。这才发现，他压在邓圆圆脖子上的手用力太大，导致她断气死了……

李富贵惊恐万状。到了院子里，发现夜空像个锅炉，严严实实地扣在头顶，空气好像窒息了，透不过气儿。他感觉要下雨了，不知怎么办，着急地在院子里走动了起来。突然，他止了步，返回屋子，将邓圆圆的尸体包裹了起来，然后拿了手电和绳子，背着邓圆圆绕过庄子，下了山，在沟底绕了一圈，最后才爬上一个半山坡，这里有个深白，这个深白距离山崖上面有三丈多高，白口直径不到100厘米，且隐藏在高高的草丛之中，平时很难发现。听老人讲，这个白深不见底，下面有水，先后有几只山羊都从白里掉下去了。李富贵将邓圆圆的尸体一点点地挪到白口附近，用绳子套住尸体的脖子，然后将尸体以站立的形式往下掉，尸体且沉，他且往下移动绳子，二十多米长的绳子马上到头了，尸体还沉甸甸地往下走。眼看到头了，李富贵只好丢掉绳子，那绳子像蛇似的哧溜一下就没了……

说到这里，李富贵至今还有点难以置信，无比遗憾地说道：没想到这个女人的命这么脆弱，几个拳头就给打死了，现在想想她纠缠我的整个过程，是命中注定要死到我手里哩……

邵粉玲听到这里，感到自己的心陡然沉重了起来，没吭声。

李富贵接着说道：别看老百姓面朝黄土背朝天，好像啥都不懂，其实民间一些传言往往接地气着呢，就是有点偏差，也偏不到哪里去。邓圆圆死后，我对外说邓圆圆回四川老家了，村里一些老人见乌鸦在半山中盘旋，认为那里有死人，所以就有谣言说邓圆圆不是回四川了，而是被我打死了，将尸体扔进了那个白里。那时候，由于邓圆圆跟我跑，我前头婆娘的娘家人把她绑住吊在树上，连打带骂地辱没过，村里人都看见了，基本都看不起她，所以，虽然对她的失踪有这么个看法，但没人把她的失踪当回事。

可在她死后的第三年，也就是 1997 年，魏平失踪了，因我与魏平熟悉，当时派出所副所长孙来民带着刑警队的人下来暗中调查我时，有人就顺便提到了邓圆圆。为了这个事，孙来民带刑警队警察在那个地方看了又看，想在那个白里抓点证据，由于太危险，没人敢下去，在村里调查了几天都没结果，刑警队没办法，想撬开我的嘴，就把我抓了起来，关进了拘留所。办案的警察为了让我认罪，没少整治我……

李富贵说到这里，将头靠在了墙上，好像很困乏。邵粉玲拉过枕头，给他垫在了脊背后面，她则依旧靠在东面炕墙上，看着靠在南墙的他，等他继续往下说。

当年，李富贵被关进了一个住着 12 个人的号子里，里面是个上下铺。他被安排在了下铺最后一个床位。那个床位附近，放着一个马桶，12 个人夜间腾出来的屎尿都在那个马桶里。

由于每个床位都有编号，李富贵因在 12 号床位，号子里人就称他为"12号"。李富贵刚进去的那晚，临窗住在 1 号床位的牢头坐在床边搭起了二郎腿，向他说起了"号规"——凡是进到这里面的人，要遵纪守法，对教官要尊敬，对号友要以诚相待。因啥事被抓进来？干了哪些坏事？都要给大家说清楚。不说实话的，就视为有另心，号友们会不高兴。

之后，他就冲着李富贵叫道：12号，你过来。

李富贵走到了他面前，见他在抽烟，而且抽的是"红塔山"，就讨好地说道：你这兄弟，还真活到油和面处了，在这里头，还抽这么好的烟。话音刚落，牢头往起一站，一个勾拳重重地朝他打了过来。

李富贵感到他的牙床被猛然掀翻了，带动得耳朵嗡嗡作响，他懵了，但见牢头骂道：你妈的，老子还没开口，你倒开口了，你懂不懂规矩？

李富贵无缘无故地挨了打，想发作，左右一看，但见牢头身边的几个光头小伙虎视眈眈地盯着自己，知道自己反口，没有好下场，就堆起微笑道：兄弟，老弟失礼了，对不起。你想问啥，问吧。

牢头让他站直，他就直撅撅地立在了人家面前。

还是那句话，犯了啥事？

李富贵忙说道：为嫖风的事。我曾经跟一个四川女人鬼混，后来我们关系不好了，那女的回了四川，我们村上那些跟我结过梁子的人诬告说我打死了那个四川女人……

话没说完，他只感到眼前人影一晃，头上、身上、腿上就落下了拳脚。李富贵见几个小伙打起了自己，忙大喊：来人啊，打人了……

刚一张口，嘴就被一条散发着浓重的香皂味的毛巾捂住了，随着狠劲地一勒，他顿时感觉一口气上不来，他想撕开毛巾，但双手被人家牢牢地控制着。不知谁在他的鼻子下一挖，总算给他留出了能出气的孔。

牢头阴森森地说道：你明明是跟上一个阴阳跑，那个阴阳失踪了，警方在调查阴阳失踪案件时，才从村里人口里听到了四川女人的事儿。你现在光提四川女人，不提那个阴阳，证明不老实，看来，不给你顺个毛，你就不知天高地厚！弟兄们，先给来个"击鼓鼓"。

四个犯人立即给拳头上缠上毛巾，然后朝李富贵的身体击了过去。

李富贵一个趔趄，歪向了左边；左边的犯人一个拳头击来，李富贵又歪向了右边。两下重重的拳击，李富贵已经无力站住了，他如烂泥一样倒了下来。可就在他刚落地时，又被另一个犯人抓了起来，接着是狠狠地一击。

就这样，李富贵被击来打去的，多少个回合，多少次倒下，他已经记不清了，他眼花缭乱，心脏剧跳，全身撕裂般的疼痛。他虽然狂叫着、喊着，感到喊得眼睛仁子都要冒出来了，希望值班的狱警能够听到，进来查房，看看他被打的情景，但是没人进来。现场的犯人也是麻木地看着，没人援救，连吱个声的人都没有。在巨大的疼痛之下，李富贵希望自己能够碰到墙上，碰得昏迷过去，但总有一只手托着他，好像有意保护着他的头颅，使他一直处在清醒的状态。

停！牢头见李富贵脸色惨白，承受力似乎到了极限，就喊了一声，打人者立即停了下来。

李富贵倒在地上，依稀地看见几个打人者在擦着汗，这时才意识到，自己浑身上下已经被汗水浸泡了……

尝着疼了吧？牢头凑到李富贵跟前问道。

兄弟，我与你无冤无仇，你干吗打我呢？

因为你不老实。

李富贵抬头看了看他。

牢头问道：我不喜欢听你嫖风的事，对那个不感兴趣。

李富贵问：那你……你对啥感兴趣？

牢头说：人家不是跟你调查那个阴阳失踪的事吗？我对那个阴阳比较感兴趣。听说你跟那个阴阳跑过，那个阴阳经常跟一帮外地人来往，那些外地人是干什么的？叫啥名字？

李富贵知道，如果自己一旦说出与魏平交往的那些外地人，就会把自己盗墓的事儿暴露出来。虽然他曾和魏平跟着外地人盗过墓，但他俩捂得很严，家人、村上人都不知道。若暴露了这个事，那其他事就捂不住了。为此，他一口咬定不知道，只说那个阴阳和他是一个村里人，自己跟他走得近是为了跟人家学风水，至于阴阳跟啥人交往，他不知道。

牢头认为他没说实话，就要求给他来个"乳牛掏屁股"，让他清醒清醒。于是，一个犯人立即从后面挽住了他的脖子，将他往后一扯，致使他一下仰倒在了地上，接着一个屁股压在了他的脖子上，牢牢控制了他的上身。这时候，他的裤子被人扯了下来，随即一只牙刷靶子捅进了他的屁股眼。李富贵蓦地痉挛了一下，立即感到扎分分的疼，随着牙刷靶子的搅动，他疼得全身都痉挛了起来……

这时候，他想起了老年人常说的十八层地狱的故事——说若在前世做了坏事，死了去见阎王时，要经历十八层地狱的考验。如果能考验过去，阎王爷就收编了他，让他进入阴间，过上阴间人的正常生活；如果经受不住考验，阎王爷就不收，他就只能在空中当飞鬼，永世不得转生，永远没有落脚之地……

为此他知道，要活下去，必须面对十八层地狱似的考验。否则，他在这个世界上就没有立足之地了。所以，他告诫自己必须扛住，不论谁给自己"顺毛"，采取了怎样的手段，都要扛住！不能招的事儿绝对不能招！

因为有这个心理准备，在他走进号子的24小时之内，受到了多种形式的毒打，一身衣服都被打烂了。

说起这个往事，李富贵有气无力地说道：过了几天，侦查魏平失踪案子的强治军要提审我，我跟看守进了审讯室，见强治军和一个警察在里面坐着。

起初，强治军到村里调查时，我觉得面熟，很快就想起了，我们曾经在一个桌子上吃过饭。尽管他当时和我没说过话，但他给我印象很深，这个人皮肤黑，眼睛黑，看起来凶兮兮的，其实啥人都交往，是个活泛人。发现是他提审我，我心里有了点底气，所以，我就故作轻松，他问啥，我回答啥。开始他还比较和气，问到最后，口气变了，喊了一声我的名字，然后说你跟的啥人，做了些啥事，我们基本都掌握了！把你做过的坏事和魏平的去向如实招来，争取宽大处理，若蓄意隐瞒，就是罪上加罪！

当时，我始终一口咬定我只是作风不好，勾引了女人，但确实不知道魏平的下落！强治军当时眼睛一鼓，问我说的可是事实？我说是事实，口里没松劲。这时我发现强治军阴起了脸，眼里充满了杀气，我心里想：真正考验自己的时刻来到了，这次如果自己能扛过去，就没事了，如果抗不过去，就完蛋了。

说起这个过程，李富贵举起了两只手，让邵粉玲看。

邵粉玲说道：你两个手腕上的那个发白的痕迹，我从第一次咱们相面时就发现了。我知道你坐过牢，我猜是被手铐铐的。

李富贵有点伤感地说道：当时，强治军把我的双手吊在了墙上，手铐铐得骨头白森森的，我感觉手腕要断，疼得我感觉头发都在唰唰地往下掉。在那一刻，我豁出去了，我大声喊道：姓强的，骨头是我的，肉是你的，你打吧，打死算我李富贵命短！

我被吊在空中，整整吊了两个多小时。后来，我昏过去了，等我醒来时，发现我已经回到了号子里，牢头给我涂抹手腕上的伤口。在那一刻，我估计我逃过一劫了。果然，后来我被定了个"寻衅滋事罪"，被关了三个月就释放了。

　　邵粉玲听到这里，问道：虽然你挺住了牢头和警察的考验，逃过了一劫，但魏平的失踪到底与你有没有关系？

　　李富贵沉默了一下，才慢腾腾地说道：我前面说过了，魏平给我和顾盈盈算的那个卦应验了，我觉得魏平的手艺还不错，加上那时候发现他经常在外面走动，知道他是个活泛人，因此就求他把我带上，跟他学风水算卦也行，给他跑腿也行。因为顾盈盈离开我之后，我心里很痛苦，在家里待不住，种地干活没信心，一心想到外面闯荡。魏平知道我过得比较落魄，就答应了。虽然我没有像王年年对我那样给魏平下跪叩头，搞正式仪式，但实际上他就是我的师傅。

　　跟上魏平之后，我才发现他跟上两拨盗墓人在跑，一拨是挖墓的；一拨是专门买东西的。外地人知道咱们这里的历史，魏平知道路，加上他也懂点墓穴脉气啥的，就协助外地人在咱们这个地盘上盗起了先人墓。由于他手艺不错，外地人对他也不薄，车接车送，好烟好酒，在人跟前活的比较香甜。而我，魏平当初把我带到这些人跟前时，给介绍说我是他的徒弟，初入这个行道，让我先跟上刨土土。他们的行话把挖墓叫"刨土土"。一座古墓，他们给我500元，也不用给魏平提成，是干落净拿。在九十年代，500元也不算少。

　　邵粉玲听到这里，说道：你们盗老先人的墓，也不怕把自己塌死，听说有的墓里还有毒气。

　　李富贵说：一般挖到下面塌了的，都是流沙墓。咱们这里水少，基本上都是干坑墓。至于毒气，一般用火炮把眼打开，就能放一点毒气。人下墓时，都戴着氧气罩。我第一次给人家挖墓，炮眼打过，没挖多少土，就看到墓道了。我本身就害怕，这时候，我闻到了一种腥气，就像从人身上散发出来的那种气味，我心里害怕了，仿佛看到一个面目狰狞的骷髅向我扑来，我的心跳得像敲鼓鼓，手抖得连铲子都握不住，脑海里一直出现各种幻觉……

　　邵粉玲立即问道：那些年，你都挖出了啥东西？

　　李富贵说：盗墓这个行当有规矩，踩点的只管踩点，刨土土只干刨土土的事儿，到了墓底，刨土土的就上去，土头就下去了。我们这些人中，一个不叫一个真名，一个不过问一个的事。即使他们在一起了，都相互以"老驴""鳖盖""酒神"啥的称呼，不叫真名。尤其像我这类打下手的，不许跟外人交往，有啥事只能跟魏平说。所以，挖出了啥，我根本不知道。如果魏平愿意告诉我，我才能知道一点。有时候他为了观察古物上的特征，拿在手里看来看去的，这时候我才能上手看一下，而对外，平时他们捂得非常严实。走到街上，谁也看不出那些西装革履、戴着金戒指的人是盗墓贼。

邵粉玲听着，不吭声了。

李富贵拿起炕边的水杯，喝了点水，又继续说道：那时候，全国盗墓成风，那些人为了在咱们这里挖到宝贝，背上一疙瘩一疙瘩的钱到处打点。对我也不错，除了工钱，有时候他们高兴了，还给我烟和小古董什么的。有一个晚上，魏平带我去孟家畔挖一座唐代墓，准备开工时，天下起了雨。不一会儿，有人送来了一个塑料帐篷。魏平偷偷告诉我，说这个帐篷是一个警察提供的，我们在里面挖，警察在外执勤。从那时候我才知道，怪不得那帮人拿着洛阳铲在咱们的地盘上到处挖，是因为在公安局内部有他们的保护伞。因此，即使群众发现，举报了，他们只抓些没有背景的人，有背景的，都提前给通风报信了。

邵粉玲听到这里，似乎有点不信，用眼睛看了看李富贵。

李富贵说：为啥我被抓进去后，死不招供呢？因为我知道强治军与魏平比较熟。魏平有个毛病，酒一喝大，就有点张狂，说他跟谁谁谁认识，给哪个官员襄治过风水等，所以，谁和他好，谁跟他走得近，我基本都知道。有一次，因为干了几起刨土土的事，我心里总有点担心，怕被抓住。他说：我们都不怕，你怕啥呢？这时他才提到了强治军，说他和公安局这个朋友关系美得很。说公安局把另一帮刨土土的赶得吼哩，对他们这帮人比较照顾。劝我不要担惊受怕，死心塌地地跟着他干就行了。在魏平向我介绍了强治军不久，魏平请一帮人吃饭，还请来了强治军。尽管人家没有和我多说话，但我知道他肯定照顾了魏平那帮人。因此，我知道强治军也不想让我认罪。他用那种方式审我，也是为了掩人耳目做样子，我之所以硬抗，也是为了配合他。这样一来，我无非是受了点皮肉之苦，起码逃过了一劫。

邵粉玲顿时有点诧异：不想让你认罪，逃过了一劫？这么说，魏平就是你给害了？

李富贵怔了怔，声音低沉地说道：就是的。

说起魏平，李富贵至今好像还有点恨，口气愤愤地说道：狗日的魏平，把外地人一趟一趟地带到咱们地盘上，挖老祖宗的东西，最后，竟然想把我挖坑埋了，如果不是我反应快，现在就成了他的下场了。

邵粉玲沉默了一下，问道：啥时候的事？

1997 年农历 11 月 13 日。

邵粉玲看着李富贵说道：你打死了人，日子还记得这么清楚……

李富贵叹息一声说道：杀人毕竟是大事啊，不是小事，这么多年了，眼睛一闭，一想起，就像昨儿发生的似的……

邵粉玲口气沉重地说道：这么多年了，你手里弄死了两条人命……都没露馅儿，你捂得好啊。

李富贵说：不捂有啥办法呢？我是从阎王爷殿里走了一趟的人，这条命是自己用疼痛换回来的。因此，为了活命，不捂也得捂。为了预防自己别再出事，自从魏平死后，我就和那些盗墓的人撇开了关系，从此再没沾染那事。这些年来，多少人上门叫我去干，我都没去干。我知道人最难管的就是自己。有的人犯了罪，若没被人发现，心里就放松了，认为事儿过去了，往往在大意之中，就出事了。咱们这里不是有过这样的案子嘛，一个人杀了人，在外地躲藏了多年，以为自己安全了，在一次酒醉后，骂警察无能，一个无头案子，破了多年都没破了。说者无意，听者有心，结果这个案子就这么破了。为此，我时常拿手腕上的伤疤警示自己：一不喝酒，不乱交朋友；二走正道，做好人，在文物鉴定和周易风水上下功夫，当个高人；三和人发生矛盾冲突了，不发火，不纠缠，该吃的亏就要吃，该放手时就要放手，要做得儒雅，有教养。经过十几年的磨炼，我现在基本做到了，说句实话，凡是与我打过交道的人，没人对我李富贵印象不好。

邵粉玲顿时有点激动地说道：你既然这么要求自己，为啥你的裤子上沾了血？在我去县城的那两天，难道你和人打架了不成？

李富贵一愣，失口说道：那条裤子我已经埋了，你咋发现的？

邵凤玲说：咱家的狗拉出来了。

李富贵怔了怔，自言自语地说道：那天，我为埋那个裤子，缓了几次，才埋了，挖的那么深，狗咋能刨出来了？这个狗日的，我喂了它几年，就这样报答我。

邵粉玲说：人头顶三尺有神灵，世事变化都有因果。人做了亏心事，即使你堵了窟窿，蚂蚁都能蛟开。狗把你埋的东西刨出来，说明是神灵看不惯你了。你现在既然把四川女人、魏家男人的事都摊开了，那就没有必要再遮掩了，裤子上的血点哪里来的？你为啥埋了裤子，你就实话实说吧。

李富贵想了想，说道：也好，省得你到时候不知情，在哪里有个闪失。我已经这样了，不能把你搅进去。

对于邵粉玲来说，在看到那条带血的裤子时，她心里已经有了七八分的把握了，但她不愿接受，因为王年年是他的徒弟啊，这么多年从她家里出出进进的，在自己的心目中，跟家里人一样，十天半个月不见，她心里还惦念。王年年的大女儿、二女儿出生，邵粉玲给做衣服，做肚兜，给王年年的哑巴妈捎这捎那，俨然成了至亲好友。她也习惯了两家人的来往。所以，她宁愿相信自己是瞎想，也不愿往这方面想。现在见李富贵这么说，她的心顿时悬了起来：你是不是伤了王家娃？

李富贵艰难地点点头：就是的。

邵粉玲睁大了眼睛：打伤了？

李富贵说：打死了。

邵粉玲感觉好像头上挨了一棍子，两眼直呆呆地看着李富贵：你……明明你打死了，问起……你还说不知道，你太能装了！

李富贵说：现在好多当官的都在装，别说我这个老百姓了。你到了我这个份上，也会装。

你呀……邵粉玲伸手想打李富贵，却没打着，就埋头呜呜地哭了起来。

李富贵见老婆这么一哭，禁不住声音颤抖着说：这个娃这些年都很老实本分，我发现自从我卖了那个凤冠之后，他就变了。在凤冠出世时，本来我是隐瞒他的，不知谁走漏了风声，让他知道了。后来我揣摩，肯定是那个卖皮鞋的女人告诉他的。他因为曾经见过咱家有一对梅瓶，知道我把一只卖了，还有一只，他就跟我要，要了几次我都拒绝了。那天你去伺候了老人，他又要，还有点威胁我的意思，好像不给，他就要揭我的老底。我见他缠的不行，打算送给他个其他东西，结果我一打开箱子，他就看见了那只梅瓶，以这些年伺候我为借口，就霸王硬上弓，直接要哩。我提出给他10万元，他都不行，最后竟然把我推倒在地，要掐死我。在那一刻，我想，不除掉这个祸害，就是我走了，他也会威胁到你，因此，我就按动了墙上的机关，让他闪下了坑，然后用镢头砸死了他……我知道是那个梅瓶惹的祸，所以你回来第二天，我就带着它进了城……

邵粉玲感到极度难过，两眼愤怒地盯着李富贵，嘴唇颤了颤，才艰难地挤出了一句话：老李呀……你的心太歹毒了……

李富贵见老婆的眼泪像雨水似的往下流，好像也后悔了，禁不住声音发抖：我的毒是王年年逼出来的呀，这是他的命。即使我的亲儿子，我不想给的东西，就不给……他的心太贪了，手伸得太长了……

邵粉玲边哭边说道：那个东西……你最终还不是送了人，既然是送人的，为啥把它看得这么重呢？你以为你送给顾盈盈，送给你们的女儿，她俩就领你的情，富贵，你太傻了……

豆大的泪水从李富贵的眼中滚了出来，他声音沙哑地说道：哭吧，我知道你心里不好受。

你的心咋这么狠毒啊……掐死了四川女人，毒死了魏平，现在又打死了小王，你到底是人，还是魔鬼？

李富贵抹了一把泪水说道：我这种人，在你跟前，就是好人；在魏平和王年年跟前，就成了魔鬼。我的好是你带出来的，我的恶是他们逼出来的。说句实话，在我生命中的四个女人中，唯有对你，我啥都不图，不图形象，不图感情，就图我有个落脚之地，因为我的老家，我回不去，儿子女子都不认我，村里人对我有看法，所以，我把你当成了过日子的搭档。没想到，你最有心气，你的情商最高，你与我这个杀人犯同床共枕这么多年，我连你一个指头都没动过，你让我平平安安地走到了今天，所以我很看重你……虽说我是个魔鬼，可我也是个情种啊……

邵粉玲倒感觉这句话很别扭，用手一挥说道：你别这样说了，你这样说是侮辱我，是用刀子扎我的心……

李富贵齉着鼻子说道：我知道我现在说啥，你都听不进去了。你想咋说，就尽管说吧，你说啥我也不在乎了，但有一点，看在咱们夫妻的情分上，请你答应我。

邵粉玲狠狠地哭了一会，才抬起头，看着李富贵问道：你想让我干啥？

李富贵说：好歹我还有个亲儿子，有个亲女儿，还有你的娃，我的义子，我虽然罪孽深重，但心里总不想让娃娃们受我的影响，在社会上被人戳脊梁骨。因此，我说的事儿你别告诉别人，更不能告诉娃娃。我现在得了这病，迟早是要走的，就让我安安稳稳地走了罢了。

邵粉玲微微一笑，一股泪水又不听话地夺眶而出，她语气坚定地说道：自古都是雪里埋不住死人，黄土里掩不住好人，命里若有那场事，躲了一时，躲不了一世。到了这个时候，你把啥都想开点。不论你做了啥事，我希望能陪你一天是一天。

此时，已经到了深夜。乡村的夜晚本来就很静，到了深夜，更是鸦雀无声。天上的星星忽明忽暗地注视着树影斑驳的村庄，万物都好像进入了沉睡的状态。

只有微风像个幽灵，窸窸窣窣在田野、树叶和庄稼地里穿梭，搞得那些轻狂的叶子动辄颤巍巍地痉挛一下。李富贵的庄子跟其他黑黢黢的庄头瓦房一样，坐落在围墙树木之中。院里的狗扒在窝里，一声一声地扯着轻微的喊声。棚子里那头黄牛卧在地上，嘴一滑一滑地反刍着肚子里的草料。院子里一片漆黑，只有北面上房的右侧房间里，透过窗帘，射出了昏黄的光。

门吱呀一声开了，邵粉玲从上房走出，进了东面的伙房里，提了一壶水，又返进上房，给盆子里兑了凉水，让李富贵下来洗个脚。李富贵说这个时候了，明儿再洗。邵粉玲说：洗个脚，你好入睡。说了这么多，估计你躺下去也睡不着。李富贵就下了炕，邵粉玲将他的脚按在盆子里，给轻轻按摩了起来。

第四十一章

命丧"四灵"之地

　　中午一点多，尽管艳阳高照，但村庄里飘浮着轻纱般的薄雾，鸡鸣声、狗叫声此起彼伏。两辆警车在前、一辆救护车在后，呼啸着在乡间公路上奔驰。黄睿头靠在靠背上，盯着面前不断越过的田野，一言不发。旁边驾驶车的王小可也沉默不语，干巴巴地听着车顶上的警报声。

　　警车在狂奔之中，路边突然跑出了一只小狗，王小可眼尖，一打方向避了过去，导致黄睿一个趔趄，他立刻坐直了身子，拿起水杯，打开，递给王小可。王小可看了一眼，说不喝。黄睿又放下了水杯。

　　昨天，为"魏平失踪案"，市局成立了专案组，黄睿被抽调到专案组任副组长，同时抽调进去的还有王小可。在小组会上，孙来民说道：详细情况已经给大家做了汇报，李富贵不仅有盗掘清代古墓的证据，还有杀害魏平的嫌疑。为了坐实这个嫌疑，必须找到王年年！鉴于李富贵身患绝症，我们要抓紧破案！下面咱们分成两组，一组围绕魏平以及王年年这个线索展开调查，另一组继续深挖魏平、李富贵与盗墓人的线索！黄所长，追缴古董的事就交给你这一组吧。大家要抓紧行动,争取在一周内破案!

在孙局长讲话之际,黄睿看见王小可情绪有点低落,手里玩弄着一支笔,散会后,又见他走得匆忙,就几步赶了上去,低声说道:小王,你表姐那儿,你就别去了,我一个人去。

王小可说:没事。

黄睿说:那你打起精神来。

王小可紧走了几步,又放慢脚步说道:要是以往,案子到了这个程度,我们应该高兴,可我……心里总不是滋味……你说咱们弄了个啥事,弄来弄去,把自己人弄进去了。早知是这个结果,我就……

黄睿立即制止道:你胡说什么?

王小可见黄睿眼珠血红,脸色发青,人看上去都瘦了一圈,不禁鼻子发酸,说道:我是今天上班才知道这个情况的,我现在心如猫抓,如果魏晓云在我面前,我会一脚放倒她!

黄睿说:你看你,怎么在这个时候还有这么糊涂的想法,案件到了这个地步,你表姐应该理解!

王小可泪声说道:黄所,我不是嫌牵扯了我表姐,而是……

黄睿打断他的话:知道!当警察就得像个样子,把眼泪擦干,赶紧行动!

警车直奔李岭村,很快就到了李富贵家大门前。

此刻,大门半闭着,两个警察迅速立在了大门左右,黄睿带着四个警察和一个法医进了院子,快走到上房跟前了,发现无人,就喊道:有人吗?

话音刚落,邵粉玲从上房走了出来,见到黄睿等人,口气平淡地问了一句:你们来了。然后撩起门帘,搭在门上。门口立即警戒了起来,黄睿和一位警察进了上房,但见李富贵刚理完发,在马扎上坐着,理发师正在清理着他脖子上的发碴。

吃过早饭,邵粉玲提出要给李富贵理个发,说她已经从镇子上叫了理发师,等会儿就来。李富贵说头发不太长,不想理。邵粉玲说:你肝脏不好,理勤一点,你就轻松一些。

现在,在快要结束之际,黄睿一行就来了。李富贵转头一看,语气像对待客人似的让他们坐下,说他马上就完了。黄睿说:不急,慢慢来。

邵粉玲则一言不发地拿起杯子,准备给他们倒水,黄睿说:别倒了,不喝。女理发师看了看门内门外的警察,有点诧异,三下两下收拾罢,邵粉玲给了5元钱，她向李富贵夫妇打了个招呼，撒腿就走了。

李富贵看了看黄睿几人，微笑地问道：你们是来抓我的吧？

黄睿说道：有个案子，需要向你调查。你看你带什么药，都带上。话音刚落，一位警察上前抓住李富贵的双手，准备戴手铐。李富贵说道：轻点，我这个手腕当年被你们差点铐断了，那时候年轻，能撑住，现在撑不住了。

邵粉玲则一言不发，看着警察给她的男人戴上了手铐。然后，但见黄睿问道：你知道我们为啥抓你吗？

面对这种情况，李富贵看上去比较淡定，口气轻松地说道：知道，我老婆昨晚跟我聊了一夜，今天又是给我剃头，收拾这收拾那的，我估计这事烂包了。

黄睿问：王年年在哪里？

李富贵不假思索地说道：在我家的地道里。

黄睿说：带去看看。

李富贵就由两名警察搀扶着，出了上房，穿过院子，进了牛棚，指了指那个牛槽，让他们把那个木牛槽挪开。两名刑警抬开了牛槽，发现下面有个木板，推开木板，是个洞子。李富贵说：你们下去看看吧。

办案人员忙拍照，查看地形，商量怎么下洞子。这时，邵粉玲拿来一只手电，不声不响地先爬进洞口，黄睿忙跟了下去，发现下面是条地道。

很快，在地下室的地洞里，拉出了王年年的尸体。当民警戴着口罩抬着已经成为弓形的尸体走出来时，李富贵略带微笑地说道：我知道血流干了，尸体都臭了。

黄睿发现李富贵的心态如此稳定，杀了人好像杀了一只羊似的，没有一点怜悯之心，顿时怒发冲冠，大喊一声：把他带走！

李富贵有点不高兴了，说道：你吼啥哩，黄所长？你以为捉了我，你屁股后面就干净了？

黄睿又重复道：带走！

这时，邵粉玲提来一个用棕色方巾包裹的包袱，当着李富贵的面交给了黄睿。黄睿打开一看，是两疙瘩钱、一只黄白透亮的玉碗和一只金扳指。邵粉玲说：这是老李送给我的东西，你们都带走吧。

李富贵一看，急了，说：这是我留给你的东西，你咋拿出来了？

邵粉玲说道：这东西沾上了血，我拿着也不吉利。

李富贵一下崩溃了，失口骂道：真是把驴日得炸尾巴哩！我给你……

黄睿立即呵斥道：嘴巴放干净一点！

李富贵呆住了，看了看黄睿，又看了看邵粉玲，突然扑通一下跪在地上，叫了一声"年年"，就放声大哭起来。边哭边说道：年年，师傅对不起你，你平时都好好的呀，咋我一有病，你就变了呢？你跟我要东西，逼得让我打死了你呀……原以为我除掉你，我老婆就平安了，没人跟她要东西了，结果她不领情啊……早知是这个结果，我给了你不成吗？年年啊，师傅对不起你……对不起你啊……

李富贵跪在地上哭的呼天抢地，黄睿目光冷峻地看着他。突然，李富贵哇的一声，一口血喷了出来，跟随救护车来的急救人员赶紧冲了上来，手脚麻利地对李富贵施救了起来。

邵粉玲看着号叫着的李富贵，泪水夺眶而下。她提起提前准备好的衣物，出了门，上了车。当她坐下来之后，她看见李富贵被两个警察拉上了警车。

很快，李富贵被带进了公安局询问室，一进门，他就愣了一下，因为徐毛毛和陈丽分别戴着手铐站在一边，每人身边站了两个女警察。徐毛毛眼睛斜视了一下李富贵，低下了头；陈丽两眼平视着面前的墙壁，眼睛肿胀，表情冷漠。

李富贵回头一看，说道：哟，黄所长，你连你媳妇也抓了。

黄睿问：这两个人你很熟悉吧？

李富贵说：熟悉得很，一个叫徐毛毛，是个小老板，那个穿黑衣服的叫陈丽，是你媳妇，原先是驾校教练员。你媳妇陈丽曾买走了我的几件宝贝。

黄睿问：几件？

李富贵说：六件。

黄睿又问：都是些啥东西？

李富贵说：一顶凤冠，一只翡翠镯，还有一只金镶玉镯子，一条扁方，一块玉带钩，再是一只青花梅瓶。

黄睿即命人端出这套宝贝，问：是不是这六件？

当时，黄睿带着文保队的殷警官到凤凰书院没收这套宝贝时，顾盈盈在办公室等他。顾盈盈拿出了标签印着"道然"二字的手工正山小种，给他俩泡起了功夫茶。与黄睿一同来的同事好像第一次进凤凰书院，感到很震撼，目光不停地打量着墙上的字画。黄睿则坐在顾盈盈面前，目光专注地看着她，发现她手指纤细修长，肤色白润，看上去优雅端庄，气质上有种说不出的魅力。想到王小可在她跟前给自己借了 10 万，不知她当时是怎么想的，按照常规思维，别说是表弟，就是自己的亲弟弟，想要借给这么多钱，一般都不会这么利索。虽然在顾盈盈当年基建幸福小镇时而引发的群众事件中，他妥善地处理了纠纷，这在他的警务生涯中，是个小得不能再小的事儿，但顾盈盈就看在这个份上，在债主逼得不可开交的时候，出手给自己借了钱。就凭这个人情，曾使黄睿的心里有过这样的想法：今生一定要在某些方面帮一帮顾盈盈，感谢感谢她。

但是，现在 10 万的借款还没还给人家，却把人家扯进了这个案件，这事搁在谁身上都不好受。故此，此刻的黄睿心情很复杂。

顾盈盈发现黄睿有点心事重重，就故意调侃问茶好不好喝？说这是纯手工的茶叶，有种乡间小炒的味道，喝下去有平心润气的作用。

黄睿是个直人，和她寒暄了几句，就直接提到了那笔借款，说道：我就直话直说吧，自陈丽弄下这麻烦以来，你确实帮了我们不少忙，出了不少力，这个情义，我黄睿记着，今生就是砸锅卖铁，一定会给你还了这笔钱。

顾盈盈莞尔一笑说道：我既然借给你们，心里就有打算，迟还早还，对我来说无所谓啊，你别把这点钱放在心上。

黄睿说：眼下，我身披这身警服，办理这个案子，该走的法律程序还得走，请你理解和支持。

顾盈盈又莞尔一笑说道：我知道你来的意思，你媳妇已经把一切告诉我了，我好歹是人们称呼的企业家，没有海量，能到现在这个地步？放心，我不会为这个事为难你的。

黄睿以为他把这个案子坚持了下来，顾盈盈虽然不能像媳妇陈丽那样大发雷霆，痛哭流涕，但至少会生自己的气，会给自己使冷脸，没想到她神态淡定，表情温和，好像没发生什么似的，心里顿时有点感动，有点失态地说道：谢谢你，谢谢你的理解！

顾盈盈说道：也谢谢你……替那几个死者揭开了锅盖……当初……我以为就是单纯的失踪案，过去这么多年了，觉得希望不大，还要在这个案子上扯出我和李富贵的关系，所以就劝你别费这个心了，既然案情严重，那就只能依法办事了。说罢，她叫来了芮总，让她把东西拿来。

很快，芮总和一个工作人员前后抱来了六个古董盒子，摆放在了茶台上，打开，凤冠、翡翠镯、镶玉镯、扁方、玉带钩和梅瓶六件宝贝呈现在黄睿面前。

面对这些光泽温润、形态各异、做工考究的宝贝，同事忙操起相机，对每个宝贝拍摄了起来。黄睿则盯着它们，感到满眼生辉，无比惊奇，尤其那个凤冠，精美的造型，五光十色的点缀，加上悬在帽冠蛋片上的四个工整厚重而闪着银光的"奉天诰命"四字，给他一种皇令天下、神圣不可侵犯的感觉，使他不禁肃然起敬。他的目光在凤冠上注视了片刻，才看向了其他几个，那绿茵斑斑、水种饱满的翡翠镯、很有艺术感的金镶玉镯、精巧玲珑的玉带钩、华美艳丽的扁方、沉稳雅致的青花瓷器，在他的眼里，个个都瑰丽精巧，妙不可言，散发着古朴而独特的神韵。

黄睿看着，两眼发直，半天不吭声。

顾盈盈瞟了他一眼，告诉他说这些东西总共是四十万元买的。黄睿心里想：四十万元很便宜啊，在他眼里，单是这个凤冠，都能值二三十万，别说梅瓶等其他东西了，从一些鉴宝节目看，青花瓷器非常值钱呐。难怪媳妇要买，这些东西要是碰我手里，我心里也发痒呢。

顾盈盈见黄睿两眼痴迷地看着宝贝，语气平静地娓娓道来：开始是你媳妇打算买这些东西，想倒卖了赚点钱，用于还紧账。但她没钱，求我帮忙，我看东西确实不错，就借给她四十万元。但你家的情况我知道，我怕她拿了东西，将来还不上钱了，所以我让她把东西放在凤凰书院，由我保管，让她先去找买家。结果在我这里放了四十多天，她还找不到理想的买主，我看她急得嘴都烂了，索性自己买下了，给了她二十万元的利润，算是我花了六十万元买下了这套宝贝，是真是假，我也不在乎了，权当是帮你们。没想到，这些东西是盗墓之物，既然是赃物，放在我这里也感到晦气，你带走吧。至于我的损失你打算怎么处理，你看着办吧。这是她当初写给我的借条。说罢，她把陈丽当初借她四十万元时写的借条拿给黄睿看。

黄睿看着这个借条，觉得顾盈盈从陈丽手里买走凤冠后，先前的这个借条应该作废，不知是顾盈盈有意保存，还是陈丽马大哈，居然被顾盈盈保留了下来。这个借条虽然不起作用了，但是作为一种原始证据，可以清楚地表明这桩文物买卖的过程，期间谁先谁后，谁轻谁重，谁有责任谁无责任，一目了然。黄睿这才明白，人与人之间的差距就在这里。他这个媳妇看起来风风火火的，其实跟顾盈盈比起来，情商太低了。

事已至此，他只能接受这个现实了，对顾盈盈说道：放心，除了十万元借款，后面的这二十万元我也认账，总共欠你三十万元。说罢，他拿出笔，把凤冠这些东西分别作了登记，然后郑重地问道：是不是这六件？

顾盈盈低垂着眼帘，语气坚定地说道：是的，就是六件。

黄睿看着顾盈盈问道：你确定？

顾盈盈点点头。

黄睿指了指登记簿，要求顾盈盈把买到的东西的名字全部写出来，签上名。顾盈盈照做。之后，黄睿又要求她在数字、名称和名字上都按了指印。

把交接手续完成之后，顾盈盈微笑地说道：别人开古玩店，是为了盈利，我呢，你也看得出来，东西到了我这儿，就像进了博物馆，轻易不会出手的。我收藏的目的，是欣赏，是保护，是传承。我也把这些东西的未来想好了，如果我的孩子喜欢，有保护文物的理念，我就传给孩子；如果不喜欢，我打算捐给政府。但前提是，这些东西必须陪我到老。因为我喜欢，在精神上，我需要有个玩伴，这些东西就是我的精神玩伴。

黄睿说：理解，理解！搞这么个书院挺好，起码能修心养性，希望你坚持下去，把你这个书院经营好，成为咱们凤城市人赏今博古的好去处。顾盈盈说：你看我对这些东西多珍惜，光给这六件宝贝定制盒子，就花了不少钱呢。黄睿说：是啊，盒子真的不错，材质好，做工也考究。你哪里定制的？顾盈盈说：浙江。黄睿说：你真细心！

之后，黄睿提示顾盈盈陪他们把宝贝送到市局。顾盈盈说：你们带去就行了，我没必要去。黄睿说：你把这些东西保护得这么好，最好亲自送过去，这样，对你有利。

顾盈盈微微一笑，问什么利？是不是能把我在这些东西上投资的六十万元退给我？黄睿说：我说过了，陈丽从你手里赚的这二十万元，我以后会给你弥补上的！

顾盈盈哈哈一笑，说：好啊，那我就等你还钱吧。说罢，顾盈盈将这些宝贝又装进了一个纸箱，然后让同事抱着，昂首挺胸地与黄睿一同出了凤凰书院。

但她的身后，也就是她的家里，在一个神秘的角落里，有个梅瓶孤立地待着，它虽然和这个梅瓶一同出土，但由于它是李富贵亲自送给顾盈盈的特殊之物，没有与惹了官司的凤冠等东西一起面世，因而被顾盈盈隔离了起来。因为顾盈盈是个很有心计的女人，这样的人怎能不有侥幸的心理？怎能没有一点灰色收入？当然，如果有人指出，譬如陈丽、李富贵或者邵粉玲供出来，那她也会以合理的理由和巧妙的说辞将这个东西交出来的。现在，她之所以没交，是想碰一碰运气，说不定，这三个知情人还会替自己隐瞒的。

现在，面对这六件盗墓之物，李富贵的目光扫了一下，最后落到梅瓶上，发现是一只，就说：对着哩，就这六件。

你再看看，有没有被换掉的东西？

李富贵谁也不看，语气果断地说道：没有，一个都没变！

黄睿又指了指陈丽和徐毛毛，问道：你俩，经手的是不是这六件？

陈丽自始至终低着头，不看，也不吭声。徐毛毛瞟了一眼，说道：就是的，我是介绍人，东西是从我手里过去的。

随后，待李富贵在宝贝登记单子上按了指印后，宝贝被撤下了，陈丽和徐毛毛就被女警带出去了。黄睿将李富贵铐在椅子上，然后他询问，王小可做笔录。隔壁，专案组警察在监听。

黄睿说道：李富贵，我们知道你身体不好，为了节省时间，希望你好好配合，只要你如实招供，我们会对你做到相应的照顾。

李富贵微笑地说道：我一直认为，即使你发现了我的一些苗头，由于你媳妇从我手里买去了东西，你不会查下去的，而且我也是活一天少一天的人。不论谁遇到这个事儿，给谁都会睁一只眼闭一只眼，结果你还是给我撂挑子了。

黄睿说：闲话少说，就说你的事吧。李富贵问：你想知道啥？黄睿指了指凤冠问，这些东西是哪里来的？李富贵说：从一座清代古墓里挖出来的。黄睿问：什么时候？李富贵说：1997 年阴历 11 月 13 日。

黄睿目光犀利地看了看李富贵：和谁挖的？李富贵说，魏平。黄睿问：你当时从墓里都挖到了什么东西？你仔细陈述一遍。李富贵说：凤冠、梅瓶、金扳指、翡翠镯子、金镶玉镯子、玉碗、玉带钩、扁方和一条珍珠项链，总共是九件。珍珠项链我送给徐毛毛了；金扳指和玉碗给我老婆留了下来，其他六件就卖给你媳妇了。

黄睿问：确定吗？李富贵说：确定。

黄睿问：这些东西出土后，你是不是杀害了魏平？李富贵口气平静地说道：就是的。

说说，为啥杀他？

李富贵说：有两个原因。一个原因是，我对魏平的为人做事看不惯。虽然他是个懂风水会六爻的阴阳先生，手艺不错，一心也想把我教出息，但他自私，爱占便宜，动不动说话日白遛谎，把人骗得团团转，他是我的师傅，但不具备为师的德行……

黄睿立即打断他的话：说具体一点。

李富贵想了一下，继续说道：他带外地人在咱们地盘上挖咱们老祖宗的坟墓，这个做法我看不惯。

既然看不惯，为什么当初不举报？还跟着他干盗墓的勾当？

开始我不知道啊。当知道后，我已经上了他的贼船了。再说，因为有个事儿……我也不能报案……

黄睿抓住机会问道：是不是因为你打死了一个女人？

李富贵一愣：谁告诉你的？是我老婆？但见黄睿冷眼看着自己，不吭声，他自嘲地微微一笑，躲开了黄睿的视线。

黄睿即将一张照片举到手里，问：是这个吗？

李富贵无力地点点头。

叫什么名字？

李富贵一看，口气平淡地说道：邓圆圆。

你扔到了你老家门前的深臼里？

李富贵又一愣，惊讶地问道：那么危险的地方，难道你们把四川女人的骨头捞上来了？

黄睿立刻抓起桌上的工作笔记本，朝李富贵的脸上狠狠地砸了过去，被铐在椅子上的李富贵头一歪，躲过了。王小可离开桌子，去捡笔记本，在捡起的一瞬间，用本子狠狠地在李富贵脸上煽了一下，隔壁监视的专案组督导忙提示，让他保持克制。

黄睿感到胸膛里憋着一团气，他在地上转了个圈儿，又回头看着李富贵：说，你杀魏平的另一个原因？

李富贵慢腾腾地说道：我总不想把咱们地盘上的东西流到外地人手里，曾劝过魏平，让他别带上外地人挖咱们祖先的墓了，当个贼娃子都比盗墓强。他说，已经走上这条路，回不来了。我说，那咱俩干，你找墓，我出蛮力，出来的东西咱们二五分成。他说外地人精灵，有变现的渠道，人家在咱们这里也有了根，说他和那帮人是一把筷子不零卖。我说不通他，只能硬生生地跟着他干。

1997年11月的一天晚上，我和魏平在喝酒时，他神秘兮兮地告诉我，说他发现了一座清代古墓，有可能是个饱墓。他们行话把有东西的叫饱墓，没东西的叫秕墓。我问在哪里？他当时没说，但在第二天，带着我和外地人去了一个叫鸟嘴山的地方，到了山头上，外地人怕山下的手机和传呼机信号不好，让我在山上等，意思让我放风看人，有啥情况了给他发传呼。我在那里等了有两个多小时，他俩才上来。我揣摩他俩在下面待的时间那么长，古墓肯定不一般。果然过后，魏平就在我跟前显摆，说外地人说了，如果墓里出来的东西好，除分成之外，额外还给他奖励1万元。

外地人挖墓比较谨慎，一旦发现一座古墓，要反复考证，值得动，他们就动；不值得动，他们就不动。动墓之前，也比较迷信，要看日子和时辰。之后，听魏平说，外地人把日子选在了11月16日这一天。就在这个时候，墓头的娃得了急性肺炎，他就留了两个人在这里守着，带一个人回三门峡老家了，留下的两个人和魏平住在了镇子上的旅社里，天天吃吃喝喝，等待墓头来。

我一看墓头回去了，就给魏平建议，撇开外地人，咱们自己挖，说瓜子都知道肥水不流外人田。咱们既然是提着脑袋干事哩，就要把主动权握在咱们手里，别跟上瞎子扬土土了。如果真是个饱墓，那咱们以后也不用冒这个风险了，这个墓里的东西就够咱们后半辈子花了。

魏平开始不同意，认为我俩拿不下来，经过我反复劝说，他同意了。给魏平说通的那天，是11月13日，阳历是12月12日，就是丁丑年壬子月戊子日。当时，我出门一看，天又阴又冷，还刮着北风，觉得晚上动工是个好时机。就出去买了些白酒和猪蹄啥的，让魏平和那两个外地人在旅馆里喝酒，然后，我编谎说我老姑姑家在附近，想去看看，如果晚上回不来，明天回来。魏平知道我去干啥了，故意叮咛我明天早点回来。我一离开旅馆，就赶了十来里路，到了那个古墓附近看了看，熟悉了一下路况环境。然后，我就在山头上，钻在一个麦草垛里面，等魏平。太阳刚落山，我看见了一个人影，魏平手里提的肩上扛的，摇晃着来了……

李富贵说着，当年的那一幕，像电影镜头似的在他的脑海里闪现了——

那个夜晚，天黑下去没多大会儿，月亮就出来了。由于天气的原因，月光昏黄暗淡。透过重重叠叠的大山，可见一条蜿蜒的盘山小路。两个人影在路上晃荡。正是李富贵和魏平。当时，李富贵穿黄棉大衣，戴着雷锋帽，肩上扛着镢头，手里提着一团麻绳；魏平穿着蓝色棉袄，头上套着一个毛线织的圆顶帽子，手里提着一个大帆布袋子。到了一个旷无人烟的山台上，他俩停了下来。这里，魏平曾经来过，他们早已探出了古墓的位置，也确定了直通墓底的地方，那是个

80厘米大的圆圈，十几米处远，有个土丘状的山石。

一到地点，李富贵二话不说，就破土动工。魏平则拉起拴着铁锹的绳子，将一头钉在山石附近，一头拉到墓地中心，做出了下地洞的准备。在李富贵往下挖的同时，他拿出那个能伸长缩短的探杆，随时准备查看土质。尽管是冬月，前几天也下过一场雪，但还没到三九天，地层冻结得不太厚，在李富贵强大的力气和锋利的镢头下，没过一炷香的功夫，李富贵就挖到一尺深左右。这时，魏平从包里拿出炸药，点燃，炸出了一个洞子……

他俩且挖且炸，挖到三四米之后，李富贵发现了三七土，估计离墓道近了，就出到地面。这时魏平拿出一个瓶子，给一个绑成疙瘩的草绳上浇上汽油，然后扔下了洞子，接着点着火把，当火焰熊熊燃烧起来时，他将火把扔进了洞子。这种方法他们叫验毒，害怕下面有毒气伤人。

半个多小时后，李富贵下去发现草疙瘩烧完了，证明下面安全了，他和魏平戴着口罩和手套都下了洞子，继续挖。很快，就挖到了墓底，接着看见了置放棺材的墓窖。两人扒开砖封的墓门，一个完好的棺椁出现在面前。棺椁旁边，放着一只木箱。魏平小心翼翼地撬开木箱，里面又包裹了厚厚的几层棉布，上面的棉布有些发黑腐朽。他又小心谨慎地打开棉布，里面放着一顶凤冠和青花梅瓶，好像还有丝质的东西，已经腐烂了。见箱子里有东西，魏平很兴奋，说外地人到底有水平！他们猜的没错，果真是个饱墓。李富贵也高兴地说道：确实是个饱墓呢，幸亏没让外地人来，这东西咱弟兄俩分了，多好！

魏平绿着眼睛打开了棺椁，见女尸身上的衣服还比较鲜艳，只是脸部成了骷髅，他就让李富贵站在尸体的对面，同时在棺椁里摸，两人在尸体的头上、身上和脚跟周围，分别摸出了扁方、玉镯、玉带钩等东西……

魏平摸到一只金疙瘩，一看，好像是个金扳指，趁李富贵不注意，偷偷往衣服上擦了擦土，然后扔进了嘴里。在这一瞬间，李富贵一把捏住了魏平的脖子，逼迫魏平吐了出来，说你不要命了？魏平说：听说人把金子吞了后，吃些韭菜就拉出来了。李富贵说：这个时候哪有韭菜？魏平说：我是故意闹着玩呢。

很快，两人把墓里的东西全部收集起来，装进了袋子里，拴在了李富贵的腰上，然后，魏平在前，李富贵在后，两人上到了地面。

之后，两人没费多大功夫，就回填了坑，收拾了现场。然后踏着朦胧的月色，往山上走。到了半山腰的一个旮旯里，两人坐下来休息。

李富贵一看时间，是夜里两点多，就感慨地说道：今晚这个土土刨得很顺利啊，中间没有石头，下面也没啥麻达，这么顺溜。魏平说：还不是外地人的杆子插的好，别看这些外地人跑到咱们家门上弄事，这些家伙确实有本事，一杆子就插到墓口了。这个墓如果让那些考古专家像鸡似的去刨，得刨个百十来天。你看，咱们几个小时，就给刨出来了。

两人休息了会儿，李富贵问接下来怎么办？魏平说：那两个外地人酒醒后，看我夜里没回去，肯定有想法。那个旅社咱们肯定是回不去了，走，咱们连夜去陕西。翻过永寿梁，找个地方住下来，慢慢整理，这些东西你先给咱们拿上。

李富贵就将装有宝贝的纤维袋子拴在了铁锹把子上，和魏平一前一后地沿着又窄又弯的山路往上走着。途中，李富贵想撒尿，就走到路边，解开裤带，准备撒尿。就在这时，一条黑影忽的从他头顶上砸了下来……

说到这里，李富贵抬头看着黄睿说道：我刚掏出还没尿出来，忽然感到耳边一股冷风飕的刮来，我头一偏，镢头就落了地，挖得地上的土都冒在了我的脸上。狗日的魏平，如果不是我反应快，那一镢头下去把我的头就挖成两半了。别说我们是一个村的，这几年还像影子似的跟着他，不说功劳，就凭这个苦劳，都不能对我下这个毒手。在那一刻，我啥也不顾了，他以为他手里有个镢头，还能拿起来再挖我，我啥也没拿，就凭我这个火气和力气，扑向了他。我虽然没有先发制人的本事，不随便给人惹事，但人只要惹恼了我，我的后劲上来了，可了不得。你是警察，这个你应该明白。别说他魏平，就是两头牛要对付我，还要费点力气。他魏平算个啥？我要把他说成虎，他就是虎；若看成猫，他就是个猫。所以，我飞起一脚，就踢掉了他手里的镢头……

魏平重重地倒在了地上，李富贵扑去要抓魏平的脖子时，因他处在下坡位置，魏平这个时候一脚蹬来，正好踢在了他的下身处。由于他准备撒尿，加上冬天穿的多，裤子有点下滑，多少影响了他的反击。显然，李富贵被踢疼了，一只手本能地去提裤子，在这瞬间，魏平跃起，一把推倒了李富贵。李富贵顺着山坡往下滚，魏平又抓起镢头，朝魏平挖。由于翻滚，他挖不着，几次都落空了。李富贵在翻滚之中被一棵树挡住。他立刻抓住树翻了起来，魏平一镢头又挖在了树上。因用力过猛，镢头刃被卡在了树身里面，魏平在拔镢头时，李富贵有了机会，乘机扑了过来，双手卡住了魏平的脖子，压在了身下。就在这一刻，李富贵脑子闪现出了他掐邓圆圆的那一幕，这一幕更像魔鬼输入了一股魔力，使他瞬间有了强大的力气……

说起那一幕，李富贵好像有点疲惫，有气无力地说道：老年人常说，人一生对外要防灾防火，对内要提防身边人。我做梦都没想到，平日跟我要好的魏平，在财宝跟前，竟然一翻脸，啥都不顾了，他心这么瞎，我怎能不弄死他呢？

黄睿听到这里，问道：尸体埋在了哪里？

李富贵停顿了一下才说道：在出事附近的山旮旯里，那个地方，除了野物刨出来，没人会发现的。原先山里还有放羊人，这些年政府封山禁牧，到那里放羊的人几乎没有了。我在那里挖了个深坑，将魏平埋了下去，快到坑上面时，我把镢头铁锹都埋了，用手搬石头刨土，把现场弄好，忙完之后，太阳已经冒花花了。我上了山，回头一望，发现这座山比较奇特，山身子下面呈椭圆形，山头却是三个呈鸟嘴状的山茆，猛看像三只鸟站在一个粮仓上，嘴凑在一起在啄食。山脚下有一条飘带般的大河，那河道像只龙；西面有个大堡子梁，堡子像卧了一只虎；山茆的脚下，有个天然草台，那草台形状像只横卧的乌龟。自然，那鸟嘴状的山茆，像玄武。我仔细一看，这里具备四灵的地貌特征。

说到这里，李富贵问道：四灵你知道吗？

黄睿一愣，突然觉得自己尽管是个科班出身，但感觉知识很匮乏，在与犯罪分子交涉过程中，常常在某些方面跟不上需要，搞得他经常是办一个类型的案子，得花点精力去研究和学习。现在听李富贵提到了四灵，就直言：不知道，你解释一下。

李富贵说：四灵就是青龙、白虎、朱雀和玄武。人们常说左青龙、右白虎、上朱雀、下玄武。在古人的星宿信仰中，有崇拜四灵的习惯，在周文王创造的八卦六爻中，也运用四灵判断吉凶。历代王宫贵族修建殿阁时，更是很看重四灵方位。后来，我查了一下地方志，那个地方在民国时期，曾有一个姓周的官宦人家，解放初期，这户人家的后人搬走了。外地人之所以能找到这座墓，我分析他们就是根据这个四灵方位找到的。而且没出他所料，确实是个饱墓，从凤冠看，应该是个诰命夫人的……

黄睿问：你怎么知道是诰命夫人的墓？

李富贵说：凤冠的品级好啊，你闲了在网上查去，这个凤冠至少是五品以上的命妇戴的东西。

黄睿想到李富贵给他家找祖坟时，找到了刻着他太爷名字的墓砖，遂问他看到墓碑了没有？是不是姓周？

李富贵说：没有看到。但我发现这个坟不深，有可能是二次搬迁到那里的，凤冠和梅瓶那些东西，有可能是二次搬迁后埋葬在里面的。

黄睿拿眼睛翻了翻他，问：你除过盗了这座古墓，还在哪里盗过？盗了多少？

李富贵说：跟了魏平有两年多时间，饱墓秕墓大致有十几个吧，基本把咱们凤城市的周边县市都跑遍了，你们想写几个就几个吧……说到这里，李富贵由于重疾在身，耷拉着头，看样子有些招架不住了，要求歇一下，自言自语地说身体都不如从前了，当年警方怀疑我打死了邓圆圆，把我拉去，关了几天几夜，我都没眨眼。为了从我口里挖出东西，把我铐得手腕都露出了骨头，我都顶下来了。现在，我多说几句话，都感到骨头像要散了，不行了，该到见阎王的时候了……

黄睿见李富贵虚弱不堪，有点破罐子破摔的意思，就紧抓话题说道：这个能随便写吗？虽然你犯了罪，但还要讲究证据确凿，事实清楚，不能给你乱定罪。

李富贵微微一笑：你看起来冷飕飕的，其实是个正派人。

黄睿说道：干我们这个工作的，没有不正的。

我知道人干啥事，就爱替啥人说话，家丑不可外扬，人之常情。

黄睿故意问道：你说的意思，我们有些人不太正派？

正派不正派，是你们当警察人的事，与我没有关系了。

黄睿看着李富贵一副无精打采的样子，想到他曾跟上盗墓人盗了两年多的古墓，手里拥有凤冠等这么好的宝物，魏平失踪了这么多年，他竟然在社会上安然无事，肯定身后有某种势力在保护！是谁在保护？尽管孙来民副局长已经派了一干警员去了当地，寻找与李富贵早年在凤城做过案的那些盗墓团伙，但他还是想从李富贵口里知道一些这个团伙身后的保护势力。于是就故意问道：你盗墓的事儿连王年年的二哥王发年都知道，难道村里没有其他人知道？

李富贵睁开眼睛说道：王发年知道是我亲口告诉他的，当年，外地人请他炸墓，他不干。

黄睿立即说道：你看，人家为了保护当地历史文化，给钱都不干，你却干了。

我不是说过了嘛，我是被魏平带上贼船的。

那你带盗墓贼在村里找古墓转悠，村主任、村长这些人肯定有所觉察啊。不是有句民谚说，若要人不知，除非己莫为么？

李富贵诡异的一笑：就是觉察到，又能怎样？看事的是百姓，执法的是警察。

这么说，我们警察队伍中有人保护了这个盗墓团伙？

李富贵又眯住了眼睛。

黄睿说：李富贵，你现在的身体是个什么状况，你心里清楚。俗话说，人之将死，其言也善。都到这个时候了，你还遮掩啥呢？难道你还想让更多的人做你做过的事情？为你的后人积点德吧。

李富贵声音低沉地说道：自古以来有沉底的人，有举杆子的人，我就是那个沉底的人。

黄睿冷笑一声，说道：沉得再好的人，也是逃不过法律的制裁的。你看你，二十多年前挖过古墓，杀过人，现在，我们不是照样挖出来了？所以，你不说，我们也能查到的。之所以让你说出来，是因为我发现你有点文化人的情结。文化人的使命是什么，你心里应该清楚。你在塔庙村那个守塔人王有年跟前吃过闭门羹，领教过人家的品行，把人家跟你比一比吧，做人好歹得有点责任感呀……

李富贵微微一笑：黄所长，你别给我灌米汤了，虽然我是个跑江湖的，不像你们政府大院出来的人那么正规，但我心里啥都清楚着哩。眼看黄土都埇到我的脖子上了，就是法律不要我的命，老天爷都会要，还用我去检举？土堆里埋死人，迟早会有露骨的这一天。自己做了孽，这头不罚你，那头就砍了，终究是躲不掉的。好了，该说的，我都全说了，不该问的，你也别问了，让我缓一下吧……说罢，他将头一歪，靠在了椅子上，像死了似的。

尾声

清除瞎老鼠之害

不久，一场大雪纷纷扬扬地飘洒了下来，凤城市一望无际的平原上、重重叠叠的山峁上、或深或浅的沟壑里，在一夜之间都盖上了厚厚的白雪。河道泛着青白的寒光，结起了一层坚硬的冰。但是在高楼林立的人流处，在车辆往来的高速路上，一条黝黑的柏油大道破雪而出，在阳光下像人一样敞开着胸怀，使那些零星挂在树杈上的黄叶感动得瑟瑟颤抖。

黄睿抖了抖脚上的雪，刚进了办公室，听见有人敲门。黄睿拉开门，就见魏晓云出现在门口，怀里抱着一个用布抱着的正方形的东西。黄睿一愣，问：你又来干吗？魏晓云即摘掉手套，打开裹布，是一幅已经装了框子的 2 平尺大的油画作品。油画的内容是：蓝天骄阳之下，高山厚土之上，几束绿叶金花的向日葵或高或低地立在山坡上，向天而生，形态婀娜，构图疏密有致，线条流畅自然，图层远近分明，十分美观，一看就是大师级的精品之作。

魏晓云说：你们派出所找到了我爸的下落，没啥表达我的心意，这个就算我的心意吧，请你挂在你们单位办公室。

黄睿看着这幅让人感觉眼前亮堂的油画，心里陡然发热，眼泪差点流出。但他克制了，问魏晓云：把你父亲的遗骨搬回老家了吧？魏晓云说：搬回去了。黄睿说：王年年的遗骨也回去了，就是那个四川女人，永远躺在那个深白了……

魏晓云沉默了一下，说道：我的婚期也定了。黄睿哦了一声，说：定了就好，这下你就可以安心去操办你的婚礼了。魏晓云说：如果你没有特殊事情，我希望在我结婚那天能看到你。黄睿：到时候看情况吧。

很快，就到了阳春三月，魏晓云家门前的桃林开花了，或粉或红的桃花密集繁复，蔚为壮观，一眼望不到边。唢呐声欢快、悠扬，如行云流水般在整个婚礼的上空回荡。魏晓云穿着绣着凤凰和双喜的红色新娘婚礼服，戴着姹紫嫣红的头饰，宛若皇后一般高贵、沉稳，在两个伴娘的簇拥下，款款地走出大门，将要上婚车时，她好像在寻找着什么，回头望了望围观的客人……

此刻，在赵大娃的果园里，黄睿坐在草地上，手里拿着一张图纸，给赵大娃说他设计了一个专门针对哈老鼠的铁耙，要求这种耙扎下去，至少要扎到两至三只老鼠，而且还不能让哈老鼠发觉。说着，将自己设计的图纸拿给赵大娃看。

赵大娃一看，嘿嘿一笑，说：到底是领导，脑瓜比我聪明，我就想用猎枪打，所以就让你帮我找个猎枪。既然你说猎枪是禁止的东西，那就只能用别的法子了。我想来想去，觉得除了用镢头挖，再没啥法子了，没想到你想出了用铁耙扎这个办法，这个办法好。黄睿问：就针对这个铁耙，你有啥建议，说说。

赵大娃看了看图纸，说道：哈老鼠灵得很，地下洞子又多，稍微听到点响声，就乱钻了。我想，制作铁耙时，把耙子做长一点，比平常用的铁锨把长出几十公分，人距离哈老鼠洞远一点，这样容易扎到老鼠。

黄睿点点头说：可以。还有呢？赵大娃说：耙刺就别用钉子了，钉子木的很，扎在土里不利索。黄睿问：那用什么？赵大娃说：我发现集市上烤肉的钎子明晃晃的，估计那个东西扎老鼠美得很。黄睿说：对，钎子比钉子锋利。还有啥建议，你再想想，尽量想得周全一些。

赵大娃的眼睛又盯着图纸上看了一会儿，说道：铁耙的头还要稍微重一点，头重了省力气，太轻了胳膊往起一抡，费劲，扎不深。有的铁匠打出的镢头用起来很顺手，笨一点的铁匠打出的镢头拿在手里轻飘飘的，不好用。所以，打铁耙时，一定要找个手艺好一点的铁匠。

黄睿听了赵大娃这些建议，立刻在图纸上写了下来。之后，他说道：我负责给你把铁耙做好，费用你出啊，我没钱。赵大娃说：不要你出，你帮我打哈老鼠，我还能让你出钱？只要有你这个点子，比给我拿钱好。

黄睿抬头朝远处瞧了瞧，发现有的果树树干已经变黄，无疑，死了的果树是被哈老鼠吃了根，而活着的果树，枝条已经泛绿，嫩叶呈露，细看已经挂果了，那果子宛若黄豆一般。黄睿说：今年，一定要把哈老鼠灾害控制住。赵大娃说：有你给我鼓劲，我肯定能把果园里的哈老鼠扎完除光哩。不知为啥，自从认识了你，我觉得干啥都有心劲了！

黄睿微微一笑，站了起来：哦，只要你有心劲就好。现在，国家在决战决胜、脱贫攻坚方面，出台了好多惠民政策，你要多研究政策，紧跟政策的步伐，多在适合你干的事儿上下功夫。据我了解，咱们政府最近几年引进了好几家国内外的大型龙头企业，养猪的、养羊的、养牛的、搞苹果、樱桃和药材种植的，啥产业都有，你现在基本脱贫了，但要学会巩固脱贫成果，多观察这些龙头企业的动态，多学习人家的管理技术和经验，如果有条件，主动与人家合作，加入产业链。这样不论从养殖上还是种植上，对你来说都有可取之处。

赵大娃跟着站起：行，听说你弟弟黄平的现代化果园建起了，我打算忙完后，到你弟的果园去看看。

黄睿说：一定要解放思想，与时俱进。在抓好家庭经济的同时，还要把你两个女女教育好，别思谋给她将来找个啥对象，卖多少彩礼，要往远处看，唯有把孩子教育好，念好书，才能拔掉穷根，改变你和孩子的命运。下一步，国家马上要实施乡村振兴战略。对了，听说你参加过乡村人才技能培训，那我问你，你知道振兴乡村20字战略吗？

赵大娃说：知道，刚背熟的。

黄睿微笑道：那你说说。

赵大娃就熟练地说道：产业兴旺、生态宜居、乡风文明、治理有效、生活富裕。

黄睿赞许地拍了拍赵大娃的肩膀：还行，脑瓜不笨，好好干，我看你有一定的能力，能适应乡村社会的变革。

赵大娃嘿嘿一笑：你虽然是个警察，可对农村的事儿了解得真多啊。

黄睿且走且说道：派出所本身就是服务农村的，怎么不了解呢？积极开展帮扶乡村文明建设，是我们的责任啊！说着，两人沿着长长的果树行间走向了果园深处……

几只鸟儿从果林的上空飞过，划出了清脆的叫声。

后记

书外的故事

一

　　1981 年农历 9 月的北方，气温开始下降，路边的杨树叶在经历了翠嫩、盛绿和泛黄之后，在季风的戳动下开始掉落。清晨，一轮残留的月光勉强照出了长蛇一般的村间小路。空旷的路上咯吱咯吱地走着一辆架子车，车上坐着一个女孩，她耷拉着脑袋，将脸深埋在抵御寒风的红头巾里面。路过大队部，依稀可见"积极实行科学种田，大力发展农村经济""发展是硬道理"等大字标语。那是个刚实行了土地责任制的时代，中国农村发生了重大变革。女孩的命运也发生了转折，由于家庭变故，她刚升到初一，上了一学期，被迫离开了学校。

　　那年头，在私有制经济冲击之下，村里人的思想观念也发生了变化。精灵点的人或做小生意，或出去打工挣钱。父亲带着一个老人和四个小娃娃过日子，既当爹又当妈，自然没有条件到外地搞副业，但村里陆续有人盖房子了。因他曾经是生产队砖基队的骨干人员，打的土砖坚硬，质感好，而且出手快，手过的活儿村里人有目共睹。因此，凡是想雇

415

人打土砖的，自然都想到了他。这不，父亲拉着女孩黑乎乎的上路，就是接了个打土砖的活儿。

土砖和烧出来的砖一样，都是盖房子的材料。只是前者是经机器倒模、切割和烧制而成的，而土砖是经人工捶打的。且一块土砖相当于四块烧砖。

当年买一块油饼一毛五。打一块土砖5分钱。打土砖时，首先要去掉地皮活土，然后再从地面往下挖，挖得越深，土质越黏，打出的土砖越瓷实。父亲打砖之所以带上女孩，是让女孩给他当助手。因为打砖需要挖土、供土等环节。女孩年龄小，挖不了土，父亲就全揽了挖土的活儿。每天鸡叫了头一遍之后，父亲就出去挖土了。女孩天亮才进工地，这时候就看见地里出现一个大坑，父亲站在坑下面，像兔子似的将一簇一簇的黄土，通过泛着银光的铁锹头，一下一下地扔了上来。坑边，像小山似的堆起了一堆黄土。一千土砖大约用多少土方，父亲心里大致有个数。所以，他每天清晨挖出的土方，足够他欢欢实实地用一天。

打砖的模具是个长方形的木框，被固定在一个圆形木墩上。女孩先给模具里撒上草灰，接着用铁锹铲上土，倒在模具里，左一下，右一下，中间再补一下，结结实实地倒上三铁锹土，然后离开。父亲就跳上去，先是踩一踩，用脚将土踏平，再用两只脚分别刮掉模具左右边梁上的土，然后提起石锤，几乎高过额头，才狠狠地锤下去。那石锤头是个蒜头形，带个70多公分高的把子，大约10公斤重，连锤三下，接着再将模具四角的土敲击似的锤了锤，石锤的重量加人力，三锹土就这样被锤成砖了。之后，父亲用一只脚后跟往后一踢，磨具活扣就"哐啷"一下开了。这时候，他就弯腰扯开磨具，小心翼翼地搬起土砖，一路小跑着抱去摞在一边。一层摞五百或一千。这一层微微向西倾斜，第二层就微微朝东倾斜，间隙留有均匀的缝隙，既通风又整齐。因为土砖必须经过北风烘干，第二年开春才能采用。所以，土砖的土质要好，力度要够，还要干透！

父亲是个性急人，为了多出活，多挣钱，要求女孩撒灰时必须蹭蹭蹭的三下，供土时必须是利利索索的三锹，如果手下不灵光，他不是喊，就是一脚踢来，让女孩长记性。别看土砖也就那么大，用土量不少，父亲提前了两三个小时挖出来的土，在女孩一锹一锹地铲动下，赶天黑，基本就用完了。

由于撒灰，女孩的手皴得如鸡爪一般。胳膊因为抓铁锹，每天睡在炕上时就发出了阵阵疼痛。有时候，看着父亲跟找他打土砖的人说话，女孩心里有点恨，嫌他又接了活儿，但看到他的背部被汗水渗出了一个坨儿时，心又软了。女孩就在这种复杂的心情下，跟着父亲干了一天又一天。

二

打砖再累，每当休息下来时，就看一看书。觉得一看书，好像就不累了，不为接下来的活儿发愁了。

尽管女孩从学生到生产队最年轻的社员，又从社员变成了家里的主要劳力，貌似她与学校与书籍永远隔离了，成了一个少言寡语的少女，但她内心不甘，总觉得学没上够，书没念够，总爱看有文字的东西。字典词典、杂志、中学课本、小说、剧本等，凡是有文字的东西，她都看。通过看书，她养成了一种兴趣与习惯；也通过看书，星星点点地积累了一点知识。

刚分了土地的前几年，家里没牲口，每到耕种季节，父亲就要拿他的力气跟别人换，譬如他给人耕地割麦子，别人借给他牲口播种。剩下一些小块坨坨地，父亲就不想借人家的牲口，而用人工来播。怎么播呢？就是把女孩像驴似的套在辕里，他按着耧靶，女孩拉着，他摇动着耧靶。通常牲口拉耧走起来比较轻快，而女孩的驾驭能力就不如牲口了，感觉耧齿插到地里面，拉起来很费力，身子不由得左右摇摆。这样不仅影响深浅，而且麦行弯曲。父亲因女孩走得不稳当，很生气，开始是呵斥，后来见不顶事，就一鞭子朝女孩抽了下来。因为鞭子在不打牲口的情况下，可用来敲击耧，让麦粒流下去。所以，即使在没有牲口的情况下，父亲习惯性地将鞭子握在手里。

当父亲的鞭子抽在女孩身上时，她突然想到诗人臧克家写的两句诗："眼里飘来一道鞭印，它抬起头望望前面"……如果不读书，此刻她就想不起这首诗。

因为女孩偷偷摸摸地看书，为生活性情焦虑的父亲有时候就受不了，譬如有一次，女孩将生馒头蒸在锅里，拉风箱往熟烧时，看起了小说《红楼梦》，父亲进来发现女孩低头看着书，认为女孩这个举动影响了烧锅，就一脚踢在了女孩的腰间……

当然，性情中人，再坚强，总有泪奔的时候。譬如跟着父亲打土砖的时候，附近的学校传来了"让我们荡起双桨"的歌声，女孩听着，瞬间鼻子发酸，眼泪唰地涌了出来，但怕父亲看见，女孩赶紧低下头，硬生生将眼泪往心里推。1999年，已成中年的女孩去西北师大拜访文学系刘杰教授时，第一次看到大学的校园时，积压了多年的梦想与渴望，在这一刻带着心酸的泪水倾发了，她哭得走不动……

北方的深秋动辄刮风，尽管土质太干时，提前给浇了水，但当遇到吹风，黄土卷着筐里的草灰，劈头盖脸地吹向了女孩，经常雾得女孩睁不开眼睛。由于浑身是土，每当她听到从远处传来的叮铃铃的自行车声或者女孩清脆的笑声时，她就转过身，背对着路上的学生，她怕人家看到脏兮兮的形象笑话自己。因为人家和她都是同龄人。

三

八十年代初期，市场经济刚起步，虽然盖房子的人不少，但为了节省钱，多数人都用土砖砌内墙，用烧砖铺面子，如此一来，土砖的需求量自然比较大。自从父亲干起打砖的事儿，生意一桩接一桩。这家还没打完，那家就来叫了。父亲就这么东村出，西村进，一家一家地往过打，少则一万多，多则两三万。半个多月后，父亲接到了一个5万块砖的大订单。

雇主是个姓顾的女性。男人在白银工作，女方暂时去了男人那里生活，将打土砖的事宜交给了她的弟弟顾师。顾师为了让这父女俩按时给他妹妹干活，提前几天就敲定了日子。说到了那天，他到大槐树那里等。

于是，在一个黑漆漆的清晨，父亲又拉着架子车上路了。由于活儿在四十多里路以外的城东。路比较远，所以父亲就提早出发了。尽管女孩又增加了一层衣服，但还是感觉很冷。她缩着身子，坐在架子车上，脑子一会儿清醒，一会儿迷糊，在摇摇晃晃、不知不觉中感觉自己走进了一个幽深的隧道，眼前很黑，周围很安静，没有颠簸，没有狗叫声，女孩感觉不到冷，女孩的世界很惬意。冷不丁一声喇叭，吵醒了女孩。这才发现，就要进城了，一辆高晃晃的汽车在路边徐徐启动，像是警告路人不要靠近它。

此刻，太阳冒出了花儿，街道虽然空旷，但很干净。父亲像被这清丽的街道感染了，女孩明显感到架子车的速度快了起来。很快，架子车穿过街道，向东拐去，远远看见了一棵槐树如蘑菇状地站在那里，槐树旁的路边上，蹲着一个人，那就是负责打砖事宜的顾师。

顾师在与父亲打招呼之中，提到了这棵槐树，说有七八十年的历史了。他妹子家就在这棵老槐树附近。

没走多远，就到了顾师妹妹家。那是个老房院，周围有几户房院人家，中间有个深达十几米的大地坑院。据顾师说，这几户人家先前和妹妹是一家人，兄弟几个结婚后，分了家。虽然他妹妹有两间房子，但因为他妹妹走时带走了钥匙，这父女俩只能被安排在地坑院里居住。

下地坑院，要经过一个券洞形的巷道。女孩跟着东家往下走时，心里不由发怵了——只见洞顶上的裂纹横七竖八，好像几个大土块被塞在那里，随时要掉下来。推开巷道里的木门，院子里的情景更让人毛骨悚然——整个院子里长着膝盖高的茅草，且地面凸凹不平。南面的两孔窑洞全塌了，正西的四孔也是残缺不全。只有北面的两孔比较完整。其中北首的那间，看样子还有人出入的痕迹。因为草丛被踏出了一条小道，直通那孔窑洞。

推开黑乎乎的两扇门，眼前即出现了一条木柱，那木柱子在炕头和锅台之间，以斜立的姿态支在窑顶上，因为上面有个椭圆形的裂纹，貌似那块土要塌下来，木柱子就顶在了那里。站在门口看，感觉窑洞挺大，炕大，锅台大，案板大，里面的摊场大。若往里瞧瞧，感觉挺有深度，黑乎乎的，里面的木板等杂七杂八的什物看上去若隐若现。

顾师告诉父亲，这个地坑院原先住着人，这些年再没人住，但锅灶、案板都有，收拾一下就能住人。建议他买点面粉，自己做着吃，到时候，他把工价给好一点："你们父女就在这里将就吧。"

父亲一看，愣了半天才说这里能住人吗？这好像有几十年都没住人了。顾师指了指窑洞炕壁上的旧报纸说道："咋有几十年呢？最多是三四年没有住人。你看看墙上糊的那些报纸，就能看出个年代。"

女孩一看，炕墙上真的糊了一层报纸，尽管已经变成了褐灰色，但"伟大领袖"和毛泽东的照片文字很清晰，而且，有的地方还张贴了几张比较新的报纸。看来，顾师没说假，这个窑洞从"文革"时期就住过人。七六年"文革"结束，假如没住人，也就三四年。

顾师怕父亲不愿在这里住，一再解释说他仔细查看了，安全应该没有问题，说危险的地方他已经用木柱顶住了。就是窑有点大，光线不太好，里面有个地道，他都用木板堵住了。里面的卫生他大致都收拾了一下，你们就放心住吧。然后指了指院子里的一堆干柴，说烧锅、烧炕柴火都有，尽管用。吃水时上面有个老人，她家房子旁边有个井房，他已经给说好了，平时就在她那里提水。

顾师说着，父亲听着，看着，不吭声。顾师主动拿起铁锹，铲起了草，将附近的这些被踏得歪斜的草铲了起来，通至巷道口。父亲见顾师铲起了草，也就啥话没说，跟着干了起来。

听到顾师说窑掌里有个地道，女孩很好奇，除了看过《地道战》电影，女孩的村上就有一个地道，女孩曾跟着村上的娃娃进去过。由于又窄又深，走到中途就害怕了，返了回去，因此至今也不知道那个地道到底有多深。因此就问那个窑掌里的地道有多深？顾师说："我也不知道，你别进去看了，里面黑，小心吓着你。"

女孩因为平时喜欢看书，自然多少知道一点刘志丹等人在陇东闹革命的历史，就问庄子是不是以前住过地下共产党？顾师明白女孩的意思，说没有闹过红，这家人以前是个贩盐的，家境不错，修地道可能是为了防盗吧，别看这个庄子现在烂兮兮的，曾经住过有钱人呢。

之后，顾师带女孩上去提水，熟悉环境。在大地坑院的上面，有一位独居的老奶奶，她家的隔壁，有个挂着辘轳的井房。

可能女孩和父亲的出现，引起了左邻右舍的注意，女孩上到井房跟前时，见几个阿姨和一个老奶奶站在井房附近聊着天，顾师就将女孩给老奶奶做了介绍，意思是以后吃水，他们自己去吊，若需要啥东西，请给帮个忙。

从这天起，女孩和父亲就在这个有钱人住过的地方住了下来。5 万土砖不是几天就能干完的，父亲因此置办了一些玉米面粉加工的钢丝面、黄米和大白菜等伙食，准备沉下心来，苦干一场。

四

女孩和父亲就在这个破烂的窑洞住了下来。每天鸡一叫，父亲就下炕出去挖土方了，女孩赶天亮做好黄米干饭，焖在锅里，然后去工地给父亲供土。到十点多的时候回来一吃，稍作休息后，接着又去干。天黑后，女孩又提前离开工地，回来摸着墙高一脚低一脚地走下巷道，烧炕，做晚饭。在这期间，父亲又得准备来日的土方，或拉水浇第三天所用的土地，挖第二天的土。女孩回去两个多小时后，他才回来吃。饭后，父亲抽两锅烟，女孩则拿出随身携带的旧杂志，趴在炕上看一会儿书，就睡觉了。

尽管女孩把肮脏不堪的炕打扫得比较干净，炕也烧得很暖和，可不知为什么，每晚往下一躺，女孩看着窑顶上那几道或横或斜的裂缝，心里就有种说不出的感觉，一直感觉旁边那条歪斜的木柱要断了，窑顶要塌下来了。女孩把这种莫名的感觉说给了父亲。父亲说："好着哩，我仔细看过了，这个窑洞还比较结实，就是这里有点问题，用木头顶着，没事。"

父亲这么一解释，女孩就不好再说什么了。但有时候睡在半夜，听见"咯吧"一个响声，那声音好像是从窑掌里的那个木板处发出来的，就忍不住地问是啥东西在响动？父亲说："可能是老鼠。"女孩说不像老鼠跑动的声音，父亲说："那就是木板放的时间太长了，可能太干了，发出了声音。"

除了木板的响声，女孩在迷迷糊糊之中还听见"唰拉"一声，好像纸缝里或者墙缝里有什么东西在往下掉，感觉脸上和被子上落下了一些土。女孩不由得惊醒，这时候见煤油灯亮着，父亲身上顶着被子，猫腰坐在炕上在吧嗒吧嗒地抽着烟。以前给那几家打砖，女孩很少见父亲半夜醒来。现在他在半夜抽烟，女孩知道他心里想的是啥。但父亲为了给女孩壮胆，故意用手拍了拍女孩头上的土，说："你睡吧，没事，这烂窑就是这样。"

由于之前在收拾卫生时，这个窑洞的炕上、锅台和案板上，都有一层厚厚的尘土，当时足足清理出了两架子车。所以，女孩对每天落在锅盖上或案板上的尘土已经习以为常了，大不了在做饭时，清洗一遍而已。只是对动辄"咯吧"的响声，有点害怕，有时候感觉那响声是撞在了地道的木板上，有时候感觉在某个角落，有时候感觉在锅台下面。锅台下面响动时，女孩怕灶火里钻了野猫什么的，生火前，先用棍子捅一捅，才点火。

有一天晚上，女孩提前从工地回来，忙着烙玉米面饼子时，井房老奶奶下来了，她一手提着灯笼，一手端着半碗猪油，进门就惊奇地问女孩："咋是你一个人待在里面？这么大院子，待在这么大的窑洞里，你不害怕？"女孩说："不害怕，等会儿我爸就回来了。"

老奶奶又注意地看了看女孩，瞧了瞧整个窑洞，然后把手里装猪油的小碗交给了女孩。那年月，粮食产量低，麦子欠缺，女孩家里经常吃的是粗粮，苦力再大，都以粗粮为主，因为麦子交了公粮。自然，油水很少。老人送来的猪油，过后女孩就用猪油拌黄米干饭，就着韭菜吃。

老人和女孩聊了几句，就提着灯笼照着路，出去了。到了院子，女孩听见老奶奶自言自语道："这女女胆子真大啊。"

五

不知不觉的，女孩和父亲在这个破烂的窑洞里住了一个礼拜。因为要 5 万土砖，完成这个任务，起码得一个来月的时间。至于这个窑洞里流土的现象，包括响动的现象，还是持续着。毕竟，女孩和父亲只晚上住在这里，白天基本上在外面。

后来有几次，女孩半夜醒来，见父亲在抽着烟，煤油灯在木柱旁边的栏杆上冉冉地跳动着，心里不免有点怜悯父亲，就劝他快睡，睡不好觉，白天打砖就没力气了。父亲说："没事，你睡，爸睡不着。"说着，他拍了拍女孩被子上的尘土，发出了深深的叹息。

见父亲心事重重，女孩没有了睡意，想到老奶奶看见女孩那怪异的表情，那自言自语的感叹，就故意告诉父亲，有几次她晚上回来，想叫老奶奶下来给她做伴，说说话，但老奶奶不愿意下来。看来，这里的人都不愿下到这个地坑院，顾师咋把咱们安排到这个地方住呢？父亲说："好着呢，人怕吆喝地怕邪，快睡，别想得多了。"

就在父女俩说话时，窑洞里又发出了"咯吧"的声响，这响声似乎比平时更大，惊得父亲朝里面望了又望。女孩心里又莫名地慌了起来，问父亲到底是啥响声？父亲说："木头声。以前没住人，潮湿，现在有了烟火，窑洞干了，木头也跟着干了起来，就有声音。"女孩不知道父亲的解释是否合理，但当时听后，觉得很有道理。

第二天清晨五点左右，父亲和往常一样下地走了。每天他走后，女孩就让煤油灯亮到天亮，在这期间，女孩补一会儿觉，才起来做饭。这天，女孩刚补觉时，突然间又传出了响声，女孩赶忙用被子蒙住头，有意识地别让自己听见。就在这时，门"哐"的一下开了。那门，父亲走时是拉住的，现在貌似什么人撞进来了，带进了一股风，使煤油灯疯狂摇曳，差点灭掉。女孩大惊，慌忙跃起穿衣服，高声问是谁？见外面没有应答。女孩跳下地，向外眺望，但见院子里黑乎乎的，南面那坍塌的窑洞像横卧在那里的一只猛兽，跟前的门口像动物的大嘴，草丛里还像钻了什么东西，好像在觊觎着女孩，发出了窸窸窣窣的声音。这时候女孩感觉夜风像贼似的一下蹿来，邪恶地钻进女孩的身体，使女孩在这一瞬间恐惧感陡生，倏然感觉头发都竖起来了，心跳得像要从口里蹦出来。女孩赶紧关住门，用木棒顶住，然后把灯芯挑大，让灯光更强一些。

但是，好像人已经钻进了黑黝黝的窑洞里，在这里一敲，那里一动，那响声比往日更频繁，声音更亮。这时候，女孩突然想起了奶奶说过的那些关于鬼的古经，眼前立刻浮现了青面獠牙的面孔，这种幻想让女孩更加害怕，浑身发麻，头上簌簌冒汗，女孩心里狂叫：鬼来了，鬼来了……

就在极度狂乱之中，女孩看见了炕边上的煤油灯，心里想起了"鬼怕火"的传说，女孩决定用火给自己壮壮胆！于是，女孩一把从炕墙上扯下一片报纸，点着烧了起来，希望把那些冥冥之中的鬼和邪气烧出去，希望自己能看清眼前的一切！

为了不让火熄灭，女孩站在炕上，一边烧，一边从墙上往下剥纸，竭力延续着手中的火把，豆大的汗珠顺着女孩的额头上往下滚动。当看到墙上的报纸马上要剥完时，女孩心里想，如果这些报纸烧完了，再烧啥呢？不能待了，应该马上离开这里！于是，女孩就像疯了似的，把墙上的报纸全部撕了下来，卷成了长形的纸筒，点着火，举在手里离开了这里……

六

女孩一口气从巷道里跑到了地面，见左邻右舍零星亮起了灯光，不知谁家的狗汪汪地叫了起来，学生说话的声音若隐若现的传了过来。女孩这才长出一口气，惊悚的心逐渐平静了下来。手里的纸筒燃烧完之后，女孩的眼前一片漆黑。她想叫醒老奶奶，在她跟前待会，但想到要打搅人家，就在她的窗子前蹲了下来，等待天亮。

由于极度惊吓，女孩全身出了汗，当静下来后，竟觉得出奇的清冷，好像衣服都湿了，那特殊的湿好像穿过了女孩的骨头缝隙和各个神经，使她有种说不出的感觉。至今，已经年过半百的她每当遇到气温低冷的时候，这种感觉就出现了，多少年了，说也说不清，描也描不像。

没过多久，天麻亮了，女孩听见了老奶奶的咳嗽声，知道她起床了。少时，门"吱呀"一声开了，老奶奶端着尿罐出来了，看见女孩，惊了一下。用她给父亲的话描述："我在灯下看你女儿脸上的黑灰一溜一道的，眼睛鼓得像铜铃，脸色惨白，真正吓了一跳。"

见着这位平时给女孩送这送那的老奶奶，女孩如见到亲人，眼泪哗地流下来了。女孩请求老奶奶给父亲说说，别在这里干了，这个地方太可怕了，里面常有响声，好像窑要塌了。

女孩这样一说，老奶奶这才说道："我早就想给你说了，你知道吗？那个庄子里曾塌死过一家五口人，你看那南面的窑洞，成啥样子了？两孔窑洞齐齐塌在了一块。你们住这里挣钱，真正是不要命了。"

老奶奶怕给女孩说了不顶事，亲自到了工地，给父亲说了这个地坑院的故事。没想到没等老奶奶说完，父亲就拍了拍身上的土，离开了工地，找来了在附近搞副业的顾师，清点了土坯，扎了账，还了灶具等东西，就用架子车拉着女孩和石锤等东西离开了这个房屋和窑洞并存的庄子。

那天，父女俩刚闪过那个大槐树没有两公里时，女孩听见了一个沉闷的声音，接着瞧见一片黄土像烟雾似的飘飘扬扬地从空中冒了起来，与晴朗的天空形成了鲜明的对照。女孩很惊奇，叫父亲看。父亲停下来瞧了瞧说："可能是哪个砖瓦厂在炸山哩。"

没有一会儿，顾师骑着自行车追来了，老远就喊父亲的名字。到了跟前，顾师跳下自行车，粗声粗气地说道：你们父女俩的命真大啊。父亲遂问："咋了？"顾师说："那个窑洞塌了，连隔壁的那个窑都撤了下去，震动的连走人的巷道都塌了。"

父亲一听，立即放下架子车辕，一屁股坐在了路边。顾师即蹲在他身边，给点烟。父亲在接火之中，突然噗的一声，泪如雨下，声音沙哑地说道："老天真是长了眼睛啊！"

女孩听到窑洞坍塌的消息后，瞧着远处的尘烟，脑子像电影镜头似的迅速闪现着在窑洞里所经历的一切，现在听到父亲的感叹，想到自己一路打砖的心酸历程，不禁鼻子一酸，眼泪夺眶而出。是啊，若不是女孩有个特殊的感觉，若不是某个神灵在冥冥之中的保护，女孩和父亲不是被埋在里面了？

哭罢，父女俩继续走。路过西峰桐树街对面的劳动服务公司百货门市时，父亲给女孩买了一件红色绒衣，并当着街上过往的人，给女孩套在了身上。问女孩想吃点啥？女孩说："吃的就别买了，你给我一点钱，我想买两本书……"

那时候，对于女孩来说，可以穿烂点，吃差点，没有书不行。

这个女孩，就是本书作者。

七

拉拉杂杂地写了这么长的后记，意在记录作者的一段曾经走过的路，以及多年对梦想和文学艺术持之以恒的坚持与付出。虽然过程漫长而沧桑，但作者遇到了一个值得书写和感恩的时代，以及这个时代所给予的平台与机会。因此，在本书的取材、立项和创作之中，特别感谢为这本书留下光辉足迹的个人和单位——

首先，衷心感谢中安谷集团副总裁兼总工程师、沪尚知优（上海）工作室主任、中国设备管理协会建筑机械高级专家王建租教授多年对作者文化事业的关注、关心和鼎力相助！

感谢庆阳市委宣传部，庆阳市、区文联领导的大力扶持！

感谢甘肃中盛农牧集团董事长张华和副董事长陈延峰先生对本创作项目的强力支持！

感谢西峰区党校前副校长、家庭教育问题专家何登科教授的宝贵意见与建议！

自然，还要感谢我两个儿子和亲家王燕夫妻对我创作事业的理解与支持！

感恩生活！感恩生生不息的陇东大地！祈愿国人安康，世界太平！

山花朵朵工作室研创组
2019 年 12 月 18 日完稿
2020 年 7 月 14 日修改于北京